모나리자
바이러스

모나리자 바이러스

MONA LISA VIRUS

티보어 로데

박여명 옮김

북펌
bookfirm

사랑하는 한국 독자 여러분,

지구상에 사는 우리 인간은 각기 다른, 다양한 특성을 지니고 있습니다. 하지만 동시에 우리는 모두 동일하기도 합니다. 이 세상에는 우리 모두를 하나로 뭉치게 하는 요소들이 늘 존재해왔고, 앞으로도 그럴 테니까요. 아름다움의 숭배가 예컨대 그러합니다. 아름다움의 기준은 지역에 따라 다를지언정, 개인의 기준에 따른 아름다움의 이상을 설정해놓고 그것을 추구한다는 점에서는 우리 모두가 같지요. 또 한 가지, 우리 모두를 일치시키는 것이 있습니다. 전 세계에서 가장 아름답다는 그림, 문화와 예술 분야를 아우르는 아름다움의 이상(理想), 레오나르도 다빈치의 '모나리자'를 보며 느끼는 감동이 그렇습니다. 그 어떤 인간도 모나리자의 우아함을 그냥 지나치지 못합니다. 하지만 이 모든 것의 뒤에 혹시 무언가 비밀이 숨어 있진 않을까요? 모나리자의 미스터리한 미소 뒤에 숨어 있는 것, 시각적 완벽함. 즉 아름다움을 얻기 위해 온 인류를 움직이게 하는 것은 과연 무엇일까요? 『모나리자 바이러스』는 이러한 질문에 답을 주는 스릴러 소설입니다.

그리고 이 모든 것들 중에서 전 세계인을 하나로 일치시킬 수 있는 가장 강력한 요소가 또 있습니다. 바로 책입니다. 살고 있는 곳은 저마다 달라도 우리는 모두 흥미로운 이야기에 귀를 기울이며 마음을 빼앗깁니다. 『모나리자 바이러스』가 열정 넘치고, 교양 있는 독자들이 많은 한국에서도 출간된다는 사실이 얼마나 기쁜지 모르겠습니다. 이 글을 통해 한국 독자들에게 『모나리자 바이러스』 속 세상으로 가는 문을 열어주게 된 것을 영광으로 생각합니다. 독자 모두 하나가 되어 저를 따라와줄, 이 세상에 들어오신 것을 진심으로 환영합니다.

진심을 담아,
티보어 로데

※ **일러두기**
− 옮긴이의 주는 본문의 괄호 안에 '옮긴이'로 표시했다.

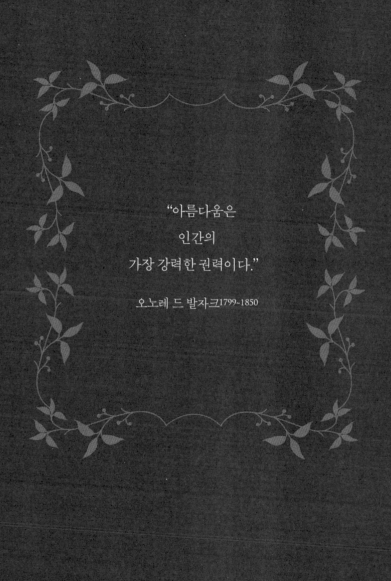

"아름다움은
인간의
가장 강력한 권력이다."

오노레 드 발자크1799~1850

드디어 여자가 수면 상태에 빠져들었다. 눈꺼풀은 굳게 닫혔고 입술
은 살짝 벌어졌다. 수술대의 눈부신 조명 탓인지 잡티 하나 없는 여자
의 깨끗한 피부가 어두운 갈색 머리칼과 대조돼 어쩐지 더 하얗게 보
였다.

남자의 시선이 여자의 광대뼈를 따라 턱으로 내려갔다. 중간 즈음
에 작은 보조개가 하나 있었다. 긴 목을 따라 내려간 시선은 이윽고
안정적인 심장 박동에 따라 뛰는 동맥에 머물렀다. 남자는 잠시 숨을
멈추고 맥박을 함께 셌다. 그리고 여자의 발가벗은 어깨에 집중했다.
연약한 인상을 주는 어깨였다. 실로 완벽한 형태의 가슴을 갖고 있다
는 라마니 박사의 말은 사실이었다. 작지만 단단하고, 둥글지는 않지
만 그렇다고 길쭉하지도 않았다. 마치 어떤 열매를 연상시키는 듯했
다. 마스크 너머로 의료용 알코올 냄새와 뒤섞여 무언가 달달한 향이
스며드는 것도 같았다. 어릴 적 어머니의 젖을 물던 기억 때문일까.
이렇듯 우리 인간은 모두 생각의 희생양이다.

남자는 손바닥으로 여자의 이마를 문질렀다. 라텍스 장갑이 흉터
난 피부에 달라붙었다. 호흡은 분명 계속되고 있었지만 여자의 배는
움직임이 크지 않아 부풀어 올랐다 가라앉는 게 거의 눈에 띄지 않았
다. 마치 대리석으로 만들어진 것 같은 느낌이었다. 하지만 그러면서
도 한없이 보드라워 보였다. 역설. 여자의 배 위에 뺨을 대보고 싶은
충동이 남자를 사로잡았다. 하지만 그 순간 작고 인위적인 무언가가
반짝, 남자의 시선을 가로챘다. 남자는 여자의 배꼽으로 시선을 옮겼
다. 피어싱이었다. 갑자기 위가 수축하며 무언가 역겨운 감정이 남자

를 덮쳤다. 그랬다. 아름다워지기 위해서라면 고통도 마다하지 않는 여자다. 맨살에 구멍을 뚫는 게 아무리 두려워도 아름다움을 향한 욕망 앞에서는 결코 물러서지 않는 여자. 남자는 여자의 배꼽에서 피어싱을 뜯어내고 싶은 충동이 순간적으로 치솟는 것을 간신히 억눌렀다. 어차피 잠시 후면 이 피어싱 또한 재평가받게 될 테니까. 이 보잘것없는, 녹슨 산화지르코늄 따위가 거의 완벽에 가깝다 할 수 있는 이 여자의 몸에서 가장 가치 있는 것으로 재탄생할 테니까.

남자는 다시 한 번 여자의 얼굴을 만졌다. 이번에도 울퉁불퉁한 느낌이었다. 순간 여자의 벌거벗은 나머지 부위가 녹색 리넨 천으로 가려져 있음을 인식하고 안도했다. 천 아래로는 분명 긴 다리가 숨어 있을 것이다. 다리는 어떻게 고치면 좋을까. 오랜 고민 끝에 남자와 라마니 박사는 만족스러운 결론을 내렸다. 이윽고 남자의 시선은 고무망치처럼 보이는 도구로 향했다. 남자는 깊게 숨을 들이마시고 고개를 들어 라마니 박사의 눈을 응시했다. 커다란 마스크 사이로 보이는 유일한 신체 부위였다. 간이 수술실의 조명이 라마니 박사의 눈동자에 반사되며 그의 긴장감을 고스란히 드러냈다. 아니, 그건 두려움이었을까? 박사의 풍성한 속눈썹이 물에 젖은 듯 반짝였다. 그제야 남자의 눈에 라마니 박사가 손에 든 메스가 들어왔다. 박사의 손에서 파르르 떨리는 메스는 마치 흔들리는 성냥처럼 허공에 실선 같은 잔영을 남겼다. 남자는 이 착시 현상이 마음에 들었다. 불현듯 남자는 불을 붙이기 위해 퓨즈 끝부분을 잡고 있는 모습을 떠올렸다. 라마니 박사가 눈 아래를 긁적였다. 수술용 라텍스 장갑을 끼고 있는 박사의 손가락이 그의 얼굴 피부를 낯설어 보이게 했다. 아니, 낯설다기보다는 감정이 메마른 것 같다는 표현이 더 적절할까.

남자는 박사를 향해 고개를 끄덕여 시작하라는 신호를 보냈고, 라마니 박사는 깊은 한숨을 내쉬며 몸을 앞으로 숙였다. 박사가 손에 쥔 메스가 소리 없이 여자의 첫 번째 피부층을 갈랐다. 순간 엄청난 행복감이 남자를 뒤덮었다. 하느님의 창조물을 볼 수 있는 마지막 순간이었다. 이제, 인류는 하느님이 아닌 자신의 창조물을 만나게 될 것이다. 물론 처음에 세상은 남자의 창조물을 이해하지 못할 것이다. 하지만 이것은 구원을 위한 첫 단계였다. 그리고 의학의 맛은 쓰디썼다.

1. 아카풀코

잠시나마 모두들 경쟁을 잊은 듯했다. 무슨 수를 썼는지 미스 루이지애나가 갈색 종이봉투 안에 데킬라 한 병을 넣어 버스로 밀반입하는 데 성공했다. 술병이 버스 안에서 몇 바퀴 도는 사이, 미스 아메리카 후보들의 긴장감은 어느새 나른한 행복감으로 완화됐다. 여기에 멕시코 항구도시 아카풀코 여행에 대한 기대감이 감정을 고조시켰다. 미스 아메리카를 결정짓는 본선 무대의 마지막 프로그램인 일주일간의 아카풀코 여행이 후보자들을 기다리고 있었다. 한 시간 전, 헤네랄 후안 N. 알바레스 국제공항 활주로에 착륙한 미녀들을 멕시코의 뜨거운 공기가 반겼다. 그들은 멕시코의 가장 아름다운 수영장에서 화려한 일주일을 보내리라는 기대감에 잔뜩 부풀어 있었다. 쉬익, 하는 소리와 함께 버스 문이 닫히자 멕시코인 운전기사는 30분 뒤면 호텔에 도착할 거라 미녀들에게 알렸다. 세상에서 가장 아름다운 승객들 때문에 혹 백미러에서 눈을 떼지 못해 모두를 무덤으로 안내하는 일이 발생하지만 않는다면 무사히 도착하리라는 농담도 덧붙였다.

볼륨을 최대로 높인 미스 뉴욕의 휴대폰에서 랩이 흘러나왔다. 아카풀코에 절반쯤 이르렀을 때였다. 가장 어린 후보인 미스 플로리다가 술에 취해 비틀거리다 신발을 벗고 맨발로 의자 위에 올라섰다. 후보들의 환호 속에 미스 플로리다는 엉덩이를 흔들며 춤을 췄다. 멕시코 고속도로는 길이 고르지 않아 버스가 흔들릴 때마다 미스 플로리다의 머리가 낡은 버스 천장에 연신 부딪혔다. 경쟁자들의 환호성에 취한 미스 플로리다는 소리를 지르며 눈처럼 새하얀 폴로셔츠의 단추를 하나씩 풀어헤치고는 두 팔을 하늘로 뻗고 휴대폰 플래시 세례 앞에 포즈를 취했다. 알코올에 취한 버스 안의 그 누구도, 잠시 후 사진이 담긴 휴대폰들이 공중으로 흩어지리란 사실을 짐작하지 못했다.

운전기사가 급브레이크를 밟았을 때 미스 플로리다는 미처 몸을 추스를 겨를이 없었다. 순간적으로 미스 플로리다의 몸은 비명을 지르는 동료들의 머리 위로 엎어져 세 칸 앞까지 밀려나갔다. 미스 플로리다의 예쁜 얼굴은 좌석의 머리 받침대에 부딪혔고, 뒷머리는 천장에, 팔은 유리창에, 무릎은 다른 미녀들의 몸에 부딪혔다. 버스가 비스듬히 멈춘 순간 관성의 법칙에 따라 캐리어와 가방, 음료수병과 함께 미스 플로리다의 몸도 반대편 좌석 쪽으로 날아갔다. 쾅 소리와 함께 이미 의식을 잃은 미스 플로리다의 몸이 창문에 세로로 부딪히며 유리창에 기다란 균열을 남겼다. 팔다리가 기이한 모습으로 꼬인 채 생명이 없는 봉제인형처럼, 좌석 아래로 미끄러졌다.

일순간에 버스를 뒤덮은 적막과 그 적막을 깨고 이따금씩 들려오는 작은 흐느낌 소리를, 미스 플로리다는 들을 수 없었다. 마찬가지로 운전기사의 머리를 노린 듯 버스 앞 유리를 뚫고 날아든 위협적인 총알의 소리도, 이어 운전기사가 스페인어로 된 명령에 따라 버스 출입문을 여는 소리도, 피가 흐르는 자신의 머리 옆을 지나는 군화 소리도, 운전석에서 일어나 밖으로 도망치다 흙먼지 속에 쓰러지고 만 운전기사의 두려움 섞인 비명 소리도 들을 수 없었다. 버스의 급작스러운 출발에 날카로운 좌석 모서리에 코를 부딪쳤을 때도 무언가가 관통하는 것 같은 고통을 느끼지 못했다. 좌석 위에서는 미스 앨라배마와 미스 사우스캐롤라이나가 눈과 입을 크게 벌린 채 버스의 거친 주행을 응시하고 있었다.

2. 일주일 뒤, 보스턴

심장 박동 소리는 갈수록 커졌다. 강도도 세졌다. 처음에는 그럭저럭 무시할 수 있었지만 더 이상은 어려웠다. 간격도 짧아졌다. 헬렌의 심장 박동에는 특정한 리듬이 숨어 있는 것 같았다. 그리고 헬렌은 그 리듬의 패턴을 찾으려는 중이었다. 길었다가, 다시 길었다가, 짧았다가, 매우 길었다가, 파란색이었다가, 다시 파란색이었다가, 노란색이 됐다가, 어두운 파란색이 됐다가……. 소리는 내면의 눈앞에서 저마다 색을 만들어냈다. 그러다 낯선 저음이 더해졌을 때, 헬렌은 깜짝 놀라 몸을 움츠렸다. 꼭 감은 헬렌의 눈꺼풀 바깥쪽에서 어두운 빨간색이 퍼지고 있었다. 순간 피바다가 떠올랐지만 이내 보라색으로 바뀌며 환영도 사라졌다. 박동 소리가 빨라지며 헬렌을 어지럽혔다. 최면에라도 걸릴 것 같았다. 마치 레드와인 한 병을 통째로 비우기라도 한 듯, 어지럼증이 심해졌다. 그랬다. 그 색이었다. 낯선 저음을 들으며 헬렌이 떠올린 색은, 레드와인색이었다. 무거운 보르도 와인.

"헬렌, 지금 자는 거야? 헬렌!"

날카로운 목소리가 헬렌의 의식을 찢고 들어왔다. 마치 누군가 빈 깡통 속에서 말하는 것처럼 울리는 소리였다. 헬렌의 눈앞에 분홍색이 그려졌다.

눈을 뜬 헬렌은 몸을 움직이고 사지를 펼치고픈 욕구를 느꼈다. 하지만 헬렌이 누운 좁은 관은 그러기를 허락지 않았다. 헬렌의 눈앞에 고정된 손바닥만 한 작은 반사경 속에서 한 남자가 웃고 있었다. 적어도 스물다섯 살은 아닌 듯했다. 블루블랙의 머리칼은 깔끔하게 잘려 있었다. 새벽이슬이 이제 막 머리 위에 내린 듯한 모습이었다. 남자의 이마에 똬리를 튼 곱슬머리 한 가닥이 헬렌의 신경에 거슬렸다. 팔이라도 뻗어 삐져나온 한 가닥을 정리하고 싶었다. 그나마 자신이 움직일 수 없다는 사실을 인지하고 있어 다행이다. 팔이 무거웠다. 이어 툭 튀어나온 남자의 광대뼈와 새하얀 치아가 눈에 들어왔다. 오후 5시 방향으로 뻗은 남자의 커다란 그림자는 그의 감성적인 이미지를 강화했고, 용맹한 눈빛은 모험적인 성향을 말해줬다. 그렇다. 이 남자와 관계를 맺고 싶지 않은 여자는 없을 것이다. 헬렌은 잠시 눈을 감았다 떴다. 새까맸다. 가슴에서 찌르는 듯한 통증이 느껴졌다.

"어때, 저 남자? 아름다운 것 같아?" 깡통 안에서 울리는 듯한 목소리가 헬렌에게 물었다.

헬렌은 베티의 목소리에서 장난기를 감지했다. 헬렌은 손가락으로 스위치를 만졌고, 손 전체를 움직이지 않으려고 조심하며 가볍게 손가락에 힘을 줬다. 그리고 기다렸다.

"그렇지! 그럴 줄 알았어!" 베티가 말했다. "잠든 줄 알고 깜짝 놀랐잖아."

웃기지도 않다는 생각이 헬렌의 머릿속을 스쳐 지나갔다. 헬렌의 몸은 오늘 밤 쉽게 잠들 수 없을 정도로 많은 양의 아드레날린을 분출하고 있었다. 마치 전력으로 질주하는 말 위에 올라타고 있는 기분이랄까. 이런 상황에서 잠들 수 있는 사람이 누가 있겠는가. 헬렌의 이마에 식은땀이 송골송골 맺혔다. 헬렌은 한 번 더 심호흡했다. 손가락 끝이 간질거리기 시작했다. 사실 헬렌이 이 실험을 미룰 이유는 전혀 없었다. 동료들 대부분은 이미 자진해서 MRI 기계의 실험 대상이 된 뒤였다. 심지어 학부 때 이미 실험을 거친 이들도 많았다. 반면 헬렌은 어떻게든 실험을 피하기 위해 노력했고, 지금까지는 그럴 수 있었다. 하지만 연구 프로젝트를 주도하는 팀장이 된 지금, 헬렌에게는 모범을 보여야 할 의무가 있었다. 게다가 이 실험에 헬렌만큼 열의를 쏟은 사람은 없었다. 헬렌의 박동 소리는 이제 전혀 다른 색을 만들어냈다. 헬렌은 색의 환영을 지우고 사진에 집중하려 노력했다.

"자, 이제 다음 사진이야." 베티가 말했다.

이번에는 한 여자의 얼굴이 눈앞에 나타났다. 처음에는 화장을 하지 않은 듯 보였지만 자세히 관찰하니 아이섀도와 메이크업의 흔적이 있었다. 화장을 했는데도 사진 속 여자의 얼굴은 어쩐지 심심해 보였고 창백했다. 뺨도 조금 탄력을 잃은 것 같았다. 입술은 얇았고 코는 다소 비뚤어진 모양이었다. 눈동자에는 활기가 없었다. 안검피부이완증. 사진은 분명히 말하고 있었다. '매력 없음.' 헬렌은 눈을 감았다. 분홍색이 눈앞에 나타났다. 기계의 윙윙거리는 소리에 연상된 색이었을까? 헬렌은 다시 검지에 힘을 주었다.

다소 의심스러운 목소리로 "오케이."가 스피커에서 흘러나왔다.

"확실한 거지? 잘못 누른 거 아니고?" 헬렌은 숨을 쉬어보려 애썼지만 마치 시멘트라도 발린 듯 가슴이 무거웠다. 숨이 막혀왔다.

"나가고 싶어!" 헬렌이 갑작스레 외쳤다. 자신이 한 말에 스스로도 놀랄 정도였다.

"아직 안 끝났는데……?" 베티가 당황하며 대답했다.

"그만할래!" 헬렌이 단호한 어조로 외쳤다. 박동 소리가 헬렌의 눈앞에 어두운 색을 만들어내며 차례로 바뀌었다.

"진짜로?" 베티가 믿을 수 없다는 듯 물었다. "아직 열 장이나 남았는데."

"진짜야!" 패닉 상태에 빠진 헬렌이 소리쳤다. 잠깐 기다렸지만 아무 일도 일어나지 않았다. 헬렌은 자신의 오른쪽 팔 옆에 있을 작고 동그란 고무 버튼을 찾았다. 실험을 할 때마다 피실험자 옆에 자신이 백 번도 넘게 넣었던 버튼이었다. 위기 상황이 발생할 경우 피실험자가 안정이 필요하다는 메시지를 전달할 수 있도록 마련된 물건이었다. 물론 지금까지는 단 한 번도 위기 상황이 발생한 적도, 이 버튼을 누른 사람도 없었다. 하필이면 자신이 버튼을 누른 첫 피실험자가 됐다.

"알았어, 알았어! 금방 간다, 오바!" 베티의 목소리가 들려왔다. 어리둥절함과 우려가 뒤섞인 목소리였다. 헬렌의 눈앞에 밝은 보라색이 보였다.

자기 힘으로는 절대 이 관을 벗어날 수 없다는 생각이 헬렌을 더욱 압박해왔다. 모든 땀구멍에 식은땀이 맺혔다. 미쳐버릴 듯 심장이 빠르게 요동쳤다. 좁아도 너무 좁았다. 당장 전기라도 나간다면 어떻게 될까? 그럼 얼마나 오랜 시간을 어둠 속에 홀로 누워 있어야 할까?

일순 박동과 진동이 사라졌다. MRI 기계가 움직이며 헬렌의 몸을 거칠게 흔들어댔다. 헬렌을 덮고 있던 기계의 천장이 천천히 움직였고, 누워 있던 받침대가 관에서 빠져나오며 윙윙 하는 작은 소음을 만들어냈다. 다행히 전기가 나가는 사고는 발생하지 않았다.

안도감이 헬렌을 사로잡았다. 탁 소리와 함께 베티의 손이 코일을 분리하자 이내 시야에 그녀의 얼굴이 들어왔다. 방금 헬렌을 스쳐 지나간 마지막 사진과 매우 대조적인 모습이었다. 주근깨에 둘러싸인 베티의 초록색 눈동자 두 개가 헬렌을 내려다보고 있었다. 베티의 빨간색 곱슬머리가 목을 간질였다.

"괜찮아?" 베티가 이마를 찌푸리며 물었다.

"나 좀 일으켜줘." 헬렌이 신음하듯 말하며 베티에게 손을 내밀었다. 손이 젖어 있던 탓에 하마터면 베티의 손을 놓칠 뻔했다.

몸을 일으켜 세우자 갑자기 어지러웠다. 하지만 몇 분 만에 처음으로 다시 숨을 쉴 수 있을 것 같은 기분이었다. 아까보다 상태가 나아졌다. 하지만 티를 내고 싶지는 않았다. 이 정도 규모의 연구 프로젝트 팀장이 이렇듯 약한 모습을 보이는 건 결코 있을 수 없는 일이었다.

"화장실이 급해서. 오늘 차를 너무 많이 마셨나 봐." 헬렌은 아무렇지 않은 척 몸에 연결된 케이블을 떼어냈다.

헬렌은 생각에 잠겨 자신을 관찰하는 베티를 의식했다. "뭐야?" 헬렌이 웃으며 말했다. 목소리가 부자연스럽게 들리지 않기를 바라며. "MRI 기계 안에 있는 걸 무서워하는구나, 설마 뭐 이런 생각을 하는 건 아니겠지? 여기 이건 내 삶 그 자체라고!"

베티가 이마를 긁적이며 말했다. "너 비상 버튼 눌렀잖아."

"급했다니까!" 헬렌이 과장된 어조로 유쾌한 척 말했다. "너무 더워서 그랬나? 그럴 때 있잖아!" 급하다는 걸 강조하려고 헬렌은 무릎을 굽힌 채 어색하게 움직이며 문 쪽으로 향했다. "지금까지 기록된 결과들 좀 살펴보고 있어. 금방 올게." 헬렌은 복도를 지나며 소리쳤다. 화장실은 멀지 않았다.

헬렌은 찬물로 얼굴을 적셨다. 도움이 됐다. 그리고 조용히 신음을 내뱉었다. 추위 때문이기도, 안도감 때문이기도 했다. 몇 년 전부터 그렇게도 두려워했던 바로 그 재앙이었다. 헬렌은 뺨에 피가 쏠리는 걸 느꼈다. 하지만 부끄러워할 일은 아니었다. 세상에는 치과 진료를 두려워하는 치과의사도 있고 과속을 하는 경찰도 있다. 그러니 MRI 기계 속에 들어가는 걸 두려워하는 신경미학자도 있을 수 있다. 헬렌은 거친 종이타월로 얼굴을 닦았다. 타월에서 유황 비슷한 냄새가 났다.

헬렌은 잠시 거울을 보며 머리칼을 정돈하고 다시 조정실로 향했다.

헬렌은 방금 전 상황에 대한 모든 논의를 일축할 심산이었다. 그건 명령권을 가진 리더의 특권이니까.

베티는 혼자 있었다. 비행기 조종실 비슷한 책상에 앉은 채였다. 창문 너머로 덩그러니 MRI 기계가 보였다. 베티는 커다란 화면에 집중하고 있었다.

"클로드는?" 헬렌이 물었다. 자신이 실험을 중단시켰을 때 클로드가 어떻게 반응했는지 확인해서 동료들 사이에 소문이 퍼지는 걸 사전에 차단할 요량이었다.

"먹을 것 좀 가지러 잠깐 나갔어." 베티가 생각에 잠겨 대답했다.

"완전 귀여운 사람들도 있더라." 헬렌이 말했다. 제발, 제발 자연스러워 보이길.

"네 마음에 들 것 같았어."

헬렌은 관자놀이를 문질렀다. 아직도 윙윙거리는 소리가 귓가에 울리는 것 같았다. "안에 있으려니까 소음이 진짜 거슬리던데." 헬렌이 말했다. "거기서 들으니 소리가 더 커. 환각 상태에 빠지겠더라고!"

베티는 모니터에서 시선을 떼지 않은 채 CD가 든 상자를 들어 올렸다. 상자 위에는 '마그네틱 사운드(magnetic sound)'라는 글자가 쓰여 있었다. "MRI 검사를 받을 때 나는 소리를 클로드가 CD로 구웠어. 밤에 자동차 안에서 들으면 라운지 음악보다도 더 좋다고, 나더러 이 반주에 맞춰서 노래를 녹음해보라고 하더라."

헬렌이 미소 지었다. 베티와 클로드 사이에 뭔가 있다는 사실은 오래전부터 알고 있었다. "나한테는 그런 말 안 하던데."

베티가 크게 웃으며 대답했다. "너한테 말했다가는 문제가 커질 테니까 그랬겠지. 여기가 녹음실도 아니고."

"어차피 녹음실로 쓸 생각이면서, 뭐." 헬렌이 무미건조하게 대답했다. 베티가 당황한 눈으로 헬렌을 바라봤다. 헬렌은 걱정하지 말라는 듯 그녀의 어깨에 손을 올리며 덧붙였다. "농담이야!"

베티가 안심하는 듯 보이자 헬렌은 두 사람 앞에 있는 모니터로 시선을 옮겼다. 마치 반으로 잘린 거대한 호두 같은 영상이었다. 헬렌의 뇌의 횡단면이다. 오른쪽 위에는 헬렌의 이름이 쓰여 있었다. 헬렌 모건. 난생처음 자신의 뇌를 모니터상에서 마주하는 순간이었다. 산호같이 생긴 섬뜩한 윤곽선 사이로 빨간색과 노란색 빛의 영역이 눈에 띄었다. 마치 작은 화원(火源) 같기도 했다.

"그나저나 MRI는 처음이었어?" 베티가 우려 섞인 목소리로 물었다. 아무렇지 않게 조금 전 상황을 넘어가려던 헬렌의 시도는 수포로 돌아갔다.

"아까 말했잖아. 화장실이 급했다고."

"그게 아니라," 베티가 무언가를 더 자세히 보려는 듯 몸을 살짝 앞으로 기울였다. "여기 이거 말이야."

헬렌은 베티 너머로 뇌 사진을 응시했다. 심장 박동이 빨라졌다. 이제야 헬렌이 간과했던 무언가가 시야에 들어왔다. 빨갛게 물든 영역에서 몇 센티미터 떨어진 곳, 뇌의 반대편에 얼룩이 하나 있었다. 신경과 전문의의 진단으로는 절대로 무언가가 있어서는 안 되는 위치에, 너무나도 익숙한 얼룩이 있었다. 베티의 검지는 정확히 그곳을 가리키고 있었다.

헬렌은 엄지손톱 크기만 한 빨간 점이 무엇을 의미하는지 즉각 알아차렸다.

베티가 헬렌을 향해 몸을 돌리더니 눈썹을 찡그리며 그녀를 바라봤다. 헬렌은 베티의 시선을 무시한 채 계속해서 모니터를 응시했다. 헬렌은 글도 많이 읽고, 교재로 사진도 공부하며 이게 정확히 이런 모습일 거라고 상상했었다. 하지만 눈앞에서, 심지어 자기 뇌에서 그 모습을 마주한 지금, 그것은 생각했던 것보다 더 큰 공포로 다가왔다. 오래전부터 예상해왔던 것이 맞았음을 증명하는 사진이었다.

뇌 사진을 가리키는 베티의 손가락이 마치 자신의 이마 뒤, 머리 안쪽 깊숙한 곳에 들어가 있는 듯한 느낌이었다. 이 기형적인 얼룩이 이렇게나 또렷이 보이리라고 헬렌은 예상하지 못했다. 헬렌은 그 얼룩이 베티의 눈에 띄지 않기를 바랐었다. 적어도 베티에게만큼은. 베티에게 걸린 의학적 기밀 사항은 휴게실 게시판에 붙은 소식만큼이나 야단스럽게 퍼져나갈 게 분명하니까.

베티의 입을 다물게 하려면 어느 정도 희생이 필요했다.

여전히 모니터를 응시한 채 헬렌은 오른손을 뻗어 옆에 열려 있던 문을 밀었다. 쾅, 하는 소리와 함께 문이 닫혔다. 헬렌의 눈앞에 진한 노란색이 보였다. 베티는 깜짝 놀라 헬렌 쪽으로 몸을 돌렸다.

"주말에 클로드랑 녹음할 수 있게 연구실을 비워줄게. 어때?"

주근깨 가득한 베티의 얼굴에 미소가 번졌다.

3. 샌안토니오

"매들린, 어디 안 좋니?" 박사의 눈빛은 솔직하게 말해, 하고 강요하는 듯했다.

매들린은 세차게 고개를 저었다. 숨길 것도 없었다. 실제로 아무렇지도 않으니까. 지난 몇 주간 매들린의 상태는 하루하루 더 나아졌다. 아마도 박사와 한 상담 덕분이겠지. 물론, 브라이언의 덕이기도 할 것이다. 브라이언의 갈색 곱슬머리를 떠올릴 때면 매들린의 심장은 요동쳤다.

"정말 괜찮아요. 진짜예요." 매들린은 단호한 대답으로 라이드 박사의 시선에 대응했다.

의심을 품은 듯한 박사의 시선이 이내 미소로 변했다. "좋아. 아주 좋아." 박사는 어떤 기록을 찾는 듯 무릎 위에 올려놓았던 차트를 내려다봤다.

매들린은 목을 길게 뻗었다. 박사의 차트에서 무언가 발견할 수 있지 않을까 하는 희망 때문이었다. 예컨대 병원에 더 있었으면 좋겠다는 엄마의 메시지 같은 것. 매들린의 시선은 곧 문 위에 걸려 있는 시계로 옮겨갔다. 벌써 3시 35분이었다. 4시에 브라이언과 한 약속이 있었다. 병원 안에 있는 공원에서다. 분침은 왜 저리도 더딘지!

이윽고 박사는 차트를 옆으로 치우고 매들린을 바라보며 팔짱을 꼈다. 숨을 깊게 들이쉬자 박사의 흉곽이 한껏 부풀어 올랐다. 무언가 안 좋은 말을 하려는 것 같았다.

"매들린, 나는, 아니 우리는 네 상태가 호전돼서 기뻐. 하나 묻고 싶은 게 있는데, 기분 나쁘게 듣지는 말고. 네 담당의이기 때문에 직접 질문할 수 있는 거니까."

매들린은 어리둥절해하며 고개를 끄덕였다. 박사와 상담을 하며 처음 보는 모습이었다. 언제나 침착과 신뢰로 무장했던 박사가 매들린 앞에서 이런 긴장감을 보이긴 처음이었다. 박사의 목소리에는 진심 어린 걱정이 묻어났다. 갑자기 이유 모를 불안감이 매들린을 엄습했다.

"네, 하셔도 돼요." 매들린은 가급적 침착해 보이려 애썼다. "편하게 물어보세요!"

다시 한 번 어깨가 올라가더니 박사는 몇 차례 억지 헛기침을 뱉었다. "매들린." 마침내 박사가 말문을 열었다. 조금 전보다 더 강렬한 눈빛이었다. "혹시…… 살쪘니?"

순간 매들린은 자기 귀를 의심했다. 무언가 말하려 입을 열었지만 이내 다시 닫고 말았다. 박사의 말이 메아리처럼 울렸다. 분명 메아리가 만들어질 만한 공간은 아니었다. ……정말일까? 박사님이 정말로…… 나에게 살이 쪘냐고 물은 걸까?

"오해하지는 마." 라이드 박사가 말을 이어갔다. 당황한 기색이 역력했다. "처음 병원에 왔을 땐 정말 날씬하고 매력적이었는데 말이야. 이곳 사람들 중에 가장 예뻤지. 그런데 지금 매들린은 이중 턱에, 만족스럽다는 미소를 지으면서 배에 살집이 붙어서는 여기 앉아 있잖아. 지금 매들린은……."

라이드 박사는 잠시 말을 멈췄다가 천천히 몸을 앞으로 기울이며 덧붙였다. "너무 솔직히 말해 미안하긴 한데…… 뚱뚱해!" 라이드 박사는 '뚱뚱해'라는 말을 내뱉으며 혐오스러운 표정을 지었다.

마치 누군가 자기 목을 조르기라도 하는 것 같았다. 매들린의 심장이 요동쳤다. 지난 몇 년간 상태가 나빠질 때마다 나타나는 증상이었다. 불쾌감이 매들린을 사로잡았다. 매들린은 애써 분노를 눌러 내렸다.

매들린의 무릎 위로 박사의 따뜻한 손이 올라왔다. "매들린." 박사는 짐짓 이해한다는 듯 말했다. "우리는 매들린이 다시 건강을 되찾을 수 있게 도울 거야. 하지만 매들린이 스스로한테 관대한 사람이 되길 원치는 않아. 아무리 정신 건강을 되찾아도 못생기고 뚱뚱하면 소용 없어. 저기 저 바깥세상은 너무나 고약하거든. 세상은 악해, 매들린. 절대로 이 사실을 잊어선 안 돼!"

매들린은 라이드 박사의 주름진 이마를 쳐다봤다. 진료실의 노란 조명이 이마에 반사돼 반짝였다. 구토가 치밀었다. 나를 테스트하려는 걸까? 매들린은 박사의 눈빛에서 방금 전 말이 단순한 농담이었음을 암시하는 증거를 찾으려 노력했지만 헛수고였다. 오히려 그 반대였다. 라이드 박사는 진심으로 매들린이 살찐 것을 염려하는 듯했다. 왠지 슬퍼졌다.

매들린의 몸 전체가 경직됐다. 여태까지 매들린은 자신이 뚱뚱해졌다는 사실을 인식하지 못하고 있었다. 브라이언은 어떻게 생각했을까? 브라이언은 왜 이런 얘기를 해주지 않은 걸까? 혹시 브라이언도 뚱뚱한 여자를 싫어하진 않을까? 마약 중독 증세를 치료하기 위해 이곳에 왔다던 말이 거짓은 아니었을까? 실은 마약 중독이 아니라 페티시즘 증상 때문에 입원한 것이라면? 당장 나가야 해! 매들린은 자리에서 일어나 흔들리는 다리로 겨우 문까지 걸어갔다. 문손잡이를 아래로 내리는 것도 간신히 해냈다. 딛고 선 복도가 마치 거센 파도 위의 갑판처럼 흔들렸다. 입에서 역겨운 맛이 났다.

4. 바르샤바

파트리크 바이시는 걸음을 멈추고 복도에 서서 귀를 기울였다. 하지만 아버지의 대저택에서는 아무런 소리도 들리지 않았다.

섬뜩한 적막이었다. 파트리크 바이시는 이곳에 살았던 적이 없었다. 런던에서 자란 탓이었다. 몇 년 전, 아버지는 어머니의 죽음 이후 옛 고향인 이곳으로 터를 옮겼다. 하지만 파트리크 바이시는 단 한 번도 자신이 폴란드 사람이라고 생각해본 적이 없었다. 지난 몇 년간 파트리크 바이시가 아버지를 만나기 위해 이 저택을 찾았던 적은 단 세 번이다. 그만큼 파트리크 바이시에게는 낯설었고 더욱이 아버지가 없는 이 저택은 그에게 아무런 의미 없는 건물일 뿐이었다.

파트리크 바이시의 시선은 벽에 걸려 있는 액자 속 사진으로 향했다. 사진 속의 어린 파트리크 바이시는 커다란 기저귀 하나만 찬 채 모래판 가장자리에 앉아 있다. 손에는 파란색 모래삽을 들고 의아한 표정으로 카메라를 응시하고 있다. 아마도 카메라를 통해 자신을 바라보는 사람이 누구인지 발견하고 깜짝 놀란 것 같았다. 아버지는 집에 계시지 않을 때가 더 많았다고, 어머니는 늘 이야기하셨다. 아버지의 집은 회사였고 아버지의 진짜 가족은 직원들이었다고. 늘 강조했듯 아버지에게 회사란 곧 삶 그 자체였으니까. 파트리크 바이시는 한숨을 쉬었다. 그랬던 아버지에게 은퇴는 감히 상상조차 할 수 없는 고통을 주었으리라. 더욱이 그때 벌어진 사고 후의 고통까지. 아버지 스스로 그 고통을 입 밖에 내는 일은 절대 없겠지만 의사가 말했듯, 그날 사고로 인한 고통은 숨이 멎는 순간까지 아버지를 따라다닐 것이다. 다시 한 번 파트리크 바이시는 크게 한숨을 내쉬었다.

어딘가에서 들려오는 소리에 파트리크 바이시는 귀를 기울였다. 어쩌면 사냥개의 소리였을까. 아니면 개들을 관리하는 일이 유일한 임무인, 이제는 몇 남지 않은 관리인 가운데 하나가 낸 소리였을지도.

아, 관리인의 임무가 하나 더 있다면 화장실 다섯 개와 침실 일곱 개를 포함한 총 스물여섯 개의 방문을 관리하는 일이리라.

파트리크 바이시는 고개를 저으며 조소했다. 방이 스물여섯 개라니, 혼자 지내기에는 공간이 너무 넓다. 누가 그랬던가. 부유함은 사람을 외롭게 한다고. 파트리크 바이시는 지금 돌 하나하나에 새겨진 고독 사이로 걷고 있었다. 하지만 그는 이 섬뜩함이 비단 아버지의 부재 때문만은 아님을 확실히 알고 있었다. 아버지, 파벨 바이시가 아무런 흔적도 없이 사라진 것은 지금으로부터 정확히 8주 전이었다.

파트리크 바이시는 사진에서 시선을 거두고 반대쪽 벽을 응시했다. 작은 협탁 위에 걸린 그림 속에서 양손으로 귀를 가린 채 크게 입을 벌리고 있는, 눈이 뻥 뚫린 한 남자가 파트리크 바이시를 내려다보고 있었다. 비명을 지르고 있는 것 같은 얼굴. 아는 그림이었다. 노르웨이 화가의 그림이다. 파트리크 바이시는 깜짝 놀랐다. 이 저택에서 이 그림을 발견한 건 처음이었다. 원본일까? 파트리크 바이시가 아는 아버지는 결코 가작(假作)으로 만족하는 사람이 아니다. 순간 파트리크 바이시는 저택 지하를 떠올렸다. 파트리크 바이시는 바지 주머니에 손을 넣어 작은 쪽지 하나를 꺼냈다.

헬렌 모건. 쪽지에 쓰인 아버지의 흔들리는 손글씨를 알아볼 수 있었다. 이름 뒤에는 숫자가 적혀 있었다. 파트리크 바이시는 손목시계를 확인했다. 그리고 이내 몸을 돌려 서재로 향하는 길이 어딘지 떠올리려 노력했다. 서재에 전화기가 있었다.

5. 피렌체, 1500년경

밤부터 폭우가 쏟아졌다. 창문을 세차게 때리는 빗소리 때문에 간밤엔 잠까지 깼다. 나는 잠에서 쫓겨 나온 것처럼 허둥지둥 자리에서 일어나 창문을 마주하고 앉았다. 칼날 같은 은빛 빗줄기가 어둠의 장막을 가르며 내리꽂히고 있었다. 하지만 찢겨진 장막은 빠른 속도로 복원되어 한층 두터운 어둠을 드리웠고, 다시 빗줄기가 그 어둠을 갈라놓았다.

순간, 나는 한기를 느끼며 몸서리쳤다. 저 짙은 어둠과 세찬 빗줄기 너머로 무언가가 천천히 이쪽으로 다가오는 듯한 압박감을 느꼈다. 그 느낌은 뭐라 표현하기 힘들었다. 앞으로 무슨 일인가 벌어질 것만 같은 불길함…… 딱히 두려움이라고 이름 붙일 수는 없는 기묘한 감각……. 말하자면, 이 문명의 땅과 저 이방에 이르기까지 이 세상 모든 족속의 언어 가운데 어떤 것을 골라 엮는다 해도 도무지 설명할 방도가 없는, 반백 년을 넘게 살아온 나로서도 지금껏 겪어 보지 못한 그런 느낌이었다.

다행히 그 시간은 오래가지 않았다. 빗줄기가 약해지며 뒷골을 바짝 조였던 긴장감이 느슨해졌다. 나는 극도의 피로감에 휩싸여 침대에 쓰러졌다. 아침이 되자 비는 물러갔고, 나는 간밤의 그 일을 전혀 기억하지 못했다. 최소한 그 남자가 나타나기 전까지는 그랬다.

점심을 마칠 즈음 한 젊은 남자가 찾아왔다. 처음에는 내 제자들

중 한 명이라 착각한 데다 갑작스러운 방문이었기에 돌려보낼 생각이었다. 하지만 그의 얼굴을 본 순간, 나는 마법에 사로잡히고 말았다. 옷깃에 스라소니 털이 달린 품위 있는 옷차림, 은으로 된 양 머리 모양의 손잡이가 달린 검은 지팡이, 화려한 곱슬머리에 마치 복숭아를 연상시키는 발그레한 뺨, 통통한 분홍빛 입술, 세상을 지배하는 군주 같은 당당한 눈빛……. 그를 거절한다는 것은 마치 낮을 밤으로 바꾸는 일만큼이나, 시시각각 다가오는 죽음을 막는 것만큼이나 불가능한 일이었다. 간밤의 그 불길했던 기억과 불가해한 감각이 순식간에 되살아났다. 그랬다. 나는 그 남자를 절대 거부할 수 없었다. 그는 내가 평생 기다려온 사람이라고, 또한 결코 이 세상에 존재할 수 없는 사람이라고, 내면 깊숙한 곳에 있는 무언가가 속삭였다. 나는 그를 안으로 들일 수밖에 없었다.

지금 내가 신뢰할 수 있는 것은 오직 이 일기장뿐이다. 이 일기장만이 영원히 이 비밀을 지켜주리라.

6. 보스턴

포근한 가을바람이 뺨을 어루만졌다. 헬렌은 폐 깊숙이 숨을 들이쉬며 비로소 꼬였던 위가 풀리는 것을 느꼈다. 헬렌을 둘러싼 공원의 나무들은 어느새 붉게 물들어 있었다. 헬렌은 벤치에 앉아 대화를 나누는 한 젊은 커플 곁을 지나갔다. 잠시 찾아오는 인디언서머의 아름다운 자태가 도시 전체를 낭만으로 물들이고 있었다.

헬렌은 자연현상을 분석할 줄 아는 과학자였다. 차가운 밤 기온과 아직 여름의 기운이 남아 있는 낮 기온이 이어지면서 이 계절을 나는 나무들은 가지와 나뭇잎 사이의 수분 교류를 줄인다. 그러면 나뭇잎을 파랗게 물들이는 엽록소가 파괴되고 그 결과 나뭇잎은 따뜻한 색감으로 변해간다. 이처럼 단풍이란 결국 화학적인 반응일 뿐, 그 이상도 이하도 아니다. 마치 사랑처럼. 하지만 헬렌은 불현듯 자신의 마음을 생물학 논리에 따라 설명할 수 없음을 깨달았다. 과학자로서 이성을 유지하려 할 때마다 대부분 실패했다. 마음을 침착하게 이성적으로 유지하는 일은 결코 쉽지 않다. 베티에게 MRI 분석 결과를 비밀에 부쳐달라고 부탁했던 방금 전 상황처럼 말이다.

"왜? 창피해할 일 아니잖아." 베티는 이해할 수 없다는 듯 대답했지만 헬렌의 입장은 달랐다. 어쨌거나 그것은 자신의 소유이고, 자기 뇌 사진을 공유할지 여부는 전적으로 자신이 결정해야 할 몫이기 때문이다. 결국 헬렌은 클로드가 다시 들어오기 전, 동료 대 동료로서 오늘 일을 비밀로 해달라고 베티에게 부탁할 수 있었다. 연구실로 돌아온 클로드는 공기에 감도는 어색한 침묵에 당황한 것 같았다. "싸운 건 아니지?" 두 사람은 미소로 클로드의 궁금증을 얼버무렸다.

이후 헬렌은 즉흥적으로 퇴근하기로 결정했다. 검사 결과가 확실히 지워졌는지 확인하지도 않고서.

마치 누군가에게 두들겨 맞는 듯한 느낌이었다. 큰 소음에 노출될 때마다 종종 그랬듯 이번에도 머리가 아파왔다. 헬렌은 엄지와 검지로 눈썹을 꾹꾹 누르며 마사지했다. 약을 한 알 먹을 생각이었다. 아니, 아예 두 알을 먹어두는 게 좋겠다.

"내 몸은 내 거니까." 헬렌은 방금 전 베티에게 했던 말을 조용히 되뇌었다. 사실 늘 그런 건 아니었다. 자신의 신체적 비밀을 누군가에게 들키고 싶지 않은 이유도 혹시 그 때문인 걸까? 그래서 헬렌은 베티에게 그토록 거칠게 반응했던 걸까? 자신의 뇌 사진이 여기저기 돌아다닐지 모른다는 두려움 때문에? 순간 헬렌은 「보그」 커버를 장식한 자신의 뇌 사진을 상상하고는 그 상상을 떨쳐버리려 눈을 질끈 감았다. 그대로 한숨을 내쉬며 얼굴을 들어 태양을 향했고, 이마에 떨어지는 따뜻한 온기를 느꼈다. 자외선이 우울한 생각을 태워버리길 바라며.

헬렌은 코트 주머니에 손을 넣었다. 손가락 끝에 편지 봉투가 닿았다. 헬렌은 봉투를 꺼내 '파리, 루브르 박물관'이라고 쓰인 라벨을 떼어냈다. 라벨 아래에는 프랑스 국립박물관 문화재수집 센터장 루이 루셀의 이름이 적혀 있었다. 편지를 훑어봤다. 파리의 국립박물관 문화재복원 및 연구센터인 C2RMF에서 당신과 같은 인재를 곧 만나게 되어 기쁘다는 내용이었다. 연구를 위한 모든 준비가 마무리됐으며, 다시 한 번 강조하지만 보안상 문제로 철저히 비밀을 유지해야 한다고도 덧붙이고 있었다. 때문에 헬렌의 최측근인 베티나 클로드에게도 파리를 방문하는 목적을 알려선 안 된다. 다소 유난스럽다는 생각이

들었지만 그래서 이 짧은 파리 여행이 더 기대되기도 했다.

헬렌의 얼굴에 미소가 번졌다. 파리는 좋은 추억으로 떠오르는 도시다. 지난여름의 추억처럼. 그해 여름, 헬렌은 파리에서 생애 가장 아름다운 순간을 살았다. 그리고 동시에 생애 최악의 순간을 경험했다.

헬렌은 다시 봉투를 접어 코트 주머니 안에 넣었다. 그리고 반대편 주머니에 있는 휴대폰을 꺼내 성가신 듯 자그마한 이어폰을 찾아 귓속에 집어넣었다. 휴대폰에서 발생하는 전자파가 뇌에 변이를 일으킨다는 스웨덴 연구팀의 연구 결과를 과학 잡지에서 읽은 후부터 통화할 때는 가급적 휴대폰을 귀에 직접 가져다 대지 않으려 노력했다.

매들린의 휴대폰 번호를 눌렀다. 잠시 후 신호음이 들려왔다. 그 소리는 귀 안쪽부터 관자놀이를 따라 찌릿한 고통을 유발했다. 신호음이 다섯 번 울리더니 음성사서함으로 넘어갔다. 딸의 밝은 목소리를 들을 수 있어 기뻤다. 매들린은 삐 소리 이후 메시지를 남겨달라고 말하고 있었다. 하지만 지금은 음성을 남기기보다 직접 딸과 통화하고 싶었다. 음성을 남기지 않은 채 전화를 끊었다. 지금쯤이면 상담을 받고 있을 시간이다. 샌안토니오 병원의 일상은 매우 규칙적이다. 그 또한 치료의 일환이라고 했다. 매들린을 마지막으로 본 게 언제더라? 무려 6주 전이었다. 하지만 의사의 지시에 따른 일이었다. 매들린이 원한다며. 헬렌은 또 한 번 크게 한숨을 내쉬었다. 딸을 떠올리는 것만으로도 헬렌의 마음은 여전히 무거워졌다.

손을 꼭 잡고 산책하는 또 다른 커플이 맞은편에서 걸어왔다. 유행하는 옷을 입은 두 사람은 마치 대형 패션브랜드의 F/W 카탈로그에서 튀어나온 듯했다. 헬렌은 싱긋, 미소를 지으며 고개를 저었다. 이 도시에는 낮에 일하는 사람이 없는 걸까? 하지만 헬렌의 미소는 이내 사라졌다.

타인의 행복이 헬렌을 불쾌하게 만들고 있었다. 연구실에서 나온 지 얼마 되지도 않아 헬렌은 햇살 좋은 오후 시간을 산책으로 보내려 했던 결정을 후회하게 됐다.

가이와 이별한 지도 벌써 세 달이 지났다. 그 후 헬렌은 연구실 일을 제외한 모든 부분에서 일상으로 돌아오지 못한 상태였다. 새집도 여전히 낯설기만 했다. 혼자 산다는 게 어느새 낯선 일이 돼버렸다. 혼자 잠자고, 혼자 장을 보고, 혼자 TV를 보는 것. 이제야 헬렌은 고양이를 키우는 여자를 이해할 수 있었다. 심지어 여러 마리를 키우게 되는 이유까지도.

헬렌은 화려한 자태를 뽐내는 붉은 단풍나무 앞에 서서 고개를 뒤로 젖혔다. 단풍나무의 꼭대기를 올려다보기 위해서였다. 지난여름의 초록과 어찌나 대비되는 색인가! 짧고 무상한 집중의 순간이었다. 지난 몇 달간 무심코 이 나무를 스쳐 지나간 적이 얼마나 많았던가! 하지만 어느새 이 나무는 눈길을 주지 않고는 도무지 지나칠 수 없을 만큼, 온몸을 붉게 물들여 화려한 자태를 자랑하고 있었다. 마치 뉴욕의 어느 거리에서 한 모델 에이전시 관계자가 열여섯 살의 헬렌을 보고 결코 스쳐 지날 수 없었던 것처럼. 브루클린의 어느 다락에서 열여섯 살의 헬렌은 수줍어하며 처음으로 사진 촬영을 했다. 대형 패션 브랜드 모델로 캐스팅된 덕분이었다. 헬렌의 사진은 그야말로 하루아침에 모델 업계를 뒤흔들었고, 그녀는 뉴욕과 밀라노, 파리, 베를린을 다니며 런웨이를 걸었다. 어떤 때는 일주일 만에 여러 도시를 순회하기도 했다. 모델 일을 시작한 첫 해, 헬렌의 항공사 마일리지는 이미 그녀의 부모가 평생 모은 점수를 뛰어넘을 정도였다.

모델인 헬렌은 얼마나 빛이 났던가! 헬렌의 등에 식은땀이 맺혔다. 모델로 활동하던 당시의 추억은 불가피하게 매들린의 아버지에 대한 기억으로 이어진다.

헬렌은 지금도 자문한다. 그때, 그와의 일이 없었더라도 자신이 수많은 플래시 앞에서 포즈를 잡으며 그 눈부심에 미처 보지 못했던 것이 무엇이었는지 알아차릴 수 있었을까. 하루아침에 어두운 장막이 모든 것을 뒤덮었다. 아니, 오히려 장막이 찢어졌다는 말이 맞지 싶다. 진실을 가리고 있던 장막 말이다. 어느 쪽이 맞는지는 알 수 없다. 하지만 어느 순간 헬렌은 그 눈부신 모든 것이 바래고 있음을 알았다. 끝도 없이. 지금 자신 앞에 서 있는 이 단풍나무처럼. 몇 주 뒤면 이 단풍나무 또한 벌거벗은 가지들의 골격만 남은 채 하늘을 향해 서 있게 되리라. 그때가 되면 나무는 또다시 사람들에게 잊힐 것이다.

갑작스레 모델 활동을 중단한 후 헬렌은 임신한 채 다시 공부를 시작했다. 다행히 헬렌에게는 운이 따랐다. 헬렌의 어머니가 매들린을 돌봐준 덕에 무사히 학업을 마칠 수 있었다. 뿐만 아니라 당시만 해도 신생 연구 분야였던 신경미학을 전공한 덕에 헬렌은 대학 시절부터 두각을 나타내는 전문가로 성장할 수 있었다. 학업을 마친 헬렌의 앞에는 엄청난 스카우트 제의들이 기다리고 있었다.

뒤로 젖힌 목에 통증이 느껴지자 헬렌은 비로소 정신을 차리고 단풍나무에서 시선을 거뒀다. 공원 출구는 동쪽 방향으로 나 있었다. 전문 신경미학자로서 헬렌은 '생각 없다'는 말 자체가 불가능함을 알았다. 인간은 모두 생각의 노예이며, 정말로 자유로운 사람이 되기 위해서는 자신의 생각을 온전히 통제할 수 있어야 한다.

과거의 일을 회상할 때마다 헬렌은 극심한 수치심에 사로잡혔다.

유명 사진작가의 거짓 인기에 취한 사람은 헬렌 하나만이 아니었다. 소문에 따르면 그 사진작가는 자기 카메라 앞에 섰던 여자들 수백 명과 잠자리를 했다고 한다. 하지만 헬렌이 아는 한, 그 관계로 아이를 가진 여자는 자신뿐이었다. 헬렌이 아이를 가진 후 에이전시는 헬렌을 그대로 방치했다. 프로답지 못하다고, 행실이 바르지 않다고, 사람들은 사진작가가 아닌 헬렌을 비난했고, 심지어 헬렌의 경솔한 태도를 대신 사과하기도 했다.

사진작가는 헬렌이 자신을 유혹했다며 에이전시를 상대로 말도 안 되는 거짓 변명을 늘어놓았다. 모든 화살은 순진하기 짝이 없던, 죄 없는 헬렌에게 향했다. 섹스에 관해서라면 패션 업계에 관해서보다 무지한 헬렌에게 말이다. 모든 일이 진실과 정확히 반대되는 상황으로 흘러갔고, 헬렌은 감히 저항할 엄두조차 내지 못했다. 얼마나 순진했으며, 얼마나 어리석었던가! 적어도 사진 촬영을 하던 도중 느닷없이 사진작가가 옷을 벗기 시작했을 때 헬렌은 그 상황에서 벗어났어야 했다. 비키니 촬영에 대한 두려움을 없애주기 위해서라고, 사진작가는 미소를 지으며 설명했다. 매우 유명한 디자이너의 룩북을 촬영하던 날이었고, 헬렌은 촬영을 멈출 용기가 나지 않았다. 부끄러웠다. 그리고 그런 상황이 발생하지 않도록 막았어야 했다는 자신의 생각이 또 부끄러웠다. 만일 그날 헬렌이 사진작가의 행동에 저항하고, 그가 보이는 호감에 넘어가지 않았더라면 매들린은 존재하지 않았을 터다. 그날의 일이 일어나지 않기를 바라는 건 곧 매들린의 출생을 부인하는 것과 같았다. 불행했던 출산 상황과 매들린의 아버지를 향한 분노에도, 분명 매들린은 헬렌의 인생을 통틀어 가장 가치 있는 존재였다. 매들린이 태어나던 날, 헬렌은 온갖 악의와 거짓, 이기주의로 가득 찬 세상에서 구원받았다. 분만실에서 처음 매들린의 울음소리를 듣던 날, 헬렌은 다시 시작해야만 한다는 깨달음을 얻었다.

또 다른 커플이 헬렌을 스쳐 지나갔다. 그들은 서로 꼭 끌어안고 있었다. 아까 벤치에 앉아 있던 그 커플이었다. 잠시 헬렌은 사랑에 빠진 감정을 상기해보았다. 향초를 보면 크리스마스를 떠올리듯이.

코트 주머니에서 진동이 울렸다. 헬렌은 한참 후에야 전화가 온다는 사실을 알아차렸다. 분명 매들린일 거라는 생각에 조금이나마 위안이 됐다. 서둘러 주머니에서 휴대폰을 꺼냈다. 발신번호 표시 금지. 베티는 늘 이렇게 전화를 하곤 했다. 아마도 별일 없는지, 상태를 확인하고 싶은 모양이었다. 헬렌은 한숨을 내쉬었다. 또 시작되는구나.

헬렌은 이어폰을 꺼내 엉킨 선을 풀고 귀에 꽂았다. 오른손으로는 이어폰에 달린 작은 마이크를 들어 입 앞으로 가져갔다. "나 괜찮다니까." 헬렌이 말했다. 의도했던 것보다 퉁명스럽게 튀어나간 대꾸였다.

"다행이네요." 낯선 남자의 목소리였다. 한 번도 들은 적 없는 목소리. "헬렌 모건 씨인가요?"

헬렌은 조심스럽게 그렇다고 대답했다. 낯설지만 불쾌하진 않았다.

"다행이네요. 저는 파트리크 바이시라고 합니다. 어디서부터 말을 꺼내는 게 좋을까요. 혹시 파벨 바이시 씨를 아시나요?"

헬렌은 가던 걸음을 멈추고 통화에 집중했다. 평범한 전화는 아닌 것 같았다. 바이시라는 이름을 실제로 들어본 적이 있는 것 같았다. 하지만 어떤 상황에서 알게 된 이름이었는지 즉각 떠오르지 않았다. "소프트웨어 재벌을 말씀하시는 건가요?" 이윽고 헬렌이 물었다.

"그렇습니다." 파트리크 바이시라는 남자가 반가워하며 대답했다. "개인적인 친분이 있으신가요?"

"유감스럽지만, 그렇지는 않습니다."

휴대폰 너머로 남자의 실망스러운 한숨 소리가 흘러나왔다. "저는 그분의 아들입니다."

"무슨 말씀이신가요?" 헬렌이 물었다.

"저도 잘 모르겠습니다. 적어도 확실하게 알지는 못합니다." 잠깐 동안 침묵이 이어졌다. 헬렌은 전화가 끊겼다고 착각했다. 어쩌면 장난 전화일지도 모른다. 혹시 기분을 풀어주겠답시고 베티가 클로드를 시켜 장난 전화를 건 것은 아닐까?

"사실은," 남자가 이윽고 말을 꺼냈다. "아버지가 몇 주 전 실종되셨습니다."

"유감이군요." 헬렌이 대답하며 천천히 걸음을 옮겼다.

"저는 현재 바르샤바에 있는 아버지 집에 와 있습니다. 폴란드요. 유럽."

바르샤바가 어디에 있는지는 헬렌도 알고 있었다. 패션쇼 때문에 한 번 방문한 적이 있는 도시였다.

"아버지의 흔적을 뒤쫓다가 당신의 이름과 번호를 발견했어요." 또 다시 침묵이 흘렀다. 남자는 헬렌의 대답을 기다리고 있는 듯했다.

"말씀드렸다시피, 저는 그쪽 아버지와 친분이 없습니다. 죄송해요. 꼭 찾으셨으면 좋겠네요." 헬렌은 짧게 대답한 후 질문을 덧붙였다. "정확히 어디서 제 번호를 알게 됐다고 하셨죠?" 사실 헬렌은 휴대폰으로 통화하는 걸 그리 좋아하지 않았다. 별다른 이유는 없었지만 그래도 가능한 휴대폰 번호를 노출하지 않으려 노력했다. 덕분에 헬렌의 번호를 아는 사람은 친구 몇 명과 가족, 동료 몇 명밖에 없었다.

"저도 그게 궁금해서 전화를 건 겁니다. 여기 바르샤바에 도착해서 아버지의 흔적을 찾던 중에 아버지가 사라지기 전 마지막으로 남겨놓은 흔적이 바로 당신의 이름과 번호라는 걸 알게 됐어요. 전화기 옆에 메모돼 있었습니다. 최소한 관리인의 말에 따르면 이게 아버지의 마지막 흔적이었습니다."

"이상한 일이네요. 어떻게 해야 당신을 도울 수 있을지 잘 모르겠어요." 어느새 헬렌은 공원 출입구에 거의 도착한 상태였다. 어서 빨리 이 이상한 통화를 마무리하고 싶었다.

"당신 이름 옆에 다른 사람의 이름도 하나 적혀 있습니다." 남자가 말을 이었다. 수화기 너머로 종이가 바스락거리는 소리를 들렸다. "매들린이라고 하는데. 혹시 아시나요?"

헬렌은 순간 걸음을 멈췄다. 심장 근처에서 통증이 느껴지더니 순식간에 심장이 요동치기 시작했다. 매들린과 파벨 바이시. 두 사람이 대체 무슨 관계가 있다는 걸까? 분명 파벨 바이시는 매들린보다 훨씬 나이가 많을 텐데.

"네, 알아요. 제 딸이에요." 헬렌이 조심스레 대답했다. 헬렌은 불안해지기 시작했다. 방금 전, 매들린과 통화가 연결되지 않았던 게 떠올랐다.

"딸이라고요?" 남자가 깜짝 놀라 물었다. "지금 함께 있나요?"

"아뇨. 제 딸은 지금……." 헬렌은 잠시 말을 멈췄다. 매들린이 현재 정신병원에 있다는 말을 아무런 관계도 없는 낯선 남자에게 할 필요는 없을 것 같았다. "지금 같이 있지 않아요."

"최근에 언제 따님을 만나셨나요?"

"무슨 뜻이죠?"

"따님은 몇 살인가요? 실례가 되지 않는다면."

"열여섯 살이에요. 왜 이런 게 다 궁금하신 거죠?" 그랬다. 애초에 낯선 사람과 딸의 이야기를 하지 말았어야 했다. 그냥 전화를 끊어버렸어야 했는데.

"음⋯⋯." 남자의 작은 목소리가 헬렌의 귀를 간질였다

"뭐죠?" 헬렌은 조금 더 집요하게 캐물었다. 두려움 비슷한 감정이 헬렌을 사로잡았다.

"그게 아니라, 매들린이라는 이름 위로 하트가 그려져 있어서요."

"말도 안 돼! 제 딸은 십 대 청소년이에요. 그러는 그쪽 아버지의 나이는 어떻게 되시는데요?"

"예순여섯이십니다."

속에서 역겨움이 치밀어 올랐다. 다시 한 번 몇 초간 침묵이 흘렀다. "여보세요?" 헬렌이 이어폰 마이크에 대고 소리쳤다. "끊으신 건 아니죠?"

"따님 이름 뒤에 또 무언가가 적혀 있어요." 남자가 대답했다.

"뭔데요?" 목소리가 떨려왔다.

"정확하게 무슨 말인지는 모르겠어요. 폴란드어로 쓰여 있어서요."

"말해주세요, 제발!" 헬렌은 의도한 것보다 목소리가 더 크게 명령하듯 튀어나오는 걸 느꼈다. 유모차를 밀며 지나가던 한 여자가 깜짝 놀라 헬렌을 돌아봤다.

"따님의 이름 아래에 '피에크나 이 베스티아(Piékna i Bestia)'라고 쓰여 있어요."

"그게 무슨 뜻인데요?"

"제가 폴란드어를 그리 잘하는 편이 아니라서⋯⋯." 남자가 대답했다. "하지만 잘못 해석한 게 아니라면, 이건 '미녀와 야수' 뭐 그런

뜻이에요."

"미녀와 야수라고요?" 헬렌은 당황하며 되물었다. 속이 메스꺼워졌다. "젠장, 대체 그게 무슨 의미죠?"

남자가 다시 크게 심호흡했다. "혹시 지난 몇 년 사이 제 아버지의 사진을 보신 적이 있나요?"

"아뇨." 최소한 헬렌의 기억으로는 그랬다.

"지금 따님을 만나서 혹시 제 아버지를 아는지 물어보면 어떨까요? 만일 안다고 하면 전화 좀 부탁드릴게요. 지금 곧바로 휴대폰 문자로 제 번호를 전송해드리겠습니다. 괜찮을까요?"

"그런데 저는……." 헬렌이 머뭇거렸다. 무슨 대답을 해야 할지 도무지 알 수 없었다. "아직도 이해가 잘 안 되네요."

"제발 따님께 한 번만 여쭤봐주세요."

"알겠어요. 물어볼게요."

"감사합니다. 다시 연락드릴게요. 할 일이 생긴다면요." 남자가 헬렌에게 인사했다.

무릎이 후들거렸다. 헬렌은 가까스로 공원 벤치로 걸음을 옮겨 자리를 잡고 휴대폰 화면을 응시했다. 잠깐 동안 생각에 잠겨 있던 헬렌은 이내 매들린의 휴대폰 번호를 눌렀다. 신호음 끝에 이번에도 음성 사서함으로 넘어갔다. 걱정이 점점 커졌다. 헬렌은 불안해하며 휴대폰 연락처에서 병원 전화번호를 검색해 녹색 통화 버튼을 눌렀다.

헬렌을 둘러싼 단풍나무의 붉은빛은 더 이상 낭만적이지 않았다. 오히려 위협적이었다.

7. 상파울루

벌이 턱으로 꽃 주머니에서 꽃가루를 채취했다. 그리고 몇 센티미터 위로 날아올라 헬리콥터처럼 꽃 주변을 윙윙 맴돌았다. 벌은 짧은 털을 이용해 몸에 묻은 꽃가루를 뒷다리로 털기 시작했다. 정강이뼈 아래에 달린 빗은 채취한 꽃가루를 반대편 다리의 꿀주머니로 옮겼고, 주머니에서는 윙윙거리며 꽃가루를 부쉈다. 벌은 재빨리 꿀주머니에서 꿀 한 방울을 떨어뜨려 뒤로 전달했다. 끈적끈적한 액체에 젖은 꽃가루는 반죽이 됐고, 반죽은 꿀주머니에 달라붙었다. 벌은 꿀의 무게 때문에 날갯짓의 횟수를 늘리고는, 채취한 꿀을 들고 벌집으로 돌아가기 위해 방향을 틀었다. 또 한 그루의 체리나무가 벌의 길을 가로막았다. 벌은 크게 원을 그리며 날았다. 높이 올라가려 했지만 이상하게도 몸이 계속 아래로 떨어졌다. 보이지 않는 힘이 벌의 균형을 깨뜨리는 듯했다. 벌의 뒷몸통이 연분홍 꽃잎을 건드렸다. 벌은 비틀거리다 겨우 안정을 찾았지만, 무거운 짐이 마치 납처럼 계속해서 벌을 아래로 끌어내리고 있었다. 벌은 날개를 분주하게 움직이며 옆으로 방향을 틀었다. 윙윙거리는 소리는 더 커져 마치 고함을 지르듯 느껴질 정도였다. 그러던 그때, 순간적으로 벌의 날개가 움직임을 멈췄다. 벌의 다리도 굳어버렸다. 벌은 내려앉을 곳을 찾았다. 하지만 마치 마술처럼 주변 모든 것이 사라지더니 벌은 뒷몸통부터 수직으로 추락해 나무 끄트머리에 등으로 떨어져버렸다.

몇 초간 경련을 일으키던 벌은 갑자기 굳어버렸다. 아주 고요하게, 생기 없이. 하늘을 향해 뻗은 벌의 다리는 마치 기도라도 드리는 듯한 모습이었다.

8. 뉴욕

마지막 수술이 예상보다 더 늦게 끝나고 말았다. 퇴근 전, 라마니 박사는 비서 수전을 통해 성형외과 동료인 아이보리 박사와 한 저녁 약속을 취소했다. 저녁 시간을 비우기 위해서였다. 몇 가지 밀린 서류를 처리하는 편이 좋을 것 같았다. 라마니 박사는 책상 서랍에서 참깨 크래커 한 상자를 발견하고는 크래커를 입에 넣었다. 눅눅해지긴 했어도 맛은 있었다. 크래커 상자 옆으로는 어슴푸레한 탁상 조명의 불빛 아래 허브 차 한 잔이 놓여 있었다. 이 빛을 제외하면 사무실은 어두컴컴했다.

눈이 아파왔다. 하루 종일 수술대의 눈부신 조명 아래서 수술을 하다보면 종종 이렇게 눈이 아파오곤 했다. 라마니 박사는 다음 주 런던에서 있을 의학 세미나를 위해 발표 자료를 준비하기로 했다. 하지만 집중하기가 쉽지 않았다. 라마니 박사는 인터넷 익스플로러 창을 열어 인터넷을 서핑하기 시작했다. 먼저 최근 뉴스들을 살펴봤다. 멕시코에서 납치된 미스 아메리카 후보들의 행방은 여전히 오리무중이었다. 기사는 유괴범들이 아마도 미녀들의 몸값으로 상당한 금액을 요구했 으리라고 추측했다. 이어 박사는 성형 클리닉의 페이스북을 체크했다. 클리닉에서 수술을 받은 환자가 한 시간 전, 아름다운 사진 한 장과 함께 성공적인 수술을 기뻐하며 감사 메시지를 남겨놨다. 라마니 박사는 이어 몇 주 전에 가입한 데이트 포털 사이트에 접속했다. 성공한 성형외과 전문의인 라마니 박사에게 여자가 없는 것은 아니었다. 언제든 자신의 가슴을 애무해주길 바라는 젊은 여자들이 줄을 서 있었다. 하지만 그 여자들이 바라는 것은 제법 괜찮은 라마니 박사의 몸이 아니라, 며칠 밤을 함께 보낸 대가로 가슴 확대 수술비용을 할인 받는 것뿐이었다. 사실 지금까지 라마니 박사는 그 사실에 개의치 않았다. 오히려 섹스를 위해 수술했다. 조금은 특별한 '비포 앤 애프터 테스트'였다고나 할까. 하지만 이제는 가정을 꾸릴지 여부를 결정할 나이였다. 물론 전문의로서 진단을 배제하고 누군가를 만난다는 것은 쉬운 일이 아니었다. 라마니 박사가 하는 일은 여자를 아름답게, 때로는 섹시하게 만들어주는 것이었다. 자연적으로는 도달할 수 없는 아름다움에 손을 대 한 사람을 완벽하게 만들어내는 일 말이다. 그런 라마니 박사가 한 여자에게 진심으로 감탄하고, 사랑하는 일이 어찌 가능하겠는가. 코에는 혹이 나 있고, 필요 이상으로 지방이 많은 여자들을.

알림 소리가 울리자 라마니 박사는 생각에서 빠져나왔다. 모니터에 새로운 창이 하나 열렸다. '모나'라는 이름이 쓰여 있었다. 인터넷 포럼을 통해 알게 된 젊은 여자였다. 몇 차례 쪽지를 주고받기도 했고, 지난주에는 처음으로 웹캠으로 화상 채팅도 했다. 모나는 믿을 수 없을 만큼 섹시하고 적극적인 여자였다. 솔직히 아내로 삼고 싶은 타입은 아니었지만 결혼은 조금 뒤에 해도 늦지 않다. 라마니 박사는 재빨리 손으로 검은색 웹캠 구멍을 가린 다음 셔츠 옷깃을 체크했다. 그리고 이어 화상 채팅 수락 버튼을 눌렀다.

모니터 중앙에 연결 중임을 표시하는 알림창이 뜨더니 곧 연결 성공을 알리는 이모티콘이 나타났다. 채팅 화면을 보는 순간, 라마니 박사의 맥박 수는 요동치기 시작했다. 모나는 침대에 엎드려 손으로 턱을 괸 채 노트북 카메라를 응시하고 있었다. 브래지어와 검은색 팬티 외에 모나가 걸치고 있는 건 아무것도 없었다.

"보고 싶었어요." 스피커를 통해 모나의 부드러운 목소리가 흘러나왔다. "그리고 나 너무 외로웠어." 모나의 입술은 키스를 원하고 있었다.

"아직 사무실이야." 무언가 말을 하기는 해야 할 것 같아 라마니 박사는 대답했다. 정말로 내가, 당황하고 있는 걸까?

"이상하게…… 몸이 뜨거워요." 모나가 미소를 지으며 말을 이어 갔다. 모나의 치열은 그야말로 완벽했다.

"그런 것 같네." 라마니 박사는 짧게 대답했다.

"좀 편하게 있어도 되죠?" 모나가 물었다. 이어 화면이 움직이더니 잠시 천장 조명을 비췄고, 이어 옷장과 카펫이 깔린 바닥이 보였다. 바스락 소리와 함께 다시 모나가 화면에 나타났다. 이제 모나는 팬티만 입고 있었다. 가장자리에 주름 장식이 있는 검은색 팬티였다. 천장을 향해 기대 누운 듯한 각도였다.

라마니 박사는 자신의 몸도 어느새 달아오른 것을 느꼈다. 박사는 목을 길게 빼고 사무실 문이 닫혀 있는지 확인했다. 사실 무의미한 행동이었다. 이 시간, 이 공간에 있는 사람은 늘 라마니 박사뿐이었으니까. "저 원래 이런 거 하는 여자 아니에요." 모나가 수줍게 웃으며 말했다. "하지만 이상하게도 당신은 나를 이렇게 만들어요."

라마니 박사는 웃음을 터뜨렸다. 분명 모나는 섹스에 관한 한 순진한 여자는 아니었다. 뭐, 그럴수록 더 좋지만.

"뭐가 이상한데?" 처음에 느꼈던 수치심은 점점 사라지고 있었다.

"이상해요!" 모나가 대답하며 오른손으로 자신의 가슴을 어루만지기 시작했다. 모나의 반대편 손은 천천히 배꼽 방향으로 내려갔다. 모나는 무언가를 요구하는 듯한 눈빛으로 카메라를 응시했다.

라마니 박사는 무릎에 힘이 빠지며 자신이 극도로 흥분하고 있음을 느꼈다. 모나도 취한 걸까? 뭐, 아무렴 어떤가? 오늘처럼 일이 많았던 날에는 어느 정도 긴장을 늦추는 것도 도움이 될 테니까.

갑자기 모나가 행동을 멈추더니 큰 소리로 웃음을 터뜨렸다. "당신이 먼저 해요!" 모나가 키득거리며 말했다.

"나 아직 사무실이야." 라마니 박사가 대답했다.

"그래서 흥분되는데요." 모나가 당돌하게 대답하며 혀로 자신의 입술을 핥았다. "내가 당신 책상 위에 앉아 있다고 상상해봐요." 모나가 천천히 다리를 벌렸다.

라마니 박사는 심호흡을 했다.

"벗어요!" 모나가 명령조로 말했다.

라마니 박사는 주변을 살폈다. 등 뒤의 블라인드는 내려져 있었다.

"안 그러면 나도 다시 입을 거예요!" 스피커를 통해 삐친 듯한 모나의 목소리가 흘러나왔다. 모나는 손으로 이불자락을 잡더니 자신의 벗은 몸 위로 이불을 끌어당겼다.

"알았어, 알았어!" 라마니 박사는 서둘러 대답하며 허둥지둥 와이셔츠 단추를 풀었다. 이어 와이셔츠를 바지에서 꺼내 옆으로 던졌다. 모나는 라마니 박사의 행동에 만족한 듯, 몸을 덮었던 이불을 다시 걷어냈다.

"이제 바지도!" 모나가 속삭였다. 모나의 손은 팬티 속으로 들어갔다. 라마니 박사는 자리에서 일어나 벨트를 푼 다음 정장 바지와 트렁크 팬티를 통째로 내렸다. 이어 발로 복사뼈에 걸려 있던 바지를 벗겨냈다. 이제 라마니 박사는 양말만 신은 채 사무실에 앉아 있었다. 그런 자기 모습이 다소 이상하게 여겨졌다. 컴퓨터 모니터 화면에서 부드러운 신음 소리가 들려오기 시작했다. 화면으로 보이는 모나의 모습은

라마니 박사의 마지막 망설임까지도 사라지게 만들기에 충분했다.

"그리고…… 이번에는 당신의 몸을 애무해요!" 모나가 말했다.

"이거 보여?"

라마니 박사는 모나의 말에 따랐다. 모나의 지시가 라마니 박사를 흥분시켰다.

"당신 걸 볼 수 있게 조명을 비춰봐요."

라마니 박사는 자리에서 일어나 탁상 조명이 책상 의자를 비출 수 있도록 차양의 방향을 조정한 다음 다시 자리에 앉았다.

"멋지다!" 모나는 감탄을 내뱉었다.

라마니 박사는 이불 밖으로 드러난 모나의 가슴을 흥미롭게 바라봤다. 나쁘지 않네, 박사는 생각했다. 실리콘 몇 그램 정도만 더 넣으면 될 것 같았다.

"당신은 멋진 사람인가요?" 모나가 물었다.

"나는 멋진 사람이야." 라마니 박사는 즉각 대답하고는, 그 사실을 증명이라도 하듯 큰 소리로 신음을 내뱉었다. 그사이 박사의 오른손은 성기를 어루만지고 있었다.

"당신의 이름은요?" 모나는 애태우는 듯한 목소리로 물었다.

이번에도 라마니 박사는 즉각 대답했다. "아메드 라마니!"

"라마니 박사?" 모나가 몸을 앞으로 숙이며 물었다.

"아메드 라마니 박사!" 박사가 숨을 헐떡이며 대답했다. 자신의 이름을 외친 다음에야 박사는 멈칫했다. "그건 왜 묻지?" 라마니 박사가 묻는 순간, 전기가 나가더니 모나가 있던 창이 사라져버렸다. 라마니 박사는 나체 상태로 한참을 굳어 있었다. 여전히 모니터 앞에 앉은 채로 창이 열리기만을 기다리면서. 마치 섹스 도중 자신의 아래에 누워 있던 파트너가 사라진 것 같은 느낌이었다.

몇 분 간 미동 없이 모니터 앞에 앉아 있던 탓인지, 몸이 떨려오기 시작했다. 주변에 옷가지가 흩어져 있었다. 앉아 있는 시간이 길어지면서 라마니 박사는 마치 환각 상태에서 막 깨어난 것 같은 느낌이 들었다.

방금 무슨 짓을 저지른 거지?

갑자기 라마니 박사는 조금 전 상황이 우습게 여겨졌다. 모나와의 관계는 여기까지다. 설령 모나가 다시 화상 채팅을 걸어온다 해도 응답하지 않을 생각이었다. 생면부지의 누군가 앞에서 자위를 한 듯한 느낌이 라마니 박사를 떠나지 않았다.

라마니 박사는 더 이상 십 대 청소년이 아니었다.

아메드 라마니 박사는 몸을 앞으로 숙여 바지를 집어 든 다음, 바지 속에 엉켜 있는 팬티를 찾았다.

그때 갑자기 스피커에서 신음 소리가 들려왔다. 자신의 목소리 같다고, 라마니 박사는 생각하며 고개를 들었다. 그리고 그곳, 방금 전까지 모나가 다리를 벌리고 있던 화면 속에…… 성기를 움켜쥐고 있는 자신의 모습이 보였다.

"나는 멋진 사람이야!" 화면 속에서 라마니 박사가 말하고 있었다. 사무실 조명의 희미한 빛 아래 라마니 박사가 의자에 기대어 앉아 있었다. 검은색 양말을 제외하고는 발가벗은 채 자위를 하고 있었다.

"아메드 라마니 박사!" 라마니 박사는 헐떡거리며 모니터 카메라를 향해 외쳤다.

라마니 박사의 수치스러운 모습을 비춘 그대로 갑자기 화면이 멈추었다.

박사의 심장은 거칠게 뛰기 시작했다.

"젠장, 이게 대체 무슨……." 라마니 박사가 욕설을 내뱉었다. 순간 모니터 화면에 새로운 창이 하나 더 열리더니, 화면 속에서 커서가 빠르게 깜박였다. 이어 커서가 움직이더니 마치 눈에 보이지 않는 누군가가 키보드를 두드리기라도 하듯, 모니터에 알파벳이 입력되기 시작했다.

라마니 박사는 바지를 버리고 모니터에 입력된 내용을 읽기 위해 몸을 숙였다.

당신이 주연으로 나선 이 짧은 동영상은 앞으로 2분 안에 당신의 메일과 페이스북 계정에 등록된 모든 사람에게 배포될 것입니다. 우리가 원하는 것을 들어주지 않는다면 말입니다. 우리를 도우시겠습니까?

커서는 물음표 뒤에서 움직임을 멈추더니 그 자리에서 깜박였다.

아메드 라마니 박사는 이 모든 상황을 믿을 수 없어 화면을 멍하니 응시했다. 어쩌란 말인가? 내 메일 계정에 등록된 모든 이들에게……? 거기에는 클리닉 동료도, 더욱이 여자도 포함되어 있다. 대부분의 환자들도. 가족도. 심지어…… 라마니 박사의 어머니도.

갑자기 커서가 다시 움직이기 시작했다.

우리를 돕고 싶다면, '네!' 라고 답하세요.

라마니 박사는 마치 누군가가 뒤에 서 있기라도 한 듯 뒤를 돌아봤다. 그리고 이내 모니터 위에 설치된 작은 카메라 렌즈를 응시했다. 혹시 지금도 자신을 촬영하고 있는 건…….

"네!" 라마니 박사가 대답했다. 입이 바싹 말라 들어갔다. 오래된 토스트 한 조각을 씹은 것 같았다.

라마니 박사는 반응을 기다렸지만 아무 일도 일어나지 않았다.

라마니 박사는 한 번 더 소리쳤다. "네!" 이번에는 거의 소리를 지르다시피 했다. 라마니 박사는 점점 더 패닉 상태에 빠져들었다.

커서가 다시 움직였다

좋습니다. 다시 연락하죠. 암호는 '모나'입니다. 선한 일을 이루기 위한 겁니다.

라마니 박사는 모니터 화면에 입력된 문장을 소리 내어 읽었다. 커서가 잠시 멈추더니 이내 다시 움직였다.

걱정하지 마세요. 어쩌면 당신이 시작한 일을 당신이 직접 끝낼 수도 있을 테니까.

커서는 이윽고 콜론 표시와 줄표 하나 그리고 괄호 표시로 문장을 마쳤다.

:-)

창이 사라지더니 사진 하나가 떠올랐다. 라마니 박사는 깜짝 놀라 비명을 질렀다. 모나와 매우 비슷하게 생긴 한 여자의 나체 사진이었다. 하지만 사진 속 여자의 몸은 매우 기괴하게 변형돼 있었다. 흡사 캐리커처가 연상되는 모습이었다. 눈은 부어 있었고 코는 찌그러진 채였다. 가슴은 비대칭으로, 한쪽은 금방이라도 터질 듯 빵빵한 반면 다른 쪽은 늙은 여자의 젖가슴처럼 탄력 없이 축 늘어진 상태였다. 배는 임신부처럼 뚱뚱했고, 엉덩이는 터질 것 같았다. 다리는 돌아가 있었고, 피부는 마치 코끼리 가죽 같았다. 속이 메스꺼웠다.

라마니 박사는 모니터 뒤에 있는 전원 버튼을 찾아 사진이 사라질 때까지 길게 버튼을 눌렀다. 다른 한 손으로는 탁상 조명을 껐다.

완전한 어둠이 사무실을 뒤덮었다. 그제야 라마니 박사는 깊은 한숨을 내쉬며 의자 등받이에 몸을 기댔다. 끝도 없는 피로감이 라마니 박사를 덮쳤다. 가죽 의자가 박사의 벌거벗은 피부에 들러붙었다. 박사의 귀로 피가 몰렸다. 두려움과 수치심 그리고 의구심이 박사를 사로잡았다.

모니터에서 보았던 문장이 떠올랐다. 선한 일을 이루기 위해서라…….

쌀쌀한 기운이 감돌며 다리가 떨려왔다. 동영상을 유포하지 않는 대신 그들이 무엇을 요구하든, 결코 선한 일은 아니리라고 박사는 확신했다.

9. 아카풀코

그렉 밀너는 잔뜩 짜증이 난 채 경찰서장인 라파엘 에레라의 사무실에 앉아 있었다. 무슨 이유 때문인지 갑자기 경찰서로 떼 지어 몰려든 파리들 때문이었다(밀너는 파리 떼의 등장이 바이러스와 관련이 없기를 진심으로 바랐다). 극심한 더위 탓이기도 했다. 가을인데도 아카풀코는 뜨거웠고, 에

어컨은 수명을 다한 것 같았다.

얼마 전 브라질에서 있었던 '사건' 이후 첫 현장 투입이었다. 밀너는 무의식적으로 뺨으로 손을 가져가 탄환이 관통하며 남긴 흉터를 어루만졌다. 혀로는 가짜 어금니를 훑었다. 당시의 고통이 고스란히 느껴졌다. 의사는 이를 환상통이라고 설명했다. 그러면서도 도움이 될 거라며 매일 아침 복용할 작은 크기의 빨간 알약을 처방해줬다. 환상통이건 진짜 통증이건 상관없었다. 어쨌거나 진통제를 복용하지 않고는 고통을 견딜 수가 없었기 때문이다.

밀너가 빠른 속도로 오른손을 들어 올려 무언가를 낚아채고는 주먹을 쥐었다. 갑작스러운 포획에 당황한 파리가 주먹 안에서 탈출구를 찾으려 움직이며 밀너의 손바닥을 간질였다.

"한 놈을 죽이면 열 놈이 달려드네요." 에레라가 웃으며 말했다. "조심하는 게 좋을걸요. 복수당하지 않으려면!" 전화벨이 울리자 에레라는 마치 그릴 위에서 달궈진 뜨거운 옥수수 이삭을 들어 올리듯 조심스레 수화기를 들었다.

그사이 밀너는 이 빌어먹을 파리를 던져버릴 만한 벽이나 쓰레기통을 찾기 위해 주변을 살폈다. 하지만 아무것도 발견하지 못하고는 천천히 주먹을 풀어 몸을 가누지 못하고 천장을 향해 검은 점처럼 누운 파리를 살폈다. 결국 밀너는 파리를 다시 풀어주며 생각했다. 경찰서에 들어온 걸 환영해.

미국 연방수사국 FBI는 네 명으로 구성된 특별 수사팀을 멕시코로 파견했고, 바로 그 특별 수사팀의 팀장으로 임명된 이가 밀너였다. 원래대로라면 멕시코 경찰 본부에 있어야 했지만 공간이 부족하다는 이유로 멕시코 외곽의 파출소에 자리를 잡게 됐다. 이미 오래전에 문을 닫은 파출소였다. 작은 정사각형 형태의 파출소 건물 전면에는 지역 마약 범죄단과 벌인 총격의 흔적이 고스란히 남아 있었다. 이후 이곳에서 일하기를 원하는 사람이 없어지면서 파출소가 문을 닫았다는 게 밀너가 전해 들은 설명이었다. 멕시코 경찰은 그리 달갑지 않은 FBI 특별 수사팀을 이곳으로 보냈다. FBI라면 이곳에서도 살아남으리라 생각한 모양이었다. 아니, 오히려 살아남지 않기를 바랄지도.

멕시코에 도착한 지 이틀이 지나도록 이 멕시코 놈들은 건물에 전기조차 공급하지 못하고 있었다. 어쩔 수 없이 지역 경찰서장인 라파엘 에레라의 사무실과 멕시코 연방경찰청을 오가며 새로 들어온 정보를 입수해야 하는 상황이었다.

더욱이 밀너를 우울하게 하는 것은 수사에 진전이 없다는 사실이었다. 유괴범들이 즉각 인질을 풀어주는 대가로 몸값을 요구한다면, 이는 미녀들이 안전하다는 최고의 소식일 것이다. 인질들을 비교적 안전하게 데리고 있다가 풀어주겠다는 의미로 해석할 수 있기 때문이다. 반면 유괴범들이 아무런 연락도 해오지 않는다면 성매매와 관련되어 있을 가능성이 높다. 후자의 경우 미녀들은 불법 포르노 영화 속 주인공이 되어 집으로 돌아올 테고.

사건 당일, 현장에는 두 명의 목격자가 있었다. 범인이 버스 밖으로 내친 버스 운전기사와 가축을 싣고 도시로 향하던 농부였다. 다른 목격자들과 달리 농부는 경찰이 도착하기 전에 멀리 도망치지 못한 상태였다. 하지만 매우 영리해서 사건에 대한 모든 진술을 거부했다. 농부는 자신이 운전대를 잡은 채로 잠이 들었으며, 맹세컨대 납치범들이 기습 공격을 한 사실을 전혀 몰랐다고 진술했다. 이틀 후, 밀너가 직접 나서서 정보를 캐내려 했을 때는 불쌍하게도 온몸을 벌벌 떨었다. 목격자가 진술할 경우, 잔혹하게 보복하기로 유명한 마약 카르텔에 두려움을 느꼈기 때문인 듯했다. 실제로 목격자들이 참수를 당하거나 십자가에 매달리거나 일종의 충격 요법으로 다리 위에서 교살을 당한 경우도 적지 않았다. 살아남기 위해서는 입을 닫는 편이 좋다는 사실을, 멕시코인들은 너무나도 잘 알고 있었다.

반면 버스 운전기사는 두려워하지 않고 목격한 내용을 진술했다. 문제는 말은 많지만 유용한 정보는 얼마 없다는 점이었다. 사자처럼 용맹하게 맞섰지만 머릿수가 부족했다는 게 기사의 주장이었다. 멕시코 사람 같았고, 마스크는 쓰지 않았다고도 했다. 그나마 기사의 증언을 통해 납치범들이 무장 괴한 네 명이었다는 사실을 알게 되어 다행이었다. 납치범들은 미녀들이 탄 버스를 통째로 약탈해 마치 땅으로 꺼지듯이 사라졌다고, 기사는 증언했다.

그사이 미국에서는 이 납치 사건이 세간의 주목을 받고 있었다. 미국의 각 연방주를 대표하는 딸들이 탄 버스였다. 치어리더부터 모델, 대학생까지. 이들은 미국의 중산층 가정이 제공할 수 있는 최상의 것을 투자해 키워놓은 아름다움의 상징이었다.

"혹시 마약 밀수범 가운데 누가 애들의 몸을 건드리지나 않을지 걱정이네요." 아카풀코에 도착해 에레라를 만났을 때 그가 처음으로 한 말이었다. 충격이었다. 나중에야 밀너는 에레라 또한 세 딸을 둔 아버지라는 사실을 알게 됐다. 납치범이 어린 여자아이들에게 나쁜 짓을 저지를지도 모른다는 생각만으로도 에레라는 치가 떨린다고 했다. 경찰로서 결코 하지 말아야 할 생각이었다. 그렇지 않고서는 이 일을 계속할 수 없을 테니까.

밀너는 커피를 마셨다. 워싱턴 FBI 본부에서 마시는 커피보다 맛이 좋았다.

밀너의 건너편에 앉은 에레라는 여전히 통화 중이었다. 만난 후 처음으로 에레라는 흥분한 듯 보였다. 에레라는 통화를 계속하며 밀너에게 눈신호를 보낸 후 무언가를 메모했고, 이어 질문을 던졌다. 곧 수화기를 내려놓은 에레라는 걱정스러운 듯 이마를 찡그렸다.

"누가 발견됐어요?" 밀너가 물었다. 드디어 미국에 기쁜 소식을 전할 수 있는 것일까. "살아 있대요?"

"살아 있긴 해요." 에레라가 대답했다. "하지만 끔찍한 상해를 입었다네요. 사건 당일에 칠판싱고 병원 앞에 버려둔 모양이에요. 그쪽 지역 경찰이 오늘에서야 발견했다고 하네요. 레이첼 우드라는 애래요."

밀너는 정장 안주머니에서 종이 한 장을 꺼냈다. 검지로 종이에 적힌 리스트를 따라 내려가다 한 곳에서 멈췄다. "미스 플로리다." 밀너가 말했다. "제일 어린 후보자네요. 이제 열여섯 살."

에레라는 스페인어로 욕설을 내뱉었다.

"상태가 어떻대요? 조사할 수 있나? 지금 가도 된대요?"

라파엘 에레라가 고개를 저었다. "현재 의식 불명 상태랍니다."

"살 수는 있고?"

"의사들 말에 따르면요."

"문제는?" 밀너가 물었다.

"부러질 수 있는 건 죄다 부러진 것 같다네요. 특히 얼굴이. 아무래도 미스 아메리카가 되기는 어렵겠죠?"

밀너는 에레라의 말을 이해할 수 있었다. 하지만 어쨌거니 살아남은 것이 다행이라고, 밀너는 애써 위로하며 물었다. "사건 당일에 버려졌다고 했죠?"

"사고 발생 후 한 시간쯤 지나서요." 밀너는 자리에서 일어나 벽에 붙은 지도로 향했다. 아카풀코 북쪽에 위치한 칠판싱고는 어렵지 않게 찾을 수 있었다.

"아카풀코에서 여기까지는 얼마나 걸려요?"

"한 시간 정도요." 어느새 자리에서 일어나 밀너 옆으로 온 에레라가 대답했다.

"그렇다면 습격 당시에 부상을 당한 모양이네요. 급브레이크를 밟는 순간 그랬을 수도 있고. 보통 이런 버스에서는 안전벨트를 착용하지 않으니까." 밀너가 생각에 잠겨 말했다. "어쨌거나 범인들이 어느 쪽으로 향했는지는 알아냈네요. 칠판싱고와 그 주변을 수색해야겠어요. 일단 내가 연방 경찰국으로 넘어가서 이야기를 해볼게요."

"이상한 게 뭔지 알아요?" 문으로 향하는 밀너를 에레라가 멈춰 세웠다. 밀너는 고개를 저었다. "여자를 그냥 죽게 내버려두지 않았다는 거, 이상하지 않아요? 그냥 무덤에 던져도 됐을 텐데, 병원 앞에 버려졌다는 게 말이에요. 평범하진 않잖아요."

밀너는 무언가 말하려다 그만뒀다. "멕시코에 온 걸 환영해." 밀너는 조용히 혼잣말을 하며 경찰서장의 사무실 문을 닫았다. 반대편 손으로는 자신의 얼굴 앞에서 알짱거리는 파리를 쫓으며.

10. 라이프치히

오늘도 남자는 나슈마르크트(Naschmarkt)에서 구 시청사로 이동하고 있었다. 지난 며칠 밤 그랬듯이. 어느 상점 입구에서 차양을 발견한 남자는 그 아래 서서 눈앞의 광장을 응시했다. 남자의 눈은 목표 건물의 창문을 통해 보이는 움직임을 감지하는 데 집중하고 있었다. 빼어나게 아름다운 건축물이었다. 건축에 대해 아는 것이라곤 없었다. 남자의 인생은 굴뚝과 다리 폭파가 전부였으니까. 그런데도 이 건물에는 첫눈에 반하지 않을 수 없었다.

거리의 밤을 밝히는 노란 조명 아래로 시청 건물의 비문이 보였다. 지붕 밑을 따라 시청 건물을 둘러싼 거대한 금색 문자. "신께 모든 영광을 돌립니다. 신께서 이 도시를 세우지 않았다면 이 건물 또한 존재하지 않았을 테고, 신께서 이 도시를 지키지 않으신다면 경비원들이 있어도 아무런 소용이 없기 때문입니다." 남자는 비문을 읽으며 자기도 모르게 조소를 흘렸다. 오늘 밤만큼은 그 위대한 신도 라이프치히를 지키지 않는 모양이었다.

남자는 자기 혼자뿐이라는 사실을 확인한 후, 광장을 가로질러 건물 그늘에 몸을 숨긴 채 비문을 따라 건물을 돌아갔다. 남자는 시청 전면의 성탑 앞에서 걸음을 멈췄다. 구 시청사로 들어가는 정문이 있는 곳이었다.

성탑은 특이하게도 건물 중앙에 있지 않았다. 처음부터 남자를 의아하게 만들었던 부분이었다. 대체 누가 성탑을 건물 전면의 중앙이 아닌, 오른쪽으로 삼분의 일 지점에 짓는단 말인가?

뭐, 아무래도 좋다. 다시 지을 때는 중앙에다 지으면 될 테니까.

남자는 목을 길게 늘여 거대한 성탑 시계를 올려다보았다. 시계는 밤이 되면 파란색 조명으로 빛났다. 새벽 3시가 조금 지난 시각.

남자는 정확하게 정해진 만큼 발걸음을 옮겨 시청 전면의 원형 아치로 향했다. 레스토랑과 카페, 기념품 매장이 있는 곳이었다. 가장 긴장되는 순간이었다. 남자는 아치 중 한 곳에 몸을 기대고 크게 심호흡했다. 이틀 전에 남자가 가져온 사다리가 그 자리에 그대로 있었다. '치우지 마세요. 관리부.' 남자가 직접 만들어놓은 작은 알림판에 쓰인 문구였다. 남자는 시청의 그 누구도 이 알림판의 요구 사항을 무시하지 않으리라 예측했었다. 첫째 날에는 사다리를 발견할 테고, 둘째 날에는 사다리의 존재를 의문스럽게 여기겠지만, 셋째 날이 되면 다른 걱정거리로 관심사를 옮길 것이기 때문이다.

남자는 삐걱거리는 소리를 내며 사다리를 옮겨 성탑의 작은 돌출부에 기대어놓았다. 이어 민첩하게 사다리를 오른 남자는 무언가 곰곰이 생각한 끝에 조용히 욕설을 내뱉으며 다시 아래로 내려왔다. 남자는 서둘러 시청사의 출입문으로 돌아간 다음 바지 주머니에서 무언가를 꺼내 문에 붙였다. 이 따위 벌 표식이 뭐 그리 중요하다고……. 남자는 그렇게 생각하며 땀에 젖은 손으로 스티커를 반들반들하게 밀어냈다. 작업 후 남자는 서둘러 다시 사다리가 있던 곳으로 돌아갔다. 그리고 약 5분 뒤 나무 난간으로 된 발코니에 이르렀다. 예전에 시장이 시민들에게 인사하기 위해 만든 발코니인 것 같았다. 발코니에 오르자마자 남자는 사다리를 위로 잡아끌어 발코니 한구석에 내려놓았다. 이제 이 사다리는 누구의 눈에도 띄지 않을 것이다. 그리고 그 옆에 무릎을 꿇고 앉아 있는 자신의 모습도 보지 못할 것이다. 남자는 자신이 매일 밤 하나하나씩 뚫어놓았던 열다섯 개의 구멍을 확인했다. 각각 33센티미터 깊이로 뚫어놓은 구멍이었다. 남자는 숫자 놀이를 좋아했다. 구멍 열다섯 개. 숫자 15의 각 자릿수를 합하면 6이 나온다. 남자의 생일이었다. 33센티미터의 각 자릿수의 합도 마찬가지로 6이었다.

원하시는 금액은? 낯선 이가 메일을 통해 남자에게 물었었다.

처음에 남자는 이 모든 것이 장난일 거라고 여겼다. 이 일을 해야 하는 이유는요? 남자는 조심스럽게 물었다.

우리가 원하니까.

왜 하필 나죠? 남자가 답장했다.

당신이 할 수 있는 일이니까. 그래서, 얼마를 원합니까?

폭파시키는 대가로? 60만 유로. 어처구니없는 대답이었다. 어쨌거나 각 자릿수의 합은 6이었다.

마침내 남자는 낯선 이의 제안을 수락했다. 한쪽 다리는 감옥에, 한쪽 다리는 지옥에 넣는 일이었다. 정신 나간 일이었다. 어쩌면 그간 남자의 삶이 너무 지루했던 탓일 수도 있다. 두 사람은 세 번 메일을 교환한 끝에 33만 유로로 최종 합의를 보았다. 그 돈이면 호수 근처에 있는 근사한 집 한 채는 얻을 수 있을 것이다.

"성탑과 집을 바꾸다니." 남자는 혼잣말로 중얼거렸다. 다시 웃음이 터져 나왔다. 아무리 어려운 상황이라도 미소를 잃지 않는 것. 남자의 성격이었다. 땅 깊숙한 곳에서 광부로 일할 때도, 최대 한 시간까지 버틸 수 있는 산소에 탈출구라고는 한 곳밖에 없는 위험천만한 상황에서 일할 때도 남자는 늘 미소를 잃지 않았다.

남자는 검은색 여행 가방에 갈산암모늄을 6킬로그램 담아 운반했다. 지난 몇 주간 회사에서 조금씩 훔쳐온 것이었다.

회사는 분명 이 화학 물질을 안전하게 지키는 데 심혈을 기울였다. 하지만 남자는 영리했다. 최소한 회사의 사장이 생각했던 것보다는 더 영리했다. 사장은 남자와 마찬가지로 갈산암모늄을 다룰 자격이 있는 전문가로서 한평생을 살아온 사람이었다. 그리고 그런 사람은 아무리 위험한 물질일지라도, 그것에 대한 경외심을 잃게 되기 마련이다. 그러한 물질의 위험성에 대한 인식마저도. 갈산암모늄의 보관에 허점이 있었던 것도 바로 그 때문이었다.

남자는 다시 한 번 계산을 확인했다. 구멍당 400그램씩. 남자는 노련하게 손을 놀렸고, 이내 불을 붙였다. 남자의 위로 보이는 성탑 시계는 새벽 3시 반을 가리키고 있었다. 3시 30분. 각 자릿수의 합은 6이다. 이제 가장 어려운 임무가 하나 남았다. 사다리 없이 내려가는 것. 이 사다리는 남자가 이곳에 두고 가야 할 유일한 물건이다. 곧 수백만 개의 조각들로 분해되겠지만.

남자는 가방에서 로프를 꺼내 허리 벨트에 고정했다. 그리고 조심스럽게 로프를 내렸다.

시청 건물 아래에 도착한 남자는 모든 것을 가방에 쑤셔넣은 다음, 재빨리 건물에서 멀어졌다.

남자는 며칠 전 살펴두었던 어느 집의 지붕 아래로 몸을 숨겼다. 들키지 않고 시청사를 가장 잘 관찰할 수 있는 지점이었다. 그리고 임무가 끝나고 나면 옆에 있는 골목길로 도주하면 된다. 성탑은 물론 남자가 있는 방향을 향해 쓰러지겠지만, 이곳과는 충분한 거리가 확보되어 있었다.

오래전에 쓰던 폭파 방식이었다. 성탑 안에 넣어둔 갈산암모늄이 기폭제로 작용할 것이다. 나무를 쓰러뜨릴 때처럼. 그리고 성탑도 쓰러질 것이다. 최소한 남자의 구상에 따르면 그랬다. 낡은 굴뚝을 폭파할 때도 같은 방법이 사용된다. 이 정도 규모의 성탑을 폭파해본 적은 단 한 번도 없었지만.

그 순간 남자는 누군가의 움직임을 감지했다. 그림자 하나가 나슈르마르크트의 보행자 통로에서 시청사를 향하고 있었다. 남자는 눈을 질끈 감았다. 술 취한 사람 같았다.

남자의 시선은 이내 성탑 시계로 향했다. 술 취한 사람은 정확히 성탑의 그늘을 향해 남자를 스쳐 지나갔다.

남자는 욕설을 내뱉었다.

그때 나슈르마르크트 반대편에서 또 다른 움직임이 감지됐다. 믿을 수 없었다. 경찰차 한 대가 자동차 통행이 금지된 인도에서 느린 속도로 다가오고 있었다. 남자는 다시 한 번 욕설을 내뱉었다. 지금까지는 아무런 문제가 없었다. 그런데 하필이면 지금이라니! 혹시 누군가가 남자를 발견하고 경찰에 신고한 건 아닐까? 남자는 성탑을 바라보았다. 만일 지금 당장이라도 폭파 장치를 가동시킨다면 남자는 분명 사람들의 관심을 다른 곳으로 돌릴 수 있을 테고, 자신은 안전하게 이 상황에서 벗어날 수 있을 것이다.

하지만 술 취한 사람은 지금 정확히 시청 앞에 서서 비틀거리고 있었다. 폭발물에서 약 30미터 정도 떨어진 지점이었다. 남자는 다시 고개를 돌려 경찰차를 확인했다. 이제 100미터 정도밖에 떨어져 있지 않았다. 경찰들은 곧 자신을 발견하게 되리라.

남자는 시청사 뒤편에 새겨져 있던 문구를 떠올렸다. 뭐였더라? "신께서 이 도시를 지키지 않으신다면 경비원들이 있어도 아무런 소용이 없기 때문입니다."

남자는 다시 한 번 술 취한 사람을 바라보았다. 이제 겨우 두 걸음 더 앞으로 내디딘 상황이었다.

남자는 손에 쥔 기폭 장치를 응시했다. 돈을 생각했다.

그리고 웃었다.

11. 보스턴

전용기를 타고 이동하는 게 처음은 아니었다. 모델로서 인기가 최절정에 달했을 때, 헬렌은 디자이너들이 너도 나도 앞다투어 보낸 리어제트기를 타고 목적지까지 이동하곤 했다. 벌써 오래전의 이야기지만. 그러나 자신이 전용기를 탄 유일한 탑승객인 적은 이번이 처음이었다.

아래로 보이는 로건 공항이 작아지자 헬렌은 지평선을 바라보았다. 조금 전 헬렌은 샌안토니오 병원에 전화를 걸어 의사와 통화했다. 통화 내용을 떠올리는 헬렌의 눈에서 눈물이 흘러내렸다.

"신기하네요. 어떻게 알고 전화를 하셨는지. 안 그래도 막 전화를 드리려던 참이었어요. 매들린이 사라진 것 같아요." 매들린의 주치의인 라이드 박사는 그렇게 말했다.

"사라졌다고요?" 헬렌이 큰 소리로 되물었다. 공원에 있던 사람 몇몇이 헬렌을 돌아보았지만 이제 사람들의 시선 따위는 개의치 않았다.

"유감스럽게도 그런 것 같아요." 라이드 박사가 우울한 목소리로 대답했다. "매들린의 상태가 갑자기 악화됐어요. 재발한 거죠. 청천벽력이에요. 저와 상담을 하고 나간 뒤로 본 사람이 없다고 해요. 찾을 수 있는 곳은 다 찾아봤는데 없더라고요. 게다가 매들린의 물건이 몇 가지 같이 사라진 걸로 보면 아무래도……. 그래서 어머님이 따님의 소식을 알고 있지 않을까 하고 연락드리려 했던 거고요."

"아뇨. 아무 연락도 없었어요!" 헬렌은 고함치듯 대답했다. 마치 땅이 꺼지는 듯한 기분이었다. "휴대폰은요?" 머릿속이 복잡해진 와중에도 가까스로 딸의 휴대폰이 떠올랐다.

"방에 있었어요. 휴대폰은 가지고 가지 않았더라고요. 정말 이상해요. 어머님도 아시겠지만, 일반적으로 있어서는 안 되는 일이거든요. 물론 환자가 사라진 적이 처음은 아니에요. 지금까지는 환자들을 모두 안전하게 데리고 돌아왔고요. 아마 멀리 가진 못했을 거예요. 아무래도 병원 주변은 인적이 매우 드무니까……."

"인적이 드물다고요?" 헬렌은 숨을 들이마시며 눈물이 흐르려는 것을 참으려 애썼다. 그러면서 두려움 가운데 질문을 던졌다.

"혹시 바르샤바에 아는 분이 있으세요?" 라이드 박사가 물었다. 박사는 헬렌의 답을 듣지 않고 계속해서 말을 이어갔다. "매들린의 방에서 편지 하나를 찾았는데, 연애편지인 것 같더라고요. 파벨이라는 이름의 남자던데, 편지를 보낸 주소지가 바르샤바더군요. 매들린의 방에서 비어 있는 항공권 봉투도 발견됐고요."

헬렌은 정신없이 라이드 박사가 불러주는 바르샤바의 주소를 받아 적었다. 그리고 이미 경찰에 실종 신고를 해놓은 상태라는 라이드 박사의 말을 끝으로 통화를 마무리했다. 헬렌은 침착함을 되찾기 위해 몇 분 정도 시간을 두었다가 다시 바르샤바에 있는 파트리크 바이시에게 전화를 걸었다.

"안 그래도 걱정하고 있던 부분이에요." 파트리크 바이시는 매들린이 사라졌다는 소식을 전해 듣고 침착하게 대답했다. "아무래도 두 사람이 함께 사라진 것 같네요."

두 사람이 함께 사라졌다. 상상만으로도 헬렌은 위가 꼬이는 것 같았다. 그로부터 30분도 채 지나지 않아, 자신의 아파트로 가고 있던 헬렌에게 파트리크 바이시가 다시 전화를 걸어왔다.

"제 친구 중에 공항 감시부에서 일하는 친구가 있어요. 원래는 불법

인데, 방금 부탁해서 알아보니 어제 저녁에 매들린 모건이 아메리칸 에어라인으로 빈을 경유해 바르샤바에 갔다고 하네요."

대체 매들린은 어떻게 혼자 바르샤바까지 갈 생각을 했을까. 헬렌은 그런 생각을 하는 것만으로도 어지러웠다. 물론 헬렌의 생각과 달리 매들린은 더 이상 어린아이가 아니었다. 매들린은 어느새 예쁜 곱슬머리와 호기심으로 가득한 눈을 지닌 열여섯 살 소녀가 되어 있었다. 자신이 모델로 캐스팅됐던 바로 그 나이다. 모델 활동은 헬렌에게서 순수함을 앗아갔고, 매들린에게는 정신적 질병을 주었다. 매들린은 그 질병 때문에 오래전부터 헬렌과 떨어져 지내고 있는 상황이었다. 매들린이 무려 수천 킬로미터나 떨어진 정신병원에서 치료를 받는 동안 헬렌은 단 한 순간도 딸을 그리워하지 않은 적이 없었다. 하지만 그때마다 전문적인 손길들이 딸을 보살펴주고 있을 것이고, 딸이 집보다 더 좋은 환경에서 지내고 있으리라 자위하며 의료진들에게 신뢰를 보내왔다. 하지만 매들린이 자신에게 연락조차 하지 않은 채 병원을 뛰쳐나가 보호자도 없이 혼자 유럽으로 날아갔다는 것, 그 생각만으로도 헬렌은 엄청난 두려움을 떨쳐버릴 수가 없었다.

"바르샤바로 오세요!" 파트리크 바이시가 헬렌에게 이렇게 제안했을 때, 샌안토니오 병원과 지역번호가 같은 또 다른 곳에서 전화가 걸려왔다.

경찰이었다. 병원 측에서 헬렌의 휴대폰 번호를 지역 경찰에게 전달한 모양이었다. 경찰은 매들린에게 평소 이상이 없었는지 물었다. 헬렌은 거식증이 아니었다면 매들린이 정신병원에 가는 일은 없었을 거라고 대답했다. 헬렌의 대답은 의도했던 것보다 더 퉁명스럽게 튀어나왔다. 헬렌의 대답에 매들린의 실종에 대한 경찰의 관심은 현저히 낮아진 듯했다. 병원에서 연애편지가 발견됐다는데, 남자친구에 대해 아는 게 없냐는 것이 경찰의 그다음 질문이었다.

헬렌은 폴란드에 있는 파트리크 바이시의 아버지에 대한 이야기는 꺼내지 않기로 했다. 솔직히 말하자면 매들린이 거의 50살 정도 더 많은 남자와 연애하고 있을지 모른다는 말을 하기가 쉽지 않았다. 그것이 사실일 경우, 매들린의 실종을 진지하게 여길 사람은 아무도 없을 게 분명했다. 대신 헬렌은 공항 감시부를 통해 얻은 정보를 전했다. 혹 파트리크 바이시의 친구라는 사람이 이 일로 화를 당할지도 모르지만 헬렌과는 상관없는 일이었다.

예상대로 경찰은 의심하며 물었다. 공항 감시부 직원의 이름이 무엇이냐, 보안이 지켜져야 할 항공 기록 데이터에 어떻게 접근할 수 있었느냐, 그것은 범죄 행위다 등, 경찰은 질문을 쏟아부었다. 헬렌은 더 이상 참을 수가 없었다. 헬렌은 사건의 핵심, 즉 딸의 흔적에 집중하지 않는 경찰에게 화를 냈고, 결국 경찰은 친절한 인사로 통화를 마무리하기는 했지만 무언가 진심이 담긴 것 같지는 않았다. 그러면서 경찰은 아마도 매들린의 실종 문제는 폴란드 경찰의 소관일 것 같다고 덧붙였다. 바르샤바 경찰과 연락할 수 있는 방법을 알아보겠다면서 말이다.

경찰의 태만함에 헬렌은 분노가 치밀어 올랐다. 아파트에 도착한 헬렌은 코냑 한 잔을 마셨다. 술을 좋아하는 편은 아니었지만 오늘 같은 상황에서는 코냑이 절실했다. 영원처럼 느껴졌던 두 시간이 지나고, 그사이 코냑 두 잔을 더 들이켠 헬렌은 앞에 놓인 휴대폰을 응시하다 다시 파트리크 바이시에게 전화를 걸었다. 파트리크 바이시는 경찰의 반응을 예상한 듯한 눈치였다. 공항 감시부 직원에 대한 이야기는 꺼내지 않았다.

"두 가지 방법이 있어요. 집 소파에 앉아 폴란드 경찰 당국에서 연락이 오기를 기다리거나 아니면 지금 바르샤바로 와서 따님을 같이 찾아보는 것." 파트리크 바이시가 말했다. "전용기를 보낼게요. 몇 시간 후면 바르샤바에 도착하실 거예요."

결국 헬렌은 오밤중에 공항으로 이동했고, 얼마 지나지 않아 파트리크 바이시가 준비해놓은 리어제트기에 올라탔다.

헬렌의 시선이 비어 있는 반대편 가죽 의자로 향했다. 의자 위에는 헬렌의 짐이 놓여 있었다. 헬렌은 촉박한 가운데 일주일 분량의 옷을 챙겼다. 루브르 박물관에서의 연구에 필요한 모형도 별도의 가방에 넣어 챙겨왔다. 일이 잘 해결된다면 헬렌은 바르샤바에서 매들린을 만나게 될 테고, 그렇게만 된다면 매들린과 함께 파리로 갈 생각이었다. 현재 상태로 봐서는 반드시 딸과 둘만의 시간을 가져야 할 것 같았다. 물론 모든 일이 잘 해결됐을 경우의 이야기지만.

다시 몸이 딱딱하게 굳어왔다. 끔찍한 생각을 떨쳐버리기 위해 몇 시간 동안 별의별 방법을 다 동원해봤지만 소용없었다. 가뜩이나 헬렌은 긍정적인 생각을 하는 데 소질이 없었다. 매들린이 재벌 늙은이와 폴란드에 있다고? 헬렌으로서는 도무지 믿을 수 없는 일이었다. 헬렌은 인터넷을 매개로 그런 관계가 종종 맺어지기도 한다는 뉴스를 접한 적이 있었다. 음란한 노인들이 인터넷으로 미성년자와의 관계를 노리고 있다고 했다. 하지만 내 딸이……? 미국의 폐쇄된 어느 병원에서 바르샤바로 도망쳤다는 게 정말 사실이란 말인가? 상상조차 할 수 없는 일이었다. 이 사건으로 충격을 받았다는 점에서 파트리크 바이시와 헬렌에게는 최소한 동맹을 맺을 이유가 있었다.

전용기 창밖으로 지평선 앞에 구름이 그림자를 만들어냈다. "할머니는 어디 있어?" 7년 전, 헬렌의 어머니인 루트가 세상을 떠났을 때, 매들린은 그렇게 물었었다.

너무 이른 죽음은 아니었다. 갑작스레 찾아온 죽음도 아니었다. 어머니는 용감하게 암에 맞서 싸웠고, 때가 되어 그 싸움에서 패했을 뿐이었다. 매들린이 루트의 죽음을 준비하도록 할 충분한 시간이 있었음에도, 헬렌은 병원에서 전화를 받는 순간 그 자리에 얼어붙은 채 아무것도 할 수 없었다. 매들린에게 외할머니는 두 번째 엄마와도 같은 존재였다. 더 솔직히 고백하자면 엄마 그 이상이었다. 헬렌이 학업을 이어가는 동안 루트는 매들린을 돌봤다. 매들린은 엄마보다 할머니와 보낸 시간이 더 많을 수밖에 없었다. "다 매들린을 위한 거잖니." 나쁜 엄마라는 죄책감에 눈물을 터뜨릴 때마다, 어머니는 늘 위로를 해주곤 했다. "엄마가 박사가 되면 매들린도 정말 자랑스러워할걸. 그럼 매들린에게 더 멋진 미래를 만들어줄 수 있을 테고 말이야." 어머니는 그렇게 말씀하시며 헬렌의 머리를 쓰다듬었다. 어머니가 머리를 쓰다듬어줄 때마다 헬렌은 머릿속 가득 찬 모든 부정적인 생각들이 한순간에 날아가는 것 같은 느낌을 받았다.

"할머니는 저기 하늘에 계셔. 구름 위에." 헬렌이 매들린에게 말했다. "할머니는 하늘에서 언제나 우리를 지켜주고 계시는 거야." 어린 매들린은 곧장 창문으로 달려가 커튼을 젖히더니 먹구름으로 잔뜩 덮인 하늘을 바라보며 창문에 손을 가져다 댔다.

지평선을 바라보던 헬렌의 눈에 어느새 눈물이 고였다. "엄마……. 우리 아가 잘 부탁해요……." 헬렌은 중얼거리며 차가운 전용기 유리창에 손바닥을 가져다 댔다. 아주 잠깐 안도감 같은 것이 헬렌을 감쌌지만, 얼마 가지 않아 두려움이 다시 얼굴을 들었다. 헬렌은 블라인드를 내린 뒤 관심을 돌리기 위해 비행기에 구비된 신문을 집어 들었다. 헬렌은 내용에 집중하지 않은 채 형식적으로 신문을 넘겼다. 미스 아메리카 선발대회에 참가했다가 다른 후보들과 함께 납치돼 2주째 행방을 알 수 없는 미스 매사추세츠의 비극적인 이야기가 실려 있었다. 오늘 실종된 후보들의 부모들은 기자회견을 열 예정인 듯했다. 세 번째 페이지에는 사진이 실려 있었는데, 사진 속 미스 매사추세츠의 어머니가 딸의 방에서 울고 있었다. 이 끔찍한 비극은 다시 한 번 매들린을 떠올리게 만들었다. 고통스러웠다. 헬렌도 매들린이 사라진 방에서 딸을 기다리는 사진으로 신문에 날 수 있는 상황이었으니까.

헬렌은 재빨리 페이지를 넘겼다. 집단 폐사한 벌떼의 사진이 눈에 들어왔다. 브라질에서 원인을 알 수 없는 바이러스가 발생해 벌들이 죽음에 이르고 있다는 소식이었다. 이와 비슷한 현상이 최근 중국에서도 일어나며 의구심을 증폭시키고 있다고 했다. 끔찍했다. 헬렌은 신문을 접었다. 아무래도 신문에 집중할 수가 없었다. 헬렌은 눈을 감았다.

헬렌은 선잠에 빠져들었고, 음산한 꿈을 꾸었다.

12. 아카풀코

버락 오바마 대통령과 닮았다는 이유로 팀 내에서 '버락'으로 통하는 대런은 콜라 상자 여덟 개 중 한 곳에 자리를 잡고 앉았다. 아카풀코에 도착한 후 두 사람은 인근에 있는 음료 상점에서 콜라를 주문했다.

미국 콜라와 달리 진짜 사탕수수에서 추출한 설탕을 사용한다는 멕시코 콜라였다. 콜라는 유리병에 담겨 배달됐다. 워싱턴의 레스토랑이나 바에서 멕시코 콜라를 마시려면 원가의 열 배에 달하는 금액을 지불해야 했다.

사건에 대한 우려가 크지 않은 건 아니었다.

하지만 고향에서 수천 킬로미터나 떨어진, 마약 범죄 사건의 충격으로 폐허가 된 경찰서 건물에서 임무를 수행해야 한다면 일단 안정을 줄 소소한 장치를 몇 가지 마련하는 게 무엇보다 중요하다. 설탕과 카페인은 그야말로 제격일 터다.

이제 막 병원에서 돌아온 밀너는 소매로 이마의 땀을 닦으며 미지근한 콜라병 하나를 집어 들어 라이터로 뚜껑을 땄다. 거품이 새어 나오더니 콜라가 아래로 흘러내렸다.

"젠장할. 전기는 언제 들어오는 거야?" 밀너가 욕설을 내뱉으며 흘러내리는 콜라가 몸에 묻지 않도록 병을 쥔 손을 최대한 멀리 뻗었다.

"어제 아침에 한 번 더 얘기하긴 했어. 오늘 오후에 전기공사에서 기술자가 온다고 했으니까 그때쯤이면 냉장고도 작동하겠지, 뭐." 버락이 대답하며 솟구쳐 오르는 콜라 거품과 싸우는 밀너를 재미있다는 듯 바라봤다.

하지만 버락의 얼굴은 밀너의 벨트께에서 코팅된 플라스틱 출입증을 발견하고는 다시 어두워졌다. 출입증에는 화질이 좋지 않은 밀너의 폴라로이드 사진이 붙어 있었다. 칼레니아 병원. 버락은 그 위에 쓰인 흐릿한 글씨를 읽을 수 있었다. "그 여자애 보고 온 거야?" 버락이 물었다.

밀너가 고개를 끄덕였다. "다시 의식이 돌아왔어. 그런데 아무것도 기억하질 못해."

"나머지는?"

밀너는 대답하기 전 여전히 내용물이 흘러내리는 콜라병을 조심스럽게 앞으로 쭉 내민 입술로 가져갔다. 그러고는 크게 한 모금을 들이켜더니 캬, 하고 탄식을 내뱉었다. "아주 좋아!" 밀너가 말했다.

"미스 플로리다가?"

밀너는 고개를 저으며 한 모금을 더 들이켰다. "콜라 말이야, 이 멍청한 놈아! 미스 플로리다는 정말 처참한 상태더군. 복싱 경기라도 한 것 같은 모습이었어."

"하지만 어쨌거나 살아 있으니까. 혹시 또 좋아질지 누가 알아?" 버락이 조심스럽게 말했다.

밀너가 고개를 끄덕였다.

"그리고 우리는 아직도 뭔가를 놓치고 있는 거고." 버락이 우울한 목소리로 덧붙였다.

"다른 사람들은?" 밀너가 빈방을 가리키며 물었다.

"세르지오는 연방경찰청에 간다고 했고, 토머스는 먹을 걸 준비하고 있어."

밀너는 고개를 끄덕이며 넥타이를 느슨하게 한 뒤 낡아서 해진 의자에 몸을 기댔다. 한참 동안 절반쯤 빈 콜라병을 바라보던 밀너는 고개를 저으며 말을 꺼냈다. "도무지 이해가 안 돼. 납치범들은 정확히 그 버스를 노렸다는 듯이 사전에 도로를 차단했어. 그리고 흔적도 없이 사라져버리더니 연락 한 통 없어. 돈을 요구하는 것도 아니고. 그렇게 많은 인질들을 데리고 있으려면 어디에라도 숨어들어 가야 할 텐데 말이야."

버락은 턱을 긁으며 생각에 빠졌다. 아무런 대답도 없었다.

"어쩌면 성매매 집단일지도 몰라. 최고의 미녀들을 파는 대가로 웃돈을 기대했을지도." 밀너가 말을 이었다. 밀너의 턱 근육은 마치 무언가 딱딱한 것을 씹기라도 하는 듯 잔뜩 긴장해 있었다.

갑자기 버락이 말했다. "아, 본부에 전화해. 켈러 국장이 세 시간쯤 전에 전화했었어. 너를 찾더라."

밀너는 바지 주머니에서 휴대폰을 꺼내 부재중 전화 목록을 확인했다. "병원이라서 꺼놨지."

"켈러 국장이 그러던데? 네가 브라질 상황을 잘 알고 있다고." 버락이 흥미로운 듯 말했다.

"브라질을 잘 안다니?" 밀너가 우려 섞인 목소리로 되물으며 남은 콜라를 단숨에 들이켰다. 밀너는 빨간색과 흰색으로 된 콜라병 상표를 자세히 관찰했다. 콜라라는 것을 믿을 수 없다는 표정이었다. "징조가 좋지 않네." 밀너가 생각에 잠긴 채 대답했다. 밀너는 휴대폰 전화번호 목록에서 켈러의 번호를 찾아 통화 버튼을 눌렀다.

13. 피렌체, 1500년경

그 '낯선 이'가 찾아온 것이 벌써 3주 전이다. 그는 매우 발음하기 힘든 이국적인 이름을 갖고 있다. 그 이름은 마치 아직 해석하지 못한 고대의 비문에서 아무렇게나 따온 것처럼 입에 잘 붙지 않는다. 그래서 우리는 그를 '로 스트라니에로', 즉 '낯선 이'라고 부르기로 했다. 그는 이 새로운 이름을 마음에 들어 했다.

레오나르도는 로 스트라니에로를 보자마자 마음을 빼앗겼다. 레오나르도의 제자이자 연인인 살라이에게 그의 등장은 청천벽력 같은 일이었으리라.

"영혼이 새카만 사람 아닙니까!"

어제 살라이는 내게 그렇게 말했다. 살라이의 눈빛은 유화에 담을 수도 있을 만큼 질투에 불타오르고 있었다.

"다른 학생들도 자네에 대해 그렇게 말하곤 하더군."

나는 대꾸하며 살라이를 향해 손에 들고 있던 수건을 던졌다.

오늘 낮에 로 스트라니에로는 레오나르도를 이끌고 들판으로 향했다. 로 스트라니에로는 레오나르도에게 '진리'를 보여주겠노라고 했다. 불행하게도 나와 살라이는 로 스트라니에로의 초대를 받지 못했다. 우리는 낙오된 절름발이처럼 멀어지는 두 사람의 등을 쳐다볼 뿐이었다. 그때 살라이가 비아냥거렸다.

"진리가 아니라 항문을 보여주기 위해서겠지."

로 스트라니에로가 이곳에 온 이후 나는 줄곧 놀라움과 혼란에 휩싸여 있다. 그는 분명 레오나르도와 나보다 훨씬 어려 보인다. 게다가 레오나르도는 스승의 지위를 결코 놓지 않을 위인이다. 그런데도 로 스트라니에로는 늘 우리에게 스승이 되었고, 우리는 그의 제자가 될 수밖에 없었다. 그가 내뱉는 모든 말이, 모든 구절이, 모든 단어가 무거운 진리로 다가온다. 그의 말을 전부 이해할 수 없다는 것이 안타까울 따름이다. 때때로 그는 인간이 경험할 수 없는 세계를 이야기하고 인간의 지력이 닿을 수 없는 영역의 것을 말한다. 그럴 때 로 스트라니에로는 예언자가 되고 제사장이 된다. 나와 레오나르도는 진리라는 종교의 성전에서 맨 끝자리를 겨우 차지한 견습 수사일 따름이다.

들판에서 돌아온 레오나르도는 무척이나 지쳐 보였지만 눈빛만은 형형했다. 로 스트라니에로는 내게 해바라기를 가져다달라고 했다. 하지만 지금은 해바라기가 필 시기가 아니다. 모르고 하는 말일까? 그럴 리 없다. 나는 로 스트라니에로의 그 짧은 말 속에 숨어 있는 진리의 단초를 알아듣지 못한 것에 나 자신을 책망했다. 낙담한 내 얼굴을 들여다보며 로 스트라니에로는 양봉에 대해 아느냐고 물었다. 내가 머뭇거리자 그는 벌들의 세계 속에 숨겨진 진리를 보여주겠노라고 했다. 오, 내게도 이런 은총이! 우리는 내일 수도사들이 돌보는 양봉장을 방문하기로 했다.

14. 바르샤바

운전기사의 모자는 조금 작아 보였다. 헬렌의 눈길을 끈 이유였다. 모자를 산 이후 머리 크기가 커졌을 리는 없을 것이다. 혹시 여러 명이 모자 하나를 같이 쓰는 건 아닐까? 하지만 자신이 탄 벤틀리 리무진을 보면 다소 허무맹랑한 생각이었다.

기사는 공항 활주로에서 헬렌을 맞이했다. 바이시 씨의 이름으로 바르샤바에 오신 것을 환영한다고도 했다. 공항에 내리자마자 헬렌은 새로 들어온 소식이 없는지 제일 먼저 휴대폰을 체크했다. 하지만 병원에서도, 경찰에서도, 매들린에게서도 아무런 소식이 없었다. 매들린의 생사를 확인할 수 없는, 영원 같은 시간이 다시 시작됐다.

30분 전쯤, 리무진은 고속도로를 벗어나 인구 밀도가 극히 낮은 지역을 따라 난 국도로 들어섰다. 끝도 없이 넓은 들판이 이어지다 이따금 나무에 둘러싸인 농가들이 모습을 드러냈다. 리무진은 평범한 집들로 이루어진 마을들을 지나쳤다. 안개가 낀 늦은 오후였다. 바르샤바의 날씨는 보스턴의 아름다운 가을과 대비돼 더 우울하게 느껴졌다.

차가 갑자기 속도를 낮추더니 좁은 길로 꺾어 들었다. 헬렌은 공공도로가 아님을 금세 알아차렸다. 빨간색과 흰색으로 된 통행금지 표시판이 눈에 들어왔다.

속이 좋지 않았다. 헬렌은 다시금 기사의 모자로 눈을 돌렸다.

시선을 느꼈는지 기사는 고개를 살짝 옆으로 돌려 말했다. "곧 도착합니다."

신뢰감을 주는 목소리였다. 헬렌은 억지로 미소를 지으며 감사의 의미로 고개를 끄덕여 보였다.

아마도 파벨 바이시 정도의 재벌이라면 전용 진입로를 소유하고 있으리라고, 헬렌은 생각했다. 바르샤바에 도착한 이후 헬렌은 휴대폰으로 파벨 바이시의 정보를 검색했고, 그 결과 리어제트기와 벤틀리, 전용 운전기사 정도는 그리 놀랄 것도 아니라는 결론을 내렸다. 파벨 바이시는 1990년대, 바이러스 백신 프로그램으로 부를 얻은 인물이었다. 「포브스」는 파벨 바이시의 재산이 100억 달러에 이를 것으로 추정했다. 파벨 바이시는 몇 년 전 발생한 헬리콥터 추락 사고의 유일한 생존자였고, 사고 이후 '바이시 바이러스'의 지분을 넘기고 회사에서 완전히 손을 뗐다고 했다.

파벨 바이시의 아들인 파트리크 바이시에 대한 정보는 많지 않았다. 대학교 보드 동아리 활동 당시 팀 동료들 사이에서 수줍게 미소 지으며 카메라를 응시하고 있는 사진과 손가락을 펼쳐 얼굴 대부분을 가린 페이스북 사진 정도가 전부였다.

가족들 또한 엄청난 재산을 상속받았지만, 대중에게 노출되는 걸 달갑지 않게 여기는 듯했다.

잎이 떨어지고 뼈만 앙상하게 남은 가로수가 늘어선 좁다란 길이 굽이굽이 이어졌다. 그리고 마침내 거대한 철문 하나가 눈앞에 나타났다. 문의 양 옆으로 높이가 3미터는 족히 되어 보이는 벽이 솟아 있었고, 벽 위로는 가시철조망이 보안을 유지하고 있었다.

마치 감옥으로 가는 입구 같다고, 헬렌은 생각했다.

기사는 차를 멈춰 세우더니 휴대폰을 들어 어딘가로 전화를 걸었다. 이윽고 기사가 폴란드어로 몇 마디 말을 건네자 문의 양 날개가 자동으로 열렸다. 철문을 통과한 리무진은 넓은 도로를 따라 천천히 올라갔다. 헬렌이 앉은 쪽의 휠하우스에서 끼익 하는 소리가 났다.

인위적으로 다듬은 식물에 둘러싸인 거대한 담벼락 뒤로 전혀 다른 환경이 펼쳐졌다. 폴란드의 잿빛 가을이 머금고 있는 우울함은 짙은 녹색으로 가득 찬 정원에서 흔적도 없이 사라져 있었다. 마치 잔디로 된 카펫을 떠올리게 했다. 이국적인 분위기를 자아내는 나무들이 형형색색의 나뭇잎을 달고 헬렌을 맞이했다. 심지어 야자수 몇 그루도 보였다.

하지만 계절의 모든 흔적을 지울 수는 없었던 모양인지, 바닥에는 나뭇잎들이 떨어져 쌓여 있었고 버섯이 작은 무리를 지어 땅에서 솟아나 있었다. 여기저기에 정리되지 않은 잡초들도 보였다. 완벽한 정원에 그야말로 옥의 티라는 인상이었다. 얼마 전, 정원사가 세상을 떠나기라도 한 듯이.

출입로와 평행으로 난 자갈길이 구불구불 이어졌다. 주변에는 조각상들이 가득했다. 처음에 헬렌은 조각상이 상상 속의 동물이나 용을 형상화한 것이라고 생각했다. 하지만 자세히 관찰해보니, 그것은 괴물의 조각상이었다.

눈을 부릅뜬 추한 얼굴과 물줄기가 쏟아지는 주둥이, 날카로운 이빨을 하고선 헬렌을 노려보고 있었다. 마치 지옥에서 태어난 괴물 같았다.

리무진은 늙은 여자를 형상화한 조각상 앞을 지나갔다. 쐐기 같은 코와 깊게 구멍을 파놓은 눈. 주름으로 가득한 나체의 피부는 마치 조각상이 세월의 흐름에 따라 늙어버린 듯했다. 상체에는 주름진 젖가슴 두 개가 달려 있었는데, 어찌나 처졌는지 뚱뚱한 배에까지 닿을 정도였다. 그 아래로는 여자의 음부를 형상화한 부분이 보였다. 그곳에도 주름이 가득했다. 다리는 비쩍 말라 있었고 너무나도 허약해 보여서 무거운 조각상 윗부분을 떠받치는 것 자체가 물리적으로 불가능해 보일 정도였다. 헬렌은 마녀를 떠올렸다. 그때, 리무진이 갑자기 멈춰 섰다. 헬렌은 이제야 대저택의 정문에 도착했음을 알았다. 다시 한 번 오한이 오스스 솟았다. 파벨 바이시의 집은 얼핏 영화 〈바람과 함께 사라지다〉의 배경이 된 대저택을 떠올리게 했으나, 자세히 보니 차이 가 있었다. 이처럼 전체가 검은 돌로 이루어진 집은 처음이었다. 하지 만 그보다 더 기이한 것이 있었다. 헬렌은 자신이 잘못 본 게 아닌지 확인하기 위해 눈을 감았다 떴다. 저택의 모든 것은 비대칭으로 이루 어져 있었다.

지붕을 받친 기둥들 가운데 너비가 같은 것은 하나도 없었다. 어떤 것은 둥글었고, 어떤 것들은 모나 있었다. 어떤 것은 통기둥이었고, 또 어떤 것은 벽돌 같은 것으로 이루어져 있었다. 창문의 높이와 너비 도 제각각이었다. 위급한 상황에 탈출할 때를 전혀 고려하지 않고 만 든 듯한 창문이었다. 헬렌이 시차 적응에 실패한 나머지 착각하고 있 는 게 아니라면, 이 집은 기울어져 있는 것이 분명했다.

리무진 문이 열리더니 헬렌의 눈앞에 세인트버나드를 닮은 얼굴을 한 집사가 나타났다.

"환영합니다, 모건 부인." 남자는 능숙한 옥스퍼드식 영어로 헬렌에 게 인사를 건넸다. 어딘지 트위드 재질의 옷이 연상되는 목소리였다.

남자는 흰색 장갑을 낀 손을 내밀어 헬렌이 차에서 내리는 것을 도 왔다. 헬렌은 감사 인사를 전하며 작은 신음 소리와 함께 몸을 일으켰 다. 헬렌은 트렁크 쪽에서 또 사람을 발견하고 가방 이야기를 꺼내려 했지만, 그 사람은 이미 헬렌의 짐을 들고 현관으로 향하고 있었다. "이건 제가 가지고 가겠습니다." 헬렌이 그렇게 말하며 연구 모형이 담긴 커다란 가방을 챙겼다. 가급적이면 시야에서 벗어나게 하고 싶지 않았다.

"짐은 곧장 방으로 옮겨드리겠습니다. 바이시 씨가 기다리고 계십니다." 세인트버나드를 닮은 얼굴의 집사가 말하며 현관문을 가리켰다.

"감사합니다." 헬렌이 대답했다. 차 문이 닫히더니 벤틀리는 위엄 있는 모습으로 시야에서 사라졌다.

헬렌은 몇 개 되지 않는 계단을 올라 현관으로 이어지는 층계참으로 향했다. 헬렌은 현관에서도 정원에 있는 것과 같은 종류의 돌 조각상을 발견했다. 마찬가지로 침을 흘리며, 음흉한 미소로 헬렌을 내려다보고 있었다. 긴 갈퀴 발톱은 헬렌을 향하고 있었다.

악마. 헬렌은 생각했다.

현관을 통과하며 헬렌은 무언가 차가운 기류를 감지했다.

틈이 나면 베티에게 메일을 보내 자신이 있는 곳이 어디인지를 알리는 게 좋겠다고, 헬렌은 생각했다.

15. 피렌체, 1500년경

로 스트라니에로는 아름답다. 한때 레오나르도의 마음을 사로잡았 던 살라이의 빛나는 외모도 로 스트라니에로 앞에서는 빛을 잃고 만 다. 로 스트라니에로의 얼음처럼 매끄러운 피부와 환한 얼굴은 이따 금 어둠 속에서도 빛을 발하는 듯한 착각을 불러일으킨다. 여러모로 살라이에게 로 스트라니에로의 등장은 불행이다.

오늘 아침, 로 스트라니에로가 식탁에 나타나지 않았다. 그가 이 곳에 머문 이후로 아침 식사를 거른 것은 한두 번이 아니었지만, 그 때마다 나와 레오나르도는 걱정이 되어 그의 방을 살피지 않을 수 없었다. 오늘 아침에도 같은 일이 일어났다. 우리는 또다시 살라이 의 방문을 조심스럽게 열었다.

다행히도 로 스트라니에로는 침대 위에 반듯이 누운 채 잠들어 있 었고, 그의 얼굴 위로 햇살이 쏟아지고 있었다. 레오나르도와 나는 빛나는 광채에 휩싸인 로 스트라니에로의 얼굴에 한동안 넋을 놓았 다. 레오나르도가 갑자기 줄자를 꺼냈다. 피렌체 최고의 무두장이가 다듬고 재단한 기다란 물소 가죽에 눈금을 새겨 넣은 물건으로, 레오 나르도가 직접 만든 것이었다. 그는 그것을 항상 품에 지니고 다니며 호기심을 자극하는 온갖 것들의 치수를 재고는 했다. 오늘 아침 레오 나르도의 호기심을 자극한 것은 로 스트라니에로의 얼굴이었다.

어쩔 수 없이 공범이 되어버린 나는 레오나르도가 로 스트라니에로의 얼굴을 재는 것을 도왔다. 로 스트라니에로를 깨울 뻔한 위기가 한 번 찾아왔지만, 다행히도 그는 갓난아기처럼 깊은 잠에 빠져 있었다.

놀라웠다. 로 스트라니에로의 얼굴은 정확히 대칭을 이루고 있었다. 마치 컴퍼스로 세심하게 도안을 그려 옮겨놓은 것만 같았다. 열정에 휩싸인 레오나르도는 그 자리에서 로 스트라니에로의 얼굴을 스케치하기 시작했다. 나는 일이 잘못될까 봐 전전긍긍했다. 레오나르도가 스케치를 끝낸 뒤에 나는 다른 사람이 이 사실을 알아서는 절대로 안 된다고 경고했다. 어떤 경우에도 로 스트라니에로의 화를 돋우는 일이 일어나서는 안 된다고 말이다. 로 스트라니에로가 화를 낼까 두려웠던 것이 아니라, 그가 우리를 떠날까 봐 두려웠다.

어제 약속한 대로 우리는 수도원에서 운영하는 양봉장을 찾았다. 로 스트라니에로는 날아다니는 벌들 사이로 여유롭게 걸음을 옮겼다. 그는 벌집 하나를 잘라내고 벌 몇 마리를 잡아다가 우리에게 놀라운 것을 보여주었다.

"얼마 전 들판에서 본 꽃들과 같군!"

레오나르도가 소리치자 로 스트라니에로가 고개를 끄덕였다. 흡사 깨달음을 얻은 학생을 흐뭇한 표정으로 지켜보는 스승 같았다. 불현듯 레오나르도와 로 스트라니에로가 들판으로 향할 때 동행하지 못했던 기억이 떠올랐다. 순간, 나는 고통스러울 정도로 엄청난 질투심에 사로잡혔다. 나는 살라이와 다르다고, 마음을 다잡기 위해 노력했지만 쉽지 않았다. 내 마음속에서 소용돌이치는 갈등에도 아랑곳 없이 레오나르도는 벌집의 치수를 측정하는 일을 멈추지 않았다.

양봉장에서 돌아온 뒤 로 스트라니에로가 나와 레오나르도를 자신의 방으로 불렀다. 그는 내게 책 한 권을 내밀었다. 그의 앞에는 다른 아홉 권의 책이 놓여 있었다. 하나같이 오래된 것들이었다. 처음에 나는 그 책들이 성경일 거라고 생각했다. 하지만 자세히 들여다보니 내가 익히 보아온 성경의 장정과는 달랐다. 그 책이 무엇이든 로 스트라니에로가 가지고 있다는 사실만으로도 무척 가치 있어 보였다.

나는 책을 받아들자마자 허겁지겁 책장을 넘겼다. 첫 문장에서부터 나는 완전히 책에 매료되고 말았다. 첫 문장이 던진 충격에 빠져 멍하니 있는 동안 레오나르도가 내게서 책을 빼앗아 책장을 넘겼다. 첫 문장을 읽자마자 더 이상 아무것도 할 수 없게 된 것은 레오나르도도 마찬가지였다.

"내가 이곳에 머무는 동안 읽도록 하시오."

로 스트라니에로가 덧붙였다. "그럼 모든 것을 이해할 수 있을 테니."

일기를 쓰는 이 순간, 로 스트라니에로의 책은 내 책상 위에 놓여 있다. 이 일기를 다 쓴 뒤 나는 책을 펼칠 것이다. 책을 읽다가 아침을 맞을지도 모른다. 아니, 어쩌면 며칠 동안 이 방에서 꼼짝할 수 없을지도.

책은 알 수 없는 힘을 지니고 있다. 나로서는 그 힘이 무엇인지 설명할 도리가 없다. 하긴, 로 스트라니에로가 나타난 이후로 일어난 그 어떤 일도 나는 제대로 설명할 수 없다. 그와 함께하는 시간이 늘어갈수록 나를 둘러싼 모든 것이 거짓이고 가짜 같다는 느낌이 커졌다. 진리로부터 우리 인간의 눈을 가로막고 있던 장막이 서서히 걷히고 있다. 그것은 두 번째 탄생과도 같다.

지금 나에게 단 하나의 바람을 묻는다면 로 스트라니에로가 영원히 이곳에 머물러주는 것, 그뿐이다.

16. 바르샤바

로비에 들어서자 집사는 헬렌의 짐을 들고 커다란 문 뒤로 모습을 감췄다. 헬렌은 여전히 걱정스러운 눈빛으로 중요한 모형이 담긴 커다란 숄더백을 바라보고 있었다. 그때 누군가가 옆으로 조용히 다가와 헛기침을 했다. 또 다른 집사가 말을 걸었으나 헬렌이 미처 의식하지 못했던 것 같았다. 집사는 어색한 미소로 헛기침을 무마하며 로비 안쪽을 가리켰다.

헬렌은 집사를 따라갔다. 흰색 대리석으로 마감된 바닥을 밟으며 족히 몇 미터는 될 것 같은, 천장까지 이르는 기둥 옆을 지나쳤다. 로비 중앙에 이르자 위층으로 이어지는 거대한 돌계단이 모습을 드러냈다. 몇 년 전 유럽 여행 중 했던 고성 투어가 연상되는 대저택이었다.

그러나 헬렌의 기억은 다음 공간으로 들어서는 순간 사라져버렸다. 숱이 많은 짙은 빨간색 카펫과 어두운 갈색의 묵직한 가죽 가구들은 차가운 담배 냄새를 풍기며 타닥거리는 벽난로와 어우러져 20세기 소셜클럽의 분위기를 자아냈다. 신사들만 없을 뿐이었다. 집사는 자리를 가리키며 폴란드어로 말했다. "여기서 기다리시면 됩니다."

집사가 떠난 후 헬렌은 혼자 남아 방을 살펴보았다. 앤티크한 장식장의 번들번들한 유리 너머로 도수가 높은 술병들이 보였다. 딱 봐도 이름 있는 것들로 하나같이 십 년 이상 된, 오래된 술들이었다. 장식장의 값어치도 뛰어넘을 것 같아 보였다. 그 아래로는 걸이식 정리대에 다양한 크기의 잔이 진열돼 있었다. 모든 종류의 술을 위해 준비된 잔들이었다.

헬렌은 벽난로에 가까이 다가갔다. 불투명한 유리판 뒤에서 조용히 불이 타오르며 공간에 안락한 온기를 제공하고 있었다. 벽난로 위로는 사진 액자들이 여러 개 진열돼 있었다. 헬렌은 그중 하나를 들었다. 묵직한 무게감으로 보아 순금으로 만든 액자였다. 사진 속에는 오십 대로 보이는 한 남자가 미소를 짓고 있었다. 마치 나무로 조각한 듯 인위적인 얼굴이었다. 잿빛 머리카락은 깔끔하게 가르마를 타 정돈돼 있었다. 성공한 사람들에게서 느낄 수 있는 우월감이 사진에 묻어났다. 남자의 시선은 당당했다. 이 세상 모든 문제를 해결할 수 있을 정도의 돈을 소유하고 있으며, 그렇기에 인생이 자신을 공격할 수 없으리란 걸 너무나도 잘 아는 눈빛이었다. 남자의 옆에서는 체구가 더 작고 겸손해 보이는 교황이 미소를 짓고 있었다. 극도의 긴장 속에서도 헬렌은 두 남자의 대조적인 인상에 실소를 터뜨리지 않을 수 없었다. 헬렌은 재력가들이 가톨릭 교황을 개인적으로 알현할 수 있다는 사실을 알고 있었다. 아마 이 사진도 그러한 만남을 추억하기 위한 것이리라. 헬렌은 액자를 제자리에 둔 다음, 그 옆에 놓인 액자의 방향을 거대한 샹들리에의 조명 빛을 피해 살짝 조정해 자신이 볼 수 있게 했다. 사진 속의 인물은 조금 전 사진과 같은 남자로, 담배를 피우는 중이었다. 남자의 팔은 훨씬 젊어 보이는 또 다른 남자의 어깨를 감싸고 있었다. 왠지 닮은 듯한 얼굴이었다. 부자지간 같다고, 헬렌은 생각했다

"아버지와 저예요." 헬렌의 뒤에서 낮은 목소리가 들려왔다.

헬렌은 깜짝 놀라 주변을 둘러보았다. 두 개의 묵직한 안락의자 사이, 헬렌에게서 3미터도 채 떨어지지 않은 거리에 방금 전 사진 속의 젊은 남자가 서 있었다. 청바지에 긴 팔 회색 셔츠를 입은 남자의 모습은 사진 속에서 본 것보다 훨씬 더 자유분방한 인상이었다. 헤어젤

로 말끔하게 뒤로 넘겼던 어두운 색의 숱 많은 머리카락도 지금은 자연스럽게 헝클어진 채였다.

남자는 헬렌의 생각을 읽기라도 한 듯 손으로 머리카락을 쓸어 넘겼다. 호감이 가게 하는 제스처였지만 동시에 조금 불안해 보이기도 했다.

헬렌은 뺨이 달아오르는 것을 인식했다. 아마도 벽난로 옆에 있었기 때문일 거라고, 헬렌은 생각했다. 어쩌면 갑작스레 들킨 탓일 수도 있다.

"오신 줄 몰랐어요." 헬렌이 사과하며 서둘러 벽난로 옆에서 벗어났다.

남자는 미소를 지으며 대답했다. "놀라셨다면 죄송합니다."

잠시 동안 두 사람은 서로를 바라보며 말없이 서 있었다. 준수한 남자였다. 연구 대상으로 삼아도 좋을 것 같았다. 남자는 긴장한 것 같았지만 역설적이게도 그 모습은 헬렌에게 매우 침착해 보였다.

헬렌은 남자에게 악수를 청했다. "헬렌 모건입니다." 남자의 악력은 강했지만 아프지는 않았다.

"파트리크입니다. 파트리크 바이시요. 이런 일로 만나게 되어 유감입니다."

헬렌은 고개를 끄덕이며 물었다. "그사이 아버님이나 제 딸에 대해 혹시 뭐 좀 들으신 게 있나요?"

파트리크 바이시가 고개를 저었다. "유감스럽지만 없습니다. 공항 감시부에 있는 지인에게 한 번 더 연락해서 따님의 비행 경로를 좀 알아봐달라고 부탁했는데, 아직 연락을 기다리고 있어요. 경찰에게서 연락은 없었나요?"

"똑같아요. 알아보고 있대요. 끔찍해요. 하나같이 정신을 놓고 있는 것 같아요. 어떤 경찰은 저와 통화할 때 매들린을 두고 '가출한 어린 여자애'라고 표현하더군요. 끔찍해요."

파트리크 바이시는 이해한다는 듯 고개를 끄덕였다. "방금 보셨던 사진 속 주인공은 아버지와 저예요. 4년 전에 자선 파티에서 찍은 사진이죠."

"죄송해요. 일부러 보려고 한 건 아니었는데……."

남자는 괜찮다는 듯 손을 저었다. "전화상으로 물으셨죠. 제 아버지가 따님의 이름 아래 '미녀와 야수'라고 적어놓은 게 무슨 의미인지 아느냐고요. 저기 저 그림을 한번 보세요. 저 그림 속 주인공도 제 아버지예요. 당신이 조금 전에 본 사진을 찍고 나서 2년 뒤의 모습을 그린 거예요." 파트리크 바이시는 벽난로 위로 높이 걸린 유화를 가리켰다. 헬렌은 이제야 그 그림의 존재를 인지했다.

그림을 보자마자 헬렌은 무의식적으로 몸을 움츠렸다. 깜짝 놀랐다. 그림 속에 있는 것은 파벨 바이시가 아니라 괴물이었다. 하지만 헬렌은 곧 자신이 착각했음을 알았다. 그림은 파벨 바이시의 초상화가 맞았다. 그렇게 생각한 것을 후회했다. 사진에서 본 것과 같은 눈이었다. 다만 눈빛에 묻어 있던 당당함은 사라지고 없었다. 새하얀 치아가 작게 벌린 입 사이로 빛나고 있었다. 하지만 눈과 치아를 제외한 모든 것은 완전히 변형돼 있었다. 흡사 얼굴에 고무 마스크를 쓰고 있는 것 같은 모습이었다. 파벨 바이시의 피부는 주름으로 가득한 라텍스 같았고, 단정하게 정리된 머리카락은 다 빠지고 남아 있는 것이 없었다. 얼굴과 머리에는 화상의 흔적이 고스란히 남아 있었다. 코는 깊숙이 패인 콧구멍 두 개를 제외하고 다 뭉개져 있었다. 셔츠의 칼라 사이로는 마치 아흔 살 노인의 것처럼 보이는 목이 보였고, 파벨 바이시는 그 위로 넥타이를 매고 있었다. 넥타이는 지나치게 꽉 묶여 있어서 마치 셔츠 안에 있는 몸 전체가 거기 매달려 있는 듯한 인상을 주었다.

이윽고 헬렌의 시선은 자신을 바라보는 파트리크 바이시에게로 향했다.

"사람들은 대부분 아버지의 얼굴을 보고 당신과 같은 반응을 보이죠. 몇 년 전, 아스펜 근처에서 헬리콥터 추락 사고가 있었어요. 아버지는 그 사고에서 살아남은 유일한 생존자였고요. 하지만 사고로 피부 조직의 60퍼센트가 녹는 화상을 입었죠."

헬렌은 힘겹게 침을 삼켰다. "아버님의 다른 사진들과 대조돼서 그랬을 뿐이에요." 헬렌은 자신이 보인 반응에 대해 사과하려고 노력했다.

"제 생각에는 아버지가 바로 그 대조되는 면을 부각하려고 사진들을 그곳에 놓은 것 같아요." 파트리크 바이시의 목소리에는 헬렌이 예상치 못했던 무언가가 함께 울렸다. 쓸쓸함이었다.

"사고 이후 아버지의 예전 모습은 더 이상 찾을 수 없었어요. 단순히 외적인 부분만을 이야기하는 건 아니에요. 아버지는 내적으로도 변해버렸죠. 이곳 폴란드로 돌아와 세상과 접촉을 끊었고요."

헬렌은 고개를 끄덕였다. 파벨 바이시를 이해할 수 있을 것 같았다. 헬렌은 여전히 조금 전 자신이 보인 반응에 부끄러움을 느꼈다. 얼굴이 이 정도로 변했다면 파벨 바이시는 주변의 따가운 시선 속에 남은 생을 살아가야 했을 것이다. 하지만 파벨 바이시는 현실을 있는 그대로 받아들인 듯했다. 그렇지 않고서야 자신의 모습을 유화로 그리지도, 완성된 그림을 하필이면 응접실에 걸어놓지도 않았을 터다.

그럼에도 매들린이 이런 남자와 사랑에 빠질 수 있으리라고는 상상할 수 없었다. 아니, 상상만으로도 헬렌은 견딜 수가 없었다.

"따님과 제 아버지가 대체 어떻게 관계를 맺게 된 건지, 의아해하고 계신 거죠, 지금? 맞죠?" 파트리크 바이시가 검열하는 듯한 눈빛으로 헬렌을 바라봤다.

"아버님은 예순여섯이고, 제 딸은 이제 겨우 열여섯 살이니 그럴 수밖에요." 헬렌은 자신의 반응을 정당화하려 했다.

"따라오세요. 제가 당신과 따님의 이름을 어디에서 찾았는지 보여드릴게요. 아니면 혹시 조금 쉬는 게 나으실까요? 꽤 오랫동안 주무시지 못했을 텐데, 제가 깜박했네요."

"지금 제가 어떻게 잠을 잘 수 있겠어요." 헬렌이 대답했다.

헬렌은 파트리크 바이시의 얼굴에서 안도감 같은 게 스쳐 지나가는 모습을 포착했다. 파트리크 바이시는 좁은 문을 향해 몸을 돌렸다. 책장 사이에 숨겨져 있어 조금 전까지만 해도 헬렌이 발견하지 못했던 문이었다. "이쪽으로 오시죠."

파트리크 바이시를 따라가며 헬렌은 한 번 더 파벨 바이시의 유화를 돌아보고 싶은 기분에 사로잡혔다. 파벨 바이시의 얼굴은 화상으로 끔찍하게 일그러져 있었지만 유화 속의 그는 왠지 미소를 짓고 있는 것 같아 보였다. 헬렌의 등에 오한을 불러일으키는 섬뜩한 미소였다.

17. 라이프치히

"의미 없어. 아무 의미 없다고." 강력범죄 담당 형사인 만프레트 리베르만이 고개를 저으며 두 손으로 얼굴을 문질렀다.

"내가 극좌파의 소행일 거라 했지. 시에 불만을 표시한 거야. 난민 추방 문제 때문일 수도 있고."파이겔이 차 한 모금을 마시며 말했다.

"너한테는 언제나 극좌파가 문제겠지. 온 벽에 나치 표시식이 그려져 있어도 넌 극좌파의 소행이라고 할 걸. 좌파 테러리스트 짓이라면서."리베르만이 입술을 비틀며 파이겔을 비꼬았다.

"나 건드리지 말랬지!"파이겔이 큰 소리로 화를 내더니 회의용 탁자에 찻잔을 내려놨다. "말했잖아. 좌파의 폭력성은 너무나도 과소평가되고 있다고. 괴팅겐에서 열린 세미나에서 들은 건데……."

"세미나 얘기 좀 그만해!"리베르만이 파이겔의 말을 끊었다. "아무리 극우파 친구들이랑 같은 축구 클럽을 다녔어도 그렇지."

"그만들 좀 싸워!"옆에 있던 사십 대 정도 돼 보이는 여자가 경고했다. 강력팀 팀장 자비네 슈타인케였다. 자비네는 운동으로 다진 몸매에 딱 붙는 스키니진과 흰색 블라우스를 입고 있었다. "그러지 말고 팩트나 모아보자고. 어쨌거나 브레인스토밍을 해보자고 만난 거니까."

리베르만이 재미있다는 듯 콧김을 불었다. "브레인스토밍이라……."리베르만이 자비네를 따라하며 말했다. "하여간에 경찰대학 출신들이란. 팩트는 간단해. 시청사의 성탑이 날아갔어. 그 술주정뱅이가 다시 의식을 되찾을지는 모르겠지만 만약 그렇게 된대도 인생의 숙취는 영원히 남겠지. 시청 앞 광장은 폭파 잔해들로 가득하고. 이 모든 게 라이프치히 중심에서 일어났어. 말하자면 라이프치히 시장의 눈앞에서."리베르만은 손으로 폭탄이 터지는 시늉을 하며 말을 이었다.

"좌파가 아니고서야 대체 어떤 놈이 빌어먹을 시청을 폭파하겠어?"

"혹시 우파가?"리베르만이 조롱하듯 되받아쳤다.

"아, 진짜! 그만 좀 해, 만프레트!" 파이겔이 경멸스럽다는 듯 손짓했다.

"어쨌거나 솜씨는 깔끔했어. 전문가들 말이, 마치 메스로 도려낸 것처럼 정확히 성탑만 날아갔대."

"메스로 도려낸 것 같았다고?" 리베르만이 호기심을 드러내며 되물었다. "말도 안 되는 소리야, 자비네! 그냥 폭발로 성탑이 날아갔을 뿐이야. 어떤 미친놈들이 성탑 안에 폭발물을 설치해놨고. 쾅! 그리고 성탑이 사라졌지. 메스로 도려낸 것 같다느니, 뭐 이런 거랑은 전혀 상관없어."

"하지만 만일 성탑만을 노린 거라면?" 자비네가 손으로 허리를 받치며 물었다. 자비네는 플립 보드 앞에 서 있었다. 보드에는 30분 동안 의견을 나누며 깔끔한 손글씨로 적어둔 몇 가지 키워드가 있었다.

"글쎄, 정확하게 라이프치히 시청사의 성탑만 노린 사람이 과연 있을까? 그럴 이유가 없잖아." 파이겔이 리베르만의 말에 힘을 실었다. "게다가 빅벤이나 에펠탑처럼 유명한 건축물도 아니고."

리베르만이 동의한다는 듯 고개를 끄덕였다. "멧돼지를 노렸는데 우연히 눈에 맞은 것뿐이야. 놀라운 우연이지!"

자비네는 이마를 찌푸렸다. "그건 별로 예가 적절치 않다, 만프레트. 물론 사람들은 모두 그렇게 생각하겠지. 하지만 사냥꾼이 똑똑한 놈이라면, 자신은 정확히 멧돼지의 눈을 노렸다고 주장할 거야."

리베르만이 말도 안 된다는 듯 고개를 저었다. "그게 무슨 헛소리야!"

"어쨌거나 라이프치히 시청사의 성탑은 황금비율로 유명하잖아? 전 세계적으로." 자비네가 반박했다.

"황금비율?" 파이겔이 물었다.

"라이프치히에 그렇게 오래 살고도 몰라? 시티 투어라도 하고 오셔야겠네. 성탑은 정확히 황금비율을 따라 시청사를 가르고 있어. 황금비율은 특정한 관계 비율을 말하고. 10센티미터 길이의 수직선이 있어. 바로 그 줄의 6.18센티미터 지점에서 수평선을 그리면, 그게 바로 황금비율이야."

"알았어, 알았다고." 리베르만이 말을 끊었다. "제발 우리 수학은 하지 말자. 지금 우리한테 중요한 건 폭탄 사고라고……. 연방경찰청에서는 별 이야기 없어?" 리베르만이 파이겔을 향해 물었다. 파이겔은 테이블 위에 놓인 파란색 파일을 집어 들었다.

"지난주에 연방경찰청이 미국 국가안전보장국에 감청 기록을 요청했대. 인터넷이랑 전화 기록 같은 몇 가지 정보들. 미국 측에서 경찰청에 검토를 요구해왔다네. 시청사 성탑 폭파 사고와는 관계가 없어. 사고 이틀 전에 받은 요청이니까. 미국 측에서는 작센 주의 그리마와 멕시코에 있는 계정이 서로 메일을 교환한 게 눈에 띄었다고 했고, 그 계정을 확인하고 폭발 사고와 관련된 정보를 추려서 리스트에 넣었어."

"그래? 느낌이 좋은데? 그리마는 여기서 별로 안 멀잖아. 이틀 전이면 폭파 사고가 일어나던 날이랑 시간도 가깝고." 리베르만은 등을 쭉 펴 앉은 자세를 바로잡았다. 무언가 냄새가 났다.

파이겔이 미소를 지었다. "검토해봤지. 그리마에 있는 계정의 주인이 누구냐면……." 파이겔은 정보를 찾기 위해 서류를 들췄다. 파이겔이 잠시 말을 멈춘 사이 긴장감이 고조됐다. "안드레아스 쉴베르거. 유력한 범인으로 추정할 수 있는 이유가 있어. 그가 다니는 회사. 무려 4세기 동안이나 굴뚝이나 다리를 전문적으로 폭파해온 전통 있는 곳이야."

리베르만은 깊이 숨을 내쉬며 손을 교차시켜 머리 뒤에 두었다. 겨드랑이에 끔찍한 땀자국이 고스란히 드러났다. "유력한 범인이 메일로 폭파 물질에 대해 얘기했다는 거지? 와우. 거참, 엄청난 증거군 그래!" 비꼬는 듯한 목소리였다. "하여간에 미국 국가안전보장국인지 뭔지는 멍청한 정보만 집어낸다니까. 이러다가 우리도 언젠가 조사당하는 거 아냐? 무전기로 매일같이 '살인'이라는 단어를 사용하니까 말이야!"

파이겔이 재미있다는 듯 웃음을 터뜨렸다. "그래도 한번 확인해보는 건 어때?"

만프레트 리베르만은 잠시 고민하다 이내 고개를 저었다. "헛수고야. 한 사람도 아까운 상황이구만. 시청사가 공격을 당했으면 현장에 나갈 준비를 해야지. 연방경찰청에는 확인해봤다고 하고, 그대로 미국에 전달하라고 해. 귀찮아지지 않게."

파이겔이 미소를 지으며 볼펜으로 서류에 무언가를 짧게 메모하고는 파일을 닫았다. "그러니까 결국에는 좌파 소행이라니까." 파이겔이 무미건조하게 덧붙였다.

"아니면 멧돼지 소행이거나." 자비네 슈타인케가 말했다. 리베르만은 자비네를 향해 수첩을 던졌고, 자비네는 이를 능숙하게 피했다.

18. 뉴욕

그는 알고 있었다. 어떤 일이 일어나고 있는지. 그날 밤, 항공 스케줄이 적힌 메일이 들어왔다. 티켓은 이미 공항에 준비되어 있다고 했다. 목적지는 아카풀코. 여행이 아니었다. 마약 범죄가 가장 심각한 국가 멕시코에서 누군가의 협박으로 마지못해 성형수술을 집도해야 하는 입장이라면 아카풀코가 아닌 그 어떤 아름다운 여행지라도 달가울 리 없었다. 라마니 박사는 한 사람 혹은 여러 사람의 얼굴을 뜯어고치게 될 것이다. 경찰의 수배 리스트나 살인 리스트에 올라 있는 얼굴들이 아닐까. 라마니 박사의 도움으로 이들은 새로운 정체성을 얻게 되리라. 그렇다면 수술 전 그들의 생김새와 정체성을 아는 사람은 라마니 박사가 유일할 것이다.

오전 내내 아메드 라마니 박사를 괴롭힌 생각이었다. 라마니 박사의 이마에는 여전히 땀이 맺혀 있었다. 박사는 공항 경찰들 중 한 사람에게 시선을 던졌다. 그는 보안 검색대 옆에 서서 의구심이 가득한 눈빛으로 탑승객들을 관찰하고 있었다. 경찰은 빠른 속도로 고개를 돌려 라마니 박사에게 시선을 향했다. 라마니 박사는 생각했다. 혹시 나를 협박한 이들이 지금 이곳에 있는 것은 아닐까? 그들은 나를 지켜보고 있을지도 모른다. 어쩌면 아카풀코로 향하는 사람은 라마니 박사 혼자가 아닐지도 모른다. 박사는 바지에서 벨트를 풀어 플라스틱 바구니에 넣었다. 그 순간 라마니 박사는 사무실에서 있었던 일을 떠올렸다. 사무실 책상 의자에 앉아 바지를 내리고 자위하던 자신의 모습을.

'당신이 주연으로 나선 이 짧은 동영상은 앞으로 2분 안에 당신의 메일과 페이스북 계정에 등록된 모든 사람에게 배포될 것입니다.' 그들은 그렇게 라마니 박사를 협박했다. 처음부터 박사에게 선택권이란 없었다.

라마니 박사는 무거운 한숨을 내쉬며 손가방을 보안 검색대 벨트 위에 올려놓았고, 경찰을 향해 고개를 한 번 끄덕인 다음 검색대를 통과했다. 아무런 일도 일어나지 않았다.

19. 상파울루

밀너의 손가락이 뺨을 훑어 내려갔다. 면도한 수염 아래로 흉터가 만져졌다. 이렇게 빠른 시일 안에 다시 상파울루에 돌아올 수 있으리라고, 그 누가 예측했겠는가. 미국 정부가 보낸 구급 비행기를 타고 떠나며 보았던 것이 밀너가 기억하는 상파울루의 마지막 모습이었다. 그리고 그때, 밀너는 비행기 안에서 사경을 헤매고 있었다. 밀너는 다시는 브라질 땅을 밟지 않으리라고 결심했었다. 아무래도 미국 정부는 밀너의 브라질 입국을 가능하게 하기 위해 여러 방법을 동원한 것 같았다. 그럼에도 혹시나 착륙과 동시에 브라질 경찰에게 체포되지 않을까 두려웠다.

밀너는 목을 길게 늘였다. 옆에 앉은 남자 너머로 비행기 창문을 내다보기 위해서였다. 아래로는 빼곡하게 들어선 건물들의 모습이 보였다. 건물들 사이로 아파트들이 석순처럼 솟아 있었다. 짙은 안개가 낀 지평선은 좋지 않은 전조 같았다. 밀너는 바지 주머니에 있던 작은 약통을 꺼내 세 알을 한꺼번에 털어넣었다.

이렇게까지 자신을 상파울루에 보내려고 애를 쓰고, 최근 멕시코에서 가장 화제가 되고 있는 사건까지 맡겼던 것을 보면 결코 평범한 일은 아닐 거라고, 밀너는 생각했다. 오히려 예감이 좋지 않았다. 밀너는 멕시코 어딘가에서 구조의 손길을 기다리고 있을 불쌍한 여자아이들을 떠올렸다. 그 또한 살아 있을 경우의 이야기일 테지만. 하지만 밀너는 이내 생각을 접었다. 국제 FBI 파견 경찰로서 밀너에게는 새로운 임무가 맡겨졌다. 감정적인 동요 없이 다음 환자를 상대해야 하는 전문의처럼 말이다.

비행기는 다소 거칠게 착륙했다. 게이트를 빠져나가자 검은 정장을 입은 한 브라질 남자가 손에 사진을 들고 쏟아져 나오는 탑승객들의 얼굴을 살피고 있는 모습이 보였다. 이대로 체포될지도 모른다는 밀너의 두려움은 현실화됐다.

"밀너 씨?"

밀너가 고개를 끄덕이며 탑승객 무리에서 빠져나왔다. 저항해봤자 소용이 없을 듯했다. 브라질 경찰과는 대화 자체가 되지 않는다는 것을, 밀너는 경험을 통해 잘 알고 있었다. 자신의 체포 문제는 외교적 차원에서 해결될 것이다. 밀너는 조용히, 자신의 직감을 따라 행동하지 않은 것을 후회하고 있었다. 밀너는 카트에서 트렁크를 내린 뒤, 수갑을 채울 수 있도록 두 손을 앞으로 뻗었다. 하지만 그 순간 밀너는 깜짝 놀랐다. 검은 정장의 남자가 친절한 미소와 함께 밀너의 손을 잡더니, 반가운 듯 힘차게 악수를 했기 때문이다.

"오시기를 얼마나 기다렸는지요. 주앙 헤젠지라고 합니다. 조라고 부르세요. 비행은 어떠셨어요? 밀너 씨를 곧바로 모셔오라는 지시를 받았어요. 번거로운 심사를 줄여드리려고요." 당황한 밀너가 어쩔 줄 몰라 하며 그 자리에 굳어 있는 사이, 남자는 밀너의 트렁크를 들고 착륙장 한가운데, 순찰차 사이에 세워진 검은색 SUV 차량을 가리켰다.

밀너는 진짜인 것 같다고 생각하며 몸을 움직여 남자를 따랐다.

잠시 후, 순찰차 두 대와 SUV 한 대가 36번 고속도로를 타고 브라질의 오지로 향했다.

"그래서 다 죽었대요?" 밀너가 물었다.

조가 고개를 끄덕였다. "지금 우리가 가는 곳에는 아직 몇 만 마리 정도 살아 있긴 할 거예요. 하지만 대부분은 죽었다네요."

밀너가 입을 삐죽 내밀었다. "정확히 제가 할 수 있는 일이 뭐죠?"

"이건 단순한 우연이 아니에요. 누군가의 계획하에 발생한 현상이죠. 생물학자들의 말이, 이런 현상은 단 한 번도 본 적이 없대요. 특히나 이렇게 동시다발적으로 일어나는 건 더더욱요."

"동시에 일어났다고요?"

"여러 대륙에서 거의 동시간대에 일어나고 있는 현상이에요. 이곳 지역들도 마찬가지고요. 자연적으로 전염되는 게 아닌 건 분명해요. 무슨 뜻인지 이해되시나요?"

"그렇다면 대체 누가…… 이런 일을 저질렀다는 거죠?" 밀너가 물었다. 그사이 차량은 고속도로를 벗어나 시골 같아 보이는 변두리를 달리고 있었다. 조금 전 비행기 안에서 보았던 시멘트 건물들과는 매우 대조되는 풍경이었다.

"그걸 알아내시라고 여기로 모신 겁니다. 저희는 일단 생화학 테러라고 판단하고 있어요."

"생화학 테러라고요?" 밀너가 믿을 수 없다는 듯 되물었다. "그러니까 지금 우리가……."

조가 밀너의 말을 끊더니 포르투갈어로 기사에게 무언가 지시했다. 운전기사는 재빨리 속도를 낮추더니 방향을 틀어 국도로 진입했다. 이윽고 조는 밀너를 바라보며 대답했다. "이게 시작에 불과하다는 사람들도 있어요. 그리고 정말로 벌들이 멸종해버린다면, 이제 인간들의 멸종기가 찾아오는 것도 시간문제겠죠."

"똑같은 바이러스 전염으로요?" 밀너가 물었다.

조가 고개를 저었다. "아뇨. 지금으로서는 바이러스가 일으키는 현상인지 아닌지조차 알 수 없어요."

밀너는 조의 대답을 곱씹으며 곰곰이 생각에 잠겼다. 그사이 속도가 다시 줄더니 눈앞에 표지판이 하나 등장했다. '멜리포나로 데 산타 이자벨.' 흰색 나무 표지판 위에 쓰인 글씨였다. 당장 페인트 작업을 다시 해야 할 것 같은 표지판이었다. 그 옆으로는 형편없는 솜씨로 그려진 거대한 벌이 하나 보였다. 원래 벌의 머리가 있어야 할 자리에는 구멍이 여러 개 뚫려 있어 나무판을 갈라놓고 있었다. 밀너는 누군가가 이 표지판으로 사격 연습을 했으리라고 예리하게 분석해냈다.

조가 운전기사의 어깨를 두드리며 다시 한 번 무언가를 지시하자 기사가 즉각 브레이크를 밟았다. 차 주변으로 모래 먼지가 일며 시야를 가렸다. 조는 창문을 열었고, 먼지가 점차 가라앉으면서 밀너는 주변이 나무들로 둘러싸여 있음을 알 수 있었다. 농장이었다.

"들리세요?" 조가 검지로 왼쪽 귀를 가리키며 물었다.

밀너는 귀를 기울였지만 일정하게 달달거리는 엔진 소리 외에는 들리는 것이 없었다. 모르겠다는 듯, 밀너가 어깨를 으쓱했다.

"안 들리죠?" 조가 말했다. "원래 이곳은 윙윙거리는 벌 소리 때문에 자기가 무슨 말을 하는지도 들리지 않는 게 정상이에요. 하지만 지금은 아무런 소리도 나지 않아요. 쥐 죽은 듯 고요하죠!" 다시 한 번 두 사람은 정적 속에서 귀를 기울였다. 조가 손잡이를 돌려 창문을 올리며 말했다. "여왕벌 시대의 종말이군요."

밀너는 조의 얼굴을 바라보았다. 근심이 가득한 얼굴이었다. 멕시코에는 미녀들 그리고 여기 브라질에는 여왕벌이라……. 그리고 밀너는 지금 그 중심에 있었다. 밀너는 두 사건의 연관성을 찾아보려 잠시 고민하다 이내 그 생각을 떨쳐버렸다. 어쨌거나 밀너는 일종의 현대적 기사로, 공주들이 도움을 필요로 하는 곳이라면 어디든 가야 하는 사람이었으니까.

조가 명령하자 차가 급출발을 했다.

20. 바르샤바

압도적인 저택이었다. 저택이라기보다는 성이라고 표현하는 쪽이 더 어울렸다. 어두운 색의 돌로 비스듬하게 지은 외관 때문에 다소 음산한 분위기가 풍겼지만 그 화려함은 감출 수가 없었다. 사방을 둘러싼 이 당황스러운 예술 작품들만 없었더라면 얼마나 좋았을까. 괴물 그림, 기이하게 변형된 사람을 형상화한 조각상, 이런저런 포즈를 취하고 있는 사진까지.

누군가를 일부러 흉측하게 그린다는 것. 살면서 생각해보지도, 아니, 시도조차 해본 적 없는 일이었다. 직업상의 이유가 한 몫을 한 것도 사실이지만 이들 초상화에는 어쩔 수 없이 '추하다'고 밖에 볼 수 없는 공통점이 있었다. 주름으로 가득한 얼굴, 기이하게 틀어진 코, 푹 파인 눈, 머리카락 한 올 없는 정수리, 기형인 몸. 저택의 내부도 기이하기는 마찬가지였다. 외관과 마찬가지로 저택 안을 채운 모든 것들은 하나같이 비대칭이었다. 처음에는 오랜 비행과 시차 적응 문제로

96

평형감각을 잃은 탓인가 했지만, 이내 헬렌은 저택 내부의 기울어진, 때로는 기괴하다고 표현할 수 있을 만큼 정도를 벗어난 대열과 형태에 뇌가 혼란스러워하고 있다는 사실을 깨달았다.

"아버지는 이상한 것들에 애착을 갖고 계세요." 파트리크 바이시가 사과하는 듯한 목소리로 말했다. 헬렌은 빠른 걸음으로 전시된 작품들을 지나쳤다. 복도 끝으로 좁은 나선형 계단이 이어졌다. 복도 끝에 설치해 층과 층을 연결하는 일종의 비상 계단이었다.

헬렌은 파트리크를 따라 지하로 내려갔다. 어지러웠다. 희미한 조명 때문에 불편함이 더 심해지는 것 같았다.

"자, 이제 여기서……." 암회색 작은 철문 앞에 이르자 파트리크 바이시가 말을 꺼냈다. 어두운 색의 나무와 기묘한 인테리어로 채워진 저택의 전체적 분위기와는 어울리지 않는 문이었다.

"문 뒤에는 뭐가 있나요?"

"처음 이곳에 내려왔을 때 저도 그 질문을 했었죠." 파트리크 바이시가 조용히 대답했다. "아버지가 사라진 뒤, 아버지의 집사인 포르스트가 잔뜩 당황해서 제게 전화를 걸어왔어요. 저는 곧장 이곳 바르샤바로 왔고, 며칠 동안 아버지가 살아 계시다는 증거가 나타나기만을 기다렸습니다. 그사이 아버지의 행방을 찾을 수 있는 작은 단서라도 얻으려고 몇 시간 동안 집안 곳곳을 뒤졌죠. 그러다 이 문 앞에 서게 됐고, 당신과 똑같은 질문을 던졌습니다."

"그래서요?" 헬렌의 호기심이 커졌다. 파트리크 바이시는 문 옆에 있는 검은색 작은 상자를 가리켰다.

"지문 인식 장치예요. 안타깝게도 아버지의 지문이 있어야 이 문을 열 수 있죠."

헬렌은 실망했다. 그렇다면 대체 왜 여기로 내려왔단 말인가. 하지만 헬렌이 묻기도 전에 파트리크가 말을 이었다.

"아버지의 손가락이 여기에 있는데……." 파트리크 바이시가 무언가를 암시하는 듯한 미소와 함께 말을 꺼냈다.

헬렌은 피가 다리로 쏠리는 것을 느꼈다. "장난하는 거죠?" 구역질이 날 것 같았다.

파트리크 바이시가 크게 웃음을 터뜨리며 대답했다. "아뇨. 진짜 아버지 손가락을 찾았다는 건 아니고요. 수화기에서 아버지의 손가락 지문을 발견했어요. 고도의 기술로 그걸 촬영한 다음, 컴퓨터로 작업했어요. 그리고 아버지의 레이저 프린터기를 이용해 투명 필름에 인쇄를 했고요. 필름에 투명한 목재용 접착제를 붙였더니, 이렇게 인공 손가락이 완성되더군요!" 파트리크 바이시는 손에 무언가 물컹물컹한 것을 들고 있었다.

파트리크 바이시는 지문 필름이 붙어 있는 인공 손가락을 자신의 엄지에 끼우고는 그 위로 여러 번 입김을 불더니 지문 인식 장치의 사각 유리판에 가져다 댔다. 그러자 유리판에서 녹색 램프가 반짝이더니, 윙윙거리는 소리가 들려왔다. 소리를 듣자마자 헬렌의 눈앞에 검은 구름 형상이 나타났다. 헬렌이 눈앞에 보이는 것을 쫓아내기 위해 눈을 꾹 감고 있는 동안, 파트리크 바이시가 무릎으로 문을 밀었고 이내 윙윙거리는 소리도 사라졌다.

"어떻게 이런 걸 하실 수 있죠?" 헬렌이 서둘러 문안 쪽으로 파트리크를 따라 들어가며 물었다.

"아버지는 바이러스 백신 프로그램으로 부자가 됐어요. 백신이라는 게 그렇잖아요? 침입하려는 누군가를 막으려면, 일단 어떻게 침입하는지를 알아야 해요. 타고난 재능이에요. 우리 가족은 일종의 탱크 버스터 2.0 버전이거든요." 파트리크 바이시가 헬렌을 향해 몸을 돌리며 미소를 지어 보였다. 미소가 만들어낸 작은 주름이 개구쟁이 같은 인상을 만들어냈다. 마음에 들었다. 하지만 헬렌은 곧 양심의 가책을 느꼈다. 지금은 매들린에게만 집중할 때다. 이런 생각을 할 시간도, 파트리크의 호의를 받아들일 권리도 없다. 매들린이 잘 있는지, 어디에 있는지 알기 전까지는 말이다. 하지만 한편으로 헬렌은 알고 있었다. 헬렌의 뇌는 매들린에 대한 생각을 쫓아버리기 위해 노력하고 있었다. 너무나 고통스러워 견딜 수 없는 생각을 무의식으로 치환하려는 것이다. 결코 저항할 수 없는 고통을 경험하고도 정신을 유지하게 하는, 아주 본능적인 뇌의 방어기제였다.

두 사람이 들어오자 센서가 작동해 자동으로 천장 조명이 켜졌다.

"하지만 편집증이 있는 아버지와 달리 저는 이런 거에 그리 집착하는 편은 아니에요. 보시는 것처럼 아무런 의미도 없어요. 열 수 없는 건 없거든요. 그래서 그냥 비밀번호도 1234예요. 다른 걸로 바꾸면 기억도 못 하고요. 여기, 계단 조심해요!" 파트리크 바이시가 앞서 가며 말했다. 두 사람 뒤로 마치 진공청소기로 흡입하는 것 같은 소리가 나더니 묵직한 철문이 닫혔다.

"우아⋯⋯!" 파트리크 바이시의 머리 너머로 펼쳐진 광경을 보며 헬렌은 놀라움을 감추지 못했다.

작은 계단의 끝에 이르자 파트리크는 옆으로 비켜서서 마치 묘기의 하이라이트를 선보이려는 서커스 단장처럼 손을 들어 올렸다. 두 사람이 있는 곳은 박물관 한가운데였다. 바닥은 어두운 색 돌로 마감돼 있었고 천장은 지하라는 사실을 믿을 수 없을 정도로 높아 보였다. 하지만 헬렌은 금세 그 이유를 알아차렸다. 허리 높이까지 오는 유리 진열장 사이로 성인의 키쯤 되는 조각상과 입상이 전시되어 있었기 때문이다. 그리 멀지 않은 곳에는 가품으로 보이는 미켈란젤로의 다비드 상도 보였다. 헬렌의 양 옆에는 그림들이 가득했다.

헬렌은 놀라움 속에서 방 중앙으로 이동했다. 대부분 아는 작품들이었다. 두 개를 연결해 조립해놓은 이젤 위에는 마릴린 먼로의 초상화가 있었는데, 앤디 워홀의 작품 같았다.

"여기 이것들은 다 뭐죠?" 헬렌이 물었다. 파트리크는 그런 헬렌을 미소 지으며 바라보고 있었다.

"말씀드렸지만, 아버지는 끔찍한 사고를 겪은 후 더 이상 예전의 모습으로 돌아오지 못하셨어요. 엄청날 정도로 강박이 심해지셨고요."

"예술품에 대한 강박?"

바이시가 고개를 저었다.

"아니요. 아름다움에 대한 강박이요. 여기 보이는 작품들은 아름다움의 역사를 보여주는 것들이에요."

파트리크가 뒷걸음치며 문 쪽으로 향하자 헬렌은 그를 따라갔다.

"저도 불과 며칠 전에야 이곳을 발견했어요. 인터넷과 서재에 있는 아버지의 책을 뒤져 이 모든 게 어떤 의미를 가지고 있는지 알아내려고 했죠. 여기 이 작품들은 연대순으로 진열돼 있어요. 시작은 여기죠." 파트리크 바이시는 문 근처에 있는 조각상을 가리켰다. 석회암으로 작업된 조각상은, 팔다리가 없는 토르소 형상이었다. 커다란 유방과 이목구비가 빠진 축구공 같은 머리가 눈에 띄었다. "빌렌도르프의 비너스. 기원전 2만 5천 년경의 작품이죠. 아마 빈 자연사 박물관에서 공수했을 거예요."

헬렌은 작은 석상 앞에 섰다. 그제야 헬렌은 이 여인에게 작은 팔두 개가 있음을 알아차렸다. 거대한 유방에 가려 보이지 않은 탓이었다. 헬렌은 흥분됐다. 이곳에 진열된 모든 작품들은 헬렌과 관련이 있었다. 아름다움이라는 분야를 연구하는 신경미학자이기 때문만은 아니었다. 아니, 오히려 알 수 없는 무언가가 작품을 보고 있는 헬렌을 동요케 했다. 두려움 비슷한 감정이었다. 파트리크 바이시는 이미 걸음을 옮긴 후였다.

"이쪽이에요. 비너스 조각상이 시대별로 진열돼 있죠. 여기 이걸 보세요. 기원전 2세기 작품이에요. 이 작품, 아시겠어요?"

헬렌은 정신을 차리고 이내 파트리크 바이시를 따라 움직였다. 길이가 2미터는 되는 커다란 석상 앞에 선 순간 헬렌은 숨이 멎을 것 같았다. 너무 빨리 발걸음을 옮겼기 때문만은 아니었다. "이건……."

"밀로의 비너스. 맞아요!" 파트리크 바이시의 목소리에는 약간의 자부심이 섞여 있었다.

"하지만 이건 루브르 박물관에 있는 작품인데요!"

"루브르 박물관에 있는 게 모두 진품이라고 확신하시는 건 아니죠?" 파트리크 바이시가 눈을 찡긋하며 물었고, 또다시 몇 걸음을 더 앞서 걸었다. 파트리크는 어느새 벽에 걸린 그림 앞에 서 있었다. "이 그림도 아시겠네요!" 파트리크 바이시의 목소리가 공간을 울렸다.

"비너스의 탄생. 산드로 보티첼리." 어느새 파트리크 곁으로 다가간 헬렌은 거대한 조개 안에 벌거벗은 채 서 있는 비너스의 모습을 보며 중얼거렸다. 깜짝 놀랐다. 비너스는 한 손으로는 가슴을, 다른 한 손으로는 자신의 빨간 머리칼로 음부를 가리고 있었다.

"빌렌도르프의 비너스와 비교했을 때 묘사하는 방식이 정말 많이 변하지 않았어요?" 파트리크 바이시가 말했다. "이 모든 걸 종합해보면 이래요. 예술품 속 여자들은 시대가 지날수록 말라가고 있어요. 아니, 날씬해졌다고 해야 할까요? 뭐, 문화에서 나타나는 일종의 거식증이라고도 할 수 있고."

'계속해서 마르고 있다'라……. 또다시 헬렌의 눈앞에 검은 반점들이 보이기 시작했다. 헬렌은 매들린을 떠올렸다. 대체 나는 여기에서 무얼 하고 있는 걸까? 딸이 사라졌다. 그런데 나는 지금 폴란드의 어느 지하 공간에서 낯선 남자와 함께 작품을 감상하고 있다.

"괜찮으세요?" 파트리크 바이시가 헬렌의 팔을 가볍게 부축했다.

헬렌은 고개를 끄덕였다. "여기 있는 모든 것들, 참 흥미롭네요. 하지만 이것들을 제게 보여주시는 이유는 뭔가요? 그러니까, 이 모든 것들이 제 딸 혹은 당신의 아버지와 무슨 관계가 있는 건가 싶어서요."

"아, 죄송합니다. 제 생각이 짧았네요." 파트리크 바이시가 살짝 당황한 듯 대답했다. "저는 이곳에 전시되어 있는 것들이 아버지의 실종과 관련 있을 거라 생각했어요. 자연스럽게 따님의 실종과도 관계가 있을 것 같고요. 그러니 조금만 더 제 이야기를 들어주시면 좋겠어요." 파트리크가 부탁하듯 헬렌을 바라보았다.

극심한 피로가 헬렌을 짓눌렀다. 눈이 뜨거웠고 머리가 둔했다. 동료들의 MRI 실험을 통해 헬렌은 피로를 느낄 때 뇌의 일부분이 기능을 멈춘다는 사실을 알고 있었다. 지금 헬렌의 뇌에서도 같은 현상이 나타나는 것 같았다. 어쨌거나 헬렌도 이 상황에 크게 저항하고 싶은 마음은 없었다. 그래서 헬렌은 "정 그러시다면……." 하고 상황을 정리했다.

"감사합니다." 파트리크 바이시가 따뜻한 미소를 건네며 대답했다.

파트리크는 다음 작품을 향해 걸음을 옮겼다. "여기 옆에 있는 그림들도 한번 봐주세요. 옷을 입지 않은 비너스가 있어요. 크라나흐, 티치아노, 벨라스케스, 고야……. 아버지는 이들 작품을 모두 수집했어요. 마지막은 마릴린 먼로의 초상화가 장식하고 있고요. 하지만 저는 이게 끝이 아니라고 생각해요. 여기, 몇 개의 빈자리가 있거든요." 헬렌은 그림을 순서대로 관찰했다. 여자들의 분홍빛 나체를 보자 눈앞에 또다시 색깔들의 형상이 떠올랐지만 헬렌은 애써 그것을 지워버렸다. 어지럼증이 더 심해질 것 같아서였다.

"미술사적으로 볼 때 가치 있는 작품들이네요. 하지만 아까 강박이라고 하신 건 뭐죠? 그리고 이 모든 게 제 딸과 어떤 관련이 있나요?"

"저도 처음에는 당신과 마찬가지였어요. 저는 그저 제가 느꼈던 걸 당신에게도 느끼게 해주고 싶었어요. 제가 이해하고 있는 것들을 당신도 이해할 수 있게 하고 싶어서요." 파트리크 바이시가 흥분한 듯 빠른 속도로 말을 이어갔다. 파트리크는 헬렌을 향했다.

"저기 공간이 또 하나 있어요. 당신의 이름과 전화번호를 발견한 곳이에요." 파트리크 바이시는 몇 미터 떨어진 곳에 있는 나무 문을 가리켰다. "어쩌면 '강박'이라는 말도 틀린 걸지 몰라요." 파트리크 바이시는 갑자기 우울해진 듯 보였다. "아버지는…… 그냥 미친 사람일지도 모르죠."

21. 피렌체, 1500년경

로 스트라니에로는 우리와 함께 지내는 생활에 매우 만족하는 듯하다. 때때로 살라이가 어깃장을 놓고는 하지만, 로 스트라니에로 앞에서 살라이는 어린아이에 불과하다. 더군다나 로 스트라니에로는 살라이의 적개심에 전혀 관심도 없다는 태도를 고수하고 있다.

나는 레오나르도와 함께 세상의 구성 요소들을 새로이 정립했다. 지금까지 우리는 남자와 여자, 부와 가난, 선과 악, 삶과 죽음, 소유와 책임 따위의 틀 안에서 사고했다. 얼마나 눈이 멀어 있었던가! 복식 부기를 완성한 나만 해도 그렇다. 나는 대체 왜 숫자 따위에 연연해 시간을 허비하느라 본질적인 것을 기록하지 못한 채 놓쳐온 걸까?

마침내 우리는 조화를 발견했다. 균형을 되찾았다. 그중에서도 특히 우리를 둘러싼 대상과 사람들에 대한 아름다움을 새롭게 정의했다. 갑자기 세상이 다르게 보이기 시작했다. 어제 미소를 자아내게 하던 것들이 오늘 혐오의 대상이 되었고, 이제껏 간과하고 지나쳤던 것들이 지금은 관심의 대상이 되었다.

"주변에 아름다운 것이 없는데 어찌 아름다움을 묘사할 수 있겠나!"

며칠 전 레오나르도는 역정을 냈다. 이제 살라이는 레오나르도에게 아무런 예술적 감흥도 일으키지 못한다. 살라이 역시 그러한 사실을 알고 있는 듯하다. 만일 살라이가 계속해서 로 스트라니에로에게 적개심을 보인다면 우려할 일이 벌어질지도 모른다.

나와 레오나르도는 한때 살라이가 완벽한 인간의 얼굴과 신의 것이라 할 만한 몸을 가졌다고 생각했다. 마치 특별한 손에 의해 만들어진 것처럼 말이다. 실제로 아직도 내 눈에 살라이는 그렇게 보인다. 그는 로 스트라니에로가 우리에게 가르치려 하는 바로 그 아름다움에 가장 근접한 존재라 할 수 있다. 단지 로 스트라니에로가 발하는 광휘에 가려 다소 빛을 잃었을 뿐이다.

레오나르도의 뮤즈로서의 지위를 잃은 살라이에게 측은한 마음이 든다. 하지만 그가 로 스트라니에로에게 적의를 드러내는 것이 신성모독으로 여겨지는 것도 사실이다. 살라이가 경솔한 짓을 저지르기 전에 로 스트라니에로에게 미리 귀띔해주어야 한다.

22. 아카풀코

몇 시인지 알 수 없었다. 어디에 있는지도 알 수 없었다. 눈을 뜨자 축축한 흙냄새가 코로 스며들었다. 정신을 차리기까지 다소 시간이 걸렸다. 처음 여자는 자신이 앨라배마 몽고메리의 집에 있는 거라고 생각했다. 부드러운 침대 위에. 하지만 이내 여자를 엄습한 추위가 그것이 착각임을 알려줬다. 여자의 위로 파란 하늘이 펼쳐져 있었다. 밖이었다!

움직이려 하자 통증이 온몸을 덮쳤다. 지금껏 살아오면서 단 한 번도 경험해보지 못한 고통이었다. 피부 전체가 다 타버린 것 같았다. 조심스럽게 몸을 일으켰지만 균형을 잡지 못하고 금세 쓰러졌다. 여자는 손으로 땅과 잔디를 움켜쥐었다. 다시 일어서려 했지만 그때마다 주변 모든 것이 빙빙 돌더니 여자를 넘어뜨렸다. 여자의 눈에 집 한 채가 들어왔다. 그리 멀지 않은 곳에 창문이 있었다. 여자는 엄청난 고통에 신음하며 간신히 자리에서 일어나는 데 성공했다.

고작 몇 미터를 걸었을 뿐인데도 숨이 차올랐다. 고통 때문에 얼굴과 몸이 터져버릴 것만 같았다. 여자는 비틀거리다 무릎에 힘이 빠져 넘어졌고, 구토했다. 구토를 멈추고 진정을 되찾은 여자는 태양빛 아래 빛나는 노란 담즙을 응시했다. 다시 여자의 시선은 집으로 향했다. 천천히 기억이 돌아왔다. 다른 친구들. 버스. 감금. 기절. 드디어 그 악몽에서 벗어난 걸까?

이런 생각들은 여자가 몸을 일으키는 데 도움이 되었다. 여자는 몇 미터씩 앞으로 걸어 나가 이윽고 베란다에 이르렀다. 태양이 창문에 반사되고 있었다. 첫 번째 계단을 오르다 넘어진 여자는 두 번째 계단을 기어 올라갔다. 여자는 가까스로 손에 닿은 문손잡이를 지지대 삼아 몸을 일으켜 세웠다. 그리고 온 힘을 다해 문을 두드렸다. 하지만 온 힘을 다한 것이 무색할 정도로 소리는 약했다. 여자는 머리로 나무 문을 내리쳤다. 이마에서 통증이 느껴졌다. 여자는 귀를 기울였다. 쿵쾅거리는 심장 박동 소리가 들렸다. 호흡 소리. 그리고 문 뒤에서 달그락거리는 소리가 들려왔다.

몸을 지탱하고 있던 문이 열리자 여자는 균형을 잃고 문턱 위로 쓰러졌다. 여자의 머리가 무언가 부드러운 것에 닿더니 날카로운 비명이 들려왔다. 여자의 머리는 다시 딱딱한 현관 바닥에 떨어졌다. 손 쓸 새도 없었다.

"오, 주여! 괴물이야!" 어둠이 여자를 감싸기 전, 여자가 들은 마지막 말이었다.

23. 상파울루

양봉장의 주인은 나우두라는 이름의 똑똑한 남자였다. 작지만 활기찬 눈을 갖고 있었다. 나우두는 격분했다 낙담하길 반복하면서, 밀너의 존재는 무시하고 대부분 조와 대화했다. 상당히 규모가 큰 양봉장이었다. 하지만 밀너의 눈에도 양봉장은 황폐해 보였다. 벌들은 무리지어 다니지 않고 몇 마리가 따로 따로 날아다닐 뿐이었다. 이 정도 규모의 양봉장에서는 극히 드문 일이라고 했다. 어쨌거나 밀너로서는 싫지만은 않았다. 날아다니고, 찌르는 것들은 다 싫어하는 탓이었다.

그런 밀너의 혐오감은 나우두라는 남자가 둘을 창고로 안내했을 때부터 사그라들었다. 창고 안에 무언가 커다란 더미가 있었다. 곡식이나 벌 먹이를 쌓아둔 것이려니 했던 밀너의 생각은 착각이었다. 죽은 벌들의 사체 더미였다. 나우두는 사체를 한 줌 쥐고 바라보았다. 그리고 그중 하나를 마치 으깨듯 부쉈다.

"벌에게 치명적인 바이러스나 버섯일 거래요." 조가 나우두의 말을 통역해 전달했다. 죽은 벌의 몸통에는 흰색 설태가 묻어 있었다. 밀너는 마치 수의사라도 되는 양 고개를 끄덕였다. 그리고 숨 막힐 듯 답답한 창고의 공기를 애써 참아내며 사체 더미를 바라보았다. 수많은 사체에서 부패한 냄새가 났다.

세 사람은 바깥으로 나와 나우두의 집 앞 발코니에 자리 잡았다. 세 사람의 앞에는 도수 높은 술이 놓여 있었다. 꿀과 비슷한 맛이 났다.

"벌들이 죽기 시작한 게 언제죠?" 밀너가 나우두에게 묻자 나우두는 조를 바라보았다. 조가 밀너의 질문을 전달했다.

"3주 전이요." 나우두가 손가락 세 개를 펼쳐 보였다. "첫날에만 수천 마리가 죽었어요." 나우두가 말을 이어갔다. "둘째 날에는 만 마리가 죽었고요. 그 뒤로부터 계속이에요. 오늘까지요."

밀너는 전염병학자들과 함께 FBI에서 생화학 테러 연수를 받은 적이 있었다. 밀너가 아는 바에 따르면 이런 현상은 극히 드문 케이스였다. 벌들을 죽음에 이르게 한 물질은 아마도 전염성이 매우 강력할 터다. 혹은 극도로 치명적이거나.

"다른 양봉장은 상황이 어때요?" 밀너가 주변을 둘러보며 물었다.

"다 똑같아요. 곳곳에 다 죽은 벌떼뿐이래요."

"여기 상파울루에서만 그런 건가요?"

나우두가 고개를 저었다. "브라질 전체가 다 그래요. 전 세계적으로도 다 그렇고!"

밀너가 고개를 끄덕였다. FBI에서 듣고 온 브리핑과 같은 내용이었다. 비단 브라질뿐 아니라 모든 대륙에서 벌들이 죽어가고 있었다. "제가 입수한 정보가 맞다면, 양봉장끼리 우편으로 여왕벌을 교환한다면요? 전 세계적으로요. 그래서 바이러스가 전파됐을 가능성은 없나요?" 브라질로 오는 비행기 안에서 자료를 검토하며 알게 된 내용이었다.

나우두는 인내심을 갖고 통역 내용을 듣더니 이내 세차게 고개를 저었다. "우리는 여왕벌을 우편으로 보내진 않아요. 하지만 여왕벌을 키우고 일부를 파견하긴 하죠."

"그 살인벌이라고 하는 것도 키우세요?" 밀너가 물었다. 브라질에서 아프리카와 유럽의 벌들을 교배시킨다는 내용의 기사를 FBI가 출력해줬었다. 1950년대에 그렇게 교배시킨 벌들이 대량으로 풀렸고 그 후로 바로 이 '살인벌'이라고 하는 아종이 북아메리카까지 퍼졌다고 했다.

'살인벌'이라는 말을 듣자 조가 통역하기도 전부터 나우두의 표정이 어두워졌다. 나우두는 흥분했는지 거친 제스처와 함께 조에게 무어라 말했다.

"벌한테 '살인'이라는 말을 붙이는 건 멍청한 사람들이나 하는 짓이라네요." 조가 조심스럽게 나우두의 말을 전했다. "유럽에 분포된 벌들에 비해 공격성이 강하기는 하지만 꿀 생산량이 더 높고 면역력도 더 강하다고요."

밀너는 미안하다는 듯한 손짓을 취했다.

"그런 이름이 붙게 된 건 위협을 당할 경우, 유럽 벌들과 달리 집단으로 가해자를 따라가며 공격하기 때문이라고요. 더 많이 찔리니 공격이 더 치명적일 수밖에 없고요. 하지만 건드리지만 않으면 그 종들도 공격하지 않는대요."

밀너는 무언가를 배우게 되어 기쁘다는 듯한 제스처로 고개를 들어 보였다. "면역력이 강하다고 했는데, 그래도 죽긴 하나요?" 밀너는 나우두를 위해 특별히 염려하는 듯한 표정을 지으며 물었다.

나우두는 잠시 통역을 들은 뒤 고개를 끄덕였다.

밀너는 술잔을 들었다. 알코올 도수가 높고 설탕 함유량이 많아 아주 위험한 술이었다. 갈증이 느껴지기도 했지만 자신이 점차 취하고 있다는 사실도 인지할 수 있었다. 콜라 상자들이 수북하게 쌓여 있던 멕시코의 파출소가 그리워질 정도였다. 생물학자도 아닌데, 대체 여기서 무엇을 할 수 있단 말인가? 밀너는 경찰이었다.

"벌을 독살했을 것 같은 사람을 양봉장에서 본 적은 없나요? 벌떼들이 집단 폐사하기 전에, 낯선 사람이 이곳에 있었던 적은요?"

나우두는 잠시 고민하는 듯하더니 이내 고개를 저었다.

밀너는 이곳에서는 더 이상 수사할 것이 없다고 조에게 눈짓했다.

"알베르트 아인슈타인을 아시나요?" 서툰 영어로 나우두가 직접 질문했다.

"물론 알죠. 독일의 천재 물리학자잖아요."

"알베르트 아인슈타인이 뭐랬는지 알아요?"

밀너가 어깨를 으쓱했다. 알베르트 아인슈타인의 상대성 이론 같은 걸 이야기하려는 건 아닐 터였다.

"아인슈타인이 말했어요. 벌이 멸종하면 인간도 4년 안에 멸종하게 된다고. 벌이 사라지면 수분이 이뤄지지 않고, 수분이 이뤄지지 않으면 식물이 사라지고, 식물이 사라지면 동물이 사라지고, 동물이 사라지면 인간도 사라진다고."

순간 퍼즐 조각이 맞춰졌다. 어쩌면 이것은 왜 밀너가 브라질에 파견됐는지, 벌이 왜 생화학 테러의 목표물이 될 수밖에 없는지 설명 가능한 이유가 될지도 모른다. 하지만 이미 밀너는 벌이 멸종해도 인류는 계속해서 생존하게 되리라는 전문가들의 보고서를 읽은 터였다. 물론 벌이 멸종할 경우 지구상의 식물계는 급격한 변화를 겪을 테고, 식량 공급도 급속도로 낮아질 것이다. 그렇게 되면 마트 진열대에서 영원히 사라지게 될 품목들이 생길 테고, 지금도 굶주림에 시달리는 나라들이 어떤 고통을 겪게 될지는 불 보듯 빤한 일이다. 이런 생태계의 원리를 생각하며 밀너는 그제야 현대 농업에서 벌의 역할이 얼마나 중요한지 이해할 수 있었다. 벌떼를 농장에서 농장으로 이동시키는 것은 '이동식 노동자'로서 식물의 수분을 담당하게 하기 위함이었다.

이를 인공적인 방법으로 가능하게 해보려는 시도도 있었다고 한다. 하지만 그 어떤 인간도 벌만큼 효율적인 결과를 만들어내지 못했다.

밀너가 받은 정보에 따르면 벌 한 마리가 하루에 수분할 수 있는 꽃의 양은 이천 송이에 달한다. 그리고 한 집단은 보통 최대 육만 마리의 벌들로 구성되어 있다.

"바로 그래서 제가 여기에 온 겁니다. 벌떼의 죽음을 막기 위해서요. 미국 정부는 이 문제를 매우 심각하게 보고 있습니다." 밀너가 말했다. 처음으로 나우두의 눈에서 신뢰 비슷한 것이 비쳤다.

"벌은 모든 문제를 푸는 열쇠예요." 나우두가 말했다. "대부분은 벌을 그저 곤충의 하나라고 생각하겠죠. 하찮게 여기는 사람도 있을 거고요. 하지만 벌은 지구상에 보내진 하느님의 종과 같은 존재예요."
나우두의 목소리가 갑자기 높아지는 통에 밀너는 깜짝 놀랐다. "신의
비율이란 말을 들어보셨나요, 밀너 씨?" 나우두가 눈을 크게 뜨고 물
었다.

밀너는 자신이 보았던 자료들을 떠올렸다. 아니, 그와 관련한 정보
는 없었다.

"황금비율이라고도 하죠. 교차되는 두 개의 선이 특정한 비율을
이루고 있는 걸 말해요. 인간들은 그 비율을 특히나 아름답다고 느끼
고요."

밀너는 도움을 구하듯 조를 바라보았다. 하지만 조는 끼어들 의사
가 조금도 없어 보였다.

"바닥에서 정수리까지의 길이를 재서 그걸 바닥에서 배꼽까지의
길이로 나눠보세요. 그러면 0.6이 나올 겁니다. 피(Phi)라고도 하죠. 제
가 해도 같은 값이 나올 겁니다. 당신이 저보다 머리 두 개 정도는 더
크지만요. 모든 사람의 배꼽 위치는 언제나 자신의 키와 황금비율을
유지해요. 어깨에서 손가락 끝까지 그리고 팔꿈치에서 손가락 끝까지
의 비율도 마찬가지죠. 바닥에서 허리까지 그리고 바닥에서 무릎까지
의 비율도 그렇고요. 모두 0.6이에요."

"그게 벌이랑 무슨 관계가 있죠?" 밀너가 물었다. 상파울루의 엄청
난 더위에 지친 밀너는 수학 따위는 하고 싶지 않았다. 솔직히 단 한
번도 수학을 잘해본 적도 없었고.

"벌들도 황금비율을 지니고 있어요. 머리부터 가슴 그리고 가슴부
터 몸통 끝이 황금비율을 이루죠. 한 마리, 한 마리 다 재보세요. 하나
같이 0.6이 나와요. 이게 다가 아니에요. 수벌의 계보도 그래요. 수벌

은 여왕벌의 미수정란에서 태어나요. 그래서 엄마만 있고 아빠는 없죠. 하지만 여왕벌은 엄마와 아빠가 있어요. 즉 수벌에게는 조부모가 있는 셈이죠. 할머니에게는 엄마, 아빠가 있지만, 그 아빠에게는 또 엄마밖에 없고요. 이렇게 계속 올라가다 보면 암벌에게는 부모가 둘, 수벌에게는 부모가 하나예요. 이걸 나열하면 수벌 한 마리당 엄마 하나, 조부모 둘, 증조부모 셋, 고조부모 다섯, 그 이후로는 여덟, 이렇게 되죠. 1, 2, 3, 5, 8. 이게 바로 피보나치 수열이에요. 두 항을 더한 합이 다음 항의 값이 되는 것. 그리고 붙어 있는 두 항의 비율은 언제나 0.6이에요. 계산해보세요. 2 나누기 3은 0.6이고 3 나누기 5도 마찬가지고요!"

나우두는 잠시 말을 멈추고 컥, 하는 소리와 함께 급히 숨을 들이마셨다. 밀너는 흥분한 채 말을 이어가는 나우두가 걱정되기 시작했다.

"한 무리를 이루는 벌들을 암벌과 수벌로 나눠 수를 세어보세요. 어떤 숫자가 나올까요? 또 0.6이 나와요! 벌들이 찾아가는 꽃들을 보세요. 꽃들은 대개 황금비율을 지니고 있어요. 꽃잎도 황금비율에 따라서 만들어진 거고……." 나우두는 몸을 앞으로 숙이며 기침을 한 번 내뱉었다. 이제야 숨이 모자란 것 같았다.

"그게 어떤 의미인데요?" 나우두가 잠시 쉬는 사이 밀너가 재빨리 끼어들었다. 양봉업자가 아니라, 수학자와 대화하는 기분이었다.

나우두가 가까이 다가왔다. 밀너의 얼굴에서 손바닥 하나 정도의 거리만 남겨두고서. 나우두가 내쉬는 숨에서 꿀과 과즙 냄새가 났다. "누군가가 지구상의 가장 완벽하고도 부지런한 하느님의 종을 죽이고 있는 거라고요." 나우두가 속삭였다. 그러더니 몸을 젖혀 의자에 몸을 기대고 오른쪽 손가락 네 개를 펼쳐 밀너의 얼굴 앞에 가져다 댔다.

"인류의 멸종까지 4년 남았어요."

밀너는 분위기를 풀기 위해 한번 크게 웃기라도 해야 할 것은 같은 기분이 들었다. 모두의 긴장을 늦출 만한 농담이라도 하고 싶었다. 하지만 아무런 말도 나오지 않았다. 밀너는 나우두에게 가까이 가려 의자에 몸을 기댔다. 조는 아무런 반응이 없었다. 나우두의 말에 밀너보다 더 놀란 것 같았다.

그 순간 밀너의 휴대폰이 울렸다. 오, 신이시여. 하느님이 살아 계시다는 것을 증명해주는 순간이었다. 밀너는 재빨리 휴대폰을 집어 들었다. 인생에서 가장 중요한 전화라도 기다리고 있었다는 듯.

"여보세요." 밀너는 라탄 소재의 의자에 기대어 앉는 나우두를 바라보며 전화를 받았다.

"여자애가 한 명 더 나타났어." 버락이었다. "미스 앨라배마야." 하지만 버락의 목소리는 그리 기쁜 것 같지 않았다.

"상태는 괜찮아?" 밀너가 우려 섞인 목소리로 물었다.

"괜찮냐고?" 버락은 어떻게 대답을 해야 할지 고민하는 것 같았다. "사진 보냈으니까 한번 봐." 버락의 목소리가 밀너를 불안하게 했다.

"살아 있긴 하지?"

"사진으로 봐. 그러고 나서 통화해!"

밀너는 휴대폰 화면을 보았다. 문자가 이미 와 있었다. 밀너는 나우두와 조에게 눈빛으로 양해를 구하고 메시지를 확인했다. 버락에게서 온 문자였다. 그 밖에도 문자 하나가 더 있었다. 사진이었다. 사진이 열리기까지 잠깐 시간이 걸렸다. 그리고 밀너는 이내 분노가 치밀어 오르는 것을 느꼈다.

"이곳에서 저와…… 매들린의 흔적을 찾으셨다는 거죠?"

헬렌은 마치 어린아이가 되어 '바이시의 원더랜드'를 거니는 기분이었다. 헬렌은 조금씩 불편함을 느끼기 시작했다. 지금 헬렌의 관심사는 다른 곳에 있었다.

"여기에서 당신의 이름과 휴대폰 번호가 적힌 메모지를 발견했어요." 파트리크 바이시는 작은 붙박이 테이블에서 메모지를 들어 헬렌에게 건넸다.

헬렌의 이름을 끼적여놓은 평범한 종이였다. 종이에 적힌 번호가 자신의 것임을 즉각 알아차릴 수는 없었다. 앞에 미국 국가번호가 추가되어 있던 탓이었다. 그 옆에 있는 매들린의 이름을 발견하자 헬렌의 위가 갑자기 수축했다. 매들린의 이름 위로 하트가 그려져 있다는 파트리크 바이시의 말은 진짜였다. 그것도 여러 번 덧그린 듯했다. 낙서하며 통화를 하는 습관을 지닌 사람처럼 말이다. 그 아래로는 폴란드어로 추정되는 여러 개의 단어들이 적혀 있었다.

"미녀와 야수." 파트리크 바이시가 문장을 해석했다. "집사에게 한 번 더 확인해본 거예요. 제 해석이 맞았네요."

"이상해요." 헬렌이 말했다.

"뭐가요?"

"제 휴대폰 번호를 아는 사람은 없어요."

"그래요? 연구소를 통해 알아낸 게 아닐까요?"

헬렌은 고개를 저었다. "아뇨. 저는 휴대폰을 그리 좋아하지 않아요. 아무데서고 연결되는 게 싫어서요."

"좋은 징조네요." 파트리크 바이시가 대답했다. 헬렌은 반응을 이해할 수 없다는 듯 파트리크를 바라봤다. "첫 번째 단서가 될 수 있는 부분이잖아요. 그건 결국 아버지에게 당신의 이름과 전화번호가 꼭 필요했다는 증거일 테고요. 이유는 알 수 없지만요. 실종되기 전 아버지는 이곳에서 시간을 보냈대요. 운전기사인 마빈을 통해 알아낸 정보예요. 당신의 번호를 아는 사람이 많지 않을수록, 누가 아버지에게 번호를 알려주었는지 알아내는 것도 쉬워지겠죠."

논리적인 해석이었다.

"신경미학자라고 하셨죠?" 파트리크 바이시가 생각에 잠겨 있던 헬렌에게 물었다. "당신에 대해 검색을 조금 해봤어요." 파트리크 바이시가 쑥스러운 듯 미소를 보이며 말했다.

헬렌은 고개를 끄덕였다. 여전히 파벨 바이시가 남긴 메모에 대해 생각하는 중이었다. 딸의 이름이 하트에 둘러싸인 것을 자신의 눈으로 직접 보고 있는 지금, 헬렌의 모든 의문은 더욱 증폭됐다.

"곧 파리에 가실 일이 있다고 하셨죠?"

"네. 그림 연구 때문에 루브르 박물관을 방문할 일이 있어서요."

"어떤 그림이요?" 파트리크 바이시는 헬렌의 일에 큰 관심을 보였다. 헬렌을 우쭐하게 만드는 반응이었다. 하지만 헬렌은 자신의 이야기를 하고 싶지 않았다. 적어도 지금 이 순간만큼은 그랬다. 이곳에 온 것은 딸을 찾기 위해서다. 그뿐만 아니라 헬렌은 작업을 비밀리에 진행하기로 루브르 박물관과 협약을 맺은 터였다. "죄송하지만 자세한 이야기는 할 수 없어요."

파트리크 바이시에게 거절을 해야 하는 상황이 불편하게 느껴졌다. 어쨌거나 손수 비용을 대 자신을 이곳까지 데려와준 사람이었다. 그

116

런 사람이 자신의 일에 보이는 관심을 칼같이 자르는 것이 헬렌으로서는 그리 편할 리 없었다. 하지만 정작 파트리크 바이시는 개의치 않는 듯했다.

"뭔가 굉장히 비밀스러워 보이는데요." 파트리크 바이시가 미소를 보이며 말했다.

"어떤 그림 속 인물을 연구하는 작업이에요. 저에 대해 검색해보셨다니 어쩌면 제가 개발한 모형을 아실 수도 있겠군요. 모건 모형이요."

파트리크 바이시가 고개를 저었다.

헬렌이 말을 이어갔다. "과정이 매우 복잡해요. 저는 예술품, 특히 그림에 나타난 특정 비율이 인간의 뇌에 신경학적 자극을 준다는 전제하에 작업을 진행하고 있어요. 지난 몇 년간 저는 특정…… 이걸 어떻게 설명해야 할지……. 특정한 틀을 만들었어요. 투명 플렉시 유리에 커다란 지도 같은 게 그려져 있는 형태라고 생각하시면 될 거예요. 그 틀을 기준으로 비율을 따져보는 거죠. 그리고 이와 관련해서 파리에서 연구해볼 그림이 있고요. 아마 며칠 뒤면 그 그림이 그 특정 비율을 지니고 있다는 사실도 증명되겠죠. 딸을 찾지 못하는 일만 없다면……." 헬렌이 말을 멈췄다.

"찾을 수 있을 겁니다." 파트리크 바이시가 헬렌의 어깨를 부드럽게 쓸어내리며 말했다. "하지만 설명을 듣고 나니 어떤 그림을 연구하시려는 건지 더 궁금해지는데요." 파트리크가 웃었다. "걱정하지 마세요. 곤란하게 하려는 건 아니니까. 다음에 책을 출간하시면 그때 알면 되죠, 뭐."

"그러게요." 헬렌도 미소로 화답했다.

갑자기 파트리크 바이시가 주변의 그림들을 가리키며 진지한 어투로 말을 이어갔다. "그렇다면 당신이 하는 신경미학이라는 일도 여기 이것들과 관련이 있는 건가요?"

"그런 셈이죠." 헬렌이 동의했다. "아름다움에 관한 거니까."

"그렇다면 아버지가 당신의 이름과 번호를 메모해둔 것도 우연이 아니겠군요."

"하지만 매들린은 뭘까요?"

파트리크 바이시는 어깨를 들썩였다. "미녀와 야수……." 파트리크가 중얼거렸다. "그게 뭔가 아름다움과 관련이 있겠죠."

한동안 두 사람은 서로를 응시했다. 헬렌의 앞에 서 있는 파트리크 바이시는 왠지 측은해 보였다. 아버지를 찾아 헤매는 아이의 모습이 떠올랐다. 그리고 딸을 잃어버린 어머니의 모습도.

갑자기 파트리크가 몸을 돌리며 말했다. "여기에 있는 이 모든 것들이 저를 혼란스럽게 하네요. 그러니까 아버지가 당신에게 무엇을 원하는지 모른다는 거죠? 아버지와 통화를 한 것도 아니고요? 음성사서함에 메시지도 남기지 않았나요?"

"그 어떤 대화도 나눈 적이 없어요."

헬렌은 자신의 대답에 파트리크 바이시의 어깨가 아래로 축 처지는 모습을 보았다. 아마도 파트리크는 헬렌을 통해 아버지의 행방을 알아낼 수 있으리라 확신했던 것 같았다.

"정말 유감이에요." 헬렌이 말했다.

"아닙니다. 고집 세고 정신 나간 늙은 아버지보다는 아직 미성년자인 딸을 잃는 게 더 큰일일 텐데요."

파트리크의 말에 헬렌은 위로를 받는 느낌이었다. 그럼에도 헬렌은 아무런 말을 할 수가 없었다.

"그래도 이곳을 조금 더 둘러보는 게 좋겠어요. 어쩌면 무언가 아는 게 나오거나, 당신이 하는 일과 관련된 게 있을 수도 있으니까요. 혹시 따님과 관련된 게 발견될지도 모르고. 어떤 단서든 도움이 될 거예요."

이제 파트리크는 거의 애원하듯 말하고 있었다. 파트리크 바이시가 그렇게 말하지 않았더라도 헬렌은 어차피 매들린의 실종을 설명해줄 만한 단서를 찾기 위해 이곳을 더 둘러볼 셈이었다.

헬렌은 책상으로 다가갔다. 정돈되지 않은 책상이었다. 정돈 상태로만 봐서는 책상 주인이 어딘가 멀리 떠날 것을 계획하진 않은 듯싶었다. 오히려 커피를 내리러 잠깐 자리를 비운 듯한 모습이었다. 주인 몰래 책상을 뒤지는 행위는 헬렌을 다소 부끄럽게 만들었다.

키보드 옆에는 종이 더미가 쌓여 있었다. 영수증, 상품 수령증. 그 중에는 유명한 박물관의 이름이 적힌 종이도 있었다. 재떨이에는 피우고 남은 담배가 수북이 쌓여 있었다. 담배를 보고서야 헬렌은 그 냄새를 인지했다. 헬렌에게 도움이 될 만한 단서는 없었다. 헬렌의 시선은 책상 위의 벽으로 향했다. 신문 기사와 사진들이 테이프로 고정되어 있었다. 헬렌은 자세히 보기 위해 앞으로 몸을 숙였다. 패션 잡지의 이름이 적힌 목록이었다. 대부분은 헬렌도 아는 것들이었다. 그 옆에는 벌이 그려진 그림이 있었다. 각각의 부위에는 화살표가 그려져 있었고, 화살표 끝에는 그 부위의 명칭을 설명한 것으로 보이는 라틴어가 적혀 있었다. 마치 생물 교과서에서 찢어낸 것 같은 페이지였다. 그중 두 개의 단어에는 밑줄이 그어져 있었고, 옆에는 읽을 수 없는 글씨로 메모가 되어 있었다. 벌 그림 아래로는 모든 나라를 볼 수 있을 정도로 커다란 세계 지도가 붙어 있었다. 대륙 곳곳에 빨간색 동그라미가 그려진 지도였다.

지도의 대각선 아래로는 스크랩된 신문 기사가 하나 붙어 있었다. 조금 전 헬렌이 얼핏 지나쳤던 기사였다. 뉴욕에서 치러질 미스 아메리카 선발대회에 관한 기사였고, 그중 멕시코와 관련된 단락에는 형광펜으로 밑줄이 그어져 있었다. 어디에서 본 것 같은 느낌이 들었지만, 헬렌의 관심은 곧 다른 곳으로 향했다.

오른쪽으로는 납작한 컴퓨터 모니터 위로 성탑이 있는 웅장한 건물 사진이 보였다. 성탑은 빨간 사인펜으로 두 줄이 그어져 있었다. 아마도 유럽 어딘가에 있는 성인 것 같았다. 건물 사진 아래로는 마찬가지로 빨간 사인펜으로 적은 메일 주소와 이름이 있었다. 안드레아스 쉴베르거. 헬렌은 조용히 이름을 따라 읽어보았다. 아마도 독일인의 이름인 것 같았다. 하지만 떠오르는 것은 없었다. 그 옆에는 숫자가 있었는데, 헬렌은 두 번 보고서야 비로소 그 숫자가 어제 날짜임을 알 수 있었다. 월일을 거꾸로 쓰는 유럽의 방식 탓이었다.

"이건 뭐죠?" 헬렌이 성탑이 있는 건축물을 가리키며 물었다.

파트리크 바이시가 모른다는 듯 어깨를 들썩였다.

"아버님은 왜 이 모든 사진과 기사를 벽에 붙여 놓으신 거죠?"

헬렌은 한 번 더 물었지만 이번에도 파트리크 바이시는 답이 없었다. 헬렌은 미스 아메리카 선발대회에 대한 기사를 한 번 더 훑어봤다. 거대한 벌의 그림도. 헬렌은 윙윙거리는 벌떼 소리를 떠올렸다. 그 순간 봄을 나타내는 색깔들이 헬렌의 시야를 가득 채웠다. 하지만 이내 벌들이 죽고 있다는 기사, 헬렌이 바르샤바로 오는 비행기 안에서 읽었던 바로 그 기사가 떠오르며 잿빛이 봄의 색을 덮었다. 마치 단기 기억의 문이 열린 듯, 멕시코에서 미스 아메리카 선발대회 후보자들이 납치를 당했다던 사건도 떠올랐다.

멕시코에서 일어난 납치 사건은 지난 며칠간 신문과 TV에서 계속 보도되고 있었다. 헬렌은 벽에 걸린 스크랩 기사에서 날짜를 찾았지만, 보이지 않았다. 하지만 분명 납치 사건이 발생하기 전에 나온 기사 같았다. 좋지 않은 예감이 들었다. 동시에 맥박도 빨라졌다. 헬렌은 재빨리 시선을 돌려 파트리크 바이시를 응시했다. 파트리크는 헬렌의 변화를 아직 눈치 채지 못한 듯 미동 없이 옆에 서 있을 뿐이었다.

헬렌은 한 걸음 뒤로 물러나 시야를 확보한 뒤 조심스럽게 벽을 응시했다. 그제야 헬렌의 눈에 띈 사진이 하나 있었다. 의사 가운을 입은 한 남자의 사진이었다. 아랍이나 남쪽 나라 출신 남자인 것 같았다. 회색의 머리카락은 단정하게 가르마를 타 옆으로 빗어 넘긴 상태였다. 치아는 남자의 얼굴 전체를 가릴 정도로 난잡하게 끼적인 낙서 아래에서 하얗게 빛나고 있었다. 옆에는 '모나'라는 이름이 메모되어 있었다.

"이 사람은 누군가요?" 헬렌이 물었다.

"아메드 라마니 박사요." 파트리크의 목소리에서 약간의 경멸감이 묻어났다. "의사예요. 뭐, 본인은 의사라고는 하는데……. 내 어머니의 죽음에 책임이 있는 사람이죠. 아마도 아버진 그 사실을 영원히 기억하기 위해 여기에 사진을 붙여놓았을 거예요." 파트리크 바이시의 목소리가 헬렌의 눈앞에 독성이 강한 녹색으로 떠올랐다.

헬렌은 말없이 고개를 끄덕였다. 어떻게 대답해야 할지 알 수 없었다. "유감이네요." 헬렌이 조용히 읊조렸다.

갑자기 무릎에 힘이 빠지는 것을 느낀 헬렌은 책상에 몸을 기댔다. 그 순간 헬렌의 손끝에 책 한 권이 닿았다. 뒤집힌 채로 놓여 있는 책이었다. '디아리오 디 루카 파치올리(Diario di Luca Pacioli, '파치올리의 일기'라

는 뜻의 이탈리아어 - 옮긴이).' 매우 오래된 책 같았다. 책의 나이를 생각하는
동안 헬렌은 갑자기 어지럼증을 느꼈다.

"어디 안 좋으세요?" 뒤에 있던 파트리크 바이시가 헬렌을 향해 다
가오며 물었다. 헬렌은 자신의 팔을 잡고 의자로 잡아끄는 파트리크
바이시의 손을 느끼며 의자 위로 풀썩 몸을 던졌다. 파트리크의 애프
터쉐이브 향이 헬렌의 코끝을 스쳤다. "이해해주셔서 감사합니다. 하
지만 괜찮아요. 벌써 몇 년 전 일이거든요. 어머니는 수술 도중에 돌
아가셨고요."

무슨 말을 하는 것일까? 헬렌은 파트리크 바이시의 말을 이해하기
위해 노력했다. 아, 그의 어머니에 대해 이야기하던 참이었다.

헬렌의 시선은 또다시 자신의 앞에 있는 벽으로 향했다. 미스 아메
리카 선발대회에 대한 신문 기사. 이제 벌의 그림은 아까보다 더 크게
보였다. 헬렌은 시선을 위로 옮겼다.

그리고 헬렌은 보았다. 파파라치 컷처럼 보이는 사진이었다. 너무
멀리 떨어져 있어서 선명하게 찍을 수 있을 만한 각도가 나오지 않은
모양이었다.

하지만 홀쭉한 볼과 방심한 커다란 눈 그리고 통통한 입술을 헬렌
이 못 알아볼 리 없었다.

매들린. 헬렌의 딸이었다.

25. 불로뉴 빌랑쿠르

더 이상은 참을 수가 없었다. 자크 푸레는 자리에서 일어나며 잡지 더

미에서 한 권을 집어 돌돌 만 다음, 팔 아래에 끼워 넣었다.

"화장실 간다!" 푸레가 동료에게 소리치자, 소음 방지용 헤드폰을 쓰고 있던 동료가 엄지손가락을 들어 올려 알았다는 신호를 보냈다.

20초도 채 되지 않아 푸레는 남자 화장실의 한 칸을 골라 들어가 한 숨을 내쉬며 좌변기에 앉았다. 그리고 화장지 한 칸을 뜯어 이마를 가볍게 두드려 땀을 닦아냈다. 얼마 안 있으면 교대 시간이었다. 퇴근하고 나면 푸레는 필립이 운영하는 바 타박에 들러 치즈 토스트에 맥주 한 잔을 곁들인 뒤 집으로 돌아가 잠을 청할 것이다. 푸레는 이제 막 인쇄되어 나온 잡지를 들었다. 잉크 냄새가 그대로 묻어났다. 푸레는 깜짝 놀랐다. 표지에서 푸레를 향해 미소 짓고 있는, 얼굴이 기괴하게 일그러진 캐리커처 때문이었다. 푸레는 얼마 전 조카가 보여준 애플리케이션을 떠올렸다. 사람의 얼굴을 일그러뜨려 외계인처럼 보이게 만드는 애플리케이션이었다.

인쇄소 화장실에서 푸레는 주기적으로 이곳에서 인쇄하는 패션 잡지를 읽곤 했다. 하지만 이런 식의 장난스러운 사진은 단 한 번도 본 적이 없었다. 그것도 표지를 장식하고 있는 사진이라니. 그래 뭐, 좋다. 다소 꺼림칙한 부분은 있지만 어쨌거나 자신이 이런 패션 잡지의 주 독자층에 속하지 않는 건 분명하니까. 이 잡지의 주 독자층이 좋아하는 스타일의 사진일지도 모른다. 혹여 사진에 대한 설명이 있지는 않을까 하는 마음에 푸레는 1면에 실린 기사 제목으로 시선을 옮겼다. 놀라운 다이어트 비법, 놀라운 섹스 비법, 놀라운 코디 비법 등 늘 그렇듯 잡지에는 놀라운 변화를 약속하는 일상적인 기사들이 실려 있을 뿐이었다.

푸레는 고개를 절레절레 저으며 잡지를 펼쳤고, 그다음 페이지에서 또 다른 사진을 발견했다. 본래 편집장의 글이 실리는 곳이었다. 그런데 이상하게도 그 자리에는 기이하게 변형된 여자의 사진이 실려 있었다. 눈은 소처럼 커다랗고, 둥근 코는 풍선처럼 부풀어 있었다. 반면 입술은 실처럼 가늘었고, 턱은 길게 잡아당긴 줄기 모양이었다. 푸레는 계속해서 페이지를 넘겨보았다. 넘겨도, 넘겨도 잡지에는 온통 같은 유형과 방식으로 일그러진 얼굴뿐이었다. 잡지 한 권을 통틀어 평범한 사진은 하나도 없었다. 광고 사진 속 얼굴마저도 추한 괴물처럼 변형되어 있었다. 얼굴 아래에 붙어 있는 몸도 기이하기는 마찬가지였다. 마치 「미슐랭 가이드」의 캐릭터처럼 어떤 부위는 잔뜩 부풀어 있었고, 또 어떤 부위는 바람이 다 빠진 것처럼 움푹 패여 있었다.

자크 푸레는 기자도 아닐뿐더러 패션에는 더더욱 관심이 없었다. 하지만 무언가 잘못되어도 대단히 잘못되었다는 좋지 않은 예감이 푸레를 사로잡았다. 팀장에게 보고할까도 잠시 고민해보았지만 마음을 바꿨다. 자신과 관계없는 일에는 간섭하지 않는 쪽이 좋다는 것을 일찍부터 배운 터였다. 필립이 만들어준 냄새 좋은 토스트도 떠올랐다. 최악의 경우, 잡지 전체를 다시 인쇄해야 할지도 모른다. 그렇다면 퇴근 따위는 물 건너 갈 것이고. 안 된다. 자크 푸레는 자신이 본 것을 잊기로 했다. 무엇보다 기이한 광경이어서 자신의 눈에 띈 것일 수도 있으니까.

자크 푸레는 서둘러 엉덩이를 닦고 나와 세면대 옆에 있는 쓰레기통에 잡지를 최대한 깊숙이 집어넣었다. 에어 드라이어로 손을 말리고 있노라니 갑자기 웃음이 터져 나왔다. 1년에 한 번씩 새로 부임한 편집장과 함께 초판을 확인하러 인쇄소를 방문하곤 하는 '패션 피플들'의 얼굴이 떠오른 탓이었다. 여기 잡지 속에 있는 괴물 사진과 그리 다르지 않은 성형 괴물들 말이다.

26. 상파울루

"진짜 끔찍해. 지금껏 봐온 사건 중에 가장 변태적이야." 버락도 소식
을 들은 모양이었다. 밀너는 멕시코의 지방 파출소에서 더위에 헐떡
이며 콜라 상자 위에 앉아 고개를 젓고 있을 버락의 모습을 떠올렸다.
"지금껏 정말 상상할 수 없을 정도로 끔찍한 시체들을 많이 봐왔지만,
살아 있는 사람의 상태가 이런 건 정말이지⋯⋯."

밀너는 손으로 얼굴을 쓸어내렸다. 경찰이라는 직업이 가지고 있는
암이었다. 남들이 보지 않으려 하는 곳을 봐야 한다. 밀너는 조를 바
라보았다. 조는 통화 내용에 개의치 않고 창밖을 바라보고 있었다. 버
락에게 걸려온 전화를 핑계로 두 사람은 양봉업자인 나우두에게 인사
를 건네고 다시 공항으로 향하고 있었다.

"법의학자들이 전부 기록했어?" 밀너는 질문을 이어갔다. 질문하
는 것만으로도 괴로웠지만 어쩔 수 없었다. "상세 사진도 보내줘. 그
리고 그⋯⋯. 그 사진, 그러니까 성형되기 전 사진도."

"이미 요청했어. 하지만 경고하는데, 보기 전에는 뭘 먹지 않는 게
좋을 거야. 얼굴은 완전히 일그러뜨려놨고, 가슴은⋯⋯. 그 가엾은
여자 가슴은 완전히 엉망이 됐어. 법의학자도 경악하더라고."

"그랬겠지." 밀너가 대답했다.

"아니, 이런 사건이 일어나서 놀란 게 아니라⋯⋯. 그래 뭐, 물론
평생 이런 건 본 적이 없긴 하겠지. 의사는 수술 솜씨에 놀라더라고.

전문가 작품이래. 정신 나간 마약 범죄자의 작품이 아니라."

"전문가 작품이라고?"

"아마도 A급 의사의 작품일 거라고 추측하던데. 성형외과 의사."

무언가가 이상했다. 대체 누가, 일부러 괴물을 만들 목적으로 총기로 무장까지 해서 미인대회 후보자들을 납치한단 말인가. 혹시 변태 성향이 있는 군인들 짓일까? 상상조차 해보지 못한 일이었다. 정신이 상자들은 대부분 단독 범행을 저지른다. 이따금 2인 1조로 움직이는 경우가 있기도 하지만.

"프로파일러를 투입해."

"그것도 이미 요청했어." 버락이 대답했다. 불쾌한 것 같았다.

"언론에는 노출시키지 말고!"

"너무 늦었어. 방금 워싱턴에서 신문 기사 1면을 캡처해 보내왔어. 심지어 여자애들 사진도 실렸어."

"그게 말이 돼?" 밀너가 깜짝 놀라 소리쳤다. "풀려난 지 몇 시간이나 됐다고?"

"여자애를 풀어주기 전에 미리 사진을 찍어둔 모양이야. 지금 마일스가 알아보고 있어. 아무래도 범인들이 직접 언론에 사진을 흘린 것 같아. 언론은 패닉 상태에 빠졌고. 미국에서 가장 아름다운 소녀들이 미친 성형외과 의사의 손에 붙잡혀 있다. 그야말로 국가적 재난 아니겠어?"

"말도 안 돼!" 휴대폰에서 신호음이 울리며 전화가 들어오고 있음을 알렸다. 두 번째 신호음에서 밀너는 휴대폰 화면을 보았다. "워싱턴 본부야. 나중에 통화해." 밀너는 버락에게 말한 뒤 통화 수락 버튼을 눌렀다.

126

FBI 국장이 밀너에게 직접 전화를 거는 건 분명 흔한 일이 아니었다. 미국에서 가장 아름다운 얼굴들이 공격당했다. 그리고 밀너는 지금 벌들을 구하기 위해 브라질 남부에 갇혀 있었다.

27. 바르샤바

"내 딸이에요!" 헬렌이 사진을 가리키며 소리쳤다. 파트리크 바이시가 사진을 자세히 들여다보기 위해 가까이 다가갔다. "그리 오래된 사진은 아닐 거예요." 헬렌이 말했다. 사진 배경에 병원 건물이 있었다. "대체 왜 이 사진이 여기에 걸려 있는 거죠?"

헬렌은 분노가 치밀어 올랐다. 열여섯 살짜리 미성년자 딸의 사진을 걸어놓을 권리는 그 누구에게도 있을 수 없다. 더욱이 보스턴에서 수천 킬로미터나 떨어진 이곳, 어느 기괴한 폴란드 재벌의 집에 딸 사진이 걸려 있다는 사실은 분명 무언가 위험한 일이 벌어지고 있다는 헬렌의 직감을 더욱 강하게 만들었다. 분노와 함께 공포가 헬렌을 사로잡았다.

"이게 따님이라고요?" 파트리크는 놀란 것 같았다.

헬렌은 사진으로 가까이 다가갔다. 고화질 컬러 프린터기로 인쇄한 사진이었다. 사진 속 매들린은 미소를 짓고 있지 않았다. 사실 매들린은 미소 짓는 일이 별로 없었다. 하지만 그렇다고 불행해 보이지는 않았다. 매들린의 얼굴에는 특유의 우울한 분위기가 있었지만 동시에 강인함도 묻어 있었다. 헬렌뿐 아니라 교사와 의사도 인정하는 사실이었고, 같은 반 남자 아이들을 반하게 만든 매들린만의 매력이기도

했다. 만일 이 사진이 헬렌의 연구소 사무실 벽에 걸려 있었다면 이는 보스턴의 아름다움을 카메라에 담아낸 평범한 사진이 되었을 것이다. 하지만 이곳에 걸려 있는 것은 전혀 다른 이야기다. 결코 어울리지 않는 장소였다. 헬렌은 뒤늦게 사진 아래에 무언가 적혀 있는 걸 알아차렸다. 마드리드, 프라도 미술관, ML. 그 옆에는 내일 날짜가 적혀 있었다.

헬렌은 혼란을 떨쳐버리기 위해 몇 차례 고개를 저은 다음 메모를 가리키며 물었다. "무슨 의미죠?"

파트리크 바이시가 사진으로 가까이 다가가 매들린의 사진 옆에 쓰인 글씨를 읽기 시작했다.

그사이 헬렌의 시선은 벽에 걸려 있던 다른 종이들로 향했다가 다시 딸의 사진으로 돌아왔다. 분명했다. 파벨 바이시가 미쳤는지, 안 미쳤는지는 모르겠지만 분명한 건 그가 무언가 나쁜 일을 꾀하고 있고, 매들린은 그 일의 일부라는 사실이었다.

헬렌은 경찰에 신고해야겠다고 생각했다. 하지만 파트리크 바이시의 의견은 또 어떨지 모른다. 어쨌거나 자신의 아버지니까. 헬렌은 파트리크 바이시의 옆모습을 응시했다. 파트리크는 몸을 앞으로 기울인 채 벽에 붙은 종이들을 살펴보고 있었다. 걱정되기는 파트리크 바이시도 마찬가지인 것 같았다.

"뭔가가 잘못되고 있는 느낌이에요." 헬렌이 조심스럽게 말을 꺼냈다. 헬렌은 그 말을 하며 파트리크 바이시의 반응을 살폈다.

파트리크 바이시가 헬렌을 향해 천천히 몸을 돌리더니 이윽고 정면으로 헬렌을 응시했다. 파트리크 바이시 또한 자기 자신과의 싸움을 하고 있는 것 같았다.

"제 생각도 그래요." 파트리크의 목소리는 진지했다. 파트리크는 한숨을 내쉬었다. 그의 목소리에서 따뜻한 갈색이 보였다. 약간의 안도감이 헬렌을 감싸 안았다. 하지만 공포와 분노가 뒤섞인 불안한 감정은 여전히 떨쳐내기 어려웠다.

"당신이 알고 있는 걸 말해줘요!" 헬렌은 의도치 않게 퉁명스러운 말투로 내뱉었다.

"일찍 말해주지 못해 미안해요. 하지만 당신이 믿을 만한 사람인지 확인해야 했어요. 혹여 당신도 이 일에 관여하고 있는 건 아닐까 해서……."

헬렌은 깜짝 놀라 한 걸음 뒤로 물러서며 물었다. "이 일에 관여하다니, 그게 무슨 말이죠?"

"이쪽으로 오실래요?" 파트리크 바이시는 헬렌이 앉아 있는 의자를 부드럽게 옆으로 밀고는 책상 위 키보드 쪽으로 몸을 기울였다. 버튼을 누르자 모니터가 켜졌다. 파트리크 바이시의 손가락이 능숙하게 키보드 위를 움직이면서 화면 위로 녹색 숫자와 알파벳이 적혔다.

"이게 뭐예요?"

"말씀드렸듯이, 제 아버지는 백신 프로그램으로 성공했어요."

헬렌은 고개를 저었다. 헬렌은 파벨 바이시가 개발했다는 소프트웨어가 아니라 벽에 걸린 매들린과 매들린의 사진에 대해 이야기하기를 원했다. "이게 그 백신 프로그램인가요?" 헬렌은 마지못해 물었다.

파트리크 바이시가 의미심장한 미소를 지으며 고개를 저었다. "아니요. 이건 정확히 그 반대죠."

"컴퓨터 바이러스란 소린가요?"

파트리크 바이시가 고개를 끄덕였다. "아버지가 개발한 듯해요. 이

컴퓨터에는 여러 개의 버전이 있는데, 버전이 올라갈수록 발전하고 있어요."파트리크 바이시가 이마를 찌푸렸다

헬렌은 무어라 말을 해야 할지 알 수 없었다. 파트리크 바이시의 아버지인 파벨 바이시는 이 사건에 연루되어 있을 것이다. 하지만 이 컴퓨터 바이러스가 무슨 상관인지까지는 알 수 없었다. 오히려 헬렌에게는 상관없다고 여겨지는 하찮은 것이었다. 어쨌거나 컴퓨터 바이러스가 벽에 딸의 사진이 걸려 있는 이유를 설명해줄 수 없는 것만은 분명하니까. "다른 추측은 없어요? 아버지가 이걸 개발한 것 같다는 거, 그게 다인가요?" 헬렌이 믿을 수 없다는 듯 물었다.

파트리크 바이시의 목소리는 여전히 진지했다. "저도 이게 어떤 연관성이 있을지 완벽하게 파악한 건 아니에요. 하지만 제 첫 번째 추측이 맞는다면 아마도 이 바이러스는 우리가 살고 있는 세상에 엄청난 변화를 가져올 거예요. 혹여 이 바이러스가 우리의 삶을 결정하는 근본적인 부분까지 파괴하려는 건 아닌지 우려도 되고요."

헬렌은 파트리크 바이시의 말을 이해하기 위해 노력했다. 컴퓨터 바이러스에 대해서는 헬렌도 들어본 적이 있었다. 국가정보원이 다른 나라의 핵 시설 가동을 방해할 목적으로 컴퓨터에 침투해 비밀번호를 훔쳐간다는 트로이 목마 바이러스를 사용한다는 것도 알고 있었다. 하지만 컴퓨터 바이러스가 전 세계의 안녕에 실제적 위협을 가할 수 있다는 점은 살면서 단 한 번도 생각해보지 못한 부분이었다.

"그러니까 그 말은 이 바이러스가 전쟁, 뭐 그런 걸 일으킬 수도 있다는 건가요?"

파트리크 바이시가 등을 곧게 펴더니 앉을 만한 것을 찾다가 포기하고 헬렌의 앞, 책상 가장자리에 걸터앉았다.

"책 조심해요!" 헬렌이 외치며 파트리크가 깔고 앉을 뻔한 오래된 책을 가까스로 집어 들었다. 조금 전 헬렌의 눈에 들어온 책이었다. 파트리크 바이시는 마치 헬렌의 책인 듯 사과했고 헬렌은 그것을 자신의 무릎 위에 조심스럽게 올려놓았다.

"아뇨. 전쟁은 일어나지 않아요. 핵 로켓이 발사되는 일도 없을 거고요. 말씀드렸다시피 저는 아직 이 프로그램의 기능을 완전히 파악하지 못했어요. 하지만 우리 삶의 일상적인 무언가를 공격하기 위해 만들어진 바이러스 같아요. 일상적인 것, 조화 같은 것……. 아니, 조화보다는 비율이라는 말이 더 적절할까요."

헬렌은 고개를 저었다. 상대적으로 복잡한 문제를 다루는 신경학자였음에도 파트리크 바이시의 말에서 정확한 의도를 파악하기란 쉽지 않았다. "뭔가가 잘못되고 있는 것 같다는 제 말은 저기 저 바이러스를 지칭하는 게 아니었어요." 헬렌이 모니터를 가리키며 말했다. 화면에는 여전히 숫자들이 줄지어 나타나고 있었다. 헬렌은 말하면서 손에 들고 있던 책 표지를 만졌다. 부드럽고 따뜻했다. 오래된 종이 냄새가 코를 타고 들어왔다. "저기 벽에 걸려 있는 미스 아메리카 선발대회 기사 말이에요. 그걸 말한 거예요. 본선 무대 전에 멕시코에서 캠프가 있다고 알리는 저 기사……. 그리고 벌 그림이랑 그 옆에 있는 지도 말이에요. 최근 그 뉴스들 들으셨죠?"

파트리크 바이시는 깜짝 놀란 듯 등 뒤에 있는 벽을 향해 몸을 돌려 헬렌이 말한 것들을 바라봤다. "아뇨. 여기 폴란드에 처박혀서 바이러스 문제를 해결하느라 듣지 못했어요. 지하에 너무 오래 있었던 모양이네요." 파트리크 바이시가 민망한 듯 대답했다. "미스 아메리카 선발대회와 벌이 왜요?" 파트리크 바이시는 정말로 그 뉴스를 접하지 못한 듯했다. 처음으로 헬렌은 파트리크 바이시의 얼굴에서 피로감을 느꼈다. 매끈하게 그을린 파트리크 바이시의 피부 사이로 눈 아래쪽에 형성된 다크 서클이 보였다. 책상 조명에 가까이 앉아 있는 지금, 헬렌의 눈에 파트리크 바이시의 지친 기색은 더 또렷이 보였다. "미스 아메리카 선발대회 후보들을 태운 버스가 일주일 전, 아카풀코 근처에서 납치당했어요. 아직까지도 아무런 소식이 없고요."

파트리크 바이시는 손으로 머리카락을 쓸어 넘겼다. 그중 몇 가닥이 뒤로 넘어가지 않고 삐져나왔다. "그게 아버지랑 무슨 관계일까요. 뭐, 아버지도 사라지긴 했으니 그 부분은 관련이 있겠지만……."

"그리고 전 세계적으로 벌떼의 미스터리한 죽음이 이어지고 있어요. 오늘 이곳으로 오는 비행기 안에서 관련 기사를 읽었죠. 그리고 제 기억이 맞는다면 여기 벽에 걸려 있는 지도에 빨간색으로 동그라미가 그려진 바로 이 나라들에서 그런 현상이 발생한다고 했고요."

다시 한 번 파트리크 바이시의 시선이 헬렌의 검지를 따라갔다. 잠깐의 침묵이 흘렀다. 이후 파트리크 바이시가 크게 웃음을 터뜨리며 말했다. "아버지가 그 사건과 정말로 관련이 있다고 믿으시는 건 아니죠? 납치, 벌떼의 죽음 이런 것과요?" 헬렌은 진지한 눈으로 파트리크 바이시를 바라봤다. 헬렌은 미동 없이 파트리크의 얼굴을 응시했고, 이내 그의 얼굴에서 웃음 주름이 사라졌다.

"진심이군요?" 파트리크 바이시가 외쳤다. 하지만 질문이라기보다는 확언에 가까웠다. "말도 안 돼요!"

"말씀하셨죠. 아버님이 미쳤다고." 헬렌은 벽에 걸린 딸의 사진을 한 번 더 바라봤다. 헬렌의 시야에는 여전히 모니터 위로 지나가는 숫자들이 들어왔다.

"그런 셈이죠. 하지만 그건 여기 이 전시 공간을 보고 한 말이었어요. 아니면 저런 거!" 파트리크 바이시가 말하며 무언가를 가리켰다. 헬렌이 미처 보지 못하고 지나쳤던 공간이었다.

지하 공간 한쪽 구석에는 어슴푸레한 조명 아래 반짝이는 철문이 있었다. 문 위쪽에는 유리창이 하나 나 있었고, 그 위로는 '생화학적 위험'이라는 글씨가 적힌 노란색 경고 표지판이 붙어 있었다.

"저 안에 뭐가 있는데요?"

"가서 한번 보세요." 파트리크 바이시가 대답했다.

헬렌은 마지못해 자리에서 일어났다. 그리고 마치 바닥이 무너질까 걱정하는 사람처럼 조심스럽게 걸음을 옮겨 문 쪽으로 다가갔다. 섬세한 바둑판 눈금이 그려져 있는 유리창 뒤로 흐린 조명이 보였다. 절반 정도 이르렀을 때 헬렌은 가던 걸음을 멈추고 파트리크 바이시를 한 번 더 쳐다봤다. 파트리크 바이시는 여전히 팔짱을 끼고 책상 가장자리에 앉아 헬렌을 관찰하고 있었다.

마침내 헬렌은 문 앞에 도착했다. 헬렌은 천천히 고개를 돌려 노란색 경고 표지판 너머로 창문 안쪽을 엿보았다. 어둑한 조명이 켜져 있는 작은 공간이었다. 넓이에 비해 층고가 높았고, 마치 무균실같이 보였다. 공간 중앙의 시멘트로 된 지점에는 연구실에서 볼 법한 도구들이 있었고, 그 밖에는 특별한 것이 눈에 띄지 않았다. 만일 경고 문구가 진짜라면 그 공간에는 무언가 위험을 유발하는 생물학적 유기체나 물질이 있을 터였다.

헬렌은 눈을 크게 뜨고 문의 두께를 체크했다. 견고한 것 같았다. 가장자리는 실리콘 패킹으로 마감되어 있었다. 헬렌은 한 번 더 파트리크 바이시가 있는 곳으로 몸을 돌렸다. 여전히 그는 헬렌을 관찰하고 있었다. 헬렌은 입술 모양으로 '이게 뭐죠?' 하고 물었다.

다시 한 번 헬렌은 철문의 유리창을 향해 몸을 돌렸고, 마침내 그것을 보았다. 공간의 가장 안쪽. 분명 조금 전에는 보지 못했던 것이었다. 그것이 거기 있었는지조차 의심이 갈 정도였다. 공간 안쪽 벽에는 견고한 유리 상자가 고정되어 있었고, 그 안에서 한 여자가 헬렌을 향해 미소 짓고 있었다.

28. 피렌체, 1500년경

레오나르도는 과거에 만든 작품들을 '실수'라고 여겼다. 급기야는 새로운 이상에 들어맞지 않는 이전 작품들을 없애버리려고 했다. 자신의 작품을 불태워버리려는 레오나르도와 이를 말리는 살라이 사이에 큰 다툼이 벌어졌다. 나는 로 스트라니에로에게 불똥이 튀지 않을까 우려했지만 그는 두 사람이 다투는 동안에도 침착함을 잃지 않았다. 하지만 살라이의 격분은 결국 로 스트라니에로에게 향했다. 그의 부드러운 뺨 위에 살라이의 손바닥 자국이 남고 말았다. 결코 있어서는 안 될 일이었다. 나와 레오나르도는 얼어붙고 말았다. 하지만 로 스트라니에로는 여전히 미소를 짓고 있었다. 살라이가 다시 한 번 손을 들어 올렸지만 결국 욕만 퍼붓고는 자리를 떴다. 레오나르도와 나는 로 스트라니에로에게 수천 번씩 사과했다. 심지어 나는 무릎을 꿇고 그의 손에 키스까지 했다. 혹시나 그 일로 로 스트라니에로가 우리를 떠나지 않을까 하는 두려움 때문이었다. 다행히 로 스트라니에로는 마치 아무런 일도 일어나지 않았다는 듯 침착했다. 하지만 살라이에 대해서 언급하는 것을 잊지는 않았다.

"살라이의 아름다움은 껍데기일 뿐."

그는 레오나르도를 도와 '서툴고 추하며 실패한' 그림과 스케치 들을 함께 불태웠다.

나는 로 스트라니에로가 건네준 열 권의 책 가운데 마지막 책을 읽기 시작했다. 오랜 공부 끝에 나는 하느님이 우리에게 계시를 내렸다는 사실을 확신하게 됐다.

인류는 장구한 세월에 걸쳐 세상이 어떤 질서로 창조되었는지 이해하기 위해 노력해왔다. 그런데 바로 그 창조의 질서가 우리 눈앞에 있었다. 레오나르도와 나는 앞으로 우리에게 주어질 인간으로서의 사명이 이 질서를 정확하게 따르는 데 있음에 의견을 같이했다. 신에 대항하기 위해서가 아니라 신을 이상으로 여겨야 한다는 것에도.

나는 이와 관련하여 글을 쓰려고 한다. 내가 갖게 된 거대한 깨달음과 깊이를 책으로 남기는 것이다. 제목으로는 '신의 비율'이 어떨까한다. 레오나르도는 책에 필요한 스케치를 해주겠다고 약속했다. 분명 로 스트라니에로도 마음에 들어 할 것이다. 어쩌면 살라이가 저지른 무례에 대해서 마음을 푸는 데도 도움이 될지 모른다.

지아코모 카프로티에 대해서는 레오나르도와 이야기를 해봐야겠다. 그리고 이제부터 그를 '살라이'라는 애칭으로 부르지 않고 '악마의 화신'이라 부르리라는 점도 상기시킬 것이다.

나를 염려하게 하는 동시에 매료시키는 생각이 하나 있다. 정말로 이곳, 레오나르도와 나의 눈앞에서 선과 악이라는 우주의 가장 강력한 두 개의 힘이 싸우게 될 것인가? 만일 그렇다면 우리는 곧 한쪽을 선택해야만 할 것이다.

29. 바르샤바

검은 정장을 입은 신사 한 명이 안전한 높이의 나뭇가지 끝에 앉아 있었다. 갈색 에나멜 가죽 구두는 한 층 아래, 상대적으로 폭이 더 좁은 나뭇가지 위에 걸쳐 늘어뜨린 상태였다. 갈색 벨트와 넥타이 색에 맞춘 삼각 행커치프. 이 모든 것이 신사의 스타일을 완성하고 있었다. 그러나 어깨까지 내려온 곱슬머리와는 전혀 어울리지 않았다. 신사는 나무줄기에 등을 기댄 채 잠을 자고 있는 것 같았다. 파리 한 마리가 신사의 얼굴 주변을 맴돌다 뺨 위에 내려앉아 앞다리를 비벼댔다. 하지만 입술이 움찔하자 날아올랐다가, 잠시 주변을 돌다 다시 이마 위에 앉았다.

나무줄기에는 검은색 지팡이가 하나가 기대어 있었다. 은으로 된 커다란 양 머리 모양의 손잡이가 달린 지팡이였다.

신사가 앉은 곳은 대저택의 현관문에서 그리 멀지 않은 곳에 서 있는 오래된 참나무였다. 신사가 깨는 듯하자 파리는 또 한 번 날아올랐다. 문득 눈을 뜬 신사는 천천히 고개를 옆으로 기울였고 몇 초간 그 상태로 움직이지 않았다. 신사는 지평선 너머로 하늘을 피처럼 빨갛게 물들이는 태양을 바라보며 가만히 미소 지었다.

신사는 넥타이를 더 꽉 조여 맨 다음 착지할 곳을 정하고 가지에서 뛰어내렸다.

그리고 능숙하게 무릎을 굽혀 충격을 완화한 다음 지팡이를 잡고 토지를 둘러싼 거대한 벽을 따라 빠르게 걷기 시작했다. 파리가 미처 따라잡을 수 없을 정도로 빠른 속도였다.

30. 워싱턴

상파울루에서 워싱턴으로 향하는 비행기 안에서 밀너는 한숨도 잘 수가 없었다. 이륙과 동시에 잠깐 졸기는 했지만 눈을 감자마자 기괴하게 변해버린 여자의 사진이 떠올라 곧 깨고 말았다. 완벽한 보고서였다. 휴대폰을 통해 버락에게 건네받은 검시관의 보고서는 그야말로 경악을 금할 수 없는 성형수술 보고서 같았다.

미스 앨라배마의 코는 인체에 이질적인 연골이 주입되어 마치 새 부리와 같은 모양으로 변형되어 있었다. 여자의 몸에는 무려 열 군데나 지방이 주입되었다. 이 중에는 배와 허벅다리도 포함되어 있었다. 반면 일반적이지도, 필요하지도 않은 부위에는 과도한 지방 흡입을 가해 여자의 결합 조직에 분화구를 만들어놓은 상태였다. 어떤 사진에서는 마치 누군가가 유방을 빼앗아간 듯한 미스 앨라배마의 모습을 볼 수 있었다. 미스 앨라배마의 한쪽 유방은 안에 있는 지방을 다 빼낸 탓에 피부 껍질만 탄력 없이 늑골 위로 늘어져 있었다. 반면 반대편 유방은 실리콘을 과도하게 주입해 검시관의 보고서에 따르면 금방이라도 터질 것 같은 상태였다. 신경독소의 일종인 보툴리눔 독소가 과다 사용된 것으로 보인다고 했다. 보툴리눔 독소는 실리콘과 함께 여자의 얼굴을 추안으로 만들어놓았다.

머리카락은 전부 밀어내고 없었지만 이는 신경 쓸 것도 아니었다. 그나마 머리카락은 다시 자랄 수 있으니 말이다. 다행이라 할 수 있는 것이 있다면 아마도 여자가 고통을 느끼지는 않았으리라는 보고서의 내용이었다. 마취 상태에서 수술이 이루어졌다는 것이다. 발견 당시 여자의 몸에는 진통제가 주입된 상태였다고 했다. 그밖에 육체적인 학대를 당하거나 성폭행을 당한 흔적은 없었다.

밀너는 휴대폰으로 의사의 전문적인 소견이 적힌 사진들을 살펴보았다. 밀너는 사진을 앞으로 넘겨 여자의 종아리 접사를 다시 한 번 자세히 관찰했다. 촘촘한 그물망 문양의 문신이 새겨져 있었다. 어찌나 촘촘하게 그려 넣었는지 정강이와 장딴지가 털로 뒤덮여 있다고 착각할 정도였다. 검시관들은 영구 문신이라 했다. 밀너가 아는 바에 따르면 이러한 유형의 문신은 몇 년이 지나면 점차 색이 바랜다. 하지만 이마 한가운데 새겨진 문신은 달랐다. 손가락을 벌려 휴대폰의 사진을 확대했을 때 밀너는 눈을 의심했다. 하지만 착각이 아니었다. 여자의 이마에는 노란색과 검은색 줄무늬가 교차된 벌의 문신이 또렷하게 그려져 있었다. 그냥 지나칠 수 없는 분명한 단서였다. 몇 시간 전, 밀너는 브라질의 양봉업자 나우두와 함께 발코니에 앉아 미스터리한 벌떼의 죽음에 대해 대화를 나눴다. 그리고 지금 밀너는 멕시코에서 납치를 당했다가 성형 괴물로 돌아온 여자의 얼굴을 보고 있다. 그 이마에는 벌 문양의 문신이 있다.

인생이 신기한 우연들로 가득하다는 것을, 밀너는 경험을 통해 잘 알고 있었다. 하지만 아무리 드문 일이라 해도, 어떤 사건을 단순히 우연으로 치부한 채 넘기기에는 그 반대의 경험도 너무 많았다. 다양한 사건이 지닌 공통점의 인과관계를 짚어보지 않은 채 그저 우연으로 넘겨버리는 것은 분명 성급한 포기 그 이상도 이하도 아니었다. 대부분의 경우 우연에는 이유가 있고 연관성이 있다. 그리고 밀너는 다른 사람들이 쉽게 간과하는 사건의 연관성을 찾는 데 아주 뛰어난 경찰이었다. 무엇보다 이들 사건에는 분명한 연관성이 있다고, 내면의 목소리가 말하고 있었다. 하지만 이들 사건이 상파울루에서부터 시작됐으며 직감과 달리 쉽게 사건의 퍼즐조각이 맞춰지지 않는 것이 다소 꺼림칙한 부분이었다.

벌떼의 죽음 그리고 납치된 미녀들. 그야말로 괴물을 만들어놓고 미스 앨라배마를 풀어줬다는 건 남은 인질들의 몸값을 올리겠다는 경고여야 마땅했다. 하지만 이상한 것은 범인들에게서 아무런 연락이 없다는 사실이었다. 미국의 미녀들 그리고 벌떼의 죽음이 가진 연관성을 놓고 사건에 집중하고 있는 사람이 과연 밀너 말고 또 있을까.

밀너를 피곤하게 만드는 고민이었다. 밀너는 이마를 훔치며 고소공포증을 극복하기 위해 스튜어디스에게 부탁한 위스키 잔을 들었다. 알약 하나를 잔에 넣어 단숨에 마셔버렸다. 그리고 테이블을 접은 다음 의자 그물망에 빈 플라스틱 잔을 넣고 의자 깊숙이 몸을 기댔다. 절망적이었다.

막 눈을 감으려던 찰나, 앞자리 여자들의 대화가 밀너의 신경을 건드렸다.

"좀비 같아!" 한 여자가 웃으며 말했다. 목소리로 추측해보건대, 젊은 여자인 것 같았다. "진짜 끔찍하다!"

"이런 게 신문에 나다니! 여기 봐, 이 사진도 그래!"

밀너는 좌석 사이의 틈으로 앞좌석에서 일어나고 있는 일을 알아내려 살짝 옆으로 몸을 기울였다. 하지만 틈 사이로 쑤셔넣은 재킷이 밀너의 시선을 가로막았다. 킥킥거리는 웃음소리가 더 커졌다.

"하나같이 괴물로 돌변했네! 여기 이 가슴 좀 봐! 하나는 진짜 작고 하나는 엄청 커!"

그 순간 밀너는 자리에서 일어나 한 걸음 앞으로 움직여 앞좌석에서 신문을 낚아챘다. 신문 뒤에 숨어 있던 젊은 여자 두 명이 얼굴을 드러냈다. 두 사람 모두 어리둥절한 표정으로 밀너를 보고 있었다. 밀너는 개의치 않고 신문을 보았다. 당황스러웠다.

신문에 실린 사진 속 인물은 미스 앨라배마가 아니라 옷을 얼마 걸치지 않은 한 여자였다. 여자의 얼굴과 몸은 컴퓨터 그래픽으로 변형되어 있었다. 실제로 좀비를 떠올리게 하는 얼굴이었고, 몸매는 핀업걸의 캐리커처를 떠오르게 했다

"이봐요! 이게 무슨 짓이에요?"

밀너와 더 가까운 복도 쪽 좌석에 앉은, 상대적으로 더 예쁘장한 여자가 밀너에게 따져 물었다. 밀너는 여자의 말을 무시한 채 페이지를 훑어보았다. 이내 밀너의 시선은 그 위 기사에 달린 한 남자의 증명사진에 머물렀다. 남자의 얼굴에도 같은 역겨운 장난질을 친 모양이었다. 편집장이 이런 짓을 허용했단 말인가. 코는 너무 거대해 기괴할 정도였고, 눈은 이상하게 돌아가 있었다. 입과 코, 눈 사이의 간격도 결코 평범하지 않았다.

"신문 속에 실린 사람들이 죄다 그렇게 생겼어요." 이번에는 창가 쪽에 앉은 여자가 말했다.

여자의 말에 밀너는 페이지를 넘겼다. 그곳에도 거대한 머리에 모든 비율이 틀어진, 마치 영화 속 외계인이나 좀비를 연상시키는 사람들의 사진이 가득했다. 다음 페이지도 마찬가지였다.

"이거 가져도 되죠?" 밀너가 중얼거리듯 묻고는 대답도 듣지 않은 채 몸을 돌려 다시 의자에 앉았다.

"그러셔요! 거 참 친절하게도 물어보시네." 앞좌석에서 한 여자의 목소리가 들려왔고, 쉬쉬하는 또 다른 목소리가 이어졌다.

"그냥 놔둬, 술 취한 사람 같아."

밀너는 뒤섞인 신문 속에서 겨우 1면을 발견했다. 검은색 글씨로 「워싱턴포스트」라고 쓰인 신문이었다. 그 아래로는 얼굴을 잔뜩 찡그리고 있는 한 여자의 사진이 실려 있었다. 사진에는 페드의 여회장이라고 설명되어 있었다. 그리고 밀너는 그것을 보았다. '워싱턴'과 '포스트' 사이에서. 처음에 밀너는 그것이 로고의 일부일 거라고, 혹은 인쇄 과정에서 생긴 얼룩일 거라고 생각했다. 하지만 아니었다. 세 번째로 보았을 때 밀너는 알아차렸다. 그곳에는 아주 작은 크기의 벌이 인쇄돼 있다는 것을.

31. 바르샤바

"모나리자예요!" 헬렌이 파트리크 바이시를 향해 몸을 돌리며 소리쳤다. 책상 가장자리에 걸터앉아 있던 파트리크가 몸을 일으켜 헬렌에게로 다가왔다. 파트리크 바이시는 고양이처럼 걷고 있었다. 헬렌의 옆에 선 파트리크는 창문을 통해 공간 안쪽 유리관에 걸린 모나리자를 바라봤다.

"이게 대체 뭐죠?" 헬렌이 문에 붙은 '생화학적 위험'이라는 표지판을 가리키며 물었다. "보통은 질병을 유발할 위험이 있는 박테리아, 바이러스 뭐 이런 것들이 있을 때 이런 경고를 하는 걸로 알고 있는데……. 왜 저 안에 저 그림이 걸려 있는 거예요?"

"저도 모르겠어요." 파트리크 바이시가 대답했다. "방 안에는 들어가 보지도 않았어요. 들어가고 싶어요?" 파트리크 바이시가 도발하듯 헬렌을 응시했다.

헬렌은 파트리크 바이시의 시선을 피했다. 왠지 모르게 위가 간질 간질한 느낌이었다. 무언가가 헬렌을 혼란스럽게 만들었다. 헬렌은 파트리크 바이시의 얼굴을 바라보며 그 이유를 찾았다. 그때 떠오른 생각이 있었다. 파트리크 바이시의 목소리를 들을 때마다 헬렌이 떠올렸던 갈색은 어느새 빨간색으로 바뀌어 있었다. 일반적으로 그리 좋지 않은 것을 암시하는 어두운 빨간색이었다.

"진품은 아니겠죠?" 헬렌이 물었다.

"누가 아버지 마음을 알 수 있겠어요. 제 아버지가 재벌이라는 걸 잊지 마세요. 게다가 아버지가 과연 복제품에 만족할 만한 사람일까요?"

"적어도 1조 달러는 들었을 텐데." 헬렌이 말했다. "게다가 설령 그 돈을 지불한대도 모나리자는 살 수 없었을 거예요. 판매하지 않으니까."

"1조 달러의 가치가 있는 그림이라고요?" 파트리크 바이시가 깜짝 놀라 물었다. "그걸 어떻게 알아요?"

"최근 모나리자의 가치는 1조 달러로 추정되고 있어요." 헬렌이 말했다.

"그건 너무 큰 금액인데요!" 파트리크 바이시는 충격을 받은 듯 입술을 찡그렸다. 그러다 뭔가 알았다는 표정으로 물었다. "훔친 걸까요?"

"그랬다면 언론을 통해 알려졌겠죠." 헬렌이 대답했다. "모나리자는 전 세계가 가장 신경 써서 지키고 있는 작품이니까요. 아마 그걸 훔치려면 군부대라도 데리고 가야 할걸요. 게다가 모나리자는……." 헬렌이 말을 멈췄다.

"모나리자는……?"

"제가 루브르 박물관에서 연구하기로 한 바로 그 그림이에요."

"모나리자를 연구한다고요?" 파트리크 바이시가 놀란 목소리로 되물었다. 파트리크 바이시의 목소리는 이제 어두운 빨간색과 갈색이 뒤섞인 새로운 색을 만들어내고 있었다.

"자세한 이야기는 할 수 없지만……. 맞아요. 저는 파리에서 모나리자를 연구할 예정이에요."

"당신이 하고 있는 그 연구의 일환으로요?"

헬렌이 고개를 끄덕였다.

파트리크 바이시의 얼굴에 미소가 번졌다. "아쉽네요. 저기 있는 모나리자가 진품이기를 내심 바랐거든요. 어쨌거나 아버지는 이곳의 모든 것들을 제게 유산으로 남겨주실 테니까. 거기에 1조 달러가 추가된다면 더 좋은 일을 할 수 있었을 텐데 말이에요." 말을 끝낸 파트리크 바이시의 표정이 갑자기 어두워졌다. "하지만 그날이 너무 빨리 오지는 않으면 좋겠네요." 파트리크 바이시가 조용히 덧붙였다.

헬렌은 파트리크 바이시의 팔을 쓰다듬으며 위로를 건넸다. 파트리크가 입은 셔츠는 따뜻하고 부드러웠다. 파트리크는 헬렌의 손길에 미소로 감사를 전했다. 파트리크의 미소는 헬렌에게도 안정감을 주었다. 지난 몇 분간 헬렌을 짓눌렀던 압박감에서 조금이나마 벗어난 듯했다.

그때 갑자기 진동이 느껴져 헬렌은 깜짝 놀랐다. 휴대폰이었다. 병원 번호였다. 작은 희망이 헬렌의 마음속에 퍼졌다. 어쩌면 매들린이 다시 나타났을지도 모른다. 헬렌은 이어폰을 찾지 않고 휴대폰을 직접 귀에 가져다 댔다.

"여보세요?" 살짝 숨이 찬 것 같은 목소리로 헬렌이 전화를 받았다.

"여보세요. 모건 부인이시죠? 라이드 박사입니다."

"매들린을 찾으셨나요?"

"유감스럽지만, 아뇨."

헬렌은 속이 메스꺼워지는 것을 느꼈다. 앉을 만한 곳을 찾았지만 주변에는 아무것도 없었다. 처절하도록 무력한 기운이 헬렌을 사로잡았다. 살아오면서 단 한 번도 느껴본 적 없었던 감정이었다.

"매들린의 방을 한 번 더 살펴봤는데요. 책자가 하나 있더라고요."

"책자라고요?"

"네. 마드리드 여행 안내 책자요. 이게 혹시 무슨 관계가 있지 않을까요? 마드리드 여행 계획이 있었다거나……."

헬렌의 시선은 매들린의 사진이 걸려 있는 벽으로 향했다.

"여보세요? 부인? 그리고 다른 책자도 하나 더 있었어요. 박물관 책자요. 잠깐만요." 잠깐 스윽, 하며 옷자락 스치는 소리가 나더니 라이드 박사가 다시 전화를 받았다. "프라도 미술관. 뭔가 떠오르는 게 있으세요?"

헬렌은 재빨리 책상으로 가 딸의 사진을 조금 더 자세히 관찰하기 위해 앞으로 몸을 숙였다. 마찬가지로 그곳에는 프라도 미술관이라는 메모가 적혀 있었다. 내일 날짜와 함께.

"뭔가 도움이 될 만한 정보인가요, 모건 부인?"

"어쩌면요." 헬렌이 대답했다. "감사합니다, 박사님. 혹시 또 새로운 소식이 들어오면 즉시 연락주세요."

"그럴게요. 정말 너무 유감입니다. 진심이에요. 그리고 이번 사건을 계기로 병원의 보안 수준을 더욱 개선하려고 해요."

헬렌은 형식적인 인사로 서둘러 통화를 마무리하고는 휴대폰의 종료 버튼을 눌렀다. 병원이 앞으로 무엇을 개선하든, 헬렌은 관심이 없었다. 그렇게 한다고 매들린이 돌아올 수 있는 건 아니니까.

"누구예요?" 파트리크가 걱정하듯 물었다.

다시 한 번 헬렌은 사진 속 딸을 응시했다. 유독 상태가 좋지 않아 보였다. 사진 속 매들린은 금방이라도 "엄마!"라고 외칠 것 같은 모습이었다.

"무슨 일이에요?"

헬렌은 옆으로 시선을 돌렸다. 어느새 파트리크의 얼굴이 자신의 앞에 있었다. 파트리크 바이시는 손으로 허리 부근을 받치고 서 있었다. "병원이요. 매들린의 주치의."

"찾았대요?"

헬렌이 고개를 저었다. "아니요. 하지만 매들린의 방에서 마드리드 여행 안내 책자와 프라도 미술관 책자가 발견됐대요."

파트리크 바이시는 벽에 붙은 매들린의 사진을 바라봤다. "프라도 미술관." 조용히 글씨를 따라 읽은 파트리크 바이시는 깜짝 놀라 매들린을 바라보았다. "따님이 저기 있을 거라고 생각하는 거죠?"

헬렌이 모르겠다는 듯 어깨를 으쓱했다.

"잠깐 기다려요!" 파트리크 바이시가 외치더니 옆에 있던 수화기를 들고는 어딘가로 전화를 걸었다. 헬렌이 착각하는 게 아니라면 파트리크는 폴란드어로 통화를 하고 있었다. 파트리크는 여러 번 같은 단어를 반복하더니 이내 수화기를 내려놓고 기쁜 얼굴로 헬렌을 응시했다. "공항 감시부에 있는 제 친구예요. 매들린 모건이 오늘 바르샤바에서 마드리드로 가는 비행기를 예약한 게 맞대요. 지금쯤이면 아마 도착했을 거예요!"

헬렌의 심장이 요동치기 시작했다. 마침내 헬렌을 찾아온 한 줄기 희망의 빛이었다. 물론 여전히 자신의 앞에 일어나고 있는 일들을 이해하기는 어려웠다. "하지만……." 순간 날카로운 소음이 헬렌의 말을 끊었다. 전화벨 소리였다.

파트리크 바이시가 수화기를 들었다.

그리고 말없이 듣기만 하더니 이내 수화기를 내려놓았다.

다음으로 파트리크 바이시가 컴퓨터에 무언가를 입력하자, 그 순간 모니터에 저택 출입구가 나타났다. 조금 전 운전기사가 헬렌을 내려주었던 바로 그곳이었다.

헬렌은 눈을 가늘게 뜨고 모니터를 자세히 살폈다. 여러 대의 차량과 제복을 입은 경찰들이 잔뜩 흥분해서 저택 앞을 서성이고 있었다.

"운전기사 아담이에요. 경찰이 왔대요. 아버지를 찾으러 왔다는데, 압수수색 영장을 가지고 왔다고 했대요. 당신과 나에 대해서도 물어봤다고 하고요."

파트리크 바이시가 말을 하는 사이 모니터가 다시 어두워지더니 수열이 다시 모습을 드러냈다. 파트리크 바이시가 컴퓨터 모니터 뒤에 손을 가져다 대자, 모니터는 완전히 꺼졌다. 파트리크 바이시는 작은 USB를 컴퓨터에서 제거한 다음 그것을 자신의 바지 주머니에 감췄다. 이어 파트리크는 헬렌 앞으로 오더니 손으로 턱을 괸 채 헬렌을 응시했다. 무언가 쉽지 않은 말을 하려 한다는 걸 헬렌은 직감할 수 있었다.

"우리에게는 두 가지 선택권이 있어요." 파트리크 바이시가 말을 꺼냈다. 그 순간 위에서 덜커덩 하는 큰 소음이 들려왔다. 둔탁한 군화 소리도 들렸다.

"첫 번째는 지금 당장 위에 올라가서 폴란드 경찰을 만나는 거예요.

하지만 그럴 경우 저와 당신의 신상에 대한 많은 질문들이 쏟아지겠죠. 아버지와 따님에 대한 질문도 마찬가지겠고요. 아마 여기 이곳에 있는 모든 것들에 대해서도 추궁하겠죠." 파트리크는 벽에 붙어 있는 것들과 컴퓨터 모니터에 나타난 수열을 가리키며 말했다.

"저에 대해서요? 나는 여기 있는 것들과 아무런 관계가 없어요!" 헬렌이 반박했다. "당신의 아버지가 누군지도 전혀 모르고요!"

"아마도 경찰은 당신 때문에 이곳에 왔을 거예요. 혹시 제 아버지와 미성년자 따님의…… 관계를 미국 경찰에게 말하지는 않았나요?" 파트리크는 적절한 표현을 찾기 위해 잠시 말을 끊었다. "제 아버지가 따님에게 돈을 대주었다는 이야기 같은 걸?"

"당연히 했죠!" 헬렌이 잔뜩 흥분해 소리쳤다. "맞는 말이잖아요!" 헬렌은 벽에 붙은 사진을 가리켰다.

파트리크 바이시는 헬렌을 진정시키려는 듯 손을 들었다. "자, 제 말을 믿어요. 아무리 사실이 그렇다 해도 우리가 모든 것을 해명하기까지는 아마 상당한 시간이 필요할 거예요. 무엇보다 경찰들이 여기 있는 이 컴퓨터 바이러스를 발견하게 된다면 더 많은 시간이 지체되겠죠. 폴란드 경찰에게 잘못 걸렸다가는 피곤해져요. 그리고 잊지 마세요. 공항에서 일하는 제 친구의 정보가 맞다면, 따님은 지금 폴란드를 떠난 상태예요. 그 말인즉슨 폴란드 경찰은 매들린을 찾는 일과 관련해 할 수 있는 일이 많지 않다는 뜻이죠."

파트리크 바이시의 말은 옳았다. 이 집에서 가능한 한 빨리 벗어나고 싶은 건 헬렌도 마찬가지였다. "두 가지 선택권이 있다고 했죠. 두 번째는 뭐죠?" 헬렌이 물었다. 위층에서 들리는 발자국 소리가 점점 커졌다.

"비상 도주로를 통해 경찰을 만나지 않고 지금 당장 여기에서 나가는 거예요. 아버지는 이 저택 지하에 터널을 뚫어 저택 부지 북쪽까지 연결해놓았어요. 그 통로를 이용하면 우리가 여기에 있었다는 사실을 들키지 않고 빠져나갈 수 있죠. 저기에 붙어 있는 따님의 사진과 그 옆에 적힌 날짜가 거짓이 아니라면 우리는 따님을 찾게 될 거고, 아마 제 아버지 또한 내일 마드리드에 있는 그 미술관에서 만나게 될 거예요."

옆방에서 문 두드리는 소리가 크게 울렸다.

"경찰들이 이곳으로 진입하려 하고 있어요. 아마도 철문이 경찰을 오래 붙잡아주진 못할 겁니다." 파트리크 바이시가 말했다.

헬렌은 다시 한 번 매들린의 사진을 응시했다. 그리고 자리에서 일어나 벽에서 사진을 뜯어냈다. 사진을 붙여둔 테이프의 접착력이 강했던지 매들린의 머리 바로 위쪽의 일부분이 함께 떨어져 나갔다. 쾅, 하고 거대한 소음이 들려오자 헬렌은 깜짝 놀라 몸을 움츠렸다. 아무래도 경찰이 무력으로 옆방 진입에 성공한 듯했다.

"결정한 거죠? 그럼 빨리 이리로!" 파트리크 바이시가 헬렌을 재촉하며 손을 내밀었다. 헬렌이 파트리크의 손을 잡자 파트리크는 헬렌을 벽에 있는 책장 쪽으로 잡아당겼다. "굉장히 진부한 방법이죠." 파트리크가 시니컬하게 말하더니 위의 칸에서 책 한 권을 빼냈다. 순간 자동 미닫이문처럼 책장이 옆으로 움직였고, 그 뒤로 숨어 있던 통로가 모습을 드러냈다. 사람 한 명이 간신히 통과할 수 있을 정도의 크기였다. 파트리크가 한쪽 다리를 통로 쪽으로 내딛었을 때, 헬렌이 갑자기 파트리크의 손을 놓고 서둘러 책상으로 돌아갔다.

"뭐하는 거예요?" 파트리크가 깜짝 놀라 헬렌에게 소리쳤다.

헬렌의 손에는 오래된 책이 들려 있었다. 또 한 번 쾅, 하는 소리가 옆방에서 들려오더니 흥분한 경찰들의 목소리가 공간을 채웠다. 밝은 전광이 시야에 들어오며 헬렌의 눈을 부시게 만들었다. 목소리는 갈수록 커졌다. 묵직한 군화가 쿵쾅거리는 소리도 점점 커졌다. 헬렌은 서둘러 벽에서 메모 한 장을 추가로 떼어냈다. 엑스 표시가 된, 어딘지 알 수 없는 성탑의 사진이 담긴 신문 기사였다. 덜커덩 하는 소리가 들리자 헬렌은 무의식적으로 비밀 통로를 향해 뛰었다. 떼어낸 종이는 손에, 책은 배 근처에 둔 상태였다. 정확히 5초 후, 파트리크 바이시가 헬렌을 잡아당겼고, 헬렌의 마지막 시선은 자료를 다 뜯어낸 벽을 향했다. 그곳에는 이제 한 장만이 남아 있었다. 벌 그림이었다.

삐, 하는 소리가 조용히 울리더니 묵직한 책장이 다시 제자리로 돌아갔다. 완전한 어둠과 갑작스러운 침묵이 두 사람을 감쌌다.

32. 피렌체, 1500년경

끔찍한 일이 벌어졌다.

아침에 일어나 보니 살라이가 보이지 않았다. 살라이의 침대에는 아직 온기가 남아 있었지만 집 안과 정원 어디에서도 그의 흔적을 찾을 수 없었다. 마침 로 스트라니에로도 보이지 않았다. 레오나르도와 나는 두 사람이 함께 떠난 것이 아닐까 추측했지만, 곧 말도 안 되는 생각이라고 누가 먼저랄 것도 없이 고개를 저었다. 다행히 얼마 뒤 로 스트라니에로는 염소 우유가 담긴 통을 들고 나타났다. 그 역시 살라이가 어디에 있는지 알지 못했다. 최근 들어 로 스트라니에로를 향한 질투가 나날이 심해졌던 살라이가 기분을 전환하기 위해 잠시 외출했으리라고 우리는 자위했다. 그때, 길가에서 커다란 비명 소리가 들려왔다.

농부 세 사람이 누군가를 들쳐 업고 달려오고 있었다. 나는 농부가 업고 있는 사람의 옷을 보고 살라이임을 알아차렸다. 농부들은 농장으로 가는 길에 살라이를 발견했노라고 했다. 의식은 없었지만 외관상 크게 다친 곳은 없어 보였다. 다만 살라이의 얼굴이 검게 변해 있었는데, 나는 그가 진흙탕에 꼬꾸라져 지저분해진 것이라 생각했다. 그러나 살라이의 몸에서 그을음 냄새를 맡고는 화들짝 놀라 몸을 뒤로 젖혔다. 살라이의 얼굴은 화상을 입은 상태였고 자세히 보니 피부가 벗겨져 있었다. 농부들은 어둠 속에서 횃불을 들고 가다 넘어진 것 같다고 말했다.

나는 지금껏 레오나르도가 그렇게 놀란 모습을 본 적이 없다. 레오나르도는 즉각 살라이를 자신의 침대에 옮기도록 하고는 조심스럽게 그의 얼굴을 닦으며 울음을 터뜨렸다. 레오나르도는 원망하듯 울부짖었다.

"내 아름다운 살라이! 얼굴이 이게 무엇이냐? 그렇게도 아름답던 얼굴이! 이럴 수는 없다!"

사랑하는 사람을 잃는 것과 사랑하는 사람의 아름다운 얼굴을 잃는 것, 과연 레오나르도는 어느 쪽에 더 큰 절망을 느꼈던 것일까? 로 스트라니에로도 적잖이 충격을 받은 것 같았다. 그는 살라이를 만질 엄두가 나지 않는 듯 조용히 의자에 앉아 있었다.

살라이가 깨어나면 레오나르도는 그를 자기 곁에 둘까? 나로서는 알 수 없다. 아름다운 얼굴을 잃은 살라이는 그저 가난한 악마일 뿐이니까.

33. 바르샤바

오래 기다릴 필요가 없었다. 얼마 지나지 않아 파트리크 바이시와 여자가 이끼로 뒤덮인 북측 통로의 입구에서 모습을 드러냈다. 태양은 어느새 지평선 너머로 사라지고 없었다. 먼저 여자가, 그 뒤로 파트리크 바이시가 나타났다. 그는 마치 귀부인을 수호하는 기사 같았다. 침착하게 주변을 살피는 파트리크 바이시와 달리 여자는 패닉 상태에 빠진 듯한 얼굴이었다. 나이에 비해 상당히 예쁜 얼굴이었다. 여자는 부산스럽게 주변을 둘러보고 있었다. 당장이라도 무언가 혹은 누군가에게 공격당할 것을 두려워하고 있는 듯했다.

그 순간 신사의 눈에 무언가가 들어왔다. 두 사람은 종이 뭉치와 함께 무언가를 품에 꼭 안고 움직이고 있었다. 신사는 인간의 시력의 한계를 원망했다. 하지만 분명 책인 것 같았다. 아주 낡은 제본이었다. 마지막으로 봤을 때보다 훨씬 바랜 상태였다. 갑자기 과거의 향수가 신사를 덮쳤다. 신사는 코로 유화 물감의 냄새를 맡았고, 작은 집 굴뚝에 연기가 피어오르는 모습을 떠올렸다. 혀끝에서는 염소 젖 맛이 났다. 소년의 보드라운 피부도 떠올렸다. 그러다 문득 물에 빠진 개처럼 몸을 털고는 손으로 파리를 쫓았다. 파리가 깜짝 놀라 날아올랐다. 신사는 파트리크 바이시와 여자가 시야에서 사라진 것을 알아차리고는 흠칫 놀랐다. 하지만 이내 차의 엔진 소리가 들려왔고, 서둘러 모퉁이를 돌았을 때 어린 나무들 사이로 검은색 벤틀리가 막 출발하는 모습이 보였다.

신사는 양 머리 모양을 한 은색 손잡이가 달린 지팡이를 팔에 낀 채 천천히 아래로 내려갔다. 두 사람이 어디로 가든, 신사는 그들보다 먼저 그곳에 도착해 있을 것이다.

34. 텍사스

라이드 박사와 헤어진 뒤 매들린은 여자화장실로 달려가 속에 있는 것을 토해냈다. 위액이 올라오며 목이 타들어갈 듯 아파왔다. 하지만 씁쓸한 맛은 느낄 수 없었다. 미각을 잃은 채 지난 몇 년을 보낸 탓이었다. 모든 것을 게워낸 후 매들린은 변기 위에 앉아 앞에 있는 휴지 거치대를 바라보았다. 다 풀린 두루마리 휴지가 텅 빈 자신의 모습 같았다. 호흡이 꼬이며 굼실거리던 손의 느낌이 사라지자 매들린은 일어나야겠다고 생각했다. 일어나야 할 이유가 있었다. 브라이언이었다.

왜 브라이언은 말해주지 않았을까. 못생겨졌다고, 진짜로 뚱뚱해졌다고. 몸매 관리를 좀 하는 게 좋을 것 같다며 조언해줄 수도 있었을 텐데. 나를 지켜줄 수 있었을 텐데.

이제야 매들린은 두 다리로 일어설 힘이 생겼음을 느꼈다. 매들린은 얼굴을 닦고 화장실을 나섰다. 브라이언을 찾기 위해서였다. 이윽고 매들린은 공원 벤치에 앉아 책을 읽고 있는 브라이언을 발견했다.

브라이언은 책을 보던 눈을 들어 올려 매들린을 바라보았다. "역겨워!" 매들린은 순간 눈물을 터뜨리며 욕설을 퍼부었고, 주먹으로 브라이언을 때리기 시작했다. 하지만 이내 힘이 빠진 매들린은 브라이언의 품에 안겼다. 매들린의 돌발 행동에 브라이언은 적잖이 놀란 듯했다. 그러면서도 브라이언은 사랑스럽게 매들린을 품에 안았고, 매들린은 여전히 눈물을 흘리며 브라이언의 온기와 냄새를 느꼈다. 어느새 매들린의 분노는 사라지고 없었다.

"무슨 일이야?" 브라이언이 우려 섞인 목소리로 물었다.

"처음으로 라이드 박사님이 나한테 솔직하게 이야기해줬어." 매들린은 흐느끼며 대답했다. "여기서 벗어나고 싶어!"

브라이언이 매들린을 더 꽉 끌어안으며 조용히 속삭였다. "그럼 나가자. 여기서 떠나면 되지!"

깜짝 놀란 매들린이 품에서 벗어나 브라이언을 응시했다. "진심이야?"

"여기, 병원에 있는 모든 게 싫잖아. 그저 임시방편일 뿐이고."

망설임 없이 매들린은 고개를 끄덕였다.

"여기서 기다렸다가 15분 후에 체조 운동장 뒤에 있는 정자로 와." 브라이언은 마치 오래전부터 탈출을 계획한 사람처럼 말했다. "방 열쇠 줘. 필요할 만한 것들을 몇 가지 챙겨올 테니까."

"내가 챙길래!" 매들린이 말했다.

브라이언은 고개를 저었다. "만일 우리 둘 다 배낭을 멘 채 숙소와 정원을 돌아다니고 있으면 어떨 것 같아? 분명 사람들이 눈치챌 거야. 보안 센터의 거스가 우리를 보기라도 하면? 안 돼. 그러니까 그냥 너는 아무 일도 없는 듯 산책하고 있어. 내가 거기로 갈 테니까. 울타리 너머로 빠져나갈 수 있는 곳도 알고 있어."

브라이언의 말이 옳았다. 폐쇄 병동에다 인적도 드물었지만 병원 측에서는 엄격하게 출입을 통제하고 있었다. "내 휴대폰도 가져와야 해!" 매들린이 엄마를 떠올리며 브라이언에게 말했다. 일단 나가면 언제가 됐든 엄마에게 연락해야 할 테니까.

"그건 안 돼! 휴대폰이 있으면 위치 추적을 당할 수 있어. 여기서 나가서 새 휴대폰을 사자." 이 말 또한 논리적이었다.

"협탁에 성경책이 있어. 그 안에 현금 500달러가 있고." 매들린이 말했고, 브라이언은 기뻐하는 듯한 미소를 보내며 알았다는 신호를 보냈다.

"그 돈이면 멕시코까지도 갈 수 있어." 브라이언은 이 말을 마지막으로 모습을 감췄다.

이후 모든 일은 순조롭게 진행됐다. 15분도 채 되지 않아 브라이언이 커다란 가방을 가지고 나타났다. 마치 군대에서 쓰는 것 같은 가방이었다. 하루 전, 브라이언은 가시덤불에 뒤덮인 철망 울타리에서 커다란 구멍을 하나 발견했다고 했다. 누군가가 일부러 잘라낸 듯한 구멍이었다. 순간 브라이언이 잘라낸 건 아닐까 싶어 매들린이 물어봤지만 브라이언은 그저 의미심장한 미소로 답을 대신할 뿐이었다.

병원에서 탈출한 두 사람은 도로를 따라 평지로 몇 시간을 걸었다. 낮은 평지를 지날 때는 먼 거리에서 자동차가 지나가더라도 들키지 않기 위해 바닥에 몸을 납작하게 웅크려 숨었다. 마치 탈옥수가 된 것 같다고, 매들린은 생각했다. 무엇보다 브라이언의 속도에 맞추는 것이 버거웠다. 매들린은 땀을 흘리며 그나마 브라이언이 가방을 들고 있어 다행이라고 여겼다. 먼 곳에서 블러드하운드 한 마리가 짖고 있었다.

브라이언을 따라 매들린은 여러 개의 평지를 가로지르고 숲을 하나 지났다. 이제 히치하이킹을 하기에도 괜찮을 거리였다. 브라이언은 주변을 잘 알고 있는 듯했다. 하지만 "어떻게 이렇게 잘 알아?"라는 매들린의 질문에 브라이언은 그저 "지도"라고만 답할 뿐이었다. 마침내 두 사람은 도로에서 10미터도 떨어지지 않은 곳에 주차된 주인 없는 차 한 대를 발견했다. 상당히 오래된 차였고, 매우 더러웠으며, 빨간 차체는 바람과 거친 날씨 탓인지 바래 있었다.

"혹시 안에 차 키 있는 거 아냐?" 브라이언이 농담하듯 말했다. 그런데 정말이었다. 창문을 통해 차량 내부를 들여다본 두 사람은 핸들 옆에서 열쇠고리 비슷한 것을 발견하고는 깜짝 놀랐다.

"안 돼!" 매들린의 반대에도 브라이언은 이미 문을 열고 있었다. 브라이언은 시험하듯 시동을 걸었다. 몇 번의 실패 끝에 마침내 시동이 걸렸다.

"딱히 누가 아끼는 자동차 같지는 않지?" 브라이언이 말했다. "이리로 와! 차에 타, 얼른!"

"이건 도둑질이야!"

"차 키가 안에 있었어!

"그래도 도둑질은 도둑질이야!" 매들린이 고집했지만 설득력은 없었다.

"이 차 탈 거야, 아니면 병원으로 돌아갈 거야?" 브라이언이 진지하게 물었다. "그냥 잠깐 빌리는 거야." 결국 매들린은 조수석에 앉았다.

두 사람은 어둠이 짙어질 때까지 달리다가 밤이 되자 자동차에서 그대로 잠을 청한 뒤 다음 날 아침 계속해서 이동했다. 오래된 자동차 라디오에서는 조니 크래쉬의 '엔젤 앤 더 배드 맨'이 흘러나왔다.

몇 시간 더 이동한 후에야 매들린은 간선도로 순찰대에게 걸려 차를 세워야 할지도 모른다는 두려움에서 벗어날 수 있었다. 태양은 여전히 하늘에 걸려 있었다. 매들린은 브라이언을 바라보았다. 운전에 집중하고는 있었지만 매우 편안해 보였다.

"정말 멕시코로 가는 거야?"

브라이언의 얼굴에서 미소가 번졌다. 매들린은 브라이언의 이런 장난꾸러기 같은 표정이 좋았다. "적어도 거긴 따뜻하잖아. 그리고 그곳에 아는 사람이 있어. 어쩌면 그 집에서 머물 수 있을지도 모르고."

"나는 잘 모르겠어." 매들린이 말했다. "너무 먼 것 같아."

"시간은 충분해." 브라이언이 말했다. 두 사람은 처음 듣는 지명이 붙은 지역을 막 지나고 있었다. 하지만 앞서 지나온 많은 지역들처럼 이내 그 지명도 잊고 말았다.

"휴대폰은 꼭 사야 해. 엄마한테 전화해야 해."

"알았어. 매장이 보이면 차를 세울게. 걱정하지 마. 어차피 엄마는 네가 병원에 있을 거라고 생각하실 텐데 뭐. 긴장 그만하고 조금 자!"

브라이언의 말이 매들린을 안심시켰다. 갑자기 어마어마한 피로감이 매들린을 덮쳤다. 좌석 등받이를 뒤로 젖히자 오래된 자동차에서 삐걱거리는 소리가 났다. 매들린은 눈을 감는 순간 자신의 손을 잡는 브라이언의 손을 느꼈다. 브라이언의 엄지손가락이 매들린의 손등을 부드럽게 어루만지고 있었다. 자신의 못난, 부은, 뚱뚱한 손등을.

35. 스키에르니에비체

벤틀리는 30분 정도 이동해 어느 오래된 농부의 집 앞에 멈춰 섰다. 지저분한 잿빛에 지붕은 이끼로 가득한 집이었다. 강한 바람에 망가진 창틀 뒤로는 잿빛 커튼이 걸려 있었다. 딱히 헬렌을 환영하는 듯한 인상을 주는 집은 아니었다. 이런 곳이 게스트하우스라는 사실을 알았을 때 헬렌의 놀라움은 더 커졌다.

"이런 시골에서는 선택권이 많지 않아요." 파트리크가 미안한 듯 말했다. 두 사람은 게스트하우스의 나무 문을 두드리고 문이 열리길 기다렸다.

대저택 지하에 있는 비밀 책장 문이 닫힌 뒤, 두 사람은 길고 어두운 복도를 걸었다. 급격하게 오른쪽으로 꺾이는 커브를 따라 올라가 좁은 입구를 지났다. 이어 철사다리를 올라 지하에서 빠져나왔고 녹슨 철문을 통과해 거대한 외벽을 따라 걸었다. 바로 그 뒤에 벤틀리 한 대가 두 사람을 기다리고 있었다. 비행기에서 내려 이곳에 올 때 헬렌이 타고 왔던 자동차였다. 운전기사도 같았다. 놀랍게도 헬렌의 짐과 자신의 연구 모형이 들어 있는 큰 숄더백도 뒷좌석에 놓여 있었다.

"랄프는 예전에 경찰 비슷한 일을 했어요." 파트리크가 눈을 찡긋하며 헬렌에게 기사를 소개했다. "사실 경찰이 찾아오는 건 우리한테 그리 놀라운 일은 아니에요."

"로즈에 있는 비행장으로 갈 거예요." 이동 도중 파트리크 바이시가 설명했다. "여기서 한 시간 정도 걸리기는 하지만 바르샤바 공항보다 감시가 덜해요. 그곳에 경찰이 잠복하고 있을 가능성은 낮다고 볼 수 있죠. 하지만 밤 비행기가 없어서 내일 아침이나 되어야 마드리드로 출발할 수 있어요. 그때까지는 어딘가에서 하룻밤을 묵어야 하고요."

게스트하우스를 찾게 된 이유였다. 헬렌은 게스트하우스에 아무도 없기를, 그래서 어쩔 수 없이 다른, 조금 더 나은 곳을 찾아 나서기를 내심 바랐지만 이내 삐걱 소리가 들리며 문이 열렸다.

어느 늙은 여자가 두 사람의 앞에 서 있었다. 파란색 가운을 입고 머리에는 현란한 천을 두르고 있었다. 천은 안 그래도 주름진 여자의 얼굴을 더 늙어 보이게 만들었다. 평생 힘든 일을 하며 살아온 여자 같았다. 파트리크 바이시는 여자와 폴란드어로 몇 마디를 주고받았지만, 여자의 말을 이해하기가 쉽지 않은 것 같았다. 이내 여자가 옆으로 비켜섰고 두 사람은 안으로 들어갔다.

잠시 후 헬렌은 게스트하우스 2층에 있는 어느 볼품없는 방에 서 있었다. 소박한 침대 하나, 빈 옷장, 탁자 하나와 의자 두 개가 전부였다. 위생 시설도 색이 바랜 비누 하나와 체크무늬 수건이 놓인 세면대가 전부였다. 샤워실과 변기는 파트리크가 삐걱거리는 계단을 올라오며 설명한 대로 복도에 있었다.

헬렌은 옷을 벗고 수건으로 몸을 둘렀다. 헬렌은 방문을 열어 복도에 아무도 없다는 것을 확인한 다음 발끝으로 차가운 복도 바닥을 지나 샤워실로 추정되는 공간의 문을 열었다.

작은 욕조 위로는 형형색색의 무늬가 있는 비닐 샤워커튼이 걸려 있었다. 잔뜩 녹이 슨 샤워기였지만 머리 위로 떨어지는 온수가 헬렌의 피로를 덜어주었다. 마치 이틀 내내 한 번도 앉지 못하고 서 있었던 것 같았다. 비행기에서 뜬눈으로 밤을 지새웠던 것과 시차를 고려하면 사실상 그런 셈이기도 했다. 머리를 감으며 헬렌은 오랜만에 제정신을 차릴 수 있을 것 같은 기분이 들었다. 하지만 그때, 다시 한 번 헬렌은 패닉 상태에 빠졌다. 헬렌이 다른 일에 관심을 보일 때마다 무언가가 매들린을 떠올릴 수밖에 없도록 헬렌을 자극하는 듯했다. 내내 걱정을 하고 있다가도 잠시 안정을 찾으면 이내 두려움이 뒤따라왔다. 값싼 비누가 헬렌의 눈을 따갑게 했다.

공원을 산책하던 중 파트리크 바이시에게서 걸려온 이상한 전화. 매들린의 실종. 갑작스러운 바르샤바 행. 이 모든 일이 영원히 끝나지 않을 악몽처럼 느껴졌다. 제발 깨어나고 싶은, 나쁜 꿈 말이다. 무엇보다 지금 가장 중요한 일은 매들린을 무사히 찾는 것이다. 그 밖의 다른 모든 것, 바이시 가의 이해할 수 없는 세상은 나중에 해결하면 된다.

그럼에도 헬렌은 자신이 혼자가 아니라는 사실이 감사했다. 파트리크 바이시는 자신의 편인 듯했고, 자신을 이끌어주어 고맙고 기뻤다. 파트리크 바이시가 없었더라면 과연 지난 몇 시간을 버틸 수 있었을지, 헬렌은 상상조차 할 수 없었다. 매들린의 실종 소식을 들은 후부터 헬렌은 평소보다 더 큰 외로움을 느끼고 있었다. 이러한 상황에서 즉각 발 벗고 나서서 헬렌의 곁을 지켜줄 사람이 달리 누가 있을지 떠올려보려 했지만 쉽사리 떠오르는 사람은 없었다. 누군가와 대화를 나눌 수 있어 좋았다. 파트리크 바이시는 가족의 실종이라는 공통점으로 그 누구보다 헬렌의 마음을 잘 이해할 수 있는 사람이기도 했지만, 무엇보다 침착하고 예측 능력이 뛰어나 헬렌에게 큰 도움이 되었다. 경제적 능력 또한 헬렌에게 안정감을 주는 요인이었다.

비눗물이 완전히 닦이지 않았는지 헬렌은 여전히 눈을 뜰 수가 없었다. 헬렌은 눈을 감은 채로 수도꼭지를 더듬어 물을 틀었다. 순간 차가운 물이 쏟아지며 헬렌의 몸이 떨렸다. 마침내 수도꼭지를 잠그는 데 성공한 헬렌은 여전히 눈을 감은 채 조금 전 히터에 걸어둔 수건을 찾았다.

"어, 미안해요!"

누군가의 목소리에 헬렌은 눈을 번쩍 떴다. 그리 멀지 않은 곳에 파트리크 바이시가 문을 열고 서 있었다. 파트리크가 서 있는 방향에서 차가운 공기가 스며들었고, 헬렌은 온몸에 닭살이 돋는 것을 느꼈다. 헬렌은 즉각 수건으로 몸을 가렸지만 폭이 좁아 전부를 가리기에는 역부족이었다. 문은 이미 닫힌 뒤였다.

"진짜 미안해요. 문이 잠기지 않아서⋯⋯." 복도에서 파트리크의 목소리가 들려왔다.

"잠금장치가 아예 없어서요." 헬렌이 외치며 서둘러 몸을 닦았다.

헬렌은 상체에 수건을 감싼 후 수건이 자신의 주요 부위를 모두 가리고 있는지 확인하기 위해 거울을 보았다.

"끝났어요. 들어와도 돼요!" 헬렌이 조심스레 문을 열자 따뜻하게 미소 짓고 있는 파트리크 바이시의 얼굴이 보였다. 민망한 표정이었다. 파트리크 바이시 또한 엉덩이 주변에 걸친 수건 하나가 전부였다. 파트리크는 운동으로 다져진 근육질의 상체를 가지고 있었다. 가슴은 어두운 색 털로 덮여 있었다.

헬렌은 파트리크 또한 자신의 몸을 몰래 훔쳐보고 있다는 사실을 인지했다.

"이제 자러 가는 거예요?" 자리를 바꾸며 파트리크가 물었다.

헬렌은 잠시 대답을 망설였다.

"아, 그런 뜻이 아니었어요." 파트리크가 빨개진 얼굴로 덧붙였다.

"며칠 동안 한숨도 못 잔 것 같은 기분이에요."

"내일 아침 일찍 깨워줄게요." 파트리크가 말했다. 헬렌이 차가운 복도에서 떨고 있는 사이 파트리크는 욕조 안으로 들어갔다.

헬렌은 가슴 앞에 있던 수건을 조금 더 위로 잡아당기며 말했다. "고마워요." 헬렌은 파트리크에게 미소를 보냈다.

"뭘요."

"그러니까, 제 딸의 일을 도와줘서요."

"그것도 뭐." 파트리크가 여전히 따뜻한 미소로 헬렌을 바라보며 대답했다. "당신도 저를 돕게 될 테니까요."

헬렌은 고개를 끄덕였다.

"저를 믿어요. 다 잘될 거니까." 파트리크가 손을 뻗어 헬렌의 팔을 부드럽게 어루만졌다.

어깨부터 가슴까지 따뜻한 기운이 전해졌다. 그럼에도 헬렌은 무의식적으로 팔을 뒤로 잡아당겨 파트리크의 손을 떨궜다.

"긍정적으로 생각하려고 노력하고 있어요. 잘 자요." 헬렌은 방으로 돌아가기 위해 몸을 돌렸다.

헬렌은 파트리크 바이시가 자신의 뒷모습을 응시하고 있음을 느꼈다. 하지만 헬렌은 뒤를 돌아보지 않고 서둘러 방으로 돌아가 침대에 누웠다. 헬렌은 울었다. 도무지 눈물을 억제할 수가 없었다.

36. 워싱턴

"뭔가 이상해요!" 회의실 탁자의 한쪽에 앉은 밀너가 말했다. 밀너의 등 뒤로는 문이 있었고, 건너편에는 FBI의 웨스 켈러 국장과 플로렌스 비올라 부국장이 앉아 있었다.

로날드레이건워싱턴 공항에 도착하자마자 밀너는 택시를 잡았다. 그리고 FBI 본부에 전화를 걸어 늦은 시간이긴 하지만 잠깐 켈러와 조용히 만나고 싶다는 의사를 전했다. 비올라 부국장은 동석하지 않았으면 좋겠다는 자신의 의사를 켈러가 이해하기를 바라며. 하지만 회의실에 들어서자 비올라 부국장이 어색한 미소로 밀너를 맞이했다. 비올라의 눈빛에는 감출 수 없는 공격성이 숨어 있었다.

"어떤 정신 나간 놈이 미국 여자애들을 납치해 수술을 했는데, 당연히 이상한 일이죠!" 켈러 국장이 대답했다. 켈러는 FBI 본부에서 가장 나이가 많았다. 태양에 그을린 켈러의 얼굴에는 주름이 가득했다. 카우보이처럼 생긴 켈러는 웬만해서는 감정적으로 흔들리지 않는 냉철한 사람으로 명성이 자자했다.

"그게 아니라, 벌 말이에요!"

"벌?" 비올라가 황당하다는 듯 밀너를 바라봤다.

"전 세계적으로 벌들이 죽고 있어요. 밀너는 지금 막 브라질에서 돌아왔는데, 현재로서는 그게 바이러스 때문일 거라고 추측하고 있어요."

"바이러스라고요?" 비올라가 입술을 일그러뜨리며 혐오스럽다는 표정을 지었다. 비올라는 아직 마흔 줄에도 접어들지 않은 젊은 여성으로, 회색 큐롯 팬츠에 잘 어울리는 흰색 블라우스를 입고 있었다. 과도할 정도로 단추를 많이 풀어놓긴 했지만 그 또한 매우 매력적이었다. 아마도 FBI 직원들 중 비올라와 하는 야간 근무를 마다할 사람은 없지 않을까. 섹스할 때 매우 능숙하게 수갑을 활용하더라는 짓궂은 소문이 돌고 있었다. 비올라는 여전히 성차별 문제가 심각하다는 것을, 심지어 FBI 본부에서조차 그러함을 몸소 보여주는 산 증인이었다. 하지만 밀너는 비올라의 또 다른 면모를 알고 있었다.

"그 말이 아니에요!" 밀너가 말했다. "여기 있는 이거요." 밀너는 「워싱턴포스트」를 펼쳐 테이블 너머로 비올라에게 건넸다. 밀너는 검지로 「워싱턴포스트」 로고 사이에 인쇄된 벌 그림을 가리켰다. "1면의 사진들을 보세요. 완전히 변형됐죠. 신문에 실린 모든 사진이 그래요."

켈러는 이해할 수 없다는 듯 밀너를 바라보았다. "이게 무슨 상관이······."

"납치된 여자애들과 무슨 상관이냐고요?" 밀너는 켈러가 하려던 질문을 대신 이었다. 그러고는 서류 파일에서 가장 위에 있던 사진을 꺼내 신문 옆에 내려놓았다.

"미스 앨라배마. 그들은 이 여자애의 이마에 벌 문양을 새겼어요."

"「워싱턴포스트」에 인쇄된 것과 같은 문양이라는 건가요?" 비올라가 놀란 목소리로 물었다.

켈러는 여전히 밀너의 말을 이해할 수 없다는 듯 앞에 놓인 신문과 사진을 바라보고 있었다. "이게 무슨 의미죠?" 마침내 켈러가 중얼거리며 밀너를 응시했다.

"그래서 만나자고 한 겁니다, 국장님. 저도 모르겠어요. 전 세계적으로 벌떼들이 죽고 있는 것도요. 브라질에서 양봉업자를 만났는데 그 사람 말이, 이건 결코 평범한 바이러스가 아니라더군요. 치밀하게 계획된 사건 같아요."

"그러니까 이게 생화학 테러와 관련이 있다는 거죠?" 비올라가 물었다. 비올라의 목소리에서는 불쾌감이 묻어났다.

밀너가 어깨를 들썩였다.

"엄청난 규모의 음모일지도." 켈러가 생각에 잠긴 채 말했다.

"제가 우려하는 바가 바로 그겁니다, 국장님." 밀너가 켈러의 말에 동의하며 덧붙였다. "모든 사건에 연결고리가 있어요."

켈러가 신문을 펼치더니 빠른 속도로 페이지를 넘기며 훑어보았다. 켈러는 괴물처럼 변형된 누군가의 사진을 보고 움직임을 멈추더니 자세히 관찰했다.

"무슨 일인지 「워싱턴포스트」에는 연락해봤어요?"

"본부로 오는 길에 레빈이라는 이름의 부편집장과 통화했어요. 매우 조심스러워하면서 전화상으로는 자세한 이야기를 하고 싶지 않다고 하더라고요. 하지만 「워싱턴포스트」도 바이러스 공격을 당한 것 같았어요."

"바이러스 공격이라고요?"

밀너의 시선이 비올라를 향했다. 무엇보다 바이러스라는 단어가 비올라를 흥분시키는 것 같았다.

"컴퓨터 바이러스요. 신문사나 인쇄소의 컴퓨터를 공격한 것 같은데 정확하진 않아요. 하지만 바이러스에 감염된 게 「워싱턴포스트」만은 아니에요. 아마 인쇄 과정에서 문제를 발견한 출판사나 잡지사가 못 돼도 수십 개는 될 겁니다. 물론 인쇄본 전체가 공격을 당하진 않았을 거예요. 잘 나오다가 막판에 인쇄된 것들이 공격을 당했겠죠. 일부는 판매 전에 알아차렸을 거고, 일부는 아예 몰랐을 거고요. 「워싱턴포스트」도 제때 모든 신문을 회수하진 못한 듯 보이고요."

"이게 무슨 정신 나간 짓이야? 전 세계적으로 공격이 이루어지고 있다니……. 정확하게 뭘 공격하는 거지? 그리고 하필이면 왜 벌이냐고?" 켈러가 잔뜩 흥분해 테이블을 내리쳤다. 옆에 있던 비올라가 깜짝 놀라 몸을 움츠렸다.

"특정 문화권이나 종교에 내가 모르는 벌의 의미가 있나?" 웨스 켈러가 손을 문지르며 물었다.

"누군가를 시켜 그걸 알아내셔야죠." 밀너가 무미건조하게 답했다.

"사건의 규모가 얼마나 큰지도 알아야 해요." 비올라가 말했다. "같은 유형의 사고가 어딘가에서 또 발생했을지도 몰라요." 비올라는 테이블 위에 놓인 자료를 가리켰다. "아직까지 연관성을 찾아내지는 못했지만."

"맞아요. 모든 부서의 협조가 필요해요. 프로파일러와 IT 전문가로 구성된 특별 팀도 꾸려야 하고." 켈러가 비올라의 의견에 동의했다.

밀너는 본부로 오면서 느꼈던 불안감이 점차 사라지는 걸 느꼈다. 두 사람의 반응을 통해 밀너는 현 상황에 대한 자신의 판단이 틀리지 않았음을 확인받은 것 같았다. 큰 사건이 아닌 이상 FBI 본부장에게 개인 면담을 요청하는 일은 없기 때문이다. 이 사건은 충분히 그럴 만한 사안이었다. 아마도 몇 가지는 자신의 실적으로 기록될 테고.

"벌 문제는 얼마나 심각한 거죠?" 비올라가 물었다.

"알베르트 아인슈타인이 그랬다더군요. 지구상에서 벌이 멸종하면 인간이 생존할 수 있는 기간은 4년밖에 되지 않을 거라고." 밀너가 말하며 두 사람의 반응을 살폈다.

예상대로 비올라는 충격을 받은 듯 입을 벌렸다. 밀너는 잠시 쉬었다가 말을 이었다. 조금 골탕을 먹여도 나쁘진 않을 것이다. "하지만 걱정 마세요. 아마도 아인슈타인의 예언에는 다소 과장된 측면이 있을 겁니다. 그래도 벌의 멸종은 여러 분야에 걸쳐 전 세계적인 위기를 낳을 거예요. 벌이 없으면 식물도 없죠. 식물이 없으면 식량이 줄어들 거고요. 간단해요. 아보카도, 체리, 수박, 키위……. 벌의 멸종과 함께 사라지게 될 품종들이죠. 지구상에는 벌의 수분으로 생존하는 식물이 전체의 무려 30퍼센트에 이른다는 연구 결과가 나왔더군요. 즉 벌의 멸종이 엄청난 경제적 손실을 가져오리란 뜻이겠죠. 벌의 수분 활동은 전 세계적으로 매년 3천 110억 유로의 가치로 평가돼요. 벌의 멸종이 이 지구상에 얼마나 큰 절망을 가져올지, 쉽게 상상이 안 되네요."

한동안 침묵이 이어졌다. 밀너는 에어컨의 엔진 소리를 들으며 벌 떼가 윙윙거리는 소리와 비슷하다고 생각했다. 두 사람도 자신과 비슷한 생각을 하는 건 아닐까. 자신의 존재감을 드러내기에 적합한 시점이었다.

"제가 이제 뭘 할까요?" 침묵을 깨고 밀너가 물었다.

"당신은 휴가를 좀 다녀와야죠." 비올라가 날카롭게 대답했다. 비올라의 얼굴 위로 미소가 번졌다.

"플로렌스, 그렉은 우리에게 도움이 될 거예요. 모든 것을 알아냈잖아요." 켈러가 비올라의 결정에 이의를 제기했다.

"웨스, 그렉은 그저 사실 확인을 위해서 투입됐을 뿐이에요." 비올라가 속삭이며 슬쩍 밀너를 훔쳐봤다. 정확히 자기 건너편에 있는 밀너가 자신의 말을 알아듣지 못했기를 바라기라도 하는 모양이었다.

"하지만 밀너가 뭘 했다고." 켈러가 당황한 듯 말했다.

"플로렌스, 뭐라고 했나요?" 밀너가 두 사람의 대화에 끼어들었다. 아무래도 비올라는 이 질문이 나오기만을 기다린 모양이었다. "그렉, 당신은 휴가를 보내고……, 당신은 너무 많은 일을 겪었어요. 멕시코부터 상파울루, 워싱턴까지. 여기 이 일은 매우 큰 사건일지도 몰라요. 그러니 며칠 휴가를 다녀온 뒤에 업무 지시를 받도록 해요. 걱정이 돼서 그래요. 그러니까……. 어떻게 말해야 할지……. 당신의 정신적인 건강 말이에요." 유화적인 말이었지만 밀너를 바라보는 비올라의 눈은 거의 싸움이라도 거는 것 같았다.

밀너는 분노가 치밀어 올랐다. 도움을 구할 요량으로 켈러를 바라봤지만 켈러는 미동도 없이 그저 걱정 어린 눈으로 밀너를 바라볼 뿐이었다. 이내 켈러는 조용히 앞에 놓인 신문을 접기 시작했다. 그러고는 마침내 결정을 내린 듯 움직이던 손을 멈추고 말을 꺼냈다.

"그렉, 플로렌스 말이 맞아요. 천천히 갑시다. 아무래도 큰 사건인 듯하니 당신은 손을 떼는 게 좋을 것 같아요. 이미 사건의 관련성을 입증하는 성과를 냈고, 나 또한 그렇게 보고할 거예요. 휴직 후에 브라질에는 얼마나 있었죠?"

"한 달입니다."

"흉터는 잘 아물었고?"

"제 흉터와 이 사건이 무슨 상관인가요?" 밀너는 직접적인 대답을 회피했다. 폭발하기 일보 직전이었다. 하지만 자신의 분노를 그대로 노출하는 행동은 지금 상황에 결코 유리하게 작용하지 않을 것이다. "……괜찮습니다, 국장님."

"웨스, 협의한 사항 잊지 말아요." 이번에도 비올라는 밀너가 분명하게 알아들을 수 있을 정도의 크기로 켈러에게 속삭였다.

잠시 동안 아무 미동도 없던 켈러가 이윽고 몸을 일으켰다. "휴가를 다녀오세요!" 단호한 목소리였다. 이어 비올라도 자리에서 일어났다. 대화의 종료를 알리는 분명한 신호였다.

밀너는 자신이 어떻게 자리에서 일어나 문으로 향했는지 알 수 없었다. 반쯤 정신이 나간 상태였다. 켈러는 검은 정장 바지에 손을 넣은 채 회의실 탁자 뒤에 서서 밀너를 바라보고 있었다. 비올라는 언제든 공격할 태세로 밀너를 노려보고 있었다. 마치 10킬로미터 달리기라도 한 듯 지친 몸을 테이블에 기대며.

"여자애들은요?" 밀너가 물었다.

"살아 있다면, 곧 구조되겠지." 켈러가 대답했다.

"당신이 없어도요!" 비올라가 덧붙였다. "아니, 이렇게 말하는 편이 더 낫겠군요. 당신만 없으면?"

밀너는 주먹을 쥐었다. 하지만 이내 고개를 끄덕이곤 회의실을 나섰다.

작은 목소리로 욕설을 내뱉으며 밀너는 의자 쪽으로 몸을 기댔다. 수염 아래 난 흉터가 가려워지기 시작했다.

자신에게 복수할 수 있는 기회를 비올라가 놓칠 리 없다는 것을, 밀너는 알고 있었다. 앞으로도 계속, 생이 다하는 날까지. 최소한 밀너가 FBI에 있는 한. 밀너는 주변에 자신을 주목하는 사람이 아무도 없다는 것을 확인한 다음, 늘 가지고 다니는 플라스틱 약통에서 알약 두 개를 꺼내 액체 없이 삼켰다. 알약이 식도를 따라 내려가는 것이 고스란히 느껴졌다.

그때 휴대폰이 울렸다. 휴대폰 액정에 켈러의 이름이 나타났다.

"밀너?" 켈러의 목소리였다. "벌써 떠난 건 아니죠?"

"재미없습니다, 국장님. 엘리베이터 앞이에요. 플로렌스는 영원히 브라질에서 있었던 일을 용서하지 않을 생각인 것 같군요."

"그렇겠지. 내 말 잘 들어요, 밀너. 일단 휴가를 가요."

밀너는 무언가를 말하려다 이내 그만두기로 했다.

"대신 휴가지는 내가 결정하죠. 런던 어때요? 바이시 바이러스 사옥에 가서 컴퓨터 바이러스 문제도 좀 논의해보고."

처음으로 밀너는 자신의 귀를 의심했다. "무슨 말인지 모르겠습니다, 국장님."

"공식적으로는 휴가로 처리하죠. 하지만 비공식적으로는 여전히 최전방에서 움직이는 내 부하 직원이에요. 이처럼 중요한 사건에 내가 당신을 뺄 거라 생각하진 않았겠죠?"

"하지만 방금 전에 국장님께서……."

"플로렌스 비올라는 뻔뻔한 빈대 같은 사람이에요. 몇 년 후면 내

자리를 차지하겠죠. 내 라인을 타지 않았으니까, 나도 조심해야 할 테고. 본부장은 비올라의 긴 다리를 좋아하고. 무슨 말인지 알죠?"

떙, 하는 소리와 함께 엘리베이터가 도착을 알렸다.

"바이시 바이러스요? 몇 주 전 실종됐다는 그 재벌의 회사 말인가요?" 밀너는 바이시 바이러스의 창립자가 흔적도 없이 사라졌다는 기사를 얼마 전 신문에서 읽은 적이 있었다.

"맞아요. 하지만 그 사람은 이미 오래전 회사에서 손을 뗐어요. 바이시 바이러스는 컴퓨터 바이러스에 관한 한 업계 최고죠. 가서 마이클 챈들러를 찾아요. 예전에 프로젝트를 함께 진행하면서 알게 된 사람이에요. 좋은 사람이죠. 내가 미리 이야기해놓을 테니까."

"이미 가고 있습니다." 밀너는 텅 빈 엘리베이터에 들어섰다.

"그리고 수영복 챙기는 거 잊지 말고요." 전화를 끊기 전, 켈러가 누군가를 의식하며 덧붙인 말이었다.

37. 코유카 데 베니테즈

앞에 놓인 병은 어느새 거의 비어 있었다. 병 바닥에는 지렁이 한 마리가 꿈틀거리고 있었다. 다치지는 않은 것 같았다. 그러니 병에서 꺼내준다면 지렁이는 자신의 몸을 타고 기어오를지도 모른다. 하지만 지렁이는 살아 있는 시체였다. 이미 오래전 그 운명이 결정된 알코올 시체. 자신과 같은.

멕시코에 도착한 후 라마니 박사는 며칠간 잠을 청할 수 없었다. 의약품 창고에서 발견한 프로포폴 주사를 조금 맞아볼까도 생각했다.

하지만 프로포폴보다는 메스칼(Mezcal. 선인장 애벌레를 넣어 만든 멕시코 증류주 - 옮긴이)이 훨씬 쉬운 방법이었다. 심지어 다른 사람이 아닌 자기 자신에게 처방하는 것이라면. 판잣집 안의 더위는 엄청났다. 땀으로 옷이 젖어 피부에 들러붙을 정도였다. 자신도 이런데, 그 좁은 지하에 갇혀 있는 여자들은 대체 어떻게 지내고 있는 걸까?

꿀렁거리는 소리와 함께 박사의 잔에 또 한 번 술이 채워졌다. 박사를 진정시켜주는 소리였다. 메스칼을 한 모금 넘기자 목구멍과 위가 뜨겁게 타올랐다. 아니, 메스칼이 아니라 양심의 가책에 따른 고통인 걸까. 라마니 박사의 내면을 태워버리는 지옥의 불 같은.

잠시 라마니 박사는 병 속의 지렁이가 자신을 비웃는 것 같다고 생각했다. 하지만 문이 천천히 열리며 나는 삐걱 소리를 착각한 것뿐이었다. 라마니 박사를 감시하는 동그란 얼굴의 티코가 들어왔을 거라고, 박사는 생각했다. 똑똑하진 않았지만 꽤 괜찮은 사람이었다. 하지만 박사의 기대와 달리 눈앞에 나타난 것은 악마였다. 벨 마비(Bells palsy). 멕시코에 도착한 후 남자를 처음 보자마자 라마니 박사가 내린 진단이었다. 광범위한 안면 신경마비. 남자의 경우에는 화상으로 나타난 증상이었다. 여전히 선명한 화상 흉터에 마비된 얼굴 표정이 더해져 마치 남자는 마스크를 쓴 것 같은 인상을 주었다. 라마니 박사가 기억하고 있는 남자의 마지막 얼굴은 당당했고, 심지어 준수했다. 헬리콥터 사고를 당했다는 사실은 이미 들어 알고 있었지만 그럼에도 남자의 얼굴은 실로 충격적이었다.

늙은 남자는 안으로 들어와 문을 닫고 여유 있는 걸음걸이로 라마니 박사에게 다가왔다. 남자는 건너편에 있는 의자 하나를 골라 앉았다. 탁자 하나, 의자 두 개 그리고 침대로 보이는 오래된 철 받침대 하나, 세면대, 변기. 창문조차 없는 이 공간에 있는 전부였다.

"어떻게 처리할지 방법을 찾으신 것 같군요, 라마니 박사님." 남자가 속삭이듯 조용히 말했다.

"처리라고요?" 술기운에 취해 라마니 박사는 흥분을 감추지 못하고 물었다. "이런 추악한 일이 당신의 숨겨진 묘안이라도 되나요? 처리하라고? 당신은 그런 걸 처리한다고 하나 보죠?" 라마니 박사는 경멸하듯 바닥에 침을 뱉었고, 아무런 미동도 없는 남자의 얼굴 표정을 살폈다. 남자는 부드럽게 고개를 저을 뿐이었다.

"처리해야 할 것은 당신의 무지일 뿐이죠. 나와 달리. 나는 창조를 하니까요."

"창조를 한다고요?" 라마니 박사는 비웃음을 숨길 수 없었다. 술을 너무 많이 마신 것 같았다. "당신은 그런 걸 '창조'라고 하나요? 죄 없는 여자들을 건드리는 것? 당신은 미쳤어요! 당신이야말로 불쌍한 창조물이요! 여기 이 병 속의 지렁이보다도 나은 게 없어!" 그 끔찍한 일을 하게끔 라마니 박사를 협박할 수는 있다. 하지만 고분고분한 태도를 강요할 수는 없다. 최소한 그렇게 보이기를, 라마니 박사는 바라고 있었다. 하지만 라마니 박사의 우려는 현실로 나타났다. 자신의 말은 오히려 이 미치광이를 더 즐겁게 하는 것 같았다.

"애벌레요, 라마니 박사님. 애벌레."

"그건 또 무슨 말입니까?"

"애벌레라고요! 저기 당신 앞에 있는 병 속 생명체는 지렁이가 아니라 애벌레입니다. 보세요. 당신은 저것을 그저 가엾은 지렁이라고 여기죠. 하지만 나는 그것이 애벌레라는 사실을 압니다. 당신은 끝이라고 하겠지만 나는 거기에서 새로운 시작을 보죠."

"젠장, 지금 대체 무슨 말을 하는 거요!" 귀에서 바람 소리가 들렸다. 메스칼 소리도 들렸다.

"그래요. 어쩌면 나는 이 애벌레와 같을지 몰라요. 박사님과 달리 나는 나비가 될 준비가 되어 있으니까. 나는 우리 인간이라는 존재를 불변의 중간 단계로 봅니다."

라마니 박사는 병 속에 있는 벌레를 응시했다. 알코올 때문에 하얘진, 고무 같은 애벌레의 표면은 마치 건너편에 앉아 있는 남자의 화상 입은 얼굴과도 비슷해 보였다. 라마니 박사는 생각을 떨쳐버리기 위해 잔을 들어 한 모금을 더 넘겼다. "여자들에게 왜 이런 짓을 하려는 거죠?" 잔을 내려놓으며 라마니 박사가 물었다. 술기운에 발음이 뭉개졌다. 단순한 질문이었지만 답은 쉽지 않을 것이다. 실제로 이 미치광이는 잠깐 동안 아무 말이 없었다. 완전히 다물어지지 않는 남자의 입술에 얇은 주름이 생겼다. 남자가 미소 짓고 있다는 의미였다. 이 또한 안면 신경마비가 가져온 증상이었다.

"여전히 지렁이를 보고 있군요." 남자가 천천히 입을 열어 답했다.

"당신 때문에 고통받는 사람들을 보고 있을 뿐입니다!" 라마니 박사는 분노가 치솟는 것을 느꼈다. 지난 며칠간 라마니 박사를 사로잡았던 의구심이 떠올랐다.

지금 당장 병으로 남자의 머리를 내리쳐 이 모든 일을 끝내는 편이 더 낫지 않을까. 하지만 라마니 박사는 이내 티코의 얼굴을 떠올렸다. 티코는 늘 총을 소지하고 다녔다. 지워버리는 편이 좋은 생각이었다.

"내가 사람들에게 고통을 준다고요?" 미치광이의 목소리에 쌕쌕 새는 소리가 더해졌다.

"나와 저 젊은 여자들에게!"

"뭔가 착각을 하시나 본데요, 친애하는 라마니 박사님. 여자들에게 고통을 주는 건, 당신네 성형외과 의사들이 하는 짓 아니오? 그게 뭔가 대단한 일인 것처럼 굴지 마시오. 당신과 당신네 부류의 인간들은 매일같이 여자들의 가슴을 자르고 실리콘을 집어넣지. 건강한 사람의 피부 아래에 독을 주입하고, 발허리뼈를 제거해. 당신을 찾아오는 환자들의 발을 하이힐에 맞춰주는 거지. 젊은 여자들의 다리를 길게 하기 위해 그것을 부러뜨리고. 최근에는 심지어 질까지 자른다지요. 마치 신이라도 된 양 굴면서 자연의 섭리를 바꿔놓는 것이 당신의 직업 아니었소? 게다가 당신을 찾아온 환자들 중 얼마나 많은 사람들이 수술 도중에 혹은 그 이후에 죽었단 말이오? 더 나은 세상을 만들겠다며 당신이 자행한 그 미친 짓 때문에. 안 그렇소, 라마니 박사?" 늙은이는 말하는 도중에 몸을 일으켜 세워, 탁자 위로 몸을 기울였다. 분개한 늙은이가 말을 내뱉을 때마다 라마니 박사의 얼굴에 늙은이의 침이 튀며 술을 깨게 만들었다.

"그것 때문인가요? 이 모든 것의 이유가? 당신의 부인 때문에?"

"내 아내에 대해서는 말하지 마시오!" 늙은이는 처음으로 자제력을 잃고 흥분한 모습이었다.

"심장에 알 수 없는 문제가 있었어요. 마취가 문제가 됐던 거고. 병원에서 일어난 단순한 사고였어요! 감정 결과로도 확인됐고요. 그래서 나도 무죄 판결을 받았잖소!"

"말했죠. 아내에 대해서는 입 다물라고!" 늙은 바이시는 거칠게 손을 움직여 탁자 위에 있던 잔을 날려 버렸다. 잔은 큰 소음을 만들어내며 바닥에서 산산조각 났다.

"아내 분은 이런 짓을 원치 않았을 겁니다. 이런 일을 한다고 아내

분이 살아날 수 있는 건 아니에요!"

파벨 바이시가 병을 집어 들었다. 라마니 박사는 그 병이 자신을 향해 날아오리라 생각했다. 하지만 파벨 바이시는 갑자기 움직임을 멈췄다. 갑작스러운 고통이라도 느끼는 듯이. 파벨 바이시는 그 자리에서 굳어 다시 자리에 앉았다. 이어 파벨 바이시는 빈 병을 얼굴 앞으로 가져가 병 바닥에 있는 애벌레를 관찰했다.

"맞아요. 내 아내는 이제 살아 돌아올 수 없소." 파벨 바이시는 슬픔에 빠진 듯 고개를 저으며 말했다. 볼록한 유리병이 남자의 왼쪽 눈을 두 배 이상 커 보이게 만들었다. "술에 넣기 전에 애벌레를 죽인다, 아니면 산 채로 병에 넣어 알코올 속에서 익사시킨다, 어느 쪽을 선택할 것 같소?"

"무슨 말이죠? 모르겠습니다."

"만일 애벌레를 미리 죽인다면 말이오. 하루 종일 아무 일도 하지 않고 애벌레를 죽이는 누군가가 있지 않을까요? 그 사람은 어떻게 그 일을 마무리할까요?"

"바이시 씨, 무슨 말인지 저는 잘 모르겠습니다. 하지만 당신은 정말로 도움이 필요한 상태인 것 같아요."

"도움?" 파벨 바이시가 조심스럽게 병을 탁자 위에 올려놓으며 라마니 박사를 응시했다. 파벨 바이시의 눈빛에서 잠시 슬픔과 같은 것이 묻어났다. 하지만 이내 첫 만남에서부터 라마니 박사에게 강한 인상을 남겼던 특유의 공격성이 다시 모습을 드러냈다.

"맞습니다. 나는 도움이 필요하죠. 박사님의 도움 말입니다!" 파벨 바이시는 두 장의 메모지를 탁자 위에 올려놓았다. 무언가가 빼곡히 적힌 메모지였다.

"이건 뭡니까?" 라마니 박사가 의심 섞인 목소리로 물었다.

"읽어봐요."

메모에는 일련번호 뒤에 제목이 붙어 있었고, 여러 개의 단락으로 구성되어 있었다. 숫자 뒤에는 '미스'라는 단어와 미국 여러 지역의 이름이 있었다.

"이게 뭡니까?" 라마니 박사는 질문을 반복했다. 메모가 무엇을 의미하는지는 이미 알고 있었다.

"다음 수술 스케줄입니다. 오늘부터 하루에 두 건씩 진행하세요. 약간의 창의력이 필요합니다. 여기에 내 아이디어를 적어봤어요. 각자의 개성을 살려서요. 가장 아름다운 부분을 부각해야 한다는 점에 특히 유의해줘요. 그 부분을 그러니까……. 어떻게 말해야 하나……. 희화화해야 한다는 걸. 무슨 말인지 알죠? 반드시 성공해야 합니다!"

소름이 끼쳤다. 메모지에는 오른쪽으로 기울어진 남자의 손글씨가 보였다. 라마니 박사의 피부에 닭살이 돋았다. "당신은 아픈 사람입니다." 라마니 박사가 말했다. "대체 이게 다 뭐하는 짓이죠? 무엇을 위해 이런 짓을 하죠? 아내의 죽음에 대한 복수입니까? 이들을 인질로 잡아 돈이라도 뜯어내겠다는 겁니까? 부자 아니었어요? 아니면 정말 나를 무너뜨리려고 그러는 거예요? 나는 여전히 의사요. 히포크라테스 선서를 했다고요. 이런 일은 할 수 없소."

라마니 박사가 자리에서 일어나며 메모지를 던졌다. "원하는 대로 해요. 영상? 유포해요. 그 안에 뭐가 담겨 있건 상관없으니. 바지를 내리고 있는 내 모습? 내가 언제, 어디서 뭘 하건 누가 관심이 있겠어? 병원에서 쫓겨날 수는 있겠죠. 하지만 죽기라도 하겠습니까? 현재로서는 죽어도 상관없어요! 그래, 날 죽이든가요! 아예 지금 여기서 죽이는 건 어때요!"

라마니 박사는 거칠게 말을 쏟아부었고, 그때마다 몸이 균형을 잃으며 비틀거렸다.

파벨 바이시는 라마니 박사의 분노에 개의치 않고 메모지를 정리했다. 이내 파벨 바이시는 몇 분 전 이 공간에 들어설 때와 같은 얼굴로 몸을 일으켜 세우며 말했다. "좋습니다. 정 그러시다면 그렇게 하죠. 이 세상에 당신과 당신 물건의 영상을 공개하는 수밖에요. 여자들 수술은 내가 직접 하겠습니다." 파벨 바이시는 나가기 위해 몸을 돌렸다.

"뭐라고요? 그건 안 됩니다! 당신은 수술 경험이 없잖아요. 만일 그 메모지에 적힌 내용대로 직접 수술을 진행했다가는 다 죽을 거예요!" 라마니 박사는 몸에 힘이 빠져 조금 전까지 자신이 앉아 있던 의자에 풀썩 주저앉았다.

파벨 바이시는 문 앞에 서 있었다. "그렇다면 의사로서 할 일을 하시죠. 나 대신 수술을 해서 여자들의 목숨을 구해요. 설마 히포크라테스 선서가 이것까지 금하는 건 아니겠죠?"

구역질이 났다. "당신은 악마요!" 라마니 박사가 소리쳤다. 그 순간 라마니 박사는 파벨 바이시의 흐느낌을 들었다. 당황스러웠다. 당장이라도 구토가 나올 것 같았다. 자신이 성자가 아니라는 것은, 그 누구보다 라마니 박사 자신이 가장 잘 알고 있었다. 기회만 있으면 어떤 일이든 하는 사람이었다. 굳이 일을 가려서 하지도 않았다. 하지만 지금은 상황이 달랐다. 아무리 생각해도 이건 분명 변태적인 행위였다.

"그럼 내일 아침 일찍 수술을 재개하죠. 아직 수술 스케줄이 잡히지 않은 또 다른 여자 하나가 곧 도착할 겁니다. 다른 애들과 달리 놀기 좋아하는 애도 아니고, 유감스럽게도 몸 상태가 그리 좋지도 않아요.

아마 특별한 수술 방법을 고안해내야 할 겁니다. 나도 아직 확신이 없어서요. 절단술에 대해 좀 아시나요?"

라마니 박사는 그가 하는 말이 농담이길 바라며 파벨 바이시를 응시했다. 하지만 아무래도 늙은이의 말은 진심인 것 같았다. 라마니 박사는 서둘러 대답했다. "아뇨!" 분노가 치밀어 올랐다.

"괜찮아요. 그리 어렵지는 않을 테니까." 파벨 바이시는 대답했다. 이어 문을 연 바이시는 바닥에 흩어진 유리 파편들을 바라보았다. "티코한테 메스칼 한 병과 새 잔을 준비해드리라고 하죠." 파벨 바이시의 새는 목소리에도 그의 말에 섞인 비아냥거림은 분명하게 알아차릴 수 있었다. "또 누가 알아요. 계속 마시다 보면 언젠가 지렁이와 애벌레의 차이를 알게 될지. 취한 상태에서 수술을 한다면, 더 좋고요!"

삐걱거리는 소리에 늙은이의 웃음소리가 뒤섞이며 문이 닫혔다. 이윽고 라마니 박사가 자신의 벌거벗은 발 위에 구토하는 소리가 더해졌다.

38. 밀라노

'너희들 가운데 하나가 나를 배신하리라!'

손전등의 조명 아래 남자는 열두 제자의 얼굴에서 두려움을 보았다. 제자들은 격렬한 제스처로 모든 의심을 부인하려고 애쓰는 듯 보였다. 저마다 작은 집단을 이룬 채 제자들은 방금 예수에게서 들은 말이 무엇인지를 놓고 의논하고 있었다. 그 말을 꺼낸 예수만이 조용한 기도로 침묵하고 있을 뿐이었다. 예수는 손을 뒤집어 손바닥을 보고 있었다. 마치 그곳에 질문의 답이 숨어 있기라도 한 것처럼. 제자들 중 자신을 배신하게 될 주인공이 누구인지 손바닥에서 알아낼 수 있을 것처럼.

남자는 경외심으로 가득 차 조용히 그림을 응시했다. 침입은 생각보다 어렵지 않았다. 그림이 도난당할지도 모른다는 우려가 그리 크지 않았던 모양인지 보안이 철저하지 않았다. 남자는 안전 통로를 이용해 건물 동쪽에서 안으로 들어왔다. 남자는 어둠 속에서 사람들의 말을 엿들었지만 그 누구도 남자의 존재를 눈치채지는 못한 듯했다. 밤이 되면 수도원은 완전히 비어 있었다. 5분 전, 남자는 마침내 그림 앞에 서서 가까이서 그것을 관찰했다. 지난 몇 주 동안 세 차례 투어에 참여했지만 이처럼 가까이서 그림을 보는 건 지금이 처음이었다. 그림 전체에서 시간의 흐름을 느낄 수 있었다. 미세한 균열이 그림을 덮고 있었고, 곳곳에 색이 바래 있었다. 벌써 500년이 넘은 작품인데다 2차 세계대전의 폭격에도 오늘날까지 살아남았으니 당연한 일이었다. 등에 멘 양철통 두 개가 어깨를 짓눌러 아파왔다. 이 그림을 갖기 위해 언제라도 돈을 지불할 준비가 된 사람들 입장에서는 분명 미친 짓이었다. 이 밤은 남자를 부자로 만들어줄 것이다. 최소한 남자의 기준에서는 그럴 것이다. 그리고 또 하나, 남자는 역사도 쓰게 될 것이다. 남자는 이미 내일과 내일모레의 신문을 모조리 살 계획을 세워뒀다. 자신의 업적은 모든 신문의 1면을 장식할 것이다. 그리고 잔금이 계좌로 들어오면 남자는 곧장 쾨르토 오기아로에 있는 오래된 아파트에서 나와 가족과 함께 시칠리아로 가서 집을 살 것이다.

이 모든 일은 매우 단순해 보였다. 손전등의 불빛이 예수의 얼굴을 비추기 전까지만 해도 말이다. 남자는 어머니가 기도하는 순간, 아버지가 묻혀 있는 오래된 교회를 떠올렸다. 남자는 어른이 되지 못했다. 하지만 남자는 자신이 모든 권력에서 버려졌다는 사실과, 자신의 인생이 온갖 좋은 길에서 벗어났다는 사실을 상기하며 모든 의구심을 떨쳐냈다.

남자는 양철통을 내려놓고 목에 두르고 있던 보안경을 썼다. 깊은 한숨을 내쉬며 남자는 펌프를 확인했고, 작품을 향해 스프레이 노즐을 조준했다.

'손이 제일 중요합니다!' 남자가 받은 지침서에 쓰인 내용이었다. 이해할 수 없는 내용이었지만 할 수 있는 한 최선을 다했다. 엄청난 산 냄새가 코를 찌르기 시작하자 남자는 남은 손으로 성호를 그었다. 그리고 작업 후 절대 잊어버리지 말고 붙여야 할 벌 문양의 스티커를 다시 한 번 상기했다.

39. 워싱턴

'여자들을 집으로!' 시위대는 플래카드를 높이 들고 있었다. 늦은 오전부터 페이스북을 통해 미국 의회 앞에 모인 열 명의 시위대로 시작된 집회는 어느새 수천 명이 함께하는 상당한 규모로 불어난 상태였다. 워싱턴뿐 아니라 뉴욕과 로스앤젤레스, 심지어 미국의 최북단인 앵커리지에서도 사람들이 거리로 나섰다. (앵커리지는 납치된 미녀들 중 한 후보자의 고향이었다.)

피에트 린드스트림은 일찍부터 카메라 감독, 음향 감독과 함께 잔뜩 흥분한 시위자들의 인터뷰를 마친 터였다. 지금은 높은 곳에 올라와 마치 효소 반죽처럼 부풀고 있는 시위 규모에 감탄하며 지켜보고 있었다. 45분 뒤 저녁 뉴스에서 피에트의 리포트가 전국에 생방송될 예정이었다. 하지만 단순히 시위대의 규모가 커지고 있다는 내용이 다가 아니었다. 처음에 시위는 멕시코에서 납치된 미국의 딸들을 조명하고 미국 당국의 무능함을 비판하기 위한 취지로 시작되었다. 여기에 '여자들을 집으로!'라는 배너와 현수막이 동원되었다. 하지만 이후 시위의 내용은 계속해서 바뀌고 있었다. 무엇보다 '아름다움을 향한 광기를 멈춰라!'라는 플랜카드를 들고 있는 여자를 보았을 때 피에트는 놀라움을 감출 수 없었다. 누가 봐도 미인대회에 참가하기에는 어렵게 생긴 얼굴이었다.

'아름다워지려면 성형수술을 해야 하는가? 뷰티, 꺼져!', '미인대회가 없으면 고통도 없다!'라는 문구들도 보였다.

"거기 비춰봐!" 피에트가 카메라 감독에게 외쳤다. 카메라 렌즈에 할로윈 의상을 입고 시위에 참석한 다섯 명의 젊은 여자들이 잡혔다. 하나같이 괴물 마스크를 쓰고 있었고, 심지어 일부는 컴퓨터 바이러스가 변형시켜놓은 사진과 비슷한 복장을 한 채 '우리는 모두 괴물이다!', '변장을 멈춰라!'라고 쓰인 플랜카드를 높이 들고 있었다.

이어 밝은 녹색의 수술용 마스크를 쓰고 있는 젊은 남자들의 무리를 발견했을 때 피에트는 믿을 수 없다는 듯 고개를 저었다. 남자들은 시위자와 의회 사이에서 보호벽을 치고 있는 의경들을 향해 무언가를 던지고 있었다. 피에트는 재빨리 카메라 감독의 어깨를 두드려 그쪽으로 카메라를 돌리게 했다.

그제야 피에트는 남자들이 던지고 있는 게 무엇인지 알아차렸다. 화장품이었다. 기마병들이 곤봉으로 폭도들을 저지하자 시위대의 공격성은 더욱 심해졌다. 시위자들은 휘파람을 불며 경찰들을 야유했다. 피에트는 분위기가 험악해지고 있음을 감지했다.

피에트는 손목시계로 시간을 확인한 뒤 마이크를 잡고 시위대를 배경으로 카메라 앞에 섰다.

"멕시코에서 납치된 여자들에 대한 연대 책임을 촉구하는 목소리는 얼마 전부터 우리 모두를 겨냥한 시위로 바뀌었습니다. 지난 몇백 년간 우리 사회를 특징짓던 것에 대한 시위입니다. 지금까지 우리 사회의 윤활유라고 여겨왔던 것, 인류 진화의 흔적, 암컷을 유혹하기 위한 행위, 우리의 딸들을 멕시코에 보내지 않아도 되었을, 공격의 희생양으로 만들지 않아도 되었을 인간의 이상에 대해서 말입니다. 이것은 하나같이 이상을 따라가고자 하는 현상, 즉 인간의 망상에 대한 시위입니다. 우리는 모두 이것을 얻기 위해 노력하고 있고, 자연적인 방법으로 이를 허락받지 못했을 경우 결혼이나 현대의학을 통해서라도 소유하기 위해 노력합니다. 이것은 무엇일까요? 그렇습니다. 바로 아름다움입니다. 시위대는 지금 이러한 아름다움에 대해 반기를 들고 있습니다."

피에트는 한 걸음 옆으로 물러서서 카메라가 시위대의 폭동을 비출 수 있게 했다. 멘트를 하는 동안 경찰과 시위대의 충돌은 더 과격해진 상황이었다.

몇 초 후 피에트는 "컷!" 하고 외쳤다.

아직 방송 시간까지는 40분이 남아 있었다.

"잘 잤어요?" 파트리크가 벤틀리의 뒷좌석, 헬렌의 옆에 올라타며 물었다. 매우 이른 시간이었다. 헬렌은 열린 문 사이로 들어온 차가운 아침 공기에 떨었다.

"한숨도 못 잤어요." 헬렌이 대답했다. "침대가 돌처럼 딱딱하더라고요. 그리고……." 헬렌이 말을 멈췄다.

"따님을 찾게 될 겁니다. 오늘요." 파트리크가 확신하며 말했다.

헬렌은 고개를 끄덕였다.

랄프가 후진해 마당을 빠져나가자 후방 경고음이 울리며 장애물이 있음을 알렸다. 한동안 세 사람은 침묵에 빠졌다.

"그래서 아름다움에 대한 연구를 하신 결과가 뭔가요? 중간 결론이랄까. 전문적 시각에서 볼 때 아름다움이 뭐죠?" 파트리크가 침묵을 깨고 물었다.

헬렌은 파트리크의 질문을 이해하느라 잠깐 시간이 걸렸다. "정확히 무슨 질문이죠?"

파트리크 바이시는 등을 곧게 펴며 물었다. 오랫동안 이 일에 관심을 가지고 있던 사람 같았다. "아름다움이란 선한 건가, 악한 건가?" 파트리크의 진지한 목소리는 헬렌을 다소 혼란스럽게 했다.

"글쎄요. 우리 연구소는 그런 기준으로 아름다움을 판단하지 않아요. 오늘 날씨가 좋냐, 안 좋냐 뭐 이런 질문으로 들리는데요?"

"신경미학이란 게 정확히 뭘 하는 건데요?"

"신경미학은 여러 분야를 포함하는 학문이에요. 심리학, 기능해부학, 진화생물학, 그리고 신경학이요. 저는 신경학자예요. 연구소에서 우리는 우리 인간이 무언가를 아름답다고 느낄 때 뇌에서 어떤 일이 발생하는지 알아내는 작업을 해요. 예컨대 어떤 작품이나 사람을 보며 아름답다고 느낄 때 그 사람의 뇌에서 어떤 변화가 일어나는지 살펴보는 거죠. 거기에 MRI라고 알려진 자기장 반향 X선 단층 촬영을 활용해요. 왜 건강 검진 받을 때 누워서 들어가는 그 커다란 관 같은 거 있잖아요."

파트리크는 검지로 턱을 받친 채 헬렌의 말에 집중하고 있었다. "네, 뭔지 알아요. 그러니까 아름다움이 인간의 뇌에 어떤 작용을 일으키는지 연구한다는 거죠?"

헬렌이 고개를 끄덕였다.

"책도 쓰셨죠? 제목이 뭐였더라? '아름다움의 예술?'"

"'아름다움과 예술'이요. 예술은 아름다움을 연구하기에 매우 적합한 대상이에요. 지난 수천 년 동안 예술가들은 동시대를 살아가는 사람들이 무엇을 아름답다고 여기는지 알아내 그걸 작품으로 표현했어요. 아버지가 수집하신 작품들을 생각해봐요."

"심지어 베스트셀러던데요!" 파트리크 바이시가 칭찬하듯 말했다.

"네, 지금도 여전히 베스트셀러예요. 열두 개 언어로 번역됐어요. 아름다움이라는 것 자체가 전 세계적으로 관심이 있는 주제니까요. 주제라기보다 전 세계적으로 관심을 보이는 질문이죠. '아름다움이란 대체 무엇인가?'"

"그리고 NBC 프로그램에도 자문을 하시던데요? 아름다움과 관련한 프로그램에."

"인터넷에 나오는 정보인가요?" 헬렌의 얼굴이 달아올랐다.

"네. 이름만 쳐도 나와요. 아름다움이라는 학문 분야의 대가던데!"

"엄청 나이가 많은 사람인 것처럼 들리는 말이네요."헬렌이 당황스럽다는 듯 미소 지었다. 하지만 그렇게 불리는 것이 싫지만은 않았다. 지난 몇 년간 자신의 명성을 위해서도 열심히 일했으니까.

"그래서 뇌의 문신도……?"파트리크가 물었다.

헬렌은 어리둥절한 표정으로 파트리크를 바라보았다.

"당신의 문신 말이에요. 그러니까……. 아시죠, 어제. 어제 화장실에서 만났을 때 당신의 문신을 봤어요."

헬렌은 미소를 지으며 대답했다. "갈라진 사슴뿔보다는 낫잖아요!"

"그럼요. 물론 당신은 미학자니까요. 하지만 그렇다고 해서 반드시 몸에 뇌 모양의 문신을 새기란 법은 없잖아요. 그러니까 제 말은……. 그렇게 되면 산부인과 의사들이나 항문 쪽 전문의들은 어쩌라고요."

헬렌은 끝내 웃음을 터뜨렸다.

"게다가 뇌는 그렇게 섹시한 부위도 아니고."파트리크가 덧붙였다. "뇌가 두 개인 여자를 원하는 사람이 어디 있겠어요."파트리크는 아무래도 헬렌의 기분을 띄워주려 노력하는 것 같았다. 고마웠다.

"뇌의 감성을 과소평가하지 말아요."헬렌이 대답했다. "아주 멋진 기관이에요. 모든 것의 중심이죠. 뇌가 특정한 자극을 보내지 않는다면 섹스도 불가능할 거예요."

"당신의 대답은 항상 너무 이성적이에요."파트리크가 대답했다. 농담하는 파트리크의 모습은 매우 매력적이었다. 파트리크는 하얗고 완벽한 치열을 자랑했는데, 파트리크가 웃을 때마다 헬렌의 눈에 띄었다. "조금 내려놓을 순 없어요? 어떻게 항상 논리적으로만 생각해요? 그냥 본능적으로 한번 행동도 해보고 그러는 거지."

"누가 그래요? 내가 논리적으로만 생각한다고?" 헬렌이 대답하고는 파트리크를 향해 비밀스러운 눈빛을 던졌다. 잠시 파트리크는 헬렌의 말에 속는 듯했으나 이내 두 사람은 함께 웃음을 터뜨렸다. 하지만 그 즉시 헬렌은 양심의 가책을 느꼈다. 매들린이 사라졌다. 그런데 엄마인 내가 어떻게 농담을 하고 웃을 수 있단 말인가.

"그런데 정말로 궁금해서 묻는 거예요. 당신처럼 아름다운 여자가 어떻게 뇌를 연구할 생각을 하게 된 건가요?" 파트리크가 다시 진지하게 물었다.

"그게 무슨 뜻이죠?" 헬렌은 순간 화가 났다. "그러니까 지금 그 말은, 예쁜 여자들은 어렵고 복잡한 학문을 할 수 없다는 건가요?"

"아니요. 제 말은 그러니까……." 파트리크는 당황한 듯 보였다.

헬렌은 괜찮다는 듯 파트리크의 팔에 손을 올리며 말했다.

"괜찮아요. 그런 시각으로 보는 건 당신뿐만이 아니니까." 헬렌은 재빨리 다시 손을 거두며 덧붙였다. "바로 그게 내가 신경미학자가 되기로 결정한 이유 중에 하나예요. 놀랍지 않아요? 우리 인간이 아름다움에 대해 얼마나 많은 편견들을 가지고 있는지? 아름다운 사람은 똑똑하지 않다, 똑똑한 사람은 아름답지 않다, 예뻐야 더 편하게 산다, 이런 편견들 말이에요. 의식해본 적 있어요?"

파트리크 바이시가 다시 긴장을 풀고 대답했다. "저는 돈이 많은 사람들이 편하게 살고 있다고 생각해왔어요."

"물론 그것도 그렇죠. 아름다운 사람이 인생을 더 쉽게 살 수 있다는 말은 분명 맞아요. 짝을 찾을 때만 그런 게 아니에요. 유치원에 들어갈 때부터 아름다움은 힘을 발휘해요. 예쁜 아이가 선생님의 관심을 더 받거든요. 이후 사회생활을 할 때까지도 그런 일이 계속되고요. 대부분의 사람이 아름답다고 느끼는 사람은 채용도 더 잘 되고, 일반적인 매력의 조건을 충족하지 못하는 사람에 비해 승진도 더 빨리 하죠."

"본인의 의지와 달리 갖게 되었지만, 그 사실을 긍정적으로 평가하지만은 않는 사람들에게 해당하는 말이겠군요."

"무슨 말이죠?"

"재벌의 아들로서의 경험을 이야기하는 거예요. 부유한 사람이나, 당신이 말하는 아름다운 사람은 인생을 더 편하게 살 수 있느냐 여부를 떠나서 기여할 수 있는 일이 줄어들어요. 할 수 있는 일이 줄어드는 거죠. 싸울 일도 줄어들고요. 부유하거나 아름답지 않은 사람 혹은 아예 가난하고 못생긴 사람은 자신의 능력을 부각해야만, 자신의 재능을 발휘해야만 원하는 바를 얻을 수 있어요. 그래서 아름다운 사람이 덜 아름다운 사람에 비해 덜 똑똑하다는 건 때로 편견이 아니라 사실인 것 같아요. 모든 사람은 자신이 타인을 설득할 수 있는 방법을 연구하니까요."

헬렌은 깜짝 놀라 고개를 들었다. "아름답고 부유한 것 치고는 상당히 지혜로운 사람이군요."

헬렌의 말에 파트리크가 수줍은 미소를 보이며 장난치듯 헬렌을 향해 주먹을 날리는 시늉을 했다.

"사실 저에게도 뇌가 아니라 본능에 관심을 보이던 시절이 있었죠." 헬렌이 덧붙였다. "신경학을 공부하기 전에, 모델로 활동했거든요."

파트리크는 눈썹을 추어올리며 놀라움을 표했다. "생각지도 못했어요."

"너무 못생겨서 그런 건 아니겠죠?" 헬렌이 말했다.

파트리크는 다소 피곤한 듯 미소 지었다. "그런 말은 아니에요. 하지만 정말 극과 극이네요. 모델과 신경학자라니."

"맞아요." 헬렌이 파트리크의 말에 동의했다. "상당히 비유적이죠. 외면에서 내면으로 전향한 거니까."

두 사람은 서로를 인정하는 듯한 눈빛을 교환했다. 최소한 헬렌에게는 그렇게 느껴졌다.

"사실 저도 아버지의 돈 없이 살아보려고 했었어요." 파트리크가 말했다. "혼자서 해보려고."

"그래서요?"

"성공하지 못했어요." 파트리크의 눈빛이 어두워졌다. 잠깐 동안 헬렌은 파트리크의 부연 설명을 기다렸지만 대답은 이어지지 않았다. 헬렌은 한 번 더 물었다.

"이야기하기 어려운 부분인가요?"

파트리크가 고개를 저으며 창문 바깥을 응시했다. "곧 공항에 도착하겠네요." 파트리크가 말했다.

헬렌은 파트리크가 어떻게 알고 그런 말을 했는지 궁금했다. 창밖의 풍경은 정확히 5분 전과 한 치도 다르지 않았기 때문이다. 들판과 숲을 지나며 두 사람은 한동안 침묵을 지켰다.

"아버지의 실종 때문에 저도 미성년자인 딸을 잃는다는 게 어떤 건지 조금은 이해할 수 있어요. 밤마다 저는 아버지에게 일어날 수 있는 최악의 시나리오를 그려보죠." 파트리크가 침묵을 깨고 말을 이어 갔다.

헬렌도 그랬다. 어둠이 찾아오면 사악한 공포가 헬렌을 짓눌렀고, 태양이 떠오르면 작은 희망이 헬렌의 안에서 움을 틔웠다. 어쩌면 오늘, 태양이 지기 전에 매들린을 품에 안을 수 있을지도 모른다는.

"경찰에게 협조를 구하는 편이 낫지 않았을까요?" 헬렌이 밤새 고민했던 질문을 던졌다. "숨길 것도 없잖아요."

"아버지가 실종된 지 벌써 6주가 됐어요. 그사이 경찰이 아버지를 찾기 위해 진지하게 뭘 했을 거라고 생각해요?"

파트리크의 목소리에서 씁쓸함이 묻어났다. 헬렌이 물었다. "아이를 잃어버린 거라면 이야기가 좀 다를까요?"

"어쩌면요." 파트리크가 말했다. "하지만 절대로 다른 사람을 믿어서는 안 된다는 게 제가 인생을 살면서 얻은 교훈이에요. 따님 또한 무서운 눈빛을 한 경찰들이 떼로 몰려들면 달아날지도 몰라요. 따님이 도망 중이라는 사실을 잊지 마세요. 반면 우리는 지금 따님이 어디에 있는지 알고 있죠. 그러니 직접 가서 따님을 찾는 게 현재로서는 최선인 거고요."

논리적인 말이었다.

헬렌은 코트 주머니에 손을 넣어 매들린의 사진을 꺼냈다. 파벨 바이시의 집에서 뜯어온 것이었다. 헬렌은 그 위에 적힌 메모를 다시 한번 읽었다. 마드리드. 프라도 미술관, ML.

"이 박물관 이름 뒤에 있는 ML은 무슨 의미예요?" 헬렌과 마찬가지로 아버지가 손글씨로 남겨놓은 메모를 한 번 더 읽은 듯한 파트리크가 물었다.

"모나리자!" 헬렌이 대답했다.

"모나리자요? 그 작품은 파리 루브르 박물관에 있는 거 아닌가요?"

"프라도 미술관이 소장한 모나리자를 말하는 거예요." 헬렌이 말했다. "거의 완벽하다고 할 수 있는 오리지널의 복제품이죠. 프라도 미술관이 소장하고 있는데, 최근 들어서야 모나리자의 쌍둥이 작품으로 인정을 받았어요."

"쌍둥이 작품이라고요?"

"저도 이제 막 기사를 찾아보고 알았어요. 프라도 미술관의 모나리자가 오리지널과 같은 시기에 그려졌다고 본대요. 아마도 레오나르도 다빈치의 제자가 그렸을 거라고요."

"음……." 파트리크가 중얼거렸다.

한동안 두 사람은 침묵을 이어갔다. 헬렌의 머릿속은 여전히 혼란스러웠다. "전부 도무지 이해가 안 돼요. 마드리드, 프라도 미술관, 모나리자, 매들린, 당신의 아버지. 이 모든 게 서로 어떤 연관이 있을까요?" 헬렌이 침묵을 깨고 물었다.

"그 그림 앞에서 만나기로 한 게 아닐까요? 프라도 미술관에서? 그런 미술관들은 대부분 크니까요. 그런 데서는 그림 앞에서 만나자고 약속할지도 모르죠."

"그런데 시간이 빠져 있네요." 헬렌이 말했다.

헬렌은 파트리크의 말이 맞기를 바랐다. 그렇다면 프라도 미술관은 매들린을 찾을 수 있는 절호의 기회다. 딸을 찾기까지 하루 종일 미술관에서 시간을 보내야 할 수도 있겠지만.

그제야 헬렌은 관자놀이 뒤에서 찌르는 듯한 통증을 느꼈다. 어제 저녁부터 헬렌을 괴롭히던 것이었다. 헬렌은 눈을 감고 손으로 얼굴을 쓸어내렸다. 눈을 뜨면 보스턴의 아파트에서 깨어나기를, 이 모든 것이 악몽이기를. 하지만 눈을 떴을 때 헬렌은 여전히 벤틀리에 앉아 있었고, 창밖으로는 폴란드의 옥수수 밭이 보였다.

"아버지와 따님이 나중에라도 우리에게 이 모든 걸 설명해줬으면 좋겠네요." 파트리크가 헬렌을 안심시키려 했지만 효과는 없었다.

갑자기 헬렌은 피로를 느꼈다. 휴대폰에는 새 문자도, 전화도 오지 않았다. 헬렌은 지친 몸을 움직여 머리 받침대 위에 기댔다. 파트리크도 자세를 편하게 고쳐 앉았다. 헬렌은 파트리크에게서 몸을 돌려 앉으며 생각했다.

매들린은 대체 파벨 바이시를 만나 무엇을 하려 한 것일까? 두 사람이 서로를 안다는 것 자체가 당황스러운 일이었다. 매들린은 최근 병원에서 생활 중이라 누군가를 새로 알게 될 기회가 없었다. 한편 자신과 딸의 관계도 생각했다. 두 사람의 사이는 계속 멀어지고 있었다. 마음이 아파왔다. 이미 오래전부터 헬렌은 딸이 하는 모든 일을 알 수는 없다는 걸 느끼고 있었다. 매들린을 병원에 맡긴 일은 엄마의 자격을 내려놓은 것과 마찬가지였다. 매들린이라고 그런 생각을 하지 말란 법은 없었다.

아이러니하게도 헬렌은 매들린과 가까이 지내기 시작하면서부터 외로움을 느꼈다. 어머니의 임종 이후, 헬렌은 매들린을 돌보기 위해 연구소의 일을 시간제로 돌리고 딸과 함께 자신의 아파트에서 오후 시간을 보냈다. 이전과 비교할 수 없을 정도로 모녀는 많은 시간을 함께 보냈다. 하지만 헬렌은 지금껏 두 사람이 서먹한 이유가 자신 때문임을 인지하지 못했다. 솔직히 말해 헬렌은 연구실이 그리웠다. 매들린이 사춘기여서, 갑작스럽게 좁아진 엄마와의 간격을 일종의 부담으로 느껴서 그랬을지도 모른다. 어쨌거나 이 시기 모녀의 사이에는 싸움이 끊이질 않았다. 그리고 대책을 강구하기도 전에 매들린은 이미 살을 빼고 있었다.

헐렁해진 멜빵을 보며 헬렌은 매들린이 자라면서 일시적으로 살이 빠졌으리라고 넘겨버렸다. 매들린이 화장실에서 문을 잠그고 오래 나오지 않을 때도, 십 대여서 그럴 거라고 생각했다. 헬렌은 매들린의 곁을 지켰지만 사실은 매들린에게서 매우 멀리 떨어져 있었다. 그 무엇도, 그 누구도 매들린이 발병하는 것을 막지 못했다. 그러다 매들린은 학교를 마치고 집으로 돌아오지 않기 시작하더니 이내 집에 얼굴을 비치지도 않고 친구들과 시간을 보내게 됐다. 헬렌은 버려진 듯한 느낌이었다. 프로젝트 팀장을 맡아 풀타임 근무를 소화할지, 아니면 퇴사할지 결정해야 한다고 인사과에서 연락이 왔을 때 헬렌은 내심 기뻤다. 헬렌은 양심의 가책 없이 연구소로 돌아갔다. 매들린에게는 더 이상 자신이 필요하지 않다고 굳게 믿었던 것이다. 당시를 떠올리자 헬렌의 심장에 다시 통증이 느껴졌다.

헬렌은 시선을 돌려 파트리크를 몰래 바라보았다.

파트리크는 눈을 감은 채 의자에 기대어 있었다. 귀여운 얼굴이었다. 매끈한 뺨과 도톰한 입술, 곱슬머리 몇 가닥. 어린아이 같은 모습이었다. 아버지를 잃어버린 어린 소년. 어쩐지 안심되는 생각이었다. 순간 헬렌은 이 세상 사람 모두가 어린아이였으면 좋겠다고 생각했다. 책임감도 없고, 무거운 걱정거리도 없는 어린아이들. 선와 악 너머에 있는. 하지만 순간 '악'이라는 생각에 헬렌은 무언가 끔찍한 것을 상상하기라도 한 듯 화들짝 놀랐다. 관자놀이 뒤의 통증이 다시 참을 수 없을 정도로 심해졌다.

41. 런던

밀너는 자신이 마치 모든 보안 검색대를 통과해 바이시 바이러스 사옥으로 침투하는 데 성공한 바이러스처럼 느껴졌다. 바이시 바이러스 본사는 런던 윔블던의 어느 인적이 드문 곳에 자리하고 있었다. FBI 본부에서 빠져 나온 밀너는 서둘러 공항으로 이동했고, 마지막 비행기를 타고 런던에 도착했다. 다섯 시간의 시차 때문에 런던에 도착했을 때는 아직 동이 트지 않은 새벽이었다. 자신의 운전 실력을 과신한 밀너는 영국의 좌측통행을 무시하고 공항에서 렌터카를 빌려 곧장 바이시 바이러스 본사를 찾았다. 소망은 이루어지지 않는다는 걸 증명이라도 하듯, 우주선을 연상시키는 현대적인 건물일 거라는 예측과 달리 밀너를 기다리고 있는 건 네모난 잿빛 시멘트 건물이었다. 높이도 2층 버스 정도에 불과했다. 그저 여러 대의 카메라와 금고처럼 보이는 출입문만이 밀너가 제대로 찾아왔음을 확인해 줄 뿐이었다.

초인종이 어디에 있는지 찾는 사이 갑자기 진동 소리가 들리더니 문이 바깥으로 열렸다. 밀너는 가까스로 몸을 움직여 문과의 충돌을 피했다. 이번에도 밀너의 예측은 빗나갔다. 로비에는 안내 데스크도, 사무실도 없었다. 잿빛 시멘트 바닥과 아무것도 칠해지지 않은 벽만이 밀너를 기다리고 있었고, 출입구에서 2미터 정도 떨어진 거리에 보안 검색대가 보였다. 공항에 있는 것과 비슷한 형태였다. 섣불리 몸의 대화를 나누지 않는 편이 좋을 것 같아 보이는 유니폼 입은 남자 네 명이 기다리고 있었다. 밀너를 둘러싸더니 경계하는 눈빛으로 응시했다. 밀너가 이곳을 방문하는 최초의 사람이라도 되는 듯한 눈빛이었다.

5분 전, 네 명 중 가장 작지만 가장 탄탄한 몸을 가진 한 경비 요원이 밀너의 신분증을 가지고 옆방으로 사라졌다. 마침내 자리로 돌아온 남자는 진지한 얼굴로 챈들러 씨가 기다리고 있다고 알렸다. 밀너는 내심 걱정이 되기 시작했다.

정어리 통조림 속 같은 이곳에서 대체 자신을 어떻게, 어떤 공간에서 맞이한단 말인가. 그때 뒤에 있던 엘리베이터 문이 열렸다. 밀너는 엘리베이터를 타고 무려 20미터 아래로 내려갔다. 바이시 바이러스의 사무실은 지하 공간에 자리 잡고 있었다. 외관이 허술해 보였던 이유를 밀너는 이제야 이해할 수 있었다.

엘리베이터 문이 열리자, 경비원이 다가와 밀너를 긴 복도로 안내했다. 창문이 단 하나도 없는 공간을 지나며 밀너는 하드 디스크로 꽉 찬 책장을 발견했다. 열심히 돌아가는 엔진의 과열된 냄새가 공기를 뒤덮고 있었다. 몇 미터 간격으로는 유리문이 설치되어 있었고 경비원은 출입 카드를 이용해 문을 열었다. 두 사람의 뒤로 문이 닫히는 소리가 들렸다.

두 사람은 'M. C.'라고만 쓰인 사무실 문 앞에 섰다. 마이클 챈들러일 거라고 밀너는 생각했다. 방 안으로 들어서자 아직 스무 살도 넘지 않았을 법한 키 큰 소년이 밀너에게 악수를 청해왔다. 느슨하고, 땀에 젖은 손이었다. 밀너는 몰래 손에 묻은 마이클 챈들러의 땀을 정장에 닦아내며 작은 사무실 공간을 둘러보았다.

여러 개의 모니터가 설치된 책상은 이전에도 본 적이 있었다. 최근 FBI 본부에서도 기본으로 구비하고 있는 설비들이었다. 하지만 이곳에 있는 모니터만 해도 최소 열두 개는 되는 것 같았다. 책상은 벽을 향하고 있었고, 벽에는 대부분 모니터가 고정되어 있었다. 모니터에는 저마다 긴 수열이나 단어 그리고 밀너가 생전 처음 보는 기호가 떠 있었다. 밀너는 아마도 프로그램 언어일 거라고 생각했다.

"유감스럽게도 앉으실 만한 자리가 없네요, 밀너 씨. 여기 지하에는 손님을 들이지 못하게 되어 있어서요. 하지만 원하신다면 제 책상에 앉으셔도 됩니다."

챈들러는 책상 위에 있던 빈 커피 잔들과 커다란 피자 박스를 옆으로 치우고는 밀너가 앉을 만한 공간을 만들어냈다.

"에너지 드링크 하나 드실래요?" 챈들러가 문 옆에 있는 작은 냉장고를 열며 물었다. 밀너의 답을 듣지도 않은 채 챈들러는 냉장고에서 드링크 하나를 꺼내 밀너에게 던지곤 자신도 하나를 따 크게 한 모금 넘겼다. 그리고는 이내 엔터프라이즈호의 지휘석을 떠올리게 하는 책상 의자를 향해 걸어갔다. 자리에 앉아 의자 등받이에 몸을 기댄 챈들러는 기대에 찬 눈빛으로 밀너를 바라보았다.

창백한 여드름투성이 얼굴. 대충 왁스를 발라 정돈해놓은 머리카락은 누가 봐도 십 대처럼 보이는 모습이었다. 마이클 챈들러의 입술은 얇았다. 인도 출신일 거라고, 밀너는 생각했다.

"이렇게 이른 새벽 시간을 내주셔서 감사합니다." 밀너가 말을 꺼냈다.

"어차피 요 며칠 밤낮 가리지 않고 일하고 있어서요." 챈들러가 대답하며 책상 의자를 가리켰다. "이게 제 침대라고 할 수 있죠."

"제가 왜 여기에 왔는지 알고 계신가요?"

마이클 챈들러가 고개를 끄덕이며 대답했다. "웨스한테 대략적인 설명은 들었어요."

웨스가 사전에 정보를 전달한 모양이었다. 그렇군. FBI 국장을 이름으로 부르는 사람이었다. 밀너는 두 사람이 어떤 관계일지 생각해봤다. 밀너는 몸에서 최대한 먼 곳에 음료수 캔을 가져가 조심스럽게 뚜껑을 땄다. 예상대로 음료는 넘쳐흘렀고, 밀너는 급히 음료를 흡입했다. "최신 바이러스 때문이죠. 컴퓨터 바이러스." 밀너가 말을 꺼냈다.

"모나리자 바이러스 말씀이시죠." 챈들러가 말을 하더니 작게 트림했다.

"뭐라고요?" 밀너가 이해할 수 없다는 듯 물었다.

"우리는 그걸 그렇게 불러요. 모나리자 바이러스라고."

"거기에 벌써 이름이 있는 줄은 몰랐네요."

"인간은 모든 것에 이름을 붙여요. 허리케인 카트리나, 린다 감자, 핼리 혜성, 그래니 스미스라는 사과 이름도 있고. 이름이 없으면 감탄할 수도, 두려워할 수도, 싸울 수도 없지요. 그래서 이 괴물 바이러스를 우리는 모나리자 바이러스라고 불러요."

밀너가 이마를 찌푸리며 물었다. "모나리자요? 왜죠?"

"레오나르도 다빈치의 그림에서 따온 거죠. 모나리자라는 단어는 아름다움을 상징하잖아요. 황금비율을 보여주는 대표적 그림이고요."

막 한 모금을 넘기려던 찰나였다. 밀너는 움찔했다. 불과 며칠 새 또 황금비율에 대한 이야기를 듣고 있었다. 브라질의 양봉업자에게서 들은 얘기의 반복이었다.

챈들러는 밀너를 보며 단숨에 캔을 비웠다. 그러고는 캔을 찌그러뜨리더니 휴지통인 듯한 통을 향해 던졌다. 그 안에는 비슷한 깡통이 최소 열 개는 더 있는 것 같았다. 하지만 깡통은 가장자리를 맞아 튕겨 나갔고 덜거덕거리는 소리와 함께 바닥으로 떨어졌다. "황금비율에 대해 아는 게 있으신가 봐요?" 챈들러가 물었다.

"특정한 비율이라고……."

챈들러는 인상 깊은 듯 입술을 모으며 대답했다. "맞아요. 사람들이 완벽하다고 생각하는 비율이죠. 우리가 아름답다고 생각하는 얼굴은 대부분 다 황금비율을 지니고 있어요. 그리고 모나리자 바이러스는 바로 그 황금비율을 공격하는 바이러스고요. 황금비율을 깨뜨리는."

"얼굴을 공격한다고요?"

"비율을요. 바이러스는 컴퓨터와 인터넷상에 있는 모든 그림이 황금비율에 가까울 경우 그걸 찾아 뒤틀어놔요. 모델들의 사진도 마찬가지고요. 바이러스에 감염되면 그 순간 모델들은 모두 괴물이 되어버리죠." 챈들러가 몸을 앞으로 기울여 키보드 자판 하나를 눌렀다. 벽에 있던 모니터 하나에서 소파에 앉은 젊은 여자들의 사진이 나타났다. 챈들러가 한 번 더 키보드 자판을 누르자 순간 여자들의 얼굴은 괴물로 변했다. 밀너는 충격에 숨을 쉴 수가 없었다. 챈들러는 여러 여자와 남자의 사진으로 같은 과정을 몇 차례 더 반복했다.

"바이러스에 감염되면 컴퓨터에 저장된 모든 사진이 이렇게 바뀌어요. 절대 원래 모습으로 복원할 수 없게끔 되어 있죠. 인터넷도 마찬가지예요. 현재 감염률로 볼 때 우리 인간들은 곧 좀비가 될 겁니다. 최소한 컴퓨터와 인터넷상으로는요."

갑자기 밀너는 흥미를 느꼈다. 단 한 번도 잘생겨본 적 없는, 특히나 사진을 찍는 것은 더더욱 좋아하지 않는 밀너였다.

챈들러가 말을 이었다. "우스워 보일지는 몰라도 이건 엄청난 사건이에요. 사진의 힘은 엄청나죠. 어쩌면 이 세상에서 가장 강력한 도구일지도 몰라요. '천 마디 말보다 한 번 보는 게 낫다'는 말, 아시죠?"

밀너는 고개를 끄덕였다. 버락이 보내준, 난도질당한 미녀들의 사진이 떠올랐다.

"현대 미디어도 마찬가지예요, 밀너 씨. 사진 없는 기사는 더 이상 상상도 할 수 없죠. 광고를 할 때도, 선전을 할 때도 마찬가지예요. 우리는 메시지와 감정을 전달하기 위해 사진을 사용하죠. 소셜 미디어

네트워크는 사진으로 생존해요. 사진이 세상을 지배한다고도 볼 수 있죠. 제 생각이지만요."

단 한 번도 밀너는 그런 생각을 해본 적이 없었다. 하지만 분명 일리가 있는 말이었다.

"개인 컴퓨터에 저장된 사진 데이터에만 적용되는 게 아니에요. 기업 서버나 출판사 서버도 공격을 당하죠. 현재 상황으로 보자면 곧 평범한 얼굴을 가진 컴퓨터나 미디어는 하나도 없을 거예요. 허튼 소리처럼 들리겠지만 오늘날에는 모든 것이 디지털로 이루어지니까요. 심지어 영화 데이터도 건드리죠. 말했듯이, 우리 모두를 디지털 좀비로 만들려는 거예요."

밀너는 챈들러의 말에서 심각성을 느끼며 고개를 끄덕였다. "「워싱턴포스트」에서 봤어요."

"「워싱턴포스트」도 우리에게 연락을 해왔어요." 챈들러가 말했다. "「워싱턴포스트」를 비롯한 일부 매체들이 현재 인쇄를 중단한 상태예요. 온라인판도 마찬가지고요. 「워싱턴포스트」는 현재 최소한의 수량만 인쇄해놨어요. 전체 IT 시스템이 감염되기 전의 부수들만요. 하지만 새로운 IT 시스템이 바이러스의 공격을 당하지 않으리라고 장담할수는 없어요. 오늘 아침에 새로 알아낸 것만 해도……." 챈들러가 의자를 돌리더니 책상에서 무언가를 집어 들었다. "바이러스는 이미 카메라도 공격하고 있어요. 여기 이 카메라는 인터넷 연결이 가능하거든요. 이걸 통해 알아냈죠."

"배후에 누가 있는지는 알 수 없나요?"

챈들러가 고개를 저었다. "전혀 몰라요. 하지만 범인은 분명 천재일 겁니다. 컴퓨터 바이러스에 대해 정말 잘 아는 사람일 뿐 아니라,

바이러스 백신 프로그램의 원리도 꿰뚫고 있는 사람이에요. 모나리자 바이러스는 우리가 아직 발견하지 못한 약점만을 노려 공격하고 있고, 심지어 우리의 분석 소프트웨어까지 공격하고 있어요. 가장 이상한 부분이죠."

"뭐가요?"

"엄청난 규모의 장난처럼 보이거든요. 지난 몇 년간 다른 슈퍼 바이러스들이 노린 것을 보면 주로 군사 시설이나 특정 국가의 컴퓨터였어요. 반면 모나리자 바이러스는 훨씬 전문적이에요. 단순히 장난을 쳤다고 하기에는 너무 완벽하고요. 우리가 알지 못하는 무언가가 배후에 있는 것이 분명해요."

바로 그거였다. 이 젊은 애송이를 힘들게 하는 점도 바로 그것일 거라고, 밀너는 생각했다. 아마도 마이클 챈들러는 언제나 이 분야의 최고로 인정을 받아왔을 것이다. 열세 살의 나이로 최초의 소프트웨어 회사를 창립했고, 엘리트 대학교에 최연소로 입학해 명성을 얻었다. 그런 그가 누군가가 개발한 바이러스 때문에 한계에 부딪치고 있었다. 일그러진 얼굴과 괴물의 형상으로. 아무래도 바이러스 백신 개발은 전쟁터인 것 같았다. 오직 한 사람만이 승리할 수 있는 경쟁 사회.

"아까 괴물 바이러스라고 했었죠? 어떤 부분 때문에 괴물이라고 하는 건가요?" 밀너가 물었다.

"정확히 말하자면 이건 바이러스가 아니에요. 기술적인 측면에서 보자면……."

"기술적인 세부사항에 대한 설명은 안 하셔도 됩니다. 이 바이러스가 노리고 있는 게 무엇인지, 내게는 그게 중요해요."

"컴퓨터 바이러스는 생물학적 바이러스와 똑같아요. 결과적으로 모든 바이러스의 목적은 하나죠. 자기 복제."

"자기 복제요?"

"가능한 한 많이 복제하는 거예요. 자기 복제보다 더 빠른 성장 방법은 없어요. 2, 4, 6, 18, 32……."

"원자탄도 그렇잖아요. 폭발하면서 분열하니까." 밀너가 대답했다.

"정확해요. 그런데 바이러스는 나쁜 의도를 가지고 있다는 게 더 큰 문제죠. 바이러스는 모방자예요. 고유의 복제 시스템을 가지고 있는 게 아니라, 이미 존재하는 것을 변형해 복제하는 거예요. 모든 정상 세포는 분열의 도구로 사용되고, 바이러스는 그것을 점유해 자신의 정보를 집어넣죠. 그러면 세포는 바이러스를 위해 일을 하게 되고요. 컴퓨터 바이러스도 마찬가지예요."

"그렇다면 이 모나리자 바이러스는 다른 바이러스들에 비해 더 치명적인 건가요?"

"그야말로 최악입니다. 바이러스는 생물을 감염시켜요."

밀너가 이해할 수 없다는 듯한 시선을 보내자 챈들러가 즉각 설명을 덧붙였다.

"이 바이러스는 컴퓨터의 스타트 코드를 감염시켜요. 컴퓨터의 운영 시스템과 상관없이요. 매우 드문 현상이죠. 그래서 다른 운영 시스템을 설치하는 것만으로는 해결이 안 돼요. 모나리자 바이러스에 감염된 컴퓨터를 치료하려고 해봤는데, 오히려 우리의 분석 소프트웨어를 공격하더군요. 그중에서도 최악인 건 특정 암호를 통해 컴퓨터를 인터넷에 연결시켜 컨트롤 서버에 접속시킨다는 거예요. 인터넷 연결이 해제됐을 경우에는 심지어 스스로 인터넷 접속을 시도하죠. 그리고 고주파의 음성 신호를 통해 근처에 있는 다른 컴퓨터들과 데이터

패키지를 교환해요. 컴퓨터에서 마이크와 스피커를 분리하니까 그제야 데이터 교환이 멈추더군요. 이전에는 본 적도, 상상한 적도 못했던 바이러스죠." 밀너는 마이클 챈들러가 모나리자 바이러스를 걱정하면서도 동시에 경이롭게 여기고 있다는 것을 알 수 있었다.

"모나리자 바이러스에 대항할 수 있는 무언가를 찾을 수는 있겠죠?"

"물론 찾아야죠. 완벽한 소프트웨어는 없어요. 모나리자 바이러스도 마찬가지고요. 그리고 바이시 바이러스는 업계 최고고요." 하지만 밀너는 마이클 챈들러의 말을 쉽게 신뢰할 수 없었다.

"하지만 아직까지는 아무런 대안도 없잖아요?"

챈들러가 입술을 깨물었다. "다소 시간이 걸릴 순 있겠죠. 말했듯이 모나리자 바이러스는 상당히 여러 가지 트릭을 쓰고 있거든요."

밀너는 생각에 잠긴 채 벽에 걸린 모니터를 응시했다. 여전히 괴물 같은 형상의 한 남자가 보였다. "벌은 뭔가요?" 밀너가 물었다.

"또 한 가지 의아한 점이에요. 모나리자 바이러스는 작은 벌의 그림을 흔적으로 남겨요. 변질된 사진에 워터마크나 3D 그래픽 형태로 남기죠. 이유는 우리도 몰라요."

"방문 흔적이겠죠." 밀너가 말했다. "연쇄 살인범들이 그렇듯이요. 그런데 왜 하필이면 벌 문양을 쓰는지 아나요?"

챈들러가 어깨를 으쓱했다.

대화 중에 밀너의 머릿속을 스친 생각이 있었다. "범인이 바이시 바이러스의 백신 프로그램도 꿰뚫고 있는 것 같다고 했죠? 혹시 의심 가는 직원은 없어요?"

"말도 안 돼요! 나를 제외하고는 이런 걸 프로그래밍 할 수 있는 사

202

람이 아무도 없는 걸요."

"그럼 당신이 만든 건가요?"

순간 마이클 챈들러는 굳은 얼굴로 입을 벌린 채 밀너를 응시했다. 그러다 이내 정신을 차렸는지 미소를 지으며 말했다. "하마터면 넘어 갈 뻔했네요. 진담인 줄 알았잖아요."

"진담입니다." 밀너가 대답하며 캔 음료를 한 모금 넘긴 다음 자리 에서 일어났다.

"만일 제가 이런 바이러스를 개발한다면, 돈을 벌기 위해서겠죠. 사 진을 변형할 목적으로 개발하진 않을 겁니다."

잠시 챈들러를 바라보던 밀너는 이내 의심 대상에서 챈들러의 이름 을 지웠다. 모나리자 바이러스 개발자에 대해 챈들러가 보인 경외심 은 연기가 아니었다. "당신을 믿어요." 밀너가 말했다. "바이시 씨는 어떻게 된 건가요?"

"무슨 일이 있나요?" 챈들러가 당황한 듯 밀너를 바라보았다.

"실종됐어요."

"모르겠습니다. 어쨌거나 회사에서 손을 뗀 지는 상당히 오래됐으 니까요. 아들과 다투고, 헬리콥터 사고가 난 후로 회사에는 모습을 보 이지 않았어요. 이 회사는 지금 파트리크 바이시의 소유고요. 파트리 크 바이시는 아주 가끔씩만 회사를 들여다볼 뿐이죠."

"아들과의 다툼이 있었다고요?"

챈들러는 아무것도 아니라는 듯한 손짓과 함께 대답했다. "벌써 오 래전 얘기예요. 파벨 바이시는 회사에서 손을 잘 떼지 못했어요. 아들 은 준비가 되어 있었지만, 정작 파벨은 아들에게 회사를 넘기지 않았 죠. 이 다툼 때문에 회사는 몇 달간 마비가 됐고요. 결국 파벨 바이시의 헬리콥터 사고로 모든 문제가 해결됐죠."

"헬리콥터 사고에 대해 알고 있는 게 있어요?" 밀너는 자신의 뇌에 포스트잇을 붙이며 물었다.

챈들러가 어깨를 다시 으쓱했다. "자세히는 몰라요. 신문에 난 내용이 제가 아는 전부예요. 사고 이후 파벨 바이시는 더 이상 예전의 파벨 바이시가 아니었어요. 단 한 번도 사고에 대해 말한 적도 없고요. 스키 여행을 갔다가 일어난 사고였어요. 아들과 화해하기 위해 함께 떠난 여행이었죠."

밀너는 포스트잇을 또 하나 붙였다. "그렇다면 파벨 바이시는 그 모나리자 뭐시기? 그런 걸 개발할 수 있나요?" 밀너는 자신이 바이러스를 '뭐시기'라고 부른 것이 행여 비꼬는 말처럼 들릴 수도 있겠다고 생각했다.

밀너의 질문에 마이클 챈들러는 당황한 듯 한동안 말을 잇지 못했다. "할 수 있어요!" 챈들러가 말했다. "하지만 그럴 이유가 있을까요?" 챈들러와 밀너는 한동안 서로를 응시했다. 챈들러도 이내 자리에서 일어났다.

"어딜 가면 파벨 바이시를 만날 수 있을까요?"

"파벨과 연락을 안 한 지가 벌써 몇 달이에요. 혹시 모르니 아들에게 물어보세요." 챈들러는 메모지에 무언가를 적고는 그것을 밀너에게 건넸다. "아들 휴대폰 번호예요."

밀너는 감사의 인사로 고개를 끄덕이며 메모지를 챙겼다. "새로운 정보가 생기면 제게 연락 주세요." 밀너가 챈들러에게 명함을 건네자 챈들러는 그것을 주의 깊게 들여다보았다.

"그런데 누구를, 아니 무엇을 좇으시는 건가요?" 마이클 챈들러가 도발하는 듯한 눈빛으로 밀너에게 묻더니 답을 듣지 않고 말을 이어 갔다. "모나리자 바이러스만이 문제가 아니죠? FBI 내부에도 IT 쪽으로 뛰어난 사람들이 많다고 알고 있어요. 그런데 당신은 컴퓨터 바이러스에 대해서는 전혀 모르는 사람이고요. 결국 다른 사건과도 관련이 있다는 소린데, 무슨 일이죠?"

밀너는 챈들러의 공격적인 눈빛에 침묵으로 일관했다. 밀너는 빈 캔을 손에서 찌그러뜨린 뒤 여전히 챈들러에게 시선을 고정한 채 책상 옆에 있던 휴지통을 향해 캔을 던졌다. 골인.

"아름다운 얼굴을 일그러뜨리는 것. 사진 속에 있는 얼굴만이 아니라 실제 사람의 얼굴을 그렇게 하는 누군가가 있어요. 그 피해자가 어제 아카풀코 근처의 어느 국도에서 발견됐고요. 미스 캘리포니아."

밀너는 휴대폰을 꺼내 미스 캘리포니아의 사진을 챈들러에게 보여 줬다.

챈들러는 구역질이 나는 듯 얼굴을 찡그렸다. "멕시코에서 납치됐다는 미인대회 후보자 중 한 명인가요?" 챈들러가 물었다. 밀너가 놀란 듯한 표정을 짓자 챈들러는 덧붙였다. "요 며칠 어딜 가도 온통 그 소식뿐이던데요!"

"이렇게 된 여자가 벌써 두 명이에요. 후보자 중 한 명은 그 전에 발견됐고요."

"미친 짓이에요!" 챈들러가 충격에 휩싸여 외쳤다.

"누구의 소행인지는 모르지만 어쨌거나 다른 여자들도 그 사람의 손아귀에 있어요."

"우리가 할 수 있는 방법으로 도울게요. 누가 이 바이러스를 개발했는지, 혹은 어디에서 만들어진 건지 정보를 알게 되면 즉시 연락하겠습니다."

밀너가 고개를 끄덕이며 감사를 표했다. "그럼 일단 여기서 좀 나가게 해줄래요?" 밀너가 문을 가리키며 말했다.

챈들러가 수화기를 들어 버튼을 누르더니 다시 내려놓았다. "정말 저 위의 지상 세계는 끔찍한 것 같네요." 마이클 챈들러가 말하며 모니터를 바라보았다.

그 순간 문을 두드리는 소리가 나더니 밀너를 지하로 안내했던 방금 전의 경호원이 안을 들여다보았다.

잠시 뒤, 밀너는 보안 검색대를 지나 런던의 아침 안개 속으로 나섰다. 주차해놓은 차를 바라보며 밀너는 챈들러의 마지막 말을 떠올렸다. 이상하게 자꾸 생각나는 말이었다. 무언가가 분명 잘못되고 있었다. 도로로 발을 내딛자, 탑차 하나가 지나가며 클랙슨을 울렸다. 젠장 할 좌측통행 같으니라고. 밀너는 욕을 하며 운전기사가 백미러로 자신의 가운데손가락을 볼 수 있기를 바랐다.

42. 피렌체, 1500년경

『신성한 비례』를 집필하는 동안 나는 두문불출했다. 그사이 살라이는 회복되었지만 불길이 그의 모든 것을 파괴해버린 것만 같았다. 화상으로 인해 추하게 변해버린 살라이의 얼굴만 이야기하는 것이 아니다. 화상으로 인한 고통과 잃어버린 아름다움에 대한 상실감, 나날이 더해가는 우울증이 그를 갉아먹고 있다. 더욱 우려스러운 것은 살라이가 내뱉는 말들이었다. 그는 로 스트라니에로를 향한 일종의 망상에 사로잡힌 것 같다.

오늘 낮에 살라이가 찾아와 레오나르도의 아틀리에에 온 여자들에 관한 이야기를 꺼냈다. 살라이는 말했다. 하나같이 여자들, 그것도 모두 젊은 여자들뿐이라고. 아틀리에로 들어가는 여자들은 겁에 질려 있었고, 몇몇은 눈물을 흘렸다고 했다. 직접 가서 한번 보라고, 살라이는 나를 부추겼다.

"보나 마나 초상화를 그리는거겠지. 그것 말고 다른 게 뭐 있겠나?"

내 말에 살라이는 묘한 웃음을 흘리며 자신이 본 것과 보지 않은 것이 무엇인지 안다고 말했다. 또 그는 매우 진지한 눈빛으로 잃어버린 영혼에 대해 이야기했다. 나는 즉시 레오나르도를 만나고 싶었지만 그럴 수 없었다. 로 스트라니에로도 마찬가지였다. 하인들은 두 사람이 늦은 밤까지 아틀리에에 틀어박혀 지낸다고 전했다. 어쩌면 그들을 만나지 못한 것이 다행일지도 모른다는 생각이 든다. 나는 신의 비율에 관한 글을 쓰고 있다. 지금 내 손은 나의 것이 아니다. 내 손은 어떤 절대적인 힘에 의해 움직이고 있다.

내가 더 이상 아틀리에에서 벌어지는 일에 관심을 갖지 않자 살라이가 소리쳤다.

"꺼져버려요!"

불이 삼킨 얼굴이 더욱 추하게 일그러졌다. 그러고는 미친 사람처럼 웃음을 터뜨리면서 아마도 그 일을 하게 될 것이라고 소리쳤다.

나는 그가 아무것도 하지 않기를 바란다. 누군가가 악마로 변하길 원하는 사람은 없다. 신은 알 것이다.

43. 마드리드

헬렌을 붙잡는 사람은 없었다. 바이시 저택에서 경찰을 피해 가까스로 도망을 나온 이후 헬렌은 공항에서 체포될 거라고 생각했다. 하지만 아무 일도 일어나지 않았다. 두 사람은 문제없이 VIP 전용 보안 검색대를 통과했다. 활주로에는 이미 두 사람이 탑승할 리어제트기가 준비되어 있었다. 보스턴에서 바르샤바로 올 때 이용했던 것과 같은 제트기였다. 스튜어드가 비상약으로 구비된 두통약을 헬렌에게 건넸고, 덕분에 헬렌은 짧은 시간이나마 비행기에서 잠을 청할 수 있었다. 하지만 이내 헬렌은 깜짝 놀라 꿈에서 깨었다. 매들린이 꿈속에서 두 팔을 벌린 채 자신을 향해 달려오고 있었다. 하지만 가까이 올수록 딸의 얼굴은 다른 사람의 것으로 변해갔고, 이윽고 품에 안을 수 있을 정도로 가까이 왔을 때 헬렌의 눈앞에 있는 것은 매들린이 아니라 모나리자의 얼굴이었다.

꿈이 의미하는 바를 알아내려 골똘히 생각에 잠겨 있는 사이 비행기가 착륙했다. 30분 뒤, 두 사람은 비행장에서 빌린 또 한 대의 고급 승용차를 타고 도심으로 향했다.

비행 중에 파트리크와 헬렌은 많은 대화를 하지 않았다. 헬렌은 지난 며칠간의 일들로 너무 지쳐 있는 상태였고, 매들린에 대한 걱정은 어느새 산처럼 커져 심장 깊숙한 곳을 갉아먹고 있었다. 휴대폰 소리가 헬렌의 생각을 끊었다. 파트리크의 휴대폰으로 걸려온 전화였다.

"누구세요?" 파트리크가 휴대폰에 대고 소리쳤다. 흥분한 것 같았다. "제 번호를 어디에서 알게 되셨죠?" 파트리크는 의자의 가죽이 뜨겁기라도 한 것처럼 몸을 움직이며 안절부절못했다. "바이시 바이러스를 방문했다고요?" 파트리크는 무언가가 우려되는 듯 이마를 찌푸렸다.

"바르샤바입니다. 지금 바르샤바에 있어요. 아버지 집에요." 거짓말이었다.

헬렌은 고개를 옆으로 기울여 통화 내용에 귀를 기울였다.

"아니요. 아직 찾지 못했어요. 아버지를 찾으러 폴란드로 왔고요." 파트리크는 멈추지 않고 말을 이어갔다. 화가 난 것 같았다. "그런 컴퓨터 바이러스에 대해서는 아는 바가 없습니다. 회사에 안 간 지가 벌써 몇 주나 됐어요."

헬렌의 심장 박동이 빨라지기 시작했다. 수열이 입력된 바이시 저택 지하의 모니터가 떠올랐다. 여전히 파트리크는 통화 상대에게 거짓을 말하고 있었다. 하지만 상대방이 뭐라고 하는지는 헬렌의 귀에 들리지 않았다.

"이보세요. 나는 당신을 도울 수 없습니다. 아버지의 실종 문제만으로도 머리가 아파요. 차라리 이쪽으로······." 이번에는 상대방의 인내심이 한계에 이른 모양이었다. 메탈 소리 같은 것이 휴대폰을 통해 흘러나왔다. 파트리크는 피곤한 듯 창밖을 내다보며 말했다. "벌이라고요? 모르겠습니다. 벌에 대해서는 아는 게 없어요."

헬렌은 메스꺼워졌다. 지하 벽에 붙어 있던 벌의 그림이 떠올랐다.

"그러죠. 번호가 입력되어 있으니까요, 밀너 씨. 그럼 이만." 파트리크는 휴대폰을 귀에서 떼고는 깊은 한숨을 내쉬었다. 그러더니 갑자기 헬렌을 바라보았다. 무언가 들킨 것 같은 느낌이었다. 마치 열쇠 구멍을 통해 훔쳐보던 사람이 갑자기 문을 연 것처럼 말이다.

"누구예요?" 헬렌이 물었다.

"밀너라는 남자예요. FBI라고 하네요."

"FBI요?" 헬렌은 더욱 더 불안해졌다. 대체 무슨 상황인 걸까? "왜 거짓말했어요?"

"휴대폰은 꺼두는 게 좋겠어. 위치를 알아낼 수도 있으니까." 운전을 하던 랄프가 두 사람의 대화에 끼어들었다.

파트리크는 헬렌의 질문에 답을 하기 전에 먼저 랄프가 시키는 대로 휴대폰을 껐다. "경찰은 우리를 노리고 있어요. 잊었어요? 아버지의 집으로 쳐들어왔잖아요. 지금 우리가 믿을 사람은 아무도 없어요."

"어쩌면 FBI가 우리를 도와줄 수도 있잖아요. 어쨌거나 우리가 잘못한 게 있는 것도 아니고요."

파트리크는 세차게 고개를 저으며 앞 유리창을 통해 바깥을 가리켰다. "저기 앞에 기둥 있는 건물, 보여요? 프라도 미술관이에요. 어쩌면 따님도 이곳에 있을지 몰라요. 우리와 아주 가까운 곳에요."

파트리크의 말에 헬렌은 비행기에서 꾸었던 꿈을 다시 떠올렸다. 하지만 이내 생각을 떨쳐버렸다.

"경찰에 연락했다가 따님을 놓치게 된다면요? 그 위험을 감수하면서까지 연락할 필요가 있을까요? FBI인지, 누구인지 그 사람들에게 눈에 띌 필요가 있을까요? 그럴 경우 그들은 우리를 심문한답시고 일주일 내내 붙잡아두겠죠." 파트리크는 어두운 표정으로 헬렌을 바라보았다. 파트리크의 목소리를 들을 때마다 보이던 캐러멜 빛의 갈색은 어느새 완전히 사라지고 없었다. 대신 헬렌의 눈앞에는 피처럼 검붉은 용암의 형상이 떠올랐다.

"호텔은 멀지 않아요. 일단 체크인을 하고 곧장 미술관으로 가는 게 어때요? 그러면 개관 시간에 딱 맞춰 도착할 거예요."

헬렌은 고개를 끄덕이며 계속해서 창밖을 통해 매들린의 얼굴을 찾았다.

"당신이 비행기에서 잠을 청하는 사이 프라도 미술관에 연락을 해놨어요. 프라도 미술관에서 온 편지를 아버지 서재에서 본 게 기억이 났거든요. 관장의 휴대폰 번호도요. 호세 프란치스코 알그레라는 사람이고, 전화상으로 매우 친절했어요. 실제로 아버지를 잘 알고 있었고요. 지난 몇 년간 프라도 미술관에서 작품을 구입했거든요. 당신의 이름도 알더군요. 실험 모형도요."

"정말이에요?" 헬렌은 깜짝 놀라면서도 내심 기뻤다. 프라도 미술관과는 아직 함께 일해본 적이 없었다. 이 분야에서의 자신의 위신이 이 정도까지 이른 것이라면, 더더욱 좋은 일일 것이다.

"그 모형을 한번 보여줄 수 있느냐고 묻던데요. 그래서 제 마음대로 그러겠다고 했어요."

"글쎄요……." 관장과 일 이야기를 하는 것이 헬렌으로서는 영 내키지 않았다. 평소 같았다면 두 사람의 만남을 위해 할 수 있는 모든 일을 다 했을 것이다. 하지만 오늘은 그럴 기분이 아니었다. 어쨌거나 매들린을 찾기 위해 이곳에 왔기 때문이다.

"무슨 생각하는지 알아요. 하지만 그분이 따님과 아버지를 찾는 데 도움이 될지 또 누가 알아요? 그 큰 미술관에서 언제, 어떻게 따님과 아버지를 만날 수 있을지 우리로서는 알 수도 없고요. 분명 우리를 도와줄 수 있는 사람일 거예요. CCTV 화면을 보게 해준다거나 보안 검색대의 직원에게 두 사람의 사진을 주고 도움을 받을 수도 있고요."

맞는 말 같았다. "그렇다면 좋아요." 헬렌이 한발 양보했다. 헬렌은 자신의 휴대폰을 바라봤다. 여전히 새로운 소식은 없었다. 호텔에 도착하면 헬렌은 한 번 더 병원에 전화를 걸어 새로운 소식이 없는지 물을 생각이었다. 그사이 교통체증이 발생한 모양이었다. 관광객들을 내려주기 위해 관광버스가 멈춘 탓이었다. 갑자기 헬렌이 멈칫했다. 아시아인들로 구성된 무리 가운데 한 남자가 헬렌에게 손짓을 한 것 같아서였다. 검은 정장, 행커치프, 넥타이, 반짝이는 갈색 구두 차림에 긴 곱슬머리를 한 남자는 관광객들 사이에서 단번에 눈에 띄었다. 한 손에는 특이하게도 양 머리 모양의 은색 손잡이가 달린 지팡이를 들고 있었다. 반대편 손으로는 헬렌에게 손짓으로 인사를 하고 있었다.

헬렌은 파트리크의 소매를 잡아당기며 말했다. "저기 좀 봐요. 저기 저 쪽에 정장 입은 사람이요! 버스 옆에!" 파트리크의 시선은 관광객 무리를 가리키는 헬렌의 손가락을 따라갔다. 하지만 남자는 어느새 땅으로 꺼지기라도 한 듯 사라지고 없었다. 헬렌은 주변을 돌아봤지만 그 어디에서도 그의 모습은 찾아볼 수 없었다.

"어떤 남자 말이에요?" 깜짝 놀란 파트리크가 물었다.

"이상해요. 갑자기 사라졌어요." 헬렌은 손을 내리며 천천히 의자 등받이에 몸을 기댔다. 차가 다시 속도를 내기 시작했다. 중앙에 거대한 분수가 있는 로터리 뒤로 거대한 흰색 건물이 솟아 있었고, 지붕에는 호텔이라는 안내판이 붙어 있었다.

헬렌은 어깨 너머로 한 번 더 시선을 던졌다. 하지만 정장 차림의 남자는 그 어디에서도 찾아볼 수 없었다. 환각 증세라도 있는 것일까? 신경학자로서 헬렌은 그것이 의미하는 바를 너무나도 잘 알고 있었다.

두 사람은 잠시 차를 멈추고 식당에서 요기를 했다. 매들린은 악취가 심한 여자화장실에서 감자튀김과 기름진 햄버거를 모두 게워냈다. 브라이언은 식당 옆에 있던 작은 매장에서 휴대폰을 살 수 있는지 알아봤지만 불가능하다고 했다.

두 사람은 계속해서 이동을 했다. 주유를 하거나 화장실에 들를 목적이 아닌 이상 멈추지 않았다. 엄마의 휴대폰 번호를 외우지 못한 탓에 매들린은 잠시 들른 주유소의 공중전화로 보스턴 연구소에 전화를 걸었지만 전화를 받는 사람은 없었다.

장시간 운전을 한 탓인지 브라이언은 밤을 꼬박 지새운 사람처럼 피곤해 보였다. 매들린은 쉬었다 가자며 브라이언을 설득했지만 브라이언은 도망이라도 치는 사람인 양 이동을 고집했다. 사실 어떤 의미에서 두 사람은 도주자이기도 했다. 어쨌거나 다른 사람의 소유인 자동차를 타고, 청소년들을 위한 전문 병원에서 도망쳐 나왔으니까.

별다른 문제없이 멕시코 국경을 넘어갔을 때에야 매들린은 비로소 안심했다. 몇 킬로미터를 더 가는 동안 매들린은 잠시 잠이 들었다가 자동차의 낡은 엔진 소리가 그치고 주변이 고요해진 것을 느끼며 잠에서 깨어났다. 바깥에는 어느새 어둠이 드리워 있었다.

"다 왔어?" 매들린이 잠에서 덜 깬 목소리로 물으며 자리에서 기지개를 켰다. 이불 대신 재킷을 덮고 있었는데도 추위가 느껴졌다.

"쉿!" 브라이언이 매들린에게 경고했다. 매들린은 어리둥절해하며 몸을 일으켜 세웠고, 어둠 속에서 무언가를 보려고 애를 썼다. 하지만 전조등 조명 속에서 보이는 거라고는 자갈뿐이었다. 브라이언은 미동도 없이 운전석에 앉아 있었고, 잔뜩 긴장하고 있는 것처럼 보였다. 금방이라도 무슨 일이 일어날 것을 예상하고 있는 사람 같았다.

"뭔데⋯⋯." 매들린이 말을 꺼냈지만 브라이언은 이번에도 크게 "쉿!" 하며 매들린의 말을 막았다. 브라이언의 목소리와 행동이 갑자기 낯설게 느껴졌다.

공포가 매들린을 사로잡았다. 매들린의 눈은 여전히 어둠에 익숙해지기 위해 노력하는 중이었다. 주변은 매우 고요했고, 들리는 것이라고는 브라이언의 숨소리뿐이었다. 브라이언은 이상하다 싶을 만큼 가쁜 호흡을 내쉬고 있었다. 그때 전조등 끝에서 매들린은 무언가를 발견했다.

"브라이언⋯⋯." 매들린이 조용히 말을 꺼낸 찰나 갑자기 차문이 열렸다. 매들린은 자신을 붙잡는 여러 개의 손을 느꼈다. 팔뚝, 허벅다리, 손 하나는 매들린의 배에, 또 한 손은 매들린의 목에. "브라이언!" 매들린은 소리를 질렀다. 하지만 매들린은 알 수 없는 손들에 이끌려 차에서 질질 끌려나갔고, 그런 매들린의 눈에는 여전히 미동 없이 자리에 앉아 있는 브라이언의 모습이 보였다. 매들린을 쳐다보지 않은 채로, 두 손으로 핸들을 쥔 채로 앉아 있었다.

매들린은 한 번 더 소리를 질렀지만 갑자기 거대한 손 하나가 나타나 입을 막았고, 숨까지 막힐 정도로 세게 압박했다. 누군가가 매들린을 납치하고 있었다. 자동차는 저기 뒤 어딘가 어둠 속에 버려진 채로.

매들린의 귀에 누군가의 음흉한 웃음소리가 들렸다. 알코올 냄새도 났다. 매들린은 발버둥 쳤고, 다리 하나가 풀려났다가 무언가 부드러운 것에 부딪쳤고, 신음 소리를 들었다. 웃음소리가 더 커지는가 싶더니, 이번에는 분노에 찬 욕설이 뒤따랐다. 무언가가 매들린의 코를 가격했고 날카로운 통증이 매들린의 머리를 찔렀다. 입술 위로 따뜻하고 축축한 것이 흘러내렸다. 쇠 맛이 났다. 남자들은 스페인어로 싸우고 있었다. 갑자기 몸에서 힘이 빠지더니 팔다리가 말을 듣지 않았다. 무중력 상태로 매들린은 공중에 둥둥 떠 있었다. 매들린의 눈물이 피와 섞여 흘러내렸다. 엄마! 소리를 내어 부른 것일까? 알 수 없었다. 지금처럼 엄마를 그리워한 적은 처음이었다.

45. 런던

"이야, 아주 멋진 휴가네!" 버락은 수화기 너머로 대놓고 웃고 있었다. "재미있기도 하겠다. 나한테 전화가 왔으니까, 그 다음은 너야. 지난번에 컬럼비아 매춘, 그건 뭐야? 네 호텔 방에 있던 그 흰색 가루는 뭐고?"

버락의 웃음이 잠시 멈췄다. "유머도 모르는 놈 같으니라고!"

이번에는 밀너가 미소지었다. "그래서 나한테 줄 거 있어, 없어?"

"너랑 통화하고 나서 바로 휴대폰을 껐어. 그래서 위치 추적은 못했어."

"그 전까지는 어디였는데?"

"마드리드. 스페인에 있었어."

"바르샤바가 아니라?"

"어제까지는 바르샤바에 있었지. 하지만 너랑 통화할 때는 아니었어. 그때 그 친구는 마드리드에 있었어."

"그러면 거짓말을 한 거네! 그럴 줄 알았어!" 밀너가 의기양양하게 말했다. "가능한 모든 정보를 다 뒤져서 보내줘. 거짓말을 했다는 건 뭔가 숨길 게 있다는 뜻이니까."

"아버지가 납치를 당해서 그런 거 아니야? 납치범들이 경찰에 연락을 하지 말라고 했다거나." 버락이 생각에 잠겨 말했다.

"그럴 수도 있지. 하지만 그런 경우라면 더더욱 알아야 해. 마드리드에 있는 투숙객 리스트와 호텔을 전부 확인해줘. 마드리에 혼자 간 건지 알고 싶어."

"알겠습니다, 팀장님. 그렇게 하지요." 버락이 비꼬는 말투로 대답했다.

"그리고 바르샤바 경찰에 연락해서 파벨 바이시나 그 아들에 대해 아는 게 있는지도 물어봐."

"그 또한 분부대로 하지요, 팀장님. 바르샤바 정도면 여기 멕시코에서 아주 가까우니까요."

밀너가 미소 지었다. "그쪽 상황은 좀 어때?"

"할로윈 같아. 아무것도 못하고 마냥 앉아서 다음번에는 또 어떤 여자가 괴물 얼굴을 하고 우리 앞에 나타날지 기다리고 있으니. 사실 오늘 아침에 여자 한 명이 더 나타났어. 미스 알래스카야. 장난이 갈수록 심해지는 것 같아." 버락이 진지하게 말했다.

"사진 좀 보내줄래?" 밀너가 부탁했다.

"물론이지요. 이 미친 천재 놈아."

"고마워. 나는 마드리드로 가는 비행기 티켓을 좀 알아봐야겠어. 내 생전에 이렇게 마일리지를 많이 쌓으면서 여행을 한 적이 또 있었던가 싶네." 전화를 끊은 밀너는 템스 강에서부터 올라오는 차가운 공기를 들이마셨다. 밀너는 강가 벤치에 앉아 위엄 있는 모습으로 서 있는 타워브릿지를 바라봤다. 여전히 이른 시간이었다. 바이시 바이러스를 방문한 뒤 밀너는 생각할 시간이 조금 필요했다. 갑자기 강가에 차를 멈춰 세운 것도 그 때문이었다. 휴대폰으로 밀너는 바이시 바이러스 방문 결과를 보고서로 작성해 켈러에게 보냈다. 이어 차 한 잔을 사서 주변을 둘러싸고 있는 고요를 누렸다. 짙은 검은색의 강물이 주는 평온함도 잠시, 배를 드러낸 톱에 분홍색 이어폰을 낀 여자 하나가 조깅을 하며 밀너 앞을 지나갔다. 아침부터 피곤에 찌든 얼굴이었다. 대체 어떻게 하면 이 이른 아침에 침대에서 나올 수 있는 건지, 대체 무슨 생각으로 이 쌀쌀한 가을 공기 속에서 조깅을 하고 있는 건지 밀너는 자문했다. 여자의 뒤로 조깅을 하는 다른 사람들의 모습이 보였다. 행복에 겨워 조깅을 하는 사람은 단 한 명도 없는 것 같았다. 격렬한 조깅이 엔도르핀을 만든다고는 하지만 말이다. 심지어 중독이 될 수도 있고.

아름다운 얼굴을 향한 광기. 아름다운 몸매를 향한 광기. 피트니스에 대한 광기. 최근 멕시코 납치 사건 이후 밀너는 이 모든 것들을 이전과는 다른 시각으로 바라보고 있었다. 아름다움이란 얼마나 허무한 것인가. 밀너 자신은 훤칠한 남자가 아니었다. 하지만 단 한 번도 그 현실을 바꾸려 한 적은 없었다. 어깨는 너무 넓었고, 뼈는 과도할 정도로 굵직하고 무거웠다. 코는 청소년 시절, 길거리에서 싸우다 몇 번이나 부러졌지만 딱히 수술로 세우려고 한 적도 없었다. 피부에는 십대 시절 생긴 여드름 자국이 그대로 남아 있었고, 여기에 최근 사고로 생긴 흉터는 안 그래도 못생긴 밀너의 얼굴에 그리 도움이 되진 않았다. "너는 특별해." 전에 사귀던 애인은 밀너에게 그렇게 말을 했다. 성관계 후, 꿈꾸는 듯한 표정으로 밀너의 얼굴을 쓰다듬으며. 거기까지였다. 한 여자에게 들을 수 있는 최고의 칭찬은. 하지만 밀너는 자신을 좋은 사람으로 여겼다. 최소한 FBI가 될 수 있을 만한 이해력과 판단력을 가진 사람이다. 선을 믿는 믿음 또한 밀너의 장점이었다. 거기에 바디빌더 부럽지 않은 몸과 마스크를 쓴 것 같은 얼굴까지 가지고 있었으니 FBI로서는 그야말로 적격이지 않겠는가.

강가에 산책하는 사람들이 어느새 자취를 감추었다. 밀너는 외로움을 사랑했다. 밀너는 머리를 들어 구름이 걸린 하늘을 바라보았다.

고요함을 깨뜨린 건 밀너의 휴대폰 벨소리였다.

"또 뭐냐, 이놈아?" 밀너가 거친 말투로 물었다.

"친절하게도 받네요." 켈러였다.

깜짝 놀란 밀너는 종이컵을 쓰러뜨렸고, 차가 쏟아지며 밀너의 바지를 적셨다. "젠장! 빌어먹을!" 밀너는 욕을 내뱉자마자 즉각 켈러에게 사과를 했다. "죄송합니다. 그러니까, 국장님한테 한 말이 아닙니다. 아직 안 주무셨어요? 거기 지금 시간이……."

"당연히 아직 깨 있죠. 방금 당신이 보낸 바이시 바이러스 방문 보고서를 읽었어요. 그리고 또 한 여자가 나타났고……."

"저도 들었습니다, 국장님." 밀너가 켈러의 말을 끊고 대답했다.

"이런 젠장!" 켈러는 화가 난 듯했다. "혹시 이탈리아 소식도 들었어요? 누군가가 오래된 벽화 하나를 망가뜨렸어요. 산으로요. 레오나르도 다빈치 그림. 최후의 만찬. 이탈리아의 산타마리아 델레 그라치에에 있는 거라던데. 교회나 수도원인 것 같아요. 어쨌거나 이탈리아에서 가장 유명한 그림 중에 하나고. 지금 이탈리아는 난리가 났어요."

"사건 현장에서 또 벌이 발견된 건가요?" 밀너가 물었다.

"정확해요. 스티커가 정확히 그 자리, 그러니까 원래 예수가 있던 바로 그 자리에 붙어 있었어요."

밀너는 귀와 어깨 사이에 휴대폰을 끼우고 손수건으로 바지 주변을 닦았다. "그러니까 장난치는 게 맞는 것 같군요."

"웃지 않을게요." 켈러가 대답했다. "며칠 전에는 라이프치히에서, 독일에 있는 도시인데, 시청사 성탑이 폭파됐어요. 이 사건도 연장선 상에 있는 것 같고. 시청사 문에서 벌 스티커가 발견됐거든요. 처음에는 아무도 몰랐지만."

"정신 나갔네요." 밀너가 충격에 빠져 대답했다. 사건의 규모가 생각보다 훨씬 더 컸다.

"두 가지 사건과 관련한 모든 정보를 휴대폰으로 보낼게요. 곧 상황이 좋아질 거예요. 이 사건에 여러 팀을 붙였거든요. 플로렌스가 압력을 넣고 있어요."

플로렌스의 이름을 듣자마자 밀너는 분노가 치밀어 올랐다. "제가 이곳에서 뭘 하고 있는지 모르겠습니다. 저도 팀의 일원인가요, 아닌가요."

"브라질에서 벌어진 일은 당신 혼자 한 겁니다." 켈러가 반박했다.

"그리고 저는 그 대가를 치렀죠. 3주 동안이나 의식 불명 상태로 누워 있었고, 이제 쇠로 된 턱을 갖게 됐어요. 그리고 징계 처분을 받았고요."

"왜인지 한번 생각해보세요. 내가 당신을 책임진 이유를. 그러니 소외되기라도 한 양 굴지 말아요."

"알겠습니다." 밀너는 화가 났다. 적어도 바보는 아니었다. 켈러에게 경솔하게 굴어서 좋을 일은 없었다.

"아이스하키를 할 줄 아나요, 밀너?"

"야구를 더 좋아합니다."

"아이스하키에서 가장 중요한 사람이 누구죠?"

"모르겠습니다. 골리 아닌가요?"

"정확히 맞췄어요, 밀너. 골리예요. 골대를 안전하게 지키죠. 골키퍼 없이는 아무것도 안 돼요. 그렇다면 우리 두 사람이 누구인지도 알고 있겠죠?"

"뭔지 알 것 같습니다." 엎질러진 차를 머금은 바지가 밀너의 다리에 들러붙었다.

"우리 두 사람은 골리예요. 전체를, 우리 앞에 있는 경기장 전체를 보고 있죠. 그리고 우리는 위험한 상황을 대비해 존재하는 사람들이에요. 혹시 아이스하키 경기 도중 뒤지고 있는데 시간이 별로 남지 않았을 경우 어떻게 하는지도 아나요?"

"골리를 빼죠."

"맞아요. 경기장에서 뛰는 선수의 수를 늘리기 위해서죠. 하지만 그렇다고 해도 골리는 팀의 일부예요. 원래 가장 중요한 사람이니까. 그냥 잠깐만 벤치에 앉아 있으면 돼요. 그리고 동점이 되면 다시 들어와 경기를 이기면 되고. 당신의 경우도 마찬가지예요, 밀너. 당신을 다시 경기에 투입할 수 있는 시점이 언제인지 한번 지켜봅시다. 그렇게 되면 당신은 공식적으로 활동하게 될 거예요. 플로렌스의 축복을 받으면서."

플로렌스의 축복이라. 밀너는 생각했다. 플로렌스가 뭘 하건 밀너는 개의치 않았다. 켈러의 골리 비유도 그랬다. "무슨 말인지 알겠습니다, 국장님. 그렇다면 저는 다시 경기에 투입되기 위해 노력해야겠네요. 마드리드로 가죠."

"마드리드? 거기는 왜?"

"제 생각에는 실종된 파벨 바이시나 그의 아들인 파트리크 바이시가 컴퓨터 바이러스와 연관이 있는 것 같습니다. 현재로서는 가장 확실한 증거입니다. 두 사람을 위치 추적할 수 있을까요?"

"그렇게 하죠. 연락할게요. 새로운 정보가 있으면 전달해줘요." 통화가 끝났다.

밀너는 천천히 자리에서 일어나 구겨진 바지를 펴고는 느린 걸음으로 차가 있는 곳으로 향했다. 라이프치히 시청사라. 이탈리아의 벽화, 멕시코의 미녀들, 얼굴을 일그러뜨리는 컴퓨터 바이러스, 전 세계적으로 발생하고 있는 벌떼의 죽음. 밀너는 휴대폰을 들여다보았다. 아직 켈러에게 온 메시지는 없었다. 모든 것을 연결하는 고리는 벌 하나뿐이다. 무언가, 파악하지 못하는 것이 더 있는 게 분명하다. 그리고 밀너는 희미하게나마 그것이 무엇인지 알 것 같았다.

주차해놓은 렌터카에 도착할 즈음, 휴대폰 진동이 울렸다. 독일과 이탈리아에서 발생한 사건에 대해 켈러가 보낸 정보였다. 두 번째 단락을 읽기 시작하는데 통증이 느껴졌다. 밀너는 휴대용 약통을 꺼냈다. 걱정이 됐다. 이제 남은 약은 세 알이 전부였다. 밀너는 세 알을 한꺼번에 입에 털어 넣은 다음 한 모금 정도 남은 차와 함께 넘겨버렸다. 그리고는 열린 창문 사이로 약통과 종이컵을 던졌다. 한동안 눈을 감은 채 머리 받침대에 기대어 있던 밀너는 천천히 이동을 시작했다.

한 손으로는 핸들을, 한 손으로는 휴대폰을 잡고 있었다. 마드리드로 가기 전 성형외과 의사와 반드시 이야기를 나눠봐야 할 것 같았다.

46. 피렌체, 1500년경

살라이의 말은 사실이었다. 레오나르도의 아틀리에에서는 분명 무슨 일인가가 벌어지고 있다. 시간이 지날수록 아틀리에를 찾는 여자들이 늘어나고 있다. 어떤 여자들은 쫓겨나고, 어떤 여자들은 남는다. 나는 레오나르도와 로 스트라니에로가 도대체 무엇을 하려는 것인지 알 수가 없다. 며칠 전 내가 물었을 때 레오나르도는 그림을 그린다고 짧게 대답했을 뿐이다.

살라이의 집념은 대단했다. 어젯밤에 나는 지독한 냄새 때문에 잠에서 깨었다. 냄새의 원인을 찾아 밖으로 나갔다가 마당에서 그림자를 발견했다. 나는 곧바로 그 그림자가 살라이의 것임을 알아차렸다. 살라이는 레오나르도의 아틀리에로 향하고 있었다. 나는 그가 눈치채지 못하게끔 살금살금 뒤를 따랐다. 살라이가 나쁜 짓을 저지르지 못하도록 막기 위해서였다. 아틀리에로 다가갈수록 냄새가 더욱 짙어져 숨을 쉬기 힘들 지경이었다.

그런데 놀랍게도 내가 목격한 것은 살라이가 그림을 그리는 모습이었다. 벽에 난 옹이구멍을 통해 나는 캔버스 앞에 앉은 살라이를 지켜보았다. 대단히 집중한 채 부지런히 붓을 놀리고 있었다. 무엇을 그리는지는 알 수 없었지만 나는 안도했다. 혹시라도 그림을 그리며 살라이가 이성을 되찾게 될지도 모를 일이었다. 그나저나 이 지독한 냄새의 정체는 무엇이란 말인가?

그 일이 전염병이거나 마법 같은 것이 아니기를 바란다. 레오나르도와 로 스트라니에로의 그림 모델이었던 한 여자가 오늘 벌거벗은 채 도심에서 체포되었다고 한다. 여자는 반쯤 정신이 나간 상태에서 알아들을 수 없는 소리를 지껄였다고 했다. 프란체스코 수도원에서 나온 수도사들이 여자를 옮길 때까지도 여자는 같은 소리를 되풀이했다. 그 가운데 알아들을 수 있는 말은 딱 한 구절이었다. 누군가 자신을 쫓고 있다는……. 도대체 레오나르도의 아틀리에에서는 무슨 일이 벌어지고 있는가.

신의 비율을 주제로 한 나의 집필 작업은 문제없이 진행되고 있다. 내가 책을 완성한다면 로 스트라니에로는 매우 기뻐할 것이다.

신의 비율을 정복할 시간이 다가오고 있다. 준비를 해야 한다.

47. 마드리드

"제가 들까요?" 파트리크가 자리에서 일어나 헬렌이 멘 커다란 숄더백을 가리켰다. 헬렌의 검은색 나일론 가방은 가로와 세로가 각각 80센티미터, 60센티미터 정도 되는 거대한 크기로, 우체부들의 배달용 가방만 했다.

"괜찮아요!" 헬렌은 단호하면서도 상냥하게 대답했다. 숄더백 안에 있는 모형은 깨지기 쉬운 플렉시 유리로 되어 있어 접을 수가 없었다. 가방은 헬렌이 상당한 사비를 들여 보스턴에 있는 유태인 출신의 가방 제조업자에게 주문해 특수 제작한 것이었다. 하지만 모형의 무게는 매우 가벼웠고 그래서 보기와 달리 도움이 필요하지도 않았다. 헬렌이 개발한 기술은 플렉시 유리 조각과 거대한 삼각형을 통해 그림의 기하학적 구조를 측정하고 그것을 입력하는 원리를 가지고 있었다. 그림의 구성, 특정 소실점, 대상 사이의 거리, 대상과 가장자리까지의 거리, 각도 등, 이 모든 것이 연구 대상이었고 그중에서도 대상의 특정 비율은 헬렌의 가장 큰 관심거리였다. 신의 비율이라고도 하는 황금비율을 보이는지 여부 말이다.

"걸어가는 건 어떨까요?" 파트리크가 물었다. 파트리크의 제안에 두 사람은 금 놋쇠로 장식된 호텔의 회전문을 통과해 나가는 중이었다. 헬렌은 랄프가 있을 것이라고 생각했고, 예상대로 호텔에서 몇 미터 떨어진 곳에 랄프가 있었다. 랄프는 적당한 거리를 두고 두 사람을 따라 걸었다. 보스턴은 북이탈리아와 위도가 같았다. 보스턴의 날씨는 대개 따뜻한 편이었지만 이곳 스페인은 그보다 조금 더 더웠다. 파트리크의 뒤를 따르며 헬렌은 잠시 고개를 들어 눈을 감고 태양의 따뜻한 온기를 즐겼다.

"생각해봤어요." 파트리크가 말했다. 두 사람은 차량 이동이 많은 넓은 도로를 따라 걷고 있었다. "아버지가 따님과 어떤 관계인지 알 것 같아요."

파트리크의 말에 헬렌은 호흡을 멈췄다. '관계'라는 말이 이토록 이상하게 들릴 수 있다니! 매들린은 아직도 어린 아이인데!

"아버지는 당신을 협박하려는 것 같아요."

헬렌이 걸음을 멈추고 물었다. "뭐라고요?" 믿을 수 없는 말이었다. 파트리크도 걸음을 멈췄다. 여전히 몇 미터 뒤에서 따라오다 마찬가지로 걸음을 멈춘 랄프도 헬렌의 시야에 들어왔다.

"아버지가 당신을 협박하려는 거 같다고요." 파트리크가 차분하게 자신의 말을 반복했다. 파트리크의 말을 듣자마자 헬렌의 눈앞에는 빨간색 번개가 운석처럼 스쳐지나갔다.

"나를 협박한다고요? 왜요? 무엇으로?"

"따님을 빌미로요. 그 이유는 곧 알게 되겠죠. 당신이 하는 일 그리고 아버지의 강박관념과 관계가 있을 것 같아요. 그렇다면 넓은 의미에서 아름다움과 관련된 일이겠죠."

헬렌은 파트리크를 향해 한 걸음 다가섰다. "말도 안 되는 소리예요. 당신의 아버지가 내게서 원하는 게 있다는 게. 나는 그냥 연구원이에요!"

"그게 아니라면 왜 아버지가 따님에게 관심을 보이겠어요? 우리 둘다 이 문제가 그런……. 그러니까, 뭐라고 해야 하지, 사랑 놀음 같은 게 아니라는 걸 알고 있잖아요. 그게 아니라면 대체 왜 당신의 이름과 몇 명 알지도 못하는 사적인 휴대폰 번호가 적혀 있었겠냐고요. 내 생각이 맞아요. 당신과 관련된 일 같아요. 얼마 전부터 확신하게 됐어요. 당신의 직업이 아름다움을 다루는 일이라는 건 결코 우연이 아닐 거예요. 아버지의 커다란 관심사죠. 아니, 광기라고 해야 하려나."

"하지만 바이시 씨가 나에게서 뭘 원한단 말이에요? 매들린을 데리고서 뭘 어쩌겠다는 거예요?"

"그건 아버지에게 직접 물어보는 게 좋지 않겠어요?"

헬렌은 파벨 바이시의 어마어마한 수집품들을 떠올렸다. 파트리크가 하는 말이 다 틀린 건 아닌 것 같았다.

"당신 아버지를 위해 내가 할 수 있는 일이 대체 뭔지, 나는 도통 모르겠어요. 내가 무슨 이유로 협박당해야 하는지도. 정말로 바이시 씨가 그렇다고 생각하는 거예요?"

"당신은 내 아버지를 몰라요. 아버지는 헬리콥터 사고 이후 정말 많이 변했어요." 두 사람의 옆으로 차가 지나갔다. 두 사람은 서로를 마주보고 섰다.

"우리가 자기를 찾고 있다는 걸 아버지가 몰라야 해요. 그래야 우리에게도 기회가 생겨요." 아마도 파트리크는 무언가 위로의 말을 하고 싶은 것 같았다. 하지만 매들린을 인질로 삼았을지도 모른다는 파트리크의 추측은 헬렌을 아무 말도 할 수 없게 만들어버렸다.

이후로 두 사람은 아무런 말없이 길을 걸었다. 스페인의 가을 태양 사이로 드러난 구름 몇 개가 유난히도 어둡고 위협적이었다.

두 사람이 도착했을 때 미술관은 막 문을 열고 있었다. 헬렌은 개장을 기다리는 관광객들 사이에서 매들린을 찾았지만 딸의 흔적은 어디에도 없었다. 두 사람은 미술관의 보안 검색대를 통과했고 묵직하게 걸음을 옮기는 엄한 눈빛의 경호원 하나가 두 사람을 관장의 사무실로 안내했다.

시니어 알레그레는 오십 대 후반의 매력적인 남자였다. 알레그레는 희끗희끗한 회색빛 머리카락에 풍성한 눈썹, 열정으로 가득한 어두운 색의 눈동자와 독특한 코를 하고 있었다. 알레그레는 격렬하게 헬렌을 맞이했다. 마치 헬렌을 만날 날만을 고대했던 사람처럼. 파트리크는 알레그레의 진심이 담긴 환영인사를 만족스러운 미소로 지켜봤다.

"두 분이 대화하고 계세요. 제가 모나리자 그림이 있는 곳에 가서 상황을 살필게요. 두 사람을 놓치는 일이 있으면 안 되니까요." 파트리크가 헬렌에게 속삭였다.

헬렌은 당황하여 파트리크를 바라보았다. "우리 같이 이 일에 대해 이야기하려던 거 아니었어요?" 헬렌이 조용히 대답했다.

"무슨 일인데요?" 시니어 알레그레가 궁금한 듯 파트리크와 헬렌을 번갈아가며 바라보았다. 알레그레는 완벽한 영어를 구사했다.

"모건 씨가 설명해드릴 겁니다!" 파트리크가 정중한 미소를 보내며 대답했다. "도움을 요청할 일이 있어서요. 허락하신다면 그사이 저는 잠시 미술관을 조금 둘러봐도 될까요? 여기 모나리자의 쌍둥이 그림이 있다고 들었는데 꼭 보고 싶군요!"

파트리크가 헬렌에게 한 쪽 눈을 찡긋하며 신호를 보냈다. 헬렌도 마음 같아서는 직접 파트리크와 동행해 매들린을 찾고 싶었다.

"당연하죠. 특별관이 있어요. 그곳을 강력 추천합니다!"

파트리크는 감사 인사를 남긴 채 방을 나섰고, 이내 헬렌과 알레그레는 사무실에 단둘이 남았다.

사무실에는 박물관만큼이나 오래된 듯한 낡은 책상이 놓여 있었고, 그 앞에는 마찬가지로 오래된 방문객용 의자 두 개가 있었다. 책장에는 책들이 가득했다. 헬렌은 자신이 알 만한 책을 찾았지만 대부분 낯설었다. 가장 눈에 띄는 것은 문 옆 벽 앞에 서 있는 고대 그리스식의 남자 토르소였다. 곧추 선 남자의 성기에는 우산이 걸려 있었다. 헬렌은 눈을 의심하며 몇 번이나 조각상을 바라보았다.

"마드리드에는 비가 안 올 거라고 생각하셨죠? 오해입니다." 시니어 알레그레가 생각에 잠겨 있던 헬렌에게 말을 걸었다. 장난스러운 알레그레의 미소에 헬렌은 비슷한 미소로 받아쳤다. "자, 어떻게 여기에 오게 되신 건가요?" 시니어 알레그레가 손님용 의자를 가리키며 본론으로 들어갔다. 알레그레도 자리를 잡고 앉았다.

"제 딸 매들린의 일 때문에 부탁을 드리려고 해요. 파트리크 바이시의 아버지 일이기도 하고요." 헬렌은 말을 하면서도 이 모든 일이 얼마나 어처구니없게 느껴질까를 자문했다. 무엇을, 어디서부터 털어놓는 게 좋을까. 어떻게 말을 해야 시니어 알레그레가 자신을 미친 여자로 여기지 않을 수 있을까. "며칠 전 제 딸이 사라졌어요. 그리고 파트리크 바이시 씨의 아버지도 실종되었고요. 저희는 바로 그 두 사람이 오늘 여기 미술관에 오리라는 생각에……." 헬렌이 잠시 말을 멈췄다. "그러니까 함께 올 거란 생각에 이곳을 찾았어요. 두 사람이 어디에서 만날 계획인지는 알고 있지만 언제 만날지는 몰라요."

예상대로 시니어 알레그레는 다소 놀란 눈으로 헬렌을 응시했다.

"아마도 두 사람은 여기에서 만나기로 약속을 한 것 같아요. 모나리자 그림 앞에서요."

시니어 알레그레가 이마를 찌푸렸다. 자신이 들은 내용을 곱씹고 있는 것 같았다. "그러니까, 프라도 미술관의 모나리자 앞에서 말이죠?" 알레그레가 부드럽게 물었다.

"네, 맞습니다." 헬렌은 자신이 말한 내용에 설명을 덧붙여야겠다는 느낌이 들었다. "우리는 아직 두 사람이 어떤 관계인지는 알아내지 못했어요. 생각해보세요. 제 딸은 이제 겨우 열여섯 살이고, 아시겠지만 파벨 바이시 씨는 이미 예순이 넘은…….."

시니어 알레그레는 헬렌을 이해한다는 듯한 눈빛을 보였다. 알레그레는 공감 능력이 뛰어난 사람 같아 보였다.

"제가 어떻게 도우면 될까요?" 알레그레가 물었다.

"이곳에서 두 사람을 기다리고 싶어요. 그리고 혹시 가능하다면 출입구를 지키는 직원과 이야기를 나누고 싶어요. 사진을 가지고 왔거든요. 혹시 제 딸이 미술관에 들어오면 사진으로 알아볼 수도 있으니까. 아니면 파벨 바이시 씨를 알아볼 수도 있고요. 파벨 바이시 씨는 눈에 띌 거예요. 왜냐하면 아무래도……." 헬렌은 적절한 표현을 찾기 위해 다시 한 번 머뭇거렸다.

"착각할 수 없을 테니까." 시니어 알레그레가 헬렌의 말을 대신 완성하며 덧붙였다. "당연히 도와드려야죠." 시니어 알레그레는 자리에서 일어나며 말했다. "그렇다면 지금 당장 모나리자를 보러 가죠. 바이시 씨도 이미 가 있으니까. 그러니까, 그 아드님 말이에요."

"이해해주셔서 진심으로 감사합니다." 헬렌이 알레그레를 따라 자리에서 일어났다.

"사실 저는 당신의 연구 모형에 대한 이야기를 들을 줄 알았어요. 관심이 있거든요." 시니어 알레그레가 가방을 가리키며 말했다. "그 가방 안에 들어 있나요?"

헬렌이 고개를 끄덕였다. "나중에 보여드릴게요. 지금으로서는 오늘 하루 종일 딸을 기다려야 할 것 같아서요."

"이쪽으로 오세요. 일단 모나리자가 있는 곳으로 안내해드리죠. 가방은 여기에 두셔도 돼요. 아마 여기가 스페인에서 가장 안전한 곳일 겁니다."

"아, 저는 가방이 제 눈앞에 없는 걸 그리 좋아하지 않아서요." 헬렌이 대답했다. "괜찮습니다. 보기보다 훨씬 가벼워요."

"원하신다면 그렇게 하세요." 시니어 알레그레가 자애롭게 어깨를 으쓱하며 대답하고는 사무실 문을 열었다. "우리 모나리자 보신 적 있으세요?" 관계자 전용 구역의 복도를 따라 나가는 동안 알레그레가 물었다.

"신문에서만 봤어요."

"이 그림은 1815년, 미술관 개관 당시부터 이곳에 있었어요. 하지만 수백 년 동안 단순히 모나리자의 복제판으로만 여겨졌죠. 나중에 플랑드르 학교에서 제자가 그린 복제작일 거라고요. 하지만 2012년에 루브르 박물관에서 레오나르도 다빈치 전시를 준비하는 과정에서 이 그림이 예상과 달리 참나무가 아니라, 호두나무 캔버스 위에 그린 거라는 분석이 나왔죠. 레오나르도의 작업실에서 사용된 것과 같은 나무였던 거예요."

그사이 두 사람은 전시장 입구에 이르렀다. 시니어 알레그레는 스캐너에 엄지손가락을 가져다 댔고, 이어 윙 하는 소리와 함께 빗장이 열렸다. 파벨 바이시의 저택에서 본 것과 같은 보안 시스템이었다. 그 문은 얼마나 쉽게 열렸던가.

"하지만 오리지널은 포플라 나무판에 그려졌는데요." 두 사람이 통과한 후 문이 닫혔고, 헬렌이 말을 이어갔다.

"잘 아시네요. 맞아요. 하지만 적외선 검사를 해보니, 우리가 갖고 있는 모나리자의 호두나무 판이 진짜 모나리자의 판과 나이가 같다는 결과가 나왔죠. 즉, 이곳에 있는 모나리자도 16세기 초에 그려진 거예요. 그 사실이 드러나면서 지금까지 이 그림이 플랑드르 학교에서 그려진 복제판이라고 잘못 알려졌다는 것도 알게 됐고요. 우리 모나리자는 진품이 그려졌던 당시에 그려졌을 가능성이 더 커요."

시니어 알레그레는 양 옆의 그림들을 쳐다도 보지 않은 채 빠른 걸음으로 걸어갔다. 헬렌은 전시된 그림들 사이에서 벨라스케스의 대작들을 몇 개 발견했다. 보통의 경우라면 몇 시간이고 쳐다보며 시간을 보냈을 그림들이었다. 하지만 오늘만큼은 전혀 관심이 가지 않았다.

"그리고 조콘다(La Gioconda, 모나리자의 모델로 알려진 부인을 가리킨다 - 옮긴이)의 머리를 둘러싸고 있는 검은 배경도 훨씬 더 많은 시간이 흐른 뒤인 1750년에 덧칠됐다는 걸 발견했어요. 그걸 지워보니 그 아래로 원래 배경이 나타났어요. 진품에 있는 배경과 똑같은 배경이었죠. 그러니까 우리 모나리자는 진품의 쌍둥이 복제판이었던 거예요." 시니어 알레그레는 다음 전시실로 가는 연결 통로 앞에 서서 헬렌을 향해 몸을 돌렸다. "우리는 의심의 여지없이 믿고 있어요. 우리 모나리자는 진품과 동시에 그려졌다고요. 대가와 제자가 나란히 앉아 같은 모티브를 놓고 그림을 그리는 일이 당시에는 이례적인 일이 아니었거든요. 우리 모나리자는 진품에 비해 붓놀림도 훨씬 촘촘하고 색도 더 선명해요. 인생이 종종 그런 것처럼요." 시니어 알레그레는 무슨 비밀이라도 알려주려는 양 헬렌에게 가까이 다가왔다. 헬렌은 본능적으로 한 걸음 뒤로 물러섰다. "모조품이 진품을 능가하는 일처럼 말이죠! 자, 이제 직접 보세요."

시니어 알레그레는 기대에 부푼 미소를 지으며 전시실로 들어섰고,

오른손을 뻗어 벽을 가리켰다. 두 개의 커다란 정판 사이로 화려한 금색 틀이 솟아 있었다. 위쪽에 있는 지붕과 양쪽에 있는 기둥 모양의 조각은 마치 고대 신전의 정문 같은 인상을 주었다. 헬렌은 주변을 살폈다. 전시실 중앙에 의자가 하나 있었지만 비어 있었다. 매들린의 모습은 보이지 않았다. 파트리크 바이시도 없었다.

헬렌은 손목시계로 시간을 확인했다. 아직은 이른 시간이었다. 매들린이 이미 왔다 갔을 리는 없다. 헬렌은 전시실의 반대편 출구를 바라보며 그곳에서 매들린이 갑자기 나타나는 모습을 상상했다. 소심한 눈빛으로 서 있다가 헬렌을 발견하자마자 기뻐할 모습을.

"여기, 보세요." 헬렌의 뒤에 있던 시니어 알레그레가 말했다. "그냥 모나리자의 복제본이 아니라, 쌍둥이 모나리자예요!"

헬렌은 매들린이 나타나는 모습을 상상했던 곳에서 힘겹게 시선을 돌려 그림을 바라보았다. 시니어 알레그레의 말은 거짓이 아니었다. 루브르 박물관에 있는 모나리자가 미세한 금이 촘촘한 망 형태를 이루고 있어 마치 막이 쌓인 것처럼 탁하다면 이곳의 모나리자는 선명한 색으로 빛나고 있었다. 헬렌은 숨을 멈춘 채 그림을 한 곳도 빼놓지 않고 자세히 관찰했다. 모나리자를 시적인 표현으로 묘사했던 조르조 바사리의 말이 이해되는 순간이었다. 루브르 박물관에서 할 연구를 준비하며 헬렌은 지난 주 레오나르도 다빈치의 모나리자에 대한 조르조 바사리의 책을 한 번 더 읽었었다.

피렌체 출신의 조르조 바사리가 보았던 것을 지금 헬렌도 보고 있었다. 그림 속 모나리자는 살아 있는 사람에게서만 느낄 수 있을 법한 눈빛과 촉촉함을 갖고 있었다. 눈썹은 한쪽은 풍성했고 다른 한쪽은 듬성듬성 미세한 구멍이 난 방향으로 자라 있었다. 콧구멍은 연하고 빨갰다. 살짝 벌어진 입과 미세하게 위로 올라간 입꼬리 그리고 빨간 입술은 얼굴빛과 조화를 이루고 있었고 목구멍은 자세히 보면 피가 치솟는 것까지도 보일 것만 같았다. 여기에 사람이 아니라 신이 그린 것 같은 사랑스러운 미소가 더해졌다. 조르조 바사리가 묘사한 바로 그 모습 그대로였다. 살아 있는 것처럼 보이기 때문에 이 작품은 기적이라고, 바사리는 말하고 있었다. 그림은 너무나도 아름다웠다.

순간 헬렌은 깜짝 놀라 뒤에 있는 시니어 알레그레를 바라보았다. 누군가가 속삭인 탓이었다. 하지만 알레그레는 팔을 교차시킨 채 헬렌의 옆에 서 있었고, 한 손으로는 턱을 괸 채로 넋을 놓고 그림을 감상하는 중이었다. 조금 더 멀리 떨어진 곳에는 나이 든 여자들이 무리 지어 서 있었고, 동유럽 언어로 대화를 나누고 있었다. 다음 전시실로 넘어가는 통로에서 헬렌은 고급 정장을 입은 한 남자를 발견했다. 막 전시실을 빠져나가는 중이었다. 헬렌에게 등을 지고 있는 남자는 양 머리 모양의 묵직한 은색 손잡이가 달린 지팡이를 짚고 있었다. 어디서 본 것 같다고 생각했지만 이내 그 생각은 머릿속에서 사라져버렸다. 헬렌은 가만히 고개를 저었다. 헬렌은 혼자였고, 옆에는 아무도 없었다. 잘못 들은 것이 분명했다. 하지만 헬렌이 다시 그림에 집중한 그 순간, 어디선가 속삭이는 소리가 들려왔다. 속삭이는 소리라기보다는 쉰 목소리에 가까웠다. 고개를 돌렸지만 이번에도 시니어 알레그레는 아까와 같은 자세로 멀찌감치 서 있을 뿐이었다.

헬렌의 시선을 느낀 시니어 알레그레는 미소를 지어 보였다. "정말 아름답죠?"

따라 미소를 지으며 고개를 끄덕인 헬렌은 다시 그림으로 시선을 돌렸다. 진품보다 훨씬 선명하게 보이는 그림의 배경을 보고 있자니 또다시 거친 숨소리가 들려왔다. 이번에는 매우 분명했다. 완전한 문장이었다. 헬렌의 착각이 아니라면, 분명 이탈리아어였다.

재빨리 한 걸음 뒤로 물러나 한 번 더 뒤를 돌아보았다. 아무것도 없었다. 동유럽 여자들 무리는 어느새 사라지고 없었다. 전시실 반대편에는 헤드폰을 쓰고 오디오 가이드를 듣고 있는 한 커플이 있었다. 순간 헬렌은 매들린과 비슷한 한 여자를 발견하고 기뻐했지만 금세 착각임을 깨달았다. 딸은 훨씬 더 마르고 키도 더 컸다. 게다가 그 속삭임이 커플의 소리라고 하기에는 너무 멀리 떨어져 있었다.

시니어 알레그레가 놀라 헬렌을 바라보았다. "괜찮으세요?"

"그게……. 아무것도 아니에요." 헬렌이 대답하며 그림을 가리켰다. "조금 더 가까이 가서 그림을 봐도 될까요?"

"물론이죠. 하지만 조심하세요. 너무 가까이 다가가면 경고음이 울리거든요."

헬렌은 크게 세 걸음을 내딛어 방문객과 그림의 간격을 유지하기 위한 차단 밴드 위로 몸을 기울였다. 가까이서 봐도 색은 촉촉했고, 반짝거렸다. 그때 또다시 소리가 들려왔다. "파르벤차(parvenza)." 헬렌은 정확하게 들었다. 헬렌은 몸을 더 크게 기울였다. 또 하나의 단어가 헬렌의 귀에 들려왔다. 그때 날카로운 소리가 들리며 헬렌을 깜짝 놀라게 했다.

48. 코유카 데 베니테즈

바닥은 점토로 되어 있었다. 단단한 점토. 매들린의 손톱 아래에도 축축하고 무거운 점토가 붙어 있었다. 남자들이 매들린을 가둬놓은 칸막이 방은 매우 작았다. 똑바로 서 있을 수는 있었지만 팔을 뻗으면 양손에 나무 벽이 닿았다. 수갑에서 해방됐다는 기쁨도 잠시였다. 매들린은 온 힘을 다해 문에 몸을 던졌다. 매들린이 입은 얇은 옷은 문의 충격을 전혀 흡수하지 못했고, 발가락은 부러지기라도 한 듯 통증이 느껴졌다. 문을 열기 위해 수차례 문에 몸을 날린 탓인지 어깨에도 감각이 없었다. 하지만 문은 단 1센티미터도 움직이지 않았다.

매들린은 거친 숨을 몰아쉬며 구석에 웅크리고 앉았다. 매들린의 눈은 어둠에 익숙해지기 위해 노력하고 있는 중이었다. 날이 추웠다. 추위에 떨던 매들린은 이내 바닥에서 담요 하나를 발견했다. 어둠 속에서 병 하나가 손에 닿았고, 안에는 무취의 내용물이 담겨 있었지만 마실 엄두가 나지 않았다. 남자들은 자동차 뒷좌석에 있던 매들린의 가방에서 원하는 것을 찾지 못한 모양인지 그것을 매들린에게 던져주고 사라졌다. 가방에는 이동 중에 마시다 남은 물이 있었다. 하지만 이제는 그 물마저 다 마셔버리고 없었다. 입이 바싹 마른 지는 오래였다. 옆에는 화장실의 용도로 둔 것 같은 통 하나가 있었다.

모든 것은 결코 우연이 아니었다. 남자들은 분명 매들린을 기다리고 있었다. 처음에 매들린이 브라이언의 이름을 소리쳐 불렀을 때는 도움을 청하기 위해서였지만 지금은 욕하기 위해 그의 이름을 경멸하듯 중얼대고 있었다. 아무것도 하지 않은 채, 남자들에게 끌려가는 매들린의 모습을 방관하던 브라이언의 모습은 영원히 잊지 못할 것이다. 브라이언이 이 일에 연루되었다는 것에는 의심의 여지가 없었다.

하지만 대체 왜였을까? 매들린은 몇 주 전에 본, 젊은 여자들을 상대로 성매매를 하는 내용의 영화를 떠올렸다. 하지만 구체적인 장면을 기억하지는 않으려고 노력했다. 그렇다면 혹시 돈 때문일까? 하지만 엄마는 부자가 아니다. 어쨌거나 이유는 곧 알게 될 것이다. 매들린은 이를 꽉 다물고 발가락을 만졌다. 어둠 속에서 보이는 것이라고는 없었지만 발가락이 파랗게 멍들어 부어올랐다는 것은 느낄 수 있었다.

위에서 꼬르륵 소리가 났다. 매들린은 팔을 어깨에 올린 뒤 팔꿈치 아래를 핥았다. 이 공간 안에 먹을 것이라고는 하나도 없었다. 유일하게 자신에게 도움이 되는 부분이었다. 어쨌거나 덕분에 살이 빠지기는 할 테니까.

49. 런던

L.A.에서 성형외과 전문의를 찾는 것은 사막에서 모래를 찾는 것만큼이나 쉽다. 전 세계 그 어느 도시보다 성형외과 전문의의 인구 밀도가 높은 곳이기 때문이다. 하지만 런던의 경우는 조금 달랐다. 게다가 이렇게 이른 시간이라면 더욱 그랬다. 밀너는 인터넷 검색으로 발견한 성형외과 몇 곳에 전화를 돌렸지만 연결은 10시가 넘어서야 이루어졌다.

한 시간 뒤, 밀너는 좌측통행 도로에서 생존했다는 자부심과 함께 그로스버너 가에 위치한 어느 병원의 주창으로 들어섰다. 외관상으로는 일성급 호텔 같은 곳이었다.

병원 문은 열려 있었고 접수대에서 금발머리 여자가 차가운 표정으로 밀너를 맞이했다. 이곳저곳 튜닝을 한 생김새로 미루어 짐작하건대, 아마도 이 병원 의사의 침대 파트너거나 마루타인 것 같았다. 저 정도의 가슴둘레를 갖게 해준 '의사 선생님'의 노력에 여자는 얼마나 경의를 표했을까. 여자의 큰 가슴을 보며 밀너는 생각했고, 여자를 향해 FBI 신분증을 흔들어 보였다.

전화로 FBI라는 사실을 밝히자마자 병원 의사는 즉각 방문을 허락했다. 입구에서 본 루퍼트 존스라는 이름의 이 전문의는 FBI라는 존재 앞에 양심의 가책을 느끼고 있는 것이 분명해 보였다. 그저 진행 중인 수사와 관련된 일이며, 전화상으로는 자세한 이야기를 하기가 어렵다고 말했을 뿐인데도 적극적으로 방문을 허락했다. 금발의 간호사는 엉덩이를 흔들며 밀너의 시선을 사로잡더니 이윽고 입구에서 방사선 모양으로 갈라지는 방들 가운데 한 곳으로 밀너를 안내했다. 부드럽게 노크를 하자 안에서 "네" 하는 답변이 들려왔고, 얼마 지나지 않아 밀너는 존스 박사를 만났다.

의사는 부드럽게 밀너의 손을 잡았다. 의사의 섬세한 손가락은 피아니스트의 손가락을 떠올리게 할 정도였다. 인위적이라는 생각이 들 정도로 새까만 머리카락에 상아로 만든 것처럼 새하얀 치아, 골프 선수들이 시샘할 것 같은 새하얀 피부의 남자였다. 여기에 의사는 흰 바지에 테두리에 컬러 포인트가 들어간 흰색 운동화를 신고 병원 로고가 박힌 흰색 폴로 셔츠를 입고 있었다.

이 병원을 세우기 위해 모르긴 몰라도 무성한 숲을 다 베어버렸을 거라고, 밀너는 생각했다. 의사는 당당한 척했지만 밀너는 아무래도 미심쩍었다. 탈세 문제에 연루된 것 같기도 하고, 어쩌면 불법 폰즈 모델에 참여하고 있을지도 모른다. 불법 마약 거래와 가까운 사람일지도 모르고. 혹시 건물 지하에 시체를 숨겨둔 건 아닐까.

"어떻게 오셨죠?" 의사가 문 근처에 있는 가죽 소파를 가리키며 걱정스러운 얼굴로 물었다. "운이 좋으시군요. 오늘 아침 일찍 수술이 있었는데 마침 취소됐거든요." 밀너와의 대화 시간을 줄이려는 보잘 것없는 시도였다. 밀너는 소파에 편히 자리를 잡았다. 의사가 앉을 수 있는 곳은 안락의자 밖에 없었다. 소파에서 나는 기분 좋은 가죽 냄새가 팔다리를 뻗고 한숨 자고 싶다는 기분을 불러일으켰다. 지난 며칠간 시차가 다른 국가들을 이동하면서 쌓인 피로가 상당했다.

"아주 심각한 문제가 있어서요." 밀너는 최대한 포커페이스를 유지하려고 애쓰며 의사를 응시했다.

사실 의사를 긴장하게 할 필요는 없었다. 몇 가지 전문적인 질문을 하고 그에 대한 답을 들으면 그만이었다. 하지만 밀너는 스스로도 성형수술에 대한 거부감을 갖고 있었다. 그러니 약간의 장난을 치는 것 정도는 괜찮을 것이다.

"밖에 마세라티가 세워져 있던데, 선생의 것입니까? 갈색 시트를 씌워놓은 올리브 그린색의 차 말이오."

주차를 하던 밀너의 눈에 띈 고급 스포츠카 이야기였다. 병원 이름이 알파벳으로 굵게 써져 있어 의사의 소유임을 쉽게 짐작할 수 있었다.

"네, 무슨 일 있나요?" 분명 의사는 자기 얼굴에도 보톡스를 주입한 것 같았다. 그럼에도 밀너는 팽팽한 의사의 얼굴에 걱정 주름이 잡히는 모습이 보이는 것 같았다.

"사업이 잘되시나 보네요." 밀너가 편안하게 몸을 뒤로 기대며 양팔을 팔걸이에 올려놓았다. 밀너의 팔꿈치가 가죽에 마찰되며 끼익, 하는 소리를 냈다.

"성형수술이 붐이니까요. 우리 병원만이 아니라 다른 곳도 다 잘되죠. 하지만 그걸 물어보시려고 이 이른 아침에 여기까지 오신 건 아닐 것 같은데요." 의사의 목소리에서는 긴장감과 분노가 함께 묻어났다.

"맞습니다." 밀너는 무릎 위에 팔을 올렸다. "미스 아메리카 선발대회 후보자들이 멕시코에서 납치됐다는 소식은 들어서 알고 계시죠?"

잔인한 주제였지만 의사는 그제야 긴장이 풀린 듯 보였다. 다행이라고 생각하고 있겠지. 자신과 자신의 사업에 대한 이야기가 아니니까.

"네, 물론 알고 있죠. 어찌나 끔찍한지."

"성형외과 전문의로서의 소견은요?"

존스 박사가 머뭇거렸다. "왜 저에게 그런 걸 물어보시는 거죠? 설마 제가 그 사건과 연관이 있다고 생각하는 건 아니겠죠?"

밀너는 못된 대답으로 겁을 줄까 하는 생각을 했지만 이내 장난을 너무 크게 치지는 않기로 했다. "아뇨. 그렇지는 않아요. 솔직히 말하면 아주 우연히 고른 겁니다. 전화번호부를 보고 전화를 돌렸는데, 이 병원이 제일 먼저 전화를 받았어요."

"FBI가 오늘 처음으로 이 병원을 알게 됐다는 거죠?" 존스 박사가 대답했다. 박사의 얼굴 위로 비아냥거리는 듯한 미소가 번졌다. 두려움이 사라지기 무섭게 불손함이 찾아온 모양이었다. 의사를 조금 더 불안하게 만들지 않은 게 후회됐다.

"뭐, 어쩌면 익숙한 이름이어서 이 병원에 전화를 한 걸 수도 있고요. 사건 서류에서 봤을 가능성도 있으니까. 그렇죠?"

또다시 의사의 얼굴이 창백해졌다. 밀너는 터져나오려는 웃음을 가까스로 막았다.

"제가 아는 한은 없는데요." 존스 박사가 한 손으로 머리카락을 쓸어 넘기며 대답했다.

"어쨌거나 제 몇 가지 질문에 답변 좀 해주시죠."

"물어보세요!" 존스는 슬쩍 손목시계로 시간을 확인했다.

"여자들의 망가진 얼굴, 보셨나요?"

의사가 고개를 끄덕였다.

"잘 고친 건가요?"

순간 의사는 깜짝 놀랐다. "그게 무슨 말이에요? 완전히 추하게 변해버렸는데!" 격앙된 반응은 분명 진심이었다.

"그러니까 내 말은, 성형외과 전문의의 관점에서 볼 때, 그 얼굴이 전문가의 손에 의해 그렇게 된 것 같냐는 거예요. 끔찍해 보이기는 해도."

"그걸 알아내려면 사진을 조금 더 자세히 봐야 합니다. 하지만 제가 본 것들을 토대로 평가하자면 최소한 교육을 받은 사람이 한 것 같기는 했어요."

"성형외과 교육을 받은 사람?"

의사는 답하기를 망설였다. "제 생각에는 그래요. 어느 정도 수준의 전문 지식이 있어야 그 정도로……. 그러니까, 그걸 뭐라고 해야 할지…… 그렇게 추하게 고쳐놓을 수 있어요."

"누가 어떤 의도로 그런 짓을 할까요? 혹시 알아요?"

의사의 입꼬리가 아래로 내려갔다. 의사는 고개를 저으며 대답했다. "사이코패스의 짓일 거라고 생각해요. 아니면 누군가……." 존스 박사가 말을 멈췄다.

"누군가?"

"혹은 누군가, 메시지를 전하려는 사람이겠죠. 어쩌면 성형수술에 반대를 하는 사람이라거나. 우리 환자들 중에도 이 사건으로 불안해 하는 사람들이 있거든요."

"불안해한다?"

"그러니까 그 사진을 보고는 성형수술을 하지 않으려고 하는 환자들도 있다고요. 식품 스캔들 같은 거예요. 더러운 음식을 판매하는 걸 보고 나면 그걸 먹고 싶은 마음이 없어지잖아요."

"그렇다면 메시지를 전한다는 건 무슨 의미예요?"

"그러니까 이런 말이에요. 계속해서 성형수술을 원하는 사람들은 증가하고 있지만 몇 년 전부터 우리는 언론의 비난을 받고 있어요. 말하자면 아름다움에 대한 광기를 꼬집어 비판하는 거죠. 깡마른 모델들만 쓰는 패션 업계도 마찬가지고요. 어쩌면 성형수술에 반대하는 누군가가 일을 벌인 걸지도 모르죠. 이상하게 들리겠지만, 그냥 제 생각이에요."

"전혀 이상하게 들리지 않는데요." 밀너가 대답했다.

"하지만 헛수고일 겁니다. 만일 이 지구상의 모든 여자들이 하루아침에 자기 외모에 만족하게 된다면 어떤 일이 일어날 거라고 생각하세요? 아름다움을 얻기 위한 여자들의 노력 덕에 얼마나 많은 업계들이 돈을 벌어먹고 사는지 알아요? 아마 전 세계적인 경제 위기를 초래할 걸요."

밀너는 단 한 번도 그 현상을 의사와 같은 관점에서 본 적이 없었다. "그럼 당신도 직업을 잃게 될 테고요." 밀너가 덧붙였다.

존스 박사가 미소 지었다.

"그렇겠죠. 뭐, 하지만 절대 그런 일은 없을 걸요. 인류 역사상 이렇게 많은 사람들이 아름다워지려고 노력한 적이 없었거든요. 제 아무리 미친 사람이라도 이러한 현상을 뒤집어엎을 수는 없을 겁니다."

고민할 만한 가치가 있는 말이라고, 밀너는 생각했다. 마드리드로 가는 비행기 안에서 한 번 더 이 말에 대해 생각해보자.

"이번에는 전혀 다른 이야기입니다. 성형수술에서 황금비율이라는 게 중요한 역할을 하나요?" 아드레날린이 솟구쳤다. 자신의 추측이 옳았는지 확인할 수 있는 시간이었다.

밀너는 갑작스럽게 웃음을 터뜨리는 의사에게 깜짝 놀랐다. "제가 하는 일이 황금비율과 관련이 있는지 묻는 거예요? 진심으로?" 진심으로 웃음이 터진 것 같았다. "이리 오세요. 이걸 좀 보여드릴 테니!" 존스 박사가 말하며 자리에서 일어났다.

밀너는 여전히 어리둥절한 채 존스 박사를 따라 일어났다. 책상이 있는 쪽으로 절반 정도 갔을 때 벽에 걸린 그림 하나가 눈에 띄었다. 존스 박사는 유명 여배우의 사진을 보여주었다. 사진의 위로 선으로 연결된 망 같은 게 그려져 있었다. 여배우 위에 인쇄된 망을 보며 밀너는 일종의 전투 분장과 비슷하다고 생각했다.

"마릴린 먼로입니다." 의사가 사진을 가리키며 의기양양하게 설명했다. "할리우드가 꼽는 가장 아름다운 여배우 중 한 명이죠. 하지만 소피아 로렌이나 안젤리나 졸리의 사진으로 바꿔 걸어도 무방할 겁니다. 노프레테테 여왕의 사진도 마찬가지고요. 얼굴 위에 그려진 그래픽 격자무늬는 어차피 다 같을 테니까요."

"그게 무슨 소리죠?"

"이들의 얼굴이 정확히 황금비율에 맞아떨어진다는 소리죠." 존스 박사가 말했다. "완벽한 얼굴, 혹은 우리가 완벽하다고 느끼는 얼굴은 모두 정확히 황금비율을 가지고 있어요. 잘생긴 얼굴의 비율은 황금비율과 정확히 일치하죠. 예를 들어 코와 입의 넓이 비율이 1대 1.61로요. 성형외과 전문의라면 당연히 알고 있는 수치죠."

밀너는 만족스러운 표정으로 마릴린 먼로의 사진을 응시했다. "그러면 제가 한번 맞춰보죠. 이 황금비율이 얼굴에만 적용되는 건 아니죠?"

"맞아요. 황금비율은 몸매에도 적용돼요. 황금비율은 말하자면 아름다운 인간을 만들기 위한 신의 창조 계획 같은 거예요."

"그렇다면 당신은 신이 실패한 부분을 고치는 건가요?" 밀너의 말에는 의도했던 것보다 더 많은 경멸감이 묻어 나왔다.

"99퍼센트는 신의 작품이죠. 우리가 책임지는 건 나머지 1퍼센트죠. 그것도 수정 가능한 사람만."

밀너가 예상한 답변이었다. 성형수술을 놓고 뜨거운 논쟁을 펼칠 수 있을 만한 이야기들이 떠올랐지만 밀너는 말을 아끼기로 했다. 어쨌거나 필요한 정보를 얻었고, 의사와 괜히 싸우고 싶지 않았다. 주차장에 세워놓은 마세라티로 미루어보건대, 제아무리 박사학위를 두 개나 취득한 의사라도 자신의 직업적 소명에 대해 진지하게 생각할 법한 사람은 아닌 듯 보였다.

"예컨대 당신을 보면 말입니다, 밀너 씨. 당신에게도 성형수술이 필요할 것 같아 보입니다." 존스 박사가 밀너의 얼굴을 가리키며 말했다. 아무래도 싸우려는 의지는 밀너보다 의사가 더 강한 것 같았다. 밀너는 치밀어 오르는 분노를 억제할 수 없었다.

"내 코를 두고 말씀하시는 거라면 말입니다, 존스 박사. 할리우드 미남 배우들만큼 잘빠진 코는 아닐지 몰라도 젠장, 냄새 하나는 기가 막히게 잘 맡는 녀석이거든요. 후각이 예민한 코는 자고로 이렇게 생겨야 말이죠. 이 못생긴 코가 아까부터 당신의 계좌와 세금계산서는 물론이고 다른 사업체들까지 샅샅이 살펴보라고 말해주고 있는데, 아무래도 뭔가 낌새를 알아차린 모양입니다. 아니면 지금 당장 오른손으로 당신의 실리콘 코를 비틀어주는 건 어떨까요? 그렇다면 당신이 다음번 환자가 될 텐데요."

수사를 하겠다는 협박 탓인지, 아니면 금방이라도 날아올 것 같은 주먹 탓인지는 모르겠지만 어쨌거나 밀너의 말은 영향력을 발휘한 듯 보였다. 의사는 입고 있는 셔츠만큼이나 새하얘진 얼굴로 충격을 받아 밀너를 바라봤다.

"아뇨. 저는 그저 뺨에 있는 상처를 말한 것뿐입니다. 수염에 가려진 상처 말입니다." 의사가 대답하며 자신을 보호하려는 듯 두 손으로 몸을 가렸다. 금방이라도 공격당할 것처럼 말이다.

밀너는 자신의 흉터를 잊고 있었다. 얼굴이 달아올랐다. 본능적으로 밀너는 흉터를 어루만졌다. 아문 지 얼마 되지 않은 흉터였다.

"신경 안 씁니다." 밀너는 계속 화난 척하려 애썼다. "그나저나 성형외과 의사도 트라마돌을 처방해줄 수 있습니까?" 밀너가 무뚝뚝하게 물었다.

순간 멈칫한 의사는 그러나 이내 밀너의 말을 이해한 듯 고개를 끄덕이곤 책상 앞으로 갔다. 키보드 한 번으로 컴퓨터 모니터를 활성화시킨 의사는 무언가를 입력했다.

"얼마나요?" 존스 박사가 물었다. 하지만 밀너가 대답을 망설이자 곧바로 덧붙였다. "최대 용량으로 필요하신 것 같네요." 의사는 입력을 마친 뒤 엔터 버튼을 눌렀고, 이어서 덧붙였다. "안내 데스크에서 간호사가 처방전을 줄 겁니다."

밀너는 무슨 말을 해야 할지 몰라 슬쩍 오른손을 들어 올렸다 내렸다. "그럼 이제 다 끝난 거죠?" 의사가 물었다.

밀너는 또 한 번 손을 들었고, 별다른 인사 없이 빠른 걸음으로 의사의 방을 빠져나왔다. 한껏 꾸민 접수 데스크의 금발 머리 여자가 미소 지으며 밀너에게 처방전을 건넸다. 밀너는 여자의 얼굴에서 동정심 같은 것을 읽었다. 하지만 아마도 착각이었을 것이다. 밀너가 남긴 인사는 복도 계단으로 울려 퍼졌고, 밀너는 병원 주차장을 빠져나가며 한 번 더 마세라티를 바라보았다.

병원에서 몇 킬로미터 떨어진 곳에 이르러서야 밀너는 백미러를 조정해 자신의 얼굴을 비춰 보았다. 어쩌면 흉터를 제거할지 여부를 진지하게 고민해봐야 할지도 모르겠다. 물론 수염 아래 난 흉터가 불편한 것은 아니었다. 한편으로는 비뚤어진 코에서 시선을 분산시키는 역할을 하기도 했다. 밀너는 손으로 얼굴을 쓸어내리며 백미러를 제자리도 돌려놓았다. 이 무슨 쓸데없는 생각이란 말인가! 중요한 것은 내면이었다. 밀너의 본능은 밀너를 결코 실망시키는 일이 없었다. 밀너는 처방전을 힐끔 쳐다보았다. 마드리드로 가기 전, 공항에서 약국에 들를 생각이었다.

50. 피렌체, 1500년경

내 눈을 의심하지 않을 수 없었다. 아직 미완성인 그림은 사실 평범한 초상화에 불과했다. 그런데도 나는 그림에 압도되어 한동안 꼼짝할 수 없었다. 살라이에게 이런 능력이 있었다니!

살라이와 하인들이 아틀리에에서 쓸 염소 지방을 구하러 시내에 나간 사이 나는 살라이의 방을 뒤졌다. 살라이의 꿍꿍이가 뭔지 궁금했기 때문이다. 나는 그의 방에서, 훔친 것으로 보이는 몇 가지 물건을 찾아냈고, 리넨 수건에 덮여 있던 그 그림을 발견했다. 호두나무로 짠 판 위에 그린 그림이었다. 처음에 나는 살라이가 레오나르도의 그림을 가져다 놓은 것이라고 생각했다. 하지만 색감이나 필치가 레오나르도의 것과는 미세하게 달랐다. 그리고 며칠 전 밤에 살라이를 미행하다가 옹이구멍을 통해서 목격했던 장면이 떠올랐다. 캔버스 앞에 앉아 심혈을 기울이던 그 모습······.

그림을 보는 내 마음에 감동이 밀려왔다. 이 부분에 있어서는 거짓말을 할 수가 없다. 붓놀림은 노련하고 색은 선명했다. 누구를 보고 그린 것일까? 한 번도 본 적이 없는 여자였다. 그림 속 여자의 온화한 미소가 마음에 평안을 불러왔다. 레오나르도의 작품을 대하면서도 경험해보지 못했던 그런 감동이었다. 나는 그림을 원래 자리에 돌려놓고, 내가 발견한 다른 물건들도 제자리에 두었다.

오후에 뉘른베르크에서 온 손님을 맞았다. 뒤러라는 이름의 이 사내는 한때 가업으로 이어받은 금속 세공 일을 했지만 지금은 미술 공부를 하는 중이라고 했다. 나는 그에게 비율의 예술에 대해서 알려주었다. 뒤러는 상당한 관심을 보이며 나에게서 단 한 마디의 말도 놓치지 않으려 귀를 기울였다. 떠나는 뒤러의 뒷모습에서 나는 내가 붙인 불이 뒤러의 안에서 활활 타오르고 있는 것을 느꼈다.

앞의 문장을 쓴 지금, 나는 '불'이라는 단어가 매우 적절한 표현이었다고 생각한다. 불과 마찬가지로 신의 비율과 아름다움을 향한 희구는 마지막 한 조각이 타버릴 때까지 결코 사그라지지 않을 것이다. 또 그것은 불처럼 잘 번진다. 자세히 들여다보기에는 너무 위험하지만, 가까이 갈수록 더 많은 온기를 내어주는 것 또한 불의 속성이다.

51. 마드리드

아무래도 그림에 너무 가까이 간 모양이었다. 경고 알람이 울리더니 새빨간 불빛들이 켜져 헬렌을 놀라게 했다. 헬렌은 손가락으로 귀를 막은 채 시니어 알레그레를 향해 몸을 돌렸다. 최대한 빨리 경고 알람을 꺼주기를 바라면서. 하지만 헬렌의 눈앞에 보이는 것은 온통 새하얀 연기뿐이었다. 순간적으로 놀란 헬렌은 숨을 들이마셨다. 실수였다. 연기가 폐로 스며들자 헬렌은 질식할 것 같은 위협을 느꼈다. 눈에서는 눈물이 흐르고 있었다. 헬렌은 손을 뻗어 방금 전까지 시니어 알레그레가 서 있었던 곳을 더듬었지만 만져지는 것은 없었다. 몇 분 후, 연기 속에서 헬렌은 갈 길을 잃고 방황하고 있었다. 알레그레는 사라지고 없었고, 경고 알람은 여전히 고막을 찢을 듯이 날카롭게 울렸다. 그사이로 흥분한 사람들의 비명 소리가 들렸다. 먼 곳에서 한 아이가 울고 있었다.

갑자기 누군가가 헬렌의 팔을 낚아챘다. 시니어 알레그레의 얼굴을 기대했던 눈앞에 서 있는 건 파트리크 바이시였다. 파트리크는 오른손으로는 수건으로 입을 틀어막고 있었고, 왼손으로는 헬렌의 어깨에서 가방을 낚아챘다.

"가방은 내가 가지고 갈게요. 저기로 가야 해요!"

수건에 막힌 파트리크의 둔탁한 목소리는 매우 낯설게 느껴졌다. 하지만 어깨에 메고 있던 모형 가방이 사라지면서 헬렌은 움직임이 자유로워졌고 연기 속에서 패닉에 빠져 있던 터라 조금이나마 안심이 됐다. 헬렌은 고마운 마음으로 자신을 부드럽게 출구로 안내하는 파트리크를 따랐다. 그런데 그 순간 갑자기 파트리크가 사라지더니 랄프가 나타났다. 갑작스러운 기침에 헬렌은 자리에서 멈춰 섰지만 뒤에 있던 사람들에게 떠밀리고 말았다. 연기가 조금씩 사라지더니 눈앞에 조금 전에 보았던 계단이 나타났다.

사방에서 사람들이 헬렌과 랄프를 밀치고 지나가고 있었다. 여전히 랄프는 헬렌의 팔을 꽉 붙들고 있었다. 뒤를 돌아보았을 때 헬렌은 연기로 자욱한 벽을 발견했다.

"이쪽으로 내려가요!" 랄프가 외치며 헬렌을 계단 쪽으로 밀었다.

헬렌이 움직이지 않자 랄프는 팔을 잡아당겨 억지로 움직이게 했다. "따님은 여기에 없어요!" 랄프가 숨을 헐떡이며 말했다. 헬렌은 무언가 말하려고 했지만 어느새 반대쪽 팔까지 잡은 랄프는 헬렌을 껴안다시피 한 채로 소리를 치며 계단을 내려갔다. "불이야! 불이야!" 다른 관람객들에게 화재를 알리기 위한 외침이었다. 두 사람은 다른 관람객들과 함께 정신없이 계단 아래로 내려갔고, 여기저기서 흥분한 비명 소리가 들려왔다. 누군가가 헬렌의 발을 밟았고, 또 혼잡한 계단 위에서 누군가는 헬렌의 옆구리를 찔렀다. 헬렌의 눈에는 어느 나이든 여자를 거칠게 밀치는 랄프의 모습이 들어왔다. 랄프는 조용히 미안하다고 사과했다.

"파트리크 바이시가 아직 위에 있어요! 제 가방을 가지고 있어요!" 한 층 더 내려갔을 때 헬렌이 외쳤다.

"금방 올 거예요! 나는 당신을 여기서 데리고 나가야 합니다!" 랄프가 대답했고 어느새 두 사람은 또 한 층을 내려갔다. 마침내 두 사람은 로비에 도착했다. 사방에서 사람들이 몰려들었다. 직원들이 이미 출입구를 활짝 열어둔 상태였고, 손짓으로 관람객들을 밖으로 안내했다.

두 사람은 밖으로 나왔다. 헬렌은 거칠게 숨을 몰아쉬며 입구 계단에 주저앉았다. 하지만 랄프는 즉각 헬렌을 일으켜 세웠다.

"이리 오세요. 모건 부인. 여기서 벗어나야 해요!" 랄프가 말하며 도로 쪽으로 헬렌을 잡아끌었다.

헬렌은 계속해서 밖으로 뛰쳐나오는 관람객들의 얼굴을 살폈다. 매들린을 찾기 위해서였다. 하지만 매들린의 얼굴은 그 어디에도 없었다. 마침내 두 사람은 차가 있는 곳에 도착했다. 공항에서 호텔로 이동할 때 탔던 바로 그 차였다. 랄프는 뒷좌석의 문을 열었고 헬렌을 끌어당겨 차에 태운 뒤 자신도 운전석에 앉았다.

"뭐하는 거예요? 저는 여기 있을 거예요. 제 딸이 여기로 올 거란 말이에요. 그리고 파트리크는 어디에 있어요?" 헬렌이 반박하는 순간, 문이 열렸고 파트리크가 옆자리에 올라탔다.

"가방이요." 파트리크는 숨을 헐떡이며 조심스럽게 앞좌석과 뒷좌석 사이의 공간에 가방을 넣었다.

가쁜 호흡을 내쉬며 헬렌은 이 혼란스러운 상황을 정리해보려고 노력했다. 대체 무슨 일이 일어난 걸까. "매들린이······." 헬렌이 기침을 하며 말했다. 하지만 말을 잇기도 전에 차는 이미 움직이고 있었다.

52. 런던

아무래도 언론이 미친 것 같았다. 사진을 싣지 않는 일간지와 잡지가 점점 늘고 있었다. 컴퓨터 바이러스 감염을 피할 수 없었던 것이다.

밀너는 히스로 공항의 한 매점 앞에 서서 도무지 믿을 수 없다는 눈으로 신문들을 바라보고 있었다. 어느새 납치된 미스 아메리카 선발대회 후보자들의 소식은 컴퓨터 바이러스에 밀려 사라진 뒤였다. 밀너는 모든 신문의 1면을 살폈다. 아직까지는 사건의 연관성을 파악한 사람이 없는 것 같았다.

머지않아 우리 모두는 좀비가 될 것인가? 「타임」의 헤드라인이었다. 헤드라인 아래에는 기이한 얼굴의 사진이 인쇄되어 있었다. 좀비가 되다! 「USA투데이」의 헤드라인도 마찬가지였다. 헤드라인 아래로 섬뜩한 사진들이 실려 있었다. 「가디언」의 헤드라인은 이랬다. '진정한 우리의 모습?' 검은 활자로 인쇄된 문구였다. 어느 지역 신문은 흰색 깃발을 싣고 그 아래에 '항복!'이라는 단어를 인쇄했다. '배후에는 누가?'라는 의구심을 제기하는 신문도 있었다. '정부는 무엇을 하고 있는가?'라는 헤드라인에서 밀너는 웃음을 터뜨리고 말았다.

그렇다. 그나저나 정부는 무엇을 하고 있는 것일까? FBI 본부도 그야말로 혼란의 소용돌이에 빠져 있었다. 사건의 연관성을 읽어낸 유일한 인물인 밀너는 정작 공식적으로는 휴가를 낸 채 FBI 켈러 국장의 '비밀 요원'이 되어 전 세계를 누비고 있었다. 이 모든 것은 밀너가 FBI 요원으로 투입되어 목숨을 잃을 뻔한 브라질에서 벌어진 사건 때문이었다. 이 사건으로 밀너는 훈장 대신 벤치 신세가 되었다.

지난 몇 시간 사이 켈러는 메일 두 통을 밀너에게 보내왔다. 하지만 여전히 밀너는 자신이 주전 자리로 돌아갈 수 있을지 확신할 수 없었다. 사건이 어떻게 흘러가고 있는지를 조금씩 이해하고는 있었지만 이것만으로 범인을 추측하기란 역부족이었다. 그렇다고 이대로 다른 사람들이 승승장구하는 것을 지켜만 볼 수는 없었다. 하지만 사건의 실마리를 푸는 주인공이 되는 것보다 더 중요한 건 사건 자체였다. 멕시코에서 납치당한 미국의 딸들이 지금 알 수 없는 어딘가에서 끔찍한 수술을 당하고 있다. 세계 곳곳에서는 아무런 이유 없이 수백 년의 역사를 가진 문화재들이 공격을 당하고 있다. 또 누군가는 벌떼를 멸종시키려고 하고 있다. 밀너는 경찰 출신의 FBI 요원이었다. FBI 요원이 된 것은 지금과 같은 광기로부터 세상을 지키기 위해서였다. 동시에 이는 밀너의 복귀 여부를 결정짓는 요인이기도 했다. 파트리크 바이시는 자신이 있는 곳을 속였다. 파트리크 바이시의 아버지는 몇 주 전 실종되었고, 부자는 바이러스 백신 개발로 부를 얻었다. 밀너의 직감은 이 모든 것이 우연이 아니라고 말하고 있었다.

패션 잡지에도 온통 기괴한 사진들뿐이었다. 「보그」의 커버에는 모델 없이 옷만 덩그러니 실려 있었다. 또 다른 매거진에는 목 부근에서 잘린 모델의 사진이 커버를 장식했다. 보이는 것은 몸밖에 없었다. 하지만 몸이라고 정상인 것은 아니었다. 정상적인 비율이 모두 틀어져 있었다. 모델의 문제인지, 아니면 또 다른 바이러스의 등장인지 밀너로서도 알 도리가 없었다.

안내판 위로 밀너가 탑승 예정인 비행기 옆에 '보딩'이라는 단어가 나타났다. 밀너는 남은 치즈 샌드위치를 욱여넣은 뒤 가방과 커피를 들고 게이트로 향했다. 그때 밀너의 휴대폰이 울렸다. 휴대폰 화면을 보는 순간 밀너는 깜짝 놀랐다. 괴물의 형상을 하고 있는 한 남자의 사진이 보였다.

"왜 답장을 안 해요?" 켈러의 목소리였다. 휴대폰 속 괴물은 켈러였다. FBI 요원들의 모든 연락처는 이름과 사진이 함께 저장되어 있었다. 어느새 밀너의 휴대폰까지도 바이러스에 감염되었다. 밀너는 「가디언」의 헤드라인을 떠올리며 속으로 조용히 웃었다. '진정한 우리의 모습?' 그렇다. 어쩌면 이게 켈러의 진짜 얼굴일지도 모른다.

"잠을 아예 안 주무시는 건 아니죠?" 밀너가 물었다.

"지금 FBI 내에 자는 사람은 아무도 없어요." 켈러가 무미건조하게 대답했다.

"이동 중이었어요. 지금 공항입니다."

"폴란드 경찰이 어제 바르샤바에서 실종된 파벨 바이시의 집을 수색했어요." 켈러가 말했다. "아마도 무언가 범죄를 저지른 것 같아요. 하지만 예상대로 파벨 바이시를 만나지는 못했고. 바이시라는 사람은 아주 기괴한 편집증이 있는 것 같더군. 예술품에 대한. 파벨 바이시의 저택 지하에 그 가치가 수백만 달러에 달하는 예술품들이 수집되어 있다고 해요."

"아들은요?"

"지금 상황으로 봐서는 수색 직전에 집을 나선 것 같아. 그때 아들이 만난 여자가 하나 있었는데, 누군지는 아직 모르고요. 관리인 한 사람이 수색 중에 말하기를, 경찰이 오기 얼마 전에 한 여자가 나타나서는 파트리크 바이시와 함께 흔적도 없이 사라졌다더군. 또 한 사람의 증언에 따르면 서른 중반 정도의 여자라고 하고. 키가 큰 편이고, 갈색 머리에, 미인이래요. 현재 바르샤바 행 비행기에 탑승했던 승객 리스트와 CCTV 화면 등을 수집해서 여자의 정체를 알아내려고 하고 있고. 이름을 알게 되면 전달해줄게요."

켈러의 메일에서 밀너의 관심을 끈 것이 하나 있었다.

"파벨 바이시는 정확히 어떤 작품들을 수집하는 건가요? 작품 사진 있어요?"

"폴란드에 알아보죠."

"예술품 사진은 전부 다 있어야 해요. 구체적인 것까지 다."

"그렇게 하죠. 그리고 파벨 바이시의 컴퓨터에서 찾은 것도 모두 전달할게요. 그리고 하나 더." 켈러는 무언가 불편한 것을 전달하려는 듯 잠시 말을 멈췄다. "물론 당신은 더 이상 이 사건을 혼자 수사하고 있지 않아요. 지금 이곳 상황이 어떨지 상상할 수 있을 거라고 생각해요. 멕시코 사건이 터지더니 이제는 컴퓨터 바이러스 사건까지 터졌어요. 윗사람들은 모든 걸 무시하고 무조건 결과만 내놓으라고 하고. 회의에서 나는 파벨 바이시의 이름을 언급했어요. 미스터리한 실종에 대해 그리고 컴퓨터 바이러스와의 관계에 대해. 이제 시작이에요. 현재 한 팀이 바르샤바로 가고 있어요. 또 다른 팀은 바이시 바이러스를 방문하러 런던으로 가고 있고."

"알고 있었어요." 밀너는 일부러 침착하게 대답했다. "우리는 한 팀이니까요."

"바로 그거지!"

밀너는 누군가가 켈러에게 말을 걸었다는 사실을 알아차렸다.

"이만 전화를 끊어야겠어요, 골리!"

통화는 마무리됐다.

즉, 파트리크 바이시는 혼자 이동 중인 것이 아니었다. 아마도 경찰을 피해 마드리드로 향했을 것이다. 밀너는 무언가 마드리드를 통해 연상할 수 있는 것을 찾기 위해 뇌를 샅샅이 뒤졌지만 건질 수 있는 건 없었다. 마드리드에 대해 전혀 아는 게 없다는 사실을 인정할 수밖에 없었다.

다시 휴대폰에서 진동이 울렸다. 켈러가 보낸 메일이었다. 좋다. 비행 중에 읽을거리는 충분하겠군. 그리고 가능하다면 조금 눈을 붙여 컨디션을 회복할 수 있다면 더 좋을 것이고.

53. 피렌체, 1500년경

'그림은 묘사된 대상의 영혼을 흡수해야 한다. 그래야 그 대상을 온전히 표현할 수 있다.'

레오나르도가 최근에 얻은 깨달음이다. 그와 로 스트라니에로는 쉼 없이 미스터리한 창조 작업을 이어가고 있다. 레오나르도의 아틀리에는 비둘기장 같다. 거의 매일 젊은, 그것도 매우 젊은 여자들이 아틀리에로 온다. 피사나 베네치아에서 오는 여자들도 있다. 여자들을 데리고 무얼 하느냐는 나의 질문에 레오나르도는 즐겁다는 듯 웃음을 지으며 대답했다.

"하긴 뭘 하겠나? 그림을 그리는 거지."

그리고 이렇게 덧붙였다. "로 스트라니에로가 여자들의 영혼도 보살펴주고."

나는 이 모든 것이 불편하게 느껴졌다. 하지만 내가 그 일에 연관되어 있지 않은 이상 신 앞에서 변명할 일은 없을 것이다.

작업에 도취된 탓인지 레오나르도는 해괴망측한 생각을 풀어놓았다.

"의뢰자 아내의 얼굴이 비대칭이고, 만일 신의 창조물에게 있는 이러한 결핍을 보완하기 위해 캔버스 위에 그 부분을 수정해서 그린다면, 현실에서도 그렇게 하지 못할 이유가 과연 무얼까?"

나는 화들짝 놀라 무슨 뜻이냐고 물었지만, 레오나르도는 아무런 대꾸도 없이 멀어져갔다. 나는 레오나르도가 나의 물음을 회피했다고 생각하여 불쾌했지만, 그게 아니었다. 그는 얼마 후 해부학에 관한 자신의 연구물을 가지고 돌아왔다. 노트에는 두개골과 얼굴을 연구한 글과 스케치가 빼곡했다.

"사람도 아름다움을 만들 수 있네. 무너뜨리고 새롭게 만드는 거지. 피부도 가능해. 인간의 피부는 돼지의 내장처럼 늘어나. 그래서 보충하는 게 가능하지. 그렇게 하면 만들 수 있어."

"창조주의 작품에 손을 대겠다는 건가?"

내가 발끈했다. "그 누구도 하느님이 될 순 없어!"

레오나르도는 다시 웃음을 지었다. 그는 이미 로 스트라니에로와 이 문제에 대해 논의를 마쳤다고 했다. '로 스트라니에로'라는 이름을 대자 나는 약간 수그러들 수밖에 없었다.

"만일 제자가 그림에 암흑을 발랐다면 말이야……"

레오나르도가 말했다. "그 제자는 마스터의 자리에 앉을 수 있을까? 만일 신의 비율에 맞게 건물을 지으면, 그것은 무언가 다른 것일까?"

"바벨탑 사건을 떠올려보게!"

나는 경고했다. "하느님은 당신께 너무 가까이 오는 것을 허락하지 않으신다네. 당시에 일어난 일을 생각해보게. 결과는 파멸과 혼돈뿐이었어!"

"신이라고 했나?"

레오나르도는 의중을 파악하기 힘든 눈빛으로 나를 바라보다가 나직이 덧붙였다. "우리에게는 로 스트라니에로가 있네."

이 말만을 남긴 채 레오나르도는 자리를 떴다.

나는 의구심이 솟아오르는 것을 억누를 수 없었다. 이 문제에 대해서는 로 스트라니에로와 대화를 해봐야겠다.

※ 덧붙이는 메모

살라이는 그림이 말을 할 수 있다고 한다. 완전히 정신이 나가버린 것은 아닌지 걱정이다.

※ 두 번째 덧붙이는 메모

나는 아틀리에에서 돌아가는 여자를 단 한 명도 보지 못했다. 여자들은 계속 오기만 한다. 추측하건대, 여자들은 밤에 몰래 탈출하는 것 같다.

54. 마드리드

"뭐였어요?" 헬렌은 간신히 단어 몇 개를 입 밖으로 내뱉었다.

"화재 경보요." 파트리크가 대답했다.

헬렌은 소매 쪽으로 코를 가져다 댔다. 화학성 냄새가 났다. 여전히 눈에서는 눈물이 나고 있었다. 점막은 뜨거웠다.

"시니어 알레그레와 함께 그림 앞에 서 있었는데 갑자기……."

"알아요. 당신을 봤으니까. 알레그레의 사무실로 가니 두 분이 같이 전시실로 갔다고 알려주더라고요. 전시실에서 두 분을 막 발견했을 때 갑자기 연기가 퍼지기 시작했어요. 다행히도 당신을 가까스로 붙잡을 수 있었고요. 랄프가 당신을 밖으로 데리고 나갔고."

헬렌은 운전석에 앉은 랄프를 바라보았다. 차는 다시 호텔 앞 로터리를 돌아 들어가고 있었다.

"다시 미술관으로 돌아가야 해요. 매들린을 찾아야 해요!" 헬렌이 저항했다. 아직도 흥분이 가라앉지 않았는지 무릎이 풀렸다. "그리고 당신의 아버지도 찾아야 하잖아요!" 헬렌이 파트리크에게 소리쳤다.

"오늘 미술관이 다시 전시실을 열지는 않을 거예요." 파트리크가 대답했다.

"시니어 알레그레도 저를 찾을 거고요." 헬렌이 말했다. 직접 경험하고도 방금 전에 일어난 일을 도무지 믿을 수가 없었다. "우리는 도망 나온 셈이 됐다고요!"

"바깥으로 빠져나오는 길에 시니어 알레그레를 만났어요. 일단 호텔로 가 있겠다고 얘기했고요. 지금쯤 시니어 알레그레는 다른 걱정 때문에 바쁘지 않을까요?"

그렇다. 미술관에서 발생한 화재는 대재앙과 같을 것이다. 부디 모나리자가 무사하길! 그사이 세 사람은 호텔 지하 주차장에 도착했다.

"그래도 지금 당장 돌아가야 해요!" 헬렌이 고집했다.

"지금 미술관은 혼란 그 자체예요!" 운전석에 있던 랄프가 대답했다. "지금 미술관은 대부분 차단되어 있어요. 경찰 투입된 거 미술관 앞에서 못 봤어요? 지금은 아무도 들어갈 수 없다고요."

"걱정 말아요." 파트리크도 덧붙였다. "관람객들은 모두 대피한 상태예요. 혹 매들린과 아버지가 그곳에 있었더라도 무사할 거예요. 하지만 두 사람은 미술관에 오지 않았어요. 보안 검색대에서 두 사람을 본 직원이 아무도 없어요. 봤다면 우리에게 알려줬겠죠." 파트리크는 시계를 보았다. "호텔에서 잠시 쉬다가 랄프를 다시 미술관에 보낼게요. 따님 사진을 랄프에게 주면 돼요. 혹시 화재가 진압돼서 오늘 다시 전시실이 개방되거나 매들린과 아버지를 광장에서 발견하면 랄프가 전화를 주면 되잖아요. 어차피 우리는 몇 분 안에 그곳에 도착할 수 있으니까."

헬렌은 혼자서라도 미술관으로 돌아가 매들린을 기다리고 싶은 심정이었다. 파트리크는 헬렌의 생각을 읽은 듯 덧붙였다. "그사이 우리는 두 사람이 어디로 갈지 생각해보자고요. 미술관에서 화재가 발생했다는 소식이 알려지면 두 사람이 그곳에 나타날 확률도 적을 테니까."

헬렌을 설득시킬 만한 제안이었다.

"그리고 제가 조금 있다가 시니어 알레그레에게 한 번 더 전화를 해볼게요." 파트리크가 덧붙였다.

엔진 소리가 잦아들더니 운전석 문이 열리고 삐, 하는 경고음이 울렸다. 그 때, 차에서 내린 헬렌이 갑자기 멍하니 차를 응시했다.

"괜찮아요?" 파트리크가 걱정 섞인 목소리로 물었다.

"그런데 어떻게 이 차가 미술관 앞에 나타난 거죠? 우리는 호텔까지 걸어서 갔잖아요."

차 반대편에서 기다리던 파트리크가 당황하는 눈으로 헬렌을 바라보았다.

"호텔에 시켜 차를 가져오라고 했어요." 옆에 있던 랄프가 대답했다. "올 때는 차로 오는 게 편할 것 같아서요."

오른쪽 관자놀이에서 두통이 느껴졌다. 헬렌은 잠시 트렁크 덮개에 몸을 기댔다가 랄프의 도움을 받아 파트리크를 따라갔다. 세 사람은 안내 데스크 쪽으로 가는 표지판을 향해 걸었다.

지하 주차장 출구에 이르렀을 무렵, 헬렌에게 떠오른 생각이 하나 있었다. "내 가방! 차에 있어요!"

"랄프가 가져올 거예요." 파트리크의 말에 랄프는 즉각 뒤로 돌아 달려갔다.

"같이 갈래요!" 헬렌이 대답하며 서둘러 차가 있는 곳으로 돌아갔다. 다닥다닥 주차되어 있는 차들 사이로 헬렌은 몇 번의 시도 끝에 힘겹게 가방을 뒷좌석에서 꺼내는 데 성공했다. 평소와 달리 가방은 무겁게 헬렌의 어깨를 짓눌렀다. 친절하게도 랄프가 가방 드는 것을 도와주었다. 아무래도 미술관에서 빠져나오는 사이 목과 어깨에 무리가 간 것 같았다.

5분 뒤, 세 사람은 호텔 엘리베이터를 타고 4층으로 올라갔다. 헬렌은 파트리크의 방문 앞에서 인사를 했다. 각각의 방이 예약되어 있었다. 바에서 커피라도 한 잔 하자는 파트리크의 제안을 헬렌은 정중히 거절했다.

방은 밝고 고급스러운 분위기였다. 방 두 개와 화장실이 하나 있었고, 파트리크의 방으로 연결되는 중간문이 하나 있었지만 잠겨 있었다. 방에 들어온 즉시 헬렌은 제일 먼저 문이 잠겼음을 확인하고 안도했다.

헬렌은 킹사이즈 침대 위에 몸을 뉘였다. 평소 같았으면 위생상의 이유로 이불을 먼저 걷었겠지만 오늘만큼은 그런 부수적인 일 따위 전혀 중요하지 않았다. 피로가 헬렌을 짓눌렀다. 매들린은 어디에 있을까?

눈을 감자 보스턴의 작은 공원에 서 있는 자신의 모습이 보였다. 빨간 단풍나무 아래 서서 휴대폰으로 걸려온 전화를 받았다. 파트리크 바이시가 매들린에 대해 처음 묻던 그 순간이었다. 그때, 그곳으로 다시 돌아갈 수만 있다면! 파트리크 바이시에게 전화가 걸려오기 전, 매들린을 만나러 병원에 갔었더라면! 파리 출장을 앞두고 한 번 더 방문했었더라면! 헬렌의 눈앞에 있던 장면들이 하나로 뭉개졌고, 깊은 침묵이 모든 것을 뒤덮었다.

헬렌은 눈을 떴다. 뺨은 젖어 있었다. 깜빡 잠이 든 모양이었다. 자면서 눈물을 흘린 모양이었다. 시간이 얼마나 지났는지는 알 수 없었다. 머리 위로 오래된 샹들리에가 걸려 있었다. 헬렌은 천천히 정신을 차렸다. 마드리드. 여긴 호텔 방 안이고. 현실을 인식하는 순간 매들린에 대한 걱정이 다시 찾아왔고, 그 걱정은 호흡에 필요한 산소를 앗아갈 것처럼 헬렌을 위협했다. 하지만 정신을 차려야만 했다. 인생에서 반드시 지켜야 할 한 가지가 있다면 그건 용기였다. 어린 시절, 어머니가 어린 헬렌에게 명심, 또 명심시켰던 말이었다. 모델로 활동하던 당시에도 헬렌은 종종 어머니의 조언을 떠올리며 힘을 내곤 했다.

헬렌은 자리에 누운 채로 미술관에서의 일을 한 번 더 곱씹었다. 무언가를 잊어버린 듯한 찝찝한 기분이었다. 화재 경보를 듣고 서두르느라 무언가 간과한 것 같은 느낌을 좀처럼 지울 수가 없었다. 다행히 모형은 구해냈다. 헬렌은 침대 위, 옆에 놓인 가방을 만지며 생각했다. 순간 헬렌은 화들짝 놀랐다. 평소와는 다른 느낌이었다. 손에 힘을 주어 가방을 만지자 천 아래로 무언가 딱딱한 것이 느껴졌다. 손을 놀려 가방의 지퍼를 열자 얇은 나무판의 모서리가 모형 사이에서 모습을 드러냈다. 헬렌은 이마를 찌푸렸다. 그것이 무엇이든, 분명 헬렌의 물건은 아니었다.

헬렌은 조심스럽게 그것을 꺼냈다. 크기가 가방에 꼭 들어맞아 꺼내기가 쉽지 않았다. 오래된 나무인지 고랑이 가득했다. 그 순간 헬렌은 무언가를 알아차리고는 덜덜 떨기 시작했다. 나무판을 뒤집는 순간, 헬렌의 눈에는 젊은 여자의 얼굴이 보였다. 모나리자였다!

헬렌은 도무지 믿을 수 없어 손에 들린 그림을 바라보았다. 미술관에서 들렸던 속삭임이 또다시 들려와 다시 한 번 깜짝 놀랐다. 헬렌의 시선은 천천히 그림의 배경을 따라갔다. "라 벨라(La bella)." 누군가가 속삭이고 있었다. 빨간색 소매를 바라보았다. "파르벤차(parvenza)." 특정한 단어인 것 같았다. 그리고 마침내 헬렌의 시선이 비밀스러운 미소를 짓고 있는 모자리자의 얼굴 위로 향했을 때, 쉬익, 하는 소리가 나 헬렌을 움츠러들게 했다. "델 말레(Del male)!" 즉각 헬렌은 그림을 뒤집어 나무판을 위로 향하게 했다.

헬렌은 거친 숨을 내쉬며 소리의 진원지를 찾았다. 하지만 멀리 떨어져 있는 화장실 변기의 울림이나 미니바 냉장고의 엔진 소리 외에는 들리는 것이 없었다. 헬렌은 다시 그림을 뒤집었고, 그림을 응시했다. 다시 한 번 무언가 속삭임이 들려왔다. "라 벨라 파르벤차." 모나리자의 얼굴로 시선을 옮기면 또 다른 단어가 들렸다. "델 말레!" 헬렌은 다시 떨기 시작했다. "라 벨라 파르벤차 델 말레." 모델로 활동할 때 익혔던 짧은 이탈리아어로 헬렌은 문장을 해석했다. "악마의 아름다운 얼굴." 헬렌은 조용히 읊조렸다.

깜짝 놀라 손에서 그림을 떨어뜨렸다. 머리가 터질 것만 같았다. 두통은 갈수록 심해지고 있었다.

55. 코유카 데 베니테즈

우지끈 하는 소리와 함께 순식간에 문이 날아갔다. 강렬한 태양이 들어와 매들린의 눈을 찔렀다. 또다시 거친 손들이 웅크리고 있던 매들린을 잡더니 자리에서 일으켜 세워 밖으로 끌고 갔다. 소리를 지른 탓인지 아니면 더위 탓인지 제대로 숨을 쉴 수가 없었다. 자신을 끌고가는 남자들의 외양과 언어를 보니 멕시코인 같았다. 한 남자는 매들린의 다리를 붙잡았고, 나머지 두 사람은 양팔을 한 쪽씩 잡고 있었다. 매들린은 힘껏 몸을 움직여 남자들에게서 벗어나려 해보았지만 스페인어로 된 고함만이 뒤따를 뿐이었다. 한 남자가 심술궂게 웃기 시작하더니 매들린의 바짓가랑이 사이로 손 하나가 들어왔고, 매들린은 점점 더 깊은 패닉 상태에 빠지고 말았다.

네 사람은 오두막처럼 생긴 곳에 이르렀다. 한 남자가 문을 밀어 열었고 이내 매들린을 나무 침대 위로 내동댕이쳤다. 낡은 매트리스가 트램펄린 역할을 한 덕분에 매들린의 몸은 공중으로 튀어 올랐고 이어 여섯 개의 손이 매들린을 압박했다. 한 남자가 매들린의 벨트를 푸는 것 같다고 느끼는 순간 바지가 벗겨졌고, 티셔츠는 위로 말려 올라가며 매들린의 얼굴을 가렸다. 또 한 남자는 서툰 손놀림으로 브래지어를 벗겼다. 매들린은 두 눈을 질끈 감아버렸다. 매들린의 뺨에 남자의 까칠까칠한 수염이 느껴졌고, 술 냄새가 났다. 세 남자는 큰 소리로 웃고 있었다. 매들린은 더 이상 참지 못하고 울음을 터뜨렸다. 어떻게든 이 상황을 견뎌내야만 한다. 애써 다른 생각을 떠올리려 노력하는 사이, 매들린은 갑자기 주변이 조용해진 것을 느꼈다.

용기를 내어 눈을 떴을 때 매들린은 혼자였다. 매들린은 자신의 몸을 내려다보았다. 속옷까지 다 벗겨진 상태였고, 입고 있던 옷은 바닥에 내팽겨진 채였다. 세 남자의 모습은 어디에도 보이지 않았다.

"매우 거칠지? 마치 짐승처럼!"

누군가의 목소리가 들려 매들린을 움찔하게 했다. 매들린은 다급히 바닥에 있는 티셔츠를 주워 들고는 가슴 앞을 가렸다. 어둑한 조명 속에서 매들린은 목소리가 들려온 방향을 바라보며 소리의 진원이 무엇인지 알아보려고 애썼다.

어둠 속에서 한 남자가 모습을 드러냈다. 키는 작았고, 머리카락은 회색이었다. 남자가 끼고 있는 동그란 안경은 지적인 인상을 주었다. 범죄를 저지를 만한 사람으로 보이지는 않았다. 매들린의 공포심도 조금은 가라앉았다. 하지만 무엇보다 매들린을 안심시킨 것은 남자가 입고 있는 흰색 가운이었다. 아마도 의사인 것 같았다. 하지만 자신이 벌거벗은 채로 남자의 앞에 웅크리고 있다는 사실은 그대로였다.

"내 이름을 이야기하는 건 아무런 의미가 없겠지. 하지만 일단 안심해. 나는 의사야." 남자는 매들린에게 다가갔다. 매들린은 그제야 남

265

자의 몸이 땀에 젖어 있다는 것을 알아차렸다. 남자의 이마에서 땀방울이 관자놀이를 따라 얼굴을 흘러내렸다. 남자는 의자 하나를 집어들어 매들린 앞에 자리를 잡고 앉았다.

동정하는 듯한 남자의 시선이 매들린에게 머물렀다. 아니, 매들린만 느끼는 눈빛인 걸까?

"유감스럽게도 네게 아무런 일도 일어나지 않을 거라고 장담할 순없어. 만약 그런 말을 한다면 그건 거짓말이겠지. 하지만 어떤 일이일어나든지 간에 우리에게는 선택권이 있어. 저기 저 밖에 있는 남자들에게 들키지 않고 이 일을 해내느냐, 아니냐. 내 말을 믿어줬으면좋겠어. 저 사람들은 매우 위험해." 남자의 말은 다소 모호하게 들렸다. 표정 하나 없는 남자의 얼굴은 마치 술에 취한 것 같았다.

"어쨌거나 오늘만큼은 안전할 거야. 그건 내가 장담해. 네 몸에 약간 손을 댈 수 있게만 해준다면. 그리고 사진을 찍게 해준다면."

매들린은 날카롭게 비명을 내질렀고 다리를 끌어당겨 벽 쪽으로 최대한 몸을 붙였다. 티셔츠로는 여전히 가슴을 가린 채로.

의사로 보이는 남자는 순간 걱정스러운 눈빛으로 문을 바라보았다. 다행히 문은 열리지 않았다.

"조용히 좀 해!" 남자가 간절한 목소리로 말했다. "이해가 안 돼? 내가 해줄 수 있는 건 이것뿐이라고. 저 사람들이 널 어쩌려는 건지는 나도 몰라. 나는 너를 해치지 않아. 내가 해야 하는 일은 단 하나뿐이야." 남자는 가운 주머니에 손을 넣어 두꺼운 만년필 하나를 꺼내 보였다. "지금부터 내가 하는 말 잘 들어. 조금 이상하게 들릴 수도 있어. 하지만 내 말을 믿어줬으면 해. 나는 지금부터 이 만년필을 이용해서 네 몸에 선을 그릴 거야. 다소 불편할 수 있는 부위에도. 그리고 사진을 한 장 찍을 거고 그런 다음 다시 방으로 돌아갈 수 있게 해줄게. 아무 일 없이, 무사하게! 알아들어?"

매들린은 믿을 수 없다는 눈빛으로 남자의 손에 들린 만년필을 바라보았다. 남자의 손은 떨리고 있었다.

"그게 안 되면 저들은 너를 마취시킬 거야. 아까도 말했지만 저기 밖에 있는 저 남자들은 짐승 같은 놈들이고."

의사는 매들린의 옆에 있는 작은 테이블을 가리켰다. 그제야 그 위에 있던 은색 쟁반이 매들린의 눈에 들어왔다. 쟁반 위에는 주사 상자와 작은 갈색 유리병이 놓여 있었다.

문밖에서 쾅쾅거리는 소리가 들려와 매들린은 깜짝 놀랐다. 누군가가 스페인어로 고함을 질렀고 의사는 큰 목소리로 무언가 대답을 하고는 매들린에게 간청하는 듯한 눈빛을 보냈다. 의사는 뚜껑을 돌려 펜을 꺼냈다.

온 몸이 떨려왔다.

56. 마드리드

헬렌은 어찌할 바를 모른 채 그림을 바라보며 침대 위에 앉아 있었다. 지금 자신이 보고 있는 그림이 원래 프라도 미술관에 전시되어 있어야 할 모나리자라는 것은 헬렌도 분명하게 알았다. 어찌된 일일까. 화재 경보가 울릴 때는 가방을 가지고 있지 않았다. 아마도 그때를 이용해 누군가가 헬렌의 가방에 모나리자를 넣은 모양이었다. 지금 가장 유력한 범인은 파트리크 바이시였다. 헬렌을 도와주겠답시고 가방을 가져갔었기 때문이다. 어쩌면 불은 나지 않았을지도 모른다. 단순히 모나리자를 훔치기 위해 치밀한 유도 작전을 펼친 걸지도. 호텔에 도착한 후, 랄프를 시켜 헬렌의 가방을 가져다주겠다고 한 이유도 이제야 알 수 있을 것 같았다.

호텔 앞에서는 몇 분째 사이렌 소리가 울려 퍼지고 있었다. 처음에는 소방차일 거라고 생각했다. 하지만 이제는 아니었다. 어쩌면 경찰이 왔을지도 모른다. 프라도 미술관을 대표하는 작품이 도난을 당했으니, 범인을 수배하는 것은 당연한 일이다. 그리고 그 그림은 지금 자신의 옆, 호텔 방 침대 위에 놓여 있었다. 헬렌은 경찰에 자백을 하기 위해 휴대폰을 꺼냈지만 이내 다시 내려놓았다. 만일 경찰이 헬렌의 말을 믿지 않는다면? 모나리자에서 유일하게 발견된 지문이 자신의 것이라면? 그림은 어쨌거나 헬렌의 가방에 있고, 당시 상황을 진술해줄 만한 목격자는 단 한 명도 없다. 운전기사 랄프를 제외하고는. 만일 그림을 훔친 범인이 파트리크 바이시라면 랄프 또한 사건에 연루되어 있을 가능성이 크다. 하지만 파트리크 바이시가 그림을 훔쳤다? 대체 왜? 믿기 힘든 일이었다.

헬렌은 파벨 바이시의 저택 지하에서 본 수집품들의 가치를 헤아려보았다. 게다가 바이시 가문은 이미 수백억 대의 재산을 소유하고 있을 것이다. 그런 파트리크 바이시가 대체 왜 그런 위험한 짓을 감행하겠는가. 게다가 헬렌은 또 무슨 죄로 이 사건에 연루되었단 말인가. 모든 죄를 헬렌에게 뒤집어씌울 속셈이었을까? 처음부터 헬렌과 헬렌의 가방을 미끼로 삼을 생각이었던 걸까? 그림을 다시 가방에 넣은 뒤 그림이 있었다는 사실을 모르는 것처럼 행동해볼까도 생각해보았다. 그럴 경우 누군가는 헬렌의 관심을 다른 곳으로 돌린 뒤 그사이 그림을 빼내갈 것이다. 그렇게 되면 헬렌도 이 사건에서 벗어날 테고.

하지만 그렇게 되면 매들린은? 헬렌이 마드리드를, 프라도 미술관을 찾은 본래 목적은 파벨 바이시의 저택 지하에서 발견한 딸의 사진 때문이었다. 설령 이것이 헬렌을 끌어들이기 위한 미끼였을지라도. 이 생각을 하는 순간 헬렌의 심장이 쿵, 하고 내려앉았다. 분명 바이시 가문과 매들린의 실종에는 관련이 있는 것 같았다. 마침내 결론을 내린 헬렌은 조심스럽게 그림의 가장자리를 잡고 파트리크의 스위트룸과 연결되는 중간 문으로 향했다.

헬렌은 문을 두드렸다. 답은 없었다. 혹시나 싶은 마음에 천천히 손잡이를 아래로 내려보았다. 문이 열렸다. 생각지도 못한 결과에 깜짝 놀랐다. 분명 아까까지만 해도 문은 잠겨 있었다. 문을 살짝 연 채 움직임을 멈추고 조용히 귀를 기울였다. 쥐죽은 듯이 고요했다. 파트리크와 랄프가 벌써 도망을 쳤다면 어떻게 하지? 헬렌은 조심스럽게 옆방을 훔쳐보았다.

"주저하지 말고 들어오세요, 모건 부인!"

헬렌은 그 자리에 굳어버렸다. 모르는 사람의 목소리였다. 마치 넘칠 정도로 끓어오른 물처럼 색색거리는 소리였다. 헬렌은 망설이며 문지방 위에 그대로 서 있었다.

"들어오세요! 해치지 않으니!" 남자의 목소리는 들떠 있었다.

헬렌은 여전히 의구심을 떨치지 못한 채 그림을 들지 않은 다른 손으로 문을 밀었다. 파트리크의 스위트룸은 헬렌의 방보다 컸지만 고급스러운 분위기는 비슷했다. 방 뒤쪽으로는 여섯 개의 의자가 딸린 탁자가 있었고, 탁자 중앙에는 꽃다발이 놓여 있었다. 옆으로는 소파가 보였다. 순간 헬렌은 깜짝 놀랐다. 소파에 누군가가 앉아 있었다.

바르샤바에서 본 유화 속 바로 그 남자였다. 남자의 눈빛을 본 순간 헬렌의 몸에는 소름이 돋았다. 비단 외모 때문만이 아니었다. 불에 다 타버린 남자의 피부는 유화 속 모습 그대로였고 마치 라텍스로 만든 마스크를 쓰고 있는 것 같았다. 머리카락이 하나도 없는 머리는 사람이 아닌, 다른 생명체 같아 보이는 인상을 자아냈다. 하지만 무엇보다 공포를 불러일으킨 것은 적의로 가득 찬 남자의 몸짓과 미소였다.

"드디어 만나게 되었군요. 사진보다 훨씬 아름다우십니다." 파벨 바이시가 말하며 한쪽 눈을 찡긋해 보였다. 파벨 바이시는 울퉁불퉁한 손으로 옆에 있는 빈 소파를 가리켰다. "앉으세요. 따님에 대해서 이야기를 나눠야죠. 매들린. 정말로 예쁜 이름이에요."

파벨 바이시의 입에서 매들린의 이름이 나오자 헬렌의 심장은 금방이라도 멎을 것 같았다. 헬렌은 불안해하며 조심스럽게 걸음을 옮겨 방으로 들어갔다. 그 순간 옆에서 누군가가 나타나 헬렌의 손에 있던 그림을 빼앗았다. 랄프였다. 랄프는 빼앗은 그림을 파벨 바이시에게 건넸다.

"얼마나 아름다운 작품인지!" 파벨 바이시는 팔을 최대한 뻗어 그림을 바라보며 말했다. "과거를 그대로 불러온 것 같네요. 그렇지 않아요, 모건 부인?" 파벨 바이시는 검사라도 하듯 잠시 그림을 응시하더니 이내 입을 움직여 미소 비슷한 표정을 만들어냈다. "그러지 말고 앉으시죠."

헬렌은 여전히 불안감을 감출 수가 없었다. 가까스로 걸음을 옮겨 소파에 앉았다.

파트리크의 아버지 파벨 바이시는 헬렌이 볼 수 있도록 그림을 돌리고는 게슴츠레 뜬 눈으로 헬렌의 반응을 살폈다.

'라 벨라 파라벤차 델 말레!' 그 순간 또 한 번 조용한 속삭임이 헬렌의 귀에 울렸다.

"무슨 소리라도 들리나 봐요?" 파벨 바이시가 도발하듯 물었다.

"무슨 뜻이죠?" 헬렌은 일부러 말을 돌려 시간을 벌었다.

"무슨 뜻인지는 아실 텐데요!"

'라 벨라 파르벤차 델 말레!' 그림이 말을 하고 있었다.

"무슨 소리가 들리느냐고요? 아뇨. 아무것도 안 들리는데요." 헬렌은 거짓말을 했다. "매들린은 지금 어디에 있죠?"

파벨 바이시는 무언가를 조사하려는 듯 헬렌의 얼굴을 조금 더 응시하더니 이내 미소를 짓고는 그림을 뒤집어 소파 옆에 기대어놓았다. "환영합니다!" 파벨 바이시가 헬렌에게 인조 오른손을 내밀며 인사를 건넸다.

하지만 헬렌은 파벨 바이시의 손을 멀뚱히 바라보는 것 외에 아무것도 할 수가 없었다. 마네킹의 손이 떠올랐다. 어느 부분은 아기 엉덩이처럼 매끈했고, 어느 부분은 누가 피부를 걷어낸 것처럼 주름으로 가득했다. 파벨 바이시의 엄지손가락 위로 샹들리에의 조명이 반사되었다. 헬렌은 마지못해 악수를 받아들였다. 촉감은 차가웠고 부자연스러웠다. 악수를 한 뒤 본능적으로 바지에 손을 닦던 헬렌은 파벨 바이시가 보고 있다는 것을 인지하고는 자신의 행동을 후회했다.

"끔찍하지 않아요?" 파벨 바이시가 물었다. "끔찍하게 보일 겁니다. 제 피부의 61퍼센트는 다 타버렸지요. 이렇게 큰 사고를 당하고 생존하는 사람은 많지 않아요. 하지만 걱정은 말아요. 나는 사람들이 나를 보며 느끼는 혐오감에 익숙해졌으니까."

"나를 진짜로 구역질나게 하는 건 당신의 외모가 아니에요." 헬렌은 자기도 모르게 내뱉었다. 파벨 바이시의 자신만만한 태도를 그냥 지켜보고만 있을 수는 없었다. "내 딸은 어디에 있냐고요!" 하지만 파벨 바이시는 이번에도 질문에 답하지 않았다.

"이처럼 아름다운 그림을 가져오시다니! 프라도 미술관의 모나리자라. 프라도 미술관이 이 그림을 그렇게 자발적으로 내어줄 줄은 꿈에도 상상 못했습니다. 아무래도 당신은 대가인 것 같네요. 미술품 도난의 대가, 모건 부인."

"제가 훔친 게 아니라는 걸 그 누구보다 잘 아실 텐데요." 헬렌이 대답했다. 도움을 구하듯 랄프를 돌아보았지만 랄프는 미동도 없이 등 뒤로 팔을 교차시킨 채 창가에 서 있을 뿐이었다.

"그렇죠. 하지만 나 말고 그걸 아는 사람이 또 있을까요?" 파벨 바이시가 대답했다.

파트리크 바이시가 알고 있다고, 헬렌은 생각했다. 주위를 돌아보았다. 파트리크 바이시는 대체 어디로 간 걸까? "이 모든 게 대체 무슨 짓이죠? 원하는 게 뭐예요? 그리고 제발, 매들린은 어디에 있냐고요!"

그 순간 파벨 바이시가 갑자기 자리에서 일어나더니 스위트룸에 달린 작은 오픈 키친으로 향했다. 파벨 바이시는 거실과 부엌을 분리하는 아일랜드 바에서 과일 그릇에 놓인 사과 하나를 집어 큰 소리로 한 입 베어 물었다. 다 틀어진 이로 사과 조각을 씹어 먹으며 파벨 바이시는 제자리로 돌아왔다.

"이 모든 소모적인 일들이 무얼 위한 거라고 생각해요? 단순히 이 값싼 복제품을 얻기 위해서?" 파벨 바이시는 소파에 기대 있는 그림을 발로 가리키며 말했다. 말을 하는 동안 파벨 바이시의 입을 가득 채우고 있던 사과 조각들이 튀어나왔다.

헬렌은 다시 한 번 그림으로 시선을 옮겼다. 이번에도 속삭임이 들려왔다. '라 벨라 파르벤차 델 말레.' 악마의 아름다운 얼굴. 헬렌은 그림에서 바로 시선을 거둬들였다.

"괜찮아요, 모건 부인?" 파벨 바이시는 자리에 선 채 헬렌을 바라보았다. 몇 초를 그렇게 서 있던 파벨 바이시는 작은 신음 소리와 함께 소파에 앉았다. "사고 전에 나는 육식어를 낚는 걸 좋아했죠. 어떻게 하면 육식어를 잘 잡을 수 있는지 알아요? 다른 물고기를 미끼로 쓰는 겁니다. 작은 물고기들 말이죠. 가급적이면 살아 있는 놈들이 좋고요. 사실 금지된 일이지만요."

헬렌은 어리둥절한 표정으로 파벨 바이시를 바라보았다.

"그러니까 처음에는 작은 물고기로 시작하는 거예요. 작은 놈들을 미끼로 큰 물고기를 낚는 거죠. 이해가 돼요?"

아니, 헬렌은 아무것도 이해할 수 없었다. 파벨 바이시의 목소리는 헬렌의 눈앞에 거대한 검은 호수를 만들어내고 있었다. 중심에서 원이 퍼지고 있었다. "그렇다면 제가 바로 그 작은 물고기인가요?" 헬렌이 물었다. "아니면 제 딸인가요?"

파벨 바이시는 손으로 자신의 허벅지를 내리치며 낄낄댔다. "들었어, 랄프? 우리 손님께서는 본인이 물고기인 줄 아시나 보네." 또다시 파벨 바이시의 입에서 헬렌 쪽으로 사과 조각들이 튀어나왔다. "당신은 미끼입니다, 모건 부인. 그리고 저거, 저거." 파벨 바이시는 옆에 있는 모나리자를 가리키며 덧붙였다. "이게 작은 물고기고."

아무리 노력해도 파벨 바이시의 말을 도무지 이해할 수가 없었다. "그렇다면 매들린은 뭐죠?" 헬렌이 질문을 반복했다.

"그 아이는 결과적으로 작은 물고기인 셈이죠. 맞아요." 파벨 바이시는 오른손을 재킷 안주머니에 넣으며 말했다. "어린아이가 너무 말랐더군요. 망할 놈의 거식증." 주머니에서 무언가가 모습을 드러냈다. "그 아이는 멕시코에서 잘 지내고 있을 겁니다. 여기, 매들린에게 온 안부 인사예요."

파벨 바이시의 손에는 휴대폰이 들려 있었다. 파벨은 엄지손가락으로 화면을 밀고는 휴대폰을 건넸다.

쿵쾅대는 심장으로 휴대폰을 받은 헬렌은 매들린의 사진을 발견했다. "안 돼!" 헬렌의 눈에서 눈물이 쏟아져 내렸다. 비명 소리가 공기 중에 퍼지며 우중충한 녹색을 만들어냈다.

57. 마드리드

휴대폰을 든 헬렌의 손이 떨렸다. 어두웠고 화질도 좋지 않았지만 분명 매들린의 사진이었다. 매들린은 슬립 하나만을 걸친 채 원목침대 앞에 서 있었다. 흐린 조명 사이로 헬렌은 나무판자로 된 벽을 발견했다. 분노가 치밀어 올랐다. 그 누구도 딸의 사진을 찍을 권리는 없다!

매들린의 팔뚝은 어느 때보다도 말라 있었고, 갈비뼈는 밖으로 튀어나와 개수를 하나하나 셀 수 있을 정도였다. 분명 충격적인 모습이었지만 헬렌은 심각할 정도로 마른 딸의 몸을 본 적이 있었다. 그럼에도 툭 치면 부러질 것처럼 깡마른 몸은 헬렌의 마음을 아프게 했다. 하지만 더 놀라운 것은 매들린의 몸 위에 그려진 검은 선이었다. 누군가 창백한 몸 위에 격자무늬를 그려 넣은 듯했다. 마치 딸아이의 몸을 해부라도 하려는 듯. 그리고 헬렌은 이내 그것이 무엇인지를 알아차렸다. 성형수술 전, 칼이 지나갈 곳을 표시하기 위해 그려 넣는 커팅 가이드였다.

"내 딸에게 무슨 짓을 한 거예요!" 헬렌의 목소리는 떨리고 있었다. 공포가 아닌, 분노에서 비롯된 떨림이었다.

"아직은! 아무것도!"

헬렌의 눈에서 눈물이 왈칵 쏟아져나왔다. 헬렌은 흐느낌을 억제하려 애썼지만 소용없었다.

"그 마음 이해합니다. 하지만 지금부터 내가 하는 말은 매우 중요하니 잘 들으세요, 모건 부인. 당신에게도, 나에게도, 따님에게도 중요한 일입니다. 이해하겠어요?" 갑자기 파벨 바이시가 진지한 목소리로, 놀라우리만치 부드러운 목소리로 말을 이어갔다. "이해하죠?" 파벨 바이시가 반복해서 물었다.

헬렌은 대답하지 않았다. 매들린의 얼굴에서 시선을 뗄 수가 없었다. 깊은 두려움이 매들린의 얼굴에 묻어 있었다.

"아마도 당신은 나를, 파트리크처럼 괴물로 여기겠죠, 모건 부인. 나를 보세요. 대부분 사람들의 눈에 나는 괴물입니다."

헬렌은 고개를 들어 자신이 할 수 있는 최대한 경멸스럽다는 표정을 지으며 파벨 바이시를 노려보았다. 그랬다. 파벨 바이시는 괴물이었다!

"당신이 나를 위해 할 일이 있습니다, 모건 부인." 파벨 바이시는 헬렌의 시선에 동요하지 않고 말을 이었다. "정중하게 부탁을 드릴 수도 있었겠죠. 내가 하는 일에 대해 설득하고 나를 믿어달라고. 심지어 그런 생각도 합니다. 이 세상에 나를 이해할 수 있는 사람이 하나 있다면 그건 아마 당신일 거라고요. 하지만 '아니요'라는 답으로 이 기회를 날려버릴 순 없었습니다. 그래서 당신에게 선택권을 줄 수도 없었지요. 나 또한 선택권이 없으니까요. 나를 믿어요. 내가 하려는 일은 매우 가치 있는 일입니다."

헬렌은 천천히 손을 움직여 재킷 주머니 속 휴대폰을 잡았다. 잘만 하면 파벨 바이시 몰래 경찰에 신고를 할 수 있을 것 같았다.

"납치와 학대, 도난을 정당화할 수 있는 가치는 없습니다. 그 대가는 감옥에 들어가는 것뿐이겠죠." 헬렌은 랄프를 향해 몸을 돌리고 말을 이었다. "당신도 마찬가지고요."

그사이 헬렌은 작은 버튼을 눌러 휴대폰을 진동 모드로 전환하는 데 성공했다. 긴급전화 버튼을 누르는 소리가 주머니 밖으로 새어나오지 않게 하기 위해서였다.

"지상의 법정보다 더 높은 법정이 있지요." 파벨 바이시가 대답했다. "하지만 아까도 말했듯이 나는 당신을 설득하고 싶은 생각이 없어요. 나는 협박으로 당신을 움직일 겁니다, 모건 부인. 당신은 비록 모르겠지만 내가 하는 일은 당신에게도 득이 되는 일이죠."

헬렌은 통화 버튼이 어디에 있었는지 머릿속으로 떠올려보았다. 보지 않고도 제대로 누를 수 있길 바랄 뿐이었다. 헬렌의 기억이 맞는다면 유럽의 신고 전화번호는 모든 나라가 같았다. 112. 헬렌은 조심스럽게 손가락을 움직여 휴대폰 화면의 키판을 불러 번호를 눌렀고, 녹색 통화 버튼이 있는 것으로 추측되는 곳을 누른 다음 주머니에서 손을 꺼냈다. 랄프는 헬렌의 방과 연결된 가운데 문 앞에 서서 앞을 바라보고 있었다. 들키지 않은 것 같았다. 행운이 따른다면 스페인 경찰은 대화 내용을 듣게 될 것이다. 최소한 신고 전화가 들어온 곳의 위치를 추적할 수 있을 것이고, 잘하면 순찰대를 보낼 수도 있다. 이곳에는 딸의 사진과 모나리자가 있으므로 파벨 바이시의 범죄를 입증할 만한 증거는 충분했다. 그렇게 되면 매들린도 곧 풀려날 것이다. 어디에 있는지를 알아내기만 한다면 말이다. 위에서부터 뜨거운 무언가가 식도를 타고 올라왔다. 매들린을 찾을 수만 있다면…….

"딸아이의 몸에 그려진 이 선들은 다 뭐죠?" 헬렌이 물었다.

"의학박사시니, 아시잖아요." 파벨 바이시는 소파에 몸을 기대고 있었다. 손가락은 삼각형 모양을 하고 있었다.

"커팅 가이드죠." 헬렌이 대답했다.

파벨 바이시가 고개를 끄덕였다. "현재 멕시코에서 진행되고 있는 작은 프로젝트에 대해서 들어보셨죠? 성형수술을 통해 아름다움에 대해 새로운 정의를 내려보려고 해요." 헬렌은 숨이 막혔다. 뺨이 달아올랐다. 재킷 속에 있는 휴대폰 버튼을 제대로 눌렀다면 최소한 파벨 바이시의 이 자백은 분명 녹음되었을 것이다. 긴급 전화는 모두 녹음이 되니까.

"내 딸에게 조금이라도 해를 가한다면 내가 당신을 죽여버릴 겁니다, 바이시 씨." 헬렌이 낮은 목소리로 단호하게 말했다. "맹세코."

바이시는 양쪽 입꼬리를 잡아당겼다. 그나마 지을 수 있는 유일한 표정인 것 같았다. "이 세상에 어머니의 사랑보다 강한 힘은 없다면서요?" 파벨 바이시가 조용히 물었다. "당신은 매들린을 구하기 위해서라면 모든 걸 할 테고요. 그렇죠?"

헬렌은 대답 없이 파벨 바이시를 노려보기만 했다.

"우리의 협상에 대해 설명을 하도록 하죠. 당신은 내가 원하는 걸 가져와요. 그러면 딸을 돌려줄 테니. 물론 다친 곳 없이 무사하게."

"내게 무엇을 요구할지는 모르겠지만 그걸 가져왔을 때 당신이 약속을 지키지 않으리란 걸 어떻게 믿죠? 내가 경찰에 신고할까 봐 죽일 수도 있잖아요?"

파벨 바이시는 웃음을 터뜨렸다. 파벨의 웃음소리는 마치 낡은 자동차의 엔진소리 같았다. 사고 당시 발생한 화재가 호흡기까지 손상시킨 모양이었다. "경찰에 신고할 일은 없을 겁니다. 내 말을 믿어요."

헬렌이 물었다. "내게 원하는 게 뭔데요?"

"나를 위해 훔쳐올 것이 있습니다, 모건 부인."

"훔치라고요?" 헬렌은 믿을 수 없다는 듯 물었다. "뭘 훔치라는 거죠?"

파벨 바이시는 도발하는 듯한 눈빛으로 헬렌을 바라보았다. "모나리자요." 파벨 바이시의 목소리는 침착했다.

"그건 이미 저기에……." 헬렌은 대답했다. 하지만 말이 튀어나온 즉시 헬렌은 파벨 바이시의 의도를 알아차렸다. "진짜 모나리자를 말하는 거군요. 파리에 있는 거요. 그건 불가능합니다."

"우리에겐 불가능하지만 당신이라면 가능하죠." 파벨 바이시가 대답했다. "당신은 루브르 박물관에서 모나리자를 연구할 계획이잖아요. 기회는 단 한 번뿐입니다."

헬렌은 믿을 수 없다는 듯 고개를 저었다. "설마 내가 그렇게 할 거라고……."

"당신은 그렇게 할 겁니다." 파벨 바이시가 헬렌의 말을 끊었다. "딸을 위해서 말이죠. 내 아들이 파리까지 동행할 겁니다. 경찰이나 다른 사람에게 연락하려는 헛된 시도는 하지 않는 게 좋을 거예요. 당신과 딸의 운명은 오로지 당신의 손에 달려 있으니까."

헬렌은 주머니 속에 있는 휴대폰을 떠올렸다. 112 신고가 부디 성공했기를! 헬렌은 순간적으로 하늘을 향해 기도를 드렸다.

"이제 휴대폰은 내게 주시죠!" 파벨 바이시가 말했다.

헬렌은 마지못해 파벨 바이시의 휴대폰을 건네며 마지막으로 한 번 더 딸의 사진을 보았다.

"당신 휴대폰 말이에요." 파벨 바이시는 재킷 안주머니에 자기 휴대폰을 넣으며 덧붙였다.

"휴대폰은 가지고 오지 않았어요." 헬렌은 거짓말했다. 즉시 랄프가 빠른 걸음으로 다가오더니 헬렌의 재킷 주머니에서 휴대폰을 낚아챘다.

"이리 줘요!" 헬렌이 소리를 지르며 휴대폰을 빼앗으려 했지만 역부족이었다. 헬렌의 휴대폰은 어느새 파벨 바이시의 손에 들려 있었다. 파벨 바이시는 헬렌에게 휴대폰을 보여주었다.

휴대폰 화면에는 '22#'이 입력되어 있었다.

"잠금 모드를 사용하시는 게 좋겠군요. 잘못 하다간 실수로 전화가 걸리겠어요." 파벨 바이시는 미소를 지으려는 듯 입꼬리를 움직이며 말했다.

이어 파벨 바이시는 휴대폰을 랄프에게 던졌고, 랄프는 휴대폰을 바닥에 던진 다음 구두 굽으로 밟아버렸다.

"만일 경찰이 오늘이라도 보스턴에 있는 당신의 아파트를 수색하게 된다면 말입니다, 모건 부인. 경찰은 그곳에서 당신이 프라도 미술관의 모나리자를 훔쳤다는 모든 증거를 발견하게 될 겁니다. 당신 컴퓨터에 당신을 범인으로 지목하기에 충분한 증거들을 저장해놨거든요. 건물 도안부터 신문 기사 등등 말이죠. 심지어 익명의 그림 밀수

꾼과의 거래 내용이 담긴 메일도요. 하드웨어에서 발견될 증거들은 당신이 명백한 범인이라는 사실을 암시하겠죠. 그러니 경찰에게 너무 빨리 들키지 않도록 조심하세요. 그래야 딸을 구할 시간이 생길 테니까요. 말했지만 파리까지는 파트리크가 동행할 겁니다." 파벨 바이시의 목소리가 울려 퍼지는 동안 헬렌의 눈앞에는 선회하는 형광노란색 원이 보였다. 헬렌은 커다란 탁자 위에 있는 묵직한 꽃병을 파벨 바이시의 민머리에 던져버리고 싶었다.

"이런 짓거리를 벌이는 이유는 돈 때문인가요?" 헬렌이 물었다. "당신은 안 그래도 백만장자잖아요? 대체 얼마나 더 많이 있어야 만족할 건가요? 돈 때문에 이렇게 비인간적인 짓을 저지를 수가 있는 거냐고요!"

하지만 파벨 바이시는 그저 고개를 저을 뿐이었다.

"아니면 단순히 그림을 갖기 위해서인가요?" 헬렌은 자신의 목소리에 담긴 증오를 파벨 바이시가 알아차리기를 바랐다.

하지만 당황스럽게도 파벨 바이시의 얼굴에서는 조롱이 아닌 슬픔의 빛이 묻어났다. "돈 때문에 그러는 게 아닙니다, 모건 부인. 돈은 아무런 의미가 없어요. 저처럼 돈이 많은 사람보다 그 사실을 더 잘 아는 사람은 없을 겁니다. 예술품을 갖기 위해서도 아니죠. 그 이상의 것을 위해서입니다. 그 어떤 희생도 아깝지 않을 그 이상의 것이요. 위로가 될지는 모르겠습니다만 어쨌거나 당신과 나, 우리 두 사람은 적어도 올바른 길로 가고 있고요."

"당신 관점에서나 그렇겠죠!"

"마음에 드는 말이군요, 모건 부인. 관점이라는 것은 언제나 관찰자의 위치에 따라 결정되죠. 그렇기 때문에 상대적이고요. 아름다움이란 것도 마찬가지입니다. 당신에게 아름다움이란 뭐죠, 모건 부인?"

헬렌은 망설였다. 지금은 이런 과학적인 혹은 철학적인 대화를 하고 싶은 마음이 아니었다. "아름다움에 대한 관점은 매우 다양해요. 수십 개가 넘는다고요." 헬렌이 말했다.

"당신의 관점을 물어본 겁니다. 어쨌거나 당신의 연구 분야잖아요."

"저에게 아름다움이란 신경생물학적 반응이에요. 뇌의 특정 부위에 자극이 오는 거예요."

"아주 좋아요!" 바이시가 칭찬하며 몸을 일으켜 세웠다. "인간의 뇌는 컴퓨터의 하드웨어와 비슷해요."

"그건 너무 단순화한 비교 아닌가요?"

"신경학자의 관점에서는 그렇게 생각할 수도 있겠죠. 하지만 나는 단순화하는 게 좋아요. 컴퓨터 하드웨어에 어떤 프로그램을 설치하듯 인간의 뇌도 프로그래밍할 수 있다는 데 동의하시나요?"

"그 또한 매우 단순화한 표현이죠."

"그래서 당신에게 묻는 겁니다, 모건 부인. 대체 우리의 뇌에 아름다움의 여부를 평가하는 프로그램을 설치한 건 누구일까요? 혹시 이런 생각 해본 적 있나요?"

"철학적인 질문이군요. 제가 하는 연구는 신경생물학과 관련이 있어요. 그리고 지금으로서는 그런 생각을 할 여력도 없고요. 아시다시피……."

파벨 바이시는 미소를 지었다. "하지만 당신과 같은 연구자들이 반드시 해야 할 질문이죠."

헬렌은 단념한 듯 어깨를 올렸다. "내게 원하는 게 뭔지 도무지 모르겠군요."

"아름다움은 악한 겁니다, 모건 부인." 파벨 바이시가 반짝거리는 눈빛으로 헬렌을 바라보았다. 마치 눈에 눈물이 고인 것처럼 보였다. 이 또한 화상이 낳은 결과이리라. "당신도 황금비율에 대해 알고 있겠죠."

'비율'이라는 단어를 듣자마자 헬렌은 매들린의 몸에 그려져 있던 커팅 가이드를 떠올렸다. 두려움이 번졌다. "물론 알고 있어요!" 헬렌은 귀찮은 듯 마지못해 대답했다.

"황금비율은 모든 악의 근원입니다."

도로에서 사이렌 소리가 들려왔다. 즉각 랄프는 창문으로 다가가 커튼 너머로 바깥 상황을 살폈다. "서두르는 게 좋을 것 같습니다." 랄프가 어두운 목소리로 말했다.

랄프의 말에 파벨 바이시는 자리에서 일어나며 옆에 있는 모나리자를 가리켰다. "언젠가는 이 문제에 대해 조금 더 자세한 대화를 나눌 기회가 또 오겠죠, 모건 부인." 파벨 바이시가 아쉬움을 담아 말했다. "랄프, 그림을 다시 가방에 넣어. 그리고 모형 챙겨드리는 것 잊지 말고! 루브르 박물관에서 연구할 때 필요하실 테니. 우리는 지하 주차장에서 만나지." 이어 파벨 바이시는 방문을 열고 덧붙였다. "모건 부인, 이쪽으로." 파벨 바이시는 한쪽 손을 헬렌에게 뻗으며 자신을 따를 것을 요구했다. 헬렌은 마지못해 파벨 바이시를 따라 나갔다.

"우리가 함께 있는 것을 보고 사람들은 미녀와 야수라고 생각하겠죠." 방을 나서는 순간 파벨 바이시가 말했다. 그러곤 또 한 번 웃음을 터뜨렸다.

헬렌은 바르샤바의 지하 저택에서 본 메모를 떠올렸다. "당신은 야수가 아니에요." 헬렌은 증오를 담아 말했다. "우리가 아는 〈미녀와 야수〉의 야수는 감정을 가진 인간이었거든요."

순간 파벨 바이시의 얼굴이 굳어졌고, 랄프의 얼굴에서는 미소가 떠올랐다.

58. 마드리드

"그게 무슨 말이에요?" 미술관장인 시니어 알레그레는 상당히 난처한 얼굴을 하고 있었다.

"벌 문양 말이에요. 스티커든, 문신이든, 뭐든! 어디서 벌 문양이 발견되지는 않았냐고요!"

시니어 알레그레는 어리둥절한 표정으로 고개를 저었다. 그는 안경을 빼서 코듀로이 바지에서 꺼낸 파란 천으로 안경을 닦았다. "아니요, 경관님. 제가 아는 한은 없어요. 아니면 과르디아치발에게 한번 물어보셔도 되고요."

밀너는 벽에 남겨진 액자 자국을 바라보았다. 마드리드에 도착하자마자 켈러는 프라도 미술관에서 모나리자가 도난을 당해 난리라는 소식을 전해왔다. 비록 관련 있는 사건이라는 증거는 없었지만 밀너는 소식을 듣자마자 직감했다. 이 모든 사건은 분명 한 목소리를 내고 있었다. 미술관으로 향하는 택시 안에서 인터넷으로 모나리자에 대해 검색했다. 그리곤 모나리자가 황금비율을 보여주는 대표적인 작품이라는 정보를 얻고는 하마터면 소리를 지를 뻔했다. 파트리크 바이시가 왜 마드리드로 향했는지, 비행 내내 밀너를 고민하게 했던 질문의 답은 예상 외로 쉽게 찾을 수 있을 것 같았다. 밀너는 켈러의 전화 한 통과 FBI 신분증 덕에 즉각 프라도 미술관의 관장을 만날 수 있었다. 시니어 알레그레는 액자가 도난당한 자리로 밀너를 안내했고, 여전히 충격에 빠져 있었다.

"그러니까 한 번 더 처음부터 짚어보죠. 당신이 그 여자를 그림 앞으로 안내했고, 그 순간 화재 경보가 울렸다고요?"

"네. 그리고 온통 연기로 뒤덮였고요. 연기는 금방 사라졌어요."

"여자의 이름이 뭐라고 했죠?" 밀너는 이름을 받아 적기 위해 휴대폰을 꺼냈다.

"헬렌 모건이요. 보스턴 신경미학 연구소에서 일하는 유명한 학자예요."

"미국인이라……." 밀너가 중얼거렸다. "신경……. 뭐 하는 사람이라고요?"

"신경미학자요."

밀너가 이마를 찌푸렸다. 생애 처음 들어보는 단어였다.

"아름다움이 인간의 뇌에 어떤 영향을 일으키는지 연구하는 분야죠. 최근에 생긴 분야예요. 그러니까……."

"그런데 그 여자는 왜 이 그림을 보려고 한 건가요?" 밀너가 알레그레의 말을 끊고 물었다.

밀너는 미술관장의 얼굴에서 처음으로 슬픈 미소가 번지는 것을 보았다. "미술을 잘 모르는 사람만이 할 수 있는 질문이죠. 모나리자는 아름다움의 상징이거든요."

"하지만 여기 이 그림은 진짜가 아니잖아요?" 밀너가 즉각 질문을 수정해 덧붙였다. "아니, 아니었잖아요."

아무래도 밀너의 추가 질문이 불을 붙인 듯했다. 시니어 알레그레의 눈이 활활 타오르기 시작했다. "우리 모나리자는 원작보다 더 아름다운 작품이에요! 여기 설명을 보세요! 여기 이 선명한 그림이 우리 거고, 흐릿한 게 루브르의 모나리자예요. 파리의 모나리자가 아니라 왜 우리 모나리자가 도난을 당했을 것 같아요?"

"그야 보안이 더 취약했으니까 그런 것 아닐까요." 밀너는 무미건조한 답변으로 또 한 번 알레그레의 분노에 찬 시선을 받았다.

"헬렌 모건은 지금 어디에 있죠?"

"모르겠어요. 불이 났을 때…… 아니 연기가 피어올랐을 때 시야에서 사라졌어요. 다른 관람객들처럼 알아서 건물을 빠져나갔겠죠." 당시 상황을 떠올리자 또다시 충격이 찾아온 듯 시니어 알레그레는 고개를 저으며 덧붙였다. "다행히도 다친 사람은 없고요."

"경찰 말이, 가짜 연기였다는데. 진짜 화재가 난 게 아니었다더군요. 실제로 위험에 빠진 사람은 없었던 셈이죠. 모나리자를 제외하면요." 밀너가 말했다.

시니어 알레그레는 밀너를 못마땅한 표정으로 바라보며 말했다. "당신의 그 시건방진 태도가 무척 불쾌하네요. 우리가 지금 얼마나 문화역사적으로 가치가 큰 작품을 도난당했는지 알기나 합니까?"

아니, 거기까지는 몰랐다. 미술관으로 오는 길에 밀너가 읽은 정보는 진품에 대한 정보였고, 언뜻 보기에 단순한 모작처럼 보이는 프라도 미술관의 모나리자에 대해서는 관심을 갖지 않았었다.

"내 그럴 줄 알았어요!" 밀너의 당황한 얼굴을 포착한 미술관장은 의기양양하게 덧붙였다. "그렇다면 왜 그토록 서둘러 이곳을 찾은 건지 설명해주시는 편이 더 빠르겠군요. 그 가치도 제대로 모르면서 대체 FBI가 왜 이 그림을 찾는 겁니까?"

정당한 질문이었지만 밀너는 대답하고 싶지 않았다. "헬렌 모건 씨
와는 어떻게 아는 사이죠?" 밀너가 말을 돌렸다.

"그때 소개를 받은 분인데……."

그때 젊은 직원 하나가 다가오더니 시니어 알레그레의 귀에 무언가
를 속삭였다.

"죄송하지만 보안 업체에서 사람이 왔다는군요. 지금 바로 사무실
로 가봐야 할 것 같습니다." 시니어 알레그레가 양해를 구하고는 텅
빈 액자를 향해 다시 한 번 안타까운 시선을 던졌다.

"누구의 소개요?" 밀너가 알레그레의 팔을 붙잡으며 물었다.

"바이시 씨의 소개요." 시니어 알레그레가 자신의 팔을 붙잡은 밀
너의 손을 언짢은 듯 바라보며 퉁명스럽게 대답했다.

"파트리크 바이시요?"

"아뇨. 그의 아버지, 파벨 바이시요. 며칠 전에 전화가 왔었어요. 마
드리드에 있는데, 미술관에 들르겠다고 하더군요. 하지만 오늘은 파
벨 바이시가 아니라 아들이 헬렌 모건 씨와 함께 왔고요."

밀너는 충격을 받은 듯 알레그레의 팔을 놓았고, 알레그레는 기다
렸다는 듯 걸음을 옮겼다. 밀너가 붙잡았던 재킷 소매를 펴기 위해 툭
툭 치며. 밀너는 시니어 알레그레를 따라갈까도 잠시 생각해보았지만
그만두기로 했다. 밀너의 시선은 전시실 구석에 있는 작은 CCTV에
머물렀다. CCTV 영상을 돌려보는 것은 경찰 시절부터 가장 싫어하
던 일이었다.

59. 코유카 데 베니테즈

라마니 박사는 쓰레기통으로 쓰는 양철통에 모든 것을 게워냈다. 다 쓴 주사기와 가는 관, 사용한 라텍스 장갑, 피가 굳어 붙어 있는 솜 등 의료 쓰레기로 가득한 통이었다. 눈은 금방이라도 튀어나올 것만 같았고, 관자놀이로 모든 피가 쏠리는 느낌이었다.

요즘 물을 마시듯 술을 마신 탓일 거라고, 라마니 박사는 생각했다. 하지만 분명 무언가가 잘못돼도 크게 잘못되고 있었다. 여전히 양철통 위로 몸을 숙인 채 라마니 박사는 시선을 돌려 방 한가운데에 자리한 소파침대를 바라보았다. 이곳이 수술실임을 알 수 있는 건 밝은 녹색의 수술용 시트와 이동식 마취 기계가 전부였다. 그 두 가지를 제외하면 이곳은 외딴 지역의 먼지로 가득한 지저분한 오두막 그 이상도 이하도 아니었다.

침대 위에 누워 있는 여자는 이 모든 상황을 전혀 모르고 있었다. 여자는 남자들이 호텔이라고 부르는 벽돌로 된 그 건물에서 끌려나오며 격렬하게 저항을 한 탓에 진정제를 맞고 잠이 들었다. 남자들은 일반적으로 짐승을 운반하기 위해 소나 돼지에게만 투입하는 진정제를 여자들에게 사용했다. 처음에는 막으려고도 해보았지만 창고에 보관된 수술용 수면 유도제가 많지 않다는 것을 알고는 그만두기로 했다. 이 때문에 진정제를 맞은 여자가 살아서 배달될 때마다 라마니 박사는 안도했다.

얼마 전 만난 어린 소녀가 라마니 박사의 머릿속에서 떠나질 않았다. 다른 여자들보다 더 어린 소녀였다. 라마니 박사는 소녀의 몸에 가능한 한 커팅 가이드를 많이 그린 뒤 사진을 찍으라는 지시를 받았다. 사진을 찍을 필요가 없었던 다른 여자들과는 달랐다. 하지만 소녀가 특별하게 여겨졌던 이유는 따로 있었다. 다른 여자들처럼 아름답지 않았기 때문이다. 하지만 며칠 사이 라마니 박사는 더 이상 '아름다운 것'과 '추한 것'을 구분할 수가 없는 상태에 이르고 말았다. 앞으로는 그 어떤 여자를 봐도 아름답다는 생각을 할 수 없을 것 같았다. 라마니 박사의 작품은 끔찍함 그 자체였다. 그렇다. 라마니 박사의 마음을 움직였던 것은 소녀의 매력이 아니었다. 소녀의 눈에서 라마니 박사가 발견한 건 무언가 희망 같은 것이었다. 물론 소녀는 이내 단념하고 커팅 가이드를 그릴 수 있도록 몸을 내주었지만 소녀의 눈은 끝까지 저항하고 있었다. 자존심이었다. 그랬다. 소녀는 이 모든 수치에도 자존심을 잃지 않았다. 남자들이 들어와 소녀를 데리고 나갈 때까지도 소녀는 한 번 더 뒤를 돌아보며 비난이 섞인 눈빛으로 라마니 박사를 노려보았다. 마음을 움직이는 눈빛이었다. 그게 뭔지는 말로 표현하기 힘들었다. 하지만 라마니 박사의 머릿속에 떠오른 생각은 박사의 몸을 떨게 했다. 박사는 젖은 개처럼 몸을 부르르 떨었다.

박사는 고개를 들었다. 또 한 번 시선이 침대 옆에 있는 탁자로 향했다. 그리고 또 한 번 분노가 치밀어 올랐다.

그 늙은 괴물은 며칠 전, 이곳을 떠났다. 늙은이가 부재중인 틈을 타 잠시 수술을 멈추고 싶었던 라마니 박사의 바람은 이루어지지 않았다. 오히려 그 반대였다. 다음날 아침 티코는 사장님의 안부를 전한다며 다음 수술 대상과 스케줄이 적힌 메모지와 상자 하나를 건넸다. 상자 안에 들어 있던 것은 지금 다른 기계들 사이에 놓여 흐린 조명 아래에서 빛나고 있었다. 새로 구입한 골절단기였다.

60. 피렌체, 1500년경

우리의 생각이 곳곳으로 퍼져나가고 있다. 지난주에 나는 피렌체에서 강연을 했고, 수많은 사람들의 마음과 생각을 사로잡았다. 오늘은 스페인에서 찾아온 장인이 신의 비율에 관한 이야기를 꺼냈다. 내가 그 원작자라는 사실을 밝히자 그가 얼마나 놀라던지! 그가 보여주는 경외감 앞에서 나는 한순간 왕이라도 된 듯한 착각에 빠질 정도였다. (엄밀히 말하면 원작자는 로 스트라니에로지만 내가 그의 이론을 나의 것인 양 우쭐댔다고 해서 문제 삼을 것 같지는 않다.)

나는 신의 비율이 아름다움에 관한 다른 모든 정의와 관념을 밀쳐 내리라고 확신한다. 밭에 좋은 밀을 파종하면 좋은 밀이 질 나쁜 밀을 밀어내듯이 말이다. 신은 우리에게 무엇을 파종했던가. 솔직히 나는 레오나르도와 로 스트라니에로보다 훨씬 부지런하다. 두 사람은 아직까지도 여자들의 초상화를 붙잡고 있다. 얼마나 많은 초상화를 그렸을지 상상조차 되지 않는다.

이 일기는 기록인 동시에 일종의 보고서다. 따라서 살라이에 대한 이야기도 해야 한다.

살라이는 그림이 말을 한다고 떠벌리더니 이제는 레오나르도의 새 그림을 보면 노랫소리가 들린다고 주장하고 있다. 그림이 말을 한다느니 노랫소리가 들린다느니 하는 헛소리는 내 관심사가 아니다. 나는 살라이에게 언제 레오나르도의 새 작품을 보았느냐고 물었다. 하지만 그는 대답 없이 자리를 뜨고 말았다. 그림이 들려주는 말과 노랫소리에 내가 흥미를 보이지 않자 그는 화가 난 듯했다. 하지만 말이 되는가? 대체 어느 정도로 미쳐야 그림의 말을 들을 수 있게 될까?

우리는 우주를 이해하려 하고 있고, 이 집에서 가장 불쌍한 죄인은 이미 실패했다.

61. 마드리드

밀너는 미술관의 보안팀장 사비에르 뒤에 서서 벽에 걸린 9인치짜리 흑백 모니터를 보고 있었다. 화면 속 사람들의 움직임은 매우 빨랐다. CCTV가 1초 당 열두 프레임만 촬영한 탓이었다. 메모리를 절약하기 위한 설정이었고, 밀너가 가장 싫어하는 부분 중에 하나였다. 수백만 달러의 가치가 있는 예술품들을 소장하고 있다면서 1년에 고작 수천 달러를 절약하겠답시고 이처럼 허술하게 관리를 하는 꼴이라니.

"여기 있네요!" 사비에르가 말하며 화면을 멈췄다. 통통한 엄지손가락으로 사비에르는 큰 보폭으로 로비를 가로지르는 세 사람을 가리켰다.

"여자 하나, 남자 둘. 관장님과 약속을 했다고 했어요. 출입구 직원들이 전화를 해서 확인을 한 다음 통과시켰대요."

밀너는 고개를 끄덕이며 조금 더 자세히 관찰하기 위해 모니터 쪽으로 몸을 기울였다. 엄청난 상상력을 동원한 끝에 밀너는 겨우 파트리크 바이시의 얼굴을 알아보았다. 켈러가 보낸 사진과 같은 얼굴이었다. "한 번 더 뒤로 돌려봐요." 밀너가 부탁했다. "화면을 확대할 수 있어요?"

보안팀장은 고개를 저었다.

밀너는 세 사람이 로비에 들어서서 빠른 걸음으로 보안 검색대를 통과하는 모습을 관찰했다.

시니어 알레그레의 말대로 헬렌 모건이라는 여자의 얼굴은 꽤 예뻤다. 작은 모니터상으로도 여자의 얼굴이 정확히 대칭을 이루고 있다는 것을 알 수 있었다. 서른 후반 정도일 거라고, 밀너는 추측했다. 여자는 키가 컸고 말랐으며, 어두운 색의 머리카락은 땋여 있었다. 청바지와 블라우스를 입고, 턱을 들고 허리를 곧추세운 여자의 자세는 매우 우아한 인상을 주었다.

또 다른 남자는 어느 정도 거리를 두고 걷고 있었다. 남자의 움직임에서 밀너는 그가 보디가드라는 것을 즉각 알아차렸다. 꽤 큰 사이즈의 정장을 입고 있는데도 어깨 부분이 늘어나 있을 정도였다. 게다가 저화질의 모니터에서도 남자가 감시하듯 주변을 두리번거리는 것이 보였다.

"그리고 여기, 관장님이 여자 분을 전시실로 안내하고 있어요. 다른 두 사람은 보이지 않는데 아마도 사무실이나 미술관 카페에서 두 분을 기다렸거나 카메라가 없는 곳에 있었던 것 같아요. 전시실 외에는 CCTV가 없거든요."

밀너는 두 손으로 상체를 지탱한 채 몸을 기울여 화면을 살폈다. 미술관장과 여자가 대화를 나누는 것 같았다. "여자의 어깨에 있는 건 뭔가요?"

사비에르가 눈을 게슴츠레 뜨고 화면을 관찰했다. "가방입니다, 경관님."

어이가 없었다. "저렇게 큰 가방은 입구에 맡기거나 잠가야 하는 거 아니에요?"

"일반적으로는 그렇죠. 하지만 모건 씨는 관장님의 손님이었으니까요. 제가 들은 바로는 가방 안에 연구용 도구가 있었다고 하던데요. 연구실 벌레래요."

밀너가 사비에르를 향해 몸을 돌리며 의심스럽다는 듯 눈썹을 추어올렸다.

"여기에서는 그림을 연구하는 사람들을 그렇게 불러요. 연구실 벌레라고. 연구원들은 특별히 연구에 필요한 도구를 반입할 수 있게 되어 있어요. 이 여자 분도 어쨌거나 그런 연구원 중 한 사람이고요."

두 사람은 다시 녹화된 화면을 살폈다.

"그리고 여기, 연기가 나요. 범인이 연기 폭탄에 불을 붙인 거예요. 여기서부터는 아무것도 안 보이고요."

자욱한 연기가 미술관장과 여자를 삼켜버렸다.

"그리고 다시 나타나는 건 언제인가요?" 밀너가 물었다.

사비에르가 버튼을 하나 누르더니 힘겹게 화면을 관찰했다. 아마도 여러 개의 화면을 동시에 살피고 있는 것 같았다. "여기요!" 사비에르가 왼쪽 위에 있는 화면을 가리키며 외쳤다. "로비네요. 아까 그 남자들 중 한 사람과 계단으로 내려와서 밖으로 달려가고 있어요. 여기!"

밀너는 어디선가 튀어나온 것 같은 두 사람을 관찰했다. "잠깐!" 여자가 잠시 카메라를 향해 얼굴을 돌렸을 때, 밀너가 외쳤다. "이상하네." 밀너가 작게 중얼거렸다. 하지만 사비에르의 귀에도 들린 것 같았다.

"뭐가요?"

"진짜로 놀란 것 같아 보여요." 밀너가 대답했다.

"이상할 게 뭐가 있나요? 다른 사람들을 보세요. 이 시점에는 진짜 화재가 아니라는 걸 아는 사람은 아무도 없었는 걸요!"

밀너는 사비에르의 말이 맞는다는 듯 고개를 끄덕이며 사비에르의 개입을 차단했다. "계속요." 밀너가 부탁했다.

몇 장면 만에 헬렌 모건과 보디가드로 보이는 남자는 열린 출입문을 통해 박물관을 빠져나갔다. "한 번 더 뒤로 돌려주세요."

사비에르가 버튼 옆에 있는 동그란 버튼을 잡고 돌리자 화면이 앞으로 되돌아갔다.

"멈춰요!" 밀너가 다시 외쳤다. 밀너는 천천히 뒤로 몸을 기댔다. 그러더니 시선에 변화를 주어 더 많은 것을 포착하려는 듯 다시 앞으로 몸을 기울였다. "사라졌어요." 한참 만에 밀너가 말을 꺼냈다. 검지손가락으로 모니터의 유리 화면을 가리키며.

"누가요?" 사비에르가 놀라 물었다.

"사람이 아니라 물건요. 가방!" 밀너가 대답했다. "연기가 나기 전까지 여자는 어깨에 가방을 메고 있었어요. 그런데 여기에는 없죠!"

"아마도 충격 속에서 떨어뜨린 게 아닐까요?" 사비에르가 추측했다. "이런 화재 사고가 발생하면 저만 해도 그럴 수 있을 걸요."

밀너가 입술을 비틀며 물었다. "가방은 발견됐나요?"

사비에르는 어깨를 들썩였다. "제가 아는 한은 아니요. 하지만 한 번 더 확인해보죠."

"일단 계속 봅시다."

보안팀장이 버튼을 누르자 화면이 다시 움직이기 시작했다. 한동안 화면 속에는 수십 명의 사람들이 나타났다. 하나같이 서두르며 로비를 가로질러 밖으로 나가고 있었다.

"저기!" 밀너가 갑자기 소리를 지르더니 손가락으로 화면을 가리켰다. 사비에르는 다시 한 번 버튼을 눌러 화면을 멈춰 세웠다. "파트리크 바이시! 가방을 가지고 있어요!"

"가방을 발견하고 가져다 줬나 보네요." 사비에르가 말했다. "가방이 발견되지 않은 이유가 여기에 있었군요."

밀너는 턱을 문지르며 모니터 화면으로 보이는 파트리크 바이시를 관찰했다. 이내 파트리크 바이시도 출입구를 통해 밖으로 빠져나갔다. "이거 녹화 뜰 수 있어요? 방금 본 거 전부 다?"

"그럼요, 경관님. 어디로 보내드릴까요?"

밀너는 사비에르에게 명함을 건넸다. "여기 메일로요."

보안팀장은 반짝이는 눈으로 명함을 바라보았다. "와우, 진짜 FBI 명함이네요. 장식장에 진열해놔야겠는데요!" 사비에르는 신이 난 듯 명함을 높이 들어 올렸다. 밀너는 그런 사비에르의 어깨를 두드리며 고맙다는 인사를 남겼다.

밀너는 화면 속에서 본 로비를 향해 서둘러 이동했다. 텅 비어 있었다. 로비를 지키고 있던 보안요원들은 밀너가 지나갈 수 있도록 보안 검색대를 열어주었다. 밀너는 계단을 내려가며 휴대폰을 꺼내 전화를 걸었다.

"켈러입니다." 국장이 전화를 받았다.

"헬렌 모건의 자택 압수수색 영장이 필요해요." 밀너는 곧장 본론으로 들어갔다. 만일을 대비해 밀너는 헬렌 모건이 누구인지 소개했다. "보스턴 신경미학 연구소 소속 연구원이에요."

"무슨 일이에요?"

"파트리크 바이시가 안내하고 있던 여자예요. 제가 잘못 판단하고 있는 게 아니라면 두 사람은 오늘 마드리드에 있는 프라도 미술관에서 모나리자를 훔쳤고요."

켈러는 밀너의 보고 내용을 이해하는 데 시간이 필요한 듯 침묵을 지키다 물었다. "우리 사건과는 어떤 관계가 있지?"

"지금 예상되는 시나리오가 있기는 한데, 내용을 공유할 정도로 확실한 사실은 아니어서요." 예상하는 바를 사실로 단정 짓기는 다소 일렀다. 정보가 조금 더 필요했다.

"또 다른 여자가 나타났어요." 켈러가 침울한 목소리로 말했다.

"어때요?"

"편히 자고 싶다면 보지 않는 게 좋을 것 같군요. 그래도 괜찮다면 인터넷으로 봐요. 이제는 비포, 애프터 사진을 비교하는 웹사이트까지 생겼으니까."

닭살이 돋았다. "미쳤군요."

"사이트 방문자 수가 벌써 천만 명이 넘어요. 그것도 개설 첫 날에! 사진은 SNS상으로 퍼졌고 더 이상 손 쓸 방법도 없어요." 켈러는 분노했다.

"웹사이트는 누가 만든 건가요?"

"아직은 몰라요. 정확히 이해는 못했는데, 유령 사이트라고 하더군요. 바이러스에 감염된 컴퓨터를 이용하고 있다나."

"왜 그 사진을 인터넷에 올리는 걸까요?"

"현재 프로파일러들이 그걸 알아내려고 하고 있어요. 돈을 요구하게 될 경우를 대비해 압박 수위를 높이려는 수작일 수도 있지. 혹은 정치적인 관심을 끌려는 시도일 수도 있고. 백악관은 현재 마약 카르텔을 의심하고 있어요. 마약과 전쟁을 치르고 있는 멕시코에 우리 정부가 중재에 나서는 것을 반대하는 사람들요. 지난달에 미국 정부의 도움으로 보스 중 하나가 잡혔거든요. 워싱턴으로 이송됐고."

"믿을 수 없어요." 밀너가 대답했다.

"알잖아. 우리는 늑대와 함께 운다는 거."

"벌은 어떻게 됐어요?"

"최악이지. 양봉업체 협의회 말이, 벌의 사망률이 24퍼센트에 달한

대요. 바이러스는 급격한 속도로 번지고 있고, 아직 피해를 입지 않은 나라는 호주가 유일해요."

밀너는 깊이 숨을 들이마셨다. 인근 도로를 가득 메운 매연에도 마드리드에는 아직 여름 냄새가 남아 있었다. "컴퓨터 바이러스 쪽은요?"

"더 악화됐어요. 우리 쪽 IT 전문가들은 현재 전 세계 컴퓨터의 31퍼센트가 감염되었다고 보고 있어요. 검색 사이트들은 모두 사진 검색을 차단한 상태고. 작업을 중단한 사진 관련 에이전시가 한둘이 아냐. SNS를 보면 알 거예요. 이거야말로 진짜 로키 호러 쇼라니까! 정말이야. 요즘 같은 미디어 시대에 이건 재앙이야!"

밀너는 사진의 권력을 주장하던 챈들러를 떠올렸다.

"32년 동안 FBI에 있었지만 이처럼 미스터리한 사건이 한꺼번에 터지는 건 경험해본 적이 없네." 켈러는 탄식했다.

"새로운 정보가 생기면 즉각 보고하겠습니다. 일단 헬렌 모건 문제부터 처리해주세요. 컴퓨터 뒤지는 것 잊지 마시고요." 통화를 끝낸 밀너의 시선은 자연석과 함께 미술관 전면을 장식하고 있는 조각상에 머물렀다. 벽감 안에 흰색 조각상이 곧게 서 있었고, 재미있는 그림자를 만들어냈다. 특히 한 여자를 묘사한 조각상이 밀너의 시선을 사로잡았다. 여자는 고대 로마나 고대 그리스 시대의 것으로 보이는 긴 옷을 입고 있었다. 오른손에는 막대기를 들고 있었고, 다른 조각상들과 마찬가지로 받침돌 위에 서 있었다. 그 앞에는 글씨가 하나 새겨져 있었다.

"시메트리아." 밀너가 소리내어 글씨를 읽었다. 대칭. 목 위에 긴 균열이 있었다. 누군가에게 맞아 날아갔던 머리를 다시 얹어놓은 것처럼 보였다.

"대체 누가 이처럼 아름다운 조각상을, 대칭의 상징인 이 조각상을 참수한 걸까?" 그 순간 밀너는 누군가의 목소리를 들었다. 하지만 사방을 둘러봐도 조각상 앞에 서 있는 것은 밀너가 유일했다. 그제야 밀너는 그 목소리가 자신의 목소리였음을 알아차렸다.

62. 마드리드

"자동차로 가는 건가요? 목적지까지요?" 세 사람은 꽉 막힌 도로에서 꿈쩍도 하지 못하고 있었다. 몇 분 전부터는 아예 움직일 생각도 안 했다. 도로를 가득 메운 차량들 사이로 겨우 몇 센티미터씩 나아갈 뿐이었다.

"비행기나 기차로 가면 너무 위험해요. 어쨌거나 그림을 가지고 있으니까요. 그리고 비행기로 이동하면 탑승객 명단에 우리 이름이 남을 거고요." 파트리크 바이시가 앞좌석과 뒷좌석 사이의 공간에 놓인 가방을 바라보며 말했다.

헬렌은 파트리크를 바라보았다. 이게 사실이라면 분명 파트리크 바이시는 거짓말을 했다. 아버지를 위해 헬렌을 속인 것이다. 아침까지만 해도 헬렌은 파트리크에게 호감을 느꼈고, 파트리크의 곁에서 안정을 누렸다. 하지만 이제 헬렌은 경멸하는 눈으로 파트리크를 바라보고 있었다. 솔직히 말하면 증오를 느끼고 있었다. 헬렌은 증오의 의미를 그 누구보다도 잘 알았다. 헬렌은 임신 후 증오심에 사로잡혀 아홉 달이라는 시간을 보냈고 매들린이 태어난 이후에야 비로소 그 감정을 긍정적인 에너지로 바꿀 수 있었다. 그런 헬렌의 안에 증오가 다시 자라고 있었다. 갈수록 커지는 그 증오심은 헬렌도 어찌할 수 없었다. 아니, 어떻게 하고 싶지도 않았다.

"마드리드에서 파리까지는 얼마나 걸리나요?" 헬렌은 가능한 한 냉정하고 방어적인 목소리로 물었다.

"보통 열두 시간은 걸려요. 우리는 아홉 시간을 예상하고 출발했고요. 랄프는 운전을 상당히 잘하는 편이거든요. 하지만 이 속도라면 아마 스무 시간은 걸릴 거예요." 파트리크 바이시는 자신의 농담에 스스로 억지웃음을 지었다.

헬렌은 분위기를 누그러뜨리려는 파트리크의 시도를 무시했다. 농담하고 싶은 마음이 아니었다. "당신의 아버지는 왜 하필이면 나를 택한 건가요?" 헬렌이 물었다.

"아버지는 미쳤으니까요." 파트리크가 경멸하는 듯한 목소리로 대답했다.

"무엇 때문에 미친 거죠?"

파트리크 바이시가 어깨를 들썩였다. "아버지의 수집품들을 봤잖아요. 아버지는 아름다움에 집착해요."

"미쳤군요." 헬렌이 혐오스러운 표정을 지으며 대답했다.

"맞아요. 아버지는 미쳤어요."

"우리가 아버님을 멈춰야 해요!" 랄프가 급브레이크를 밟았다. 대형 화물차 한 대가 급히 끼어든 탓이었다.

"유감스럽지만 나는 그럴 수 없어요." 파트리크 바이시가 우울한 표정으로 대답했다.

"왜죠?" 헬렌은 비난 섞인 어조로 물었지만 오히려 궁금한 것처럼 들리는 질문이었다.

"당신은 이해할 수 없어요." 파트리크 바이시는 한 손으로 얼굴을 쓸어내리며 대답했다. "아버지가 무언가에 꽂히면 아버지를 막을 수 있는 사람은 아무도 없어요. 그게 아버지의 기가 막힌 재능이죠. 아버지는 원하는 걸 늘 얻는 사람이에요. 어떤 대가를 치르더라도 끝내 얻고야 말죠."

"같이 경찰서로 가요. 지금이라도 늦지 않았어요!" 헬렌이 파트리크 바이시를 압박했다.

파트리크의 시선은 아무 말 없이 운전대를 잡고 있는 랄프에게로 향했다. 그 순간 헬렌은 방금 전 말이 실수였음을 깨달았다. 랄프의 파란 눈동자는 백미러를 통해 헬렌을 살피고 있었다.

"만일 그러시면 바이시 씨의 실망이 매우 클 겁니다. 따님의 실망도 클 거고요." 랄프가 깜빡이를 켜고 천천히 차선을 변경하며 말했다.

"당신은 왜 이 일을 하죠? 돈을 위해서?" 헬렌이 랄프에게 비난을 퍼부었다. 한참을 기다려도 랄프의 답변이 돌아오지 않자 헬렌은 포기하고 등받이에 몸을 기댔다. 파트리크 바이시도 헬렌을 따라 몸을 기대고 창밖을 내다보았다. 이 대화와 함께 헬렌에게 남아 있던 한 줄기 희망은 사라져버렸다. 헬렌을 도울 사람은 없는 것 같았다.

다시 자동차가 멈췄다. 헬렌은 조심스럽게 왼손을 좌석 손잡이로 가져가 크롬으로 도금된 레버를 살짝 잡아당겨보았다. 순식간에 이 레버를 당기기만 하면 어쩌면 문을 열고 도망칠 수 있을지도 모른다. 파트리크 바이시는 헬렌의 옆에 안전벨트를 한 채 앉아 있으므로 잡지 못할 것이다. 마찬가지로 랄프도 운전석에 앉아 있으니 곧장 반응하기는 어려울 것이다. 최소한 헬렌의 바람은 그러했다. 만일 도망치는 데 성공한다면 헬렌은 어느 가게로 들어가 도움을 요청할 것이다.

자진 신고를 했으므로 자신이 범인이 아니라 희생자라는 사실도 어느 정도 설득할 수 있을지 모른다. 어쨌거나 자신은 이름이 알려진 의학자니까. 하지만 매들린을 떠올리는 순간 헬렌은 용기를 잃고 말았다. 설령 경찰에게 자신의 결백함을 증명하는 데 성공한다 하더라도, 파벨 바이시와 파트리크 바이시 없이 어떻게 매들린을 찾을 수 있단 말인가.

"모건 부인, 문은 잠겨 있습니다." 랄프가 말했다. "벨트 매세요. 곧 검문소를 통과할 테니까. 안 매면 경찰한테 걸립니다."

헬렌은 뺨이 달아올랐다. 들킨 것 같았다. 그제야 헬렌은 차가 막히는 이유를 알 수 있었다. 몇 미터 떨어진 곳에서 경찰차 조명이 반짝거리고 있었다. 노란색 조끼를 입은 경찰들이 교통정리용 모자를 쓴 채 도로를 좁히고 모든 차를 조사 중이었다. 순간 헬렌의 맥박이 빠르게 뛰기 시작했다. 아직 앞에는 차가 많았다.

"어리석은 생각은 하지 마세요." 파트리크 바이시가 조언했다. "따님을 생각하세요! 아버지는 미쳤어요. 완전히 통제 불능이죠. 게다가 랄프는 못하는 게 없는 사람이고요."

"당신이라고 아버지보다 나은 줄 알아요?" 헬렌은 분노와 경멸을 고스란히 드러냈다.

"나는 당신과 마찬가지로 아버지 손바닥 안에 있어요."

"왜죠?"

파트리크가 머뭇거렸다. "거기에 대해서는 별로 이야기하고 싶지 않네요."

헬렌은 앞을 바라보았다. 검색대까지는 아직도 네 대가 더 있었다.

"내 딸이 어디 있는지 알려줘요. 그렇지 않으면 여기에서 바로 불어버릴 테니까." 헬렌은 최대한 분명한 어조로 경고했다. 놀란 랄프는 뒤를 돌아보았고 파트리크 바이시에게 경고하는 듯한 눈빛을 보냈다.

"몰라요. 나한테는 말해주지 않았어요."

"거짓말!" 헬렌이 랄프를 다그쳤다. "내 딸은 어디 있죠?"

앞에 있던 차가 움직이며 간격을 벌렸다. "저도 모릅니다." 랄프가 조용히 대답했다. 뒤에 있던 차에서 경적 소리가 들려왔고, 경찰 한 명의 시선을 끌었다. 랄프는 경찰이 경적을 울린 차를 향해 다가가는 것을 보았다.

"난 진심이에요. 그렇다면 이제 우리는 같이 감옥에 가면 되겠네요!" 의도한 상황은 아니었지만 절호의 기회라는 것만큼은 분명했다.

"우리에게는 알려주지 않았다고요!" 파트리크 바이시가 소리쳤다. 헬렌은 그의 목소리에서 두려움을 감지했다. "정신 차려요!"

"아버지는 어디에 있죠?" 헬렌이 물었다.

"몰라요." 파트리크 바이시는 자포자기한 말투로 대답했다.

"혹시 경찰들이 알지도 모르겠네요." 헬렌이 비꼬는 투로 말했다. 헬렌은 경찰 하나가 뒤에 있는 차의 운전기사와 대화를 나누는 것을 보았다. 또 다른 경찰은 손을 눈 위에 가져가 창문을 통해 차의 뒷좌석을 들여다보고 있었다.

"잘 생각해보세요. 우리가 감옥에 가게 되면 당신은 아버지를 위해 루브르 박물관의 모나리자를 훔칠 수 없게 될 거예요. 그렇게 되면 아버지에게도 따님을 해치지 않을 이유가 사라질 거고요!" 파트리크 바이시는 앞에 있는 경찰들을 살피며 빠른 속도로 말을 이어갔다.

헬렌은 공포에 사로잡혔다. 귀로 듣는 그 말은 더 정신 나간 것처럼 들렸다. 루브르 박물관에서 모나리자를 훔치다니. "말해요. 내 딸 어디에 있어요?" 헬렌은 포기하지 않고 물었다. 경찰들은 어느새 바로 앞에 있는 아우디까지 와 차주와 이야기를 나누고 있었다.

"바이시 씨는 멕시코에 있어요!" 그때 갑자기 랄프가 뒤를 돌아보지 않은 채 소리쳤다.

"멕시코 어디요?"

랄프는 순간적으로 백미러를 통해 헬렌을 쳐다보았다. 무언가를 생각하는 듯했다. "코유카 데 베니테즈. 아카풀코 근처."

헬렌은 깜짝 놀랐다. 이렇게 구체적인 답변은 예상하지 못했다. 하지만 랄프가 진실을 말하고 있는지 확인할 방법은 없었다. 파트리크 바이시는 깜짝 놀란 듯 백미러를 통해 랄프의 눈을 찾았다.

"어떡하라고 그럼! 어차피 아무것도 못 해." 파트리크 바이시와 눈이 마주친 랄프가 사과하듯 변명했다.

"그럼 내 딸은요?" 헬렌이 물었다. "우리 애는 어디에 있죠?"

랄프는 어깨를 들썩였다.

"따님도 아마 거기에 있겠죠. 확실하지는 않아요. 하지만 미스 아메리카인지 뭔지 잡년들도 거기 있다니까."

그 순간 앞에 있던 차가 움직이며 경찰이 지루해 보이는 손짓으로 랄프에게 앞으로 이동하라는 신호를 보냈다.

랄프가 계속해서 백미러로 헬렌을 주시하고 있었다. 멕시코라고? 새로운 희망이었다. 동시에 헬렌의 흥분은 고조되었다. 어쨌거나 첫 번째 단서를 얻는 데에는 성공했다. 하지만 제아무리 경찰이라고 한들 이 정보 하나만으로 매들린을 찾기에는 역부족일 것이다. 차가 멈추더니 랄프가 창문 유리를 내렸다.

귓속에서 자신의 맥박 소리가 들렸다. 한편으로 헬렌은 들키기를 바라고 있었다. 어쩌면 미술관의 CCTV에 모든 것이 촬영되어 경찰들이 세 사람을 찾고 있는 걸지도 모른다. 헬렌의 시선은 가방으로 향했다. 누가 봐도 독특한 가방이었다. 만일 경찰이 차 안을 들여다본다면 즉각 눈에 띌 것이 분명했다.

잠시 후 헬렌의 귀에 랄프가 유창한 스페인어로 경찰에게 무언가를 설명하는 소리가 들려왔다. 이어 랄프는 열린 창문을 통해 가죽으로 된 작은 상자를 전달했고 상자를 열어본 경찰은 안의 내용물을 유심히 살펴보더니 다시 랄프에게 건넸다. 그리고는 차체의 지붕을 한 번 두드리는 것으로 검사를 마쳤다. 뒷좌석은 들여다보지도 않은 채로. 차는 천천히 출발했고, 운전석 창문은 다시 닫혔다.

이해할 수 없는 일이었다. 헬렌은 놀란 눈으로 파트리크 바이시를 바라보았다. 파트리크는 크게 한숨을 내쉬고는 안심한 듯 좌석에 막 몸을 기대는 참이었다. "어떻게 된 거죠?" 헬렌이 물었다. 백미러를 통해 헬렌은 랄프의 미소를 보았다.

"외교관 패스요." 랄프가 말했다. "당신 옆에 앉아 있는 남자는 아버지와 마찬가지로 카보베르데의 명예 영사입니다. 가끔은 매우 실용적인 지위죠. 명예 영사의 차는 수색을 못하게 되어 있거든요."

"카보베르데의 명예 영사라고요?" 헬렌이 믿을 수 없다는 듯 되물었다.

"아프리카의 섬나라예요. 한 번도 가본 적은 없지만, 아름다운 곳이래요." 파트리크 바이시가 진지한 목소리로 말했다. "돈으로 할 수 없는 건 없죠."

헬렌은 몸을 돌려 뒤에 있는 유리창을 통해 뒤따라오던 미니트럭 한 대가 경찰에게 검사를 받는 모습을 바라보았다. 여섯 명의 경찰이

트럭을 둘러싼 것으로 보아 무언가 의심을 받고 있는 것 같았다.

경찰들이 입고 있는 노란색 조끼의 크기가 빠른 속도로 작아졌고, 이내 반짝이는 경찰차의 불빛도 시야에서 사라져버렸다. 헬렌은 마치 대양 한가운데에서 난파를 당한 것 같은 기분이었다. 먼 곳에 있던 구조선은 자신의 구조 요청을 듣지 못하고 지나가버렸다.

"조금이라도 자려고 해봐요." 파트리크 바이시가 말했다. 분명 부드러운 목소리였지만 눈을 감는 순간 헬렌의 눈앞에는 밝은 색이 나타났다. "아마 앞으로 며칠간은 좀 힘들 거예요."

헬렌은 좌석에 몸을 기댔다. 울고 싶었다. 하지만 강해져야만 한다. 매들린을 위해서라도.

지난 몇 년간 헬렌은 자신이 매들린을 곤경에 빠뜨렸다는 죄책감으로부터 단 한 번도 자유로웠던 적이 없었다. 매들린의 거식증이 나날이 심해지며 심각한 단계까지 이르렀을 때, 딸을 병원으로 데려가 그곳에 혼자 남겨두고 돌아오는 것 외에는 엄마로서 할 수 있는 일이 아무것도 없다는 사실을 깨달았을 때부터 지금까지 계속. 의사들은 나을 수 있는 병이라며 헬렌을 위로했지만 낯선 사람에게 딸을 맡기고 양심의 가책을 느끼지 않는 엄마란 있을 수 없는 법이니까.

헬렌도 매들린의 거식증이 왜 생겨났는지 알아내려고 애를 썼다. 그리고 상당 부분은 자신의 책임임을 절감했다. 모델로 활동했던 과거가 매들린에게 잘못된 가치를 심어주었던 것은 아닐까? 다이어트를 한다거나, 몸무게가 느는 것에 대해 불평을 할 때마다 어린 매들린이 이를 무의식적으로 받아들이고, 너무 큰 가치를 부여한 나머지 병적인 아름다움의 이상을 만들어낸 것은 아닐까. 헬렌이 자랑스러워하며 모델로 활동하던 당시의 사진을 보여주었을 때, 마치 옷걸이처럼 깡마른 몸에 옷을 걸치고 있던 엄마를 보며 매들린은 어떤 생각을 했을까? 혹은 아빠를 한 번도 만나지 못한 것이 원인이 된 것은 아닐까? 혹 매들린이 몇 년 동안 아버지를 그리워하며 힘들어했던 것은 아니었을까?

지난 몇 년 동안 헬렌은 여러 남자를 만났다. 하지만 아버지 역할에 적합한 남자는 많지 않았다. 혼자 아이를 키우며 열심히 일을 하는 미혼모에게 잭팟이 터질 가능성은 결코 크지 않다. 솔직히 데이트할 남자를 고른다거나 하는 호사를 누리기란 현실적으로 어려운 일이었다.

그러다 가이를 만났다. 가이는 처음부터 매들린과 좋은 관계를 맺기 위해 노력했다. 세 사람이 함께 외출을 한 적도 있었다. 올랜도의 디즈니랜드를 갔을 때였다. 가이의 양팔이 헬렌과 매들린의 어깨에 올라왔을 때 헬렌은 정말로 가족이 된 것 같은 느낌을 받았다. 매들린도 가이를 무척이나 잘 따랐다. 하지만 헬렌은 매들린과 가이의 사이에 있는 중개인일 뿐이었다. 두 개의 신경세포 사이를 연결하는 시냅스처럼. 그리고 가이가 떠났을 때 신경세포도 떨어져나갔다. 가이는 헬렌과 매들린을 동시에 떠난 것이었다. 헬렌은 자신과 딸이 겪어야만 했던 공동의 손실 때문에 딸의 질병이 더 악화됐을 거라고 추측했다. 어쩌면 매들린은 가이가 떠난 책임을 엄마에게 묻고 있는 것일지도 모른다.

하지만 매들린이 앓고 있는 병의 원인은 그리 쉽게 설명할 수 있는 것이 아니라고, 정신과의사는 설명했다. 거식증의 원인은 그보다 훨씬 더 복잡하다는 것이다. 하지만 자신에게 원인이 있다는 죄책감은 쉬이 떨쳐버릴 수가 없었다. 오히려 그 반대였다. 그 죄책감은 마치 덩굴과도 같았다. 감정을 잘라내면 잘라낼수록 더 많은 덩굴이 기어

오르는 것 같았다.

이번에는 절대로 매들린을 곤경 속에 내버려두지 않을 거라고, 헬렌은 다짐했다. 파리까지는 열두 시간이 걸린다고 했다. 계획을 세울 수 있는 시간이 열두 시간이라는 말이기도 했다. 언제나 출구는 있다. 그러니 그것을 찾기만 하면 된다.

63. 마드리드

차는 정말 끔찍한 발명품이다. 이 냄새나고 위험한 금속덩어리를 따라가는 것보다는 말이나 마차를 따라가는 게 더 쉬울 텐데. 경찰의 검문소를 지나가기 위해 긴 줄을 기다리며 남자는 잠시 숨을 돌렸다. 저들이 과연 경찰에게 들키지 않고 무사히 통과할 수 있을지 남자는 기대를 하며 지켜보았다. 그러나 남자가 개입하지 않아도 세 사람은 능수능란하게 경찰의 덫을 빠져나갔다. 남자는 정장 재킷에 묻어 있던 먼지를 털어냈다. 하마터면 그 위에 앉아 있는 파리도 함께 잡을 뻔했다. 가끔은 정말로 서툴다.

무척이나 감동적인 하루였다. 얼마나 오랜만에 보는 살라이의 그림이던가! 프라도 미술관 전시실에 서서 그림을 보며 남자는 비애를 느꼈다. 그리고 경외감을 느꼈다. 대체 그 소년이, 그 무능력하던 사람이 어떻게 이렇게 정확하게 그림을 그려낼 수 있었을까?

여자와 박물관의 직원으로 추정되는 남자가 나타났을 때 남자는 그림을 살펴보고 있는 중이었다. 이렇게 가까이서 여자를 본 것은 처음이었다. 여자는 정말 놀라울 정도로 아름다웠다. 조금만 더 젊었더라면 그림에 담을 만한 가치가 있었을 것이다.

남자가 그림에서 물러서자마자 갑자기 연기가 피어올랐다. 세트 뒤에서 연극을 보는 사람은 안다. 그것이 얼마나 우스꽝스러운지를.

연기, 화재 경보, 혼란. 사람들을 놀라게 하기란 정말로 쉬운 일이다. 그리고 그다음 순간 벽은 비어 있었다. 하지만 어쩔 수 없었다. 서툴렀다기보다는 미처 예상치 못한 단계였다.

진짜 적수는 아니었지만 분명 이들 중 한 사람은 매우 재능이 많은 것 같았다.

1911년 도난을 당한 이후, 1956년의 도난 그리고 지금. 아주 오랜만에 또 누군가가 모나리자를 훔치는 데 성공할지도 모른다. 차가 통제소 앞에 멈춰 서자 남자는 그 시간을 잠시 휴식시간으로 활용했다.

선팅된 창문을 통해 남자는 뒷좌석에 있는 여자의 얼굴을 볼 수 있었다. 여자는 피곤한지 창백했고 매우 불안해 보였다. 하지만 왠지 모를 당당함이 있었다. 분명 여자는 협박을 당하고 있는 것 같았다. 사전에 준비해놓은 도구처럼 보였달까.

얼마나 악한 짓을 하고 있는 걸까. 선한 것을 이루겠다는 명목 아래 말이다. 악이 없이는 선이 존재할 수 없다는 또 하나의 증거였다.

남자가 선과 악 중 어느 쪽에서 싸우고 있는지는 어차피 아무도 모르겠지만.

차가 검문소를 지나더니 다시 속도를 내기 시작했다. 세상의 모든 것이 다시 빠르게 흘러가기 시작했다. 인류는 스스로 몰락의 길로 들어가고 있었다.

64. 마드리드

"팁을 상당히 많이 주고 갔어요." 벨보이는 친절했고 기꺼이 밀너를 안내해주겠다고 했다. 작은 키에 마른 벨보이는 머리를 뒤로 넘겨 빗은 상태였다.

"그래서 정확히 몇 시에 호텔에서 나갔나요?" 밀너가 물었다.

벨보이는 손목시계를 들여다보며 대답했다. "오후 5시 정도였어요. 제가 정확히 기억을 하는 게 객실 담당인 이사벨라에게 스위트룸을 정리하라고 시키려던 참이었거든요. 그런데 그때가 교대시간이어서 이사벨라는 가고 없었어요. 콘키타에게 이야기를 했더니, 이미 위층 청소를 시작했다고 하더라고요. 그래서 아직까지 스위트룸 정돈을 못했고요."

"정확히 몇 명이었나요?"

"네 명이요. 두 사람은 바이시 부자였고, 아들은 나중에 왔어요. 그리고 나머지 두 사람은 운전기사와 여자였고요."

"바이시라는 이름을 가진 사람이 둘이었단 말이죠." 밀너가 중얼거렸다. "CCTV로 촬영 중인 구역이 있을 것 같은데요?" 밀너는 복도 천장을 두리번거리며 카메라를 찾았다. 하지만 어디에도 카메라는 보이지 않았다.

"유감스럽지만 지금은 없습니다." 벨보이가 대답했다. "손님들의 항의가 있었거든요. 그래서 철거했어요. 아시겠지만 호텔에 누구와 왔는지 들키고 싶지 않은 사람들도 많거든요."

화가 났지만 사실 놀랄 일은 아니었다. 호텔만큼 좋은 불륜 장소는 또 없으니까. 하지만 장점도 있었다. 어쨌거나 CCTV 기록을 살펴보지 않아도 된다는 뜻이었다.

두 사람은 코너를 돌아갔다. 벨보이는 커다란 문 앞에서 걸음을 멈췄고, 마스터키로 문을 열었다.

"바이시 씨가 사용했던 스위트룸입니다." 벨보이가 룸으로 들어서며 설명했다.

밀너는 벨보이를 지나 안으로 들어갔고 룸을 살펴보았다. 스위트룸에는 여러 개의 방이 있었고, 하나같이 고급스러웠다. 하지만 누군가가 사용한 흔적은 보이지 않았다. "아직 청소를 안 했다고 했죠?" 밀너가 놀란 목소리로 물었다.

"네, 그렇습니다."

밀너는 옆방도 들어가 살폈지만 심지어 침대조차도 사용하지 않은 상태였다. 마치 방금 전 청소부가 들어와 룸을 정돈한 것처럼 모든 것은 원래 모습 그대로였다. 사람의 흔적이라고는 커다란 식탁 위에 놓인 잔들뿐이었다. 누군가가 잔을 이용한 흔적이 남아 있었다. 절반 정도 비어 있는 물통도 얼마 전까지 누군가가 이곳에 머물렀음을 암시하고 있었다. 쓰레기통에는 누군가가 베어 먹고 남은 사과심이 버려져 있었다.

"여자는 바로 옆 스위트룸을 사용했어요." 벨보이가 벽에 붙은 연결 문을 가리키며 말했다. 벨보이가 문을 열려는 찰나, 밀너는 소리를 지르며 벨보이의 행동을 저지했다. 벨보이를 밀치고 지나간 밀너는 식탁에서 사용하지 않은 냅킨을 가져와 그것으로 문고리를 감싼 뒤 문을 열었다.

"죄송합니다, 경관님." 벨보이는 그제야 이유를 알았다는 듯 사과했다.

"경찰이 와서 지문을 채취해갈 때까지는 아무것도 건드리지 마세요. 알았죠?"

벨보이가 고개를 끄덕였다.

밀너는 옆에 있는 스위트룸으로 들어갔다. 크기는 훨씬 작았지만 마찬가지로 고급스러웠다. 이 방도 침대의 시트만이 살짝 구겨져 있을 뿐, 이미 정돈이 끝난 것 같은 인상을 주고 있었다. 서랍장도 비어 있었다.

몸을 돌려 방을 나가려던 순간, 침대 옆 협탁 위에 있던 책이 밀너의 눈길을 사로잡았다. 처음에는 으레 그렇듯, 호텔에 구비된 평범한 성경책일 거라고 생각했다. 하지만 자세히 보니 상당히 낡은 책이었다. 밀너는 침대를 돌아가 협탁 위로 몸을 기울였다. 『디아리오 데 루카 파치올리』라……. 밀너는 잠시 고민 끝에 냅킨을 이용해 책을 집어 들었다. 생각보다 더 오래된 책이었다. 제본이 약해져 몇 장은 너덜너덜거렸다.

밀너는 제본이 뜯어져 페이지가 날아가지 않게 하기 위해 책을 꽉 쥐고는 옆방으로 이어지는 중간 문 앞에 서서 아무 말 없이 밀너를 지켜보고 있는 벨보이에게 물었다.

"이 책은 호텔 건가요?"

벨보이가 고개를 저었다. "아니요. 절대 아닙니다. 응접실에 고객들을 위한 책이 몇 권 있기는 하지만 그런 책은 없습니다. 그렇게 낡고…….'' 벨보이는 잠깐 고민하더니 이내 말을 이어갔다. "……더러운 책은 없어요."

밀너가 기대하던 대답이었다. "경찰들이 올 때까지 방을 잠가주세요. 양쪽 다. 누구도 안에 들여서는 안 됩니다. 청소도 하지 마시고요!"

"알겠습니다, 경관님."

"혹시 바이시 부자와 여자가 어디로 갔는지는 모르죠?"

벨보이는 어깨를 들썩였다. "아니요, 경관님. 저희는 원칙적으로 손님들의 목적지가 어디인지 묻지 못하게 되어 있습니다. 단지 제가 아는 건 네 사람이 차 두 대로 이곳에 왔고, 두 대로 떠났다는 것뿐이에요."

"차 번호는요?"

벨보이는 대답을 꺼렸다. 아무래도 투숙객의 사생활 보호를 어떤 것보다 우선시하는 호텔인 것 같았다. 숨길 것이 있는 사람에게는 그야말로 완벽한 호텔이랄까.

밀너는 손에 쥔 책을 바라보았다. 어떻게 해야 할지 알 수는 없었지만 적어도 켈러가 보내준 주소를 따라 호텔을 방문한 것 자체가 무의미한 것 같지는 않았다. 바이시 부자와 동행한 여자는 본명을 대고 호텔에 묵었다. 이 호텔을 매우 안전하게 느꼈다는 증거였다. 하지만 신뢰와 과대평가는 한 끗 차이일 뿐. 밀너는 대형 범죄를 저지른 범죄자가 자만심에 취해 도주 중에 본명을 사용했던 사례들을 종종 경험했었다.

"그 밖에 눈에 띄는 건 없었어요?" 목격자 조사를 마무리할 때 던지는 기본 질문이었다.

"여자는 두려움에 떨고 있었어요." 오래 고민할 것도 없이 벨보이가 대답했다. "그런데……. 조금 이상한 게, 체크인 후에 짐을 가지고 손님들을 위층에 있는 방까지 안내했을 때까지만 해도 저는 여자가 매우 아름답다고만 생각했어요. 다소 슬퍼 보이기는 했지만요. 하지만 체크아웃을 한 뒤 남자들과 함께 지하 주차장으로 향하는 여자의 모습은……. 뭐랄까, 단순히 슬퍼 보인 게 아니라, 낙담한 것 같아 보였어요. 자포자기한 것 같은 모습이랄까요. 무슨 로봇 같았어요."

"로봇 같았다?"

"네. 마치 조종을 당하는 사람 같았거든요. 기계나 마리오네트 같은 느낌이었어요. 무슨 말인지 이해하시겠어요?"

밀너는 고개를 끄덕였다. 사실 벨보이의 말이 완벽히 이해되는 건 아니었다. 밀너는 감사의 의미로 벨보이에게 지폐 한 장을 건넸고 스페인 경찰이 나타나기 전에 서둘러 벨보이를 돌려보냈다. FBI 동료들이라도 들이닥쳐 이곳에 있는 모습을 들킨다면 더 최악일 테니까. 밀너는 동료들의 멍청한 질문 따위에 답을 해주고픈 상태가 아니었다.

엘리베이터를 타고 1층으로 내려가며 밀너는 켈러에게 문자를 보냈다. "헬렌 모건과 관련된 정보는요?"

밀너는 엘리베이터 거울에 비친 자신의 모습을 응시했다. 군인처럼 짧게 자른 머리, 크고 흰 코, 여드름 흉터가 남아 있는 피부. 거기에 새로 생긴 콧수염 아래의 흉터까지. 콧수염 아래의 흉터는 아문 지가 얼마 되지 않아 아직도 빨갰다. 눈 아래에는 다크서클까지 드리워져 있었다. 엘리베이터의 어둑한 조명 아래 밀너는 마치 유령 같아 보였다.

"첨부 파일 확인 요망." 켈러가 답을 보내왔다.

"자, 그럼 누구인지 한번 볼까." 밀너는 중얼거리며 '헬렌 모건'이라는 이름의 첨부 파일을 열었다.

65. 파리

다소 의아한 주문이었다. 일반적으로 폭탄 조끼는 짧은 끈 같은 것이 연결되어 있어 입은 사람이 직접 폭탄을 작동시킬 수 있게 제작된다. 낙하산과 비슷한 원리로.

하지만 이번에는 조금 달랐다. 최신식 원격 제어 폭탄 조끼였기 때문이다. 미성년자로 구성된 테러 집단은 이러한 원격 제어 방식을 사용하기도 한다는 이야기를 들은 적은 있었다. 아직 어린 아이들은 결정적인 순간에 폭탄을 터뜨릴 용기를 잃어버리거나, 정체가 탄로났을 때 당황해서 판단력이 흐려지는 일이 종종 있기 때문이다. 하지만 이경우는 그런 것도 아니었다. 분명 성인용 폭탄 조끼였다. 조끼의 벨트를 보면 알 수 있었다. 분명 다 큰 성인용이다. 이상한 것은 그뿐만이 아니었다. 디자인도 독특했다. 보통은 눈에 띄지 않기 위해 국방색으로 조끼를 제작한다. 하지만 이 조끼는 그 반대였다. 색이 각기 달랐다. 심지어 금색이나 은색도 있었다. 일부는 형형색색의 크리스털 보석도 붙어 있었다. 그리고 모든 조끼에는 벌을 형상화한 로고가 붙어 있었다. 아마도 말벌이거나 꿀벌 같았다.

글쎄, 이렇게 눈에 띄는 조끼를 입고 마지막 여행을 떠나려는 사람이라……. 아마도 그 사람은 죽음을 불사한 모험을 사랑하는 사람이 아닐까.

하지만 남자가 걱정할 일은 아니었다. 주문한 사람이 알아서 하겠지. 어쨌거나 그 괴물 같은 늙은이가 돈을 두둑이 챙겨줬으니 말이다. 그게 포인트다.

남자는 쓸데없는 생각을 몰아내고 조심스러운 손길로 폭탄을 조끼에 묶었다. 케이블과 케이블을 연결하며 고도로 집중하고 있는 남자의 손에서 차례로 폭탄 조끼 패키지가 완성됐다.

남자는 조심스럽게 여덟 번째 폭탄 조끼를 옆방으로 옮겼다. 남자의 동생은 담배를 문 채로 조끼를 받아 준비된 상자에 넣었다. 남자는 여덟 번째로 동생에게 제발 좀 조심하라는 경고를 해야만 했다.

"조심해, 이 멍청아! 이것만으로도 시구 전체가 날아갈 수 있다고!" 남자는 욕설을 퍼부으며 덧붙였다. "한 시간 뒤에 물건 가지러 온댔어."

남자의 동생은 이번에도 건방진 미소와 함께 욕을 내뱉었다. "이런 젠장 할 파리새끼!" 동생이 입에 문 담배는 말을 할 때마다 아슬아슬하게 윗입술과 아랫입술에 번갈아가며 붙었고, 금방이라도 폭탄 조끼가 들어 있는 상자 속으로 떨어질 것처럼 위협했다.

"그리고 못이랑 나사 더 가져오고!" 남자는 다음 조끼를 준비하기 위해 자리로 돌아가며 말했다. 한 가지 사실은 분명했다. 머지않아 이 도시 어딘가에서 엄청난 폭발이 일어날 것이다. 남자와 남자의 동생은 이미 멀리 떠난 후일 것이다.

66. 프랑스의 하늘 위

'그러니까 파리에 갔다는 거지.'

헬렌 모건이 일하는 연구소의 직원은 FBI 보스턴 지사의 요원에게 현재 헬렌이 파리 출장 중이라는 대답을 했다고 했다. 하지만 연구소의 그 누구도 정확히 어떤 일로 출장을 갔는지는 말할 수 없다는 것이 이상한 점이었다. 철저하게 보안을 유지해야 하는 연구 프로젝트라는 것이 직원들의 설명이었다. 어떻게 해서든 알아내보려고 시도는 했지만 성공하지는 못했다고 했다. 분명한 것은 군사 기밀과 관련된 프로젝트가 아니라는 것뿐이었다. 이는 미국 국방부를 통해서도 확인된 사실이었다. 더욱이 헬렌 모건의 자택에서 압수한 컴퓨터도 여전히 조사가 끝나지 않았다는 말은 밀너를 화나게 했다.

"무슨 생각을 하고 계시는 겁니까?" 밀너가 불만을 표시하자 켈러도 언짢은 듯 대답했다. "현재 컴퓨터를 할 줄 아는 FBI 내의 모든 직원은 하나같이 컴퓨터 바이러스에 매달려 있네."

처음에는 탑승객 리스트에서도 별다른 정보가 발견되지 않았다. 하지만 마침내 헬렌 모건의 이름은 전용기 출입국 신고서에서 발견되어 밀너를 놀라게 했다. 헬렌은 전용기를 타고 보스턴에서 바르샤바로 이동했다. 하지만 그 이후의 흔적은 찾을 수 없었다. 만일 유럽 내에서 전용기로 움직였다면 탑승객 명단에 오르지 않을 가능성이 있었다.

밀너는 소식을 듣자마자 서둘러 공항으로 이동해 가까스로 파리 행 마지막 비행기에 올랐다. 이때만 해도 밀너는 헬렌 모건과 바이시 부자를 파리 어디에서 찾아야 할지 전혀 알지 못했다. 그저 자신의 감을 따라가고 있을 뿐이었다.

비행기 안에서 밀너는 본부에서 받은 헬렌 모건의 프로필을 살펴보았다. 밀너의 시선은 헬렌의 여권 사진에서 멈췄다.

생년월일 정보에 따르면 헬렌 모건은 현재 서른여덟 살이었다. 하지만 1년 전에 찍은 것으로 보이는 여권 사진 속 헬렌 모건은 그보다 훨씬 어려 보였다. 어두운 갈색 머리카락은 단단하게 땋여 있었고, 얼굴은 완벽하게 대칭을 이루고 있었다. 도톰한 이마 아래로는 일일이 그린 것처럼 정교해 보이는 눈썹이 있었다. 광대 아래로는 마른 볼 위로 살짝 그늘이 드리워 있었고 운동으로 다져진 매끈한 몸매를 소유하고 있음을 예측하게 했다. 입술은 도톰했지만, 인위적이지 않았다. 키스를 부르는 전형적인 입술이었다. 하지만 밀너를 가장 놀라게 한 것은 헬렌의 눈빛이었다. 눈꺼풀이 살짝 덮고 있는 헬렌 모건의 갈색 눈은 부드럽지만 대담하게 카메라를 응시하고 있었다. 밀너는 같은 열에 앉은 승객들을 훑어보며 적절한 표현을 생각해보았다. 아무래도 '홀린다'는 말이 가장 잘 어울릴 것 같았다. 과거 모델로 활동하던 헬렌 모건은 특이하게도 이후 신경학자로 직업을 변경했다. 매우 독특한 이력이었다.

서류상에 남편에 대한 정보는 없었다. 밀너가 받은 전자 파일에는 매들린 모건의 사진이 한 장 포함되어 있었는데, 꽤 오래전 사진인 듯했다. 사진 속 여자아이는 약 여덟 살 정도 되어 보였다. 서류에 따르면 현재 매들린은 열여섯 살이었고, 질병이 있다고 했다. 매들린이 샌안토니오에 있는 한 병원에서 입원 치료를 받고 있던 것도 그 때문인 듯했다.

결론적으로 서류에서 헬렌 모건이 예술품을 훔칠 만한 사람이라는 것을 암시하는 정보는 단 하나도 없었다. 바이시 가족과 엮을 연결고리도 찾아볼 수 없었다. 모든 것은 '혐의 없음'을 가리키고 있었다. 단 하나, 헬렌 모건의 직업을 제외하면 말이다. 사실 밀너는 신경미학이라는 게 무엇인지는 몰랐다. 하지만 미학이라는 단어가 신경 쓰였다. 밀너가 별도로 인터넷 검색을 해본 것도 그 때문이었다. 밀너의 예상대로 헬렌 모건은 과학적 측면에서 미, 즉 아름다움을 연구하는 사람이었다. 황금비율에 대한 헬렌 모건의 기고문을 찾는 것도 어렵지 않았다. 전문 잡지에 실린 글이었다.

「미술사에서의 황금비율이 가진 의미 – 왜 우리는 황금비율을 아름답다고 느끼는가?」

대략적인 내용을 훑어보았지만 쉽게 이해되지는 않았다. 하지만 밀너는 바로 여기에 해답이 있음을 즉각 알아차렸다.

밀너는 전자문서를 닫고 마드리드에서 발견한 두 번째 증거물을 살폈다. 호텔 협탁 위에서 발견한 오래된 책이었다. 이탈리아어로 쓰여 있었다. 어머니가 이탈리아 출신인 밀너로서는 반가운 일이었다. 아일랜드에 뿌리를 둔 아버지는 늘 어머니의 언어를 비웃었지만 어머니는 조금이라도 아들에게 이탈리아어를 가르쳐주기 위해 노력했고, 밀너는 지금 그 덕을 보고 있었다. 모든 단어를 이해할 수는 없었지만 최소한 어떤 내용인지는 파악할 수 있었다.

『디아리오 데 루카 파치올리』. 저자가 누구인지 암시하는 제목이었다. '루카 파치올리의 일기'라……. 구글 검색창에 이름을 입력하고 검색 결과를 확인한 밀너는 하마터면 소리 지를 뻔했다. 루카 파치올리는 15세기 말과 16세기 초, 이탈리아에 살았던 프란체스코회 수도사로『신성한 비례』라는 작품의 저자로도 유명한 인물이었다. 위키피디아 검색 결과『신성한 비례』는 현재 밀라노의 암브로시아나 도서관과 제네바 도서관에 소장되어 있다고 했다.

파치올리는 레오나르도 다빈치와 함께 미술과 미학에서 가장 조화롭게 여겨지는 비율, 즉 황금비율이라는 명칭의 창시자이기도 했다. '뫼비우스의 띠'가 발견된 것과 같은 시기였다.

밀너는 다시 한 번 책의 첫 페이지를 읽어보았다.

…하지만 그의 얼굴을 본 순간, 나는 마법에 사로잡히고 말았다. 옷깃에 스라소니 털이 달린 품위 있는 옷차림…

다음 단어에서 밀너는 멈췄다. 스라소니라고? 밀너는 자신의 눈을 의심했다. 밀너는 계속해서 읽어 내려갔다.

　…은으로 된 양 머리 모양의 손잡이가 달린 검은 지팡이, 화려한 곱
　슬머리에 마치 복숭아를 연상시키는 발그레한 뺨, 통통한 분홍빛 입
　술, 세상을 지배하는 군주 같은 당당한 눈빛……. 그를 거절한다는
　것은 마치 낮을 밤으로 바꾸는 일만큼이나, 시시각각 다가오는 죽음
　을 막는 것만큼이나 불가능한 일이었다.

　밀너는 계속해서 페이지를 넘겼다. 여러 장을 읽은 후에야 밀너는
누군가가 곳곳에 메모를 남겨놓았다는 사실을 알아차렸다. 책 본문의
인쇄체와 구분되는 라틴체 메모는 최근에 기록된 듯 심지어 엄지손가
락으로 문지르면 지워질 정도였다. 헬렌 모건의 글씨일지도 모른다.
메모는 본문의 특정 단어에 기록된 것으로, 아마도 이 책을 읽으며 떠
오른 생각이나 느낌을 적어놓은 것 같았다. 헬렌 모건이 사용하던 방
의 협탁에서 발견된 책이니 헬렌의 것이리라.

　밀너는 책 여백에 적힌 메모들을 휴대폰에 입력해 전자 문서로 만들
었다. 각각의 키워드가 가진 관련성을 도출해내기는 어려웠지만 지난
며칠간 밀너가 다루었던 사건들을 특정한 방식으로 언급하고 있는 것
은 분명해 보였다. 다시 한 번 밀너는 키워드 리스트를 살펴보았다.

벌
신성 비율 / 『신성한 비례(De divina proportione)』
성형수술
바이러스

모나리자 델 프라도 (살라이?)

색을 소리로 듣다?

미인대회

패션쇼!

밀너는 마지막 키워드에서 멈췄다. 단순히 패션의 도시, 파리로 가고 있다는 이유에서만은 아니었다. 밀너는 비행 직전, 켈러에게 받은 메일을 떠올렸다. FBI 금융범죄 수사부에서 전달받은 자료로, 바이시가의 자금 흐름을 정리해놓은 파일이 첨부돼 있었다. 밀너는 파일을 열어 위아래로 올렸다 내리기를 반복하며 문서를 자세히 살폈다.

딱 봐도 금융범죄 수사부 직원들의 작업량이 만만치 않았을 듯했다. 억만장자, 그것도 전 세계적 재벌로 꼽히는 사람의 자금 흐름을 일일이 확인하는 일은 분명 쉽지 않았으리라. 파벨 바이시를 중심으로 얽히고설킨 기업과 펀드, 재단 등을 하나하나 풀어낸 보고서는 그야말로 예술이었다. 문서는 인물, 사회, 단체명, 화살표로 구성되어 있었고 특이사항은 없었다. 대부분은 이익을 늘리거나, 세금을 줄이거나, 이따금씩 기부하기 위한 목적이었다.

달리 눈에 띄는 사항은 보이지 않았다. 문서 하단에는 파벨 바이시가 후원한 행사들의 목록이 시간순으로 정리되어 있었다. 목록 가장 위에는 내일 날짜의 행사가 하나 있었다.

파리 패션쇼라고, 문서에는 기록되어 있었다. 주최 측은 밀너가 난생처음 들어보는 '체인지 더 월드'라는 이름의 패션 기업이었다. 후원 기업은 카프 베르데에 본사를 둔 주식회사로, 아마도 파벨 바이시가 지분을 가지고 있을 것으로 추정되는 곳이었다.

밀너는 개최 장소가 어디인지 확인했다. 파리를 잘 모르는 밀너도 알 수밖에 없는 곳이었다. 루브르 박물관. 하지만 그보다 더 밀너를 우려하게 만든 건 패션쇼의 주제였다. 테러 오브 뷰티 – 뷰티 테러.

67. 파리

차는 멈추지 않고 빠른 속도로 고속도로를 달렸다. 화장실에 들를 목적으로 두 번 주유소에 멈춘 것이 전부였다. 랄프는 요깃거리로 샌드위치와 치즈, 감자칩, 사탕을 사왔지만 헬렌은 먹고 싶은 마음이 없었다. 이동 중 대부분은 속이 불편했다. 쉼 없이 긴 시간을 달린 끝에 마침내 세 사람은 파리에 도착했다. 이전에도 파리를 방문한 적은 여러 번 있었지만 언제나 비행기를 이용했었다. 헬렌은 차 안에서 처음으로 암흑처럼 어두운 파리의 모습을 봤다.

매들린을 구해낼 만한 뾰족한 수는 떠오르지 않았다.

이동 도중 헬렌은 모든 방법을 다 동원해 상상의 나래를 펼쳤다. 차가 멈출 때면 큰 소리로 도움을 요청하는 자신의 모습을 상상했다. 주유소의 작은 화장실 창문을 통해 빠져나간 다음 숲을 달리는 모습도. 무기가 될 만한 것은 없는지도 살펴보았다. 랄프와 파트리크를 공격할 때 가장 큰 효과를 거둘 만한 무기. 그러면서 헬렌은 운전 중인 랄프의 목에 네일 파일을 꽂아 피가 솟구쳐 오르는 장면까지 상상했다. 마침내 두 사람이 자신에게 항복하고야 마는 상상. 스페인 경찰에게 조사를 받는 모습도 그려보았다. 국경을 넘은 뒤에 프랑스 경찰은 어떨까를 생각했다. 프라도 미술관에서 모나리자를 훔쳤다는 이야기를 어떻게 설명해야 유럽의 경찰들을 설득할 수 있을까. 하지만 모든 방법을 다 동원해도 상상의 끝에는 어느 초라한 경찰서에 갇혀 매들린이 풀려났다는 소식을 듣는 자신의 모습이 보였다. 더 최악은, 이 생각을 하는 순간 헬렌은 정말이지 미칠 것 같았다. 멕시코의 어느 시체실에서 경찰이 시체 보관함을 열어 흰색 천을 들어 올렸을 때, 그 아래에 누워 있는 딸의 모습을 보는 상상이었다.

마지막으로 헬렌은 자신의 의지와 상관없는 우연이 이 모든 것을 멈춰주는 상상을 했다. 갑작스러운 사고가 발생하는 것이다. 또 한 번 검문소를 지날 일이 생긴다거나, 특별 수사팀이 갑자기 개입한다거나 하는 등의. 하지만 아무 일도 일어나지 않았다. 몇 분 전 세 사람은 고속도로를 빠져나와 여유롭게 파리 도심에 들어섰다. 콩코드 광장을 지나, 세느강을 따라서. 파리 특유의 노란 조명이 도시의 밤을 비추고 있었다.

갑자기 랄프가 속도를 줄이더니 왼쪽으로 방향을 틀었다. 순간 헬렌은 오른쪽에서 루브르 박물관의 피라미드를 발견했다. 루브르 박물관 지하 로비의 천장을 이루고 있는 유리 피라미드였다. 한밤중에도 안에서는 조명이 새어나오며 왠지 모르게 비밀스러운 분위기를 풍기고 있었다.

차가 멈췄다.

"정말 아름답네요." 파트리크는 유리 피라미드에 깊은 감명을 받은 듯 보였다.

"황금비율인데 어련하겠어요." 헬렌이 비아냥거리듯 말했다. "에이오 밍페이 작품이죠. 이집트 기자의 피라미드에 영감을 받아 만들었어요. 물론 기자의 피라미드는 황금비율을 상징하는 가장 오래된 건축물이고요. 당신의 아버지가 매우 좋아하겠죠."

"그렇겠죠."파트리크도 경멸하는 듯한 말투로 대답했다.

"저기에 있습니다!" 갑자기 랄프가 어둠 속에 있는 무언가를 가리키며 소리쳤다. 그제야 헬렌의 눈에도 피라미드 바로 옆, 내부 주차장에 세워져 있는 트럭 한 대가 들어왔다. 여러 명의 남자들이 무거운 물건을 옮기느라 애를 쓰고 있었다.

"저 안으로 몰래 침입하려는 건 아니겠죠?" 헬렌이 믿을 수 없다는 듯 물었다.

파트리크가 웃었다. "대체 그 누가 루브르 박물관에 침입할 수 있겠어요."

"그럼요?"

"준비 중이죠."파트리크가 말했다. "내일 저녁 루브르 박물관 로비에서 패션쇼가 열리거든요. 그걸 준비하고 있는 거예요. 당신도 참석하게 될 거고요."

"우리에게는 계획이 더 많습니다." 운전석에 있던 랄프가 말했다.

차가 다시 천천히 움직이기 시작했다.

"어디로 가는 거죠?" 헬렌이 물었다. 질문과 함께 헬렌은 무의식적으로 차 문에 달린 수납공간을 건드렸다. 손끝에 무언가 단단한 것이 느껴졌다.

"몽마르트르 가보셨어요?" 파트리크가 물었다.

헬렌은 파트리크 몰래 손에 닿은 물건을 만졌고, 이내 그것이 무엇인지 알아차렸다.

"화가들의 언덕 말이죠?" 헬렌이 무관심한 듯 되물었다. 파트리크가 갑자기 헬렌을 향해 몸을 돌렸다. 순간 헬렌은 자신이 왼손으로 하는 일이 들키지 않기를 간절히 바랐다.

"아마도 요즘은 화가들보다는 관광객들로 가득하겠죠. 하지만 아직도 거기에 사는 예술가들이 있어요. 그리고 우리는 그런 예술가 중 한 명을 만나러 가는 거고요."

"이유는요?" 헬렌은 조심스럽게 검지와 중지 사이에 물건을 끼우고는 최대한 천천히 들어 올렸다.

"당신의 가방 안에 있는 모나리자에 새로운 막이 필요하거든요. 아니, 오래된 막이라고 해야 하려나?"

"새로운 막? 무슨 이유로요?" 마침내 헬렌은 문에 달린 수납공간에서 물건을 꺼내는 데 성공했다. 이제 안전하게 숨기기만 하면 된다. 떨어뜨리지 않고.

"곧 보게 될 거예요. 사람들은 아버지에 대해 별별 말을 다 하겠지만, 아버지는 분명 천재예요. 그나저나 괜찮아요? 당신 지금 좀……. 긴장하고 있는 것 같아 보여요."

헬렌은 물건을 쥔 왼손을 즉각 코트 주머니에 넣었다. 어쩌면 이것이 헬렌이 그토록 바라왔던 바로 그 우연일지 모른다. 헬렌은 몸을 떠는 척 연기하며 오른손도 코트 주머니에 넣었다. "추워서요. 피곤하네요. 몇 시간 동안 차에만 있었고, 가방 안에는 훔친 그림이 있고요. 내일은 루브르 박물관에서 모나리자까지 훔쳐야 하고. 그러니 긴장이 안 되겠어요?"

"긴장 풀어요. 다 잘될 겁니다."

"다 잘될 거라니, 누구에게요?"

"아버지 말대로 해요. 그렇게만 하면 당신과 따님도 아무런 문제없이 이 상황에서 벗어나게 될 거예요. 제가 장담해요."

"만일 그렇게 할 수 없다면요?"

파트리크는 대답 대신 한동안 헬렌을 응시했다. 이윽고 파트리크는 랄프에게 말했다. "몽마르트르로 가죠. 루이가 기다리고 있을 테니까."

파트리크의 목소리를 듣는 순간 어두운 빨간색이 헬렌의 눈앞에 나타나며 극심한 두통을 유발했다. 왼손으로는 여전히 코트 주머니에 있는 물건을 만지작거리고 있었다.

68. 피렌체, 1500년경

레오나르도와 로 스트라니에로는 도무지 만족이라는 걸 모른다. 이 모든 일이 바로 이곳, 우리의 작은 땅덩어리 위에서 일어나고 있다. 나는 레오나르도가 이성을 찾도록 하기 위해 여러 가지 시도를 해보았지만 기괴한 열정에 사로잡힌 그에게 내 조언과 충고는 전혀 먹혀들지 않았다. 게다가 로 스트라니에로는 끊임없이 레오나르도의 열정에 불을 지폈다. 몇 주 전부터 두 사람은 내 작품을 읽지 않는다. 그리고 그렇게나 많은 여자들을 초상화에 담았는데도 여전히 만족할 줄 모른다.

"벌써 몇 개째인가?"

점심식사를 하러 레오나르도가 건너온 틈을 타 내가 물었다. 레오나르도는 허겁지겁 염소 고기를 씹고 있었다.

"뭐가 말인가?"

레오나르도는 내 질문을 이해하지 못했다는 듯 되물었다.

"자네들이 그리고 있는 여자들 초상화 말일세. 몇 개나 그렸나? 그림은 어디에 있고? 하나도 못 본 것 같아서 말이야."

레오나르도는 계속해서 염소 고기를 뜯으며 고개를 저을 뿐이었다. 식사를 마친 레오나르도는 큰 유리병을 팔 아래에 낀 채 마지막 말을 남기고 아틀리에로 향했다.

"그림은 딱 하나만 그릴 걸세."

'하나'라니! 몇 주 전부터 우리를 찾아왔던 수백 명의 여자들은?
그 여자들이 전부 그림 하나를 위해서였단 말인가?

나의 혼란이 채 가시지 않았을 때 레오나르도와 로 스트라니에로
는 해괴한 계획을 또 하나 갖고 나타났다. 오늘 저녁, 안뜰에 나무판
자로 무대를 세우겠다는 것이다. 무대 위에는 화려한 옷을 차려입
은 여자들이 올라가 자신을 소개하게 될 것이며, 레오나르도와 로
스트라니에로는 가장 아름다운 여자를 골라 초상화에 담을 예정이
라고 했다. 여기에서 선택된 여자는 '레지네타 디 벨레차(reginetta di
bellezza, 미의 여왕)'라고 부를 계획이라고 덧붙였다.

"내가 사는 곳에서 이런 사기행각을 벌이다니!"

나는 화를 냈다. 하지만 로 스트라니에로가 나타나 자신들의 계획
에 대해 설명을 했고, 그제야 나는 두 사람이 어떤 의도로 이런 일을
벌이는지 이해할 수 있었다.

"우리는 신성 비율에 가장 가까운 한 사람을 고를 것이오. 여자의
초상화를 통해 사람들은 그 안에서 아름다움을 발견하겠지. 여자의
숭고함은 자연의 모범이 될 거고, 다가올 미래에 그 여자는 자신만
의 예술을 만들어낼 것이오."

"자연의 모범이 된다니 그게 무슨 소리인가? 우리는 한낱 인간일
뿐일세!"

나의 말에 로 스트라니에로는 가만히 미소 지을 뿐이었다.

나는 레오나르도와 로 스트라니에로가 무슨 의도로 이런 일을 하

고 있는지 정확히 이해할 수 없다. 신의 비율에 경도된 나로서도 두 사람의 계획과 의중을 완전히 받아들이기는 힘들다. 지금 아틀리에에서 벌어지는 일이 선인지, 악인지조차 분간하기 어렵다. 다만 한 가지 사실만은 분명하다. 우리가 너무 깊이 발을 들여놓았다는 것……

69. 코유카 데 베니테즈

열쇠로 문을 따는 소리가 잠들어 있던 매들린을 깨웠다. 문이 열리자 푸르스름한 빛이 칸막이 방으로 새어 들어왔다. 어스름이 시작되고 있었다. 잠시 졸았던 모양이다. 매들린은 며칠 동안 제대로 잠을 자지 못했다. 깜짝 놀라 뒤로 물러나 나무 벽에 최대한 몸을 붙였다. 나무 판자의 날카로운 모서리가 견갑골을 찔렀다. 어둠 속에서도 문틈으로 들어오는 그림자 하나를 볼 수 있었다. 이내 삐걱 소리와 함께 문이 닫혔다.

거친 숨소리와 술 냄새. 이 좁은 공간에 자신이 혼자가 아니라는 걸 암시하고 있었다.

매들린은 손을 움직여 무언가를 찾았다. 막대기, 돌, 뭐라도 좋다. 자신을 방어할 수 있는 것이라면 무엇이든. 하지만 손에 닿은 것은 물병 하나뿐이었다. 매들린은 물병의 목 부분을 꽉 움켜쥐고는 목표물을 발견하는 즉시 내리칠 준비를 했다.

숨소리가 커지더니 갑자기 매들린의 앞에 라이터 불빛이 나타났다. 불빛 속에서 남자의 얼굴을 인지하는 순간 매들린은 물병을 들어 내리치려 했다. 자신의 몸에 선을 그었던 바로 그 의사였다. 하지만 남자의 눈빛을 본 순간 매들린은 멈출 수밖에 없었다.

"쉿!" 의사가 말했다. 의사의 거친 숨결은 얼굴을 비추고 있는 라이터 불을 끌 것처럼 위협했다. "나 누군지 알지?" 의사는 라이터를 높이 들어 매들린의 얼굴을 밝혔다.

매들린은 고개를 끄덕였다.

"겁내지 마. 아무 짓도 안 할 거니까." 남자가 속삭였다. 라이터를

든 의사의 손이 떨리고 있었다.

한동안 침묵이 이어지며 의사의 거친 숨소리만이 공간을 가득 채웠다. 숨소리가 조금씩 잦아들었다. 남자는 흥분한 것 같았다.

"넌 누구야?" 마침내 남자가 말을 꺼냈다. 하지만 매들린이 대답을 하지 않자 질문을 덧붙였다. "저 여자애들이랑 같이 오지 않았지?"

"저 여자애들?" 매들린이 힘겹게 말을 꺼냈다. 오랫동안 말을 하지 않은 탓인지 목이 잔뜩 잠겨 있었다.

"미스 아메리카 여자애들!"

무슨 말인지 이해할 수 없었지만 굳이 티를 낼 필요는 없을 것 같았다. "나는 매들린 모건이에요. 보스턴에서 왔고요." 매들린은 최대한 작은 목소리로 대답했다. 납치를 당할 경우 납치범과 인간적인 관계를 형성하는 게 생존에 도움이 된다는 글을 어디선가 읽은 적이 있었다. 납치범의 마음이 움직여 죽이기 어렵게 만든다는 것이다.

갑자기 라이터의 불꽃이 사라지더니 의사의 신음 소리가 들려왔다. 이어 여러 차례 라이터 바퀴를 돌리는 소리가 들리더니 다시 불이 붙었고, 희미한 불빛 속에 남자의 얼굴이 보였다. 의사의 머리카락은 땀에 젖어 이마에 들러붙어 있었다. 동공은 검고 컸으며, 불안한 듯 흔들렸다. 매들린은 자신을 덮칠 것을 대비해 물병을 다시 한 번 세게 쥐었다.

"너는 왜 여기에 있는 거지?" 의사가 최대한 작은 목소리로 물었다. 들킬 것을 염려하고 있는 듯했다.

"나도 알고 싶어요!" 매들린이 대답했다. "당신의 부하들이 나를 여기에 가뒀잖아요!" 터질 것 같은 눈물에 목이 막혀왔다.

"너는 '미녀'가 아니잖아!" 의사가 반대편 손으로 관자놀이를 긁으며 말했다.

"감사합니다. 참 듣기 좋은 말이군요." 매들린이 대답했다. 이런 상황에서도 매들린은 예쁘지 않다는 말이 불쾌하게 느껴졌다.

"그런 말이 아니야. 너는 예뻐! 그것도 아주 많이!"

그제야 매들린은 자신이 예민하게 굴었던 것을 후회했다. 차라리 자신을 못생겼다고 생각하는 편이 나을 텐데. 살면서 처음으로 드는 생각이었다. 하지만 그 편이 더 안전할 것 같았다. 매들린은 최대한 벽에 몸을 밀착시켜 의사와 간격을 벌렸다.

"건드리지 않을 테니 걱정 마." 오밤중에 찾아와놓고는 이제 와 매들린을 안심시키기 위해 애를 쓰고 있었다.

바람이 불어와 라이터 불꽃을 꺼뜨릴 것처럼 위협했다. 하지만 불꽃은 끝내 살아남았다.

"사진을 찍으라고 한 건 너밖에 없어. 왜일까 생각해봤어. 내 생각에 그 괴물은 네 사진으로 누군가를 협박하려 한 것 같아." 의사는 조금 전보다 큰 목소리로, 빠르게 말했다. "몇 살이니?"

"열세 살이요." 거짓말이었다. 원래 나이보다 더 어리게 말하는 게 지금으로서는 유리할 것 같았다. 매들린은 의사의 눈빛에서 혼란을 감지했다.

"부모님은 누구시고?"'

"엄마는 헬렌 모건이에요. 아빠는 누군지 몰라요."

어둠 속에서 매들린은 고개를 젓는 의사의 모습을 보았다. "모건이라고? 아는 이름이 아닌데……."

그때, 바깥에서 큰 소리가 들렸다. 의사는 즉각 라이터를 껐고 다급하게 "쉿!" 하고 속삭였다. 바로 문 앞에서 누군가가 무어라 말했고,

또 다른 목소리가 크게 웃음을 터뜨렸다. 두 명 혹은 그 이상이 문 앞에 서서 대화를 나누는 듯했다. 그제야 매들린은 자신이 무의식적으로 숨까지 참고 있다는 사실을 인지했다.

영원처럼 느껴지던 시간이 지나고, 마침내 남자들의 목소리가 멀어지기 시작했다. 목소리가 완전히 사라진 것을 확인한 후에야 긴장이 풀렸는지 매들린의 다리가 떨려왔다.

"너랑 나, 우리는 같이 도망을 칠 거야! 오늘 밤!" 어둠 속에서 의사가 속삭였다.

그러더니 손 하나가 매들린의 허벅다리를 쓰다듬었다. 깜짝 놀란 매들린이 물병으로 의사를 내리치려던 찰나, 의사가 손을 떼더니 문을 향해 거친 숨을 내쉬며 말했다.

"데리러 올게." 의사는 신음소리와 함께 몸을 일으켰다. "곧!"

이윽고 문이 살짝 열렸고 작은 문틈으로 상쾌한 저녁 공기가 스며들었다. 매들린은 탐욕스럽게 공기를 들이마셨다. 문이 닫히기 전, 매들린은 밤하늘을 수놓은 별들을 보았다. 이어 문이 잠기는 소리가 들리더니 고요가 찾아왔다.

한동안 매들린은 움직일 엄두를 내지 못했다. 하지만 추위가 심해지자 조심스럽게 바닥에 몸을 뉘었고, 이불을 덮었다.

몇 분 동안 조용히 어둠을 응시하며 생각했다. 방금 전 대화가 꿈인지 아닌지 분간이 안 갔다.

70. 파리

자갈길에 들어선 탓인지 차가 심하게 요동쳤다. 세 사람은 자갈이 깔린 좁은 도로를 따라 올라가 빨간 차양이 쳐진 카페를 지났다. 파리는 모델로 활동하던 시절 자주 방문하던 도시였지만 몽마르트르를 찾은 것은 단 한 번뿐이었다. 그마저도 언제, 누구와 왔었는지 기억이 나질 않았다. 눈앞에 펼쳐진 사크레쾨르 대성당의 파사드를 보고서야 이곳에 왔던 기억이 났다. 도시 위로 솟은 높은 언덕이었다. 좁디좁은 건물 틈새로 헬렌은 조명에 물든 파리의 야경을 엿보았다.

야심한 밤이라 파리의 도로는 거의 비어 있었다. 사람이 없는 몽마르트르는 더욱 아름다웠다. 갑자기 도로의 폭이 더 좁아지더니 양쪽으로 오래된 벽돌 건물이 나타났다. 그러다 다시 언덕을 올라 외로운 가로등 아래 분홍빛으로 반짝이는 오래된 집 한 채를 지났다. 헬렌은 어둠 속에서 경작지를 발견했다. 포도주 농장 같았다. 파리 도심에 포도주 농장이라니. 믿을 수 없는 일이었다. 순간 랄프가 속도를 줄이며 우회전을 했다. 차는 벽화로 가득한 주차장 문 앞에 멈춰 섰다.

1분도 채 안 돼 자동으로 문이 열렸고, 세 사람이 탄 세단은 좁은 입구를 아슬아슬하게 통과했다. 처음에는 지하 주차장으로 연결되는 길이라고 여겼지만 신기하게도 통로 끝에 나타난 것은 안뜰이었다. 뒤에서 회전문이 닫히는 소리가 들렸다. 헬렌은 안뜰의 잔디를 보았다. 관리에 상당한 공을 들인 것 같았다. 곳곳에 설치된 작은 조명들이 벽을 타고 오른 덩굴을 노랗게 비췄다. 얼마나 촘촘한지 회색 벽이 거의 보이지 않을 정도였다. 오래된 자갈이 깔린 뜰 중앙에는 연못이 있었고 랄프는 바로 그 앞에 차를 세웠다. 졸졸거리는 연못의 소리는 헬렌의 눈에 갈색으로 보였다. 온화한 분위기에 취해 헬렌은 잠시 자신이 이곳에 온 이유를 잊어버린 채 깊게 숨을 들이마셔 몸 속 가득 파리의 공기를 채웠다. 파리의 냄새는, 파리에서만 느낄 수 있는 법이니까.

몇 미터 떨어진 곳에서 유리문이 하나 열리더니 나이 든 한 남자가 모습을 드러냈다. 어깨까지 내려오는 새하얀 머리카락의 남자였다. 얼굴을 뒤덮은 흰 수염은 남자의 피부색과 대조를 이루었다. 흰색 러닝셔츠 위로는 작업복을 입고 있었는데, 상당히 오래 입은 모양인지 파란색이란 걸 쉽게 알아볼 수 없을 정도로 바래 있었다. 수공업자 같은 복장이었지만 작업복 곳곳에 묻은 알록달록한 물감 얼룩은 남자의 직업이 화가라는 것을 알려주었다.

"루이, 내 친구!" 파트리크가 반갑게 외치며, 빠른 걸음으로 달려가 남자를 안았다.

"늙은 년은?" 루이라는 이름의 남자가 물었다. 남자의 표현이 자신을 지칭하는 것이라 여겨 당황한 헬렌이 한 걸음 옆으로 피했을 때, 랄프가 성큼성큼 앞으로 가 루이에게 헬렌의 가방을 내밀었다.

"이 안에요!"

"당신이 모건 부인인가요?" 루이는 겨드랑이 아래에 가방을 끼며 그제야 헬렌에게 물었다.

헬렌은 고개를 끄덕였다.

"당신의 계획을 안전하게 실행에 옮겨 나를 놀라게 해줘요! 성공한다면, 당신의 이름은 역사에 기록될 겁니다. 우리 아버지는 1911년의 모나리자 도난 사건을 매우 가까이서 경험했죠. 루브르 박물관에서 건물 관리인으로 일하셨거든요. 그 후로 모나리자는 한 번도 루브르를 떠난 적이 없지요." 루이가 미소를 지으며 말했다.

헬렌은 당황해 어찌할 바를 몰랐다.

"자, 그럼 모나리자를 위해 할 수 있는 일이 뭔지 한번 찾아보죠!" 루이가 헬렌의 가방을 높이 들며 말하고는 뒤에 있는 손님들은 아랑곳하지 않고 집으로 들어가버렸다.

파트리크가 다가와 부드럽게 헬렌의 팔을 잡고는 루이가 가는 방향으로 안내했다. "같이 가요!"

"여기서 뭘 하려는 거죠? 저 사람은 대체 어떻게 우리 계획을 알고 있는 건가요?" 헬렌이 마지못해 걸음을 옮기며 파트리크에게 속삭였다. "내가 모나리자를 훔칠 거란 걸 아예 파리 전체에 알리지, 왜?"

"우리 계획을 성공시키기 위해 필요한 사람이에요. 저 사람 없이는 불가능하거든요."

"대체 그 계획이 어떻게 진행되는 건지, 나는 언제쯤 알게 되는 거예요? 게다가 매들린은 대체 언제 만날 수 있는 거냐고요!"

파트리크는 헬렌의 질문에 답하지 않았다. 두 사람은 낮은 문을 지나 루이의 집으로 들어갔다. 낡고 오래된 집이었다. 작은 통풍기를 지나자 바닥이 돌로 된 좁고 어두운 복도가 나타났다. 오른쪽으로는 위층으로 올라가는 가파른 계단이 나 있었지만 파트리크는 옷장을 지나 또 다른 문으로 헬렌을 안내했다. 낑낑거리는 소리와 함께 무언가가 헬렌의 다리를 건드리고 있었다. 어두운 조명 탓에 헬렌은 강아지 두 마리가 자신을 향해 짖으며 뛰어오르고 있다는 것을 한참 후에야 알았다.

"렘브란트! 피카소!" 방 안에서 루이의 목소리가 들려오자 강아지들이 루이를 향해 뛰어 들어갔다.

방문 뒤로 계단이 보였다. 계단을 오르자 커다란 아틀리에가 모습을 드러냈다.

"우아……!" 아틀리에를 보는 순간 헬렌은 놀라움을 감출 수 없었다. 천장은 5미터는 족히 되어 보일 정도로 높았다. 아무래도 천장을 뚫어 두 개 층을 한 층으로 사용하고 있는 것 같았다. 아틀리에 중앙의 강철과 유리로 된 천장은 둥근 돔 형태였고, 뒤의 벽은 거대한 통유리로 되어 있었다. 낮 동안에는 거부할 수 없을 정도로 많은 햇살이 쏟아질 것처럼 보이는 구조였다. 하지만 바깥이 어두운 지금은 모든 것이 다 검은 벽처럼 보였다.

아틀리에의 측면 벽은 오래된 흙벽으로 마무리되어 있어 마치 동굴 속에 있는 것 같은 분위기를 자아냈다. 곳곳에 설치된 몇 개 되지 않는 작은 조명은 공간을 겨우 밝히고 있었다. 어둑어둑한 조명은 동굴 같은 인상을 더욱 강하게 줬다. 낡은 널빤지 마룻바닥 위로는 여기저기 캔버스가 있었는데 일부는 그림이 그려져 있었고, 또 다른 일부는 처녀처럼 새하앴다. 창문 앞 한구석에 닳아 해진 소파가 놓여 있었고, 반대편으로는 거대한 책장이 천장에까지 닿아 있었다.

루이는 아틀리에 중앙에 서 있었다. 조금 전 헬렌에게 반갑게 인사했던 강아지 두 마리는 루이의 주위를 뱅뱅 돌고 있었다. "정말이군! 진품보다 더 아름다워!" 루이가 낮은 목소리로 소리쳤다. "이 선명한 색하며! 오, 신이시여! 정말로 빛이 나는군. 조명으로 써도 될 정도야."

헬렌은 방 안으로 들어가서야 자신의 가방이 강아지 옆에 내팽겨쳐 있는 것을 발견했다. 프라도 미술관의 모나리자는 루이의 등에 가려진 캔버스 위에 놓여 있었다.

"그렇죠?" 파트리크가 루이의 어깨를 두드리며 말했다. 랄프는 문 근처를 지키고 있었다. 헬렌이 도망칠 경우를 대비하고 있는 듯했다.

"아버지는 당신이 잘해줄 거라고 믿고 있어요. 할 수 있죠?" 파트리크가 염려 섞인 목소리로 물었다.

"할 수 있지! 하지만 쉬운 작업은 아닐 거야!" 루이가 오른손으로 머리를 긁적이며 대답했다.

헬렌은 모나리자를 바라보았다. 아틀리에의 어둑한 조명에도 모나리자는 미술관에서 보았을 때보다 더 찬란하게 빛을 발하고 있었다. "저 사람이 뭘 하려는 건가요?" 헬렌이 물었다.

'라 벨라 파르벤차.' 그 때, 헬렌의 귀에 속삭임이 들려왔다. '델 말레!'

소름이 돋았다. 재빨리 헬렌은 그림에서 시선을 돌렸다. 그러자 비밀스러운 목소리도 즉각 사라졌다. "니스 칠!" 루이가 쾌활하게 대답했다. 루이는 어느새 돋보기안경을 커다란 코 위에 걸치고 있었다. "니스 칠을 할 겁니다!" 같은 말을 반복한 루이가 갑자기 무언가를 깨달은 듯 급히 덧붙였다. "이런, 나의 무례함을 용서해요. 아무것도 대접을 안 했네요. 뭘 좀 마실래요?"

그제야 헬렌은 자신도 갈증을 느끼고 있음을 깨달았다. 파리로 이동하는 내내 몇 시간 동안 아무것도 마시지 못했다.

"저기 큰 탁자 뒤에 물병이 있어요. 운이 좋다면 아마 깨끗한 컵도 찾을 수 있을 겁니다. 나의 클로 몽마르트르는 꼭 먹어보고 가야 해요!"

루이가 이젤 사이로 묵직한 걸음을 옮기더니 달그락거리는 소리가 들려왔다. 루이는 와인병과 와인잔을 들고 다시 모습을 드러냈다. 능숙하게 잔의 목 부분을 잡고 있었다.

"자네들은 와인 같은 거 안 마시지? 촌스럽게?" 루이가 파트리크에게 물었다. 하지만 답변을 기다리지 않고 루이는 이를 사용해 코르크를 뽑아내더니 바닥에 뱉었다.

"여기, 받아요!" 루이가 와인잔 하나를 내밀며 헬렌에게 권했다. 거절하고도 싶었지만 이내 받기로 했다. 어쩌면 술을 조금 마시는 편이 도움이 될지도 모른다.

파트리크도 잔을 받았다.

"몽마르트르산 와인이에요. 어쩌면 오는 길에 와인 농장도 봤을지 모르겠군요."

아마도 헬렌이 잘못 본 건 아닌 것 같았다.

"이곳에서는 무려 스물일곱 종의 포도를 재배하죠. 약은 치지 않아요. 구리와 유황만 쓰죠. 맛 좀 보세요!" 루이는 세 잔 모두 와인을 가득 채우고는 잔뜩 기대하는 표정으로 헬렌을 바라보았다.

크게 한 모금 넘긴 헬렌은 이내 얼굴을 찌푸렸다. 쓰고 시었다. 파트리크의 표정을 보니 그도 비슷한 듯했다.

루이는 웃음을 터뜨렸다. "이런 말이 있죠. '몽마르트르의 와인은 맛이 없다. 그 와인을 한 잔 마시고 나면 몽마르트르에 소변을 볼 것이다!' 하지만 잘못된 거예요. 신맛에 적응이 되기만 하면 그 가치를 알게 될 테니까!" 루이는 단숨에 한 잔을 비우더니 또 한 번 와인잔을 가득 채웠다. 이번에도 루이는 긴 한 모금으로 와인을 넘겨버렸다.

이어 루이는 와인병과 잔을 옆에 세워두고는 손을 문지르며 말했다. "자, 그럼 이제부터 이 모나리자를 할머니로 만들어볼까나!" 루이는 상체를 숙여 이젤 아래에 놓여 있던 틴 박스를 집었다.

"상당히 연구를 많이 했어요. 몇 주 동안 루브르 박물관을 내 집 드나들 듯 드나들었죠. 아마 몇십 년 동안 간 것보다 더 많이 갔을 걸?

방탄유리가 두꺼워서 자세하게 관찰하긴 어려웠지만. 그래도 다행히 조제에는 성공했지!"틴 박스에서 넓적한 붓을 하나 꺼낸 루이는 그 사실을 증명이라도 하듯 갈색의 액체를 떨어뜨려 보였다.

"큰 균열 하나와 촉박한 시간이 골치를 썩이긴 했지만……. 자, 이 제 그럼 모나리자에게 가볼까!"루이는 뒤를 돌아 대범하게도 붓에 묻은 액체를 모나리자를 향해 뿌리기 시작했다.

"지금 무슨 짓을 하는 거예요!"충격에 휩싸인 헬렌이 물었다. 순간 잔을 가득 채운 와인이 흘러내렸다.

"그림을 바꿔치기할 때 가장 중요한 부분이 저 니스 칠이에요."파 트리크가 끼어들어 설명했다. "루이는 지금 프라도 미술관의 모나리 자를 가능한 한 루브르 박물관의 모나리자와 비슷하게 만드는 작업을 하는 거고요."

"바꿔치기라고요?"

"내일 당신은 연구를 하는 척하면서 두 개의 그림을 바꿔야 해요."

"미쳤군요!"헬렌이 말했다. "절대 불가능해요!"

"가능해요. 성공할 수 있을 거예요."

"그럼 이 그림은 어떻게 가지고 들어가죠?"

"프라도 미술관에서 가지고 나왔던 것처럼요. 가방에 넣어서!"

"이번에는 통과할 수 없을 거예요! 게다가 진품을 연구할 때는 혼 자 있지도 않을 거고요!"

"우리 쪽 사람들이 있으니 걱정 말아요. 내 말을 믿어요."

"프라도 미술관의 모나리자는 진품이랑 달라요! 바뀌었다는 걸 즉 각 알아차릴 거라고요!"

"그래서 이곳에 온 겁니다. 루이는 이 분야의 일인자예요. 바림기법을 활용해서 색을 엷게 만들면 원본과 똑같아질 거고요."

"배경이 아예 다르다고요!" 헬렌이 소리쳤다.

"아직은 그렇죠, 부인. 하지만 일단 한 겹 씌운 다음에 내가 그 위에 덧그릴 거예요."

"그럴 수 없어요! 이 그림을 망가뜨리는 거라고요. 복제품이라고는 하지만 큰 가치가 있는 그림이라고요!" 헬렌은 자부심을 가지고 프라도 미술관의 모나리자를 소개하던 시니어 알레그레를 떠올렸다. "차라리 똑같은 그림을 그려서 바꿀 수는 없었나요?"

"아버지의 요구사항이었어요. 반드시 이 그림으로 해야 한다고요. 그리고 말했지만, 아버지는 한번 꽂히면⋯⋯."

"이 광택제는 다른 니스들처럼 나중에라도 제거가 가능해요." 루이가 끼어들었다. 루이는 계속해서 붓을 이용해 모나리자 위에 광택제를 발랐다. "용해제나 암모니아, 알코올, 송진, 아세톤 아니면 그냥 세제도 가능하죠. 침으로 지워진다는 사람들도 있던데요! 지난 수백 년간 사람들은 그림 보존을 이유로 모나리자를 세척하지 않았죠. 유감스러운 일이에요. 세척을 하면 이 모나리자만큼이나 색이 선명해질 텐데. 세척을 했다가 그림이 망가지기라도 할까 걱정하는 거예요."

"오리지널 모나리자는 이것보다 미세한 잔금이 훨씬 많아요. 그건 어떻게 따라할 거죠?" 헬렌이 지적했다.

"작업을 마치고 나서 한 번 구울 거예요. 저기 있는 진흙 오븐으로요. 피자를 굽듯이. 결과물을 보면 당신도 놀랄 걸요? 문제는 오리지널에 커다랗게 금이 나 있는 부분인데⋯⋯. 그걸 어떻게 할지는 조금 더 고민해야 해요. 그 금이 혹시라도 나중에 지워지지 않을까봐 걱정이 되긴 하지만, 뭐 괜찮을 겁니다. 여기, 바로 머리 직전에서 끊기니까."루이가 상체를 숙여 병에 남은 와인을 잔에 붓고는 단숨에 들이 켰다.

"당신들은 모두 미쳤어."헬렌이 비난했다. "나는 체포될 거예요."

헬렌은 손에 있는 와인잔을 바라보다 루이를 따라 와인을 마셨다. 신맛이 너무 강해 구토하고 싶을 정도였다.

헬렌은 이젤 위에 놓인 모나리자를 응시했다. 그림을 볼 때마다 들리던 속삭임은 이제 사라진 것 같았다. 지금까지는 이 현상에 대해 진지하게 생각해볼 시간이 없었다. 대체 어떻게 그림이 말을 할 수 있단 말인가? 대체 어떻게 '악마의 아름다운 얼굴'이라는 말을 계속해서 속삭인단 말인가? 말 그대로 불가능한 일이었다. 헬렌은 또 한 모금을 넘겼다. 그사이 어느 정도 익숙해진 모양인지 처음 마셨을 때처럼 역겹지는 않았다. 알코올이 머리 위로 올라가는 것 같은 느낌이 들었다. 어제 점심 이후로 먹은 것이 없었다. 이 모든 것은 정말로 미친 짓이다! 오한이 들었다. MRI 사진에서 보았던 머릿속 얼룩이 떠올랐다. 헬렌의 상상 속에서 그 얼룩은 계속해서 커지고 있었다.

"화장실은 어디에 있죠?"헬렌이 물었다.

"복도에 있어요."루이가 대답했다. 시선은 여전히 모나리자에 고정하고 있었다. 어느새 모나리자의 사분의 일이 번들거리고 있었다. "부엌에 가면 먹을 만한 것도 좀 있을 겁니다. 냉장고 안에요. 도우미 아주머니가 키쉬를 해놨거든요."

헬렌은 잔을 내려놓고 왔던 길을 되돌아가 화장실로 향했다. 랄프가 즉각 헬렌의 뒤에 붙었다.

"설마 하수구로 도망이라도 칠까 봐서요?"헬렌이 날카롭게 랄프를 쏘아보며 말했다. "왜, 아예 오줌 누는 것도 구경하시든가요!"

"그럴 필요까진 없습니다. 화장실에는 창문이 없거든요." 랄프가
화장실 문을 가리키며 대답했다.

헬렌은 화장실 문을 닫은 뒤, 변기 뚜껑을 덮고 그 위에 앉았다.

헬렌의 손은 재킷 주머니 속으로 향했다. 고민할 것도 없이 자동차
문에 달린 수납공간에서 발견한 물건을 꺼내 들었다. 집중해야 한다.

71. 파리

모기 한 마리가 아까부터 끈질기게 수면을 방해하고 있었다. 마침내
잡지책으로 모기를 잡는 데 성공하기는 했지만 아무래도 호텔 방 안
에는 한 마리만 있었던 게 아닌 모양이다. 결국 밀너는 잠을 포기하고
다시 오래된 책을 꺼내 들었다. 새벽 무렵에 잠이 들었다. 억울하게도
정신을 차려 보니 점심이 다 된 시간이었다. 밀너는 얼음장처럼 차가
운 물로 샤워를 한 뒤 크루아상 두 개와 에스프레소 세 잔으로 식사를
마친 다음, 택시를 타고 루브르 박물관으로 향했다.

오늘 오후에 있을 패션쇼 '뷰티 테러'의 총 책임자는 클레망 뫼니에
라는 이름의 디자이너였다. 오전 중에 밀너는 뫼니에의 비서와 통화
를 했고, 아마도 루브르 박물관에서 최종 리허설을 하고 있을 거라는
답변을 들었다.

루브르 박물관을 방문한 건 난생처음이었다. 밀너는 경비원들에게
팁을 찔러 준 뒤 박물관 안으로 들어섰다. 유리 피라미드가 파리 중심
부에 위치한 박물관 출입구라니……. 어울리지 않는다고, 밀너는 생
각했다. 아프리카 나일 강에 에펠탑을 세우는 꼴과 무엇이 다르단 말

인가.

보안 검색대에서 밀너는 영어 실력이 형편없는 경비원과 실랑이를 벌인 끝에 결국 FBI 신분증을 제시하고서야 안으로 들어갈 수 있었다. 돈을 들이지 않고 들어갈 수 있어 다행이기는 했지만 기분은 이미 언짢아진 상태였다. 거대한 나선형 계단이 지하 로비로 이어지고 있었다. 반쯤 내려오자 패션쇼를 준비 중인 모습이 보였다. 여기저기 바퀴가 달린 이동 상자들이 놓여 있었고, 문신을 한 남자들이 근육질 팔뚝을 자랑하며 런웨이를 설치하고 있었다. 런웨이 뒤로는 임시로 만들어놓은 백스테이지가 보였다. 양옆에 놓인 큰 기둥 사이로는 커튼이 걸려 있었고 기둥 위에는 '체인지 더 월드'라는 문구가 새겨져 있었다. 눈에 띄는 것은 올리브색으로 큼지막하게 쓰인 '뷰티 테러'라는 안내판이었다. 인부들 중 일부는 의자를 설치하는 중이었다.

밀너는 사람들의 눈에 띄지 않게 조심하며 복잡한 로비를 가로질러 갔다. 남자 두 명이 예의를 갖춰 밀너에게 인사를 건넸다. 아무래도 검은색 정장을 입은 밀너를 패션쇼 관계자로 착각한 듯했다. 혹은 안전요원 중 한 명이라고 여겼을지도 모르고. 멀리서부터 작고 탄탄한 몸을 가진 한 남자가 밀너의 눈에 들어왔다. 무대 측면에서 부산하게 손을 움직이며 무언가를 지시하고 있는 남자였다. 남자가 입은 카모플라주 패턴의 정장은 단번에 시선을 사로잡았다. 루브르 박물관 한복판에서 만나는 카모플라주 문양도 이상했지만, 더 특이한 건 정장의 색이었다. 분홍색 정장에 은색 군화였다. 굳이 묻지 않고도 남자가 디자이너라는 것을 알 수 있었다.

조금 더 가까이 다가가자 디자이너의 얼굴을 가득 덮고 있는 여드름 흉터가 눈에 들어왔다. 턱에는 노랗게 염색한 수염이 있었고, 눈은 흰색 프레임의 커다란 선글라스에 가려져 있었다. 밀너는 미소가 번지는 것을 참을 수가 없었다. 사람들은 수많은 편견을 가지고 살아간다. 그리고 그 사실을 깨닫게 되는 순간도 생각보다 자주 찾아온다.

디자이너는 분홍색 군복 같은 정장에 맞게 젊은 여자 두 명을 향해 빠른 속도로 지시를 내리고 있었다. 한 여자는 커다란 노트를 손에 들고 있었고, 디자이너는 그중 한 부분을 가리키며 쉴 새 없이 떠들어댔다. 바로 앞까지 다가가 자신의 존재를 알렸을 때에야 세 사람은 밀너를 알아차렸다. 번거로웠지만 밀너는 명함을 꺼내 세 사람에게 보여주었다.

"뫼니에 씨?" 조사의 성공 여부를 결정짓는 것은 처음의 몇 초다. 일반적으로 사람들은 극도로 놀랐을 때 무의식적으로 자신의 본모습을 드러내기 때문이다. 이 경우, 숨길 것이 있는 사람들은 두려움을 드러낸다. 반면 자신의 무죄를 확신하는 사람들은 흥분을 한다. 호기심을 갖거나.

"그렉 밀너라고 합니다. FBI에서 나왔습니다. 오늘 저녁에 있을 패션쇼에 대해 이야기를 나누고 싶은데요."

밀너가 쳐다보기도 전에 여자들은 자리를 벗어났다. 두 여자 모두 극도로 마른 몸매를 소유하고 있었다.

디자이너는 손으로 입술을 쏠어내렸다. 보이지는 않았지만 혹시 모를 음식 잔여물을 정리하려는 것 같았다. 이윽고 디자이너는 인사를 하듯 손을 들어 올리더니 절반 정도 올리다 말고 다시 내렸다. 긴장하고 있는 것이 분명해 보였다. 들키지 않으려 노력하고는 있었지만 말이다. "무슨 일이시죠?" 남자는 갑자기 목소리를 높여 물었다. 유창한 영어 실력이었다.

상대에게서 얻고 싶은 정보가 있다면, 최대한 오랫동안 상대를 무지 상태에 두어야 한다. 그래야 유리하다.

"오늘 저녁에 패션쇼가 열리는 건가요?" 밀너는 반 정도 완성된 무대를 가리키며 물었다.

"패션쇼에 참여하고 싶으신 것 같지는 않고……. 물론 당신이 모델로 서면 좋을 것 같긴 합니다만." 디자이너가 오만한 말투로 대답했다. 밀너보다 키가 훨씬 작은 디자이너는 발끝으로 서서 상체를 숙인 다음 밀너의 얼굴을 가까이 들여다보았다. "여기 뺨에 있는 흉터 말입니다. 게다가 이 근육하며……." 뫼니에는 밀너의 상완을 가리키며 덧붙였다. 탄탄한 근육 탓에 정장의 팔 부분에 주름이 가득했다.

밀너는 본능적으로 한 걸음 물러서며 무미건조하게 대답했다. "저는 현재 제 직업에 만족하고 있습니다만."

"그렇다면 여기에는 왜 오신 거죠? FBI가 패션에 관심을 보일 가능성은 낮을 테고요." 디자이너는 대답을 하면서도 누군가가 대화를 엿들을 것을 염려하는 듯 계속해서 주변을 둘러보았다.

"상당히 전투적이시군요." 밀너는 디자이너가 입은 정장을 가리키며 말했다.

"분홍색이 그렇게 전투적인가요?" 클레망 뫼니에가 불쾌한 표정으로 정장을 쓸어내리며 대답했다.

"뷰티 테러?" 밀너는 무대 근처 안내판에 새겨진 패션쇼의 주제를 큰 소리로 읽었다.

"그것 때문에 여기에 오신 건가요? 테러라는 단어 때문에?" 뫼니에는 크게 웃음을 터뜨리며 물었다. "미국은 테러 노이로제가 있다더니 정말인가 보네요. 어딘가에서 테러라는 단어가 등장하기라도 하면 즉각 FBI가 출동해서 상황을 살피나 봐요?"

"그래서요? 정말로 오늘 저녁 누군가가 폭탄 테러라도 계획하고 있답니까?"

뫼니에가 잠깐 멈칫하더니 이내 말을 이어갔다. "물론이죠!"

예상치 못했던 대답이었다.

"패션의 독재에 대한 테러죠. 패션 잡지의 프로파간다에 대한 테러고. 패션 트렌드에 대한 테러. 테러를 하는 건 우리가 아니라, 아름다움의 독재자죠!" 뫼니에는 빠르게, 큰 목소리로 대답했다.

"패션쇼를 반대하는 패션쇼라는 뜻인가요?" 밀너가 눈썹을 치키며 물었다. 그 순간 키 큰 젊은 남자 하나가 '파손 주의. 깨지기 쉬움'이라고 쓰인 상자를 들고 가까이 다가왔다. 남자의 뒤로 같은 상자가 더 많이 쌓여 있었다.

"여기 있는 이 조끼는 어디에 둘까요? 다른 조끼들이랑 같이 둘까요?" 남자가 서투른 영어로 물었다.

"일단 수전에게 가져다줘요. 수전이 알아서 할 거니까. 아, 잠깐만!" 뫼니에가 대답하더니 밀너를 바라보며 덧붙였다. "우리 모델들이 입을 방탄 조끼입니다. 테러 위협을 대비해 이 조끼를 입을 거예요. 하나 보실래요?" 뫼니에가 상자를 열어 보였다.

"제가 아주 잘 아는 옷이죠." 밀너가 거절하듯 손을 들며 대답했다.

젊은 남자는 이내 무대 뒤로 자취를 감췄다.

"아일랜드 인터내셔널 비즈니스 컴퍼니의 살라이 버진이 누군지 알아요?" 질문을 하는 순간 밀너에게 떠오른 생각이 있었다. 살라이. 오래된 책에서 본 이름이었다. 이제야 사건의 관련성이 보이는 듯했다.

"센스가 넘치는 기업이죠. 제 스폰서예요." 뫼니에가 대답했다.

346

"누구 소유인지도 알고요?"

"알죠. 파벨 바이시요." 뫼니에는 확실하다는 듯 대답했다.

"마지막으로 만난 게 언제죠?"

클레망 뫼니에는 어깨를 들썩했다. "몇 달 전이요. 우리는 오랜 친구예요. 혹시 파벨을 테러리스트로 의심하시는 건가요?" 뫼니에가 웃으며 물었다. 인위적인 웃음이었다. "파벨은 돈을 가졌고, 나는 아이디어를 가졌어요. 성공을 위한 전략적인 공생이죠." 뫼니에가 덧붙였다. "파벨은 든든한 스폰서고요."

밀너는 머리카락을 쓸어 넘겼다. 기름진 것이 느껴졌다. 호텔 화장실에 비치되어 있던 샤워 젤이 원인인 것 같았다. "이 패션쇼의 아이디어는 누가 낸 건가요?"

"물론 저죠. 내가 디자이너니까요. 말했듯이 나는 아이디어를, 파벨은 돈을 갖고 있어요. 가끔은 파벨이 직접 아이디어를 내기도 하지만."

"그렇다면 이 패션쇼도 파벨 바이시의 아이디어?"

뫼니에는 대답을 하지 않았다. 창의적이기는 하지만 악의는 없는 미친 놈 같았다. 파벨 바이시가 왜 이 패션쇼의 스폰서로 나섰는지 알아내야 한다. 어쩌면 이곳이 막다른 골목일지도 모른다.

"위대한 우리 둘의 아이디어!" 뫼니에는 두 손을 높이 들며 말했다. 그제야 밀너는 뫼니에의 열 손가락 가득 반지가 끼어 있다는 것을 알아차렸다.

"오늘 저녁에 특별 게스트 같은 것도 있나요?"

"수전이 게스트 리스트를 보여줄 겁니다. 원하신다면 오세요. 자리를 마련해놓을 테니. 수전은 무대 뒤에 있을 거예요!"

밀너는 고개를 끄덕였다. 마침내 뫼니에와 대화를 마무리할 수 있는 반가운 정보였다. "그럼 이만. 당신의 패션 혁명이 성공하길 바랍니다." 밀너는 마지막 인사를 남기고 자리를 벗어났다. 무대 앞에 진열된 의자들 사이를 헤쳐 가며 밀너는 루브르 박물관이 이처럼 하찮은 행사에 선뜻 로비를 내어줬다는 사실을 의아하게 여겼다. 정말이지 돈으로는 못할 일은 아무것도 없는 걸까. 수전을 찾아 나선 후에야 밀너는 수전의 얼굴을 전혀 모른다는 걸 깨달았다. 하지만 아마도 자신이 나타나기 전까지 뫼니에와 대화를 나누던 여자 둘 중 하나일 거라고, 밀너는 생각했다. 만일 그렇다면 반가운 일이었다. 두 여자 모두 예뻤으니까.

밀너의 바지 주머니에서 진동이 울리며 문자가 도착했음을 알렸다. 켈러였다. 전화를 해달라는 부탁이었다.

그 순간, 밀너는 걸음을 멈췄다. 아래에 있던 또 다른 문자 때문이었다. 모르는 번호였다. 아침 일찍 도착한 것이었지만 아무래도 못 보고 지나친 것 같았다.

미스 아메리카 후보자들과 파벨 바이시 그리고 납치된 매들린 모건은 현재 멕시코 코유카 데 베니테즈에 있습니다. 서두르세요!

밀너는 한 번 더 문자를 읽어보았다. 왠지 어디서 본 것 같은 번호였다. 그렇다. 파트리크 바이시! 밀너는 어제 이 번호로 파트리크 바이시에게 전화를 걸었었다. 파트리크 바이시에게서 온 문자! 밀너는 잠시 고민한 끝에 파트리크 바이시에게 전화를 걸었다. 하지만 전화는 음성사서함으로 넘어갔다. 밀너는 다시 한 번 문자를 살폈다.

여섯 시간 전에 도착한 문자였다. 밀너는 잠시 화가 났다. 대체 어떻게 이 문자를 못 보고 지나칠 수가 있었던 거지? FBI에서는 때때로 문자 하나에 인생이 결정되기도 한다. 밀너를 강제로 휴가 보내려던 비올라의 판단이 사실 옳았던 걸까. 밀너는 잠시 고민을 하다 이내 자신에 대한 불신을 떨쳐내고 켈러에게 전화를 걸었다. 밀너는 주변을 살폈다. 밀너를 주시하는 사람은 없는 것 같았다. 주변의 의자는 모두 비어 있었고, 뫼니에의 모습도 보이지 않았으며 인부들은 무대 설치에 여념이 없었다.

"빨리도 거는군." 켈러가 투덜거리며 전화를 받았다.

"새로운 소식이 있어요." 밀너는 변명을 생략하고 즉각 본론으로 들어갔다.

"나도 전할 소식이 있어요." 켈러가 말했다. "밀라노에서 또 다른 사건 소식이 들어왔어요. 암브로시아나 도서관에서 화재가 발생했다네요."

밀너가 깜짝 놀라 물었다. "암브로시아나 도서관이라고요?"

"그래요. 나도 모르던 곳이에요. 유럽에서 가장 가치가 큰 도서관 중 한 곳이라고 하더군요. 보유하고 있는 문서들만 90만 권에 달하는 곳이고요. 이탈리아에서는 단순 화재라고 보고 있고……."

"데 디비나 프로포르티오네(De divina proportione)." 밀너가 켈러의 말을 끊었다.

"뭐라고요? 나는 이탈리아어를 잘 몰라요."

"현재까지 남아 있는 『신성한 비례』 제본 두 개 중에 하나요. 그게, 암브로시오 도서관에 있어요!"

"대체 무슨 소리예요?" 켈러가 짜증 섞인 목소리로 물었다.

"상관없어요. 코유카 데 베니테즈!" 밀너가 주제를 바꿨다.

"그건 또 대체 뭐예요?"

"코유카 데 베니테즈. 멕시코요. 거기에 납치된 여자들이 있을지도 몰라요. 그리고 헬렌 모건의 딸 매들린 모건도요. 잘하면 파벨 바이시도 있을지 모르고요."

"누구한테서 들었죠?" 켈러가 흥분한 목소리로 물었다. 생전 처음 보는 켈러의 모습이었다.

"파트리크 바이시요."

"자백을 한 건가요?"

"아뇨. 문자를 보내 왔어요."

"방금?"

밀너는 멈칫했다. "……네." 또 한 번의 실수를 허용할 수는 없다. 적어도 지금은 안 된다. "서두르라고도 했어요. 그러니까 더 이상 시간을 지체하지 않는 편이 좋겠어요."

"파트리크 바이시와 통화를 한 거예요?"

"음성사서함으로 넘어가더라고요."

잠시 침묵이 이어지더니 휴대폰 너머로 키보드 누르는 소리가 들려왔다.

"코유카 데 베니테즈는 아카풀코 인근에 있는 작은 마을이에요. 아마도 맞을 것 같군요. 한적한 곳이네요. 여자들이 그곳에 있는 게 사실이라면 금방 발견될 거고. 그쪽으로 사람을 보낼게요."

"찾게 되면 알려주세요."

켈러는 전화를 끊었다.

밀너의 머릿속에 몇 가지 의문들이 떠올랐다. 파트리크 바이시는 왜 이런 문자를 보낸 것일까? 게다가 헬렌 모건의 딸은 어째서 납치된 미녀들과 함께 있는 것일까?

"뫼니에 씨에게 전달받았습니다. 오늘 저녁 행사의 게스트 리스트를 보시길 원하신다고요? 여기, 패션쇼 초대장도요." 분명 한 번쯤은 모델로 활동한 이력이 있을 것으로 보이는 금발의 미녀가 밀너 옆에서 말을 건넸다.

10분 뒤, 밀너는 서둘러 나선형 계단을 올랐다. 오픈 시간이 됐는지 박물관은 어느새 관광객들로 붐비고 있었다. 밀너는 지하 로비로 밀려오는 관광객들 사이를 비집고 계단을 올랐다. 밀리지 않으려면 플렉시 유리로 된 난간을 잡는 수밖에 없었다. 계단을 오르며 밀너는 한 번 더 로비를 내려다보았다. 분홍색 카모플라주 패턴의 정장을 입은 디자이너가 분주하게 여기저기 돌아다니고 있었다. 그때 커다란 가방 하나가 밀너의 늑골을 찔렀다. 가방 안에 들어 있던 무언가의 모서리에 찔린 것 같았다. "뭡니까?" 밀너는 가방을 멘 여자에게 화를 냈지만 보이는 것은 좌우로 흔들리는 여자의 포니테일 뿐이었다.

마침내 밀너는 유리 피라미드를 빠져나왔다. 막 발걸음을 옮기려던 순간 밀너의 눈에 안내판이 들어왔다. 안내판에는 여러 개의 언어로 다음과 같은 정보가 적혀 있었다. 들어올 때는 보지 못하고 지나친 것이었다.

안내드립니다. 오늘은 복원 작업으로 인해 모나리자를 관람하실 수 없습니다. 또한 특별 행사로 오후 3시에 폐관할 예정이니 관람객 여러분의 양해 부탁드립니다.

밀너는 자리에 멈춰 섰고, 조용히 안내판을 바라보았다. 무슨 뜻인
지, 밀너는 그 누구보다도 확실하게 이해할 수 있었다.

72. 코유카 데 베니테즈

창문이 없는 작은 오두막도 낮에는 밤보다 훨씬 밝았다. 하지만 낮이
되면 긴장감도 고조됐다. 매들린이 두려워하는 일은 밤보다는 낮에
일어났기 때문이다. 낮 동안 오두막이 열린 것은 두 번이었다. 한 번
은 웃는 입술 사이로 치아가 빠진 것이 보이는 검은 수염의 남자였다.
남자는 문을 열고 안을 들여다보더니 아무 말 없이 다시 닫았다. 두
번째로 들어온 남자는 죽 같은 것이 들어 있는 그릇과 물병 하나를 가
져다주고는 나갔다.

매들린은 음식은 건드리지 않은 채 물만 마셨다. 긴 시간 동안 매들
린은 틈이 날 때마다 몸을 만져보며 피부 아래로 갈비뼈가 느껴지는
것에 만족감을 느꼈다. 운이 좋다면 이곳에 있는 동안 적어도 2~3킬
로그램 정도는 감량할 수 있을 것 같았다.

매들린은 이곳에서 풀려난 후, 깡마른 자신의 사진이 신문에 게재
되는 것을 상상하며 스스로 위로했다. 아직까지도 매들린은 저들이
원하는 바를 알 수가 없었다. 이상한 의사가 자신의 몸에 그려놓은 선
들은 여전히 남아 있었다. 오두막의 어둠 속에서 매들린은 희미하게
나마 검은 선들을 확인할 수 있었다. 아마도 돈을 요구하기 위한 것이
리라. 멕시코에서 납치 사건은 결코 드문 일이 아니라는 것쯤은 매들
린도 익히 알고 있었다.

매들린을 둘러싼 어둠은 지금이 밤이라는 사실을 예상케 했다. 매들린은 하늘을 향해 바닥에 누워 있었다. 매들린은 브라이언이 자신의 행위에 대한 대가를 치르는 모습을 수백 번도 더 상상했다. 첫 번째 상상 속에서 매들린은 수갑을 차고 경찰에게 끌려가는 브라이언의 모습을 만족스럽게 지켜보았고, 이어 브라이언의 머리를 눌러 경찰차에 태우는 경찰의 모습과 그런 경찰에게 간절한 눈빛으로 용서를 구하는 브라이언의 모습을 상상했다. 그러다 매들린의 상상은 브라이언을 향한 구타로 이어졌다. 먼저 양 뺨을 사이좋게 한 쪽씩 갈긴 다음, 발로 성기를 걷어찰 것이다. 심지어 매들린은 중세시대에 쓰던 고문기구까지도 떠올렸지만 그것으로도 분노는 쉬이 가라앉지 않았다. 이곳에 갇혀 있는 시간이 길어질수록 매들린의 상상 속에서 브라이언은 더욱 더 처절한 죽음을 피해갈 수 없을 것이다.

두려움이 엄습할 때마다, 두려움의 크기가 불어날 때마다 매들린은 엄마의 말을 떠올렸다. "다 잘될 거야!" 어린 시절, 매들린이 걱정을 할 때면 엄마는 늘 그렇게 말을 했었다. "잘될 거야, 내 보물."

매들린은 소리 내어 엄마의 말을 입 밖에 내뱉어보았다. 엄마와 같은 톤으로. 실제로 매들린을 안심시키는 효과가 있었다.

매들린은 몽환 상태에서 대부분의 시간을 보냈다. 자는 것도, 깨어 있는 것도 아니었다. 매들린은 거식증을 치료하기 위해 찾았던 최면술사와의 상담을 떠올렸다. 신경학자로서 최면술의 의학적인 효과를 의심하면서도 엄마는 최면술사를 찾아갔었다.

"차라리 네가 의식적으로 무언가를 해보면 어떨까?" 엄마는 그렇게 말하며 의도치 않게 자신의 질병에 대한 엄마로서의 책임을 회피했다. 안쓰러움과 비난이 뒤섞인 눈빛으로 자신을 쳐다보는 일이 많았던 것처럼.

지난 몇 주간 병원에서 시간을 보내며 매들린은 엄마를 용서하는 법을 배웠다.

오랜 시간 자신에 대한 엄마의 애정이 부족하다고 여겼던 것들이 사실은 자신의 욕심이었음을, 매들린은 깨달았다. 능력 있는 여자, 성공한 모델, 천재적인 의학자인 엄마에게 딸의 정신적인 질병은 그야말로 옥에 티 같은 사건이었다. 엄마의 인생은 완벽했다. 단 한 번도 들어본 적 없는 아빠와의 일을 제외한다면 말이다. 그렇다. 딸이 아프기 전까지만 해도 엄마의 인생은 완벽했다. 엄마는 딸의 질병을 감당할 수 없었다. 인간의 뇌를 연구하여 통제할 수 있다고 믿는 엄마는 딸의 질병을 이해할 수 없었고, 엄마의 방식으로는 딸의 질병을 받아들일 수가 없었다.

만일 엄마가 곁에 있다면 매들린은 지금이라도 엄마를 용서했다고 말해주고 싶었다. 매들린은 엄마를 그리워하고 있었다. 엄마의 냄새를 맡고 싶었다. 엄마…… . 엄마의 냄새는 정말로 좋았는데.

갑자기 오두막 나무 벽에서 무언가 긁히는 소리가 들려왔다. 아무래도 납치되어 있는 동안 매들린의 귀는 이전보다 훨씬 더 예민해진 것 같았다. 하지만 지금 이 소리는 그사이 익숙해져버린 소리들과는 달랐다. 문이 열릴 때 들리는 평범한 삐걱 소리나 문지르는 듯한 소리가 아니었다. 매들린은 문을 응시했고, 예상대로 얼마 후 열쇠 구멍이 움직였다. 만일을 대비해 매들린은 뒤로 물러났다. 삐걱 소리와 함께 나무 문이 열렸다.

"나야." 의사가 속삭였다. 문틈으로 달빛이 스며들었고, 오두막 바닥에 놓인 잿빛 이불을 비췄다.

"지금이야. 여기서 나가자."

한동안 자리에 굳어 있던 매들린은 이내 자리에서 벌떡 일어났다. 오랫동안 누워 있던 탓인지 혹은 제대로 뭘 먹지 않은 탓인지 매들린의 다리는 덜덜 떨렸다. 하지만 워낙 오두막이 좁았던 탓에 매들린은 두 걸음 만에 문에 다다랐다. "내 가방!" 매들린이 조용히 속삭이더니 뒤를 돌아 가방을 집어 들고는 어깨에 멨다. 의사는 매들린의 팔을 잡아 조심스럽게 바깥으로 끌어당겼다.

바깥은 오두막보다 훨씬 추웠다. 매들린은 탐욕스럽게 공기를 들이마셨다. 달빛은 주변을 희미한 파란색으로 물들이고 있었다. 왼편에 큰 건물 몇 채가 보였다. 반대편에는 차 몇 대가 세워져 있었다. 그 외에 키가 큰 선인장과 메마른 관목 몇 그루가 전부인 것으로 보아 아무래도 버려진 부지인 것 같았다.

"여기, 이거 입어!" 의사가 매들린에게 재킷을 건네며 말했다. 남자는 먼 거리를 달려온 듯 힘겹게 호흡을 이었다. "어떤 여자애 거야. 그 아이에게는 더 이상 필요가 없어."

의사의 말이 무엇을 의미하는지 골똘히 생각하며 매들린은 옷에 팔을 쑤셔 넣었다. 재킷은 약간 컸다.

"지도를 보면서 주변을 미리 익혀놨어. 남자들은 모두 저기 본부 건물에 있어. 대부분은 취해서 자고 있고. 늙은이가 아직 돌아오지 않았거든. 저쪽으로 건너가서 도로를 따라 동쪽으로 달리다 보면 아카풀코로 향하는 큰 도로가 나올거야. 그럼 우리는 이곳을 벗어날 수 있을거고."

의사는 분명 자제하고 있었지만 가쁜 호흡 때문인지 의도치 않게 큰 소리로 설명하고 있었다. 매들린은 들킬 것을 염려하며 주변을 살폈다. 다행히도 주변은 고요했다. 먼 곳에서 개 한 마리가 짖었다. 아니, 어쩌면 코요테인지도 모른다.

"준비 됐지?" 의사가 물었다.

매들린이 고개를 끄덕였다,

"하나, 둘, 셋! 뛰어!" 의사가 숫자를 셈과 동시에 두 사람은 작은 덤불숲을 향해 전력으로 달렸다. 덤불에 도착하자마자 의사는 몸을 웅크리곤 매들린을 잡아당겼다. 거친 숨을 몰아쉬며 의사는 달려온 길을 살폈다.

매들린은 자신이 갇혀 있던 오두막을 바라보았다. 바깥에서 보는 것은 처음이었다. 그리고 생각했던 것보다 훨씬 더 작다는 사실에 놀랐다.

"계속 가자!" 의사가 거친 숨을 몰아쉬며 힘겹게 몸을 일으켜 세웠다. 매들린은 의사보다 먼저 자리에서 일어나 기다리고 있었다.

한참 동안을 두 사람은 달리고, 또 달렸다. 들판을 지났고, 좁은 개울을 건넜다. 주변은 정말로 외롭고 황량했다. 15분쯤 달린 것 같다고 생각했을 때였다. 의사가 갑자기 옆으로 몸을 숨겼다.

"……쉬었다 가자!" 의사가 신음하듯 힘겹게 말을 내뱉었다. 의사는 두 손을 무릎에 올린 채 숨을 내쉬더니 이어 기침까지 해댔다.

철저히, 혼자, 생면부지의 남자와 함께 있다. 불현듯 매들린의 머릿속에 떠오른 생각이었다. 갑자기 의사가 자신을 덮친대도, 도움을 청할 도리가 없다. 소름이 끼쳤다. 막대기라도, 무언가 그 비슷한 것이라도 준비해놓는 편이 좋을지 모른다. 아니면 도망을 치거나, 주먹으로 내리치거나. 매들린의 시선은 가방으로 향했다. 마실 것을 가지고 오지 않았다. 물이 없이는 아마도 멀리 가지 못할 것이다.

"숨어!" 갑자기 의사가 외치며 매들린을 덤불 뒤로 잡아끌었다. 무슨 일이냐고 물으려던 찰나, 매들린의 귀에 빠른 속도로 커지는 규칙적인 소음이 들려왔다. "헬리콥터야! 헬리콥터로 우리를 찾고 있는 거야!" 의사가 말했다. 의사의 마지막 말은 헬리콥터가 일으킨 엄청난 소음에 묻혀버렸다.

매들린은 두 사람의 머리 위를 지나는 거대한 헬리콥터 세 대를 발견했다.

두 사람은 헬리콥터 소리가 멀리 사라질 때까지 움직이지 않았다.

"헬리콥터까지 보내다니! 저들이 얼마나 강력한지를 보여주는 증거야." 의사가 중얼거렸다.

의사의 말에 굳이 반박하지는 않았지만 매들린은 헬리콥터가 오두막이 있던 방향이 아닌, 두 사람이 향하고 있는 방향에서 왔다는 사실을 의아하게 여겼다. 하지만 확실하지는 않았다. 어쩌면 도시에 지원 요청을 한 것일지도 모르니까.

그때였다. 갑자기 먼 곳에서 "탕!" 하는 소리가 들렸다. 매들린은 화들짝 놀라 몸을 움츠렸다. 불꽃놀이를 하는 소리와도 비슷했다.

"총소리야!" 의사가 말했다. 매들린의 팔을 잡은 의사의 손이 떨렸다.

"무슨 일인 거죠?" 매들린이 물었다.

"여자애들을 해치려는 건 아니겠지, 설마……. 우리가 도망을 쳤다는 이유로……." 의사는 말을 잇지 못했다. 몇 분 동안 두 사람은 어둠 속에서 귀를 기울였고, 탕, 탕, 하는 소리는 이후로도 몇 차례 산발적으로 울려 퍼졌다. 어느 순간 다시 고요함이 찾아왔다. 그제야 의사는 안정을 되찾은 것 같았다.

"계속 가야 해!" 의사는 신음 소리와 함께 자리에서 일어났고, 매들린이 일어나는 것을 도왔다. "가능한 한 멀리 가야 해! 밝아지기 전에!" 의사가 손가락으로 방향을 가리키며 외쳤다. "저쪽으로!" 두 사람은 다시 뛰기 시작했다.

"……다 잘될 거야……." 매들린의 입술이 조용히 움직였다. 넘어지지 않기 위해 시선을 바닥에 고정했다. "……다 잘될 거야, 내 보물……."

73. 런던

늦은 오전이었다. 예정된 발표 시간을 넘긴 지는 이미 한참이었다. 질의응답 시간이 됐다. 바이시 바이러스를 대표해 나선 마이클 챈들러의 분노에 찬 발언이 끝나고 한동안 회의장 안에는 침묵이 감돌았다. 하지만 침묵도 잠시 참석자들은 흥분을 감추지 못하고 여기저기서 질문을 쏟아내기 시작했다. 마이크를 들고 있던 도우미들이 질문자에게 마이크를 넘겼다.

'디지털 사진이 없는 세상?' 하루 일정으로 개최된 워크숍의 주제였다. 전 세계 IT 전문가와 기자가 런던으로 몰려들었다. 그사이 바이시 바이러스는 전 세계적인 모나리자 바이러스 감염률을 상향조정한 상태였다. 불과 며칠 만에 감염률은 70퍼센트를 찍었고, 시간이 갈수록 수치는 더 높아지고 있었다. 모든 수단과 방법을 동원했지만 백신은 아직 나오지 않았다. 오히려 그 반대였다. 모나리자 바이러스는 계속해서 성질을 바꾸며 시간이 갈수록 복잡해지고 있었다.

"현재 상황이 계속되면 디지털 형식의 사진 데이터는 결국 사라지게 될 겁니다!"마이클 챈들러의 발언에 청중석에서 야유가 터져나왔다. 바이러스에 붙은 이름도 너무 선정적이고, 언론을 이용해 선동하는 것 아니냐는 지적에 챈들러는 반박했다.

챈들러는 암울한 시나리오를 그렸다. "다시 말씀드리지만 아무리 경고해도 지나치지 않습니다! 우리가 알아낸 바에 의하면 이 바이러스는 사진 속 황금비율을 찾아 그것을 뒤틀어놓고, 흐트러뜨리는 것을 목표로 하고 있습니다. 최근에는 사람의 얼굴을 담고 있는 모든 사진에 커팅 가이드가 그려지고 있습니다. 이뿐만이 아닙니다. 몸, 건물 할 것 없이 모나리자 바이러스는 모든 대상을 마치 공작용 지점토를 다루듯 다루고 있어요."

챈들러는 자신의 주장을 뒷받침하기 위해 기괴한 형상으로 뒤틀린 얼굴과 몸매, 건물 등의 사진 데이터를 스크린에 띄웠다. 별다른 반응은 없었다. 어느새 사람들은 기괴한 사진에 익숙해져 있는 듯했다.

"무엇보다 우려되는 것은 건축설계용 소프트웨어입니다. 현재 상황으로 보면 모나리자 바이러스는 건축설계도의 비율까지 공격할 가능성이 있어요. 설계도에 대한 신뢰성을 무너뜨리는 것이죠. 감염이 우려되는 소프트웨어 목록은 바이시 바이러스 홈페이지에서 내려받으실 수 있습니다."

청중들 사이에 소란이 일었다.

"통신사의 보도에 따르면 바이러스는 러시아에서 시작되었고, TV 영상까지 공격하고 있다고 하던데요."마이크를 넘겨받은 한 기자가 서툰 영어로 물었다. "거기에 대해서는 어떻게 생각하시나요?"

"그 또한 앞으로 일어날 수많은 인류적 재앙 가운데 하나일 겁니다!"

"다소 과장된 평가 아닙니까? 디지털 사진 데이터가 아예 없었던 과거에도 인류는 살아남았잖아요." 부카레스트 보도 전문 채널의 편집국장이라고 소개한 한 빨간 머리 여자가 주장했다.

"물론 전기나 물, 항생제 없이 살던 시대도 있었죠. 하지만 지금 문제가 되는 것은 현대 문명의 업적입니다!" 챈들러는 분노를 감출 수 없었다. "이 바이러스는 디지털 사진을 활용하는 모든 곳에 급격한 변화를 가져올 겁니다. 그런데 유감스럽게도 오늘날 디지털 사진은 모든 곳에서 활용되고 있죠. 어디 매체라고 하셨죠? 머지않아 뉴스에서 사진을 실을 수 없게 된다면 어떨까요? 만일 TV 쪽에서 일하신다면, 아예 새 직업을 찾으시는 편이 나을지도 모릅니다."

몇 사람이 웃음을 터뜨렸지만 챈들러는 진지함을 잃지 않았다.

"혹시 누군가가 장난을 치는 건 아닐까요?" 한 남자가 물었다. 사람들 대부분이 사용하는 SNS 회사를 대표하는 사람이었다.

"아닙니다. 그렇지 않습니다." 챈들러가 단호하게 대답했다.

"장난이 아니라면 뭐죠?"

"테러입니다."

웅성거림이 더 커졌다. 이번에도 열 사람 정도가 손을 들었다.

"정확하게 저들이 원하는 게 뭔가요?" 정장을 입은 남자가 물었다.

"정부는 즉각 조치를 취해야 합니다. 재정적인 지원은 물론이고, 모든 IT 전문가들의 지원이 필요해요. 다른 국가들과도 협력해야 합니다. 전 세계적인 문제니까요."

"바이시 바이러스 사의 명예는 회복이 가능한 건가요? 바이시 바이러스는 바이러스 백신 프로그램 개발에 있어서 유일무이한 업계 최고로 여겨지지 않았습니까? 하지만 이번 사건으로 주식이 계속해서 하락하고 있어요. 투자자들에게는 어떻게 설명하실 건가요? 파벨 바이시 회장이 회사를 떠난 것도 그렇고, 이번에 이 부끄러운 사건도 그렇고요." 마찬가지로 정장을 입은 남자가 던진 질문이었다. 갑자기 회의장이 조용해졌다.

마이클 챈들러는 질문한 사람에게 시선을 고정한 채 마이크를 움직여 입으로 더 가까이 가져왔다. "바이시 바이러스는 아직까지 바이러스에 감염되지 않았습니다." 마이클 챈들러가 대답했다. "하지만 그렇다고 도움을 거절할 정도로 자만하는 기업도 아니죠." 다시 한 번 청중들이 웅성거렸다. "투자자들에게는 이렇게 설명하고 싶습니다." 마이클 챈들러가 말을 이었다. "바이시 바이러스를 믿든 안 믿든 그것은 여러분의 선택입니다. 하지만 분명한 사실이 있습니다. 모나리자 바이러스를 잡을 백신 프로그램 개발에 성공하는 기업은 수억 달러 규모의 수익을 얻게 될 겁니다. 그리고 우리 바이시 바이러스도 그 결정적 기업이 되기 위해 노력하고 있습니다. 바이시 바이러스가 매우 존경해 마지않는, 아들 파트리크 바이시와 함께 우리의 든든한 조력자가 되어주었던 파벨 바이시 없이도 말이죠. 이상 마치겠습니다. 들어주셔서 감사합니다. 이제 일을 하러 갈 시간이네요. 양해해주실 거라 믿습니다."

마이클 챈들러는 자리에서 일어나 격렬한 항의 속에 연단을 떠났다.

74. 멕시코 어딘가

"모두 죽었습니다!" 헬리콥터의 소음을 뚫고 존 러쉬모어가 무전기에 대고 소리를 질렀다. 몇 시간 전부터 러쉬모어는 팀 동료들과 함께 인근 농장을 샅샅이 뒤지고 있는 상황이었다. 하지만 성과는 없었다. "여왕벌들도 모두 죽었습니다. 살아 있는 벌은 한 마리도 없습니다. 사체 밖에 없어요." 러쉬모어가 덧붙이며 무전기 너머로 자신의 말이 들릴 수 있기를 희망했다. "정확한 사망 원인은 부검 결과가 나와 봐야 알겠지만 현재 상황대로라면 바이러스가 분명한 것 같습니다."

무전기 너머에서 느끼고 있을 충격이 고스란히 전해져 왔다.

러쉬모어도 이보다는 조금 더 나은 소식을 전하고 싶은 마음이 간절했다. 최근 전 세계는 이 사건에 집중하고 있었고, 엄청난 공포가 전 세계를 강타하고 있었다. 러쉬모어는 내일 자 신문에 어떤 헤드라인이 등장할지, 상상조차 하기 싫었다.

헬리콥터 뒤쪽에는 벌들의 사체가 가득했다. 벌들의 죽음을 두 눈으로 바라보는 것은 결코 쉬운 일이 아니었다. 너무나도 아름다운 생명체들이었다. 벌들은 생이 시작되는 순간부터 자신들의 특별함을 인지하고 자부했을 것이다. 하지만 죽은 벌들의 모습에서 느껴지는 것은 굴종뿐이었다. 우아함은 사라지고 없었다. 죽은 벌들은 그저 그런 평범한 사체일 뿐이었다. 동료들이 벌들의 사체를 발견했을 때 이미 일부는 부패가 진행 중이었다.

멕시코 지역 농장에는 전화가 들어오지 않은 곳들도 많았다. 농장들을 일일이 방문하게 된 것도 그 때문이었다. 높은 산맥에 위치한 외딴 농장들을 방문하기 전에 작은 희망을 가졌던 것도 사실이었다. 혹시라도 벌떼가 죽음을 당하기 전에 먼저 손을 쓸 수 있을지도 몰랐다. 바이러스 차단 지역을 만들어 과학자로서 모든 것을 걸고 일부일지라도 벌들을 죽음으로부터 구하고 싶었다. 하지만 어느새 사망률은 75

퍼센트를 훌쩍 넘고 말았다. 야생벌들도 마찬가지였다. 앞으로 72시간 안에 백신이 나오지 않으면 벌들은 멸종하게 될 거라는 예측이 나오고 있었다.

존 러쉬모어는 무전기를 제자리에 걸어놓으며 화려한 잎의 나무들로 가득한 인근 농장을 바라보았다. 러쉬모어는 그 모습을 오래 기억하고 싶었다. 어쩌면 이 모습을 앞으로 지구상에서 다시는 보지 못할 수도 있으므로.

75. 파리

지금까지 살아오는 동안 헬렌에게 그림 도난이란 신문을 통해서나 접하던 사건 사고일 뿐이었다. 더욱이 소장 가치가 높은 그림이 도난을 당했다는 소식을 들을 때면 헬렌은 어이없게도 그 도난 과정이 너무나도 단순하다는 사실에 매번 놀라곤 했었다. 요즘 같은 시대에 수백억 달러에 달한다는 그림을 그렇게 쉽게 훔칠 수 있다는 게 대체 가당키나 하냔 말이다.

프라도 미술관에서 벌어진 일은 헬렌의 이런 생각을 바로 코앞에서 증명한 사건이었다. 게다가 이제는 심지어 헬렌의 차례였다. 헬렌은 지금 이 세상에서 가장 가치가 높은 그림을 훔칠 준비를 하고 있었다.

그림 위조 작가인 루이의 집에서 파트리크 바이시가 설명한 계획은 너무나도 단순했고 또 그만큼 어이가 없었다. 애초 계획대로 연구를 진행하다 마지막 순간에 오리지널 모나리자를 프라도 미술관의 모나리자와 바꿔 나오라는 것이었다. 늦은 오후, 루브르 박물관 로비에서는 대규모 패션쇼가 펼쳐질 예정이라고 했다. 헬렌은 바꿔치기한 그림을 패션쇼가 진행되는 도중 넘긴 다음 몽파르나스에 있는 모딜리아니 호텔에 체크인을 하고, 정보를 전달받으면 된다. 매들린을 언제, 어디에서 만날 수 있는지에 대한 정보 말이다. 계획대로만 이루어진다면 얼마나 좋을까! 자신의 임무에 엄청난 위험 요소들이 숨어 있다는 것을, 헬렌은 분명하게 알고 있었다. 혹시 중간에 무언가가 잘못되기라도 한다면 헬렌은 그림을 훔친 범인이 되어 모든 죄를 혼자 뒤집어쓰게 될 것이다. 하지만 딸이 처한 위험한 상황을 생각한다면, 그런것쯤은 아무 문제도 아니었다. 더욱이 그림을 성공적으로 넘긴다 해도 저들이 과연 약속대로 매들린을 넘겨줄지도 미지수였다. 하지만 이의를 제기하기에는 헬렌도 너무 지쳐 있었다. 가라앉지 않는 두통도 고통을 배가시켰다. 루이가 건넨 다소 미심쩍은 파란색 알약도 헬렌으로서는 고맙게 받아 와인 한 모금과 함께 복용할 수밖에 없었다.

이 게임에서 남은 선택이라고는 파트리크 바이시의 말을 따르는 것뿐이었다. 파트리크 바이시의 진심이 무엇인지도 여전히 불분명했다. 독재자처럼 군림하는 아버지가 이 모든 계획의 배후에 있는 것 같기는 했다. 하지만 파트리크 바이시가 주장한 대로 아버지에게 강요를 당하고 있는 것인지, 아니면 자발적으로 가담하고 있는 것인지는 확신하기 어려웠다. 헬렌은 두 사람이 결국은 같은 배를 탄 채 자신을 두고 장난치고 있다는 의심을 떨쳐버릴 수 없었다. 어쩌면 파트리크 바이시의 임무는 헬렌이 좋은 기분을 유지할 수 있도록 곁에서 돕는 것일지도 모른다. 헬렌은 그럴수록 아침에 만난 파트리크 바이시에게 더 냉담한 태도를 취했다. 와인과 두통약 덕분인지 깊은 잠에 빠졌고 아침에 잠에서 깼을 때 며칠 만에 처음으로 제대로 잠을 자고 일어난 것 같은 기분이었다. 두통도 말끔히 사라지고 없었다. 대신 오전부터 찢어질 것 같은 위 통증을 느끼고 있었다.

아틀리에에 들어선 헬렌은 루이가 밤새 작업해놓은 프라도 미술관의 모나리자를 관찰했다. 그림은 하룻밤 사이 모나리자 오리지널이라고 착각할 수 있을 정도로 비슷한 모습으로 변해 있었다. 솔직히 놀라웠다. 표면을 덮고 있는 뿌연 막과 수많은 잔금은 마치 모나리자 위에 탁한 유리를 올려놓은 것처럼 보였고, 오리지널 모나리자에 있는 커다란 금도 가장자리부터 정수리까지 이르고 있었다. 하지만 전체적인 색은 오리지널보다 여전히 더 선명했다.

"밤을 새워 작업했는데 그 이상은 어렵더군요." 루이가 헬렌에게 사과를 하듯 말했다. "몇 겹을 더 입혀야 해요. 하지만 그러려면 완전히 마른 다음 덧칠해야 하는데, 시간이 영 부족하네요. 이 모나리자가 아니라 루브르 박물관에 있는 오리지널 모나리자가 문제예요. 색이 벗겨질까 봐 세척을 안 한 지가 벌써 수십 년이 되어놔서. 딱 한 번만 세척하면 오리지널도 이 복제품처럼 선명해질 텐데. 조심하는 게 좋을 거예요. 오븐에 굽기는 했어도 군데군데 덜 마른 부분이 있으니까."

헬렌은 루이의 실력을 인정하면서도 그 사실을 굳이 드러내지 않았다. 오히려 단죄하는 듯한 시선으로 바라보았다. 이런 눈빛이 아니라면 그 어떤 반응도 결국은 미술사적 가치가 높은 이 복제품에 가해진 범죄를 암묵적으로 눈감아주는 셈이 될 터다.

남은 오전을 헬렌은 랄프의 엄격한 감시 아래 아틀리에를 오르락내리락 돌아다니며 보냈다.

루이는 손님들을 위해 손수 점심을 준비했다. 맛있는 냄새가 났지만 한 숟가락도 뜰 수 없었다. 이후 헬렌은 파트리크 바이시의 응원을 받으며 집을 나섰고 랄프는 헬렌을 루브르 박물관 앞에 내려주었다. 처형대 앞에라도 선 것 같았다. 하지만 이것만이 매들린을 구할 수 있는 유일한 방법이었다. 헬렌은 입구에서부터 들킬 각오를 하고 있었다. 가방 안에 든 도플갱어, 프라도 미술관의 모나리자는 루브르 박물관 보안 검색대에서부터 걸릴 것이고, 헬렌은 그 자리에서 체포될 것이 빤하다. 프라도 미술관에서 발생한 사고로 안 그래도 보안이 강화된 마당에 루브르 박물관에 나타난 헬렌에게 수갑을 채우지 않을 이유는 없었다. 운 좋게 보안 검색대를 통과해 그림을 바꿔치기하는 데 성공하더라도 얼마 못 가 들킬 것이다. 두 그림의 밝기에는 극명한 차이가 있었다. 그렇게 실패로 끝난다면 매들린은 어떻게 되는 걸까.

C2RMF라는 줄임말로 불리는 프랑스 국립박물관 문화재 복원 및 연구센터는 루브르 박물관 지하에 있었다.

이 연구센터는 프랑스 박물관에 있는 모든 소장품들을 기록하고 복원하며 보존하는 기관으로 명성이 높았다. 수백억 달러의 가치를 지닌 작품들의 감정과 작업은 종종 극비리에 진행되기도 했다. 헬렌 역시 오리지널 모나리자를 연구하기 위해 지원하는 과정에서 여러 차례 테스트와 확인을 거쳐야 했다. 심지어 루브르 박물관 측에서 먼저 헬렌에게 감정을 부탁한 것이었는데도 말이다. 신경미학자로서 헬렌은 전 세계적으로 아름답다고 여겨지는 그림들이 신경미학적 측면에서 인간의 뇌에 어떤 자극을 주는지 연구하고 있었다. 더욱이 인간의 아름다움을 대표하는 그림으로 인정받는 모나리자는 그 어떤 작품보다도 헬렌의 연구 대상이 되어야 할 분명한 이유가 있었다. 하지만 정작 연구 의뢰를 받아들이자 연구센터는 헬렌에게 호의를 베풀고 있는 것처럼 굴었다. 몇 페이지에 이르는 질문지에 답을 해야 했고, 심지어 근무 평가서를 포함한 서류까지 제출해야 했다. 뿐만 아니라 보안 유지에 각별히 유의하겠다는 동의서까지 썼고, 이를 어길 시 수백만 달러에 이르는 벌금을 물겠다는 데에도 사인을 해야만 했다.

하지만 이 모든 것은 하루아침에 물거품이 되어버렸다. 어떻게 알았는지 파벨 바이시가 헬렌의 루브르 박물관 방문 일정을 미끼로 그녀를 함정에 빠뜨렸기 때문이다.

랄프가 루브르 박물관 앞에 헬렌을 내려주었을 때 헬렌의 눈에는 오늘은 모나리자를 볼 수 없다는 내용의 안내판이 들어왔다. 긍정적인 신호였다. 만일 박물관 측에서 이미 모든 것을 알고 헬렌을 체포하기 위해 준비하고 있다면 사전에 이 연구 일정을 취소했을 것이기 때문이다. 그게 아니라면 헬렌을 안심시키기 위한 덫일 것이고.

헬렌은 떨리는 다리로 힘겹게 나선형 계단을 내려갔다. 그리고 고개를 들어 천장을 덮고 있는 유리 피라미드를 바라보았다. 그 순간, 어깨에 멘 모형 가방이 계단을 오르던 남자의 몸에 부딪쳤다.

헬렌은 나지막한 목소리로 "죄송합니다." 하고 사과를 했지만 남자는 미처 듣지 못했는지 욕을 하며 지나갔다. 가방에 든 그림을 들키지 않으려면 더 이상 눈에 띄지 않는 편이 낫겠다고 판단한 헬렌은 고개를 숙인 채 계단을 내려갔다.

로비에서는 패션쇼 준비가 한창이었다. 헷갈렸다. 파트리크 바이시는 설계도와 사진 몇 장을 보여주며 정확히 어디에서 그림을 넘겨주어야 하는지 일러주었다. 하지만 이제 막 무대가 설치되고 있는 탓에 헬렌이 숙지한 내용과 차이가 컸다. '뷰티 테러'. 패션쇼의 주제가 헬렌의 눈에 띄었다. 대체 무엇을 의미하는 주제일까 고민하는 사이 헬렌의 시선은 보안 검색대에 머물렀다. 지하 연구센터로 가기 전에 반드시 통과해야 하는 곳이었다. 심장이 요동쳤다.

헬렌은 대담하게 보안 검색대로 걸음을 옮겼다. 그 순간 신기하게도 두려움이 사라지는 느낌이 들었다. 마치 헬렌의 뇌가 '그림 바꿔치기' 모드로 전환된 듯했다. 자신의 뇌에 그런 기능이 있을 거라는 생각은 살면서 단 한 번도 해본 적이 없었다.

헬렌은 C2RMF의 서명이 적힌 초대장을 갖고 있었다. 흰색 셔츠에 검은 넥타이를 맨 젊은 남자 직원이 의심스러운 눈으로 헬렌을 관찰했다. 남자 옆에 조금 더 나이가 많아 보이는 또 한 명의 보안 검색대 직원이 헬렌의 눈에 들어왔다. 헬렌이 먼저 C2RMF에서 받은 초대장을 내밀었다.

젊은 직원은 초대장을 신중하게 살피더니 여전히 시선을 초대장에 고정한 채로 앞에 놓인 서류를 집어 들었다. 볼펜으로 목록을 따라가다 헬렌의 이름을 발견하고는 그 뒤에 체크 표시를 하고 컴퓨터로 무언가 입력했다. "저쪽 벽에 한번 서주실래요?" 직원은 옆에 있는 벽을 가리키며 말했다. "가방은 잠깐 내려놓으시고요."

벌써 실패한 걸까. 헬렌은 불안해하며 지시를 따랐다. 하지만 직원이 카메라를 들고 일어서자 안심이 됐다. 직원은 헬렌의 모습을 여러 각도에서 사진에 담았다. 플래시가 눈을 부시게 했다. 사진 촬영을 마친 헬렌은 즉각 가방을 챙겼고, 자신의 이름과 사진이 인쇄된 출입증이 달칵거리는 소리와 함께 인쇄되어 나오는 것을 지켜보았다.

직원은 완성된 출입증을 긴 줄이 연결된 플라스틱 홀더에 넣어 건넸다. "박물관에 계시는 동안 착용해주세요." 직원이 서툰 영어로 설명했다.

이것이 끝이기를, 헬렌은 바랐다. 그 순간, 직원이 헬렌의 가방을 가리키며 말했다.

"가지고 계신 가방도 스캔해야 합니다."

헬렌은 쿵, 하고 심장이 떨어지는 것을 느꼈다. "그건 좀 어렵습니다. 엑스레이 촬영에 민감한 알루미늄이 있어서요." 헬렌은 거짓말을 했다. "그렇다면 내용물을 한번 보여주시죠." 남자는 가방을 받기 위해 손을 뻗었다.

"그것도…… 안 됩니다." 헬렌이 더듬거리며 말했다.

그때, 나이가 더 많아 보이는 직원이 다가왔다. "왜 그래?" 남자는 프랑스어로 젊은 직원에게 물었다.

"이 분이 제 가방을 촬영하고 검사하려고 하셔서요. 연구에 필요한 민감한 도구가 들어 있는데도요." 헬렌이 프랑스어로 대답했다. 긴장을 하고 있는 와중에도 헬렌은 아직 프랑스어를 기억하고 있다는 사실에 놀랐다.

나이 많은 직원은 한동안 헬렌을 응시하더니 몸을 앞으로 숙여 컴퓨터 마우스를 여기저기로 움직였다. "59-0이잖아." 나이 많은 직원은 모니터 화면을 가리키며 낮은 목소리로 비난하듯 말했다. 그러더니 미소를 지으며 헬렌에게 말했다. "들어가셔도 됩니다, 모건 씨. 연구센터에 오신 것을 환영합니다." 말을 하는 도중 헬렌은 나이 많은 직원이 오른쪽 눈으로 살짝 윙크를 보내는 것 같은 느낌을 받았다. 하지만 확신은 없었다. "엘리베이터를 타고 가시면 됩니다."

나이 많은 직원은 뒤를 돌아 빠른 걸음으로 두 걸음 정도 옮기더니 벽에 있는 작은 버튼을 눌렀다. 버튼 위에 있던 역삼각형 기호에 불이 들어왔다. 잠시 후 엘리베이터 두 대 중 한 곳에서 문이 열렸다.

헬렌은 "감사합니다." 하고 낮게 읊조린 뒤 엘리베이터에 탔다. 나이 많은 남자 직원은 긴 팔로 'B' 버튼을 누르며 고개를 끄덕여 보였다.

"성공하시길 바랍니다, 모건 씨." 나이 많은 직원이 미소를 지으며 말했다. 또 한 번 헬렌은 직원이 자신을 향해 윙크한 것 같은 느낌이 들었다.

엘리베이터 문이 천천히 닫히더니 한 번 덜컹거리고는 아래로 내려가기 시작했다. 바닥이 사라지는 것 같은 느낌도 잠깐, 이내 헬렌의 마음속에 안도감이 번지고 있었다.

정말로 헬렌은 모나리자를 들고 연구센터에 들어왔다.

76. 파리

매우 오랜만에 받는 도전이었다. 더욱이 그것이 다른 누구도 아닌 파벨 바이시의 도전이라는 것은 놀라운 일이었다. 솔직히 말하자면 그랬다. 파벨 바이시는 진실로 천사는 아니었다.

신사는 패션쇼장에 준비된 의자에 앉아 주변을 오고가는 사람들을 관찰했다. 뷰티 테러. 아름다운 주제군.

신사는 비밀 요원이 입고 있는 정장을 기쁜 눈으로 바라보았다. 남자는 고급스러운 소재를 사랑했다. 특히나 패션 취향이 맞는 사람은 누구든 환영이었다. 비밀 요원이 대화를 나누고 있는 조막만한 뚱보와는 정반대였다. 뚱보는 분홍색 카모플라주 패턴의 정장을 입고 있었다. 굳이 뚱보에게로 다가가 분홍색 군복을 벗겨버리고 싶지는 않았다. 지구상의 전장에서나 허용되는 저런 옷을 입다니! 그것도 이 박물관에서! 더욱이 전혀 패셔너블하지도 않다!

마침내 비밀 요원이 사라지고 가방을 든 여자가 나타났다. 여자는 보안 검색대로 향하더니 잠시 후 관광객들 사이로 엘리베이터를 타고 자취를 감췄다. 로비로 돌아온 비밀 요원은 주변을 살피다 엘리베이터 앞에 있던 직원 중 한 사람과 다투었고, 새빨개진 얼굴로 전화를 하더니 이내 다시 사라졌다.

모든 것이 신사를 둘러싸고 돌아가는 것 같았다. 신사를 중심으로. 신사는 옆에 기대어놓은 지팡이를 바라보았다. 커다란 원의 축이 되다니. 이 생각을 떠올리는 순간 신사의 얼굴에는 커다란 미소가 번졌다. 사람들은 신사가 브레이크 역할을 해줄 것으로 기대했을지도 모른다. 신사는 등을 기대어 앉은 다음 가슴 앞으로 팔짱을 꼈다. 이제 가만히 앉아 지켜보기만 하면 된다. 신사는 조금 긴장하고 있었다. 너무 오랜만이었다. 오늘만큼 가까이 온 것은. 신사는 마치 오래전 여자 친구와의 약속이나 만남을 앞두고 있는 것처럼 기뻤다.

신사가 하품을 했다. 개입을 해야 하는 순간이 올 테지만 아직은 아니었다.

신사는 피로를 느끼며 눈을 감았다. 그리고 다른 사람들보다 더 많은 것을 볼 수 있는 어둠을 응시했다. 파리가 윙윙거리며 신사의 수면을 방해했다.

인간들이 하던 아름다운 말이 있었다. 행운은 절대 잠들지 않는다고. 마음에 드는 문장이었다.

77. 파리

프랑스가 아니고서야 도무지 이런 일은 일어날 수가 없다! 복원 작업을 이유로 오늘은 모나리자를 볼 수 없다는 안내판을 보자마자 밀너는 다시 박물관으로 뛰어 들어갔다. 박물관장을 만나 이유를 물어볼 셈이었다. 하지만 FBI 신분증을 아무리 가져다 대도 영어를 할 줄 아는 사람은 아무도 없었다. 어떻게든 소통을 해보려 한참 동안 실랑이를 벌인 뒤에야 밀너는 C2RMF라고 쓰인 입구 앞에 도착할 수 있었다. 기념품 매장에서 일하는 여직원의 말을 제대로 이해했다면, 그림 복원 작업이 이루어지는 루브르 박물관의 연구센터였다.

하지만 젊은 직원도, 나이 많은 직원도 밀너의 말을 도통 이해하지 못했다. 계속해서 "죄송합니다."만을 반복할 뿐이었다. 밀너가 두 사람의 말을 제대로 이해한 것이 맞다면, 두 사람은 계속해서 밀너를 루브르 박물관 홍보실로 안내하고 있었다.

"젠장! 나는 기자가 아니라고!" 밀너가 욕설을 하며 직원의 눈앞에 신분증을 제시했다. 하지만 이내 영어로 소통하기를 포기한 밀너는 버락에게 전화를 건 다음 계단을 올라 밖으로 나갔다.

패션쇼가 시작될 때 다시 올 생각이었다. 제발이지 그 전까지 답을 찾았으면 좋겠다고, 밀너는 간절히 바랐다. 무언가가 잘못되고 있을 때 밀너는 직감으로 그것을 알아차렸다. 하지만 정확하게 무엇이 잘못되었는지까지 알게 되는 경우는 극히 드물었다. 밀너의 단점이었다.

"파트리크 바이시가 문자를 어디서 보냈는지는 반경 10미터까지만 파악이 가능해. 지금 휴대폰이 어디에 있는지는 알 수 없고. 다시 꺼졌거든." 밀너의 질문에 버락이 답했다. "몽마르트르 아브르브아 가,

피갈레 창녀촌 뒤에 있어."

"거기에 뭐가 있는지 알아봐줘. 누가 사는지." 밀너는 잔뜩 가라앉은 기분으로 루브르 앞 광장의 볼라드에 앉았다. "그리고 헬렌 모건이 오늘 파리에서 그림 복원 작업을 할 예정인지 알아봐줘. C2RMF에서."

"C2…… 뭐라고? 어디? R2D2는 로봇 아니야?"

"받아 적기나 해. C2RMF. 루브르 박물관에 있는 그림 복원 및 보존 연구센터야."

"적었어!" 그제야 버락도 오늘만큼은 농담을 할 상황이 아니라는 걸 파악했다.

"그리고 혹시 헬렌 모건이 그곳에 있으면 내가 들어갈 수 있는 방법을 마련해줘. 신분증을 제시했는데도 출입을 제한하더군."

"대체 그걸 나더러 어떻게 하라고?" 버락이 당황한 목소리로 묻자 밀너는 화를 내며 전화를 끊었다. 가끔은 정말이지 의지 넘치는 동료와 최신 기술로 무장한, 훌륭한 회사에서 일을 하는 사람들이 부러울 때가 있다. 이따위 FBI가 아니라.

생각을 해야 한다. FBI로 옮기기 전까지 밀너는 볼티모어 경찰서의 할러 국장 밑에서 15년을 일했다. 밀너는 세상을 떠나고 없는 할러 국장의 말을 아직도 생생하게 기억하고 있었다. 생각을 해야 한다고, 그게 가장 중요하다고, 할러는 늘 강조했었다. "집에서 뭔가를 잃어버렸을 때를 생각해봐. 잃어버린 물건은 어떤 경우든 삼분의 이는 생각하는 것만으로 찾을 수 있어. 계획 없이 무작정 찾다가 발견하는 경우는 오히려 드물지."

늙은 형사 할러는 늘 잔소리를 했었다.

"누가 그래요?" 밀너가 물었다. "연구 결과예요?"

할러는 웃었고, 기침을 했다. 할러는 언제나 기침을 심하게 했다. 그래서 밀너는 일찍부터 할러의 건강을 염려하고 있었다. 할러가 대답했다. "우리 아내가 그랬다, 이 멍청한 놈아! 아내 말은 항상 옳아!"

밀너는 당시를 떠올리며 미소를 지었다. 당시 밀너가 살던 세상은 분명 살 만한 곳이었다.

밀너는 메일을 체크했다. IT 부서에서 들어온 새 메일이 있었다. '헬렌 모건 컴퓨터 조사 결과'. 메일 제목이었다. 메일을 열려는 찰나, 전화가 들어왔다. 켈러였다.

"명중. 여자들 구조 완료. 외관상으로는 크게 다치지도 않은 것 같고요!" 켈러가 환호하는 듯한 목소리로 말했다.

"빨리 처리됐네요. 다행입니다!" 밀너가 안도하며 물었다. "파벨 바이시는요?"

"없었어요. 멕시코인 두 명이 죽었고, 네 명은 체포됐어요. 임시 수술실 같은 곳이 있었고."

"매들린 모건은요?"

"내가 알기로는 없지만 여자애들의 신원조회가 아직 진행 중이에요. 꿈을 꾸는 것 같아요. 믿기지가 않네요."

밀너가 고개를 끄덕였다. 아직 살아 있다. 참으로 오랜만에 듣는 반가운 소식이다.

"밀너, 당신이 준 정보라는 걸 위에다 이야기하고는 싶지만, 알다시피 당신은 공식적으로 휴가 중이라……."

"그럼요. 감사하죠, 저야." 비아냥거림을 감추지 않고 대답했다.

"상황은 그래도 여자애들을 구한 건 분명 당신 덕이에요."

아니, 엄밀히 따지자면 파트리크 바이시 덕이라고, 밀너는 생각했다. 그러니까 파트리크 바이시는 아군이 맞았다. 하지만 더 중요한 것은 파트리크 바이시가 현재 어디 있는지 알아내는 것이다.

"컴퓨터 바이러스와 벌떼의 죽음, 폭탄 테러는 아직도 제자리걸음이에요." 켈러가 말을 이어갔다. 순식간에 켈러의 목소리가 다시 걱정에 잠겼다. "특히나 컴퓨터 바이러스 문제는 갈수록 심각해지고 있어요. IT 부서에서는 더 이상 멈출 방법이 없다고 보고 있고. 사진이나 사람 얼굴 혹은 그 비슷한 것을 담은 프로그램은 전부 공격당하고 있어요. 사람들은 하나같이 디지털 사진의 종말을 이야기하고. 이게 실제로 어떤 결과를 나을지는 예측이 어려워요."

"벌 문제는요?"

"며칠 내로 백신이 발견되지 않으면 벌이 멸종하게 될 거라는 UN 보고서가 나왔어요. 여기에 유럽에서는 문화재를 겨냥한 테러가 계속해서 일어나고 있고."

"내 생각에 저들은 지금 파리에서 모나리자를 훔치려는 것 같아요."

"모나리자?" 켈러가 깜짝 놀라 묻더니 잠시 이해하는 데 시간이 필요한 듯 침묵했다. "확실해요? 프랑스 쪽에 위험을 알려야 하는 건가? 저들은 누구고?"

"저도 정확히는 모릅니다." 밀너가 대답했다. "바이시 부자와 헬렌 모건. 현재 이들의 연결고리를 파악하려고 노력하는 중이고요." 밀너가 잠시 말을 멈췄다. "프랑스에는 아직 전하지 마세요. 어쩌면 그림을 훔치게 두는 게 역으로 기회가 될지 몰라요."

"당신에게 지원 병력을 붙여줄게요."

즉시 거절하려 했지만, 그리 나쁘지 않은 아이디어 같았다. 어쨌거나 밀너는 몸이 하나이므로. "두 팀이 필요해요. 제 직속으로요."

"알았어요. 그런데 왜 하필 모나리자를 노리는 거죠?"

"이 모든 일은 왜 일어나는 걸까요?" 밀너가 되물었다. 확신에 가까운 짐작은 있었지만 아직은 공유할 단계가 아니었다. 미스 아메리카 대회 후보자들의 구조로 밀너는 이 사건이 어떻게 마무리될지 미리 짐작할 수 있었다. 모든 공은 다른 사람들이 가져가겠지.

"좋은 질문이군요."

"아니요. 이게 핵심입니다!" 이번에는 밀너가 일방적으로 전화를 끊었다. 여자들을 구하는 데 결정적인 기여를 했지만 자신의 공을 인정받을 수 없게 됐다. 그러니 어느 정도 건방을 떨어도 좋으리라.

밀너는 불안해졌다. 이제 사건의 핵심 앞에 서 있는 듯한 느낌이다. 지금부터 모든 단서들을 엮을 차례다.

밀너는 헬렌 모건의 컴퓨터 데이터 분석 기록을 담은 파일을 열었다. 먼저 아름다움, 신경미학, 미학과 관련한 데이터와 문서가 눈에 띄었다. 전문 잡지 기고. 의학 논문. 사진 폴더. 사진 폴더를 열자 완전히 뒤틀린 괴물의 사진이 튀어나와 밀너를 향해 미소를 지었다. 깜짝 놀란 밀너는 즉각 폴더를 닫아버렸다. 켈러의 말은 과장이 아니었다. 밀너의 휴대폰이나 FBI의 서버도 모나리자 바이러스에 감염된 게 분명했다.

밀너는 다음으로 문서 데이터를 살펴보았다. 그러다 '모나리자'라는 제목의 문서에 시선이 갔다. 파일을 열자 프라도 미술관에서 확인했던 건축 설계도가 등장했다. 루브르에서도 비슷한 계획을 세우고 있는 것 같았다. 마침내 밀너는 헬렌 모건이 익명의 누군가와 교환한 메일 기록을 발견했다. 보낸 이의 이름은 숫자로 되어 있었다.

"전달 가능 시점은?" 밀너는 소리 없이 메일 내용을 따라 읽었다.

"스위스 은행 계좌로 입금되는 즉시." 헬렌 모건의 답변이었다.

"선 전달 후 지불."

"관심 없음."

"미스 아메리카 대회 후보자들과 파벨 바이시를 풀어주는 대가로 몸값을 받으면 먼저 5천만 유로를 주겠소. 남은 1억 5천만 유로는 바이러스 백신 판매 가격이 정해지는 대로 지불하지요."

밀너는 멈칫했다. 이 모든 사건의 원인이 이거란 말인가?

헬렌 모건은 모나리자를 훔칠 계획을 가지고 있고, 구매자는 미스 아메리카 대회 후보자들과 파벨 바이시를 납치해 그 몸값으로 그림 값을 지불한다? 밀너는 한 번 더 바이러스가 언급된 문장을 읽어보았다.

남은 1억 5천만 유로는 바이러스 백신의 판매 가격이 정해지는 대로 지불하지요.

온 세상이 바이러스로 고통을 받을 때 즈음 백신 프로그램을 팔아 판매가를 올리기 위해 컴퓨터 바이러스를 개발했다고? 그리고 이 모든 것이 모나리자를 얻기 위해서다? 사실이라고 하기에는 정신 나간 짓이었다.

밀너는 계속해서 읽어 내려갔다.

"그림을 전달할 때 1천만 유로. 잔금은 나중에."

"합의."

밀너는 대화 내용을 살펴보다 욕설을 내뱉었다. "젠장."

도로 위로 바퀴가 미끄러지는 소리가 들려 밀너는 고개를 들었다.

밀너와는 조금 떨어져 있는 루브르 박물관 진입 도로로 선팅을 한 검은 SUV 차량 두 대가 들어오고 있었다. 지원 병력이었다. 나 원 참, 요란하게도 오는구만. 온 세상이 FBI라는 걸 알겠어.

78. 파리

루브르 박물관 지하에서 엘리베이터 문이 열렸다. 활기 넘치고 친절한 여자가 헬렌을 기다리고 있었다. 헬렌보다 조금 더 나이가 많고, 키는 훨씬 작았으며, 외모로 보건대 스페인이나 프랑스 출신 같았다. 여자가 스페인 억양이 강한 영어로 자신을 아란차 마르티네즈라고 소개하자 확신이 갔다. C2RMF 보존부의 부서장이라고 했다.

"만나 뵙게 되어 매우 반갑습니다, 모건 씨." 여자는 미소를 지으며 손을 내밀었다. "당신의 연구들을 많이 읽어봤어요. 여기 C2RMF 모든 직원들을 대표해 말합니다. 당신을 이곳에서 맞이하게 된 것을 매우 자랑스럽게 생각해요."

헬렌은 쿵, 하고 떨어졌던 심장이 다시 제자리로 돌아오는 것을 느꼈다. 이토록 다정하게 자신을 맞이한다는 것은 자신이 의심받지 않고 있다는 증거였다. 동시에 헬렌이 앞으로 몇 시간 안에 이들의 뒤통수를 때리게 될 것이란 사실을 의미했고.

"같이 연구실로 가볼까요? 수집부 부서장인 루셀 씨가 기다리고 있어요."

헬렌은 마르티네즈 또한 목에 자신과 같은 출입증을 걸고 있다는 것을 확인했다. 출입증에 붙은 작은 사진 속 마르티네즈는 훨씬 더 젊어 보였다. 두 사람은 안전문을 지나 연구센터라기보다는 지하 벙커처럼 느껴지는 복도를 따라갔다.

"익숙해질 거예요." 마르티네즈가 미소를 지으며 말했다. 아마도 몇 미터 간격으로 천장에 설치된 CCTV 카메라를 헬렌이 걱정스러운 눈빛으로 바라보고 있다는 사실을 눈치챈 것 같았다. "어쨌거나 엄청난 가치가 있는 그림들을 다루는 일이니까요. 전 세계에서 이곳으로 모이니까." 마르티네즈가 덧붙였다.

"괜찮아요!" 헬렌은 서둘러 단호하게 답변했다. 아무래도 그림을 훔치는 데 딱히 재능이 있는 것 같지는 않았다.

복도가 갑자기 오른쪽으로 꺾였고 두 사람은 이내 또 다른 문 앞에 섰다. 문을 지키고 있던 어깨가 넓은 보안 요원이 두 사람을 향해 무표정으로 고개를 끄덕여 인사를 건넸다. 요원의 벨트에는 무전기와 총이 꽂혀 있었다. 헬렌은 긴장감을 감추려 최대한 노력하며 보안 요원을 향해 미소를 지어 보였다. 요원이 문을 열어주자 마침내 연구실이라고 할 수 있을 만한 공간이 나타났다. 물론 이 또한 연구실보다는 공장에 더 가까운 느낌이 들었지만 말이다. 사진으로만 보아서 알고 있던 몇 가지 값비싼 도구들도 눈에 띄었다. 건너편에서는 남자 세 명이 강철 틀 앞에 서서 연구를 진행하고 있었다. 헬렌은 그 틀 안에 엑스레이 분석 기계가 있다는 것을 알아차렸다. 책상 위에 멀티스펙트럼 기록이 가능한 크리사텔 카메라가 있었기 때문이다.

남자 하나가 뒤를 돌더니 기쁜 얼굴로 두 사람을 바라보았다. "아, 모건 씨군요! 진심으로 환영합니다!" 남자는 서둘러 헬렌에게 달려와 손등에 키스라도 할 듯 손을 잡았다.

"수집부 부서장, 루이 루셀 씨입니다." 마르티네즈가 헬렌에게 남자를 소개했다. 작지만 탄탄한 몸 탓인지 실제 나이보다 훨씬 어려 보였다. 갈색 턱수염이 얼굴을 덮고 있었고, 코 위로는 니켈 안경을 걸치고 있었다. 정장 아래로 옷깃을 푼 셔츠가 보였다. 루셀도 목에 출입증을 걸고 있었다.

"저기 뒤에 저 분들은 마크 놀스와 마틴 코스타라고 해요. 멜버른 대학에서 왔죠. 엑스레이 분석 중인데 곧 끝나요. 그다음 시작하시면 됩니다."

이제야 헬렌은 루셀의 몸에 가려져 있는 것이 무엇인지 알아차렸다. 오리지널 모나리자. 호주 출신의 두 남자는 강철 틀에 고정되어 있는 그림 연구에 집중하고 있었다.

'라 벨레차!' 그 순간, 헬렌의 귀에 누군가의 속삭임이 들려왔다. '벨레차!'

깜짝 놀란 헬렌은 한 걸음 뒤로 물러나 다른 사람들의 얼굴을 바라보았다. 하지만 그 누구의 입에서도 움직임은 보이지 않았고, 오히려 놀란 눈으로 헬렌을 바라보고 있었다. 저들의 귀에는 들리지 않는 것일까? "……죄송합니다." 헬렌이 더듬거리며 마치 누군가가 끈으로 졸라매고 있는 것 같은 목을 만졌다.

"죄송해하실 필요 없어요. 플렉시 유리관과 틀 없는 모나리자를 처음 봤을 때 저도 그랬거든요." 루셀이 말했다. "성모 마리아 같지 않아요? 저 그림이 유일무이할 수 있는 것도 바로 그 때문일 테고요." 루이 루셀이 헬렌에게 온화한 미소를 보이며 공감을 표했다. 마르티네즈도 미소를 짓고 있었다.

"모나리자가 우리를 이렇게나 매료시켰으니 우리 모두 다 이런 직업을 가지고 있는 걸 테고요." 마르티네즈가 덧붙였다.

헬렌은 입을 꾹 다문 채 고개를 끄덕였다. 조심스럽게 다시 그림을 바라보았다. 이번에도 속삭임이 들려왔다. '벨라차.' 말보다는 노랫소리에 가까운 속삭임이었다. 하지만 분명 쾌활하게 들렸다. 즉각 헬렌은 시선을 거두며 아무렇지 않은 듯 행동하려 노력했다. 팔에 닭살이 돋았다. 그러면서도 헬렌은 다시 그림을 보고 싶은 커다란 욕구를 느꼈다. '라 벨라차!' 멜로디가 들려왔다. 처음의 충격도 서서히 가라앉고 있었다.

"저 과거에서 온 여인과는 충분히 시간을 보내실 수 있을 겁니다." 루셀이 말했다. "예상하셨겠지만 이런 연구를 할 때는 그림의 손상을 방지하기 위해 관련 규정을 엄격하게 지키게 되어 있어요. 일단 그림 주변에는 다섯 명 이상이 있어서는 안 됩니다. 표면의 온도도 정기적으로 측정해야 하고요. 연구 중에 표면 온도가 올라가면 위험하니까요."

'라 벨레차, 라 벨레차, 라 벨레차.'

왠지 모르게 빠져들게 하는 힘을 가진 멜로디였다. 도취된 것 같기도 했다.

"죄……송합니다." 헬렌은 한 번 더 그림을 바라보았다.

'라 벨레차!'

"연구 모형은 가방 안에 있으시죠? 한번 봐도 될까요? 당신의 연구 방식에 대한 글을 많이 읽어봤어요. 우리 모두 어떤 결과가 나올지 매우 궁금하고요."

"물론이죠." 헬렌은 책상 같은 것을 찾기 위해 주변을 살폈다. 모든 힘줄이 끊어질 것처럼 팽팽해지며 헬렌이 긴장하고 있음을 알렸다. 이제부터는 정말로 신중해야 한다. 아무리 이상한 노랫소리가 들린다고 해도 집중이 흐트러져서는 안 된다.

"일전에 보내드렸던 안내문의 내용처럼, 연구 진행 방식에 대해 많이 고민해봤습니다. 다시 한 번 말씀드리지만 모형이 그림을 건드리는 일은 절대로 일어나서는 안 됩니다." 루셀이 말했다. "이전에는 틀 안에 있는 그림들을 분석했다고 하셨죠? 그래서 박물관 내 작업공장에 의뢰해 저런 구조물을 만들어달라고 했어요." 루셀이 몸을 옆으로 돌리며 나무로 된 이젤을 가리켰다. 그림을 건드리지 않고 그 위에 모형을 올릴 수 있도록 제작된 틀이었다.

전문적인 대화를 나눌 수 있다는 사실에 안도하며 구조물을 확인해 보았다. "좋네요." 헬렌은 미소로 구조물을 칭찬했다.

"그림 설치기사들이 모형 설치를 도와줄 거예요." 벌써부터 연구실에는 보는 눈이 많았다. 연구실 문 앞에는 키 큰 보안 요원이 서 있었고 거기에 설치기사들까지 올 예정이라고 했다. 이런 상황에서 대체 어떻게 그림을 바꾸라는 건지, 헬렌으로서는 알 수 없었다. 어쨌거나 루셀은 그림에 가까이 다가갈 수 있는 사람은 다섯 명으로 제한된다고 말했다. 결국, 다른 곳으로 시선을 유도해야 할 사람이 총 네 명이라는 뜻이다. 아무리 그래도 여전히 불가능해 보이는 일이었다.

"끝났습니다, 부서장님!" 뒤에 있던 한 남자가 말하더니 헬렌이 있는 쪽으로 다가왔다. 두 사람 모두 커다란 가방을 들고 있었다. "정말 흥분되는 시간이었습니다. 좋은 결과물을 얻은 것 같네요."

남자들은 연구실에 있던 사람들과 악수를 나눴다. 이윽고 한 남자가 문을 두드리자 보안 요원이 바깥에서 문을 열어주었다. 이제 남은 건 세 사람이었다.

"모형을 보여주겠다고 하셨죠?" 마르티네즈가 조금 전 헬렌의 말을 상기시켰다. 순간 헬렌은 가방 속 복제품이 자신의 어깨를 잡아당기는 듯한 느낌을 받았다.

"맞아요!" 헬렌은 깜빡했다는 듯 쾌활하게 대답했다.

"아란차, 먼저 기사들을 부르는 게 좋겠어요. 그림 위치를 바꿔야 하니까."

루셀이 오른쪽 검지로 시계를 가리키며 말했다.

"그러죠." 마르티네즈가 대답하며 문 옆에 걸려 있던 전화기를 들었다. 3분도 지나지 않아 연구실 문이 열리더니 파란색 바지와 플란넬 셔츠를 입은 두 남자가 모습을 드러냈다. 설치기사들은 모나리자 앞에 서더니 바지 주머니에서 얇은 흰색 면장갑을 꺼내 손에 끼웠다. 그다음 오리지널 모나리자 양쪽에 자리를 잡고는 마치 누군가의 지시라도 있던 것처럼 동시에 그림을 강철 틀 위에서 들어 올렸다. 같은 보폭으로 걸음을 옮겨 모나리자를 이젤 위에 올렸다. 모나리자에서 한순간도 눈을 떼지 않은 채. 이번에도 완벽한 싱크로율을 자랑하고 있었다.

이윽고 설치기사들은 짧은 인사를 남기고 사라졌다.

헬렌은 놀라운 눈으로 그 과정을 지켜보면서도 그림을 직접적으로 응시하는 것은 피했다. 단 한 번, 유혹을 뿌리치지 못하고 잠깐 용기를 내어 그림을 바라봤을 때 또다시 노랫소리가 들려왔다. 분명히 헬렌이 그림을 볼 때마다 '벨레차!'라는 속삭임이 들려오고 있었다. 설명할 수 있는 현상은 아니었지만 소리를 들을 때마다 헬렌은 왠지 모를 안도감을 느꼈다. 하지만 그에 대한 생각은 다음에 하는 것이 나을 것이다.

"자, 모건 씨. 이제 모나리자는 당신 겁니다!" 루셀이 우아한 손짓으로 그림을 가리켰다.

헬렌은 그림에 가까이 다가가 상체를 숙였다. 노래 가사는 오직 한 단어로 이루어져 있었지만 멜로디는 상당히 복잡했고, 화음도 틀렸다. 그림에서 눈을 뗄 수가 없었다.

"정말이지 인상적이군요." 진심이었다. 계속해서 자신 앞에 놓인 임무에 대해 생각을 하는 와중에도 오리지널 모나리자의 완벽함은 헬렌의 눈을 사로잡았다. 가까스로 그림에서 시선을 돌려 근처에 있는 의자를 가져온 다음 그 위에 가방을 올려놓았다. 이제 가능한 한 아무렇지 않게 행동해야 할 시간이다.

헬렌은 쿵쾅대는 심장으로 가방을 볼 수 없게 등으로 두 사람의 시선을 막았다. 조심스럽게 지퍼를 열었다. 1센티미터씩 열려가며 안에 있던 모형이 모습을 드러냈다. 그리고 플렉스 유리 사이로 그 뒤에 숨겨져 있던 프라도 미술관의 모나리자도 보였다. 헬렌은 숨을 멈췄고, 몸을 조금 더 앞으로 숙인 다음 신중하게 모형을 꺼냈다.

"도와드릴까요?" 헬렌은 마르티네즈가 자신이 있는 곳으로 한 걸음 다가온 것을 보았다.

빛처럼 빠른 속도로 헬렌은 가방을 닫았다. 하지만 그림의 일부는 가방 밖으로 튀어나와 있었다. 마르티네즈가 그림을 발견할지도 모른다. 헬렌이 긴장하고 있는 사이, 뒤에서 루이 루셀의 목소리가 들려왔다.

"아란차, 잠깐 이리로 와봐요!" 루셀은 방금 전까지 호주 남자들이 사용하던 기계 앞에서 무언가를 살펴보고 있었다. "혹시 이거 새 걸로 좀 가져다줄 수 있어요?"

마르티네즈가 루셀과 대화하는 사이 헬렌은 서둘러 모형을 가방에서 꺼냈고, 이번에는 안전하게 지퍼를 닫는 데 성공했다.

아란차 마르티네즈는 손에 엑스레이 분석 기계의 부품으로 보이는 작은 무언가를 들고 헬렌에게 다가왔다. "이걸 바꾸러 가야 해요." 마르티네즈는 부품을 들어 올리며 말했다. 어디에 사용되는 건지 헬렌으로서는 알 수 없었다. "그리고 화상 회의가 예정되어 있어요. 연구 시간은 얼마나 예상하세요?"

"2시간이나 3시간 정도 걸릴 것 같아요." 헬렌은 열심히 연구 준비를 하는 척하며 모형을 높이 들어 올렸다. 떨리는 손이 들키지 않기를 바라며.

"그러면 조금 있다가 다시 올게요. 분명 충분히 대화를 나눌 시간이 있을 거예요. 루셀 씨가 함께 있을 거예요. 곁을 지킬 테니까 필요한 게 있으면 말씀하세요."

헬렌은 고개를 끄덕였고, 마르티네즈는 미소를 남기고 사라졌다.

이제 단둘이 남았다. 관심을 돌려야 할 유일한 사람, 루이 루셀. 하지만 밖에 있는 보안 요원도 문제였다.

"엑스레이 분석 결과는 또 많은 의문점들을 남겼네요. 예상했던 대로 모나리자의 성분 중에는 납이 많아요. 하지만 칼슘도 있죠. 그림 전체에 퍼져 있어요. 모나리자를 그릴 당시 동물성 접착제가 사용되었다는 것은 알려져 있는 사실이었지만 이 정도 규모일 줄은 몰랐어요. 거기다 구리와 쇠도 발견됐어요. 인간과 매우 비슷한 성분으로 구성되어 있다는 뜻이죠. 모나리자가 마치 살아 있는 것처럼 느껴지는 것도 그래서일지 모르고요."

헬렌의 마음이 무거워졌다. 파벨 바이시의 계획이 성공한다면 오늘 저녁 이후로는 그 누구도 이 그림을 연구할 수 없을 것이다.

"하지만 놀랍지 않나요?" 루셀이 말했다. 어느새 헬렌에게 다가온 루셀은 옆에 서서 마치 꿈을 꾸는 듯한 표정으로 모나리자를 응시하고 있었다. “이 그림이 500년이 넘었다는 게. 몇 번의 전쟁을 이겨냈을까요? 거기에 도난도 한 번 당했죠. 공격을 당한 것도 두 번이나 되고요. 그런데도 보세요. 이 그림은 아무 일도 없었다는 듯 여전히 미소를 짓고 있네요.”

헬렌은 루셀을 바라보았다. 그림을 보고 싶지 않아서이기도 했다. 루셀을 보지 않고서는 모나리자에 홀려 영원히 눈을 뗄 수 없을 것만 같았다.

“마치 이 세상 사람이 아닌 것 같은 천재적인 붓놀림이죠. 붓이 지나간 흔적이 하나도 없어요. 다빈치가 어찌나 섬세하게 그림을 그렸는지, 가장 최근의 기술을 도입해 연구했는데도 흔적이 발견되질 않았죠. 이 피부색과 혈색 좀 보세요. 다빈치는 색소를 최소화한 투명 접착제를 만들어 사용했어요. 피부 아래로 마치 피가 흐르는 것처럼 보이게 그린 거죠.”

루셀의 열정적인 설명에 호기심이 생긴 헬렌은 용기를 내어 그림을 바라보았다. 그 즉시 다시 노랫소리가 들려왔다.

‘라 벨레차!’

마치 몽환적인 사이렌 소리처럼 노랫소리는 헬렌을 현혹했다. 마치 그리스 신화의 상상 속 여자가 그랬을 것처럼.

“모든 것이 태양의 빛을 받고 있죠. 긴 겉옷하며 발코니, 하늘……. 모나리자는 아름다움의 상징이자 완벽한 창조물의 표본이에요.”

마치 사랑 고백처럼 들리는 말이었다. 미술 작품 하나를 보고도 이렇게 말할 수 있다면 공감 능력이 뛰어난 사람이지 않을까. 어쩌면 이것이 마지막 기회일지 모른다고, 헬렌은 생각했다.

“나더러 모나리자를 훔치래요!” 갑자기 튀어나온 말이었다. 다리가 떨렸다. 헬렌은 루셀의 반응을 살폈다.

루이 루셀의 얼굴에서 미소가 사라졌다.

"나는 협박을 당하고 있어요! 저들은 내 딸을 납치했고요. 제발 저 좀 도와주세요! 제발요!" 헬렌의 귀에도 너무나 간절하게 들리는 목소리였다. 눈에 눈물이 차올랐다.

당황한 루셀은 아무런 대답도 하지 않은 채 헬렌을 바라보기만 했다. 루셀은 보이지 않을 정도로 미세하게 고개를 젓고 있었다. 방금 전 헬렌의 말은 그의 귀에 터무니없는 소리로 인식된 모양이었다.

"무슨 말인지 모르시겠어요? 저 사람들이 내 딸을 데리고 있다고요! 당신이 도와준다면 그림을 바꿔치기한 것처럼 저들을 속일 수도 있을 거예요. 제발요! 저기 내 가방 안에 모나리자 복제품이 있어요. 그걸 여기 있는 오리지널이랑 바꿔 오라고 했다고요!"

루셀은 헬렌의 가방을 바라보았다. 여전히 아무런 말도 하지 않았다. 그의 침묵은 헬렌을 불안하게 했다. 오, 신이시여. 만일 루셀이 거절을 하면? 그렇게 되면 매들린을 잃을 것이다!

"제발 저를 도와주세요! 내가 모나리자를 가져다주지 않으면 저들은 내 딸을 해칠 거예요……."

헬렌의 눈에서 눈물이 흘러내렸다. 헬렌은 힘겹게 흐느낌을 참고 있었다. 지난 며칠 동안 옥죄였던 긴장감이 마침내 의지하고 싶은 누군가를 만나 용기를 내자 한꺼번에 풀리는 것 같았다. "뭐라고 말 좀 해봐요!" 헬렌이 소리쳤다.

루이 루셀은 여전히 돌처럼 굳은 채 당황한 얼굴로 헬렌을 바라볼 뿐이었다.

79. 피렌체, 1500년경

드디어 그림이 완성되었다. 오늘 낮에 레오나르도와 로 스트라니에로는 그동안 암묵적인 금단의 구역이었던 아틀리에로 나를 초청했다. 그림을 가리고 있던 천을 들추었을 때 내 머릿속은 텅 비었다. 로 스트라니에로가 이곳에 온 이후로 나는 내가 가진 수사와 어휘의 한계를 뼈저리게 실감하고는 했다. 그런데 그림 앞에 선 나는 또다시 말문이 막히고 말았다.

여자의 초상화였다. 어디에 서서 봐도 여자의 시선이 나를 따라왔다. 여자의 미소는 온 세상을 도취시킬 만큼 아름다웠다.

"살아 있다고 해도 믿을 것 같군 그래."

경이로움에 휩싸인 채 내가 말하자, 레오나르도와 로 스트라니에로는 서로를 바라보며 웃었다. 내 평가를 비웃는 것 같아 나는 한쪽 눈썹을 추켜올리며 그들을 쳐다보았다. 하지만 이어진 레오나르도의 충격적인 말에 내 피는 굳어버릴 뻔했다.

"여자는 살아 있다네."

잘못 들은 게 아닐 거라고, 나는 확신한다.

"저 여자가 누군가?"

내 물음에 다시 한 번 두 사람은 서로 눈을 바라보며 웃었다.

"여자가 아니고 '여자들'이지. 수백 명의."

레오나르도가 대답했고, 로 스트라니에로가 덧붙였다. "최소한."

레오나르도가 나를 바라보며 말했다.

"우리는 저 여자를 가뒀다네, 아름다움 안에. 모든 여자의 가장 아름다운 순간을 담았지. 여자들 각각이 가장 아름다운 모습을 보여주는 짧은 순간을 말이야."

"가장 아름다운 꽃을 얻으려면 가장 아름다운 꽃의 씨를 뿌려야 한다오. 뿌린 것을 거두듯이, 아름다움은 눈과 생각에 아름다움을 낳지."

로 스트라니에로가 자신의 머리를 가리키며 덧붙였다.

나는 나를 둘러싼 이 모든 일을 완전히 이해할 수 없다는 사실을 잘 알고 있다. 솔직히 다 알고 싶지도 않다. 나는 로 스트라니에로가 주도한 모든 일에 관여하지 않았던 이유를 나의 겸손함 때문이었다고 생각한다.

"살인자!"

갑자기 살라이가 나타나 두 사람에게 욕설을 퍼부었다. 레오나르도가 발길질을 해서 살라이를 쫓아버렸다.

레오나르도의 새 작품은 분명 경이로웠지만 사실 놀랍지는 않았다. 그림 속의 여자를 한 번 본 적이 있다는 말을 나는 끝내 레오나르도와 로 스트라니에로에게 하지 않았다. 그 여자는 살라이가 몰래 따라 그린 그림 속의 그 여자였다. 이미 한 번 받았던 충격이 완충 역할을 했던 것일까. 두 사람의 작품은 커다란 감동을 주었지만 나를 뒤흔들지는 못했다.

로 스트라니에로는 신성 비율에 대해서 쓴 나의 작품을 위해 책의 장정을 마무리하는 가죽 겉표지를 선물해주었다. 가죽은 일찍이 내가 만져본 그 어떤 것보다도 부드러웠다. 로 스트라니에로는 이것이 사람의 피부로 만들어졌다며, 자세히 보면 모공도 보인다고 말했다. 물론 나는 농담으로 받아넘겼다. 나는 이 가죽 표지를 지금 쓰고 있는 일기장에 사용하리라 마음먹었다.

80. 파리

캡이 달린 모자를 얼굴 깊숙이 쓴 파벨 바이시는 시간을 때우는 사이 그림을 보기로 했다. 밀로의 '비너스', 알브레히트 뒤러의 '디스텔의 자화상', 다빈치의 '성모 마리아와 아기 예수'. 하나같이 유명한 작품들이었다. 파벨 바이시는 플렉시 유리관 앞에 섰다. 평소대로라면 그 안에 걸려 있어야 할 모나리자가 오늘은 보이지 않았다. 유리관은 비어 있었다.

파벨 바이시는 오한을 느꼈다. 매년 얼마나 많은 사람들이 루브르 박물관을 찾을까. 그 위험성을 인지하지 못한 채. 오싹해졌다. 지난 수십 년간 얼마나 많은 사람들이 바이러스에 전염됐을까. 그리고 그 전염된 사람들은 전 세계로 흩어져 또 얼마나 많은 사람들을 전염시켰을까. 분명 완벽한 바이러스였다. 감염된 사람을 죽이지 않기 때문이다. 성공적인 전파를 위한 전제 조건이다.

하지만 사람들은 전혀 다른 바이러스에 '모나리자 바이러스'라는 이름을 붙였다. 최근 큰 피해를 불러일으키고 있는 컴퓨터 바이러스 말이다. 파벨 바이시의 마음에 쏙 드는 우연이었다. 파벨 바이시는 바이러스와 관련된 모든 설문조사에 적극적으로 참여하며 모나리자 바이러스라는 이름에 표를 던졌다. 이제 세상은 모나리자라는 이름에서 인류 역사상 가장 유명한 컴퓨터 바이러스를 연상하고 있다. 그리고 바이러스가 만들어낸 우스꽝스러운, 일그러진 얼굴들을 떠올렸다. 파벨 바이시는 가방에 들어 있는 원격 기폭장치를 만졌다. 버튼 하나로 모델 열두 명의 꿈은 날아갈 것이다. 파벨 바이시는 웃음을 터뜨리며 모자를 더욱 깊숙이 잡아당겼다. 상당히 합리적인 문제였다. 핵심은 배포자를 파괴하는 것이다. 그리고 새로운 그림을 창조해내면 된다. 인간의 뇌리에 박힌 연상 작용을 일깨우는 것. 자진해서 나서는 전파자인 언론을 매개로 말이다. 인간의 뇌는 하드웨어와 비교할 수 있다. 하드웨어에서 특정 바이러스를 제거하고 새로운 바이러스로 덮어쓰는 방법을 아는 사람은 나, 파벨 바이시뿐이다.

파벨 바이시는 원래 모나리자가 걸려 있어야 할 자리를 한 번 더 바라본 뒤 걸음을 옮겨 드농관을 벗어났다. 사람들은 자신을 두고 공감 능력이 결여되었다고 평가할지도 모른다. 비인간적이라고. 솔직히 이 일이 양심에 걸리는 것은 사실이었다. 파벨 바이시는 십자가에 매달린 예수를 묘사한 그림 앞에 섰다. 모르는 화가의 작품이었다.

그렇다. 비인간적이다. 하지만 계획을 실행하기 위해서는 그래야만 했다. 모나리자 바이러스에 면역력을 가진 사람은 많지 않다. 파벨 바이시 또한 끔찍한 사고를 겪은 이후에야 면역력을 갖게 됐다. 파벨 바이시는 불구덩이를 지났다. 그리고 이제 이 길을 걸어야만 한다. 이 일을 위해 선택되었으니까. 그리고 오늘의 이 일은 지금까지 해온 것들 가운데 가장 어려운 실기 시험이다. 사람들은 파벨 바이시가 파괴하려고 하는 그것, 아름다움을 아무런 죄가 없다고, 심지어 노력해서 얻을 만한 가치가 있다고 여기기 때문이다. 어쩌면 사람들은 파벨 바이시를 존경하지 않을 수도 있다. 파벨 바이시가 무엇으로부터 이 세상을 자유롭게 했는지 인식조차 하지 못할 수도 있다.

하지만 순교자들의 운명은 그러하다.

아마도 빈센트 반 고흐가 될 수도 있다. 스스로 귀를 자르고, 끝내 총으로 자살한 화가. 죽음으로 표류한 뒤에야 명예를 얻었던 화가.

혹은 살라이가 될 수도 있다. 파벨 바이시는 손목에 찬 시계를 바라보았다. 아직 한 시간이 남아 있었다.

81. 파리

"나는 당신이 생각하는 것보다 당신이 처한 상황을 더 잘 알고 있습니다." 루이 루셀이 마침내 입을 열었다. "훨씬 더 많이." 루셀은 우울한 음색으로 덧붙였다.

헬렌은 무릎이 풀린 채 루이 루셀에게 사실을 고백한 자신의 돌발 행동을 후회하는 일이 없기만 바라고 있었다.

"하지만 '저들'이 당신 한 사람에게 이 모든 일을 맡겼다고 생각한다면, 그건 오산입니다."

헬렌은 당황했다. 루셀을 바라보았다. 무슨 말일까? 잘못 알아들은 건 아닐까?

"그래서 유감스럽게도 나는 당신을 도울 수가 없습니다." 루셀이 말을 이어갔다. "당신을 위해 그리고 나를 위해 지금 내가 할 수 있는 일은 이제 이곳에 당신을 혼자 남겨두고 가는 것 그리고 저기 문 앞을 지키고 있는 보안 요원을 데리고 가는 것입니다. 당신에게 주어진 시간은 최대 한 시간 반입니다. 그 안에 당신은 우리 두 사람의 구원과 안전을 위해 저기 저 틀 위에 프라도 미술관의 모나리자를 올려두어야 하고요." 말을 마친 루셀은 문을 향해 걸어갔다. 하지만 몇 걸음을 가다 갑자기 멈춰 서서는 뒤를 돌아 모나리자로 다가갔다. 그리고 믿을 수 없을 만큼 부드러운 손놀림으로 포플라 나무판의 모서리를 만지고 연구실을 떠났다. 더 이상 헬렌을 보지 않은 채.

도저히 믿을 수 없어 헬렌은 루이 루셀의 뒷모습을 바라보고 있었다. 눈에서 눈물이 터져나왔다. 터져버린 흐느낌에 몸을 떨며 주저앉았다. 헬렌의 시선은 모나리자로 향했다. 또다시 노랫소리가 들려왔다. 귀를 막았지만 소리는 작아지지 않았다. 멜로디는 눈을 감고서야 사라졌다. 양 손바닥으로 자신의 머리를 내리쳤다. 이렇게라도 해서 변화가 생기길. 헬렌은 다시 그림을 응시했다.

모나리자의 미소와 이해한다는 듯한 다정한 시선은 헬렌을 위로했다. 헬렌은 차츰 안정을 되찾았다. 이젠 노랫소리에 흠뻑 빠져 있었다. 너무나도 아름다운 노래였다. 끝도 없이 아름다웠다. 헬렌은 이마로 흘러내려온 머리카락을 귀 뒤로 쓸어 넘겼다. 앉은 채로 보는 모나리자의 얼굴은 두꺼운 막에 가려져 있었고, 니스는 유난히 불투명해 보였다. 마침내 자리에서 일어났다. 그림 옆 의자에 올려놓은 가방으로 눈을 돌렸다. 헬렌은 조심스럽게 바지에 손을 닦은 뒤 이젤 위에 있던 오리지널 모나리자를 몇 센티미터 정도 옆으로 밀었다. 이어 가방의 지퍼를 열어 프라도 미술관의 모나리자를 꺼낸 다음, 오리지널 옆에 그것을 올려놓았다.

실제로도 두 그림은 크기와 모티브, 색이 똑같았다. 다만 그림 위조자인 루이의 놀라운 솜씨에도 예상대로 프라도 미술관의 모나리자는 더 선명했고, 더 밝았다. 두 그림을 번갈아 바라보는 헬렌의 귀에 오리지널을 바라볼 때 들리던 멜로디와 프라도 미술관의 모나리자를 바라볼 때 들리던 속삭임이 섞여 들리기 시작했다.

'라 벨라 – 파르벤차 – 델 – 말레!'

"……악마의 아름다운 얼굴……." 헬렌이 중얼거렸다. 두려움이 번졌다.

정말이지 미쳐버릴 것만 같았다! 신경학자인 헬렌은 인간의 뇌가 끔찍한 기억을 잊기 위해 의도적으로 다른 활동을 한다는 것을 알고 있었다. 아무래도 매들린의 납치가 트라우마로 작용한 듯했다. 그렇지 않고서야 이 모든 소리를 설명할 방법이 없었다. 헬렌을 보호하기 위해 뇌가 만들어낸 착각인 것이다. 아니, 혹시 진짜인 것은 아닐까? 헬렌은 MRI 촬영 결과를 떠올렸다. 베티는 헬렌의 뇌에 있는 얼룩을 가리켰다. 불과 며칠 전 일이었지만 전생의 기억인 것처럼 멀게만 느껴졌다. 어쩌면 그 얼룩이⋯⋯. 아니, 그럴 리는 없다. 아니, 그게 정말일까?

관자놀이를 지긋이 누르며 눈을 감았다. 이제 정말로 이곳에서 주어진 임무에 집중해야 한다.

그림을 바꿔치기할 경우 밝기의 차이 때문에 사람들은 그림이 바뀌었다는 사실을 즉각 눈치 챌 것이다.

또 어떤 협박을 했는지는 몰라도 파벨 바이시는 루이 루셀까지 매수한 것 같았다. 아마도 루셀의 임무는 그림이 바뀌었다는 사실을 최대한 늦게 알아차릴 수 있도록 시간을 지체하는 것이리라.

대체 어떻게 해야 한단 말인가? 정말로 두 개의 그림을 바꾼 다음 오리지널 모나리자를 가방에 넣어 나간다면, 헬렌은 분명 두 그림을 훔친 희대의 도둑으로 역사에 기록될 것이다. 루브르 박물관에서 오리지널뿐만이 아니었다. 분명 헬렌은 프라도 미술관의 모나리자에 대해서도 모든 책임을 덮어쓰게 될 것이다. 파벨 바이시가 말하지 않았던가? 헬렌의 컴퓨터에 관련 데이터를 모두 조작해 남겨놓은 상태라고. 그 데이터는 하나같이 그녀를 범인으로 지목하고 있을 것이다.

아니, 출구는 없었다. 여전히 헬렌은 관자놀이를 누른 채 눈을 감고

서 있었다.

갑자기 똑똑, 하는 소리가 들려왔다. 헬렌은 깜짝 놀라 주변을 둘러보았다. 연구실 문이 천천히 열리더니 파란 자루 하나가 모습을 드러냈다. 헬렌은 서둘러 문고리를 잡아 뒤에 있는 두 그림을 가리려고 노력하며 문을 열었다. 파란색 쓰레기봉투가 달려 있는 청소차였다. 쓰레기봉투 뒤로 여러 가지 청소 세제들이 담긴 수납함이 보였다.

"안녕하세요!" 수줍은 인사였다. 빗자루와 청소용 솔, 걸레 뒤로 키 작은 아시아 여자가 모습을 드러냈다. "청소! 청소!" 여자가 외쳤다.

헬렌은 감시하는 눈빛으로 여자의 뒤로 보이는 복도를 살폈다. 루셀의 말대로 보안 요원은 정말로 사라지고 없었다. 헬렌의 등 뒤로는 10미터도 떨어지지 않은 곳에 이 세상에서 가장 가치 있는 그림이 무방비 상태로 노출되어 있었다. 그런 이곳에 청소를 하겠답시고 청소부가 나타난다? 어이가 없어 웃음이 터질 것만 같았다. 그간 말도 안 된다고 생각했던 그림 도난이 어떻게 가능했는지 이제야 알 것 같았다. 굳이 실력 있는 도둑이 아니더라도 충분히 가능한 일이었다.

"지금은 안 돼요!" 헬렌이 거절하는 듯한 손짓을 하며 말했다. "이따가요!"

아시아 여자는 이해를 한 듯, 손목시계를 바라보며 대답했다. "그러면 조금 쉬다 와야겠네요!" 여자는 상냥하게 대답하더니 청소차를 바라보며 덧붙였다. "저건 그냥 여기에 두고 갈게요."

예상보다 상황이 빨리 해결되었다는 사실에 기뻐하며 헬렌은 청소차를 연구실 안으로 잡아당겼다. "그러세요." 헬렌은 미소를 지으며 대답했고, 자신의 손목을 가리키며 덧붙였다. 시계는 차고 있지도 않았다. "이따가 오세요." 청소부는 헬렌의 미소를 받고는 이내 사라졌다. 묵직한 소리와 함께 문이 닫히고 나서야 헬렌은 안도의 한숨을 내쉬었다.

헬렌은 오리지널 모나리자와 쌍둥이 모나리자가 놓인 이젤을 바라보았다. 친하게 지냈던 학창시절의 두 친구를 떠오르게 하는 눈빛이었다. 질과 제인. 두 사람은 일란성 쌍둥이였다. 두 친구는 이따금 장난을 친답시고 역할을 바꾸곤 했었다. 심지어 고등학교 때 질은 제인을 대신해 시험을 본 적도 있었다. 들키지 않기 위해 학교 앞 숲에서 몰래 옷도 바꿔 입었다. 학창시절의 기억 때문에 입가에 작은 미소가 번졌지만, 그것도 잠시, 이내 현실 앞에 사라지고 말았다.

엄청난 불안감이 거대한 파도처럼 다시 헬렌을 덮쳤다. 루셀이 사라진 지는 오래였다. 정말로 이제는 이 일을 진행해야 한다. 헬렌은 앞으로 한 걸음을 내딛다가 실수로 청소차에 발을 부딪혔다. 고통에 신음하다 청소차를 살짝 옆으로 밀었는데 세제가 하나 쓰러졌다. 헬렌은 세제를 줍기 위해 상체를 숙였다. 헬렌은 이마를 찡그리며 주워든 세제를 바라보았다. 아마도 테르펜틴인 것 같았다.

청소차에 실린 다른 세제들의 이름을 확인했다. 화학제품들을 아끼지 않는 모양이었다. 아무래도 박물관의 연구실을 청소하는 데는 강력한 세제가 필요한 모양이었다.

헬렌의 시선은 다시 두 개의 그림으로 향했다. 이번에는 노래와 속삭임을 무시할 수 있었다. 갑자기 엄청난 평온함이 찾아왔다.

며칠 만에 처음으로, 헬렌은 계획을 세우고 있었다.

82. 아카풀코

배설물과 벌레 냄새가 났다. 자신을 아메드라고 소개한 의사 때문에 들어온 곳이었다. 의사는 단 한 걸음도 더 옮기지 못하는 상황이었다. 호흡할 때마다 폐의 소리가 들렸고, 여러 번 넘어지고, 부딪힌 후에야 두 사람은 커다란 배수관에 몸을 숨길 수 있었다. 높은 지대에서부터 연결되어 내려온 커다란 시멘트 배수관이었다. 배수관 바닥으로는 노란색과 갈색이 섞인 구정물이 흐르고 있었다. 두 사람은 구정물에 빠지지 않기 위해 배수관의 가장자리로 최대한 기어 올라갔다. 발이 젖는 것은 어쩔 수 없었지만 총에 맞아 죽는 것보다는 나았다. 매들린이 있는 곳에서는 조금이나마 입구가 보였다. 햇살이 입구 쪽에서 조금 들어오고 있었다. 두 사람은 몸을 숨기기 위해 배수관 안쪽으로 상당히 깊숙하게 기어 들어온 상황이었다. 두 사람은 한동안 말이 없었다. 매들린은 조용히 입구를 응시했다. 금방이라도 무장한 남자들이 모습을 드러낼 것만 같았다. 매들린은 가방을 꼭 끌어안았다. 들리는 것이라고는 의사의 기관지에서 새어나오는 색색 소리가 전부였다. 남자는 땀 냄새를 심하게 풍기고 있었다. 오물 냄새를 뒤덮을 정도였다.

"반은 온 것 같아!" 마침내 아메드가 말을 꺼냈다.

"아카풀코에 도착한 다음에는 어떻게 하죠?" 매들린이 물었다. 배수관을 타고 목소리가 둔탁하게 울렸다.

"너를 경찰서에 데려다줄 거야. 그리고 나는 추락할 거고."

"당신은 왜 자백하지 않나요?"

아메드가 웃었다. 배수관 속에서 들리는 아메드의 웃음소리는 마치 개 짖는 소리 같았다. "나는 지난 며칠 동안 매우 끔찍한 일들을 저질렀지. 아마도 경찰은 나를 멕시코 감옥에서 썩게 만들거나 최악의 경우, 미국으로 넘길 거야. 미국에서라면 최소 300년 형을 선고받을 수도 있을 거고."

"무슨 잘못을 했는데요?" 의사의 답변이 두려웠지만 반드시 해야 하는 질문이었다.

"나는 성형외과 의사야. 내가 하는 일은 사람들을 아름답게 만들어주는 거지. 하지만 지난 며칠간 나는 정확히 그 반대의 짓을 저질렀어. 끔찍한 모습으로 바꿔놨거든. 어린 여자애들을." 아메드는 울기 시작했다. "나는 여자애들을 추하게 만드는 수술을 했어⋯⋯." 아메드의 몸은 흐느낌으로 떨리고 있었다. "그래서 네 몸에도 선을 그린 거야. 커팅 가이드였어⋯⋯."

매들린은 소름이 돋는 것을 느꼈다. 배수관의 어둠 속에서도 매들린의 몸에 그려진 선들은 선명하게 보였다. 무의식적으로 매들린은 아메드에게서 약간 거리를 두었다. "왜 나한테 그런 짓을 한 거예요?" "억지로 시킨 거야!" 아메드 박사가 흐느껴 울었다. "그 미친놈이!" 아메드 박사의 쏟아지는 눈물에 안쓰러움이 느껴졌다.

"그렇다면 선택권이 없었던 거잖아요." 조금이나마 위로를 해야 할 것 같아 꺼낸 말이었다. 그 순간 어둠 속에서 무언가가 움직이며 매들린을 깜짝 놀라게 했다. 그리고 그것은 매들린의 다리를 건드렸다. 움직임의 정체를 안 매들린은 경기를 일으키며 날카롭게 비명을 질렀고, 비명 소리는 배수관의 벽에 부딪쳐 몇 배나 큰 소음을 만들어냈다. 거대한 쥐 한 마리가 깜짝 놀라 배수관 깊은 곳으로 도망쳤다.

"조용히 해!" 아메드가 매들린의 손목을 꽉 잡으며 경고했다. "조용히 하라고!" 박사는 정말로 화가 난 것 같았다.

매들린은 움직임을 멈췄다. 동시에 숨도 멈췄다. 아메드가 손목을 놔주고 나서야 매들린은 다시 안정을 되찾았다.

잠시 뒤, 매들린은 혹시 들키지 않았을까 염려하며 입구 쪽을 바라보았다. 인기척은 없었다. 다행이었다. 매들린은 다리를 몸 쪽으로 끌어당겼다.

"모든 사람에게는 언제나 선택권이 있지." 아메드가 슬픈 목소리로 말을 이어갔다. "수많은 범죄자들은 강요당했다는 변명으로 자신의 범죄를 정당화하려고 했어. 하지만 그들의 행위는 옳지 않았어."

"하지만 당신은 나를 구했잖아요." 그 순간 매들린은 진심으로 고마움을 느끼고 있었다. 몸에 그려진 선이 의미하는 바와 도망치지 않았을 경우 얼마나 끔찍한 운명이 자신을 기다리고 있었을지는 상상조차 하고 싶지 않았다. "왜 그랬어요?" 한참을 고민한 끝에 매들린이 물었다.

"나도 몰라. 너는 다른 여자애들과는 조금 달랐어. 다른 여자애들은 미인대회 후보들이었어. 미스 아메리카 선발대회 일정 중 아카풀코에 있는 캠프로 향하다가 납치를 당했고. 하지만 너는 그 여자애들과 달리……."

"……못생겼었나요?" 매들린이 아메드의 말을 끊고 물었다. 갇혀 있던 지난 며칠 새 꽤 살을 뺐다고 생각했는데. 미스 아메리카 선발대회 후보들과 비교하면 여전히 뚱뚱한 모양이었다.

"네가 못생겼다고?" 아메드가 깜짝 놀라며 되물었다. "너는 정말로 예쁘게 생겼어! 나는 성형외과 의사야. 예쁜지 안 예쁜지를 누구보다도 잘 판단하는 사람이라고."

매들린은 얼굴이 빨개지는 것을 느꼈다. 그냥 한 말이겠지.

"그게 아니라 너는 그냥…… 아무런 죄가 없어 보였어."

어떤 의미로 한 말인지는 알 수 없었지만 매들린은 굳이 묻지 않기로 했다. "그러니까, 왜 나를 구했냐는 게 아니라 대체 내가 왜 납치를 당했는지를 물은 거였어요. 왜 하필이면 나를…… 망가뜨리려고 한 거죠?" 스스로 말하면서도 너무 끔찍하게 느껴지는 문장이었다. 몸의 모든 솜털이 쭈뼛 설 정도였다.

"그건 나도 몰라. 하지만 내 추측으로는 너를 빌미로 누군가를 협박하려 했던 것 같아. 몸에 선을 그린 다음 사진을 찍으라고 한 여자애는 너밖에 없었어. 그리고 수술은 하지 말고 일단 기다리라고 했고. ……엄마가 돈이 많니?"

매들린이 고개를 저었다. "아니요!"

"어쩌다 거기까지 간 거야?"

"브라이언과 병원에서 도망을 나왔어요. 그 친구가 나를 여기까지 데리고 왔고, 남자들에게 넘겨줬어요."

"병원?"

"정신적인 질병, 뭐 그런 것 때문에요." 매들린은 조심스러웠다. 구체적인 말은 하지 않는 편이 좋을 것 같았다. 그러다 갑자기 떠오른 생각이 있었다. "엄마한테 당장 전화해야 해요. 아마도 엄마는 지금 내 걱정을 하고 있을 거예요. 내가 안전하다는 걸 알려줘야 해요."

"아카풀코에 도착해서. 어두워지면 그때 다시 움직이자."

엄마를 떠올릴 때마다 매들린은 끝도 없는 양심의 가책을 느끼고 있었다. 브라이언과 함께 병원에서 도망을 치지만 않았더라도 여기까지 오지는 않았을 테니까.

"……너는 정말 예뻐." 우울한 생각을 하고 있던 매들린에게 아메드 박사가 말했다. 그제야 매들린은 아메드가 자신이 있는 쪽으로 몸을 기울이고 있다는 사실을 알아차렸다. 의사는 매들린의 팔을 쓰다듬고 있었다. 소름이 돋았다. "……우리는 여기서 긴 시간을 기다려야 하잖니? 그리고 너는 내게 빚진 게 있고 말이야……." 의사는 매들린에게 가까이 다가가며 흥분한 듯 가쁜 호흡을 내뱉었다.

83. 파리

경찰이란 때로는 기다리는 직업이다. 더 이상 견딜 수가 없었다. 지루함 때문이 아니었다. 그보다 밀너를 더 힘들게 하는 것은 자신에게 결정권이 없다는 사실이었다. 기다림은 누군가가 움직일 때야 비로소 끝이 나기 때문이다. 범인이 다시 공격을 한다거나, 지켜보고 있던 누군가가 이동을 한다거나 할 때 말이다. 심지어 가끔은 정확히 무엇을 기다리고 있는지 모를 때도 있다. 오늘 같은 경우가 그랬다. 밀너는 지원을 나온 팀 하나를 모퉁이에 있는 카페로 보냈다. 자칫 계획이 틀어지는 것을 막기 위해서였다. 밀너는 지원 병력을 패션쇼에 투입할 계획이었다. 하지만 눈에 띄기 쉬운 저들을 벌써부터 들키게 하고 싶지는 않았다. 언더커버 투입은 말 그대로 '언더커버(under cover)'로 이루어져야 의미가 있을 테니까. 또 다른 한 팀은 프랑스인 두 명과 미국인 두 명으로 구성되어 있었고, 밀너는 요원들을 루브르 박물관 안팎으로 분산시켰다. 요원들은 모두 헬렌 모건과 바이시 부자의 사진을 가지고 있었다. 세 사람 중 누구라도 발견되면 무전을 통해 밀너에게 보고될 것이다. 밀너는 눈에 잘 띄지 않는 투명 수신 장치를 귓속에 넣었다. 하지만 콩같이 생긴 수신 장치는 아까부터 귓속을 간질이며 밀너의 집중을 흐트러뜨리고 있었다. 당장이라도 끄집어내서 멀리 던져버리고 싶었지만 그만두기로 했다. 작은 콩 따위가 밀너의 한 달 월급보다 더 비쌀지도 모르니까.

밀너는 유리 피라미드 끄트머리에 앉아 입구를 관찰하고 있었다. 몇 분 전부터 패션쇼에 참석하기 위해 방문한 것으로 보이는 사람들이 리무진이나 택시를 타고 등장하고 있었다. 가까운 지하철 역에서 걸어오는 사람들도 있었다. 디자이너의 비서는 오늘 루브르 박물관에 전 세계적인 패션계 인물들이 한자리에 모일 예정이라고 했다. 맞는 말인 것 같았다. 게스트 리스트에는 심지어 패션에 문외한인 밀너에게도 익숙한 이름들이 포함되어 있었다.

하지만 밀너는 입구만 쳐다보고 있었다. 입구 쪽은 케네디 헤어컷을 한, 자부심 넘치는 미국인 동료에게 맡겨놓은 터였다. 밀너는 머릿속에서 사건의 테트리스 조각을 맞추느라 여념이 없었다. 아직 빈 공간이 가득했다. 무엇보다 가장 이상한 조각은 헬렌 모건이었다.

헬렌 모건의 컴퓨터에서 발견된 메일 교환 내용에 따르면 그녀는 그림을 훔치는 범죄자였다. 그리고 그림을 사겠다고 나선 사람은 밀너와 FBI가 쫓고 있는 혐오스러운 사건들의 범인이었다. 돈을 위해 그림을 판다…….

아무리 생각해도 너무 노골적인 결과였다. 명망 있는 신경미학자가 그림을 훔쳐야 할 이유가 대체 무어란 말인가. 더욱이 여자들이 납치된 후 몸값을 요구하는 사람은 아무도 없었다. 마찬가지로 납치되었다는 파벨 바이시는 아들인 파트리크 바이시 그리고 헬렌 모건과 함께 마드리드에 있었다. 호텔 벨보이는 세 사람을 모두 보았다고 했다.

약간의 소설을 가미하면 설명이 불가능한 건 아니었지만 어쩐지 앞뒤가 맞지 않았다.

특히나 헬렌 모건은 어디에도 들어맞지 않는 테트리스 조각이었다. 아무리 조각의 방향을 바꾸고 또 바꿔도 도무지 결론이 나질 않았다.

여기에 더해 밀너에게 문자를 보내 납치된 여자들이 어디 있는지 알려준 파트리크 바이시도 이상한 조각이었다.

결국 지난주에 일어난 모든 일의 연결고리는 황금비율 하나뿐이었다. 단순한 길이의 비율 하나가 대체 어떻게 이런 거대한 사건의 원인이 될 수 있단 말인가. 벌떼의 멸종은 차치하고서라도 황금비율은 헬렌 모건의 메일과도 아무런 관계가 없었다.

가지고 있는 정보들을 가지고 결론을 도출해내려고 노력하면 할수록 생각이 복잡해졌다.

며칠 전부터 정보를 수집했고, 의심 가는 사람들을 추적했다. 그럼에도 밀너는 이 테트리스 게임에서 한 줄도 맞춰 없애지 못하고 있었다.

휴대폰 진동이 울려 밀너의 집중을 흐트러뜨렸다. 휴대폰을 귀에다 댔지만 아무것도 들리지 않았다. 젠장, 한쪽 귀에 낀 이어폰 때문이었다. 밀너는 반대편 귀에 휴대폰을 가져다 댔다.

버락이었다. 버락은 곧장 본론으로 들어갔다. "루브르 박물관에 연락해봤더니 수집부 부서장인 루이 루셀의 허락을 받아야 C2RMF로 들어갈 수 있대."

"그런데?"

"그런데 연결이 안 돼. 루브르 어딘가에 있다고는 하는데. 그리고 또 한 명." 옷자락 스치는 소리가 났다. "아란차 마르티네즈를 통해서도 가능해. 복원부 부서장이래. 그런데 그 여자도 지금 자리에 없고."

"자리에 없다고?" 밀너가 믿을 수 없다는 듯 물었다.

"그리고 헬렌 모건은 오늘 C2R인지 뭔지 그곳 방문객 명단에 들어가 있고."

"그렇지!" 밀너가 소리를 질렀다.

"국제 수배 명령을 내려줄까? 아니면 켈러한테 부탁해서 프랑스 내무부에 전화할래?"

밀너는 잠시 망설였다. 한 여자의 커리어가 걸려 있는 일이었다. 아니, 어쩌면 그 이상일지도 모른다.

"아니, 아직 하지 마." 잠깐의 고민 끝에 밀너가 말했다. 켈러에게 연락을 한다는 건 사건을 보고하는 것과 같다. 사건은 아직 해결되지 않았다. 목적지는 멀지 않았다. "지금 당장 루브르 박물관이랑 C2RMF에 출구가 몇 개인지 알아봐줄 수 있어?"

버락의 한숨소리가 들려왔다. "피곤하게도 하네. 내가 젠장, 무슨 파리 관광 안내센터냐?"

하지만 밀너는 버락이 투덜거리면서도 컴퓨터로 정보를 찾고 있다는 것을 알았다.

"공식 출입구는 하나야. 다른 것들은 전부 비상 출구고."

"내게 알려준 주소는 뭐야? 몽마르트르. 거기 뭐가 있어?"

"카페 하나, 홍등가, 아동 성범죄자 한 놈, 그림 위조자 한 놈, 그리고 모퉁이에 와인 농장 하나, 그리고 파리 여장 남자들의 협회……." 버락이 나열했다.

"그림 위조자!"

"루이 듀퐁. 78세. 그림 위조 사기로 6년 형 받았어. 르네상스 시대 그림 전문이고."

"모나리자가 르네상스 작품이야?"

버럭이 다시 한 번 욕을 하더니, 키보드를 두드리기 시작했다. "맞다, 이 새끼야!" 어디에 놓아야 할지 알 수 없는 또 다른 정보 조각이 추가되었다. "듀퐁이 어디 사는지 정확한 주소를 좀 알려줘. 그리고 가능하면 조서도."

"대체 무슨 일이야?"

"나도 좀 알고 싶어서 그런다, 이놈아!" 밀너가 성질을 내며 전화를 끊으려던 찰나 버럭이 소리쳤다.

"잠깐만! 흥미로운 정보일지는 모르겠는데 연락을 하나 받은 게 있어서. 샤를드골 국제공항에서 폭탄 제조자 두 명이 출국하다 붙잡혔어. 파리에 있다고 하니까 혹시나 해서."

귀가 솔깃했다. "언제?"

"한 시간 전. 사진이랑 이름은 가지고 있어. 관심 있어? 시리아에서도 활동했던 것 같아."

"전문 분야는?"

"자살 폭탄, 암살 폭탄, 폭약, 폭탄 조끼 전문. 현재 파리 당국이 긴장하고 있고. 테러 경보 단계를 상향 조정할지 논의 중이래."

"폭탄 조끼?" 무언가 감이 왔지만 정확히 무엇인지는 알 수 없었다. "일단 고마워."

"고맙긴."

밀너는 볼라드 위에 앉아 유리 피라미드에 기대기 위해 무게 중심을 뒤로 옮겼지만 기대기에는 유감스럽게도 피라미드 벽은 너무 멀리 떨어져 있는 것 같았다.

"목표 여성 발견. 곧 패션쇼가 시작합니다." 귓속에서 걸걸한 남자의 목소리가 들려왔다. 프랑스인 동료였다.

"갑니다!" 밀너가 손목에 고정시킨 마이크에 대고 대답했다. 밀너는 2팀에 지원을 부탁한 다음 박물관 입구로 향했다.

밀너는 버락의 말을 다시 한 번 떠올렸다. 폭탄 제조자들이 체포됐다……. 자살 폭탄과 폭탄 조끼 전문이라고 했다.

입구 근처에는 진입 금지 구역에 트럭 몇 대가 주차되어 있었다. 패션쇼용 간이 무대를 설치하기 위해 자재들을 옮겨온 차량들 같았다. 밀너는 무전기로 트럭들을 통제하라는 지시를 내린 다음 걸음을 서둘렀다. 밀너의 앞에서는 화려한 옷을 입은 한 남자가 서둘러 입구로 향하고 있었다. 민트색 바지에 흰 셔츠, 노란 조끼를 입은 남자였다. 밀너의 시선이 조끼에 머무른 순간, 머릿속에서 경종이 울렸다. 대화 도중, 디자이너 뫼니에가 보여주었던 방탄 조끼 상자가 떠올랐다. 밀너는 손바닥으로 이마를 내리쳤다. 찰싹, 하는 소리가 크게 울려 퍼졌다. 밀너는 앞서 가던 극락조 같은 남자를 밀치며 지시를 내렸다. 동료들의 귀가 먹을지도 모른다는 생각이 들 정도로 크게.

나선형 계단에 도착하는 순간 아래 로비에서 전쟁이라도 난 듯 커다란 팡파레 소리가 들려왔다. 패션쇼가 시작된 것 같았다. 부디 예감이 사실이 아니길, 밀너는 바랐다.

84. 파리

헬렌은 갑작스러운 팡파레 소리에 깜짝 놀라 몸을 움츠렸다. 런웨이 주변에 설치된 의자들은 어느새 꽉 차 있었다. 가장자리에도 사람들이 선 채로 로비를 가득 채우고 있었다. 밝은 빛이 번개처럼 지나가며 눈을 부시게 했다. 사진기자가 사진을 찍으면서 터뜨린 플래시였다. 헬렌은 파트리크 바이시가 일러준 자리를 찾았다. 런웨이 바로 옆에 마련된 자리였다. 일단 처음 10분은 앉아 있다가 숄더백을 옆에 내려 놓으라고 했다. 그리고 패션쇼 중간에 가방은 놔둔 채 루브르 박물관 을 떠나라고 했다. 다른 누군가, 아마도 파트리크 바이시가 가방을 챙 길 것이다. 가방의 가죽 끈은 헬렌의 어깨를 짓누르고 있었다. 헬렌은 앞으로 손을 뻗어보았다. 여전히 떨리고 있었다.

연구실에서는 모든 것이 놀라울 정도로 수월하게 진행되었다. 심 지어 마르티네즈에게 둘러댈 알리바이를 만들 시간도 있었다. 헬렌은 모형을 이용해 계획했던 연구를 진행하려고 했으나, 그럴 수 없었다. 보안 요원과 함께 다시 돌아온 루셀이 조금 전 헬렌과의 대화가 마치 없었던 일이라는 듯 과묵하고 냉정한 태도를 유지했기 때문이다. 하 지만 헬렌은 루셀의 눈빛에 두려움이 묻어 있음을 알았다. 보안 요원 이 바깥에서 대기하는 동안 루셀은 헬렌에게 마르티네즈의 안부 인사 를 전했다. 보스턴에 한번 방문하고 싶기는 하지만 혹 그러지 못해도 다음번에 여유롭게 통화라도 하자는 인사였다. 연구 결과는 추후 마 르티네즈가 C2RMF 서버에 올리겠다고도 했다. 하지만 현재는 컴퓨 터 바이러스 때문에 차단되어 있다고 말이다. 미술관의 입장에서 디 지털 사진을 공격하는 컴퓨터 바이러스보다 더 큰 재앙은 없다면서.

신기할 정도로 루셀은 마르티네즈의 말을 아무렇지 않게 전달하며 두 사람 앞에 있는 이젤을 바라보았다. 이젤 위에서는 모나리자가 두 사람을 바라보고 있었다. 그 어느 때보다도 밝게 빛났고, 선명했다. 내부 연결 통로를 통해 C2RMF로 왔던 이 모나리자는 이제 다시 전시실로 돌아갈 것이다. 제아무리 그림에 조예가 없는 사람일지라도 이것이 이전의 모나리자가 아니라는 사실은 즉각 알아차릴 것이고.

루셀의 반응을 관찰하는 헬렌의 심장은 터질 것 같았다. 지난 며칠 간 헬렌은 긴장되는 순간을 수도 없이 경험했지만 지금 이 순간은 그 어느 때보다도 비교할 수 없을 정도로 긴장되는 순간이었다.

마침내 루셀이 옆에 있는 수레 위 나무 상자를 가리키며 말을 꺼냈다. "전시장으로 이동하기 전에 모나리자를 포장하는 게 좋겠네요. 잠깐 도와줄래요?" 루셀은 헬렌에게 장갑 한 짝을 건넸다. 조금 전 설치 기사들이 그림의 위치를 바꾸기 위해 꼈던 것과 같은 장갑이었다.

"자, 이제 어떻게 설명할 셈인가요? 당신은 즉각 공범으로 의심받을 겁니다." 헬렌이 루셀을 도와 모나리자를 포장하며 조용히 물었다. 루셀은 대답하지 않았다. 헬렌이 덧붙였다. "모나리자의 차이를 눈치채지 못했다는 말은 아마도 할 수 없을 겁니다."

"한 사람과 가족에게는 이것보다 더 좋지 않은 일이 발생할 수도 있죠." 루셀은 우울한 눈빛으로 대답했다. 헬렌에게 동정을 불러일으키는 눈빛이었다.

"가족이라고요?" 헬렌이 물었지만 루셀은 고개를 돌려 얼굴을 감췄다.

그리고 모든 것은 빠르게 진행되었다.

루셀은 보안 경비를 지나 엘리베이터를 타고 헬렌을 루브르 박물관 로비까지 안내했다. 본능적으로 헬렌은 도망을 칠 뻔했다. 최대한 멀리. 무엇보다 끔찍한 것은 모나리자가 든 가방을 전달하기 위해 이곳에 더 머물러야 한다는 사실이었다.

뒤를 돌아 두려움이 가득한 눈으로 C2RMF의 출입문을 응시했다.

출입구를 지키는 보안 요원 두 명은 딱히 별다른 눈치를 채지 못한 것 같았다. 최소한 멀리서 볼 때는 그랬다.

헬렌은 사람들 틈으로 이동하며 이번에는 가방으로 옆 사람을 찌르지 않도록 신경을 썼다. 한참을 헤매던 헬렌은 드디어 IBM이라고 적힌 종이를 발견했다. 인터내셔널 뷰티 매거진의 약자였다. 아예 존재하지도 않는 잡지 이름이라고, 파트리크 바이시가 설명했었다. 헬렌은 의자에 자리를 잡고 앉았다.

또 한 번 팡파레가 울렸다. 아마도 패션쇼가 시작되는 듯했다.

눈앞에 펼쳐진 런웨이를 바라보며 헬렌은 모델로 활동하던 당시를 떠올렸다. 하지만 이내 그 생각을 지워버렸다. 지금은 그런 생각을 할 때가 아니었다.

"같은 업계에서 일하시는 군요." 헬렌의 옆에 있던 누군가가 말을 걸어왔다. "「보그」의 로렐 하이드라고 해요." 곱게 화장을 한 예쁘장한 여자였다. 헬렌과 비슷한 또래인 것 같았다. 하얀 피부와 패셔너블한 단발머리.

"헤나…… 레이입니다. 「인터내셔널 뷰티 매거진」이에요." 헬렌이 떨리는 목소리로 말했다.

"처음 듣는 곳인데요. 어디에서 출간되나요?"

당황한 헬렌은 어색한 미소를 지으며 대답했다. 옆에 앉은 여자의 붙임성이 헬렌을 불편하게 만들었다. "보스턴 쪽이요." 헬렌은 거짓말을 했다.

"보스턴이요? 아름다운 도시죠! 보스턴에서는 빅 숄더백이 다시 유행하나 봐요!" 하이드가 헬렌이 옆에 내려놓은 숄더백을 가리키며 물었다.

"아뇨. 작업 도구들이 좀 들어 있어서요." 헬렌은 귀찮은 듯한 말투로 대답했다. 로렐 하이드가 더 이상 질문을 하지 않자 헬렌은 자신의 냉담한 반응이 먹힌 것 같다고 생각하며 안도했다. 하지만 하이드가 금세 주제를 바꿔 질문을 던졌다.

"그쪽에서는 바이러스 문제를 어떻게 해결하고 있어요?"

"바이러스요?"

"그 모나리자 바이러스 말이에요. 저희는 요즘 아예 다시 손으로 그림을 그리고 있거든. 학생 신문 만들던 때로 돌아간 것 같아요." 하이드가 말을 멈췄다가 이었다. "그런데 이상하지 않아요? 모나리자 근처에서 모나리자 바이러스 이야기를 한다는 게? 아마 여기에서 100미터도 떨어지지 않은 곳에 있을 걸요? 여기 이 루브르 박물관에 말이에요!" 로렐 하이드가 종소리처럼 맑은 소리로 웃음을 터뜨렸다. "오늘은 모나리자를 볼 수 없다니 아쉬워요."

헬렌은 얼굴이 붉어지는 것을 느꼈다. 뭔가를 알고 있는 걸까? "바이러스 문제는 편집부에서 담당하고 있어서요. 저는 원고만 기고해요." 헬렌이 머뭇거리며 대답했다.

"좋겠네요!"

헬렌은 대답 없이 고개를 돌렸다. 자신이 현재 수다를 떨 기분이 아니라는 걸 제발 좀 눈치채주기를 바랐다. 커다란 스피커 두 대에서 음악이 흘러나왔다. 음악 소리에 헬렌의 눈앞에는 또다시 수많은 색들이 나타났다.

"하지만 모나리자 바이러스는 사람들에게 생각할 거리를 주는 것 같아요!" 음악이 울려 퍼지는 중에도 하이드는 소리를 지르며 말을 이어갔다. "요즘 시대에 우리 인간에게 사진이 얼마나 큰 역할을 하는

지 말이에요. 사진 없이 살아남아야 하는 상황이 되니 그제야 그걸 깨닫게 된 거죠."

헬렌이 고개를 끄덕여줬다.

런웨이 끝에 달려 있던 커튼이 살짝 움직였다. 커튼 사이로 헬렌은 긴 다리 하나를 발견했다.

"미국인들은 모두 기뻐하고 있겠어요. 그 불쌍한 애들이 모두 풀려났으니!" 하이드가 소리를 질렀다.

헬렌은 순간 번개를 맞은 것 같았다. ……뭐라고? "풀려났다고요?" 헬렌은 무의식적으로 하이드의 팔을 잡으며 큰 소리로 물었다. 하이드는 헬렌의 갑작스러운 반응에 놀란 듯 뒤로 물러났다.

"방금 속보가 나왔잖아요." 로렐 하이드가 대답했다.

"모두 풀려났다고요?" 헬렌이 또 한 번 큰 소리로 물었다.

"그렇다고 하던데요."

그제야 헬렌은 자신이 하이드의 손목을 잡고 있다는 사실을 인지했다. 가슴이 터질 것 같았다. 이렇게 되면 이야기는 달라진다. 매들린도 그 안에 포함되어 있다면 말이다.

런웨이 무대 뒤에서 커튼이 쳐지며 모델들이 등장했다. 충격적이었다. 모델들의 얼굴은 하나같이 하얗게 칠해져 있었다. 눈 주변은 검은 원이 그려져 있었다. 머리카락은 사방으로 뻗쳐 있었다. 스프레이를 몇 통은 족히 쓴 것 같았다. 거기에 하나같이 둔부가 다 드러나는 짧은 팬츠 차림이었다. 상체에는 형형색색의 조끼를 입은 채로. 하지만 다시 봤을 때 헬렌은 알았다. 모델들은 군인들이 입는 방탄 조끼 같은 걸 입고 있었다.

귀가 먹먹할 정도로 큰 소리로 흘러나오는 행진 음악과 함께 모델들이 움직이기 시작했다. 런웨이를 정복하기 위해.

85. 파리

행진곡이 들렸고 이어 커튼이 열렸다. 이 세상에서 가장 강력한 무기는 파괴다. 파괴 없이는 혁신도 없다. 파벨 바이시만큼 이 사실을 잘 알고 있는 사람은 없다. 헬리콥터 추락 사고로 파벨 바이시는 파괴의 위험에서 가까스로 벗어난 사람이었다. 파벨 바이시는 그것을 지구에서의 체류가 좀 더 연장된 것으로 여겼다. 사고 후 파벨 바이시는 몇 달에 걸쳐 자신이 유일한 생존자가 될 수밖에 없었던 이유를 생각하고 또 생각했다. 그리고 마침내 파벨 바이시는 자신이 선택된 자라는 결론에 이르렀다. 나에게는 사명이 있다. 우주의 운명을 정하는 자가 누구이든, 그 누군가는 나에게 사명을 주었다. 반드시 이루어내야 할 사명을.

과거의 파벨 바이시는 사고와 함께 죽었다. 그 이후의 파벨 바이시는 일종의 천사 같은 것이었다. 자신의 사명이 무엇인지 찾기까지는 그리 오랜 시간이 걸리지 않았다. 중환자실에서 몇 주를 보내며 느꼈던 고통, 재활 클리닉에서 보냈던 몇 달, 거울을 통해 보이던 자신의 모습. 이 모든 것은 파벨 바이시의 사명이 무엇인지 분명하게 알려주고 있었다.

이제 피날레였다. 조금 더 할 수도 있었지만, 파벨 바이시는 피로를 느꼈다. 거대한 피날레에서 목숨도 아끼지 않고 내놓은 파벨 바이시의 선택은 다른 사람들의 죽음도 정당화할 수 있을 것이다. 파벨 바이시는 루브르 박물관의 로비로 이어지는 나선형 계단의 난간에 기댄 채 패션쇼를 지켜보고 있었다. 모든 사람들의 시선은 런웨이를 향하고 있었다. 그 누구도 파벨 바이시의 존재를 눈치 채지 못했다. 이 모든 쇼의 주최자가 파벨 바이시였음에도. 이건 파벨 바이시가 만들어 낸 작은 작품이었다.

만족스러운 표정으로 헬렌 모건을 바라봤다. 헬렌 모건은 첫 번째 줄에 앉아 있었고, 옆에는 가방이 있었다. 곧 파벨 바이시는 헬렌의 곁으로 가 가방을 가져올 것이다. 그리고 그 즉시 조끼 안에 숨겨진 폭탄을 터뜨릴 것이다. 무엇보다 파벨 바이시는 그 전에, 추함의 산물인 모나리자를 보고 싶었다. 눈을 감기 직전에, 플렉스 유리 없이, 바로 앞에서.

엄지손가락으로 원격 제어 장치를 쓸어 내렸다. 커다란 볼펜 같았다. 파벨 바이시와 함께 이 모나리자는 흔적도 없이 사라질 것이다. 오리지널 모나리자에 어떤 일이 일어났는지 사람들은 절대로 알 수 없을 것이다. 아마도 몇 년간 모나리자를 찾아 헤매겠지. 그리워하면서. 하지만 시간이 지나면 사람들의 관심은 조금씩 프라도 미술관의 모나리자로 향할 것이다. 그리고 쌍둥이 모나리자는 오리지널 모나리자의 자리를 차지하게 될 테지. 그렇게 몇십 년이 흐르고 나면 프라도 미술관의 모나리자가 복제품이었다는 사실을 아는 사람은 사라질 것이다. 오리지널 모나리자는 사람들의 기억 저편으로 사라질 것이고, 그것이 전파하는 아름다움의 바이러스도 사라지겠지. 뒷일은 살라이가 감당해줄 것이다. 살라이와 살라이의 모나리자가. 더 나은 밈. 파벨 바이시는 살라이와 헬렌 모건의 기이한 능력을 얼마나 부러워했던가!

헬렌 모건의 MRI 기록은 헬렌이 가진 능력을 확인해주는 증거였다. 헬렌 모건의 연구소 컴퓨터에 트로이 목마를 보내 알게 된 사실이었다. 다른 사람들의 눈에 보이지 않는 것을 보고 다른 사람들이 듣지 못하는 것을 듣는 사람은 분명히 있다. 헬렌 모건처럼.

파벨 바이시의 시선은 다시 한 번 로비로 향했다. 모든 것, 모든 인생이 런웨이를 둘러싸고 있었다. 이제 저들은 모두 산산조각이 날 것이다. 이 테러로 패션 비즈니스와 아름다움을 둘러싼 모든 산업은 무너질 것이다. 파벨 바이시는 코트 아래에 입은 조끼를 만지작거리며 폭약이 담긴 실린더와 케이블을 확인했다.

커다란 스피커에서 흘러나오는 음악에 맞춰 모델들이 긴 런웨이를 걸어 내려왔다. 모델들의 얼굴에 입힌 화장은 정말로 역겨워 보였다. 아름다움의 추함. 큐시트에 따르면 모델들은 앞으로 몇 번 더 런웨이를 오르내릴 것이다. 거대한 쇼다운이 있기 전까지.

파벨 바이시는 난간에서 몸을 떼고 계단을 내려갔다. 지옥으로. 아니, 천국일까. 어떤 관점에서 보느냐에 따라 그것은 달라질 것이다. 그 결정은 파벨 바이시의 몫이 아니다.

관중들은 모델들에게 매료된 채 런웨이를 바라보고 있었다. 런웨이와 의자 사이로는 좁은 통로가 나 있었다. 몇 미터만 걸어가면 헬렌 모건에게 닿을 것이다. 어느새 파벨 바이시의 시선에 헬렌 모건의 등이 들어왔다. 그때였다. 누군가가 파벨 바이시의 어깨를 만졌다. 깜짝 놀란 파벨 바이시는 옆으로 고개를 돌렸다. 어깨 위로 은색 손잡이가 보였다.

"너무 서두르지 말아요, 내 친구여." 낮게 울려 퍼지는 목소리였다.

뒤를 돌아보았을 때 파벨 바이시의 눈앞에는 검은 정장과 넥타이,

행커치프로 멋을 낸 한 신사가 서 있었다. 손에는 양 머리 모양의 손잡이가 달린 지팡이를 들고 있었다. 화려한 장식의 지팡이 손잡이는 여전히 파벨 바이시의 어깨를 무겁게 짓누르고 있었다. 신사는 재미있다는 눈빛으로 파벨 바이시를 응시하고 있었다. 긴 곱슬머리는 신사의 의상과 매우 대조되었다.

"이걸 잃어버리신 것 같군요!" 신사는 무언가를 들어 보였다.

파벨 바이시는 그제야 남자의 손에 들린 것이 무엇인지 알아차렸다.

86. 파리

밀너는 심호흡을 하려고 노력했다. 밀너는 커튼 뒤 백스테이지 한편에 프랑스인 동료 두 명과 함께 서서 런웨이를 바라보고 있었다. 손으로는 눈앞을 가려 눈부신 핀 조명을 피했다. 밀너의 시선은 모델들의 몸을 따라가고 있었다. 평소 같았으면 다른 것에 관심을 보였겠지만 지금은 아니었다. 밀너는 모델들이 입고 있는 조끼에 집중했다. 가장 가까이 있는 모델은 불과 4미터 거리에 있었다.

"저기! 케이블!" 동료가 한 모델을 가리키며 소리를 질렀다. 하지만 또 다른 모델이 나타나 두 사람의 시야를 가렸다.

분명 모델들은 폭탄을 몸에 두르고 있었다. 하지만 개입하기는 어려웠다. 밀너는 남자일지 여자일지 모르는 범인이 자신을 주시하고 있으리라 추측했다. 런웨이 위로 돌진하거나 행사를 중단할 경우 즉각 폭탄을 터뜨릴 것이다. 현재 대형 사고를 막기 위한 유일한 방법은 범인을 찾는 것뿐이었다. 하지만 범인이 먼 곳에서 휴대폰 같은 것을 이용해 폭탄을 터뜨린다면 이야기는 달라진다.

밀너의 시선은 관객들에게로 향했다. 헬렌 모건도 그 사이에 앉아 있었다. 헬렌 모건은 첫 번째 줄에 앉아 있었고 옆에는 커다란 가방 하나가 놓여 있었다. 프라도 미술관의 CCTV 화면에서 본 바로 그 가방이었다. 아마도 저 가방 안에 모나리자가 들어 있을 것이다. 헬렌 모건은 긴장한 듯 보였고, 마치 누군가를 기다리기라도 하는 듯 주변을 두리번거리고 있었다. 헬렌의 두 손은 분주하게 움직이고 있었다. 손을 만지작거리는 것 같았다. 눈 아래로는 피곤한 듯 커다랗게 그늘이 져 있었고, 머리카락은 대충 땋아 묶은 상태였다. 긴장되고, 불행해 보였다. 그리고 무언가를 매우 두려워하는 것 같았다.

"어떻게 할까요?" 뒤에 있던 요원이 물었다.

여전히 밀너는 헬렌 모건을 바라보고 있었다. 그 순간, 밀너는 헬렌에게서 멀지 않은 곳에서 일어나는 움직임을 감지했다. 런웨이를 향해 앉은 관객들 뒤로, 나이가 많아 보이는 한 남자가 캡 모자와 코트를 입은 채 좁은 통로에 서 있었다. 또 다른 한 남자를 향해 이제 막 몸을 돌린 터였다. 뒤에 있던 남자가 늙은 남자를 놀라게 한 것 같았다. 늙은 남자의 모자가 얼굴에 그림자를 드리워 누구인지 알아볼 수 없게 만들고 있었다. 반대로 뒤에 있는 남자는 조명을 받아 빛을 발하고 있었고, 우아한 옷차림을 자랑하고 있었다. 거기에 긴 머리카락이 더해져 기이한 인상을 자아냈다. 뒤에 있는 남자가 무언가를 들어올렸다. 모자를 쓴 남자는 깜짝 놀라 한 걸음 뒤로 물러났다.

이 이상한 장면을 관찰하느라 밀너는 잠시 헬렌 모건을 잊고 있었다. 다시 헬렌 쪽으로 시선을 돌렸을 때, 밀너는 헬렌이 손에 무언가를 감추고 있음을 발견했다. 작고 검은 물건이었다. 조금 전까지만 해도 없었던 것이다! 원격 제어 장치! 저거다! 밀너는 본능적으로 재킷 아래로 손을 움직여 총을 잡았다. 단번에 밀너는 목표물을 조준했고, 방아쇠를 당겼다.

87. 파리

FBI 요원에게 전화를 걸려고 했을 뿐이었다. 여자들이 풀려났다던데, 매들린도 그 안에 포함되어 있는지 묻고 싶었다. FBI 요원이라면 분명 알고 있을 테니까. 매들린이 안전하다면 이곳의 모든 일도 중단시킬 수 있다. 이제는 굳이 감출 필요도 없었지만 헬렌은 가능하면 눈에 띄지 않으려 노력했다. 헬렌은 주머니에 손을 넣어 파트리크 바이시의 휴대폰을 꺼냈다. 마드리드에서 파리로 이동하던 도중 리무진 문에 달린 수납 공간에서 발견한 휴대폰이었다. 몽마르트르에 있는 그림 위조자의 집을 방문했을 때 헬렌은 휴대폰으로 FBI 요원에게 문자를 보냈었다. 여자들과 자신의 딸이 어디에 있는지, 파벨 바이시가 어디에 그 아이들을 가둬놨는지. 헬렌은 확신했다. 매들린 하나만을 위해서는 아니더라도, 납치된 여자들을 구조하기 위해서라도 FBI는 특수 요원들을 투입할 것이다. FBI 요원이 파트리크 바이시에게 전화를 걸어왔을 때, 헬렌은 함께 있었다. 위치 추적을 당할지도 모른다는 랄프의 조언에 따라 파트리크 바이시는 통화가 끝난 후 즉각 휴대폰을 껐었다. 아마도 그 후 파트리크는 휴대폰을 자동차에 두고는 더 이상 신경을 쓰지 않은 것 같았다.

런웨이 위에서 모델들이 능숙하게 포즈를 취하고 있는 동안 헬렌은 휴대폰을 켰다. 1234. 바르샤바의 바이시 저택에서 파트리크가 알려주었던 비밀번호였다. 비밀번호가 풀리며 휴대폰이 소리를 냈다. 하지만 스피커에서 나오는 음악에 묻혀 들리지 않았다. 화면이 켜졌다. 헬렌은 통화목록을 열어 가장 위에 있는 번호를 눌렀다. 제발, FBI 요원이 전화를 받아주기를.

88. 파리

잘 차려입은 낯선 신사가 손에 들고 있는 것은 원격 제어 장치였다. 파벨 바이시는 서둘러 코트 주머니를 확인했다. 없었다. 정말로 잃어버린 것이 맞았다. 파벨 바이시는 장치를 낚아채기 위해 손을 휘둘렀다. 하지만 신사는 재빨리 손을 치웠다.

"너무 서두르지 맙시다!" 신사가 미소를 지으며 말했다. 분명 아는 얼굴이었다. 하지만 어디에서 보았는지는 기억이 나질 않았다.

"이리 내요!" 파벨 바이시가 애원하듯 말하며 런웨이 쪽을 돌아보았다. 모델들은 원을 그리며 워킹을 하다가 한 사람씩 관객들 앞에서 포즈를 취했다. 무언가를 기대하는 얼굴로. 그리고 파벨 바이시는 그들이 무엇을 기대하고 있는지를 아는 유일한 사람이었다. 헬렌 모건의 뒤통수도 보였다.

"여기 있는 이 버튼을 누르면 어떻게 되나요?" 신사는 은색 손잡이가 달린 지팡이를 돌리며 검지손가락을 뻗어 원격 제어 장치 뒷면에 달린 작고 빨간 버튼을 만지작거렸다.

무슨 대답을 해야 할지 알 수 없었다. 아무래도 파벨 바이시의 계획을 알고 있는 것 같았다. 그때 파리 한 마리가 날아왔고, 파벨 바이시는 손을 움직여 파리를 쫓았다.

"정말로 이런 작은 폭발 사고로 그것을 막을 수 있을 거라고 믿는 건가요? 모나리자, 나의 심장 역시 그 그림을 향하고 있고 그 그림은 분명 대작입니다. 하지만 그런 것들은 그밖에도 아주 많아요. 당신은 그걸 뒤엎을 수 없을 겁니다."

파벨 바이시는 믿을 수 없다는 듯한 눈으로 신사를 바라보았다. 고급 정장과 행커치프, 풍성한 곱슬머리로 보아 경찰이나 FBI 요원인 것 같지는 않았다. 어쩌면 그림 거래상일지도 모른다고, 파벨 바이시는 생각했다. 하지만 무엇보다 파벨 바이시를 혼란스럽게 만드는 것은 신사의 다정한 미소였다.

"당신, 누구입니까?" 파벨 바이시가 물었다.

"'낯선 이'요." 신사가 대답했다.

오한이 들었다.

"자, 그러면 한번 시작해볼까요?" 신사가 원격 조정 장치를 내밀며 재촉을 하듯 파벨 바이시를 향해 고개를 끄덕였다.

아주 천천히, 파벨 바이시는 장치를 건네받았다.

89. 파리

무고한 대중들이 가득한 곳에서 목표물을 향해 총을 쏜다는 것은 분명 위험한 일이었다. 그것이 용인되는 경우는 예컨대 테러 공격과 같은 위험이 도사리고 있을 때다. 무고한 사람들이 피해를 입을 위험성은 너무 컸다. 총알이 목표물에 명중한다 하더라도, 목표물을 통과해 뒤에 있는 여러 사람들을 다치게 하거나 심지어 죽일 가능성도 배제할 수 없었다. 하지만 밀너에게는 선택권이 없었다. 밀너는 상당히 뛰어난 저격수였다. 브라질에서의 사건 현장에서도 그 사실은 증명된 바 있었다. 밀너는 정확히 아이의 배를 노렸으니까.

정확한 이유는 알 수 없었다. 브라질에 대한 기억 때문이었을까? 아니면 갑자기 음악이 꺼진 것 때문에? 혹은 방아쇠를 당기던 순간 갑자기 재킷 주머니에서 울리던 휴대폰 진동? 두 번의 총격은 모두 목표물을 비껴갔다.

탕! 탕! 총소리와 함께 사람들은 모두 충격에 빠졌다. 로비 일대에 소동이 일어났다. 누군가가 큰 소리로 "암살이다!" 하고 외쳤고 날카로운 비명 소리가 루브르 박물관 로비의 높은 천장에 부딪혀 울렸다. 밀너는 자리에서 일어나 가방을 드는 헬렌 모건의 모습을 본 것 같았다. 하지만 이내 정신없이 도망치는 사람들이 밀너의 시야를 가렸다. 밀너의 시선은 모델들에게로 향했다. 마찬가지로 비명을 지르며 밀너가 있는 쪽을 향해 달려오고 있었다. 여전히 조끼를 입은 채였다. 밀너의 우려는 날아간 총알로 향했다. 헬렌 모건을 맞추는 데 실패했다면 다른 누군가가 맞았을 것이다. 부디 무고한 자가 희생당하지 않았기를!

밀너는 조금 전까지 헬렌 모건이 앉아 있던 자리로 달려가 바닥과 주변을 살폈다. 다친 사람이나 피의 흔적은 없었다. 사방으로 흩어지는 사람들이 또다시 밀너의 시야를 가로막았다.

"조끼를 살펴줘! 경보 알람 작동시키고!" 밀너는 옆에 있는 동료들에게 큰 소리로 지시를 내린 다음 출구를 향해 달리기 시작했다. 구할 수 있는 것이 있다면 구해야 한다. 이 일로 밀너는 목이 날아갈 수도 있다. 분명한 사실이었다.

90. 파리

파벨 바이시는 주변을 돌아보았다. 대리석 바닥에는 자신이 흘린 피의 흔적이 남아 있었다. 진한, 어두운 빨간색의 피였다. 걸음을 뗄 때마다 핏방울은 작은 웅덩이 형태로 합쳐졌다.

파벨 바이시는 자리에 멈춰 서서 코트를 벗은 다음 오른팔에 감았다. 고통은 사라졌지만 손은 움직일 수가 없었다.

갑자기 무언가가 팔을 관통하며 고통을 일으켰을 때, 파벨 바이시는 탕, 하는 소리를 인지했다. 총에 맞았다는 걸 즉각 알 수 있었다.

누가 쏜 것인지는 알 수 없었지만 총에 맞은 것이 분명했다. 손에 들고 있던 원격 조정 장치는 바닥으로 떨어졌고, 이어 충격에 휩싸인 사람들 사이로 휩쓸려 사라져버렸다. 헬렌 모건의 자리는 비어 있었고, 가방 또한 사라지고 없었다. 미스터리한 낯선 신사도 출구로 몰려드는 사람들 사이로 자취를 감춘 듯했다.

파벨 바이시는 사람들을 따라 나선형 계단으로 향했다. 어느덧 로비에 남아 있는 사람은 많지 않았다. 갑자기 눈앞에서 계단이 빙글빙글 돌기 시작했다. 역겨웠다. 과도한 출혈이 원인인 듯했다.

파벨 바이시는 절뚝거리며 힘겹게 걸음을 옮겼다. 파벨 바이시를 앞지른 나이 든 여자가 깜짝 놀란 눈으로 파벨 바이시를 바라보았다. 익숙했다. 하지만 여자가 바라본 것은 파벨 바이시의 얼굴도, 화상을 입은 피부도 아닌 상체였다. 파벨 바이시는 그제야 자신이 여전히 폭탄 조끼를 입고 있다는 사실을 인지했다. 코트를 벗으면서 사람들 앞에 폭탄이 고스란히 노출된 것이다. 순간 파벨 바이시는 의자에 무릎을 부딪치며 넘어졌다. 지친 몸을 이끌고 파벨 바이시는 간신히 빈 의자에 앉아 숨을 쉬었다. 팔을 감싼 코트가 안에서부터 조금씩 빨간 피로 물들고 있었다.

런웨이가 빙글빙글 돌기 시작하더니 마침내 파벨 바이시의 머리를 덮쳤다. 이 세상의 모든 것이 거꾸로 돌아가는 것 같았다. 이 사회가 공유하고 있는 모든 가치들이. 선도, 악도. 파벨 바이시가 입은 조끼 안에서 들리지 않을 정도로 작게, 딸깍, 소리가 났다. 파벨 바이시는 자신의 배를 쳐다보았다.

91. 파리

나선형 계단을 거의 다 올랐을 때였다.

FBI 요원에게 전화를 걸려던 순간, 갑자기 런웨이에 혼란이 일었다. 음악이 꺼졌고, 탕, 하는 소리가 정확히 두 번 들렸다. 런웨이 끝부분에서 헬렌은 총구섬광을 본 것 같았다. 무대 어딘가에서 누군가가 "암살이다!" 하고 외쳤고 순식간에 모든 사람들이 자리에서 일어나 출구로 달려갔다. 헬렌은 여전히 휴대폰을 귀에 대고 있었다. 순간 헬렌은 런웨이 반대편, 탈출하는 사람들의 틈에서 자신을 응시하고 있는 파트리크 바이시의 얼굴을 본 것 같았다. 하지만 이내 정신없이 도망치는 모델들의 다리가 헬렌의 시야를 가렸고, 다시 시야를 확보했을 때는 파트리크 바이시의 모습도 사라지고 없었다. 그럼에도 헬렌은 혹시라도 파트리크가 자기 휴대폰으로 통화하는 모습을 보았을까 걱정이 되었다.

나선형 계단을 막 오르려던 찰나, 귀를 먹게 할 것 같은 쾅, 소리가 또 한 번 울려 퍼졌고 헬렌은 바닥에 엎드렸다. 유리 난간을 통해 헬렌은 30미터도 채 떨어지지 않은 곳, 런웨이 앞 빈 의자들 사이에서 눈부신 빛을 보았다. 이어 흰 연기가 피어올랐고, 연기가 가라앉았을 때 즈음 헬렌의 눈앞에는 폐허가 펼쳐져 있었다. 탄 냄새가 헬렌의 코를 찔렀다. 갑자기 오른쪽 귀에서 삐, 소리가 들리며 헬렌을 어지럽게 했다. 위에서는 갑자기 비가 내리기 시작했다. 한참이 걸려서 헬렌은 스프링클러가 작동된 것이라는 사실을 깨달았다. 헬렌은 유리 피라미드 천장에서 거대한 균열을 발견했다. 조심스럽게 몸을 일으키는 순간 누군가가 헬렌을 지나가며 장딴지를 밟았다. 또 다른 사람은 헬렌의 왼팔을 깔고 넘어졌다. 마침내 몸을 일으켜 세우는 데 성공해 다행히 안전하게 잠겨 있는 가방을 주워 들었다. 정신이 나간 사람처럼, 계단을 뛰어 올라갔다.

뒤에서, 아래에서, 사방에서 비명과 흐느낌 소리가 들려왔다. 반드시 이곳을 빠져나가야 한다. 밟혀 죽을지도 모른다. 아니, 그 전에 또 다른 폭발이 발생할지도 모른다.

한 젊은 여자가 옆에서 헬렌을 밀었다. 두 번째로 보았을 때에야 헬렌은 젊은 여자가 모델이라는 것을 알아차렸다. 헬렌은 젊은 여자를 따라 나갔고, 앞에 있던 두 사람을 제치고 마침내 층계참에 이르렀다. 순간 귀에서 들리는 삐, 소리를 덮을 정도로 큰 비명 소리가 들려왔다. 헬렌은 패닉에 빠진 사람들 틈에 껴 좁은 유리문을 통과해 바깥으로 빠져나왔다.

　헬렌은 탐욕스럽게 공기를 들이마셨다. 세 번의 호흡 끝에 비로소 헬렌의 폐에도 신선한 공기가 공급되었고, 헬렌은 비틀거리며 볼라드 쪽으로 걸어가 그 앞에 주저앉았다. 방금 전 일어난 일이 무엇이든, 그것은 헬렌의 가방에 들어 있는 모나리자와 관련이 있을 것이다. 헬렌은 뒤를 돌아보았다. 출구는 패닉 상태에 빠져 돌진하는 사람들로 가득했다. 일부는 밖으로 나오자마자 광장 바닥에 쓰러졌고, 또 다른 사람들은 헬렌을 지나 계속 뛰었다. 헬렌의 눈에 보이는 루브르 박물관의 광장은 사람들이 내는 소리에 따라 형형색색의 얼룩으로 가득 찼다.

　100미터도 떨어지지 않은 거리에는 좁은 도로가 하나 있었다. 좁은 도로는 좁은 출구를 지나 그 뒤로 보이는 큰 도로로 이어지게 되어 있었다. 저곳으로 가야 한다. 이곳에서 벗어나야 한다! 헬렌은 자리에서 일어나 한 걸음 내딛었다. 하지만 순간 무릎이 풀렸다. 헬렌은 넘어지지 않기 위해 안간힘을 썼고 다리에 힘을 실은 다음 가방을 꼭 끌어안고 내달리기 시작했다. 거친 호흡이 옆구리에 통증을 유발했다. 갈비뼈 아래 칼이 꽂혀 있는 느낌이었다.

　끝도 없이 내달린 것 같았다. 마침내 도로에 이르러 좁은 출구를 통과했다. 좁은 인도에서 실수로 도로에 뛰어든 헬렌의 뒤에서 자동차 경적 소리가 들려왔다. 뒤를 돌아본 헬렌은 파란색 푸조 루프에 달린 택시 갓등을 발견했다. 헬렌은 택시를 향해 정신없이 손을 흔들었다. 놀랍게도 택시는 멈춰 섰고, 엄청난 안도감이 찾아왔다. 뒷좌석 문을 열고는 택시 안으로 몸을 던졌다.

　힘겹게 숨을 몰아쉬며 헬렌은 자신이 갈 만한 곳을 떠올리려고 애를 썼다. 파리에서 알 만한 곳, 운전기사에게 목적지로 언급할 만한 곳, 어디가 좋을까……. 그때였다. 갑자기 옆에서 낯선 목소리가 들려와 깜짝 놀랐다.

"안녕하세요, 모건 씨!"

헬렌은 그 자리에서 굳어버렸다. 한 남자가 진지한 얼굴로 자신을 바라보고 있었다. 뒷좌석, 자신의 옆에 앉은 채로.

92. 파리

택시가 다시 움직였다. 헬렌은 여전히 놀란 눈으로 남자를 바라보고 있었다. 남자가 앞으로 몸을 기울이더니, 헬렌의 가방을 낚아채 조심스럽게 지퍼를 열고 안을 들여다보았다. 적중! 남자는 다시 지퍼를 닫은 뒤 자신의 옆에 가방을 내려놓았다.

"축하합니다. 모건 씨, 역사상 가장 스펙터클한 그림 도난에 성공하셨군요." 남자가 말했다.

"누구세요?" 헬렌이 물었다. 헬렌은 충격에 휩싸여 있었다.

가까이서 본 헬렌 모건은 멀리서 볼 때보다 훨씬 더 아름다웠다. 이전에 본 사진들도 헬렌 모건의 아름다움을 다 담지는 못한 것 같았다. 분명 지친 얼굴이었지만 그럼에도 무언가 특별함이 묻어 있었다. 말로 표현할 수 없을 뿐이었다.

"그렉 밀너, FBI입니다." 밀너는 신분증이 있는 가죽 지갑을 헬렌에게 들어 보였다. 이번에도 밀너는 코팅된 종이 한 장의 영향력을 확인할 수 있었다. 종이 한 장이 기적을 일으킬 수 있다니. 헬렌의 얼굴에 화색이 돌았다.

"당신에게 전화를 걸었어요!" 헬렌이 소리를 질렀다. "방금 전에요! 패션쇼 중간에!"

밀너는 이마를 찌푸렸다. 그제야 밀너는 자신이 총을 쏘던 순간, 재킷 안에서 느껴지던 휴대폰 진동을 떠올렸다. 밀너는 휴대폰을 꺼내 통화 목록을 확인했다.

"이 휴대폰은 파트리크 바이시의 전화에만 울리도록 설정이 되어 있는데!" 밀너가 의아해하며 말했다. 헬렌 모건이 오른손을 코트 주머니에 넣었다. 밀너는 본능적으로 정장 재킷 안에 있는 권총을 꺼낼 준비를 했다. 그 순간 실패한 두 발이 떠올랐다. 누구를, 무엇을 맞힌 걸까. 무고한 희생양이 발생하지 않았기를, 밀너는 여전히 바라고 있었다. 하지만 직감은 그 반대였다. 나중에라도 총격으로 인한 부상자가 있었는지 알아봐야겠다고, 밀너는 생각했다. 로비에서 발생한 폭발로 모든 흔적이 사라지지 않았다면 말이다.

"내가 훔쳤어요. 파트리크 바이시의 휴대폰을요. 어제 문자를 보낸 것도 나고요." 헬렌이 밀너에게 휴대폰을 내밀며 소리쳤다.

헬렌이 한 말을 완성되지 않은 퍼즐의 빈자리에 맞춰보려 머리를 굴리는 사이, 통화목록이 확인됐다. 헬렌이 내민 휴대폰에서 온 전화가 맞았다.

"멕시코에서 여자들이 구출됐다고 들었어요. 제 딸, 매들린 모건도 발견됐나요?" 목소리가 떨렸다. 헬렌은 눈을 크게 뜨고 밀너를 바라보고 있었다. 잠시 망설였지만 거짓을 말할 생각은 없었다.

"현재 상황대로라면, 유감스럽지만 발견되지 않았습니다."

생전 처음 보는 모습이었다. 이토록 낙심하는 사람의 얼굴은 단 한 번도 본 적이 없었다. 고뇌로 일그러진 헬렌의 얼굴에 공허함이 스쳐 지나갔다. 이내 헬렌은 흐느끼기 시작했다.

"매들린은 내 딸이에요." 헬렌은 두 손으로 얼굴을 감싼 채 울음을 터뜨렸다. 어떻게 위로해야 할지, 밀너는 알 수 없었다.

한참 후에야 헬렌은 조금이나마 안정을 되찾은 듯 손을 내리며 소리쳤다. "저기 가방에 있는 그림을 가져다주지 않으면, 그들은 내 딸을 해칠 거예요!" 헬렌의 눈에서 또다시 눈물이 흘러내렸다.

"그들이 누구죠?"

택시가 신호에 멈춰 섰다. 헬렌이 창밖을 내다보며 물었다.

"어디로 가는 거죠?" 헬렌은 답하지 않은 채 다른 질문을 던졌다.

"프랑스 경찰청이요. 프랑스 경찰이 당신과 당신의 가방 속 물건을 조사할 겁니다."

헬렌은 고개를 저었다. "파벨 바이시와 그의 아들······. 그들이 나를 바르샤바로 꾀었고, 그곳에서 마드리드로 데리고 갔어요. 그리고 나를 미끼로 프라도 미술관에서 모나리자를 훔쳤고, 그다음엔 나를 협박해 루브르 박물관에서 모나리자를 훔치게 만들었어요. 그렇게 하기 위해 내 딸을 납치했고, 인질로 삼았다고요." 헬렌의 목소리가 떨렸다.

밀너는 한 순간도 시선을 떼지 않고 헬렌을 응시했다. 젠장. 헬렌 모건은 엄청나게 훌륭한 연기자이거나, 정말로 곤궁에 처해 있는 것이 분명했다. 밀너는 마드리드에서 만난 호텔 벨보이의 말을 떠올렸다. 여자는 두려워하고 있었고, 누군가로부터 조종당하는 것처럼 보였다고 했다. 로봇이나 마리오네트 같았다고 말이다. 프라도 미술관에서 본 CCTV 화면도 떠올랐다. 경보가 울리는 사이 도망을 치는 헬렌의 모습은 그림을 훔친 사람이라기보다는 패닉 상태에 빠진 사람 같아 보였다. 무엇보다 이 모든 사건을 계획한 사람처럼 보이지는 않았다.

"아마도 파벨 바이시는 더 이상 당신을 협박할 수 없을 겁니다."

헬렌이 이해할 수 없다는 듯 밀너를 바라보았다.

"루브르 박물관에서 벌어진 폭발 사고, 파벨 바이시가 한 짓이에요."

"파벨 바이시가 폭탄을 터뜨린 건가요?"

"말하자면 파벨 바이시가 폭탄이었죠! 파벨 바이시는 런웨이 위에 있던 모델들과 함께 폭탄 조끼를 입고 있었어요. 나는 계단 위에서 파벨 바이시를 지켜봤고요. 사람들이 대피하고 파벨 바이시가 런웨이 앞에 있는 빈 의자에 앉는 순간 입고 있던 조끼 폭탄이 터졌어요. 시신이라도 남아 있을지 걱정이군요."

헬렌은 충격을 받은 듯 얼굴을 찌푸리며 고개를 저었다. 잠깐 헬렌의 눈빛에서 희망과 같은 감정이 읽혔지만, 이내 사라졌다.

"그럼 그의 아들은요?" 헬렌이 물었다. "파트리크 바이시요!"

밀너는 어깨를 으쓱했다. "파트리크 바이시가 어디에 숨었는지는 나도 몰라요. 방금 전까지만 해도 나는 멕시코의 여자들을 구조할 수 있도록 문자를 보내준 것이 파트리크 바이시일 거라고 생각했어요. 혹시 알고 있어요? 파트리크 바이시는 파벨 바이시와 한패인가요?"

헬렌은 밀너를 바라보았다. 하지만 헬렌의 눈빛에는 초점이 없었다. "저도 잘 모르겠어요……. 내 앞에서는 아버지에게 강요를 당하는 것처럼 굴었거든요. ……하지만 분명한 건 파트리크 바이시와 그랄프라는 자가 내 딸을 찾을 수 있도록 도와줄 수 있는 유일한 사람들이란 거예요." 헬렌이 더듬거리며 말을 이어갔고, 또다시 헬렌의 눈에 눈물이 차올랐다.

"랄프라고요?"

"파트리크 바이시의 운전기사예요."

신선한 공기가 필요했다. 밀너는 창문을 조금 열었다. 헬렌 모건을 만나게 되면 모든 의문이 풀릴 거라고 생각했다. 하지만 정작 헬렌 모건을 만난 지금, 답보다는 질문이 더 많아지고 있었다. "루브르 박물관에서 정확히 뭘 하려고 했던 거죠? 당신은 왜 패션쇼에 참석한 거예요? 그림을 훔친 뒤에 왜 곧바로…… 도망치지 않은 거죠?"

"그렇게 하라고 시켰으니까요. 10분 동안 앉아 있다가 가라고 했어요. 오, 주여……. 파벨 바이시, 그 미친 남자 말고도 또 다른 희생자가 있는 건가요?

밀너도 알 수 없었다.

폭발이 일어나던 순간, 밀너는 이미 계단 위에 올라와 있었다. 헬렌의 뒤를 바짝 따라가고 있었던 것이다. 밖으로 나온 뒤로는 무전기의 전파 범위를 벗어나 그 이후의 상황을 듣지 못했다. 밀너는 귀에 꽂고 있던 피부색의 작은 이어폰을 꺼냈다. 밀너는 열린 창문을 통해 이어폰을 던져버렸다.

"제가 들은 바에 따르면 FBI 동료들이 폭발 직전에 모델들의 조끼를 벗겼다고 해요. 어쨌거나 폭발한 것은 파벨 바이시뿐인 것 같고요. 누가 부상을 당했는지는 유감스럽게도 알 수가 없네요." 밀너의 생각은 또다시 목표물을 빗나간 총알 두 발로 이어졌다. 밀너는 무의식적으로 헬렌의 배를 바라보았다. 목표물을 제대로 맞췄다면 아마도 헬렌 모건은 지금 밀너의 옆에 앉아 있지 못할 것이다. 이 생각을 하자 양심의 가책 같은 것이 밀너를 짓눌렀다. 총탄 두 발이 빗나간 것은 밀너에게 큰 행운이었다. 총알은 지금 박물관 로비 어딘가에 박혀 있을지도 모른다. 하지만 그 경우에도 FBI와 프랑스 당국 사이에는 갈등이 빚어질 것이다. FBI는 파리에서 함부로 총을 쏠 수 없게 되어 있기 때문이다. 정확히는 알 수 없지만 밀너는 관객들 중 한 사람을 쏘았을 거라고 직감했다.

"……이봐요!" 헬렌이 밀너를 가볍게 밀치며 큰 소리로 불렀다. 아마도 무언가를 물어본 것 같았다. "폭탄 조끼라니요?"

"곧 도착합니다!" 운전기사가 두 사람의 대화에 끼어들었다. 두 사람의 앞에 커다란 건물이 모습을 드러냈다. 파리 경찰청이었다.

패닉에 빠진 헬렌은 밀너에게 간청하듯 말했다. "나를 넘기지 말아요, 밀너 씨! 제발! 내 딸을 생각해주세요!"

택시는 방향표시등을 키고 오른쪽으로 차선을 변경했다. 그리고 속도를 낮추더니 2차선 도로에 멈춰 섰다. 밀너는 자신의 서류 가방을 찾았다.

"모나리자가 없으면 나는 내 딸을 풀어달라고 할 수가 없어요! 그렇게 되면 매들린을 잃을 거고요! 내 딸이 아직 살아 있다면요!" 헬렌은 다시 흐느끼기 시작했다. "제발요……. 저 좀 도와줘요!"

밀너는 프랑스 경찰 두 명이 권총을 들고 건물을 지키고 있는 모습을 보았다. 고민을 빨리 끝내야 했다. 헬렌 모건을 가방과 함께 프랑스 경찰에 넘긴다면 밀너 또한 조사를 받게 될 것이다. 그렇게 되면 아마도 프랑스 내무부의 고위 간부나 미국 대사가 올 때까지 몇 시간을 기다려야 할 것이고, 그러면 모든 내용을 보고해야 할 것이다. 운이 좋다면, 그들은 켈러에게 연락을 할 수 있게 해줄 것이고, 더 높은 사람이 나서서 이 문제를 빠르게 처리해줄 것이다. 실패한 총격에 대해서도 질문을 받겠지. FBI는 분명 그 실수를 브라질과 연결시킬 테고, 아마 공식적으로 정직 처분을 내릴 것이다. 휴가를 간 FBI 직원이 루브르 박물관에서 총을 쐈다는 것을 대체 어떻게 설명하겠는가 말이다. 최악의 경우 상해 혹은 살인 혐의로 프랑스 당국의 수사를 받아야 할지 모른다. 이 경우 프랑스는 밀너를 체포할 것이고 그게 아니더라도 가택 수감까지는 예상해야 할 것이다. 헬렌 모건 또한 딸을 만나게 되더라도, 감옥의 쇠창살 뒤에서나 만날 것이고.

"제발요!" 옆에 있던 헬렌이 다시 한 번 애원했다. "……경관님은 아이가 없으신가요?"

밀너는 헬렌을 바라보며 고개를 저었다. 자식이 없는 밀너로서는 모든 것이 완벽히 이해되지는 않았지만, 분명 헬렌 모건의 절망은 진심인 것 같았다.

하지만 한편으로는 헬렌 모건을 도울 수도 없었다. 가방 안에 있는 모나리자를 범죄자들의 손에 넘기는 것을 도운다……. 아무리 한 아이의 목숨이 달려 있다고 해도 말이다. 밀너의 시선은 다시 경찰서로 향했다. 출입구를 지키고 있던 경비 중 한 명이 택시를 발견하고는 의심의 눈초리로 바라보고 있었다.

"나중에라도 그림이랑 같이 넘길 수 있잖아요! 저와 제 딸에게 딱 한 번만 기회를 주세요. 그 애가 살아 있을지도 모르잖아요!"

"파트리크 바이시와는 어떻게 연락을 할 건데요?" 밀너가 물었다.

헬렌은 파트리크 바이시의 휴대폰이 들어 있는 밀너의 재킷 주머니를 가리키며 말했다.

"파트리크 바이시의 휴대폰을 가지고 있잖아요. 파트리크가 먼저 연락을 해올 거예요." 밀너는 택시 기사를 바라보았다. 두 사람이 논

432

쟁을 하는 사이 택시 기사는 조용히 앉아 라디오에서 흘러나오는 음악에 검지손가락으로 박자를 맞추고 있었다. 미터기가 돌아가고 있는 한은 뭘 해도 개의치 않는 듯했다. "납치당한 여자애들에 대해 무엇을 알고 있죠? 컴퓨터 바이러스, 전 세계적인 벌떼의 죽음, 문화재 테러에 대해서 말이에요."

"나를 도와줄 건가요?" 헬렌은 대답을 피한 채 밀너를 바라보며 물었다. 헬렌의 눈빛은 단호했다.

밀너의 휴대폰이 울렸다. 화면을 보았다. 켈러였다. 밀너는 깊은 한숨을 내쉬며 조용히 휴대폰을 껐다. 흉곽에 압박이 느껴졌다. 밀너는 그 누구보다도 잘 알고 있었다. 자신에게는 특별한 유전자가 있다는 것을. 주기적으로 자신을 곤경 속에 빠뜨리는 유전자 말이다. FBI에 모든 충성을 맹세했지만 밀너에게 가장 중요한 것은 언제나 옳은 편에 서는 것이었다. 그리고 자신의 직감이 틀리지 않다면, 헬렌 모건과 그녀의 딸은 분명 밀너의 도움을 필요로 하고 있었다. 헬렌의 가방 속에 있는 500살짜리 늙은 여자도 마찬가지였다.

경찰청을 지키고 있던 경비원은 택시를 주시하다가 이제 막 택시 쪽으로 한 발 내딛은 상황이었다.

"크루아 호텔로." 밀너가 택시 기사에게 말했다.

택시는 천천히 움직였다. 헬렌의 눈은 진심 어린 감사를 담아 밀너를 바라보고 있었다.

93. 아카풀코

무자비한 태양 빛이 멕시코 하늘에서 내리쬐고 있었다. 매들린은 뛰고 또 뛰었다. 티셔츠와 손에 묻은 피는 숨 막히는 더위 속에서 말라 버린 지 오래였다. 가방은 매들린의 어깨에 매달려 있었다.

매들린은 가능한 한 들키지 않기 위해 최선을 다했다. 하지만 달리는 도중 들판에서 일하던 농부들과 노는 아이들을 지나치게 됐고, 이들은 하나같이 깜짝 놀라 매들린에게서 시선을 떼지 못했다.

분명 매들린은 눈에 띄었을 것이다. 외국 여자애 하나가 놀란 닭처럼 들판을 달린다는 소문은 빠르게 퍼졌을 것이다. 그나마 다행인 것은 지금까지 의심 가는 자동차나 헬리콥터가 나타나지 않았다는 사실이었다.

매들린은 모든 남자들을 저주했다. 어떤 이유에서인지는 몰라도 엄마를 무너뜨린 아버지를, 병원에서 자신을 조롱했던 라이드 박사를, 친구인 척하면서 자신을 멕시코로 유인했던 브라이언을, 자신을 구해주기는 했지만 숨어 있는 동안 자신을 덮치려고 했던 그 의사까지. 더러운 새끼!

매들린은 온 힘을 다해 저항했고, 온 힘을 다해 땀 냄새가 코를 찌르는 의사의 몸을 밀어냈다. 그리고 의사의 혀를 깨물었다. 배수관 바닥에 있던 뾰족한 돌이 손에 닿지 않았더라면 상상조차 하기 싫은 일이 벌어졌을 것이다. 그럼에도 이 또한 충분히 끔찍한 일이었다. 마침내 의사가 고통에 신음하며 쓰러지기까지 매들린은 얼마나 사력을 다해 의사를 내리쳤던가!

매들린은 무릎을 내려다보았다. 배수관에서 정신없이 기어 나오며

찰과상을 입은 모양이었다. 마지막으로 한 번 더 뒤를 돌아보았을 때 그 변태 새끼는 아무런 미동도 없이 누워 있었다. 그리고 그 변태 새끼 덕분에 매들린은 이렇듯 밝은 대낮에 도망을 쳐야 했다.

끝없는 갈증이 매들린을 괴롭혔다. 얼마나 멀리 왔는지 알 수 없었다. 맞는 방향으로 달리고 있는 것인지도 알 수 없었다. 어느덧 들판이 끝나더니 작은 나무들이 모인 덤불숲이 나타났다. 매들린은 천천히 속도를 늦춰 자리에 멈춰 섰다. 갑자기 숲 뒤에서 누군가의 목소리와 웃음소리가 들려왔다. 근처 덤불 뒤로 몸을 숨기려던 찰나, 2미터 정도 떨어져 있는 나무 뒤에서 누군가가 나타났다.

94. 런던

마이클 챈들러는 하품을 하며 모니터를 보고 있었다. 실패의 가장 쓰디쓴 순간은 자기 입으로 그것을 시인해야 할 때다. 실패는 희망의 몰락이다. 무언가를 희망할 수 있다는 것은 아직 지지 않았다는 뜻이다. 하지만 이제는 정말로 실패의 순간이 찾아온 것 같았다.

며칠 동안 바이시 바이러스는 컴퓨터 바이러스를 잡기 위해 모든 수단과 방법을 동원했다.

모든 원리들을 다 적용했고, 브레인스토밍에 나온 모든 것을 시험해 보았다. 2교대로 잠도 자지 않고 일했다. 영국을 대표하는 최고의 엘리트들을 투입했지만 바이러스를 치료할 방법은 보이지 않았다. 오히려 그 반대였다. 바이러스는 지금 이 순간에도 계속해서 속성을 바꾸고 있었다. 그 어떤 것으로도 치료 효과를 기대할 수 없는 상황이었다.

자신과 바이시 바이러스의 동료들이 정복당하는 건 불가능한 일이라고, 마이클 챈들러는 생각해왔다. 평생 동안 챈들러는 바이러스를 개발하고 치료하는 데 있어 스스로를 일인자로 평가해왔다. 심지어 대학 시절 바이시 바이러스를 운영했던 파벨 바이시보다도 말이다.

마이클 챈들러는 바이러스 문제에 관해 파벨 바이시와 대화를 나누고 싶었지만 무슨 일인지 파벨은 흔적도 없이 사라지고 없었다. 파벨은 언젠가 어느 외딴 섬에 가서 살고 싶다는 이야기를 종종 했었다. 인터넷도 없고, 가급적이면 사람도 없는 곳에서 말이다.

"나는 죽은 척하고 사라질 거야." 그런 농담도 종종 했었다.

파벨 바이시는 그 꿈을 이룬 듯했다. 그래, 어쩌면 이 모멸감을 함께 경험하지 않는 편이 나을지도 모른다. 어쨌거나 바이시 바이러스는 파벨 바이시의 이름으로 실패하고 있었다. 지금껏 바이시 바이러스는 불패 신화를 써왔고, 특히나 컴퓨터 바이러스 치료에 있어서는 업계 최고로 인정을 받아왔다. 언론은 물론이고 수많은 국가의 정부들도 문제가 발생하면 가장 먼저 바이시 바이러스를 찾았다. 그런 바이시 바이러스가 모나리자 바이러스를 잡지 못하고 있다. 엄청난 이미지 손상이었다. 조금 더 과장해 표현하자면 미션 실패였다. 그것은 마치 단 한 번도 진 적이 없는 권투 선수가 어느 날 KO패를 당하고 이후로 다시는 명예를 회복하지 못하는 것과 같았다.

그나마 위로가 되는 게 있다면, 모나리자 바이러스로 인한 피해가 특정 분야에만 제한적이라는 사실이었다. 바이러스는 오늘날 현대사회에서 사진의 역할이 얼마나 큰지를 지치지 않고 말하고 있었다. 그러면서도 바이러스의 공격 대상은 디지털 사진에만 제한됐다. 하지만 이건 작은 위로에 불과했다. 결국 이런 바이러스를 개발할 수 있다는 것은, 언제라도 같은 공격을 할 수 있다는 것을 의미했다. 다음번에는 사진뿐 아니라 훨씬 더 많은 것들을 공격할 것이다. 더 큰 위기가 초래될 것이고. 마이클 챈들러는 혹시라도 모나리자 바이러스가 디지털 금융 시스템에 손 대지 않을까 우려했다. 상상조차 하고 싶지 않은 일이다. 혹은 군사 정보에 손을 댄다든지.

마이클 챈들러는 노트북 옆에 놓인 에너지 드링크 캔을 들어 한 모금을 마셨다. 음료는 미지근했고 김이 다 빠져 있었다.

그때, 모니터 화면에 빈 창 하나가 열렸다. 마이클 챈들러는 순간 멈칫했고, 음료를 내려놓았다. 창을 없애려 했지만 없어지지 않았다.

갑자기 커서가 깜빡거리더니 무언가를 입력하기 시작했다.

마이클 챈들러는 키보드로 여러 버튼을 눌러 움직임을 멈추려고 했지만 소용없었다. 마치 누군가 다른 사람이 자신의 노트북을 원격 조종하는 것 같았다. "말도 안 돼!" 마이클 챈들러가 중얼거렸다. 바이시 바이러스는 전 세계를 통틀어 최고의 방화벽을 갖추고 있는 곳이었다. 그런 챈들러의 컴퓨터에 접근한다는 건 절대 불가능한 일이었다. 최소한 마이클 챈들러는 그렇게 믿었다. 마침내 모나리자 바이러스가 바이시 바이러스의 서버까지도 감염시킨 것일까.

해결 방법은 뷰티 폴더에.

모니터 화면 위로 커서가 움직이며 메시지를 남겼다. 그러더니 이내 움직임을 멈췄다.

마침내 컴퓨터가 다시 챈들러의 말을 듣기 시작했다. 챈들러의 컴퓨터에는 '뷰티'라는 이름의 폴더가 없었다. 무언가 좋지 않은 예감이 들었다. 챈들러는 검색창에 뷰티라는 단어를 입력했고, 실제로 그 폴더가 나타나자 화들짝 놀랐다. 잠시 머뭇거리던 챈들러는 이내 정신을 차리고 뷰티 폴더의 아이콘을 두 번 클릭했다.

갑자기 모니터에 긴 숫자와 알파벳이 나타나다니 화면이 몇 번 깜박거렸다. 챈들러는 서버 다운을 우려했지만, 곧 바탕화면이 나타났다.

챈들러는 안도의 한숨을 내쉰 다음 사진 폴더를 열었다. 여러 개의 얼굴들이 챈들러를 향해 미소 짓고 있었다. 아침까지만 해도 끔찍하게 변형되어 있던 얼굴들이었다. 마침내 사진 속 얼굴들은 원래의 모습을 되찾았다. 어느 사진 속에서 마이클 챈들러는 친구와 함께 테니스 게임을 즐기고 있는 자신의 모습을 발견했다. 또 다른 사진에서는 동료 한 명이 볼링 코트 위에서 미소를 짓고 있었다.

"오 마이 갓!" 뷰티 폴더를 연 챈들러의 입에서 탄식이 흘러나왔다.

순식간에 모든 악은 선으로 바뀌어 있었다.

95. 파리

한동안 두 사람은 호텔에 있는 작은 TV 화면을 바라보았다. 기자들은 생방송으로 루브르 박물관 앞 광장의 상황을 전하고 있었다. 아직까지는 보도 내용이 구체적이지 않았다. 기자들은 사고나 테러를 예상하고 있었고, 한 기자는 '사망자는 최소 한 명'이라고 보도하고 있었다. 모나리자에 대해서는 언급이 없었다. 언론에는 그리 중요한 문제가 아닌 듯했다. 설령 그림이 바뀌었다는 사실이 알려지더라도 곧바로 보도를 하지는 않을 것이다. 어쩌면 로비에서 일어난 폭탄 테러로 모나리자 전시가 지연됐을지도 모른다. 그렇다면 모나리자가 도난당한 것을 인지하고 그림을 찾아 나서기까지는 조금 더 시간이 걸릴 것이다.

밀너는 조심스럽게 가방에서 모나리자를 꺼내 침대 위에 올려놓았다.

밀너는 덩치가 크고 어깨가 넓었다. 콧수염은 무언가 대담해 보이는 인상을 줬다. 조금은 거칠고 과묵해 보이는 느낌이었다. 하지만 밀너는 헬렌을 경찰에 넘기는 대신 이곳 호텔로 데리고 왔다. 딱딱한 껍데기 아래에 부드러운 열매가 있듯, 저 사람도 그럴 거라고, 헬렌은 생각했다. 더욱이 검은색 정장까지. 밀너는 헬렌이 생각했던 전형적인 FBI의 모습을 하고 있었다. 솔직히 진부한 생각이었지만. 밀너는 정장 재킷을 벗은 상태였다. 덕분에 밀너가 허리에 찬 총 보관함도 그대로 보였다. 밀너는 팔짱을 끼고 모나리자를 바라보고 있었다. 마치 그림에서 무언가 찾기라도 하는 것 같았다. 그림을 잘 아는 사람 같지는 않았지만 그럼에도 헬렌은 긴장이 되기 시작했다.

"이렇게 가까이서 보니 매우 인상적이죠?" 헬렌이 물었다. 그저 무언가 말해야 할 것 같아 물은 것뿐이었다.

"이 그림의 가치는 어느 정도나 될까요?"

"1조 달러는 된다던데요."

밀너는 입술 사이로 작게 휘파람을 불었다.

"그럼 지금 여기 호텔 침대 위에 1조 달러가 놓여 있는 거군요!" 밀너가 말했다. 헬렌은 처음으로 밀너의 얼굴에 미소가 번지는 것을 보았다. 미소를 지으니 인상도 즉각 호감형으로 바뀌었다. 수염 아래로 이제 막 아문 듯한 상처가 보였다. 택시 안에서부터 눈에 띄었던 상처였다.

밀너가 다가와 TV를 껐다. 헬렌이 호텔 방에 하나밖에 없는 의자에 앉아 있었기 때문에 밀너는 책상 모서리에 걸터앉았다. 그리고 헬렌을 진지하게 응시했다. "대화를 좀 해야겠죠?" 밀너가 손을 내밀며 소개했다. "그렉이에요. 다들 밀너라고 부르지만요."

헬렌은 당황한 듯 웃었다. "헬렌이에요. 다들 그렇게 부르고요."

밀너의 입가에 잠시 미소가 번졌다가 사라졌다. "며칠 전부터 저는 당신을 쫓아다녔어요, 헬렌. 그리고 당신이 내 풀리지 않는 의문에 답을 줄 거라고 생각했고요." 밀너는 적절한 단어를 찾는 듯 잠시 말을 멈췄다. "이건 심문이 아니에요. 하지만 내가 당신을 돕길 원한다면 당신이 알고 있는 모든 것을 말해줘야 해요. 그리고 내게 솔직해야 하고요. 거짓말을 하거나 무언가를 숨긴다면 나는 즉시 당신을 프랑스 경찰에 넘길 거예요. 알았죠?"

헬렌은 고개를 끄덕였다. 친절한 말투는 아니었지만 헬렌의 눈앞에는 마호가니 색이 떠올랐다.

"바이시 부자는 언제부터 알았죠?"

"파트리크 바이시는 며칠 전에 알게 됐고, 그의 아버지인 파벨 바이시는 딱 한 번 만난 게 전부예요." 헬렌은 잠깐 생각을 하다 덧붙였다. "마드리드에서요."

밀너는 아무런 대답 없이 헬렌을 바라보았다. 계속 말하라는 뜻 같았다.

"저는 보스턴에서 신경학자로 일하고 있어요. 며칠 전에 파트리크 바이시가 휴대폰으로 전화를 했어요. 파트리크 바이시는 내 휴대폰 번호를 아버지의 책상에서 찾았다고 했죠. 아버지는 몇 주 전에 실종되었다고 했고, 아버지를 찾기 위해 단서를 모으고 있다고 했어요. 내

번호 옆에는 내 딸 매들린의 이름이 있었대요. 나는 매들린이 지내던 병원에 전화를 했죠. 의사 말이 마침 내게 전화를 걸려던 참이었다며, 딸이 흔적도 없이 사라졌다고 하더군요. 딸아이의 방에서 연애편지를 찾았고, 마드리드 여행 안내 책자와 항공권을 넣는 빈 봉투를 발견했대요. 곧바로 파트리크 바이시가 다시 전화를 걸어와서는 비행 기록에 접근할 수 있는 친구에게서 매들린이 바르샤바로 갔다는 것을 알아냈다고 하더라고요. 그러면서 저에게 바르샤바로 오지 않겠느냐고 물었어요. 같이 매들린과 아버지를 찾자고요." 헬렌은 잠깐 말을 멈추고 숨을 들이마셨다. 밀너는 여전히 무표정으로 바라보고 있었다. "그래서 나도 동의했어요. 매들린이 이곳 유럽에 있을 거라고 생각했어요. 손도 쓰지 못하고 보스턴에 앉아만 있고 싶지는 않아서요."

"연구소에 전화를 했더니 당신이 파리 출장을 갔다고 하더군요. 오래전부터 계획되어 있었다고요. 하지만 무슨 일 때문인지는 말해주지 않았어요. 보안을 철저하게 유지해야 한다면서요."

"저는 루브르 박물관에서 모나리자를 연구하기로 되어 있었어요." 헬렌이 대답했다. "사실 꽤 오래전부터 계획된 일정이었어요. 루브르 박물관은 이런 일에 철저하게 보안을 유지해요. 물론 매들린이 사라진 걸 안 이후 취소할 수도 있었죠. 하지만 바르샤바에서 반드시 딸을 찾을 거라고, 그래서 같이 파리로 갈 수 있을 거라고 믿었어요. 작은 희망이었죠. 그래서 바르샤바까지 제 연구 도구가 든 가방을 가지고 간 거예요. 나중에 파리로 가라고 한 건 바이시 부자의 협박이었고요."

"순서대로 설명해주세요." 밀너가 말했다. "보스턴에서 바르샤바로 갔고, 그다음에?"

"저는 파트리크 바이시가 준비해놓은 전용기를 타고 바르샤바로 갔어요. 랄프라는 사람이 마중을 나와 나를 저택으로 데려갔고요. 그 때부터 사건이 바뀌었어요."

헬렌은 어떻게 설명하는 게 좋을지 고민했다.

"지금까지도 저는 무슨 일이 일어난 건지, 대체 왜 일어난 건지 정확히 이해가 되질 않아요. 하지만 파벨 바이시의 저택 지하에 있는 서재에서 '아름다움'을 주제로 한 작품들이 전시된 것을 봤고, 그곳 벽에서 딸의 사진과 그 밖의 이상한 것들을 발견했죠."

"이상한 것들?"

"벌의 그림, 미스 아메리카 선발대회에 대한 기사 스크랩, 건물 사진……." 모두 기억하기는 어려웠다. 하지만 이 정도만으로도 밀너는 관심을 보이는 것 같았다.

"이상하네요. 폴란드 경찰이 보내준 사진에는 그런 게 없었는데요." 밀너가 생각에 잠긴 채 말했다.

"제가 챙겨 가지고 나왔어요!" 헬렌이 대답했다. "대부분은요. 그 사진들은 지금 루이가 가지고 있어요."

"루이요?"

"그 이야기는 나중에 할게요. 아, 맞다! 그리고 그곳에 낡은 책도 한 권 있었어요. 그것도 가지고 나왔는데, 어딘가에 놓고 왔어요. 하지만 어차피 그리 중요한 건 아닌 것 같아요, 제가 보기에는……."

"이 책 말하는 건가요?" 밀너가 뒤로 손을 뻗어 낡은 책을 들어 보였다.

"그거 어디서 났어요?" 헬렌이 깜짝 놀라 물었다.

"마드리드에 있는 당신의 호텔 방에서요."

헬렌은 수치심 같은 것을 느꼈다. 지난 며칠간 자신을 따라다녔다는 이 FBI 요원의 말은 정말이었다. 밀너는 분명 그 이유를 설명했고, 그것이 밀너의 일이라는 것을 아는데도 뭔가 불쾌했다.

"책 읽어봤어요?"

헬렌이 고개를 저었다.

"그럼 책 안에 적힌 메모도 당신이 쓴 게 아니에요?"

헬렌이 고개를 끄덕였다.

"그런데 왜 이 책을 챙긴 거예요?"

"제본이 아름다워서요. 하지만 정확한 이유는 저도 잘 모르겠어요. 지하 서재에서 본 모든 것이 너무나도 미스터리하게 느껴졌어요. 매들린에 대한 단서를 찾을 수 있지 않을까 하는 심정으로 지푸라기라도 잡은 거예요."

"계속하세요."

"저택 지하에서 파벨 바이시의 수집품을 보는 동안 갑자기 폴란드 경찰이 들이닥쳤어요. 파트리크가 비밀 탈출구를 알고 있어서 우리는 그리로 도망을 쳤죠."

"왜 도망을 친 거죠? 이 시점에 당신이 불법적인 일을 저지른 게 아니었다면?"

"좋은 질문이에요." 헬렌은 코로 공기를 들이마신 다음, 몇 초 동안 머금고 있다 폐로 흘려보냈다. "매들린의 사진 위에는 날짜와 장소가 적힌 메모가 있었어요. 프라도 미술관이라고 쓰여 있었죠. 그곳에 가면 매들린을 찾을 수 있을 거라고 파트리크가 말하더군요. 그전에 병원에서도 그랬거든요. 매들린의 방에서 프라도 미술관의 책자가 발견됐다고요." 헬렌은 설명을 하며 자신이 얼마나 순진했었는지 깨달았다. "아마도 이 모든 것은 나를 마드리드로 유인하기 위한 덫이었을 거예요." 이어 침울하게 덧붙였다. "제 생각에는 병원의 의사도 뭔가 이 사건과 관련이 있는 것 같아요."

밀너는 여전히 아무 말 없이 헬렌을 바라보고 있었다.

"어쨌거나 그렇게 파트리크 바이시와 함께 마드리드로 갔고 그곳에서 프라도 미술관을 찾았죠. 거기서부터 나는 협박을 당했고요."

"마드리드에서 모나리자를 훔친 건 어떻게 된 거죠?"

"저랑은 관계없는 일이에요. 저는 미술관에서 매들린을 기다리고 있었어요. 거기서 기다리면 매들린을 만날 수 있을 거라고 생각했으니까요. 그런데 갑자기 사방에 연기가 피어오르더니 화재 경보기가 작동했어요. 밖으로 빠져나가는 길에 저는 파트리크 바이시와 그의 운전기사를 만났어요. 둘 중 누군가가 내 가방을 가져갔고, 나중에 우리는 다시 미술관 앞에서 만났죠. 호텔에 와서야 저는 누가 몰래 프라도 미술관의 모나리자를 내 가방에 넣었다는 걸 알게 되었어요."

밀너는 눈에 띄지 않을 정도로 살짝 고개를 끄덕였다. 아마도 헬렌의 말을 믿는 것 같았다.

"그다음 나는 처음이자 마지막으로 파벨 바이시를 만났어요. 파벨 바이시는…… 뭔가 비밀스러운 사람이었어요."

"어디서 만났나요?"

"호텔에서요. 화재 사고 이후 파벨 바이시는 정말로 끔찍하게 변했더군요. 파벨 바이시는 냉소적이었고, 신랄했고, 심술궂었어요. 내게 매들린의 사진을 보여줬는데, 사진 속 딸아이는……" 헬렌은 말을 멈췄다. 매들린을 떠올리자 무언가가 목구멍에 걸린 것 같아 말하기가 쉽지 않았다.

밀너가 자리에서 일어나 수납장으로 다가가 몸을 기울였다. 수납장 문을 여니 그 뒤로 미니바가 모습을 드러냈다. "물 마실래요?"

"그것 말고…… 뭐 더 센 건 없나요?"

밀너의 얼굴에 다시 한 번 미소가 번졌다. 밀너는 물병과 작은 위스키 한 병을 가지고 자리로 돌아왔다.

헬렌은 위스키 병을 열어 한 모금을 넘겼다. "……이 모든 일이 제게는 너무 벅찼거든요. 예상하고 계시겠지만……."

밀너는 절반 정도 남은 위스키를 헬렌에게서 받아 단숨에 비워버렸다. "괜찮습니다." 밀너가 대답하며 빈 병을 휴지통에 던졌고 그사이 헬렌은 물로 입을 헹궜다.

밀너가 다시 TV 옆 책상 모서리에 걸터앉았다. "사진에서 뭘 본 건가요? 파벨 바이시가 준 사진에서?"

"제 딸이요. 아이는 벌거벗은 몸에 슬립 하나만 걸치고 있었어요. 아이의 몸에는 선들이 그려져 있었고요."

"선이라고요?" 밀너가 눈썹을 치켜세우며 물었다.

"성형수술을 할 때 그리는 커팅 가이드요. 아름답게 고칠 목적으로 그린 것 같아 보이지는 않았지만요."

밀너는 입술로 조용히 '젠장' 하고 외쳤다. "그 사진으로 협박을 한 거고요?"

헬렌이 고개를 끄덕였다.

"정확히 뭘 요구하던가요?"

"루브르 박물관에 가서 프라도 미술관에서 훔쳐온 모나리자를 오리지널과 바꿔치기하랬어요."

"그리고 당신은 그렇게 했고요?"

"그 전에 우리는 파리에 있는 루이라는 남자의 집에서 하루를 묵었어요. 어디에 사는지도 알려줄 수 있어요. 그 남자가 프라도 미술관의 모나리자에 손을 댔어요. 색이 훨씬 선명하거든요. 오리지널과 비슷하게 만들어놓아야 바꿔치기한 게 금방 들통나지 않을 테니까."

밀너는 볼을 부풀린 다음 소리가 들릴 정도로 세게 공기를 뺐다. 손으로는 머리카락을 쓸어 넘겼다. "프라도 미술관에서 기뻐할 소식은 아니군요."

당황한 헬렌은 할 말을 잃었다. 자신이 막을 수 있는 방법이 없었긴 했지만 그럼에도 헬렌은 그 그림에 몹쓸 짓을 한 것에 대한 죄책감을 갖고 있었다. 그 그림은 500년도 더 넘게 보존된 작품이었다. 적어도 지금까지는.

"그림은 어떻게 바꿀 수 있었던 거죠? 모나리자와 혼자 남겨지진 않았을 거 아니에요."

헬렌은 루셀을 떠올렸다. 가족에 대해 물었을 때 절망하던 루셀의 표정을. 밀너는 솔직하라고 했지만 루셀의 이야기만큼은 일단 넘어가는 편이 좋겠다고, 헬렌은 생각했다.

"잠깐 혼자 있을 수 있는 시간이 있었어요. 우연이었는지는 잘 모르겠어요." 헬렌은 거짓말을 들키지 않기 위해 노력했다.

한참동안 헬렌을 바라보던 밀너는 이윽고 가슴 앞으로 팔을 교차시키며 물었다. "그리고는요?"

"나머지는 당신이 아는 그대로예요. 패션쇼가 시작되면 런웨이 근처에서 기다렸다가 그림이 든 가방을 놓고 가라고 했어요. 그리고 파리에 있는 오딜리아니 호텔에 체크인을 하고 기다리랬죠. 그곳에서 매들린을……." 헬렌이 갑자기 말을 멈췄다. 피가 거꾸로 솟는 느낌이었다. "오, 맙소사! 어떡해요? 만일 매들린이 거기에 나타났다면! 심지어 나를 기다리고 있다면? 당장 거기로 가야 해요! 빨리요!"

헬렌은 서둘러 자리에서 일어나 코트를 찾았다.

"앉으세요." 밀너가 말했다. "따님은 그곳에 나타나지 않을 겁니다. 그림이 여기, 침대 위에 놓여 있는 한은요."

이윽고 헬렌은 천천히 의자에 앉았다. 밀너의 말이 맞았다. 게다가 헬렌은 매들린이 그 호텔에 그냥 갈 수는 없을 거라는 것도 잘 알았다.

"그게 다예요?"

"네. 다 말한 것 같아요!" 헬렌은 몇 가지를 숨겼다. 하지만 어차피 그 밖의 이야기들은 정신 나간 소리로 들릴 것이다. 더욱이 매들린의 안전을 보장할 수 없는 지금, 아무리 FBI라 한들 위험까지 감수하고 모든 것을 말할 필요는 없을 것 같았다. 결국에는 딸의 목숨이 걸린 문제니까.

"패션쇼에서 파트리크 바이시를 봤어요. 총성이 들리기 직전에요. 그런데 대체 누가, 누구를 쏜 건가요?"

갑자기 밀너가 경직되는 것 같았다. 밀너는 책상 위로 미끄러지듯 몸을 움직이더니 한 손으로 코를 잡았다. 분명 한 번 이상 부러진 것 같은 코였다. 잘생긴 건 아니었지만 매력 있는 사람이었다.

"저예요. 제가 쐈어요." 마침내 밀너가 말문을 열었다.

"누구를요?"

이번에도 밀너는 무언가 불편한 듯 몸을 움직였다. "당신을요."

밀너의 목소리를 듣자마자 헬렌의 눈앞에 노란색이 나타나 밀너와 헬렌 사이의 공간을 가렸다.

"저를요?" 헬렌이 믿을 수 없다는 듯 물었다. "왜요?"

"나는……, 내가 착각을 했어요." 지금까지 확신으로 가득해 보였던 밀너는 어느새 당황하고 있었다. "나는 당신이 모델들이 입고 있는 폭탄 조끼를 터뜨리려는 줄 알았어요. 당신이 손에 휴대폰을 들고 있는 걸 보고요."

뭐라고 말을 해야 할지, 헬렌은 알 수 없었다.

"총탄은 비껴갔어요." 밀너가 커다란 손을 비비며 덧붙였다.

"그러니까 당신이 나를…… 죽이려고 한 건가요?" 마침내 말문이 트인 헬렌이 물었다.

"……미안합니다."

밀너는 괴로워하고 있었다. 미안하다는 밀너의 말은 정말로 진심인 것 같았다. 누군가로부터 자신을 죽이려 했다는 말을 들은 것은 처음이었지만 어떤 이유에서인지 헬렌은 화를 낼 수가 없었다. 어쨌거나 헬렌은 모나리자를 훔친 범인이었고, 밀너는 모델들과 루브르 박물관 로비에 있던 모든 이들의 목숨을 위험에서 건지려 했다.

그럼에도 헬렌은 밀너의 난처함을 이용하기로 했다. "대신 몇 가지만 물을 수 있게 해줘요. 이 모든 게 대체 무슨 관련이 있는 거죠? 내가 모나리자를 훔치는 데 이용되었다는 건 알아요. 하지만 멕시코에서 납치된 여자애들은요? 그 애들은 이 일과 무슨 관계가 있죠? 벌떼가 죽고 있다는 기사는 또 뭐고? 파벨 바이시의 저택 지하에서 벌 그림을 봤어요. 대체 그건 뭐예요? 게다가 왜 이 사건을 FBI가 조사하는 거죠? 프랑스 경찰이 아니고요."

밀너는 대답을 꺼렸다. "……컴퓨터 바이러스 소식, 들으셨나요?"

헬렌은 어깨를 으쓱했다. "요 며칠 제가 좀 세상과 격리되어 있어서……."

"며칠 전부터 전 세계의 컴퓨터들이 바이러스에 감염되고 있어요. 디지털 사진을 변형시키는 바이러스죠."

"바르샤바에서 파트리크 바이시가 비슷한 이야기를 했어요. 아버지가 컴퓨터 바이러스를 개발한 것 같다고……." 갑자기 떠오른 생각이었다.

"사상 최악의 바이러스예요."

"하지만 이 모든 일이 일어나는 이유가 대체 뭐죠?" 헬렌이 아까 했던 질문을 다시 반복했다.

밀너는 대답 없이 잠시 헬렌을 바라봤다. 머리를 굴리고 있는 것 같았다. "의심 가는 게 있기는 해요. 하지만 당신도 분명 말도 안 된다고 생각할 겁니다." 밀너는 다시 한 번 오래된 책을 들어 보였다.

"제게 이보다 더 말도 안 되는 일이 있을까요."

"좋습니다. 내 생각에는 이 모든 것이 결국 황금비율과 아름다움 때문인 것 같습니다." 밀너가 말했다.

"아름다움이라고요?"

그 순간 다시 휴대폰이 울렸다.

"전화 안 받으실 거예요?" 밀너가 아무런 움직임도 보이지 않자 헬렌이 물었다.

"내 전화는 꺼져 있어요." 밀너가 대답하며 방 안을 둘러보았다.

헬렌은 자리에서 일어나 두 걸음 정도를 옮겨 밀너의 재킷을 집어 들었다. 재킷은 밀너의 트렁크 손잡이에 걸려 있었다. 헬렌은 재킷 안쪽 주머니에 손을 넣어 파트리크 바이시의 휴대폰을 꺼냈다. 벨소리가 커졌다.

헬렌은 질문하는 것 같은 눈빛으로 밀너에게 휴대폰을 들어 보였다. 밀너는 고개를 끄덕여 전화를 받으라는 신호를 보냈다.

96. 아카풀코

"······브라이언, 너야?" 매들린이 믿을 수 없다는 듯 물었다. 매들린의 앞에 있던 젊은 남자도 매들린만큼이나 놀란 것 같았다.

"······여기서 뭐하는 거야?" 브라이언이 잠긴 목소리로 물으며 한 걸음 다가왔다.

매들린은 두려움에 뒤로 물러났다. "가까이 오지 마!" 그리고 방어하듯 손을 들어 올리며 소리쳤다.

"아, 하느님, 여기서 너를 다시 만나다니······. 정말 너무 기쁘다!" 브라이언이 손으로 이마를 쓸어내리며 믿을 수 없다는 듯 소리쳤다. 브라이언의 몸짓에 티셔츠가 쓸려 올라갔고, 배 근육이 드러났다. "너를 구하려고 일부러 다시 온 거야. 도움이 필요할 것 같아서 앤디와 대런을 데리고 왔어. 안 그래도 지금 남자들이 너를 납치해 간 그곳으로 가던 참이었고!" 브라이언이 뒤를 돌아보더니 큰 소리로 외쳤다. "얘들아, 이리 와 봐! 와서 좀 봐! 여기 누가 있는지!"

이내 젊은 남자 두 명이 덤불 옆에 모습을 드러냈다. 한 명은 키가 크고 어깨가 넓었으며, 흰 피부는 태양에 그을려 있었다. 또 다른 한 명은 레게 머리를 한 마른 남자였다.

"앤디와 대런이야. 그리고 여기는 매들린!" 브라이언이 소개했다.

"와우! 어떻게 된 거야?" 키 큰 남자가 승리라도 한 듯 환호성을 질렀다. "찾았다! 우리의 만 달러 베이비!"

"닥쳐, 앤디!" 브라이언이 남자를 향해 욕을 하더니 이내 부드러운 목소리로 매들린을 바라보며 말했다. "어떻게 이런 우연이 있을 수 있지?" 어색한 미소로 말을 이어가던 브라이언은 순간 매들린의 티셔츠에 묻은 피를 발견했다. "세상에! 무슨 일을 당한 거야?" 브라이언은 한 걸음 더 다가왔고, 이번에도 매들린은 뒤로 물러나 간격을 유지했다. 브라이언이 뒤로 보이는 들판을 바라보며 물었다. "설마 거기서 도망이라도 친 거야?"

매들린은 팔로 얼굴의 땀을 닦으며 침착하려 애썼다. 그러나 순간적으로 매들린은 브라이언의 뺨을 내리치고, 소리를 질러버렸다. "네 말 따위는 안 믿어, 이 개새끼야! 그 사람들이 보낸 거지? 나를 찾아오라고? 돈을 받기로 한 거지? 그렇지?" 매들린은 또 한 번 뺨을 내리치기 위해 손을 높이 들었다. 그때 누군가가 매들린의 뒤에서 팔을 꺾었다. 이어 남자는 매들린을 바닥에 엎드리게 했고, 매들린의 얼굴은 먼지 가득한 바닥에 닿았다. 남자가 자신의 무게로 매들린을 눌렀다.

97. 피렌체, 1500년경

살라이는 사람들이 로 스트라니에로에게 맞서기 위해 계획을 세워야 한다고 내게 말했다.

"모든 독에는 해독제가 있습니다. 그래서 내가 그 그림을 그린 겁니다!"

살라이의 그림도 완성된 모양이었다. 하지만 그는 내게 그림을 보여주지 않았다.

오늘 로 스트라니에로는 이곳을 떠나겠다고 했다. 언젠가는 찾아오리라 염려했던 비극의 순간이 마침내 형체를 드러내고 있다. 나도 레오나르도도 이미 어렴풋이 알고 있었다. 새로운 그림이 완성되는 그때가 바로 로 스트라니에로와 이별이 시작되는 순간임을.

레오나르도와 로 스트라니에로는 그림을 처분하지 않았다. 그 그림은 여전히 아틀리에에 있다. 그림을 볼 때마다 나는 황홀경에 빠져든다. 그림 속 여자의 미소를 보고 있으면 온화함과 평온함이 가슴에 차오른다. 최근에 나는 시간이 가는 줄도 모른 채 꽤 오랫동안 그림 앞에 서 있었다. 아틀리에에 들러 그림 앞에 선 것이 점심 후 산책에서 돌아온 때였는데, 아틀리에를 나설 때는 해가 이미 기울어 있었다. 어떻게 그렇게 오랜 시간을 서 있을 수 있었는지 알 수가 없다. 그 그림은 도무지 사람이 그린 것처럼 보이지 않는다. 유심히 들여다보면 이 세상의 것이 아닌 것 같은 색채가 숨어 있는 듯하다. 진정한 명작이자 대작이다.

로 스트라니에로는 사람들이 가장 많이 몰리는 곳이 어딘지 알아야 한다고 말했다. 그림을 그곳으로 보내야 한다고 말이다. 그래야 그림의 영향력이 극대화될 수 있을 것이라고. 우리는 그림을 내걸 적합한 장소를 찾고 있다.

한편으로는 살라이 때문에 근심이 커지고 있다. 아무래도 그가 레오나르도의 새 작품을 망칠 것만 같다. 하지만 너무 염려하지 않아도 될 듯하다. 살라이는 이따금 용기를 내어 그림을 쳐다보는데, 그때마다 그는 무슨 소리가 들리는지 귀를 막고 움츠린다. 독특한 광경이다.

마침내 이별의 시간이 다가오고 있다. 로 스트라니에로가 떠나기 전에 한 가지 부탁을 했다. 나와 로 스트라니에로를 함께 화폭에 담은 그림을 갖고 싶었기 때문이다. 로 스트라니에로는 처음 우리를 찾아왔던 옷차림 그대로 포즈를 취해주었다. 레오나르도는 한동안 그림을 그릴 수 없을 것 같다고 했다. 그래서 그림은 다른 이에게 부탁할 수밖에 없었다. 나는 화가인 야코포가 스케치를 하는 동안 울먹였다.

98. 파리

파트리크 바이시의 전화였다. "그렇군요. 자동차의 수납칸에서 내 휴대폰을 찾았다는 거죠. 그렇다면 내 비밀번호는 어떻게 안 거죠?"

"당신이 알려줬잖아요. 당신 아버지의 집에 있을 때. 기억 안 나요? 지하에서, 당신이 보안 시스템을 풀면서요."

"맞네요! 내가 말했죠? 바이시 바이러스의 상속자인 내가 이렇다고." 수화기 너머로 파트리크 바이시의 웃음소리가 들려왔다.

"매들린은 어디 있어요?"

"아버지가 죽은 거 알고 있어요?" 파트리크가 대답 대신 물었다.

헬렌은 대답하지 않았다.

"사고가 났어요." 파트리크 바이시가 말을 이어갔다. 그리 슬픈 것 같지는 않았다.

"그럼 이제 어떻게 하죠?" 헬렌이 조심스럽게 물었다. "딸을 찾는 걸 도와줄 수 있나요?" 심장이 조여왔다. 고통스러웠다.

"그래서 당신에게 전화를 한 거예요!" 파트리크 바이시의 친절한 대답에 헬렌은 안도했다.

"어딜 가야 매들린을 찾을 수 있는지 알려줘요! 부탁해요!"

"심지어 안전하게 넘겨줄 수도 있어요."

다시 희망이 차올랐다. 드디어 이 악몽이 끝나는 것인가. "어디서요?"

"바르샤바에 있는 아버지 집에서 만나요. 24시간 뒤에."

"24시간 뒤에? 바르샤바에서요?"

헬렌이 기대하던 답이 아니었다. 이렇게 오래 매들린을 걱정해야 하리라고는 예상치 못했다. 헬렌을 통해 상황을 파악한 밀너도 파트리크 바이시의 말이 마음에 들지 않는 듯했다. 밀너는 눈썹을 치켜들고 통화 내용에 귀를 기울였다.

"그리고 모나리자를 가지고 오세요. 모나리자를 매들린과 거래하는 겁니다. 24시간 뒤, 아버지의 집에서요."

파트리크의 목소리에서 헬렌은 시꺼먼 색을 보았다. 순간 헬렌은 어지럼증을 느꼈다. "……결국 당신도 한패였군요." 헬렌이 놀라면서도 동시에 실망스러운 목소리로 중얼거렸다.

스피커로 파트리크 바이시의 조용한 웃음소리가 흘러나왔다. "우리는 모두 한패죠." 파트리크가 말을 이어갔다. "도덕적인 사람인 척은 말아요. 그림을 가져와요. 그러면 딸을 만날 수 있을 테니까. 모두가 자신이 원하는 걸 갖게 되는 거죠."

분노가 치밀어 올랐다. 마음 같아서는 파트리크 바이시에게 소리를 지르고 싶었지만 그럴 수 없었다.

밀너가 조용히 손을 움직였다.

"……여보세요?" 파트리크 바이시의 목소리가 들렸다. "……여보세요? 잊지 말아요. 아버지가 죽으면서 나는 부자가 됐어요. 여차하면 모나리자를 포기할 수도 있죠. 하지만 당신은 그렇지 않잖아요? 딸을 포기할 수는 없을 테니까." 파트리크 바이시는 어느덧 단호하고 냉정한 목소리로 말하고 있었다. 그의 목소리에서 파란색 얼음 크리스털들이 회오리쳤다.

"알았어요." 헬렌이 서둘러 대답했다. "모나리자는 내가 가지고 있어요. 바르샤바로 가죠."

"성공적인 거래가 되겠군요."

"당신은 왜 이런 짓을 하는 거죠? 아버지의 강요에 못 이겨 움직였던 거 아니었나요? 아버지도 죽은 마당에, 지금이야말로 모든 것을 되돌릴 수 있는 기회일 텐데요?"

"바로 그거예요." 파트리크 바이시가 대답했다. "드디어 내게도 아버지의 그늘에서 벗어날 수 있는 기회가 생긴 거죠. 커다란 나무 그늘 아래서 자라는 식물들이 어떤 꼴인지는 당신도 잘 알 겁니다. 그러니 나무가 쓰러진 지금, 햇살을 조금 즐기는 것 정도는 이해해줄 수 있지 않겠어요?

"당신은 아직 죄를 짓지 않았어요, 파트리크."

파트리크가 또다시 웃음을 터뜨렸다. "헬렌, 당신은 신경학자니 인간의 뇌를 잘 알고 있을 겁니다. 하지만 인간의 본성에 대해서는 모르는 것 같군요." 파트리크 바이시의 목소리를 들을 때마다 헬렌의 눈앞에 보이던 밝은 갈색은 어느새 사라지고 없었다. 이제 보이는 것은 요란한 빨간색뿐이었다. 심지어 어두운 검은색과 섞이고 있었다.

"아, 그렇지. 물론 경찰은 안 됩니다."

"경찰은 안 되겠죠." 헬렌이 밀너를 바라보며 대답했다.

"그리고 내가 당신의 가방에 보험 하나를 들어놨어요. 안에 보면 아마 휴대폰이 하나 있을 겁니다. 나는 그 휴대폰의 위치를 추적할 수 있고요. 휴대폰을 끌 생각은 말아요. 폭탄과 연결되어 있거든요. 허튼 시도를 했다가는 당신과 당신의 가방을 저세상으로 보내버릴 겁니다. 매들린이 무사하길 바란다면 휴대폰은 건드리지 않는 게 좋을 거예요. 혹시라도 잔머리를 굴려서 폭탄이 든 가방을 버리고 온다면 딸의 얼굴도 다시는 볼 수 없게 될 거고요. 최소한 살아 있는 모습은 볼 수 없겠죠."

"내 가방 안에 폭탄이 있다고요?" 헬렌이 밀너를 바라봤다.

밀너는 즉각 자리에서 일어나 크게 두 걸음을 옮긴 뒤 조심스럽게 가방을 살폈다. 밀너는 아이스팩처럼 보이는 물건 하나를 꺼냈다. 폭탄에는 테이프로 휴대폰이 고정되어 있었다.

"알아들었어요? 모나리자와 당신을 함께 날려버릴 수밖에 없는 안타까운 일은 발생하지 않았으면 좋겠군요."

"당신도 아버지와 똑같아요! 미쳤어!" 헬렌이 말했다.

"대부분의 성인은 미쳤습니다. 즐거운 여행하시길. 조심하시고요." 통화는 끝났다.

"휴대폰 끄지 말아요, 그렉!" 헬렌이 외쳤다. "위치 추적을 할 수 있대요. 그리고 휴대폰을 끄면 폭발할 거래요!"

밀너는 침대 가장자리에 걸터앉아 헬렌의 말에 아랑곳하지 않고 휴대폰을 만지고 있었다. "휴대폰을 끄는 게 문제가 아니라 케이블만 분리해도 터질 것 같은데요." 밀너가 곰곰이 생각하며 말했다.

헬렌은 이마를 찡그렸다. "정말 그 위험한 폭탄을 가방에 넣고 바르샤바로 가야 하는 건가요? 만일 24시간 안에 루브르 박물관에서 모나리자가 도난당했다는 사실을 알게 되면 어쩌죠? 공개 수배를 하기라도 하면요?"

하지만 헬렌에게는 그보다 더 큰 걱정이 있었다. 매들린. 지금 딸은 어디에 있을까? 몸은 괜찮은 걸까? 파트리크 바이시의 도움 없이 아이를 찾을 방법은 정말 없는 걸까?

"기차를 타고 가야 할 것 같네요. 폭탄을 들고서는 비행기를 탈 수도 없으니." 밀너가 냉정하게 말하며 자리에서 일어났다.

"혼자 오랬어요. 경찰 없이요."

밀너는 헬렌을 바라보았다. "모나리자를 넘긴 뒤에도 파트리크 바이시가 따님을 죽일 수 없게 할 유일한 방법이 뭔 줄 알아요?"

헬렌이 놀란 눈으로 밀러를 바라보며 고개를 저었다.

"나예요." 밀너가 말했다.

"안 돼요. 만일 FBI 동료 분들이 그쪽으로 가기라도 하면 파트리크는 금방 알아챌 거예요. 매들린에게 손을 대거나 데리고 도망을 가겠죠. 파벨 바이시의 저택은 최고의 보안 시설로 무장하고 있어요. 곳곳에 카메라가 있고, 아까도 말했지만 비밀 탈출구도 있다고요."

"나의 '동료 분'들이 찾는 건 당신이에요. 그리고 아마도 지금쯤은 나도 찾고 있겠죠. 나는 그림을 훔친 여자와 함께 있을 뿐 아니라 무려 1조 달러의 가치를 지닌 그림을 프랑스 밖으로 가지고 나가는 일을 돕고 있죠. 아마 루브르 박물관에서도 무고한 사람을 희생시켰을 거고요. 지금 FBI 내에서 내 인기가 얼마나 좋을지, 생각해봤어요?"

"지금…… 둘이서만 가자는 건가요?" 헬렌이 깜짝 놀라 물었다.

밀너가 모나리자를 높이 들어 올리며 고개를 끄덕였다. "정확히는 셋이서!" 이어 밀너는 피곤한 미소와 함께 덧붙였다. "내가 이 일에 관여를 하다니……. 아무래도 미쳤나 봅니다."

"당신에게는 선택권이 없었잖아요." 헬렌이 무미건조하게 대답했다. 밀너는 의아한 눈으로 헬렌을 바라보았다.

"인간에게 자유 의지란 없어요. 신경학에서 이미 오래전에 밝혀낸 사실이죠. 아주 진부한 실험이었어요. 피실험자들에게 두 개의 버튼 중 하나를 고르라고 시켰죠. 버튼을 누르기 몇 초 전, 뇌의 어떤 영역이 자극을 받는지 MRI를 통해 관찰했어요. 검사 결과, 피실험자가 몇 초 뒤 왼쪽과 오른쪽 버튼 중 어느 쪽을 누를지 100퍼센트 알아맞힐 수 있었대요."

"그게 무슨 의미죠?" 밀너가 물었다. 손에는 여전히 모나리자를 들고 있었다.

"그 말은, 인간이 원하는 것을 하는 게 아니라, 하는 것을 원한다는 뜻이죠."

헬렌의 말은 잠시 밀너를 움직인 듯했다. 하지만 이내 고개를 저었다. "아니요. 나는 이 일을 원하지 않아요. 하지만 그 일을 할 겁니다." 밀너는 옆으로 몸을 돌려 그림을 조심스럽게 가방에 넣었다.

99. 파리

신사는 손으로 파리를 잡았다가 이내 다시 풀어주었다. 벌써 몇 번째 이 놀이를 반복하고 있었다. 마치 모든 예술이 반복되는 것처럼. 재생산과 분리. 인류가 이 사실을 아직 깨닫지 못했을 뿐이다.

뜨거웠던 1911년 8월의 어느 날, 빈첸초 페루자는 보잘것없는 돈을 받고 루브르 박물관에서 모나리자를 훔쳤다. 그리고 모나리자를 가지고 이탈리아로 가 유명세를 탔다. 이후 다시 프랑스로 돌아오기 전까지 모나리자는 전리품으로서 피렌체 유피지 미술관에 전시되었다.

1956년, 볼리비아인 우고 빌레가스의 돌팔매질은 계획된 것이 아니었다. 그림을 볼 때마다 들리는 노랫소리를 견딜 수 없었던 그는 그림에 돌을 던졌다. 어쩔 수 없이 발생한 갑작스러운 사고였다.

1963년, 모나리자는 워싱턴으로, 1973년에는 일본으로 갔다.

모나리자는 방탄유리에 갇혀 있었지만 그조차도 모나리자를 보호

할 순 없었다.

그 후로 오랫동안 아름다운 여인은 평화로웠다. 그 여인을 다시 필
요로 하게 된 사람은 파벨 바이시였다. 모나리자에게 새로운 명예를
안겨주기 위해서였다. 하지만 모든 진행 과정을 지켜본 신사는 나이
많은 저 여인이 이번에도 또 한 번의 봄을 맞이하리란 걸 확신했다.

아무도 신사를 신경 쓰지 않았다. 신사는 오늘도 잘 차려입고 모습
을 드러냈다. 폭발 사고가 발생한 직후 정장을 입은 남자들이 박물관
안으로 들이닥쳤다. 루브르의 심장인 이곳으로. 누군가가 신사를 들
여보내주었다. 자신이 스스로 들어온 것이 아니라면, 누군가 다른 사
람이 들여보내준 것일 테지. 신사가 벽을 뚫고 들어왔을 리는 없을 터
다. 신사는 이런 생각을 하며 미소를 지었다. 그럼에도 벽 뒤에서 편
안함을 느끼는 것은 분명 초인간적인 능력일 것이다.

전시실에 모인 모든 사람들이 막 카트 위에 놓여 들어오는 나무 상
자를 바라보고 있었다. 루브르 박물관의 보안 요원들이 카트 주변을
둘러싸고 있었고, 공간 안에 있는 모든 사람은 방탄유리 없이 모나리
자를 볼 수 있다는 사실에 흥분하고 있는 듯 보였다. 복원부와 수집부
의 부서장들은 – 신사는 그 사실을 목에 걸린 이름표에서 알아낼 수
있었다 – 흥분한 채 주변을 서성였고, 설치기사들에게 지시를 내리고
있었다.

이윽고 나무 상자가 열리더니 보호재가 벗겨졌다. 설치기사들이 장
갑 낀 손으로 그림을 꺼냈다. 전시실이 웅성거리기 시작했다. 귀를 기
울이던 신사의 얼굴에는 한 번 더 미소가 번졌다. 헬렌 모건…… 착
한 여자군. 마음 같아서는 큰 소리로 웃고 싶었다.

하지만 박물관 직원들의 반응은 달랐다. 복원부 부서장은 날카로운

비명을 지르며 눈앞에 보이는 것을 믿을 수 없다는 듯 손으로 얼굴을 가렸다. 수집부 부서장의 얼굴은 이상하리만치 창백했다. 사람들은 어찌할 바를 몰랐다. 이내 여기저기서 통화가 이어졌다.

그사이 모나리자는 지난 몇백 년 중 그 어느 때보다 더 눈이 부시고 아름다워진 것 같았다. 마치 살아 있는 모델 같았다. 분명 이 일은 엄청난 소란을 일으킬 것이다.

신사의 임무는 끝났다. 사람들이 눈치 채지 못하도록 신사는 조심스럽게 뒤로 물러섰다. 신사가 짚고 있던 양 머리 모양의 손잡이가 달린 지팡이는 물고기 가시 무늬의 관람객 의자 위에 작고 둥근 자국을 남겼다.

이제 남은 가시 하나를 더 꺼내야 할 때다. 살라이를 영원히 붙잡아 두기 위해.

100. 프랑스

"아무리 그래도 이건 무책임한 짓이에요." 헬렌이 주장했다. "자동차를 타고 갔어야 해요. 폭탄을 들고 만석인 기차에 올라타다니요!" 목소리가 너무 컸다. 객실에는 두 사람뿐이었지만 밀너는 짐칸에라도 가서 대화를 나누는 편이 더 낫겠다고 생각했다.

"왜? 아주 그냥 마이크에 대고 이야기하지 그래요? 폭탄을 가지고 있다고." 밀너가 화를 냈다. "차로 가면 스무 시간은 걸려요. 그것도 운이 좋아야 스무 시간이에요. 검문당할 위험도 훨씬 크고요. 파트리크 바이시는 폭탄을 터뜨리지 않을 거예요."

"그걸 어떻게 확신하죠?"

"폭탄이 그림 옆에 있으니까요. 1조 달러짜리 그림 옆에."

"아예 마이크에다 대고 이야기하시죠!" 화가 난 헬렌이 밀너의 말을 따라하며 불쾌한 듯 창밖을 내다보았다. 헬렌의 주름은 어느새 더욱 깊어졌다.

파리에서 출발한 지 네 시간 정도 지났다. 두 사람은 먼저 고속열차를 타고 쾰른으로 향하고 있었고, 그곳에서 기차를 갈아탈 예정이었다.

밀너는 식은땀이 나기 시작했다. 본능적으로 약통을 찾았다. 바지 주머니에 있는 것을 발견해 두 알을 삼켰다.

"항상 가지고 다니는 그 약은 뭔가요?" 헬렌은 호기심과 의심이 뒤섞인 목소리로 물었다.

"아무것도 아닙니다." 밀너가 퉁명스럽게 대답했다. 대화 자체를 차단하기 위한 의도였다.

하지만 헬렌은 어느새 상체를 숙여 약통 위에 쓰인 글씨를 읽고 있었다. "……트라마돌." 당황하는 눈빛이 그녀가 약의 효능을 알고 있다는 걸 말해줬다. "시신경상의 오피오이드 수용체에 즉각 효과가 있고 신경조직에 작용하죠." 헬렌이 무미건조하게 말했다. "중독성이 있고요."

"알아요." 밀너가 불쾌해하며 대답했다. "하지만 이 세상에 완벽한 사람이 어디 있습니까?" 헬렌은 미소를 지어 밀너의 죄책감을 덜어주었다.

"치료할 수 있어요."

"알아요." 밀너가 대답했다. "아마도 휴가를 가거나 FBI에서 쫓겨나면 치료되겠죠."

헬렌은 또 한 번 미소를 지었다. 헬렌의 미소는 밀너에게 양심의 가책을 불러일으켰다.

"흉터 때문인가요?" 헬렌은 매끄러운 자신의 뺨을 손으로 어루만지며 물었다. "그러니까, 그 수염으로 가려놓은 흉터 말이에요. 생긴 지 얼마 안 된 것 같아 보이는데……."

"맞아요." 사람들은 왜 전부 다 흉터 이야기를 하는 걸까?

"어쩌다 생긴 흉터인가요?"

밀너는 고민했다. 지금까지 그 누구에게도 흉터 이야기를 꺼낸 적이 없었다. "몇 달 전 브라질에서 현장에 투입되었을 때 생긴 흉터예요. 총에 맞았어요. 탄환이 뺨을 관통해 턱에 꽂혔죠. 운이 좋았어요. 죽을 뻔했으니까."

헬렌은 안쓰럽다는 표정을 지으며 말했다. "끔찍해요. 누가 쏜 건가요?"

"브라질 경찰이요."

"브라질 경찰이요? 브라질 경찰이 왜 FBI 요원에게……?"

"총에 맞기 전, 내가 한 아이를 쐈거든요." 밀너는 헬렌의 눈빛에 서린 약간의 충격을 보았다. 루브르 박물관에서 헬렌을 향해 총을 쐈다는 말을 들을 때와 비슷한 눈빛이었다.

"……아이를요?" 헬렌이 당황한 듯 물었다.

"특별한 아이였죠. 브라질 상원 법원의 판사 딸이었어요."

"아이를 쏜 이유는요?"

"국제 수배 중이던 테러범을 체포하려던 참이었어요. 그때 테러범을 구하려고 들이닥친 일당들과 총격전이 일어났죠. 테러범은 판사의 사무실에 숨어들었고요. 하필이면 판사의 열한 살짜리 딸이 방문해 있을 때였죠. 정말 우연히도." 밀너는 잠시 말을 멈췄다. "잡혀 있던 테러범이 판사를 쐈고, 바로 눈앞에서 딸을 인질로 잡았어요. 나는 테러범이 판사의 딸을 쏜 다음 자신 또한 자살하리라고 확신했죠. FBI 프로파일러들이 준 정보에 따르면 그 테러범은 자살 위험성이 높은 사람이었거든요. 당신도 만나 봐서 알겠지만, 자칭 순교자 타입이었죠."

헬렌은 눈을 크게 뜬 채 밀너의 말을 듣고 있었다.

"우리는 마주 보고 서 있었어요. 나는 테러범에게, 테러범은 아이의 머리에 총을 겨누고 있었죠. 브라질 경찰들이 우리 두 사람을 둘러싸고 있었고요. 나는 혹시라도 브라질 경찰이 이성을 잃고 먼저 총을 쏠까 봐 걱정했어요. 그래서 차라리 내가 먼저 쏘는 것이 낫겠다고 판단했고요."

"총알이 빗가나 아이를 맞힌 거였군요?"

밀너는 고개를 저었다. "아니요. 일부러 아이를 쐈어요. 다리, 허벅다리요. 대동맥이 지나지 않는 곳을 조준했죠. 깔끔하게 관통했어요. 아이는 즉각 바닥으로 쓰러졌고, 이어 나는 인질을 잡고 있던 테러범을 쐈어요. 유감스럽게도 그 순간 브라질 경찰도 총을 쐈죠. 그것도 나를 향해서요. 총탄 하나가 여기에 맞았어요." 밀너는 턱을 움직였다. 여전히 아팠다.

"그리고 아이는 어떻게 됐어요?" 헬렌이 당황한 목소리로 물었다.

"며칠만 더 있으면 퇴원한대요. 아버지도 살았고요."

여전히 헬렌은 입을 벌린 채 밀너의 말을 듣고 있었다. "……아이를 쏘다니!" 단호한 목소리였다.

"더 크게 말하지 그래요?" 밀너가 목소리 크기를 지적했다. "그랬어요. 아이를 쏴서 생명을 구했고요." 밀너는 조용히 덧붙였다.

"FBI 내에서도 그렇게 평가하나요?"

"모두가 그렇진 않죠. 유감스럽게도 또 하나의 우연이 있었죠. 총에 맞은 여자아이가 FBI 부국장의 조카였거든요. 여동생이 결혼을 해서 브라질로 갔대요. 부국장은 아직까지도 절 용서하지 못했고요." 괜한 말이었다. 현장에서 단 한 번도 싸워본 적 없는 사람은 극단적인 상황이 얼마나 큰 결단력을 필요로 하는지 이해할 수 없으니까.

"당신이 내 곁에 있다는 걸 기뻐해야 할지, 두려워해야 할지 모르겠네요." 헬렌이 말했다. "당신은 나도 쐈잖아요."

그 순간 문이 열리며 승무원이 얼굴을 들이밀고 물었다. "추가 탑승객이 있나요?" 밀너가 없다고 답하자, 승무원은 이내 문을 닫고 다시 자취를 감췄다.

밀너의 눈에 깊은 한숨을 내쉬며 안도하는 헬렌이 보였다. 평범한 한 여자로서 헬렌은 지난 며칠간의 일들을 놀랍도록 잘 버텨냈다.

"아까 호텔에서 한 말은 뭐예요? 이 모든 게 황금비율과 아름다움 때문이라는, 그런 말도 안 되는 의심이 든다던 말?"

갑작스럽게 대화 주제가 바뀐 탓에 밀너는 잠깐 멈칫했다. "당신은 황금비율 전문가죠?"

"황금비율은 제 연구의 본질적인 부분이에요. 어디에나 등장하니까요. 무언가를 아름답다고 느낄 때 그 느낌에 영향을 주고요. 황금비율은 자연에도, 건축에도, 미술에도, 성형수술에도 적용돼요." 순간, 헬렌은 무언가가 떠오른 듯 말을 멈췄다. "마드리드에서 잠깐 만났을 때 파벨 바이시는 나와 황금비율에 대해 대화를 나누길 원했어요."

밀너의 예감을 뒷받침해주는 또 하나의 증거였다. "황금비율에 대해 무슨 말을 하던가요?"

"황금비율에 대해 말한 건 없어요. 하지만 아름다움에 대한 자기 의견을 말하더군요. 인간의 뇌를 컴퓨터 하드웨어와 비교했죠. 제게 '밈'을 아냐고 물었고요. 나는 너무…… 혼란스러웠어요."

또 하나의 테트리스 조각이 제자리를 찾아가고 있었다.

"내 생각에 파벨 바이시는 아름다움을 상대로 전쟁을 치렀던 것 같아요. 그중에서도 황금비율을 상대로." 밀너가 대답했다.

헬렌은 얼굴을 찡그리며 물었다. "황금비율과 전쟁을 치른다니, 어떻게 그럴 수가 있죠?"

"파벨 바이시는 라이프치히의 시청사 성탑을 폭파했어요. 밀라노에 있는 레오나르도 다빈치의 '최후의 만찬'도요. 제네바 도서관에 있는 루카 파치올리의 『신성한 비례』를 태워버렸고요.."

"미스 아메리카 선발대회 후보들을 납치했고……." 헬렌이 조용히 덧붙였다.

밀너가 고개를 끄덕였다. "그리고 여자들의 아름다움을 망가뜨렸죠. 황금비율을 깨뜨리려고 한 것 같아요. 어쩌면 여자들을 통해 메시지를 전달하려던 걸 수도 있고."

헬렌은 눈을 감아버렸다. 파벨 바이시를 미치광이로 여기고 있는 것 같았다. 혹은 파벨 바이시의 계획을 생각해보는 걸지도 모른다. "황금비율을 없애는 것이 인간에게 이롭다고 생각했을 수도 있죠. 우리가 아름답다고 느끼는 것을 인간의 하드웨어에서 아예 지워버리려는 거예요." 헬렌이 말했다. 그녀의 눈빛에서 밀너는 자신의 생각이 이해받고 있다는 사실을 인지했다. 헬렌은 밀너에게 신뢰를 보내고 있었다.

"파벨 바이시는 바이러스 백신 개발로 부를 얻은 사람이에요. 그러니까 황금비율과 아름다움도 일종의……."

"바이러스로 여긴 거죠!" 헬렌이 밀너의 말을 완성했다.

밀너는 고개를 끄덕였다.

기차가 속도를 늦추며 터널 안으로 들어갔다. 몇 초간 어둠이 두 사람을 감쌌다. 객실의 조명은 고장 난 것 같았다.

"정말로 기괴한 생각이네요. 어쩐지 천재인 것 같기도 하고." 헬렌이 말했다. "괴물만이 만들어낼 수 있는 작품이기도 하고요."

밀너가 고개를 끄덕였다.

"밈이라는 단어를 아세요?" 헬렌이 물었다.

"한 번 들어본 적은 있어요." 밀너의 대답에는 확신이 없었다.

"밈은 일종의 바이러스 같은 거예요. 커뮤니케이션을 통해 빠른 속도로 인간에게서 인간에게, 즉 뇌에서 뇌로 전파되는 사상이나 가치, 유행을 의미하죠. 인간의 뇌를 지배하는 바이러스라고도 할 수 있어요. 독일의 나치 사상이나 일종의 바이러스처럼 급속도로 번지는 가치 같은 거요."

헬렌은 한동안 침묵했다. 자신의 이론을 머릿속에서 정리하고 있는 것 같았다.

"예컨대 그런 거죠. 현대인들은 성공하기 위해서는 날씬해야 한다고 생각하잖아요." 헬렌이 조용히 덧붙이더니 당황스러운 눈으로 두 사람 사이의 공간을 내려다보았다.

"따님 생각을 하시는 건가요?" 밀너가 물었다.

헬렌은 잠시 머뭇거리더니 이내 고개를 끄덕였다.

"파벨 바이시는 끔찍한 사고와 화재로 인한 외모의 변화를 겪으면서 이 세상이 아름답다고 여기는 모든 이상에 악마라는 낙인을 찍은 것 같아요." 밀너가 결론을 내렸다.

"아내가 죽은 뒤로요. 파벨 바이시의 아내는 성형수술 중에 죽었어요." 헬렌이 덧붙였다. "파트리크 바이시가 해준 말이에요."

"아마도 파벨 바이시는 현대사회가 가지고 있는 아름다움의 이상을 깨뜨리기 위해 자신의 모든 지식과 재산을 투자하려고 했던 것 같아요. 디지털 사진과 황금비율을 무너뜨리는 컴퓨터 바이러스를 개발한 것도 그 때문이고." 말도 안 된다고 생각했던 밀너의 예상이 점점 논리적인 형태를 갖춰갔다. "파벨 바이시는 현실 세계에서 실현하고자 한 것을 디지털 세계에서 이루어냈던 거예요. 아름다워지는 데 혈안이 된 현대사회에 종말을 선언한 거죠. 사회가 이상적이라고 생각하는 아름다움을 추함으로 바꿔버린 거예요."

"종말!" 헬렌이 고개를 저었다. "그것을 이루기 위해 얼마나 많은 잘못을 저질렀는지! 하지만…… 모나리자는요? 모나리자는 무슨 상관인가요?" 헬렌이 가방을 가리키며 물었다.

밀너는 헬렌이 파벨 바이시의 저택에서 가져온 낡은 책을 내밀었다. "나는 이 책을 다 읽어봤어요. 파벨 바이시도 이 책을 읽은 것 같아요. 책 곳곳에 메모가 남겨져 있는데, 파벨 바이시의 글씨 같아요. 파벨 바이시는 이 책에서 영감을 받은 게 아닐까요. 이 책은 황금비율과 아름다움, 그리고 모나리자의 제작 과정에 대해서 이야기하고 있어요."

"모나리자의 제작 과정이요?"

"이 책에 따르면 모나리자는 아름다움의 어머니와 같은 상징적인 존재예요. 구체적인 내용을 보면 정말 섬뜩해요. 레오나르도 다빈치와 로 스트라니에로가 모나리자를 마치 진짜 사람……."

"로 스트라니에로?" 헬렌이 물었다.

"이 책에 등장하는 사람이에요. 로 스트라니에로라고. 마스터 같은 존재랄까. 혹은, 비웃지 말아요, 악마거나."

"악마라고요?" 헬렌이 믿을 수 없다는 듯 물었고, 이내 고개를 저으며 소리쳤다. "그만해요, 그렉! 무슨 잔인한 동화 얘기 같아요!"

그 말이 맞았다. 밀너는 손으로 얼굴을 쓸어내렸다. 그렇게 해서라도 이 생각을 떨쳐버리고 싶었다. 하지만 반드시 해야 하는 말이었다. "책을 보면…… 모나리자가…… 그러니까, 사람…… 아니, 젊은 여자들로 그려진 것 같다는 생각이 들어요."

헬렌은 두려움에 가득 차 있었다. 충격과 역겨움이 섞인 얼굴이었다. 하지만 곧 어이가 없다는 듯 웃기 시작했다. 밀너가 아무런 반응을 보이지 않자, 헬렌도 웃음을 멈추고 말했다. "……진심으로 하는 말이군요."

밀너는 어깨를 으쓱하며 책을 높이 들어 보였다. "당시에는 가능한 모든 원료들을 가지고 색을 만들어냈어요. 인터넷에서 찾아본 정보예요. 그림을 그리기 전에 먼저 목판에 애벌칠을 하고, 동물성 접착제를 발라요. 그리고 동물성 접착제는 연골 등을 끓여서 얻죠. 뼈 같은 걸로요. 혹은 살점이나."

"역겨워요!" 헬렌은 구역질이 나는 듯했다. 하지만 곧 무언가를 떠올린 듯 당황한 표정으로 덧붙였다. "……칼슘과 구리."

"칼슘과 구리라니요?"

"루브르 박물관 연구센터의 그림 수집부 부서장인 루셀 씨가 해준 말이에요. 모나리자의 성분을 분석했는데, 다량의 칼슘과 구리가 발견됐대요. 이유는 알 수 없다면서요. 그러면서 그랬어요. 모나리자는 인간과 매우 유사한 성분으로 이루어져 있다고요."

오싹해졌다. 헬렌은 갑자기 추위를 느낀 듯 손바닥으로 팔을 쓸어내렸다. 두 사람은 같은 생각을 하고 있는 듯했다.

"당신 말대로라면 파벨 바이시는 모나리자로 무엇을 하려고 했던 거죠?" 헬렌이 침묵을 깨고 물었다.

"모나리자를 없애버리려던 것 아닐까요? 아마도 파벨 바이시는 이 그림이 가지고 있는 경이로운 아름다움이 퍼지는 것을 두려워한 것 같아요. 방금 전에 밈에 대해서 뭐라고 했죠? 커뮤니케이션을 통해서 전달된다고? 과거에는 미술이 TV나 인터넷 역할을 했어요. 그런 관점에서 볼 때 파벨 바이시는 모나리자가 아름다움에 대한 밈을 전달한다고 믿었을 거예요. 말하자면 관찰자에게 특정한 메시지를 전달한다고 생각한 거죠. 그러니까, 다시 말해 모나리자는 미술 분야에서 아름다움을 상징하는 작품이자 황금비율의 전형인 거고요."

"……메시지를 전달한다?" 헬렌이 밀너의 말을 조용히 반복했다. 얼굴이 창백해졌다.

"괜찮아요?" 밀너가 걱정하며 물었다.

헬렌이 고개를 끄덕였다. "괜찮아요." 말은 그렇게 했지만 무언가 골똘히 생각하는 표정이었다.

"물 좀 마실래요?" 밀너가 헬렌에게 물병을 건넸다. 기차가 출발하기 전, 파리 북역 가판대에서 사둔 것이었다.

헬렌은 물병을 받아 크게 한 모금을 들이켰다. 그 순간, 헬렌의 얼굴이 더 창백해졌다. 그리곤 가방을 가리키며 말했다. "만일 모나리자를 없애려는 것이 파벨 바이시의 계획이었다면 가방 안에 폭탄이 들어 있는 이유도 설명이 되네요. 결국 그 말은, 휴대폰이 언제라도 폭발할 수 있다는 뜻이고. 1조 달러의 값어치가 있는 그림을 누가 폭발시키겠냐는 당신의 주장도 그러니까 결국은 틀린⋯⋯."

밀너는 헬렌의 시선을 따라 가방을 바라보았다. 그 순간 기차가 터널을 지나며 다시 어둠이 찾아왔다. "⋯⋯하지만 파벨 바이시는 죽었잖아요. 파트리크 바이시도 그림을 파괴할 생각이었다면 진작 그렇게 했을 거예요. 파트리크 바이시가 원하는 건 아마도 이 그림일 겁니다." 밀너는 헬렌을 그리고 자신을 조금이라도 안심시키려 노력했다.

기차가 철도 교차점을 지나며 심하게 흔들렸다.

다시 침묵이 흘렀다. 두 사람은 각자의 생각 속에 빠져 있었다. 한참 후 헬렌에게 시선을 옮긴 밀너는 그녀의 눈에서 흐르고 있는 눈물을 보았다.

"괜찮은 거죠?" 깜짝 놀란 밀너가 물었다.

헬렌이 고개를 끄덕였다. "매들린을 무사히 되찾을 수 있을까요? 과연 우리 두 사람이 이 모든 것을 이겨낼 수 있을까요? 매들린은 태어나자마자 하마터면 잃을 뻔했던 아이예요. 탯줄이 아이의 목을 조르고 있었고 그래서 한참이 지나서야 울음을 터뜨렸어요." 헬렌은 흐느끼고 있었다. "⋯⋯아직도 어린 아이인데⋯⋯."

밀너는 무어라 말을 하려다 그만두기로 했다. "⋯⋯우리에게 그림이 있는 한 아직 희망은 있어요." 마침내 건넨 위로의 말이었다. 밀너는 최대한 확신을 주려고 노력했다. 이 사건이 해피엔딩으로 끝날 가능성이 그리 높지 않다는 것을 알고 있었지만.

갑자기 객실 칸막이 문이 다시 열리더니 정장을 입은 신사가 들어와 앉아 있는 두 사람을 내려다보았다. 신사는 양 머리 모양의 은색 손잡이가 달린 지팡이를 짚고 있었다. "여기 자리 비었나요?" 신사가 유창한 영국식 영어로 물었다.

밀너는 낯선 신사를 훑어보았다. 신사는 어깨까지 내려오는 긴 곱슬머리였다. 어딘가에서 한 번 본 적이 있는 것도 같았지만 정확히 기억이 나지는 않았다. 밀너는 헬렌과 짧게 시선을 주고받은 다음 신사에게 헬렌의 옆자리를 안내했다.

신사는 문을 닫고는 상냥하게 고개를 끄덕이며 자리에 앉았다.

헬렌은 손으로 파리 한 마리를 쫓았다.

신사가 헬렌에게 미소를 지어 보였다. 그리고는 밀너 옆에 있는 낡은 책을 가리키며 물었다. "아주 오래된 책인 것 같네요!" 낯선 신사는 손을 뻗으며 말했다. "한번 봐도 괜찮을까요?"

본능적으로 밀너는 신사의 부탁을 거절하려 했으나, 이내 생각을 바꿔 신사에게 책을 건넸다. 밀너는 신사에게서 시선을 떼지 않고 예의주시했다.

신사는 손으로 표지를 쓸어내리며 말했다. "벨벳처럼 부드럽군요. 마치 부드러운 뺨을 어루만지는 것 같아요!" 신사는 책을 펼쳐 몇 장을 넘겨 보고는 곧 돌려주었다. "잘 봤습니다. 나는 오래된 책들을 수집하고 있어요. 혹시 이 책, 나에게 팔지 않을래요?"

밀너는 신사를 다시 한 번 훑어보았다. 고급스러운 소재의 맞춤 정장을 입고 있었다. 신사의 얼굴은 상냥해 보였고, 매력적이었다. 어딘지 이 세상 사람 같지 않은 아름다움이 깃들어 있었다. 태도 또한 겸손하고 친절했다. 그런데도 밀너는 왠지 모르게 조심해야 할 것 같다는 느낌을 받았다. 낯선 이가 갑자기 객실에 들어와 단도직입적으로 책을 팔지 않겠느냐고 묻는 것은 분명 의아한 일이었다. 불쾌하기는

헬렌도 마찬가지인 듯했다. "죄송하지만 팔 수는 없습니다." 밀너가
대답했다.

"돈은 원하시는 만큼 지불하겠습니다." 신사가 대답했다. 하지만
신사의 미소는 밀너를 오싹하게 했다.

"말씀드렸듯이 그럴 수 없습니다."

"정말 유감이군요." 신사가 대답했다. 신사는 여전히 상체를 앞으
로 기울인 채 지팡이로 몸을 지탱하고 있었다. "우리 두 사람 모두에
게 좋은 거래가 될 수 있을 거라고 생각했는데 말이죠. 당신은 책을
소유하는 짐을 덜 수 있고, 나는 부정한 돈을 덜 수 있고." 신사는 알
수 없는 미소를 지었다. 창문에 반사된 빛이 반짝거리며 또다시 터널
에 진입할 것을 예고했다.

101. 피렌체, 1500년경

이제 그는 가고 없다. 떠난 것은 로 스트라니에로가 아니라, 살라이다. 지난밤 닭들이 홰를 치는 소리를 들었다. 잠결에 나는 여우가 내려온 것이 아닌가 생각했다. 하지만 레오나르도가 이른 아침에 나를 깨우며 살라이가 떠났다는 소식을 전했다. 살라이가 남긴 메모가 그 증거였다. 작은 종이 위에 아무렇게나 휘갈긴 글씨가 적혀 있었다. 아주 급박한 심정으로 이곳을 떠난 모양이었다. 마치 악마가 쫓아오기라도 한 것처럼.

우리에게 남긴 살라이의 마지막 말은 수수께끼로 남았다.

진정으로 두려워해야 할 건 사람이 아니라 마스크다. 인간은 '그'를 두려워해야 한다. 나는 이 세상에 그 사실을 경고할 것이다.

살라이의 메모 속 '그'가 누구인지 확신할 수는 없지만 레오나르도와 나는 로 스트라니에로를 지칭한 것이리라 추측하고 있다.

살라이의 메모를 보여주자 로 스트라니에로는 격분했다. 로 스트라니에로가 그처럼 화를 낸 것은 처음이었다. 하지만 사실을 숨길 수는 없었다.

"그림도 함께 사라졌다네."

나의 말에 로 스트라니에로의 눈은 마치 불에 타오르는 것만 같았다. 그래서 나는 황급히 다음 말을 이었다.

"자네들이 그린 것 말고 복제품 말일세. 그것을 가지고 갔네."

나는 로 스트라니에로를 진정시키려 노력했다. "살라이가 그 그림을 따라 그렸더군. 밤에 몰래."

나의 노력에도 로 스트라니에로의 분노는 쉽사리 가라앉지 않았다. 나는 결국 거짓말을 할 수밖에 없었다.

"나도 몰랐어. 살라이가 어제야 보여줬네."

갑자기 살라이가 그리웠다. 그를 안 순간부터 우리는 줄곧 함께 살았다. 살라이가 어디로 갔는지 알 수만 있다면……. 하지만 우리는 모른다.

로 스트라니에로는 골똘히 생각에 잠겨 있다가 어두운 표정으로 자리에 앉아 염소젖 치즈를 먹었다.

"누구의 지시에 의해 움직이는지 이제 확실해졌군."

그가 언짢은 듯 말했다.

로 스트라니에로가 말하는 사람이 누구인지 확신할 수 없다. 입 밖으로 내뱉을 수는 없지만 혹시 로 스트라니에로가 악마를 지칭하고 있는 건 아닐까? 아니면 그 반대? 이제는 모든 것이 혼란스럽다.

102. 런던

기자회견은 성공적이었다. 불과 몇 시간 만에 준비해 마련한 자리지만 빈자리는 없었다. 기자회견의 내용은 전 세계로 생방송됐다. 마이클 챈들러는 직원들과 함께 바이러스 백신 프로그램을 소개했다. 오랜만에 기자들 앞에 변형되지 않은 디지털 사진 데이터들을 보여줄 수 있었다.

"각고의 노력을 기울인 끝에 우리가 해냈습니다." 마이클 챈들러는 설명을 시작했다. "다시 한 번 바이시 바이러스는 바이러스 백신 프로그램 시장에서 독보적인 기업임을 증명해냈습니다."

바이시 바이러스의 주가가 치솟고 있었다. 마이클 챈들러의 이 발언 때문만은 아니었다. 증권 수익도 불과 한 시간 만에 240퍼센트를 기록했고, 그 이하로 떨어질 생각을 하지 않았다. 월스트리트에 쓰인 새로운 역사였다. 어마어마한 기업 가치 상승에 기여한 또 한 가지 요인은 바이시 바이러스가 바이러스 백신 프로그램의 판매 가격을 99달러로 책정했다는 데 있었다. 바이시 바이러스는 전 세계적으로 백신 프로그램 다운로드 횟수가 1조 건 이상 될 것으로 예측했다. 다시 말해 최소 99조 달러 이상의 이익을 거두게 되는 것이다.

"사람들은 우리를 도발했고, 자극했습니다. 하지만 바이시 바이러스 사의 결코 지치지 않는 직원들, 세계 최고의 바이러스 백신 전문가들은 그 도전을 받아들였고 마침내 모나리자 바이러스와의 싸움에서 압도적인 승리를 거두었습니다." 챈들러의 목소리는 다소 격앙됐다.

바이러스 해결 방법을 알려준 사람은 대체 누구일까. 의문이 마이클 챈들러의 머릿속을 스쳐 지나갔지만, 이내 그것을 선물로 여기기로 했다. 챈들러는 그 사람이 아마도 파벨 바이시일 것이라고 조용히 추측하고 있었다. 파벨 바이시가 현재 어디에 있는지는 알 수 없다. 그러나 모나리자 바이러스를 해결할 만한 능력을 가진 사람, 또 아무런 대가 없이 그 방법을 바이시 바이러스에 귀띔해줄 만한 사람은 파벨 바이시, 한 사람밖에 없었다. 하지만 마이클 챈들러에게는 크게 중요치 않았다. 바이시 바이러스의 지분은 여전히 바이시 가족의 소유였고, 더욱이 그중 대부분은 무능하기 짝이 없는 파트리크 바이시가 가지고 있었기 때문이다. 마이클 챈들러의 지분은 5퍼센트에 불과했지만 그것만으로도 백만장자가 되기에는 충분할 것이다. 과거 이익 배당금으로 주식을 받았던 바이시 바이러스의 수많은 직원들도 마찬가지였다.

모나리자 바이러스의 종말. 바이시 바이러스의 모든 주주들과 임직원들을 위한 축제날이면서 전 세계의 축제날이었다. 마침내 디지털 괴물들이 모두 이전의 아름다움을 되찾았기 때문이다. 디지털 좀비의 시대는 끝났다.

마이클 챈들러는 서둘러 완성한 바이러스 백신 프로그램의 로고를 높이 들어 올리고는 여기저기서 터지는 플래시 세례를 받으며 미소를 지었다.

로고는 모나리자의 실루엣을 형상화하고 있었다. 백신의 이름은 '리자 스마일', 짧은 미팅으로 결정된 이름이었다. 마치 예언처럼 들리는 이름이라고, 마이클 챈들러는 생각했다.

103. 아카풀코

"엄마한테 가자고! 너를 엄마한테 데려다주겠다고!" 브라이언은 계속해서 매들린을 진정시키려고 노력했지만 그녀는 도무지 브라이언의 말을 믿으려 하지 않았다. 매들린에게 브라이언은 거짓말을 한 개새끼일 뿐이었다.

매들린이 브라이언을 공격하던 순간, 브라이언의 친구들은 매그녀를 떼어냈다. 앤디라는 이름의 뚱보가 매들린을 깔고 앉았을 때 매들린은 질식할 뻔했다. 브라이언은 재빨리 앤디를 끌어내렸고, 잔뜩 흥분해서 누군가와 통화를 했다. 뚱보는 대런이라는 마른 남자아이와 무언가를 속삭인 끝에 어딘가로 사라졌고, 이내 덤불 뒤에서 커다란 엔진 소리가 들리더니 트럭 한 대를 몰고 다시 나타났다. 브라이언과 대런은 매들린을 데리고 트럭 짐칸에 올라타 그녀를 자신들 중간에 앉혔다. 배낭이 매들린의 등을 짓눌렀다.

"내 말을 믿어줘. 너를 집에다 데려다줄 거야. 나는 남자들이 너에게 그런 짓을 하리라고는 생각지 못했어. 병원에 있을 때 라이드 박사가 말을 걸더니 너를 꼬셔서 멕시코로 데려가면 돈을 주겠다고 했어."

"라이드 박사가……?" 매들린이 믿을 수 없다는 표정으로 물었다.

브라이언이 고개를 끄덕였다.

순간, 매들린이 손을 드는가 싶더니 또 한 번 브라이언의 따귀를 날렸다. "네가 날 사랑한다고 생각했어!"

브라이언은 뺨을 부여잡은 채 소리쳤다. "사랑해! 너를 사랑한다고! 진심이야!"

"개새끼!" 매들린은 팔짱을 끼곤 더 이상 브라이언을 바라보지 않았다.

"제발 믿어줘!"

큰 도로에 들어서자 트럭이 속도를 낮췄다. 오른쪽으로 방향을 틀고 있었다. 아카풀코가 아닌, 캄프로 가는 방향이었다.

"어디로 가는 거야?" 매들린이 물었다. 매들린은 자신이 앉은 곳에서 짐칸 가장자리까지 얼마나 되는지 재봤다. 운만 조금 따른다면 두 남자를 기습할 수 있을 것이다. 다소 위험하긴 하겠지만 다치지 않고 차에서 뛰어내릴 수도 있다.

트럭이 다시 움직이기 시작한 순간 매들린은 자리에서 일어났다. 그 순간, 매들린의 귀에 날카로운 경적 소리가 들려왔다. 트럭 앞쪽 좌석을 바라보는 순간, 맞은편에서 다가오는 트럭의 전조등이 매들린을 향해 돌진하고 있었다. 다음으로 매들린은 급브레이크를 밟는 소리와 타이어가 미끄러지는 소리, 무언가가 부서지는 소리를 들었다. 붕. 매들린은 공중으로 날아올랐다. 갑자기 어둠이 찾아왔다.

104. 파리

터널 밖으로 나왔을 때 헬렌의 옆자리는 비어 있었다. 밀너는 자신의 옆으로 자리를 이동한 신사를 발견하고는 깜짝 놀랐다. 두 사람 사이에는 가방이 있었다. 밀너는 방어하듯 가방 위에 손을 올려놓았다. 필요하다면, 언제라도 총을 꺼낼 준비가 되어 있었다.

"솔직하게 말하겠습니다." 낯선 신사가 말했다. 여전히 온화한 미소를 짓고 있었다. "내가 여기에 온 것은 우연이 아닙니다. 나는 당신들이 누구인지 알아요. 모건 씨 그리고 밀너 씨죠. 그리고 나는 여기 이 가방에 무엇이 들어 있는지도 알고 있습니다." 마지막 문장을 입 밖으로 꺼낼 때 신사는 마치 자신도 공범이라는 듯한 눈빛으로 헬렌 을 바라보았다. "그리고 당신들이 지금 어디로 가고 있는지도 알고요. 행운이 조금 필요한 어려운 일이죠." 신사는 잠시 말을 멈추고 자신의 말이 효력을 발휘할 시간을 벌었다.

밀너는 정말로 놀란 것 같았다. 처음 보는 모습이었다.

"······누구시죠?" 밀너가 물었다. 그를 만나고 처음 듣는 날카로운 목소리였다. 조금 흥분한 듯했다.

"많이 놀라셨을 것 같습니다. 충분히 이해해요, 밀너 씨. 남들보다 더 많은 정보를 가지고 사람들 눈에 띄지 않게 사건을 처리하는 건 본 래 FBI 요원이나 할 수 있는 일이니까요." 신사는 매우 편안하게 앉아 있었다. 분명 위협적인 존재는 아니었다. "하지만 당신들 FBI와 마찬 가지로 나 또한 여러 개의 이름이 있습니다, 밀너 씨. 그중 하나를 이 야기해드릴 수는 있겠지만 어차피 아무런 의미가 없을 거예요. 이렇 게 말해볼까요? 나의 임무는 무대 뒤에서 실을 꿰는 것입니다. 나는 악이 지배하는 모든 곳을 찾아갑니다. 지금은 여기, 당신들을 찾아온 거고요."

다시 한 번 신사는 두 사람에게 자신이 한 말을 이해할 시간을 주려 는 듯 한동안 침묵했다. 겉으로는 해를 가하지 않을 것 같아 보였지만 그럼에도 헬렌은 두려움을 느꼈다. 신사가 말을 할 때마다 헬렌의 눈 앞에 난생처음 보는 색이 나타났다. 불바다를 떠올리는 색이었다. 실 제로도 몸이 뜨거워지는 것을 느꼈다.

"과장하지 마십시오." 밀너가 경고했다. "당장이라도 당신을 체포해서 정체가 뭔지 알아낼 수 있어요." 밀너의 협박에 신사는 피곤한 미소를 지었다.

"현재 당신은 그 누구도 체포할 수 없는 상황 아닌가요?"

헬렌은 밀너가 당황하고 있다는 것을 알아차렸다. "원하는 게 뭐죠?" 헬렌이 밀너를 도왔다.

"이미 설명을 드렸습니다만, 나는 저기에 놓인 저 책이 미치도록 갖고 싶습니다." 신사는 밀너의 무릎 위에 놓인 책을 가리키며 대답했다.

"저도 이미 말한 것 같습니다만. 이 책은 팔 수 없다고요." 밀너가 신사를 경계하며 대답했다.

"나도 이제는 살 생각이 없습니다. 책을 내게 주신다면 돈보다 훨씬 더 가치 있는 것을 제공하겠습니다. 나의 도움이죠. 나는 두 분이 계획하고 계신 일에 분명 도움이 필요하리라고 생각합니다."

"그 도움이라는 게 정확히 어떤 거죠?" 밀너가 단어 하나하나를 힘주어 말하며 조심스럽게 물었다.

신사는 정장 안주머니에 손을 넣다가 밀너의 오른손이 총이 있는 곳으로 향하는 것을 인지하고는 움직임을 멈췄다. "별것 아닙니다. 메모지입니다." 신사는 이 상황이 재미있다는 듯한 미소와 함께 밀너에게 설명했다. "나에게까지 총을 쏘지는 말아요."

신사가 자신의 속내를 훤히 꿰뚫고 있음을 깨달은 밀너는 화가 난 듯 얼굴을 일그러뜨렸다.

"책을 가져가는 대신 여기 메모지에 내 번호를 적어줄게요. 파트리크 바이시에게 그림을 넘긴 후 혹 위기 상황에 봉착한다면 이 번호로 전화를 걸어요. 장담컨대, 그러면 모든 일이 해결될 겁니다."

헬렌은 신사가 밀너에게 건네는 메모지를 바라보았다. 하지만 받을 생각이 없는 듯, 밀너의 손은 여전히 총을 찬 허리춤에 머물러 있었다.

"진심인가요?" 밀너가 비아냥거리듯 물었다.

"그렇습니다." 신사는 미소와 함께 대답했다. "이 메모지를 받든 안 받든, 나는 상관없습니다. 당신이 선택하세요."

"이 책이 그만한 가치가 있는 건가요?" 헬렌이 물었다.

"이 책을 주기만 하면 당신의 전화번호를 받을 수 있다니! 그 정도로 가치가 어마어마한 모양이죠?" 밀너가 비아냥거리며 덧붙였다.

"아주 개인적인 관심사일 뿐입니다. 애초에 쓰이지 않았으면 좋았을 책들이 있거든요."

"이게 아돌프 히틀러의 『나의 투쟁』 같은 책이라도 된다는 건가요?" 밀너가 계속해서 비아냥거렸다. "이 책에서 그 정도로 비난받을 만한 내용을 보지는 못한 것 같은데요."

"사례가 적절하지 않군요. 이렇게 이야기해볼까요? 당신과 관련해 잘못된 소문을 퍼뜨리는 책이 있다면, 당신도 그 책을 갖고 싶지 않겠습니까?"

"이건 500년 전에 쓰인 책이에요! 이 책이 지금 당신에 대해 안 좋은 소문을 퍼뜨리기라도 한단 말입니까?" 밀너가 반박했다.

그사이 헬렌의 몸은 뜨겁게 달아올랐다. 재킷을 벗고 싶을 정도였다. 미친 말처럼 들릴지는 몰라도, 헬렌의 마음은 신사가 두려운 만큼 신사를 신뢰하고 있었다. "그래도 이 분에게 책을 주는 게 좋지 않을까요, 그렉⋯⋯." 헬렌이 밀너에게 말했다. "오래된 책일 뿐이잖아요. 도움을 받을 수 있다면 우리에게도 좋을 거예요. 무슨 일이 어디서 어떻게 일어날지 알 수 없으니까. 최악의 경우라고 해봤자, 낡은 책 한 권 잃어버리는 게 전부일 테고요." 헬렌은 단호한 눈빛으로 밀너를 바라봤다. 부디 자신의 말이 밀너를 설득시킬 수 있기를.

"재미있네요!" 밀너가 말했다. "어쨌거나 이 분은 우리 이름은 물론이고, 몰라야 정상인 정보들을 알고 있잖아요!" 밀너는 신사를 응시하며 도발하듯 물었다. "정확히 이 안에 뭐가 있죠?"

"C4 폭탄을 말하는 건가요, 아니면 모나리자를 말하는 건가요? 아니면 앞주머니에 든 감초 사탕 봉지? 모건 씨가 매우 좋아해서, 보스턴 워싱턴 가에서 사곤 하는?"

밀너는 신사가 한 말을 반박해주길 바라며 헬렌을 바라보았다.

"……당신은 누구죠?" 헬렌이 조용히 물었다.

"자, 그럼 이제 거래하는 건가요?" 신사가 말하더니 미소를 지으며 밀너에게로 조금 더 가까이 메모지를 내밀었다. 밀너는 잠시 머뭇거리다 이내 신사에게 책을 건넸고, 메모지를 받았다.

그 순간 객실이 다시 어두워졌다. 또 터널이었다. 몇 초 뒤, 기차가 다시 한낮의 태양 아래로 돌아왔을 때, 밀너의 옆자리는 비어 있었다.

105. 피렌체, 1500년경

벌이 들어 있는 상자, 그것이 로 스트라니에로의 이별 선물이었다.

"이 세상의 모든 아름다운 것들은 벌이 수분을 한다오. 이 세상의 모든 추한 것들은 바람이 수분을 하지."

로 스트라니에로가 말했다. "잊지들 마시오. 벌이 없다면 이 세상에는 아름다움도 없어. 벌을 연구하시오. 그리고 벌을 닮아가려고 노력하시오."

레오나르도는 눈물을 흘렸다. 그는 로 스트라니에로와 함께 완성한 그림을 유랑자에게 맡길 계획이라고 했다. 유랑자와 함께 세상을 떠돌며 더 많은 사람들이 그림을 볼 수 있도록.

로 스트라니에로가 떠난 뒤 한동안 나는 엄청난 공허감에 시달려야 했다. 이 일기를 쓰는 것도 무척이나 오랜만이다. 그동안 나는 아무것도 할 수가 없었다.

레오나르도와 나는 로 스트라니에로가 남기고 간 벌들을 돌보았다. 그리고 어제 처음으로 꿀을 얻었고, 나는 손 전체를 벌에 쏘이고 말았다. 살라이가 떠올랐다.

"악한 창조물입니다!"

살라이는 늘 벌에 대해 그렇게 떠들어대고는 했다.

"그래서 쏘는 겁니다! 벌들이 만드는 꿀은 우리를 유혹합니다! 꿀이 없으면 벌은 수분을 하지 않고, 수분을 하지 않으면 사과도 없습니다! 에덴동산에서 쫓겨난 게 누구의 책임인지 당신도 곧 알게 될 겁니다!"

살라이는 선과 악을 뒤집어 생각하고 있었다. 불쌍한 악마…….

살라이는 흔적도 없이 사라졌다. 레오나르도가 이곳저곳 수소문해보았지만 살라이를 보았다는 사람은 아무도 없었다. 로 스트라니에로는 혹시라도 자신이 살라이를 만나게 되면 집으로 돌려보내겠노라고 했다.

도대체 어디로 가는 거냐고 우리가 물었을 때, 로 스트라니에로는 자신이 꽃에서 꽃으로 날아다니는 벌과 같은 존재라고 대답했다.

우리가 꽃이라면, 반드시 열매를 맺겠노라고, 로 스트라니에로에게 약속했다.

사고 현장에 검은 연기가 피어오르고 있었다. 훌리오 페레즈가 현장에 도착했을 때, 소방차는 아직 화재를 진압하는 중이었다. 불에 녹은 사고 차량들을 보며 페레즈는 큰 소리로 욕설을 내뱉었다. 아카풀코로 가는 국도가 차단된다는 건, 저녁까지 엄청난 교통 혼잡이 빚어질 거라는 의미였다.

"사망자가 여러 명이에요." 사고 현장에 먼저 도착한 후안이 보고했다. "시신은 불에 타서 식별이 어려워요. 큰 차는 멕시코시티에서 왔고, 철봉을 가득 싣고 있었어요. 작은 건 픽업 트럭이었고요."

"시체 수습할 사람들에게는 알렸어?"

"네. 습득물은 여기에 있어요." 후안이 가방 하나를 들어 보였다. "아마도 차에 타고 있던 사람의 가방인 것 같아요. 충돌 과정에서 튀어나온 것 같고요." 후안이 가방의 지퍼를 열어 여권을 꺼냈다. "매들린 모건." 후안이 여권 속 이름을 소리 내어 읽곤 페레즈에게 여권 사진을 보여주었다. "미국인이네요."

후안에게서 여권을 건네받은 페레즈는 여권 속 이름을 한 번 더 확인한 다음 차로 돌아가 무전기를 들었다. "최근 FBI에서 수배 요청이 들어왔었는데……, 그 여자애 이름이 뭐였더라?"

무전기가 지지직거리더니 본부에 있던 프랑코가 페레즈의 질문에 답을 해왔다. "매들린 모건. '발견 즉시 FBI에 연락 요망'이라고 되어 있습니다."

이따금씩 깜빡깜빡하기는 해도 아직 기억력은 쓸 만한 모양이었다. "그러면 지금 연락해. 교통사고로 사망한 채 발견됐다고. 시체는 아카풀코 시체 보관소로 보낼 거야. 일단 저 시체 덩어리들 중에 어느 게 여자애의 시체인지를 확인해야 미국에 넘길 수 있다고 전하고."

"알겠습니다." 프랑코가 대답했다. "아, 그리고 그쪽 배수관 근처에서 부상자가 하나 발견됐다고 합니다. 아마 노숙자인 것 같습니다."

"다른 사람더러 해결하라 그래. 나는 사고 때문에 현장에 묶여 있으니까." 페레즈는 보조석 서랍에 여권을 넣은 다음 차에서 내렸다. 도로 가장자리에서 적절한 나무를 찾으며.

107. 폴란드

한밤중에 두 사람은 쾰른에 내려 기차를 갈아탔다. 바르샤바까지는 기차로 열한 시간 반이 더 남아 있었다.

밀너는 시계를 바라보았다. 세 시간 남짓한 짧은 시간 안에 파리에서 이곳까지 데려다준 탈리스 고속열차 덕분에 두 사람은 24시간이라는 제한 시간이 지나기 전에 바르샤바에 도착할 수 있을 터였다.

쾰른 중앙역에 도착하자마자 밀너는 혹시 있을지 모를 추적자를 따돌리기 위해 온갖 방법을 동원했다. 결코 방심할 수 없었다. 심지어 밀너는 여섯 사람이 이용할 수 있도록 되어 있는 객실 전체를 예약했다. 최소한 이번만큼은 달갑지 않은 손님을 피할 수 있도록 말이다.

그러면서 밀너는 다시 한 번 미스터리한 신사를 떠올렸다. 신사가 사라진 것을 알자마자 밀너는 즉각 자리에서 일어나 객실 문을 열고 그의 흔적을 찾았지만, 신사의 모습은 그 어디에도 보이지 않았다. 밀너가 직접 경험하지 않았더라면, 전화번호가 적힌 메모지를 손에 쥐고 있지 않았더라면 밀너는 신사가 객실 안에 함께 있었다는 사실을 결코 믿지 못했을 것이다.

헬렌은 베개 대신 코트를 말고 창문에 기대어 자고 있었다. 평온한 얼굴이었다. 헬렌을 만난 후 처음으로 밀너는 긴장이 풀린 그녀의 얼굴을 볼 수 있었다. 반팔 블라우스 아래 닭살이 돋은 팔이 보였다. 밀너는 자신의 재킷을 덮어주고 싶었지만 그럴 수 없었다.

밀너는 조심스럽게 자리에서 일어나 건너편에 놓인 가방을 들었다. 이어 조심스럽게 걸음을 옮겨 객실 문을 아주 조금 연 다음, 좁은 틈 사이로 나가 복도에 섰다. 밀너는 한참을 그 자리에 서서 헬렌이 자는 것을 확인했다. 잠시 후 밀너는 객실 유리문을 닫고 기차 화장실을 찾았다. 다행히도 아주 가까운 곳에 있었다. 화장실은 비어 있었다.

밀너는 화장실 안으로 들어가 문을 잠갔다. 총을 꺼내 총알을 확인했고, 다음으로 휴대폰을 켰다. 부재중 전화와 문자 메시지가 한꺼번에 쏟아졌다. 그중에서 밀너의 눈길을 끄는 문자가 하나 있었다.

"……이런 젠장!" 밀너는 조용히 욕설을 내뱉었다. 가장 최근에 들어온 정보였다. 한동안 밀너는 당황한 채 굳어 있다가 자리에서 일어났다. 밀너는 세면대 위에 가방을 올려놓고 폭탄을 찾았다. 밀너는 조심스럽게 폭탄을 꺼내 고정되어 있는 휴대폰을 조심스럽게 분리해보았다. 밀너는 눈을 질끈 감았다. 금방이라도 폭탄이 터질 가능성이 있었다. 잠시 후, 바지 주머니에 있던 밀너의 휴대폰에서 진동이 느껴졌고, 밀너는 발신자 번호를 확인한 다음 통화를 종료했다. 꺼낼 때와 마찬가지로 밀너는 이번에도 조심스럽게 폭탄을 다시 가방 안에 넣었다. 그리고 미스터리한 신사와 교환한 메모지를 꺼내 번호를 확인했다. 밀너의 얼굴에 흥분으로 가득한 미소가 번졌다.

"그럴 줄 알았어." 밀너가 중얼거리고는 메모지를 다시 집어넣었다. 화장실을 나서기 전 차가운 물로 세수를 하고 약통에서 약을 네 알 꺼내 한꺼번에 털어 넣었다. 그리고 메일로 들어온 마지막 정보를 한 번 더 읽었다. 밀너는 깊은 한숨을 내쉬었다.

이게 정말 사실이라면, 인생은 정말이지 너무 불공평하다.

108. 바르샤바

"여기서 내릴게요!" 밀너가 택시 기사 손에 지폐 몇 장을 쥐어주었다.

헬렌은 하품을 했다. 쾰른에서 바르샤바까지 기차로 이동하는 내내 헬렌은 깊은 잠에 빠져 있었다. 자신도 놀랄 정도였다. 하지만 그렇게 잠을 잤어도 극심한 피로가 느껴졌다. 잠에서 깨어난 헬렌은 밀너가 영수증을 받는 사이 뒷문을 열고 택시에서 내렸다. 그리고 거대한 철 문으로 시선을 향했다. 며칠 전, 헬렌은 파트리크 바이시가 보낸 리무진에 앉아 이 철문이 열리기를 기다렸었다. 오늘도 문은 닫혀 있었다.

"보안이 아주 철저하군요!" 밀너가 차에서 내리며 말했다. 밀너는 담 위에 설치된 철조망을 살폈다. 걸음을 옮겨 철문을 밀어보았지만, 문은 꿈쩍도 하지 않았다.

"이제 어쩌죠?" 헬렌이 물었다.

밀너는 한 걸음 뒤로 물러서서 문 옆으로 난 담벼락을 살폈다. "뭐, 어쩌겠어요? 벨을 눌러야죠!" 밀너가 말하며 벽에 달린 은색 버튼을 눌렀다. 헬렌이 미처 보지 못한 것이었다. 잠시 아무 일도 일어나지 않는 듯 정적이 이어지다 문이 열렸다.

"기다리고 있었나 보네요!" 열리는 문 사이로 걸어가며 밀너가 말했다.

"이제 내가 혼자 오지 않았다는 걸 알았겠군요." 헬렌이 말했다.

"내 말을 믿어요. 파트리크 바이시가 원하는 건 이 그림이에요." 밀너는 손목에 찬 시계를 바라보며 덧붙였다. "게다가 우리는 제 시간에 맞춰서 도착했고요. 심지어 한 시간 빨리."

지난번과 달리 헬렌은 걸어서 정원을 가로지르고 있었다. 밀너는 두 걸음 정도 앞서 걸어갔고, 주의 깊게 주변을 살피고 있었다. 밀너의 손은 이번에도 허리춤에 머물렀다. 언제든 총을 꺼낼 준비를 하고 있는 것 같았다.

"예쁘네요." 늙고 추한 여자의 조각상을 지나며 밀너가 말했다. 지난번에 헬렌의 눈에도 띄었던 조각상이었다. 가까이서 보니 더 섬뜩했다. 금방이라도 깨어나 달려들 것 같은, 은으로 만든 괴물 조각상도 등에 소름을 돋게 했다. 반면 밀너는 친절하게도 지나는 길에 보이는 괴물 조각상들의 머리를 쓰다듬었다.

"그나마 여기에서 제일 친절한 괴물일 것 같기도 하고요." 밀너가 무미건조하게 말했다.

두 사람은 입구를 따라 잔디 위를 걸어갔다. 이내 두 사람의 앞에 검은 돌로 지어진 파벨 바이시의 저택이 위협적인 모습을 드러냈다. 갑자기 밀너가 가던 걸음을 멈추고 헬렌에게 자기 뒤로 숨으라는 신호를 보냈다. 밀너는 저택에 난 창문들을 하나하나 살피고 있었다. 이번에도 헬렌은 착시 현상을 경험하는 것 같은 느낌을 받았다. 저택의 파사드는 완벽하게 비대칭이었다. 그 어떤 기둥도, 장식 띠도, 창문 같은 것도 없었고, 지붕마저도 눈에 확연하게 보일 정도로 기울어져 있었다.

"내가 이 집 주인이라면 건축가를 진작에 잘라버렸을 거예요." 밀너가 말했다.

"건축가는 일부러 대칭을 피해 집을 지은 거예요." 헬렌이 말했다.

밀너는 고개를 끄덕이더니 천천히 움직이기 시작했다. 이젠 아예 총을 꺼내 바닥을 향해 들고 있었다. "이제부터 내 뒤에 있어요." 밀너가 말했다.

모든 것이 고요했고, 버려진 듯 보였다. 현관문에 이르렀을 때 밀너는 일부가 찢겨 나간 작은 포스트잇 하나를 발견했다. 메모지 위로는 '경찰'이라는 글씨가 쓰여 있었다.

"경찰 도장이군요." 밀너가 말했다. "압수수색을 위해 나온 경찰들이 붙인 거예요. 문이 부서졌네요." 밀너가 조심스럽게 밀자, 문이 조금씩 열리기 시작했다.

"이건 분명 함정일 거예요." 헬렌이 밀너의 등에 바짝 붙어 말했다.

밀너는 재미있다는 듯 대답했다. "당연히 함정이죠." 밀너는 오른쪽 신발 끝으로 밀어 문을 완전히 열었다. 동시에 두 손으로 총을 들어 올렸다. 로비는 비어 있었다. "……계십니까?" 밀너가 크게 소리를 쳤지만 답은 들리지 않았다. "문을 열어줬으니, 누군가는 이 집에 있을 텐데요!"

"……이곳은 정말 어마어마하게 커요." 헬렌은 그림이 든 가방을 더 꼭 껴안으며 말했다.

두 사람은 조심스럽게 걸음을 옮겨 저택 안으로 들어섰다. 밀너는 사방으로 총을 겨눴다.

"……저기요!" 그 순간, 협탁 위 화병에 붙은 메모지를 가리키며 헬렌이 말했다.

"나는 지하에 있습니다. P." 헬렌이 소리를 내어 메모지에 적힌 내용을 읽었다. "지하에서 우리를 기다리고 있군요. 파벨 바이시의 수집품들이 있는 곳이에요. '아름다움'이라는 주제와 관련한." 헬렌은 잠시 멈췄다가 말을 이었다. "그리고 '추함'과 관련한. 저기로 가야 해요!" 헬렌은 며칠 전, 파트리크 바이시가 자신을 맞이했던 공간을 가리키며 낮은 목소리로 말했다. 그곳을 지나 헬렌은 파트리크 바이시와 함께 저택 지하로 내려갔었다.

"자, 그럼 한번 가보죠!" 밀너가 말했다. 헬렌은 밀너가 긴장하고 있음을 알아차렸다. 누군가의 공격이나, 좋지 않은 일로 받을 충격에 대비하고 있는 듯했다.

두 사람은 위층으로 연결된 돌 계단을 지나 천천히 걸음을 옮겼다. 마침내 헬렌이 처음으로 파트리크 바이시를 만났던 벽난로 방이 나타났다. 벽난로의 불은 꺼져 있었고, 차가운 연기 냄새가 났다. 지난번보다 더 춥게 느껴졌다. 빨간 카펫은 거대한 피바다를 연상시켰고, 희미한 조명 아래 놓인 가죽 소파는 마치 바위 같았다. 헬렌은 곳곳에 진열된 사진들을 보았다. 멀찌감치 떨어진 어느 사진 속에서 아버지와 함께 있는 파트리크 바이시의 모습이 보였다. 파벨 바이시의 초상화는 여전히 벽난로 위에서 웃고 있었다. 다시 본 유화 속 파벨 바이시의 미소는 냉정해 보이는 것을 넘어 음흉하게 느껴졌다. 헬렌은 벽난로 곁에 놓인 부지깽이를 들어 파벨 바이시의 초상화를 불 속으로 처박아버리고 싶은 심정이었다.

"이제 어디로 가죠?" 밀너가 물었다.

헬렌이 가려져 있는 통로를 가리켰다. 책상 사이에 있어 두 사람이

서 있는 위치에서는 전혀 보이지 않았다.

"놀라울 정도로 이곳을 꿰뚫고 있네요." 밀너의 목소리에서 불신이 묻어났다.

"이런 걸 단기기억력이라고 하죠." 헬렌이 되받아쳤다. "불과 며칠 전에 방문했던 곳이니까요."

밀너는 다시 총을 들고 조심스럽게 통로로 다가가더니 재빨리 통로 앞에 서서 말했다. "이리 와요!" 밀너의 말에 헬렌은 서둘러 걸음을 옮겼다. 두 사람은 추한 혹은 변형된 얼굴들이 담긴 섬뜩한 사진들 사이로 복도를 지났다. 이제 두 사람은 이 사진들이 의미하는 바를 누구보다도 잘 알고 있었다.

그때, 갑자기 밀너가 멈춰 서더니 입 앞에 검지를 가져다 댔다. 헬렌도 뒤에서 소리를 들은 것 같았다. 몇 초 뒤 밀너는 계속 이동하자는 신호를 보냈다.

"나선형 계단을 내려가야 해요." 헬렌이 복도 끝에 있는 계단을 가리키며 조용히 속삭였다.

"나는 나선형 계단이 정말 싫어요." 밀너가 대답했다.

밀너는 벽에 걸린 사진들을 살피며 걸었다. 머리가 잘려나간 시체 사진에서는 구역질이 나는 듯 얼굴을 찡그리기도 했다.

나무와 쇠로 만들어진 낡은 나선형 계단은 두 사람이 움직일 때마다 삐걱거리는 소음을 냈다. 이 정도 소리라면 저택에 있는 모든 사람들이 헬렌과 밀너가 지하로 내려가고 있다는 사실을 알아차리고도 남을 것이다.

마침내 두 사람은 지하 전시실로 이어지는 철문 앞에 섰다. 며칠 전, 파트리크 바이시가 가짜 지문을 이용해 탱크 버스터로서의 자신의 능력을 증명해 보였던 곳이었다.

"매들린도 여기 있을까요?" 헬렌이 물었다. 순간, 심장이 요동쳤다. 어쩌면 이 문 뒤에 매들린이 있을지도 모른다. 밀너는 어깨를 으쓱하곤 문의 상태를 살폈다. 손상이 심했다. 안쪽으로 휘어 있었고, 불에 타고 그을린 흔적이 시꺼멓게 남아 있었다. 헬렌은 경찰이 지하로 들이닥쳤을 때, 쾅, 하는 커다란 소음을 들었던 것을 떠올렸다. 아마도 경찰이 내부 진입을 위해 문을 폭파한 모양이었다. 문을 열다가 헬렌은 경첩에 문이 기울어진 채로 걸려 있는 걸 발견했다. 문은 삐걱, 하며 커다란 소음을 냈다.

방 안은 어두웠다.

"조심해요. 계단 있어요." 헬렌이 말했다.

밀너는 손을 더듬어 스위치를 찾았지만 발견되는 건 없었다. "누구 없어요?" 밀너가 컴컴한 안쪽을 향해 소리쳤다. "여기 있나요, 바이시 씨?"

대답이 없었다.

"지하에는 방이 여러 개가 있어요." 헬렌이 말했다.

"마음에 안 드네요." 밀너가 대답했다.

"어떻게 해야 하죠?"

"어쩌겠어요?" 밀너가 말하며 오른발을 내밀어 조심스럽게 앞에 있는 계단을 확인했다. "그리 똑똑한 방법은 아니지만, 뭐 똑똑한 사람들만 살아남을 수 있다면 이 세상에 이렇게 사람이 많을 리 없겠죠." 밀너가 낮은 목소리로 말했다. "이 그림을 가지고 다니는 한 쏘지 않을 거예요. 그림을 맞힐 위험이 크니까."

헬렌은 밀너의 어깨를 붙잡고 뒤에서 따라가고 있었다. "고마워요.

나를 위해 이렇게 와주어서." 헬렌이 낮은 목소리로 읊조렸다.

"이렇게 자살하러 와줘서요?" 그 와중에도 밀너는 농담을 던졌다.

방 안은 칠흑같이 어두웠다. 앞에 보이는 거라곤 아무것도 없었다. 밀너는 재킷 안쪽에서 무언가를 꺼내 헬렌에게 건넸다. 헬렌의 손에 들린 물건은 삐, 삐, 소리를 내며 진동하고 있었다. "문자는 무시하고, 휴대폰 손전등을 켜요!"

헬렌은 휴대폰을 얼굴 가까이로 가지고 갔다. 자신의 것과 같은 모델이었다. 잠시 뒤 두 사람 앞의 바닥에 희미한 조명을 비췄다. 떨리는 헬렌의 손 때문에 손전등의 불빛도 흔들리고 있었다. 그러던 그때, 갑자기 두 사람의 옆에 사람의 그림자가 나타났다. 아니, 사람의 것보다 더 큰 그림자였다. 즉각 헬렌과 밀너는 손전등과 총을 들어 올렸다. 그리고 눈앞에 나타난 흰 조각상을 바라보았다.

"미켈란젤로의 다비드 상이에요." 헬렌이 설명했다.

밀너는 안도의 한숨을 내쉬었다. "하마터면 쏠 뻔했네요."

"이곳에는 사방에 조각상들이 전시되어 있어요. 그리고 저기 뒤쪽 모퉁이에 옆방으로 가는 문이 있고요."

밀너는 다시 총을 내려놓았다.

그 순간, 천장 등이 깜빡이더니 불이 들어와 두 사람의 눈을 찔렀다. 깜짝 놀란 헬렌은 밀러의 팔을 감싸 안았다.

109. 바르샤바

"내가 분명히 말했을 텐데요, 헬렌. 경찰은 안 된다고." 파트리크 바이시의 것으로 추정되는 목소리가 방 안에 울려 퍼졌다. 하지만 정작 파트리크 바이시의 모습은 보이지 않았다.

밀너는 목소리 쪽 방향을 향해 총을 겨눴다. 인도의 여신 같은 것을 형상화한 황동색 조각상이 있는 방향이었다. "나는 경찰이 아닙니다." 밀너는 고요 속에서 파트리크 바이시가 다시 한 번 말하는 틈을 타 위치를 알아낼 계획이었다.

"알아요. FBI죠. 그렉 밀너. 1974년 3월 12일생. 현재 휴가 중이고. 워낙에 모험 같은 걸 좋아하는 스타일인가 봐요?"

밀너의 시선이 몇 미터 정도 떨어진 오른쪽 전방으로 향했다. 착각이 아니라면 파트리크는 분명 원반을 던지는 형상의 흰 조각상 뒤에 숨어 있었다.

"나는 개새끼들을 싫어해서요. 아무리 휴가 중이라도요." 파트리크 바이시를 자극했다가는 자칫 위험한 짓을 저지를지 모른다. "나오시죠. 무대 위에 나와서 거래합시다. 그림과 아이를 바꾼 다음 각자의 길을 가자고요. 그러면 모두 원하는 걸 얻게 되지 않겠어요? 당신이 제안한 것처럼."

비웃음이 들려왔다. 확실하다. 파트리크 바이시는 분명 디스코볼로스 뒤에 숨어 있었다. 밀너는 이러한 형상의 조각상을 예전 10종 경기 선수 생활을 마칠 당시, 친구에게 선물받은 적이 있었다. 물론 크기는 훨씬 작았지만. 그래서 원반 던지기 선수의 자세를 포착해 만든 디스코볼로스를 조금이나마 알고 있었다. 조금 더 자세히 관찰하니 조각상 받침돌 뒤로 파트리크 바이시의 옷자락이 보였다.

"내가 나갔을 때 당신이 나를 쏘지 않으리란 보장이 있나요? 아니면 체포하지 않으리란 보장이?"

침묵 끝에 파트리크 바이시가 말을 이었다.

"좋아요. 나가죠!"

"내 뒤에 있어요." 밀너가 헬렌을 향해 말했다. 아까부터 시선을 고정시키고 있던 조각상 뒤에서 파트리크 바이시가 모습을 드러냈다. 어두운 회색의 코듀로이 슈트에 흰 셔츠를 받쳐 입고 있었다. 파트리크 바이시의 머리카락은 텁수룩했고, 수염도 마찬가지였다. 얼굴에 미소가 번졌다.

"여기 나왔습니다." 파트리크 바이시가 말했다.

밀너는 총을 들고 즉각 바이시의 머리를 겨냥했다. "가까이 와요!"

파트리크 바이시는 밀너를 자극하듯 태연하게 두 걸음 옮기더니 긴 대리석 의자에 누워 있는 여자의 조각상에 몸을 기댔다.

"더 가까이!" 밀너가 요구했다. 밀너는 자신이 어느 정도까지 우위를 점할 수 있을지 시험해보고 싶었다.

파트리크 바이시는 고개를 저으며 밀너의 말에 저항하듯 담배를 하나 꺼내 입에 문 다음 태연하게 불을 붙였다. "충분히 가까이 온 것 같은데요." 파트리크 바이시가 말하며 두 사람이 있는 쪽으로 연기를 내뿜었다.

"내게는 총이 있어요!" 밀너가 말했다. 그사이 밀너는 몰래 주변을 살폈다. 파트리크 바이시는 혼자가 아니었다.

"그리고 내게는 매들린이 있죠." 파트리크가 대답했다. "나를 쏘면, 절대 그 아이를 찾지 못할 겁니다. 사람이 아무것도 먹지 않고 얼마나 오래 버틸 수 있을까요? 뭐, 그 아이라면 거식증 덕분에 남들보다 조금 더 오래 버티기는 할 겁니다." 파트리크 바이시는 자신의 사악한 농담에 스스로 웃음을 터뜨리며 또 한 번 담배 연기를 내뿜었다.

"매들린은 어디에 있죠?" 헬렌이 밀너 옆으로 모습을 드러내며 파트리크에게 물었다.

"아이는 안전합니다." 파트리크가 대답했다. "아직까지는."

"자, 이제 어떻게 진행하실 건가요?" 밀너는 총을 들지 않은 손으로 헬렌을 자기 뒤로 보내려 애쓰며 파트리크 바이시에게 물었다.

"내게 모나리자가 든 가방을 주면, 매들린이 있는 곳을 알려주지요. 그리고 나를 보내줘요. 그리고 어느 정도 시간이 지나면……." 파트리크 바이시가 시계를 보며 말을 이어갔다. "30분으로 하죠. 30분 뒤에 당신은 딸을 만날 수 있을 겁니다."

"그 아이가 여기 없는 건가요?" 헬렌의 목소리에 깊은 실망감이 묻어나왔다.

"대체 나를 얼마나 순진한 사람으로 여긴 건가요?" 파트리크 바이시가 되물었다.

"모나리자로는 뭘 하려는 거죠?" 헬렌이 물었다. "당신은 절대 팔 수 없을 거예요. 이렇게 유명한 그림은 팔 수 있는 데가 없다고요."

파트리크 바이시가 미소를 지었다. "뭔가 착각을 하고 있군요. 단지 심심하다는 이유만으로 훔친 모나리자를 사 손님용 화장실에 걸어둘 억만장자들은 이 세상에 충분히 많습니다." 파트리크 바이시는 한 번 더 담배를 빨아들이고는 잠시 연기를 폐에 담아두었다. 파트리크 바이시가 다시 말을 이어갔다. "하지만 제아무리 그런 재벌이래도 내가 제시할 금액은 받아들이지 못할 겁니다."

"얼마를 제시할 건가요?" 헬렌이 물었다.

"루브르 박물관이라면 받아들이겠죠. 아니, 프랑스 정부가 받아들일 거라는 쪽이 더 정확한 표현이겠네요. 모나리자가 산산조각 난 채 돌아오는 걸 막기 위해서요. 지금 이것은 도난이 아닙니다. 납치예요. 그리고 모나리자는 전 세계에서 가장 유명한 인질이고요."

"납치라면 잘 아는 분야겠군요." 밀너가 날카롭게 지적했다. "당신이 몸값을 요구하지 않았던 미스 아메리카 후보들, 폭탄 테러, 컴퓨터 바이러스. 이 모든 건 뭐죠? 전부 모나리자의 몸값을 올리기 위한 사사로운 사건들이었나요? 그리고 벌떼의 죽음은?"

파트리크 바이시가 미소를 지었다. "정말 거대한 수수께끼죠? 매우 복잡하죠." 파트리크 바이시가 손가락으로 담뱃재를 털었다. 파트리크 바이시는 여전히 태연하게 누워 있는 여자의 조각상에 기대어 있었다. "우리가 알아야 할 게 있습니다. 아버지는 헬리콥터 사고 이후로 변했어요. 화재는 엄청난 심리적 트라우마를 남겼죠. 거기다 몇 년 전 어머니마저 갑작스럽게 세상을 떠났어요. 하필이면 그것도 성형수술 도중에. 아버지는 어머니를 매우 사랑했어요. 사고 이후, 얼굴이 끔찍하게 바뀌어버린 후 아버지는 무언가에 집착하기 시작했어요."

"아름다움과 황금비율을 무너뜨리는 데 집착했죠." 밀너가 파트리크 바이시의 말에 끼어들었다. 파트리크는 미소로 화답했다.

"딩동댕! 바로 그거죠! 아버지는 아름다움이란 대체 무엇인가를 놓고 많은 고민을 했어요. 수천 년 전부터 인간의 뇌를 장악하고 있는 아름다움이란 유령은 대체 무엇인가. 아버지는 그 유령이 무언가 악마와 같은 존재라는 아주 놀라운 결론을 내렸죠. 아름다움이라는 어둠의 세력이 세상을 장악했고, 수백 년이 흐른 지금까지도 계속해서 인간들의 머릿속에 전파되고 있다고. 바이러스, 그 이상도 이하도 아니라는 결론이었어요. 냉철하게 따져보자면 아버지의 결론이 그리 잘못된 것만은 아니란 걸 알 수 있을 겁니다."

"악마의 아름다운 얼굴…….." 헬렌이 밀너의 뒤에서 중얼거리고 있었다. 무슨 말인지 밀너는 이해할 수 없었다.

"어둠의 세력이 세상을 장악했다고요?" 밀너가 파트리크 바이시의 말을 반복했다. "병적인 망상증으로 들리는군요!"

파트리크 바이시가 고개를 끄덕였다. "트로이 목마가 뭔지 아시나요, 밀너 씨?" 파트리크 바이시가 담배를 한 모금 빨아들이자 끄트머리가 빨갛게 달아올랐다.

"컴퓨터 바이러스죠."

"맞아요. 그것도 매우 특별한 바이러스죠. 트로이 목마는 컴퓨터의 하드웨어에 숨어들어 다른 컴퓨터의 접근을 허용하는 역할을 해요. 컴퓨터를 외부에서 조작할 수 있게 하는 거죠. 아버지는 아름다움이 바로 트로이 목마와 같다고 말했어요. 르네상스 시대를 볼까요. 첩들은 자신의 아름다움을 무기로 왕의 총애를 얻었고, 정치는 왕의 침대에서 이루어졌어요. 오늘날은 또 어떤가요. 아름다운 사람들이 더 큰 성공을 거두죠. 광고를 봐요. 아름다운 모델을 앞세워 사람들을 현혹시켜요. 나는 분명 모든 사람이 동의할 거라고 생각합니다. 성형수술, 다이어트! 우리는 육체적으로 병든 세상에 살고 있어요! 그리고 아버지는 우리 모두를 병들게 하는 이 바이러스와 싸워야 한다고 생각했죠. 당신도 알아야 해요. 아버지는 바이시 바이러스에 평생을 바쳤고, 평생을 바이러스와 싸웠어요. 그런 아버지가 아주 특별한 바이러스를 만들어낸 거예요."

드디어 밀너의 머릿속에 있던 테트리스 조각이 완성됐다. 가장자리에 있는 몇 개의 빈칸만 제외하고. "그렇다면 벌은 무슨 상관이죠?" 밀너가 물었다.

"솔직히 그건 쉽게 이해할 수 없는 부분이에요. 아버지는 벌이 작은 악마라고 했어요. 꽃잎의 수분을 통해 아름다움을 전파하는 작은 악마라고. 그리고 벌과 황금비율에 대해 뭐라 뭐라 이야기를 했고요."

"황금비율이 마음에 들지 않았던 건가요?" 헬렌이 끼어들었다.

파트리크 바이시는 웃음을 터뜨리며 고개를 저었다. "어쩌면 그걸 이해할 수 있는 사람은 프로그래머밖에 없을 겁니다. 아버지는 황금비율, 즉 특정 길이의 비율을 아름다움이라는 바이러스의 소스코드라고 생각했어요. 아버지는 황금비율을 경멸해서 검은 비율이라고 불렀죠. 헬렌, 당신도 알잖아요. 이 황금비율을 따라 만들어진 모든 것은 인간의 뇌가 아름답다고 느끼는 것에 영향을 줘요. 그렇기 때문에 아버지는 그 부분을 노린 거예요. 황금비율, 즉 아름다움이라는 바이러스의 소스코드를 파괴하기로 한 거죠."

"미쳤어요!" 헬렌이 소리 질렀다. "그 누구도 아름다움을 정복할 수 없어요. 근절할 수도 없고요. 그건 생물학적, 진화적 과정에 의해……."

"오, 하지만 아버지는 자신이 할 수 있을 거라고 믿었어요. 인류를 대상으로 행동 치료를 시도한 거죠. 아름답다고 여겨지는 것들과 황금비율을 끔찍한 이미지와 경험에 연결하다 보면 언젠가 아름다움에 대한 사람들의 기준이 바뀔 것이고, 심지어 아름다움이라는 것 자체를 두려워하게 될 거라고 여긴 거예요. 심한 교통사고를 당한 후 자동차에 타기 두려워하는 사람처럼. 내 말을 믿어요. 아버지는 인류에게 공포를 심어주기 위한 몇 가지 끔찍한 계획들을 더 세워놓았어요. 아름다움에 대한 공포 말이죠. 이런 측면에서 볼 때 아버지가 떠났다는 건 매우 다행한 일일 테고요."

"하지만 파트리크 바이시, 당신의 생각은요? 당신은 아버지의 생각에 동의하는 것 같지 않은데요? 당신 아버지는 돈을 요구하기 위해서가 아니라, 파괴할 목적으로 모나리자를 훔친 거였어요!"

"아마도 그게 아버지가 보인 광기 중에서도 가장 심각한 부분이었을 겁니다. 아버지는 모나리자를 악마의 그림이라고 확신했어요. 그리고 그 그림이⋯⋯. 글쎄, 뭐라 표현해야 할까요? 아름다움과 황금 비율이라는 바이러스를 유포하는 출처라고 생각했고요. 모나리자는 전 세계적으로 제일 많이 사랑받는 그림이고, 이 세상에 사는 거의 모든 사람들이 그 그림을 알아요. 세계 각지에서 찾아와 그것을 보려고 하죠. 모나리자는 한 번 보는 것만으로도 사람에게 아름다움의 바이러스를 전파한다고, 아버지는 말했어요. 그 그림을 보는 행위가 우리 뇌를 변화시킨다고 확신했죠."

"그렇다면 프라도 미술관의 모나리자는 뭐죠?"

"오, 아버지는 그 그림을 매우 높게 평가했어요. 아버지는 프라도 미술관의 모나리자를 일종의 바이러스 백신으로 여겼어요. 지식인이 그린 그림이라고, 아버지는 늘 말을 했었죠. 그 소년의 이름이 뭐였죠? 살라이인가 그랬는데⋯⋯. 오리지널 모나리자의 쌍둥이 그림인 프라도 미술관의 모나리자는 아름다움 뒤에 숨겨진 진짜 얼굴, 즉 악함에 대한 메시지를 전파하는 그림이었던 거죠. 그래서 그 두 그림을 바꾸려고 했던 거예요. '선한' 모나리자가 '악한' 모나리자를 영원히 대체하는 거죠." 파트리크 바이시는 경멸하듯 말했다. "아버지는 그것을 '말하는 그림'이라고 표현했어요. 웃기는 소리죠! 겉으로 보기에는 다 똑같은데 말이에요."

"말하는 그림이라⋯⋯." 밀너의 등 뒤에 있던 헬렌이 중얼거렸다.

"그럼 모건 씨는요?" 밀너가 물었다.

502

"아버지는 이 모든 것을 이루기 위해 아주 작은 것 하나까지 세세하게 계획을 세웠어요. 헬렌과 딸을 미끼로 프라도 미술관에서 모나리자를 훔친 다음 두 그림을 루브르 박물관에서 교환하기로 한 거죠. 아버지에게는 자신만의 방식이 있었어요. 그 방식을 납득한다면, 아버지는 분명 천재였고요. 하지만 아버지의 계획에 따라 모든 일이 진행되었다면, 루브르 박물관의 절반이 패션쇼 참가자들과 헬렌 당신, 그리고 오리지널 모나리자와 함께 산산조각 났겠죠."

"……그래서 당신은 아버지를 죽인 거고요." 밀너가 말했다. "자기 아버지를……."

파트리크 바이시는 경멸하듯 바닥에 침을 뱉으며 소리쳤다. "그래서는 아니에요! 아버지의 정신 나간 생각은 오랫동안 내게 유용하게 작용했어요! 자신이 저지른 모든 범죄를 벌 한 마리로 브랜드화한 건 정말로 멋진 아이디어였죠. 어떻게 생각해요? 프랑스 정부가 정말 모나리자를 얻기 위해 돈을 줄까요? 아무런 일도 발생하지 않은 상황에서 돈을 주지 않으면 어느 정신 나간 사람이 '그림을 없애버릴 거다!' 이렇게 말한다고 해서 과연 믿을까요? 아마도 그렇지 않겠죠. 하지만 만일 누군가가 수십 명의 미국 여자들을 납치해 기괴하게 수술하고, 역사적 가치를 지닌 전 세계 문화유산들을 공격하고, 정신 나간 컴퓨터 바이러스로 세상을 덮은 후라면? 프랑스 정부는 모나리자를 얻기 위해 1조 달러도 마다하지 않을 거예요. 내 생각엔 말이죠!"

"당신은 아버지의 광기를 이용한 거군요." 밀너가 대답했다.

"맞아요. 완벽한 공생이었죠. 아버지는 아름다움과 전쟁을 벌였고, 나는 그런 아버지를 허락한 것뿐이에요."

"마지막 관심사만 달랐던 거군요. 당신은 돈을 원했고, 더 이상 돈에 관심이 없었고요."

"아버지는 제아무리 1조의 가치가 있는 그림이었다 하더라도, 충분히 없애고도 남았을 사람이에요." 파트리크 바이시가 크게 한숨을 쉬며 말했다.

"그리고 당신은 아버지가 개발한 바이러스 백신 프로그램을 통해서도 돈을 벌려고 했죠."

"아버지는 모나리자 바이러스를 개발하면서 평생의 업적을 스스로 무너뜨렸어요. 나의 미래까지도요. 백신 프로그램을 개발하지 못해 바이시 바이러스의 주식은 바닥을 치고 있었어요! 내 주식도요! 바이시 바이러스의 지분은 현재 대부분 내가 가지고 있으니까! 아버지는 순교자가 되고 싶어했어요. 하지만 나는 나의 희생을 토대로 아버지가 순교하는 걸 원치 않았죠. 나는 아버지의 아들이지만 아버지처럼 미치지는 않았어요. 나는 어떻게 하면 바이러스를 해결할 수 있는지를 알아냈고, 회사에 그 방법을 알려준 것뿐이에요. 여기에 대해서는 비난의 여지가 없을 겁니다."

"바이러스가 퍼지기를 기다린 다음에야 그렇게 했겠죠." 밀너가 비아냥거리며 말했다.

"물론 그랬지만, 그래도 세상은 내게 감사해야 해요. 내가 아버지를 멈춘 것에 대해서요." 파트리크 바이시는 남은 꽁초를 바닥에 던져 구두로 밟아버렸다.

"당신은 이전에도 아버지를 죽이려 했던 적이 있었죠." 밀너가 말했다. 여전히 밀너는 손가락을 방아쇠에 가져다 댄 채 언제라도 쏠 준비를 하고 있었다.

파트리크 바이시가 깜짝 놀라 밀너를 바라봤다. "……무슨 뜻이죠?"

"파벨 바이시의 헬리콥터 사고 조서를 살펴봤어요. 그건 사고가 아니라 공격이었어요. 당시 파벨 바이시가 타고 있던 헬리콥터는 지대공미사일에 맞았을 거라는 게 내 결론입니다."

"그렇긴 하지만 그래도……."

"당시 당신은 아버지와 다툰 후였어요. 바이시 바이러스의 경영권을 당신에게 넘기려 하지 않았기 때문이었죠. 마이클 챈들러와 대화를 나누고 알게 됐어요. 그래서 당신은 아버지를 제거하려고 결심한 거고요."

"하지만 아버지는 살아남았어요!"

"맞아요. 하지만 그 '사고' 이후 주식의 대부분을 당신에게 넘겼죠. 그러고도 당신은 만족하지 못했어요. 당신도 괴물이 된 거예요."

"상관없습니다. 이미 지나간 일이에요. 내가 한 일은 옳았어요! 왜냐하면 나는 이제 곧 이 지구상에서 가장 부유한 남자가 될 테니까!"

"아니요. 그럴 수 없을 겁니다." 밀너가 단호한 목소리로 대답했다. "우리는 이 모나리자를 루브르 박물관에 가져다줄 거니까요."

"……지금 뭐하는 거예요!" 밀너의 등 뒤에 있던 헬렌이 밀너의 어깨를 꽉 잡으며 낮은 목소리로 말했다.

"내가 무슨 말을 하고 있는지는 분명히 인지하고 있습니다." 밀너가 대답했다. "당신은 체포됐습니다, 파트리크 바이시 씨. 바닥에 엎드려 팔을 뻗으세요."

파트리크 바이시는 진심으로 당황한 듯했다. "헬렌의 딸을 희생양 삼아 나를 체포하겠다는 건가요? 이 그림을 얻기 위해?" 파트리크 바이시가 믿을 수 없다는 듯 물었다.

"당신은 매들린이 어디에 있는지 몰라요. 그러니까 당신의 공갈 협박도 끝이고!" 밀너는 총을 더 높이 들며 말했다. "그러니 바닥에 엎드리실까요, 이제?"

당황한 파트리크 바이시는 밀너를 바라보며 소리쳤다. "그 아이는 죽은 거나 마찬가지야!"

"안 돼!" 밀너의 옆에 있던 헬렌이 소리 질렀다. 헬렌은 완전히 패닉 상태에 빠져 있었다.

"내가……." 밀너가 헬렌에게 무언가를 설명하려던 순간, 헬렌은 총을 들고 있던 밀너의 팔을 내리쳤다. 순식간의 밀너의 손에서 총이 떨어져나갔다. 헬렌이 파트리크 바이시에게로 달려갔다. 밀너는 서둘러 두 걸음을 내디뎠고, 바닥에 떨어진 총을 집어 들기 위해 몸을 숙였다. 그때였다. 갑자기 번들거리는 구두 하나가 밀너의 앞을 막아섰다.

"그대로 두시죠." 낮은 목소리가 들려왔다. 고개를 들었을 때, 밀너의 눈앞에 총구가 보였다.

"천천히 뒤로 가요." 파트리크 바이시의 운전기사였다. CCTV 화면에서 밀너도 본 적이 있는 얼굴이었다. 기사는 발목을 한 번 움직여 총을 차버렸고, 총은 바닥을 따라 몇 미터를 미끄러져갔다.

밀너가 자신을 겨누고 있는 총구와 간격을 벌리려 노력하는 동안 갑자기 헬렌의 비명 소리가 들려왔다. 밀너는 몇 미터 떨어진 곳에서 헬렌을 발견했다. 파트리크 바이시가 헬렌의 목을 감고 서 있었다. 헬렌은 양손에 힘을 쥔 채 숨을 쉬려고 발버둥을 치고 있었다. 파트리크 바이시는 그녀의 어깨에 있던 가방을 뺏은 다음 헬렌을 거칠게 밀어버렸다. 헬렌은 바닥으로 쓰러졌다.

"내가 무기와 지원 병력도 없이 당신들을 맞이할 정도로 멍청할 거라고 생각하진 않았겠죠?" 파트리크 바이시가 말했다.

밀너는 운전기사 랄프를 바라보았다. 랄프는 팔 두 개 정도의 간격을 두고 서 있었다. 단호하고 침착한 눈빛을 한 근육질의 남자였다. 총을 든 자세와 태도에서 밀너는 랄프가 군인 출신이라는 것을 추측할 수 있었다.

"이것으로 거래는 끝난 것 같네요. 이제 나는 내가 원하는 모든 것을 얻었으니까." 밀너의 옆에서 파트리크 바이시의 거만한 목소리가 들려왔다. "랄프, 쏴버려!"

파트리크 바이시의 말에 랄프가 총을 높이 들어 밀너의 관자놀이를 겨냥했다.

"곧 FBI가 들이닥칠 겁니다. 또 하나의 살인죄가 추가될지 여부는 당신의 선택입니다." 밀너가 말했다. "첫 번째 규칙, 후퇴할 때가 언제인지를 판단하라."

"아니, 아무도 오지 않을 겁니다. 매들린에 대한 우려가 클 테니까요." 파트리크 바이시가 말했다. "랄프, 쏴!"

"나는 파트리크 당신이 매들린을 데리고 있지 않다는 걸 처음부터 알고 있었습니다. 매들린은 지금 멕시코에 있어요." 밀너가 말했다. 밀너의 시선은 방아쇠 위에 올린 랄프의 손가락에 고정되어 있었다.

"뭐라고요?" 헬렌의 당황한 목소리가 들렸다. 헬렌은 울고 있었다.

랄프는 밀너를 겨냥하고 있었다. 하지만 쉽게 쏘지 못하고 머뭇거리고 있었다. "……이 사람이 한 이야기가 맞나, 파트리크? 파벨의 헬리콥터 사고 이야기." 갑자기 랄프가 물었다. 여전히 시선은 밀너를 향하고 있었다. "자네가…… 헬리콥터를 공격한 건가?"

파트리크 바이시는 답변을 꺼렸다. 몇 초가 흐른 뒤에야 파트리크가 대답했다. "말도 안 되는 소리! 저 사람의 말 따위는 믿지 말아요! 랄프도 알잖아요. 수사 결과가 어떻게 나왔는지."

파트리크 바이시가 거짓말을 하고 있다는 건 밀너도 눈치챌 수 있는 사실이었다. "그랬겠죠. 당신의 아버지가 수사를 원치 않았으니까." 밀너가 말했다. 밀너는 여전히 무릎을 꿇은 채 두 손을 어깨 높이로 들고 있었다.

"네 아버지가 언젠가 그날의 일이 단순한 사고가 아니었다는 식으로 이야기한 적이 있었어." 랄프가 진지한 목소리로 말을 이었다. "나는 그것이 네 아버지의 망상이라고 생각했고."

"아버지가…… 그걸 알았다고요?" 파트리크가 깜짝 놀란 목소리로 물었다. 그러더니 이내 경멸하듯 덧붙였다. "그러면서도 나에게 회사 지분을 넘겨줬다고?"

"너도 알듯이, 파벨은 돈을 원하는 사람이 아니었어. 파벨은 언제나 너를 생각했지!"

"아무리 그래도!" 파트리크가 소리를 질렀다. "랄프, 당신도 잘잖아, 아버지가 어떤 사람인지. 얼마나 고집 세고, 이기적이고, 불공평하고, 음울한 사람인지! 나는 아버지의 아들이야. 하지만 아버지는 평생 동안 나를 직원 부리듯 부렸어. 그리고 이제 나는 아버지보다 더 큰 부자가 될 거야! 내가 아버지의 그늘에서 벗어나게 될 날이 오리라고, 누가 상상이나 했겠느냐고!"

밀너는 헬렌을 바라보았다. 여전히 파트리크 바이시 앞에 쓰러져 있는 상태였다. 헬렌은 소리 없이 울고 있었다. 다행히 다치지는 않은 것 같았다.

"그러니까 저 사람 말이 맞다는 거군. 파벨에게…… 네가 그 짓을 저질렀다는 거지?" 떨리는 목소리로 랄프가 흥분하고 있다는 걸 알 수 있었다.

"랄프, 어처구니없는 생각은 집어치워! 너에게도 아버지는 늘 공정하지만은 않았어! 아버지가 너에 대해 뭐라고 했는지 알아? 너를 부를 때 그나마 나은 표현이 '게이'였다고!"

"입 닥쳐!" 랄프가 명령했다. 동시에 랄프의 손이 옆으로 움직였고, 방아쇠를 당겼다. 순간적으로 서 있던 파트리크의 오른쪽 다리가 접혔다. 파트리크는 신음하며 바닥으로 쓰러졌다.

즉시 밀너는 랄프에게로 달려들어 총을 든 손을 제압한 뒤 손목을 최대한 뒤로 꺾었다. 동시에 밀너는 팔꿈치로 가격해 랄프의 목을 압박했다. 랄프는 조용히 신음을 내뱉었지만 넘어지지는 않았다. 대신 왼손을 밀너의 얼굴로 뻗어 엄지손가락으로 눈을 짓눌렀다.

밀너는 고개를 옆으로 돌려 랄프에게서 총을 빼앗으려고 했다. 무릎으로 랄프를 가격해 넘어뜨리고 나서야 밀너는 총을 빼앗는 데 성공했다. 밀너는 한 걸음 뒤로 물러나 랄프의 상체를 향해 총을 쐈다. 탕, 탕. 두 발이었다.

4미터도 채 안 되는 거리에 파트리크 바이시가 바닥에 쓰러져 있었다. 밀너의 총을 손에 든 채였다.

밀너는 가방이 있는 곳으로 달려가 가방 끈을 낚아챘다. 그 순간 또 한 번 총소리가 들렸다. 총알은 밀너의 옆을 아슬아슬하게 스쳐 지나갔다. 밀너는 헬렌을 살폈다. 헬렌은 누워 있는 여자 조각상 옆에 엎드려 있었다. 밀너는 몸을 날려 인근에 있는 조각상 뒤로 몸을 숨겼고, 동시에 조각상을 향해 총탄 두 발이 채찍질하는 것 같은 소음을 내며 튕겨 나갔다.

밀너는 조각상에 등을 대고 귀를 기울였다. 패닉에 빠진 듯 꺽꺽, 소리가 들려왔다. 예감이 좋지 않았다.

"헬렌! 괜찮아요?" 밀너가 외쳤다.

대답이 없었다.

밀너는 조각상에 등을 밀착한 채 숨을 들이마셨다. "헬렌?" 밀너가 다시 외쳤다. 금방이라도 질식할 것 같은 비명 소리가 들려왔다. 좋지 않은 예감이 현실이 됐다. 밀너는 상황을 파악하기 위해 상체를 비틀어 조각상 뒤로 고개를 내밀었다. 그 순간, 커다란 총성이 들렸다. 밀너는 다시 제자리로 돌아가 곧바로 자신의 행동을 후회했다. 대리석 조각상의 파편이 공중으로 튕겨 나갔다.

"내게는 그림이 있어!" 밀너가 소리를 질렀다. 할 수 있는 한 가장 크게. 그리고 다시 귀를 기울였을 때 어딘가에서 문이 닫히는 소리가 들려왔다. 밀너는 조용히 열까지 센 다음 상황 파악을 위해 또 한 번 조각상 뒤로 고개를 내미는 위험을 감수했다. 하지만 이번에는 아무런 일도 일어나지 않았다. 주변을 돌아보던 밀너는 방의 모퉁이에 있는 또 다른 문을 발견했다. 헬렌은 지하에 방이 여러 개라는 이야기를 했었다. 잠시 자리에 굳어 있던 밀너는 그림을 방패 삼아 천천히 문을 향해 걸어갔다. 모나리자가 사격 거리 안에 있는 한 파트리크 바이시는 총을 쏘지 않을 것이다.

밀너는 랄프의 시체 주변에 남겨진 피의 흔적을 따라갔다. 피의 흔적은 헬렌을 마지막으로 본 쪽으로 이어지고 있었다. 그곳에서 밀너는 다시 문이 있는 방향으로 향했다. 걸음을 서둘렀다. 문 앞에 도착해 잠시 멈췄다가 단숨에 문을 열고 앞으로 가방을 내밀었다.

이번에도 아무 일도 일어나지 않았다.

총탄이 날아올 것을 대비해 밀너는 조심스럽게 문틀을 돌았다. 그리고 방을 또 하나 발견했다. 지나온 방과 달리 상당히 어두웠다. 단번에 밀너는 무연탄 색의 바닥에서 피의 흔적을 발견했다. 방 안의 모든 것은 주인에게 버려진 듯 황폐해 보였다.

조심스럽게 벽을 따라 걸음을 옮겼다. 벽에 걸린 그림들을 건드리지 않기 위해 주의를 기울였다. 그림 따위는 거들떠보고 싶지도 않았다. 천천히 눈이 어둠에 적응하고 있었다. 방에는 밀너 혼자인 것 같았다. 몇 미터 떨어진 곳에서 창문이 달린 또 하나의 문을 발견했다. 철문 같았다.

조심스럽게 밀너는 벽에서 몸을 떼어 방 안쪽으로 몇 걸음 옮겼다. 그때 무언가가 밀너의 옆에서 격렬하게 움직였다. 밀너는 옆으로 뛰어가 움직임을 향해 총구를 겨눴다. 나무로 된 조각상이었다. 조각상은 좌우로 거칠게 움직일 때마다 나무로 된 혀를 내밀고 있었다. 막 안도하던 찰나, 갑자기 총소리가 들려왔다. 밀너는 왼쪽 어깨에 날카로운 통증을 느끼며 바닥으로 쓰러졌다. 쓰러지면서 방 끄트머리에서 책장 하나가 옆으로 움직이는 것을 보았다. 벽에 커다란 구멍이 나 있었다. 그 구멍에서 또 한 번 총알이 날아왔다.

밀너는 옆으로 굴러 철문을 향해 기어갔다. 철문에 이르러서야 밀너는 그 앞에 '생화학적 위험'이라고 경고판이 부착된 것을 발견했다. 또 한 번 밀너의 머리 위로 총알이 날아오더니 벽 어딘가에 박혔다. 다행히 파트리크 바이시는 훌륭한 저격수는 아닌 것 같았다. 밀너는 힘겹게 무릎을 굽혀 문손잡이를 잡았다. 손잡이를 잡아당기며 몸을 일으켜 세웠다. 엄청난 통증이 어깨를 짓눌러 신음이 터져나왔다. 다행히도 문이 열렸다. 마지막 힘을 다해 밀너는 문틈 사이로 몸을 밀어 넣고, 철문을 닫았다. 순간 탕, 하는 소리가 크게 울리며 문에 있는 유리창에 총알이 박혔다. 총알은 유리를 통과하지 못했다. 방탄유리였다.

밀너는 주변을 돌아보다 문 옆에 놓인 커다랗고 길쭉한 소화기를 발견했다. 한 손으로 벽에서 소화기를 뜯어낸 뒤 문손잡이 아래에 고정해 바깥에서 손잡이를 내릴 수 없게 만들었다. 밀너는 책상 같은 것에 등을 기댄 채 주저앉았다. 숨을 쉴 때마다 엄청난 고통이 밀려왔다.

밀너는 어깨의 상처를 확인했다. 출혈이 심하지는 않았지만 임시 처치도 곤란한 유탄이었다. 오른팔은 힘없이 떨어져 있었다. 손가락은 마치 마비된 듯 간지러웠다.

문 밖에서 북소리가 연상되는 커다란 소음이 들려와 상처를 살피던 눈을 들어 올렸다. 균열이 난 유리창 바깥쪽에서 피가 보였다. 갑자기 파트리크 바이시의 얼굴이 나타났다. 부릅뜬 눈, 일그러진 얼굴. 의도치 않게 밀너는 모나리자 바이러스가 만들어낸 기괴한 얼굴들을 떠올렸다.

"밀너!" 문틈으로 둔탁한 비명 소리가 들려왔다.

갑자기 파트리크 바이시가 사라지더니 두려움에 가득 찬 헬렌의 얼굴이 유리창 너머로 모습을 드러냈다. 헬렌은 이마로 유리창을 내리치고 있었다.

밀너는 자리에서 일어나 문을 향해 비틀비틀 걸었다. 밀너는 다치지 않은 팔로 그림이 든 가방을 높이 들었다. 유리창 너머로 가방을 볼 수 있게 하기 위해서였다.

"바꿉시다! 헬렌과 그림을 바꿉시다!" 밀너는 자신이 할 수 있는 한 가장 크게 소리를 질렀다. 문밖까지 목소리가 들리기를 바랐다. 밀너는 얼굴을 창문에 가져다 댔다. 하지만 아무도 보이지 않았다. 헬렌의 모습도 더 이상 보이지 않았다. 두 사람은 문 반대편, 밀너가 보이지 않는 곳에 앉아 있는 듯했다.

갑자기 유리창 아래에서 피에 젖은 손가락이 등장하더니, 유리창에 글씨를 남겼다. 밀너에게는 뒤집어진 알파벳으로. OK.

밀너는 뒤를 돌아 책상 위에 올려놓았던 총을 든 다음 방 안을 살폈다. 연구용 책상에서 서랍을 뜯어낸 밀너는 테이프 한 묶음을 발견했다. 총을 맞아 움직임이 어려운 손 위에 총을 올려놓은 뒤 손과 총을 함께 테이프로 감았다. 손 안에 총이 쥐어지도록 꽉. 밀너는 치아로 테이프를 끊은 다음 검지를 방아쇠 위에 고정했다. 엄청난 고통으로 금방이라도 정신을 잃을 것 같았지만 그럼에도 밀너는 팔을 들어올려 방아쇠를 누르는 연습을 해보았다. 한 발 정도 쏘기엔 충분할 것 같았다.

밀너는 다시 문으로 돌아가 다치지 않은 손에 가방을 든 채 발로 소화기를 찼다. 밀너는 그림이 든 가방을 들어 보이며 문을 향해 총구를 겨눴다.

"들어와요!" 밀너가 소리쳤다.

몇 초 후, 문손잡이가 아래로 내려가더니 문이 열렸다. 먼저 헬렌의 얼굴이 나타났다. 피 묻은 손이 헬렌의 머리카락을 움켜쥐고 있었다. 철문이 더 열리고, 헬렌과 밀너는 서로를 마주보고 섰다. 파트리크 바이시는 헬렌의 몸 뒤에 거의 숨은 상태였으므로 헬렌을 다치게 하지 않고는 총을 쏠 수 없었다. 파트리크 바이시는 밀너의 총으로 헬렌의 관자놀이를 겨냥했다.

브라질에서 있었던 인질극이 떠올랐다. 잠깐 헬렌의 다리를 겨냥해볼까도 생각했다. 아니, 안 된다. 브라질 때와는 상황이 다르다. 어깨

부상 때문에 총을 쏘는 건 한 번만 가능하다. 밀너는 제어할 수 없는 검지를 힘겹게 구부렸다.

"그림! 이리 줘!" 파트리크가 소리쳤다.

밀너는 가방을 든 손을 뻗어 헬렌의 얼굴 바로 앞에 가져갔다. 그리고는 얼굴 옆을 지나 가방을 바깥으로 던졌다. 동시에 가방을 버린 손으로 헬렌을 붙잡아 자신이 있는 쪽으로 당겼다. 온 힘을 다해 밀너는 문을 향해 몸을 날려 주저앉듯 무릎으로 넘어졌다.

"소화기!" 밀너가 등으로 철문을 받친 채 소리쳤다. 헬렌은 당황한 듯 돌아보더니 이내 소화기를 발견하고는 두 사람이 있는 쪽으로 잡아끌었다. 밀너는 소화기를 다시 문손잡이 아래에 고정했다. 그리고 헐떡이며 문에 기대어 앉았다. 헬렌도 밀너의 옆에 미끄러지듯 주저앉았다.

"방탄유리예요." 밀너가 말했다. "총탄이 통과하지 못해요."

잠깐 동안 거친 숨소리만이 공간을 가득 채웠다.

"괜찮아요?" 밀너가 걱정스러운 눈으로 헬렌을 바라보며 물었다. "당신이 흘린 피인가요?" 밀너는 헬렌의 얼굴에서 피를 닦았다.

헬렌은 고개를 저었다.

헬렌은 마치 사시나무 이파리처럼 바들바들 떨었다.

"아까…… 매들린 이야기는 뭐죠?" 헬렌이 물었다. "파트리크 바이시가 거짓말을 했다는 것과 매들린이 여기 없다는 걸 어떻게 안 거죠? 매들린이 멕시코에 있다고, 아까 그랬잖아요."

밀너는 말을 아꼈다. 밀너는 퀠러를 통해서 알게 된, 기차 화장실에서 확인한 멕시코 소식을 떠올렸다. 하지만 지금은 그 이야기를 하기에 적합하지 않다.

"그냥, 그런 느낌이 들었어요." 밀너가 대답했다.

"그냥 그런 느낌이 들었다고요?" 헬렌이 소리 치며 밀너의 어깨를 내리쳤다. "그냥 느낌 하나만으로 내 딸의 목숨을 위험에 빠뜨렸다는 건가요?"

밀너가 고통에 신음했다.

"당신…… 다쳤군요! 피가 나요!" 헬렌이 조금은 부드러워진 목소리로 덧붙였다. "……미안해요."

밀너는 팔을 잡은 채 얼굴을 찡그렸다. 밀너의 시선은 벽에 붙은 기이한 유리관에 머물렀다. "이건 뭐죠?" 밀너가 고갯짓으로 유리관을 가리키며 물었다. 투명한 유리관 안에 모나리자가 걸려 있었다.

헬렌의 눈도 밀너의 시선을 따라갔다. 헬렌은 귀를 기울이듯 고개를 내밀었다. "복제품이에요." 헬렌이 말했다. "저 그림을 처음 봤을 때만 해도 몰랐어요. 파벨 바이시가 아름다움의 상징인 모나리자를 전염성이 있는 그림으로 여겼다는 걸 이해하고 보니, 왜 이 복제품을 생화학적 위험이라고 쓰인 경고판 뒤에 보관했는지 알겠네요. 완전히 미쳤거나, 소름 끼칠 정도로 무서운 장난이죠."

헬렌은 자리에서 일어나 그림으로 향했다. 밀너는 헬렌이 그림 앞에 서서 귀를 기울이는 것을 보았다.

"그냥 복제품이에요!" 헬렌이 큰 소리로 말했다. 헬렌은 방 안에 있는 다른 것들을 둘러보았다. 구석에 있던 흰색 냉장고가 윙, 소리를 냈다. 냉장고 문을 열자 희미한 빛이 헬렌에게로 쏟아졌다. 헬렌은 냉장고 안에 손을 넣어 가는 유리병을 꺼냈다. 그리고 마치 조사를 하듯, 천장 조명에 유리병을 비춰보았다.

"그게 뭐죠?" 밀너가 물었다.

"……이건 뭔가 벌떼의 죽음과 관련이 있어 보이네요." 헬렌은 조심스럽게 유리병을 다시 냉장고 안에 넣었다.

밀너는 이마를 찡그리며 말했다. "파트리크 바이시가 뭘 하는지 봐요!" 밀너는 손으로 총상 입은 부위를 꾹 눌렀다. 고통이 조금은 줄어드는 것 같았다.

헬렌은 밀너가 있는 곳으로 돌아와 유리창 너머로 바깥 상황을 살폈다. "파트리크 바이시가 안 보여요. 아마 그림을 가지고 비밀 탈출구로 빠져나갔을 거예요. 아니, 잠깐! 잠깐만요!"

"뭐죠?"

"파트리크가 저기 있어요! 뭘 하고 있는데……. 무언가를 쏟아붓고 있어요!"

헬렌의 말에 밀너는 문을 잡고 몸을 일으켜 세워 유리창 너머를 살폈다. 헬렌의 말대로 파트리크 바이시는 비틀거리며 빨간 양철통에 있는 액체를 바닥에 뿌리고있었다. "기름인 것 같네요. 이 저택을 우리와 함께 태워 없애려는 거예요." 밀너가 확신했다.

어깨의 고통으로 밀너는 다시 바닥에 주저앉았다.

헬렌이 밀너의 앞에 쪼그리고 앉아 말했다. "뭐라도 해야 해요. 지금 우리는 속은 거예요!"

밀너는 총을 감싸고 있던 테이프를 제거했다. 정말로 남은 총알은 단 하나밖에 없었다. "총알 하나로 이곳을 빠져나갈 방법은 없어요." 밀너가 말했다.

헬렌이 자리에서 일어나더니 다시 바깥을 살폈다. "내게 손을 흔들고 있어요! 끝난 것 같아요. 이제 사무실 의자에 앉아서……." 헬렌이 말을 멈추더니 밀너를 내려다보았다. "담배에 불을 붙였어요."

"담배와 기름이라, 좋지 않은 조합이네요." 밀너는 또다시 고통에 신음했다.

탈출할 수 있는 방법을 떠올리려고 해보았지만, 가능성은 매우 낮았다.

"불이 여기까지 들어올까요?" 헬렌이 물었다. 밀너는 천장과 벽을 살펴보았다.

"안타깝게도 그럴 것 같네요. 문은 방탄 문이지만 연구실 자체가 완벽하게 차단되어 있지는 않은 것 같아요. 천장을 통해서라도 불이 이곳까지 번질 거예요. 자체적인 산소 배출구나 환기구가 있는 것도 아닌 것 같고요."

"정말로 덫에 걸려든 거네요." 헬렌은 놀라우리만치 침착하게 말하고 있었다. 바닥을 쳐다보던 헬렌이 갑자기 희망에 찬 눈빛으로 고개를 들었다. "FBI가 곧 도착하죠?"

"아니요." 밀너가 대답했다. "파트리크 바이시가 말했잖아요. 경찰은 안 된다고."

헬렌의 얼굴에 실망감이 떠올랐다. 다시 헬렌은 밖을 내다보았다. "아직도 담배를 피우고 있어요. 하지만 이제 앉아 있지는 않아요. 그림이 든 가방을 어깨에 걸치고 나가려는 준비를……."

밀너는 점점 힘이 빠지는 것을 느꼈다. 기차에서 만났던 미스터리한 신사가 떠올랐다. 그림을 넘긴 후에 위기 상황이 찾아오면 전화를 걸라고, 그런 말을 했었다. 이 상황을 예상하기라도 한 듯.

"내 재킷 안주머니에 있는 메모지요. 그걸 꺼내요!" 밀너가 말했다. "그리고 반대쪽 주머니에 있는 휴대폰도요!" 밀너는 가슴을 내밀어 헬렌이 주머니 안쪽으로 손을 넣을 수 있게 했다. "서둘러요!" 밀너의 팔은 힘없이 아래로 축 쳐져 있었다.

"지금 상황에서 우리를 어떻게 돕죠?" 헬렌은 의아해하면서도 밀너가 시킨 대로 재킷 주머니에 손을 넣었다. "이제 이곳은 순식간에 불타 없어질 거예요! 지금 누가 우리를 도울 수 있겠어요?"

"전화를 걸어요!" 밀너는 헬렌의 불평에 대꾸하지 않은 채 헬렌에게 말했다. 어깨와 팔의 고통은 갈수록 심해지고 있었다. 금방이라도 정신을 잃을 것 같았다. 반쯤 감긴 눈으로 밀너는 헬렌이 떨리는 손가락으로 휴대폰의 키버튼을 누르는 것을 보았다. 녹색 통화 버튼을 누르려던 참이었다.

"잠깐!" 밀너가 소리를 질렀다. 헬렌은 깜짝 놀라 움직임을 멈췄다. "그 버튼은…… 내가 누를게요!" 밀너가 말했다.

"……그건 왜죠?" 헬렌이 반박하려고 하던 찰나, 밀너가 서둘러 헬렌의 말을 끊었다.

"그냥요. 내가 누르게 해줘요!"

밀너의 단호한 목소리에 헬렌은 겁을 먹은 듯 밀너에게 휴대폰을 내밀었다. 밀너는 흰색 전화 그림이 그려진 동그란 녹색 버튼을 눌렀다. "연결될 때까지 기다려요!" 밀너가 말했고, 마지막 힘을 내어 파트리크 바이시를 보기 위해 자리에서 일어났다.

밀너를 발견한 파트리크 바이시는 입모양으로 "바이, 바이." 하고 말했다. 이어 담배를 크게 빨아 마시더니 비웃음을 흘리며 바라보았다. 파트리크 바이시는 담배를 들어 올렸다. 그리고 천천히 뒷걸음질을 치며 책장 옆에 있는 비상 탈출구로 향했다. 뻗은 손끝에는 여전히 담배가 들려 있었다. 파트리크 바이시의 계획은 분명해 보였다. 당장이라도 담배를 던져 불을 붙일 것이다.

"신호음이……." 헬렌이 말했다. 그 순간, 번쩍 하는 불빛이 일어나 밀너의 눈을 찔렀다. 불빛은 밀너의 얼굴 앞에 있는 문짝을 날려버릴 정도의 엄청난 폭발을 동반했다. 쾅!

110. 워싱턴

"제 이름은 웨스 켈러입니다. 모건 부인. FBI 국장이에요. 그리고 이쪽은 플로렌스 비올라. 부국장이고요. 여기 오른쪽에 있는 이 여자 분은 수전 브릿지 목사입니다."

"심리학자는 필요 없어요. 변호사를 불러주세요." 헬렌이 의자에 몸을 기대며 말했다. 머리가 아팠다. 긴 비행 탓에 극도의 피로감이 느껴졌다.

"심리학자가 아니라 목사입니다."

순간, 헬렌은 깜짝 놀랐다. "목사는…… 누군가가 죽었을 때 오는 것 아닌가요." 헬렌은 갑자기 말을 멈췄다. 헬렌은 놀란 눈으로 사람들의 얼굴을 살펴보았다.

헬렌이 갑자기 자리에서 일어나자 의자가 쾅, 하는 소리와 함께 뒤로 넘어갔다. "안 돼요……." 헬렌이 고개를 저었다. "안 돼!" 헬렌은 소리를 질렀다. 손으로는 책상을 내리쳤다. "안 돼요! 안 돼! 안 돼!"

"모건 부인, 너무나도 유감입니다. 멕시코 국도에서 교통사고가 났어요. 따님도 차에 타고 있었고요. 화재가 발생했어요. 따님의 가방과 여권이 발견됐고요."

헬렌은 또다시 고개를 저었다. "아니에요! 매를린은 죽지 않았어요! 내가 알아요!"

헬렌을 따라 자리에서 일어난 목사는 책상을 돌아가서 헬렌을 껴안아 진정시켰다.

"그 애는 죽지 않았어요!" 헬렌이 또다시 외쳤다. "내가 알아요!" 그 순간 헬렌의 기억 속에 밀너의 말이 떠올랐다. 바이시 저택 지하에서 밀너가 한 말. 금방이라도 눈물이 쏟아질 것 같았지만, 이상하게도 헬렌의 눈은 말라 있었다. "아이는 죽지 않았어요!" 헬렌이 반복했다.

"……정말 유감입니다." 웨스 켈러가 다시 말했다. "아카풀코에 미국 경찰이 파견됐으니 아마 그곳에서 곧 모든 절차를 밟을 겁니다."

헬렌은 눈을 감았다. 어지러웠다. 헬렌은 떨리는 손으로 의자 등받이를 붙잡았다. 목사가 다시 일으켜 세워놓은 의자였다. 헬렌은 의자에 풀썩 주저앉았다.

"모건 부인, 슬픔에 필요한 시간은 충분히 드릴 겁니다. 하지만 먼저 반드시 물어봐야 할 것이 있습니다. 변호사가 없어 덜 복잡하고 보다 빠르게 진행될 수 있어요."

헬렌은 아무런 말도 하지 않는 FBI 부국장을 바라보았다.

"모건 부인, 무슨 말씀을 드리는 건지 이해하시죠? 저희도 서두르겠습니다."

"아이가 있나요?" 헬렌이 낮은 목소리로 물었다.

비올라가 고개를 저었다.

"제게도 아이가 있습니다. 그래서 저 또한 당신이 얼마나 힘든 상황에 처해 있는지를 이해할 수 있습니다." 켈러 국장이 비올라 대신 말했다. "하지만 부득이하게 부인과 잠시 대화를 나눠야 합니다. 양해 부탁드려요. 바르샤바에서 일어난 일 그리고 그 전에 파리에서 일어난 일은 너무나도…… 기이합니다. 전 세계가 우리를 쳐다보고 있어요. 대화가 끝나면 곧장 쉬게 해드릴 것을 약속드립니다. 브릿지 목사님이 도와주실 거예요."

어느새 목사는 헬렌의 옆에 자리를 잡고 앉아 손을 잡고 따뜻한 미소를 보내고 있었다.

헬렌은 계속해서 켈러를 응시했다. 갑자기 이 모든 것이 하찮게 느껴졌다. FBI는 매우 조심스럽게 이 사건에 접근하는 것 같았다. "……자동차 사고라고요?" 헬렌이 중얼거렸다. "어쩌다가요?"

"곧 모든 내용을 알게 되실 겁니다, 모건 부인. 일단 여기 이 일만 마무리하면요. 원하신다면 함께 멕시코 당국에 전화를 걸어보죠. 제발 부탁입니다. 도움을 주세요. 잠깐이면 됩니다. 우리는 밀너와 대화를 나눴습니다. 밀너는 아직 병원에서 치료를 받고 있어요. 그리고 이미 모든 내용을 말해주었고요. 밀너는 부인을 변호했습니다. 하지만 밀너에게도 아주 유능한 변호사가 필요할 겁니다. 바르샤바 바이시저택에서 모나리자가 파손되었으니까요. 폭발 사고로요. 폭발로 인해 파벨 바이시의 아들인 파트리크 바이시도 즉사했습니다. 아직까지 확실하게 밝혀지지 않은 것은 폭발이 어떻게 일어났느냐는 겁니다. 휴대폰을 통한 원격 조종으로 폭발했을 거라고 추측은 하고 있어요. 모나리자와 같은 가방에 들어 있었죠. 하지만 아직까지 알 수 없는 것은 누가 그 지하에서 누구에게 전화를 걸었고, 어떻게 폭발을 일으킬 수 있었느냐 하는 것입니다. 작동시킨 사람의 번호를 해당 지역의 통신사를 통해 전달 받았어요." 켈러는 휴대폰 번호가 적힌 종이를 헬렌에게 건넸다. "보안 유지가 철저한 휴대폰에서 걸려온 전화더군요. FBI에서 사용하는 것과 같은……."

헬렌은 잠시 휴대폰 번호를 응시했다. 메모지 위에 있는 번호는 기차에서 만난 낯선 신사가 적어준 것이었다. 이름은 모르지만 번호는 기억하고 있었다. 폭발 사고가 일어나기 직전, 자신이 직접 그 번호로 전화를 걸었으니까.

"밀너 말로는 모르는 번호라고 했습니다. 아마 당신도 그렇겠죠?"

헬렌은 아무런 말도 하지 않은 채 켈러를 바라보았다.

"그러니까, 부인도 이 번호를 모르시는군요." 켈러가 생각에 잠긴 채 결론을 내렸다. "그렇다면 좋습니다. 다음으로 넘어가죠. 세상은 파트리크 바이시의 죽음보다 모나리자를 잃은 것에 더 큰 애도를 표하고 있어요." 켈러가 말을 이었다. "우리가 부인을 찾아온 것도 그 때문입니다. 유감스럽게도 부인은 이 문제에 깊이 관여하셨어요. 프랑스 정부는 아마도 부인을 넘겨달라고 할 겁니다. 어쨌거나 부인은 루브르 박물관에서 모나리자를 훔쳤으니까요." 켈러는 동료에게 잠시 난감한 듯한 눈빛을 보냈다. "이 문제에 대해서도 자세하게 이야기하고 싶지 않으시겠죠. 하지만 현재의 의문은 부인이 공범인지 아니면 밀너의 말대로 그림을 훔치라는 협박을 받은 것인지 하는 겁니다."

헬렌은 침착하게 고개를 저었다. 자신에게 무슨 일이 일어나든 아무래도 좋았다. "나는 모나리자를 훔치지 않았습니다." 헬렌이 무미건조한 목소리로 대답했다.

"무슨 말이죠?" 비올라가 물었다.

"모나리자는 여전히 루브르 박물관에 있어요." 헬렌이 대답했다.

켈러가 당황하여 주변에 있는 사람들을 쳐다보았다.

"부인이 바꿔치기를 했잖아요. 부인이 방문한 뒤 루브르 박물관에서는 다른 모나리자가 발견됐어요."

헬렌은 다시 한 번 고개를 저었다. "아니요. 같은 모나리자입니다. 오리지널이에요. 그림과 혼자 남겨졌을 때 청소세제들을 섞어 모나리자를 세척했어요. 루브르 박물관 관계자들로 하여금 내가 그림을 바꿔치기했다고 믿게 만들어야 했으니까요. 박물관을 떠날 때도 내 가방 안에는 루브르 박물관에 들어갈 때와 같은 그림이 있었죠. 프라도 미술관의 모나리자요."

켈러는 머리를 긁적였다. 비올라는 입을 벌린 채 헬렌을 바라보았다.

"그러니, 도둑질을 한 게 아니죠." 헬렌이 말을 이어갔다. "죄가 있다면, 훼손죄겠죠. 하지만 저는 제가 세척한 뒤 모나리자가 훨씬 더 아름다워졌다고 생각해요. 지난 몇백 년 동안 사람들은 모나리자가 손상될까 봐 세척할 엄두를 못 냈으니까요."

비올라는 도무지 이해가 안 된다는 듯 물었다. "그러면 마드리드에서 모나리자를 훔친 건 어떻게 된 거죠?"

"그건 이 분과 관련이 없어요. CCTV 화면으로 확인했어요. 모건 부인은 거기서 그림을 훔치지 않았어요." 켈러가 비올라에게 설명했다. "모건 부인은 마드리드에서 일종의 트로이 목마로 이용됐던 것뿐이에요."

"그러니 내게 책임을 물을 일은 없는 거죠?" 헬렌이 무미건조하게 결론 내렸다. 차라리 감옥에 들어가고 싶은 심정이었다. 파트리크 바이시와 그림 거래를 하며 헬렌이 법적으로 저지른 잘못은 없었지만 그럼에도 여전히 헬렌에게는 죄가 있었다. 딸에 대한 죄. 어머니로서 실패한 죄. 자신 때문에 딸은 거식증에 걸렸고, 병원에 입원했고, 그곳에서 납치되었다. 자신만 없었다면 매들린이 멕시코에 가는 일도 없었을 것이다.

"……딸아이의 사고는 어쩌다 발생한 건가요?" 헬렌이 낮은 목소리로 물었다.

"아직 밝혀진 게 많지는 않습니다. 아마 미국 파견팀이 더 많은 정보를 줄 겁니다."

"그러면 폭발로 사라진 건 프라도 미술관의 모나리자뿐인가요?" 옆에 있던 비올라가 물었다.

헬렌은 모나리자의 운명에 집중할 상황이 아니었다. 하지만 헬렌은 고개를 끄덕이며 말했다. "'뿐'이라는 단어가 참 걸리네요. 프라도 미술관의 모나리자도 오리지널 못지않은 가치가 있는 그림인데…….'"

비올라가 당황한 듯 시선을 내렸다.

"파벨 바이시의 수집품 중에는 모나리자가 하나 더 있었어요. 마찬가지로 폭발 사고로 사라져버렸죠. 아마도 아이즐워스의 모나리자였던 것 같아요. 마찬가지로 16세기에 제작된 거죠. 파벨 바이시는 세 가지 모두를 가지려고 했던 것 같아요. 아니면 세 가지 모두를 없애버리려고 했거나." 슬픔이 헬렌을 집어삼킬 것처럼 위협했다. 헬렌은 그저 이곳에서 벗어나고 싶을 뿐이었다.

켈러가 앞에 놓인 서류를 넘기다 두 손으로 책상을 내리쳤다. 대화가 끝난 것처럼. "오리지널 모나리자가 루브르 박물관에 있다면, 이야기는 달라지겠죠." 켈러가 말했다.

"그러면 다 끝난 거죠?" 헬렌이 의자를 뒤로 밀며 물었다.

"그런 것 같네요." 비올라가 머뭇거리다 대답했다. 하지만 앞에 놓인 메모지를 보고 또 한 가지 궁금한 점이 떠오른 듯 물었다. "당신에게서 수거한 물건 중에 작은 유리병이 있던데, 그건 뭐죠?"

"그 안에 벌 바이러스를 치료할 수 있는 게놈이 있을 거라고 생각해요. 파벨 바이시의 저택에서 도망치면서 거기 있던 냉장고에서 가져온 거예요. 모든 것이 다 타버리기 전에. 어쩌면 바이러스 치료제를 찾는 데 도움이 될 수도 있을 거예요."

비올라는 고개를 끄덕였다. 켈러는 심지어 만족하는 표정이었다.

"그렇다면 이제 조용히 애도할 수 있도록 부인을 보내드리죠. 그리고 다시 한 번 진심으로 유감을 표합니다. 자식을 잃는 슬픔이 얼마나 클지, 어찌 이루 말할 수 있겠습니까." 켈러는 난처해하며 헬렌을 향해 고개를 숙였다.

그 순간 회의실 책상에 놓인 전화가 울렸다.

켈러가 수화기를 들고 귀를 기울였다.

"말씀드린 대로 아카풀코에 파견된 미국 수사팀이 전화를 걸어왔네요." 켈러가 헬렌에게 설명하고는 수화기에 대고 말했다. "연결하세요." 그리고 켈러는 헬렌에게 수화기를 건넸다.

갑자기 견딜 수 없는 슬픔이 헬렌을 엄습했다. 날것 그대로의 절망이 솟구쳐 올랐다. 더 이상 눈물을 참을 수가 없었다.

헬렌은 떨리는 손으로 수화기를 들었다.

"……엄마! 엄마야?" 헬렌에게 들려온 익숙한 목소리였다. "엄마, 나야! 매들린! 나 무사해!"

헬렌은 매들린의 어깨를 감싸고 있었다. 두 사람은 함께 페테르 파울 루벤스의 그림을 보고 있었다.

"루벤스는 깡마른 여자들을 좋아했어." 헬렌이 설명했다. "하지만 루벤스는 현실주의자였어. 그래서 보이는 대로, 생긴 모습 그대로를 화폭에 담았어."

매들린은 몸을 앞으로 숙인 채 매료된 듯 한참 동안 루벤스의 그림을 바라보았다. 병원에서 나와 엄마와 살기 시작한 이후 매들린은 보기 좋게 살이 붙었다. 헬렌은 기회가 생길 때마다 현실 속 여자들의 매력을 표현한 그림들을 매들린에게 보여주었다. 헬렌은 매들린의 병이 보이는 것보다 더 복잡하며, 완치가 되기까지 오랜 시간이 걸릴 수 있다는 걸 알고 있었다. 헬렌은 자신이 할 수 있는 일을 해야겠다고 생각했다. 밤이면 매들린은 헬렌의 침대에서 함께 잠을 청했다. 어둠이 찾아올 때마다 악몽에 시달린 탓이었다. 그럼에도 헬렌은 자신이 옳은 길로 가고 있음을 확신했다. 그리고 매들린과 함께 하는 매 순간순간을 즐겼다. 헬렌은 베티가 승진할 수 있도록 도왔다. 그리고 자신은 연구소 근무 시간을 줄였다.

FBI 본부에서 조사를 받는 동안 헬렌은 매들린이 죽었다고 믿고 있었다. 이제 헬렌은 매들린과 함께 보낼 수 있는 하루하루를 귀한 선물로 여겼다.

멕시코에서 사고가 발생할 당시, 매들린은 픽업 트럭에서 떨어져 경사면을 굴러 내려갔고 그 과정에서 가방을 잃어버렸다고 했다. 기적처럼 가벼운 멍과 찰과상 외에는 아무런 부상도 입지 않았다. 경사면과 촘촘한 잔디가 추락 시의 충격을 완화해준 것 같았다.

잠깐 의식을 잃었던 매들린은 충격에 빠져 사고 현장에서 도망쳤고, 걸어서 아카풀코까지 이동했다. 매들린이 미국 파견팀을 만났을 때는 이미 그녀가 죽었다는 소식이 잘못 전해진 후였던 것이다.

"루벤스 같은 화가들이 더 많아야 하는데……." 매들린의 옆에 서 있던 밀너가 말했다. 매들린은 밀너를 향해 짧은 미소를 보낸 뒤 계속해서 그림을 응시했다.

천천히 세 사람은 다시 걸음을 옮겼다.

"이제 곧 나올 거야." 안내서를 들고 있는 헬렌이 말했다. 무산되었던 연구를 위해 루브르 박물관 연구센터는 헬렌에게 다시 초대장을 보내왔다. 헬렌으로서는 오래 고민할 필요도 없었다. 루브르 박물관 측에서는 연구 의뢰와 함께, 작업을 마친 뒤 딸과 함께 파리에서 며칠 휴가를 보내면 어떻겠냐고 제안했다. 밀너를 동행한 것은 매들린의 아이디어였다. 헬렌은 바르샤바에서 있었던 폭발 사고 이후 밀너를 만나지 못했다. 헬렌에게서 밀너의 이야기를 들은 매들린은 밀너를 꼭 만나고 싶어 했다. 헬렌도 밀너에게 감사를 전하고 싶었다. 물론 서로에게 빚진 것이 없다고 생각하고는 있었지만 말이다.

매들린은 루벤스의 또 다른 그림을 발견하고는 앞장서 갔다. 헬렌은 미소를 지으며 매들린의 뒷모습을 바라보았다.

"아주 예쁜 아이네요." 밀너가 말했다.

헬렌이 고개를 끄덕였다. "맞아요." 헬렌은 사랑이 가득한 미소를 지으며 덧붙였다. "그런데 좀 칠칠치 못해요."

"그나저나, 벌들이 회복되고 있다는 소식, 들었어요? 전 세계적으로 개체수가 다시 늘고 있대요. 당신이 바이시 저택의 지하에서 가져온 유리병 덕분이에요. 그걸 활용해 연구진들이 치료제를 만들었대요. 다행히 멸종 위기를 넘겼고요."

"정말 다행이에요!" 헬렌도 신문에서 읽어 알고 있었다. "어깨는 좀 괜찮아요?"

밀너는 어깨를 돌려 보였다. "아직은 굳어 있는데, 괜찮아요."

"FBI에서의 일은 잘 해결됐어요?"

"아니요. 보상금을 두둑이 챙겨서 나왔어요. 새로운 일을 찾고 있고요."

"계획은 있어요?"

"사립 탐정 쪽으로? 꿈의 직업이었거든요. 자기 자신만 책임지면 되니까. 바하마에 스쿠버다이빙 스쿨을 여는 것도 좋을 것 같고요." 밀너가 웃었다. 웃는 모습이 밀너와 참 잘 어울린다고, 헬렌은 생각했다. 헬렌도 웃음을 터뜨렸다. 밀너가 바지 주머니에 손을 넣더니 페퍼민트 사탕을 꺼냈다. 밀너는 헬렌에게도 사탕을 내밀었지만 헬렌은 정중하게 거절했다.

"사탕으로 옮겨 탔나요?"

헬렌의 질문에 밀너가 부드럽게 미소를 지으며 대답했다. "FBI에서 나가면 대책을 찾을 거라고 했잖아요, 내가. 꼭 필요할 때만 아스피린을 복용해요."

"축하해요!" 헬렌은 진심으로 기뻤다. 이번에도 헬렌은 밀너의 미소에 화답했다. 순간, 헬렌의 얼굴이 진지해졌다. 오랫동안 생각해왔던 것들을 질문할 시간이었다. 헬렌이 입을 열었다. "매들린이 죽었다는 소식을 FBI에서 들어서 알고 있었으면서 왜 내게 말하지 않았어요? 바르샤바에서요."

그렉 밀너는 턱을 긁었다. 당시의 기억을 떠올리는 것이 달가운 것 같지는 않았다. "맞아요. 매들린이 교통사고를 당했다는 걸 알고 있었어요. 하지만 그 상황에서 무슨 말을 해야 했을까요? 당시 발견된 것이라고는 매들린의 가방과 여권이 전부였어요. 사망자 시신 식별이 끝난 것도 아니었고요. 만일 파벨 바이시의 저택에 가기 전이었더라면 말을 할 수 있었겠죠."

"그래도 그 말을 했어야 해요!" 헬렌의 비난에는 의도한 것보다 더 큰 분노가 담겨 있었다.

"나는 당신이 딸의 소식을 들은 뒤에도 당시 상황을 견뎌낼 수 있을지 걱정됐어요. 나로서는 당신과 그림이 필요했죠. 그 개새끼를 반드시 잡고 싶었거든요. 사건을 해결하고 싶었어요. 그 시점에 FBI는 우리 두 사람을 수배하고 있었어요. 그러니 그쪽에서도 빠른 도움을 기대할 수 없었죠."

밀너는 크게 숨을 들이마셨다. 당시의 기억만으로도 흥분이 되는 듯했다. "하지만 실수였던 건 맞아요. 그래요. 나는 당신에게 말을 했어야 했어요. 나는 당시 매우 화가 났고, 당신이 바이시 그 놈을 정말로 쏘아 죽일지도 모른다고 생각했어요. 만일 딸이 실제로…… 그렇게 되었다는 걸 알게 되면요." 밀너가 더듬거리며 말을 이었다. "그러다 모나리자가 있는 연구실에 갇혔을 때, 어쩌면 여기까지일 수도 있겠다고, 나는 생각했어. 그래서 차라리 딸이 잘 지낸다고 믿으며 죽는 편이 더 나을 거라고 판단했고요."

헬렌은 입술을 삐죽 내밀며 코로 숨을 크게 들이마셨다. 이렇게 솔직한 답변이 나오리라고는 기대하지 못했다. 헬렌에게는 오히려 잔인하게 느껴졌다.

"……연구실에서 그 이야기를 하지 않은 건 잘한 일이었어요." 한참 후에 헬렌이 말을 꺼냈다. "그 이야기를 들었다면 나는 힘을 내지 못했을 거예요. 폭발 사고 후에 비밀 탈출구를 통해서 밖으로 나오지도, 부상당한 당신을 데리고 나올 수도 없었겠죠. 하지만 그래도 당신은 내게 그 사실을 알렸어야 해요. 그 소식을 들었을 때 바로."

밀너가 고개를 끄덕였다. "맞아요."

그사이 매들린은 다른 화가의 작품을 보고 있었다. 루벤스의 것은 아니었지만 상당히 큰 그림이었다.

"미술에 굉장히 관심이 많네요." 걸음을 옮기며 밀너가 말했다.

"그러게요." 헬렌은 계속해서 풀리지 않던 또 하나의 질문을 던졌다. "가방에 있던 폭탄을 터뜨린 게 우리란 걸, 왜 FBI에 이야기하지 않았나요?"

"우리가 아니라 나였어요." 밀너가 짧게 대답했다.

"알고 있었던 거죠? 그 낯선 신사가 우리에게 준 번호, 거기로 전화를 걸면 폭탄이 터지리란 걸. 그래서 당신은 내가 통화버튼을 누르는 걸 원치 않았던 거고요."

밀너는 잠시 생각하는 듯 고개를 옆으로 기울였다. "기차에서, 당신이 잠든 사이 폭탄에 고정된 휴대폰으로 내 휴대폰에 전화를 걸었어요. 그리고 화면에 나타난 번호를 메모지 위의 번호와 비교해봤죠. 그래서 알았어요."

두 사람은 아무런 말도 하지 않은 채 몇 미터를 나란히 걸어갔다. 갑자기 밀너가 멈춰 서더니 헬렌을 향해 몸을 돌렸다. "물론 나는 당신이 전화를 걸어 폭탄을 터뜨리기를 원치 않았어요." 밀너가 조심스럽게 말을 꺼낸다. "당신은 모를 거예요. 누군가를 죽이면 언젠가는 자신도 피해를 입는다는 걸. 그게 언제가 되었든." 헬렌은 잠깐 밀너의 눈에서 배신을 당한 듯한 눈빛을 읽었지만 확신은 없었다.

"안 그랬으면 파트리크 바이시가 우리를 죽였을 테니까요." 헬렌이 위로를 하듯 말했다.

밀너는 입술을 꽉 다문 채 고개를 끄덕였다. "파트리크 바이시라면 그렇게 했을 겁니다." 천천히 두 사람은 다시 움직이기 시작했다.

"그나저나 기차에서 번호를 준 그 남자는 누구였나요?"

"저도 알고 싶네요." 밀너가 한숨을 내쉬었다. "아마 파트리크나 파벨 바이시와 함께 일했던 사람이 아닐까요? 확실치는 않지만요. 어쨌거나 그 신사는 왠지……."

"섬뜩했죠." 헬렌이 문장을 완성했다

밀너가 고개를 끄덕였다.

다시 두 사람은 각자의 생각 속에 빠져들었다.

"나도 질문이 하나 있어요." 밀너가 마침내 말을 꺼냈다.

헬렌이 걸음을 멈춰 밀너의 얼굴을 응시했다. 면도를 한 상태였다. 뺨에 있는 상처가 고스란히 드러났다. 그럼에도 수염 없는 얼굴이 밀너에게는 훨씬 더 잘 어울렸다.

"파트리크 바이시와 대화하던 중에 파트리크가 그랬잖아요. 자신의 아버지는 프라도 미술관의 모나리자가 특정 메시지를 전달한다고 믿는다고. 그 말을 할 때 당신이 뒤에서 '말하는 그림' 뭐 이런 말을 했었고요."

헬렌의 얼굴에서 미소가 사라졌다. 헬렌은 재빨리 매들린 쪽으로 고개를 돌렸다. 매들린은 입구에서 빌린 오디오 가이드의 헤드폰을 쓰고 있었다. "왜 그게 궁금한가요?" 헬렌이 답변을 피하듯 물었다.

"당신이 파벨 바이시의 저택에서 찾은 낡은 책에서 그와 비슷한 내용을 읽었거든요. 책의 저자인 파치올리는 자신과 레오나르도 다빈치와 함께 살았던 한 소년에 대해 글을 남겼어요. 그리고 그 소년은 모나리자가 노래를 하거나 말을 하는 것 같다고 주장했고요. 그러니까 모나리자 그림이요. 그 소년은 색을 들을 수 있다고도 주장했어요. 그리고 메시지를 숨긴 그림을 그렸다고 했죠. 그림은 다른 모나리자, 그러니까 500년 뒤 프라도 미술관에 전시된 그림을 말하는 거였어요." 밀너는 헬렌의 놀란 표정을 보고는 잠시 말을 멈췄다. 그리고 씁쓸한 미소를 지으며 덧붙였다. "알아요. 완전 정신 나간 소리처럼 들린다는 거."

헬렌은 매들린을 시야에서 놓치지 않기 위해 계속 걸어갔다. 그 누구에게도 이야기한 적이 없는 자신의 비밀이었다. "나도 할 줄 알아요." 마침내 헬렌이 밀너를 바라보며 말했다.

밀너는 깜짝 놀란 듯 가던 걸음을 멈춰 헬렌의 팔을 붙잡았다. "뭐라고요?"

"색을 듣고, 소리를 보는 것. 누가 무슨 말을 하면 내 눈 앞에는 단어 하나하나마다 색이 나타나요. 거꾸로 색을 보면 소리가 들리죠. 하지만 단어나 멜로디가 들리는 경우는 많지 않아요." 헬렌은 잠깐 말을 멈췄다가 다시 이어갔다. "이런 걸 공감각이라고 하고, 나와 같은 사람들을 공감각자라고 해요. 생각의 연결, 뇌의 변이죠. 얼마 전 MRI 촬영을 했는데 사진을 통해서도 이 특별한 능력이 확인됐고요. 이렇게 생각하면 돼요. 감각 기관이 자극을 받을 때, 나의 뇌는 또 다른 기관에 자극을 줘요. 자연적 변이죠. 가끔은 사람을 정말로 미치게 만들 수도 있는 현상이고요. 예컨대 당신이 말을 할 때는 대부분 마호가니

색으로 보여요. 가끔은 황동색도 보이고요."

밀너는 당황한 듯 헬렌을 바라보았다. "마호가니 색이요?" 밀너는 믿을 수 없다는 듯 헬렌의 말을 반복했다. "뭐, 어쨌거나 분홍색은 아니라서 다행이네요."

헬렌은 웃음을 터뜨렸다. "그건 나도 어쩔 수 없어요." 밀너는 이마를 찡그렸다. "그런데, 방금 전에 그 말은 뭐예요? 단어나 멜로디가 들리는 경우는 많지 않다는 게?" 밀너가 물었다. 헬렌은 머뭇거렸다. "미친 소리처럼 들릴지 모르지만, 공감각 현상은 아직 명확하게 밝혀지지 않은 연구 분야예요. 나는 연구소를 설득했어요. 나를 실험 대상으로 연구 프로젝트를 진행해보라고요. 최근에 특정 색을 볼 때 무언가 언어로 된 메시지 같은 것을 들었거든요."

"특정 색을 볼 때?" 밀너가 재차 되물었다. 질문에는 형사다운 뉘앙스가 묻어 있었다.

잠깐 고민하던 헬렌은 조사하는 듯한 밀너의 시선을 피했다. 모나리자를 볼 때마다 들리는 기이한 언어 메시지는 영원히 묻어두는 편이 좋을 것 같았다. 헬렌 스스로도 이해할 수 없었다. 그저 자신의 머릿속에서 일어나는 일일 뿐이었다. "아니요. 그냥 색이요." 헬렌은 구체적인 답변을 피했다.

밀너는 계속해서 헬렌을 응시했다. 이러다 뚫어지겠다 싶을 정도로 강렬한 시선이었다. 헬렌은 밀너의 궁금증이 해소되지 않았다는 것을 알았다. 하지만 그 순간, 밀너가 장난스럽게 헬렌을 툭 밀더니 웃으면서 말했다. "그러니까, 그냥 색이다 이거죠?" 밀너가 부드러운 목소리로 헬렌의 말을 따라 하더니, 교활한 미소를 지었다. "언젠가 얘기하고 싶어지면, 그때 알려주세요." 밀너가 덧붙였다. "당신과 그 살라이라는 소년에게는 몇 가지 공통점이 있는 것 같네요. 어쩌면 파치올리의 일기장에서 읽은 글 때문에 그렇게 느껴지는 걸 수도 있지만."

헬렌은 고마워하며 고개를 끄덕였다. 밀너의 이해심이 고마웠고, 계속해서 자신을 압박하지 않는 것이 고마웠다.

한 가지는 분명했다. 밀너는 좋은 형사다.

그 순간 매들린이 두 사람을 향해 몸을 돌렸다. "다음 전시실이야!! 그런데 저기 진짜 사람이 많네!" 매들린이 흥분해서 외쳤다.

헬렌은 안내서를 보았다. "맞네!" 세 사람은 통로를 지나자마자 걸음을 멈췄다. 정말로 수많은 인파가 플렉스 유리관 앞에 모여 있었다. 유리관 안에 있는 그림을 보기 위해 모인 사람들이 세 사람의 시야를 가렸다. "이 모든 사건이 안 그래도 유명한 모나리자를 더 유명하게 만든 것 같네요." 밀너가 말했다. "이 그림을 더 아름답게 만든 네 엄마 덕분이기도 하고." 밀너가 매들린을 향해서 말을 덧붙였다.

헬렌은 옆에서 팔꿈치로 밀너를 찔렀다. 루브르 박물관 연구센터의 복원부에서는 모나리자의 세척을 전문적으로 마무리하기로 결정했다. 헬렌이 진행했던 표면층의 제거가 우려했던 것보다 그림을 덜 손상시켰다는 결론이 나온 덕분이었다. 지난 몇십 년간 그림의 손상을 우려해 사람들은 니스 칠 제거를 반대해왔지만 헬렌의 손길이 닿으면서 세척은 불가피해졌다. 그리고 지금, 세상은 그 결과에 도취됐다. TV를 통해 헬렌은 다시 선명하게 빛을 발하고 있는 모나리자를 볼 수 있었다.

심지어 「보스턴 글로브」는 '모나리자의 르네상스'라는 헤드라인을 달 정도였다.

"모나리자 전시가 다시 시작된 후로 방문한 사람만 170만 명이 넘었대요." 밀너가 말했다. "그리고 프라도 미술관과 아이즐워스의 모나리자가 사라지면서 이 작품은 이 세상 유일한 모나리자가 되었고요. 그림 손실에 대한 연대 책임의 일환으로, 그러니까 두 작품의 소실을 보상하기 위해 오리지널 모나리자를 프라도 미술관에 대여해주기로 했다더군요. 수십 년 만에 처음으로 루브르 박물관을 떠나서 세계 투어를 간다고 해요. 이제 정말로 전 세계의 모든 사람들이 이 그림을 알게 되겠어요!" 밀너는 멈췄다. "파벨 바이시가 아니라, 모나리자 홍보 에이전시가 이 모든 사건을 계획했던 것처럼요!"

"그림 보고 싶어!" 매들린이 흥분해서 외치며 모인 사람들 틈으로 그림을 보기 위해 연신 점프를 했다.

"그리고 이 엄청난 사건으로 인해 심지어 청소년까지도 다시 이 나이 많은 여인에게 관심을 갖게 되었고요." 밀너가 미소를 지으며 덧붙였다. "진정한 아름다움의 상징이 됐네요!"

헬렌은 억지로 미소를 지었다. "이리 오세요. 한번 뚫어보죠!" 밀너가 말하며 헬렌에게 고개를 끄덕여 보였다.

하지만 헬렌은 움직이지 않았다. 헬렌은 앞에 서 있는 사람들을 바라보았다. 관람객들은 저마다 잔뜩 흥분한 채 목을 길게 빼고 손을 뻗어 카메라를 공중으로 들어 올렸다. 다른 사람들의 머리 위로 모나리자를 카메라에 담기 위해서였다. 마치 그림을 보러 온 것이 아니라, 유명 팝스타의 사인회에라도 온 것 같았다.

"사람이 너무 많네요." 헬렌이 말하며 매들린을 향해 몸을 숙였다. "돌아가서 다른 그림 보자!" 헬렌은 딸의 어깨를 감싸 안았다.

"아, 안 돼! 제발, 이거 보게 해줘요, 엄마!" 매들린이 부탁했다. "이런 기회는 어쩌면 다시 오지 않을지도 몰라!"

"루벤스 그림 한 번 더 볼까? 마음에 들어 했잖아. 아마도 루브르 박물관에서는 루벤스의 그림을 더 볼 수 있을 거야. 그리고 다른 그림들도 진짜 많아. 그러고 나서 그럭이랑 뭐도 좀 먹고."

매들린은 엄마의 품에서 벗어나려고 안감힘을 썼다. "루브르에 와 놓고 모나리자를 보지 않는 건 말도 안 되는 일이야!" 매들린이 뾰루퉁해졌다. "잠깐만 봐!"

"파리에 와서 크루아상을 먹지 않는다거나, 에펠탑을 보지 않는 것도 말이 안 되지." 헬렌이 단호하게 말하며 매들린을 더 꽉 끌어안았다. "저기 앞에 있는 건 그냥 지루한, 오래된 그림일 뿐이야."

밀너는 놀란 눈으로 헬렌을 바라보았다. 매들린은 마지못해 엄마의 말을 듣기로 한 모양이었다. 전시실을 나가려는 순간, 밀너는 헬렌의 어깨를 부드럽게 돌렸다. "궁금해요. 이 그림들이 뭐래요?"

"그림이 뭐, 엄마?" 매들린이 호기심 섞인 목소리로 물었다.

헬렌은 잠시 머뭇거렸다. "아냐, 아무것도." 헬렌이 말하며 자신을 붙잡고 있는 밀너의 팔을 풀었다. 밀너는 의심스럽다는 눈으로 헬렌을 바라보고 있었다. "제발 뭐 좀 먹으러 가자! 나 정말 배고파!" 헬렌은 매들린을 간질였고, 매들린은 깔깔거리면서 도망쳤다.

전시실을 벗어나며 헬렌은 마지막으로 한 번 더 뒤를 돌아보았다. 관람객들의 머리 위로 먼발치에서 모나리자의 미소가 잠깐 스쳐 지나갔다.

'라 벨레차!'

맺는 말

이 소설에 등장하는 주인공들은 모두 가상의 인물이다.

물론 루카 파치올리와 레오나르도 다빈치, 그리고 다빈치의 애제자 살라이는 실존했던 인물들이다. 소설 속 인물인 '로 스트라니에로'는 유일하게 남아 있는 루카 파치올리의 초상화에서 영감을 얻은 캐릭터이다. 초상화 속 파치올리는 마치 원격 조종을 당하듯 부자연스러운 모습으로 책상 앞에 서 있고, 뒤에는 기분 나쁜 표정을 하고 있는 인물이 서 있는데 그 사람이 누구인지는 아직까지 알려진 바가 없다. 역사적 사실을 언급한 부분에는 대부분 픽션을 더했다.

하지만 파치올리와 다빈치가 친구였다는 것과 한때 공동체 형태로 함께 살았던 적이 있다는 건 분명한 사실이다. 파치올리와 다빈치가 아름다움과 '황금비율'에 몰두했다는 것 또한 사실이다. 루카 파치올리는 당시 황금비율을 다룬 가장 저명한 저서로 여겨지는 『신성한 비례』를 저술한 수학자로, 이 원고의 발행본은 현재 밀라노 암브로시아나 도서관과 제네바 도서관이 소장하고 있다.

레오나르도 다빈치의 모나리자는 오늘날에도 여전히 아름다움의 상징으로 여겨지고 있다. 아마 모나리자가 전 세계에서 가장 유명한 그림이라는 데에는 논란의 여지가 없을 것이다. 하지만 모나리자에 대해서는 몇 가지 풀리지 않은 의문점이 남아 있다. 초상화 속 인물이 누구인지 밝혀지지 않았고 정확한 제작 날짜도 여전히 논란의 대상이다. 프랑스 국립박물관 문화재 복원 연구센터는 과학적인 분석을 통해 모나리자를 둘러싼 수많은 의문들에 대한 답을 주기도 했지만, 동시에 새로운 질문도 던졌다. 연구 과정에서 모나리자에 구리 함량이 높은 것으로 나타난 것이다. 칼슘의 흔적도 발견되었다. 정확한 이유라기엔 조금 더 논의가 필요하지만, 칼슘의 경우에는 동물성 접착제를 사용한 흔적이지 않을까 하는 추측이 나오고 있다.

또 한 가지 사실은 자연뿐 아니라 건축과 미술, 음악 그리고 심지어 주식 시장의 차트에서도 발견할 수 있는 황금비율이 오늘날까지 커다란 미스터리 중 하나로 남아 있다는 것이다.

수백 년 전부터 알려진 황금비율의 개념과 달리 '밈(meme)'이라는 개념은 상대적으로 최근에 등장한 개념이다. DNA 유전자가 세포 분열과 자가복제를 통해 정보를 전달하듯이 밈은 예컨대 커뮤니케이션을 통해 생각과 신념 등을 전달한다. 생물학적 진화와 달리 밈은 문화적 진화의 복제로 여겨진다. 밈의 전파, 특히 우리의 뇌로 전달되는 밈은 비슷한 방식으로 전파되는 바이러스와 비교된다.

하지만 황금비율과 밈 이론보다 더 오래되고, 더 큰 미스터리는 바로 아름다움이라는 현상이다. 우리는 일상 속에서 아름다움을 추구하고, 이를 위해 우리의 재산과 시간을 상당 부분 희생한다. 성형시장의 규모는 빠른 속도로 커지고 있지만 그럼에도 아름다움이 대체 무엇을 의미하는지 그리고 그와 같은 현상을 어떻게 평가해야 하는지에 대해서는 그 누구도 속 시원한 답을 줄 수 없는 실정이다.

아름다움을 생물학적 관점에서 설명하려고 시도해볼 수는 있다. 아름다운 사람들은 더 우월한 유전자를 갖고 있기 때문에 더 매력적인 사람으로 느껴진다는 식이다. 하지만 이러한 접근 방식은 설득력이 떨어진다. 아름다움이란 매력 그 이상이고, 인간이 관여하는 모든 영역에 영향을 줄 수 있기 때문이다. 그리고 진화적 관점에서는 아름다운 것이 무엇이고, 왜 그것이 아름답게 여겨지는지에 대해 더 많은 의

문젬들을 낳는다.

아름답다고 느끼는 감정이 뇌에 미치는 영향을 연구하는 신경미학은 아름다움에 대한 새로운 접근 방식이다. 신경미학 분야에서 말하는 '아름다움'이라는 단어는 긍정적인 것과 연관된다. 하지만 최근 미디어에서 말하는 '아름다움의 이상'은 비난을 받고 있고, 아름다움의 이상에 도달하고자 하는 노력에 부정적인 측면도 있다는 인식이 생겨나고 있다. 아름다움의 이상은 인간을 '예쁘다'와 '못생겼다'로 양분하고, 이는 대부분 '선'과 '악'으로 이어진다. 뿐만 아니라 최근에는 아름다움이 비난받아야 할 가치라고 여기는 새로운 흐름도 생겨났다.

그럼에도 불구하고 아름다움은 수백 년 동안 세상을 지배할 것이고, 제어할 수 없는 권력으로 영향을 끼칠 것이다.

수많은 아름다운 사람들의 지원과 참여가 없었다면 이 책은 나오지 못했을 것이다. 이곳에 모두 언급할 수는 없지만, 지칠 줄 모르는 편집 고문 카린 슈미트, 나의 편집장인 도로티 카브라스 그리고 특히 뤼베 출판사의 클라우스 클루게에게 감사를 전한다. 또 나의 에이전트인 라스 슐체 코자크에게도 감사한다. 또한 이탈리아 언어 역사에 대한 나의 질문에 조언을 해준 마이클 피롤리에게도 감사의 인사를 전한다.

부모님과 가족이 보내는 이해와 인내 그리고 끊임없는 지지에 대해서 고마운 마음을 전하고 싶다.

하지만 그중에서도 내 영감의 원천이자, 지혜로운 조언자, 산드라에게 전하는 감사를 빼놓을 수 없다. 산드라는 내가 알고 있는 사람 중 가장 아름다운 사람이다.

모나리자 바이러스
ⓒ 2016 by Bastei Lübbe AG, Köln

1판 1쇄 발행 2016년 7월 22일
1판 8쇄 발행 2017년 12월 15일

지은이 티보어 로데
옮긴이 박여명
펴낸이 김병은
펴낸곳 (주)프롬북스

등록번호 제313-2007-000021호
등록일자 2007.2.1.

주소 서울특별시 강서구 마곡중앙로 161-8 두산더랜드파크 A동 722호
문의 02-6989-8335
팩스 02-6989-8336
전자우편 edit@frombooks.co.kr

ISBN 978-89-93734-86-7 03850